BASTEI LÜBBE

Von Thomas H. Cook erschien bei BASTEI-LÜBBE:

12030 Die Tote von Atlanta
12272 Tödliche Erinnerung
12370 Stadt in Flammen
12442 Die Killer

THOMAS H. COOK

BLUTSPUREN

THRILLER

Aus dem Englischen von
Bodo Baumann

BASTEI LÜBBE

BASTEI-LÜBBE-TASCHENBUCH
Band 12 208

1. Auflage 1994
2. Auflage 1995
3. Auflage 1999

Titel der amerikanischen Originalausgabe:
Evidence of Blood

Printed in Germany Januar 1999
Einbandgestaltung: Roberto Patelli
Satz: hanseatenSatz-bremen, Bremen
Druck und Bindung: Elsnerdruck, Berlin
ISBN 3-404-12208-9

Der Preis dieses Bandes versteht sich einschließlich
der gesetzlichen Mehrwertsteuer.

The hand that whirls the water in the pool
Stirs the quicksand; that ropes the blowing wind
Hauls my shroud sail.
And I am dumb to tell the hanging man
How of my clay is made the hangman's lime.
Dylan Thomas

1

ER KANNTE SO etwas aus eigener Erfahrung. Ihre Phantome überraschten ihn nicht. Merkwürdig war nur, wie oft sie wiederkamen, als wollte etwas in unserem Geist nicht wahrhaben, daß es tatsächlich passiert war. Daphne Moor hatte eines mit einem dicken Knüppel in der Hand an ihrem Schlafzimmerfenster vorbeihuschen sehen. Ellen Ferrys Phantom war groß und schlank gewesen, als es an ihrer Kammertür vorbeikam. Wyndham Knight hatte nur einen Kopf und Schultern beobachtet, die nachts über das hellblaue Wasser ihres beleuchteten Schwimmbeckens glitten. Obwohl er sich sehr bemühte, war er nie dahintergekommen, wie das Phantom des kleinen Billy Flynn ausgeschaut hatte.

»Sie sahen also zuerst seinen Schatten?«

Sie nickte bedächtig, schwerfällig, wie unter Wasser. »Er kam von hinten, trat mir fast in die Hacken, als er die Fahrertür öffnete und sagte: ›Steig ein. Steig ein, oder du bist tot.‹ Etwas in diesem Sinne. Dann drängte er mich förmlich in den Wagen hinein.«

»Raste er mit Ihnen davon?«

»Nein. Er fuhr langsam, als wollte er keine Aufmerksamkeit erregen. Er machte alles so, als hätte er es vorher einstudiert – sehr, sehr ...« Sie suchte nach dem passenden Wort.

Er tat seine Arbeit und fand das Wort für sie.

»Methodisch?«

»Ja, so ungefähr.«

Ihre Stimme war schwach, ihre Augen leicht abgewendet –

ein schüchternes Mädchen, das Hemmungen hatte, ihm die unappetitlichen Einzelheiten zu erzählen. Er konnte spüren, wie sie sich durch die Geschichte tastete, zögerlich, ohne System, ganze Abschnitte auslassend oder in falscher Reihenfolge erzählend.

»Ich blieb auf der Vorderbank sitzen, wo er mich hindirigiert hatte. Ich wußte nicht, was ich sonst tun konnte.«

Sein Bleistift glitt über das liniierte gelbe Papier seines Notizbuches. Die Welt um sie herum schien sehr still zu sein – trotz des Regens, der gegen ihr Fenster trommelte, und der Verkehrsgeräusche, die von der Straße herkamen. Es war eine Stille, die von ihrer Zeugenaussage in kalten, beklemmenden Wellen auszugehen schien.

Ihre Augen glitten zum Fenster hin und dann durch den Raum, ehe sie sich wieder auf ihn richteten. Es war eine Geste, die ihn an eine Frau erinnerte, die eine Nonne hätte sein können – oder sein sollen und die sich in ihrer klösterlichen Welt vor Phantomen sicher fühlen durfte.

»Ich habe mich aufgesetzt und konnte alles sehen. Es war dunkel. Aber ich konnte trotzdem alles deutlich erkennen.«

Sie war offenbar verwundert darüber, daß sie nicht auf den Wagenboden gedrückt oder in den Kofferraum eingesperrt worden war, sondern die ganze Fahrt über aufrecht neben ihm gesessen hatte, als wäre sie seine Frau, Schwester oder Freundin. Sie dachte einen Moment nach. »Ich sah Leute. Es war Nacht; aber wir kamen an Leuten vorbei, die am Straßenrand entlanggingen.« Sie zuckte leicht mit den Achseln. »Aber die hätten nichts unternehmen können.«

Kinley nickte. Auch das hatte er schon gehört, und stets in dem gleichen ironischen, unwirklichen Ton. *Wie konnten andere Menschen so nah und dennoch so weit weg sein?* Patricia Quinn war an drei Wächtern vorbeigekommen, als sie durch den Flur zu dem Raum hinuntergeführt wurde, wo sie hingeschlachtet werden sollte. Felicia Sanchez hatte ihre Mutter auf das Haus zukommen und einen Moment lang zu dem falschen Schlafzimmerfenster hinschauen sehen, ehe diese weiterging. In Menschen, die eine jähe, tödliche Gefahr überlebt hatten, war das Bewußtsein wach geblieben, daß sie sich gleichzeitig innerhalb und außerhalb der Welt befanden – ein Gefühl, als wäre die Zeit stehengeblieben und alles plötzlich stumm und regungslos bis auf die pendelnden Enden eines Taus, das Knallen eines Gürtels oder den leichten Druck eines Pistolenlaufs.

»Redeten Sie mit ihm?«

»Vermutlich, aber ich weiß nicht mehr, was ich sagte. Ich schätze, ich fragte ihn etwas. ›Warum?‹ oder ›Weshalb tun Sie das?‹ Solche Sachen, glaube ich.«

Sie schnippte die Asche von ihrer Zigarette mit den Fingern in den kleinen Plastikaschenbecher auf dem Tisch, und nun war sie nicht mehr diese sanfte, zurückhaltende Nonne, sondern nur noch eine nervöse Frau mit trockener Haut und leeren Augen. Das Opfer schlechthin. Sie hätte eine mißhandelte Ehefrau sein können, die an ihren abgekauten Fingernägeln saugte; oder eine in einem Lehnstuhl zusammengekauerte Fabrikarbeiterin. Die Asche würde exakt auf die gleiche Weise fallen, der Mund sich zu derselben roten Narbe zusammenziehen. Es war ein Anblick, wie er ihn schon tausendmal erlebt hatte: Die Augen, die sich träge schlossen, als wären ihnen die in ihr aufquellenden Tränen gleichgültig; der Kopf leicht nach vorn geneigt, bereit für den tödlichen Hieb. Dann der unvermeidliche Moment, da sich die Augen wieder öffneten, wenngleich leer und teilnahmslos, als würde ein noch in ihr schlummernder Rest von Zorn als ein Sichgehenlassen bewertet, selbst von diesem schläfrigen Reporter, der ihre Geschichte aufnahm. *Es ist alles Asche, nichts als Asche. Wer interessiert sich schon für das, was mir passiert ist?*

Kinley wandte nun einen seiner Bühnentricks an. Er tat so, als würde er etwas in sein Notizbuch schreiben, während er sich im Zimmer umsah und dessen Einzelheiten registrierte. Er war stets von der Annahme ausgegangen, falls Gott in den Details steckte, mußte das auch für den Satan gelten, der ihn unbußfertig aus einem Wäscheknäuel oder einer aufgebrauchten Rolle Kreppband angrinsen würde. Seine Erfahrungen hatten ihn gelehrt, daß nichts die Verschrobenheit eines Geistes besser verriet als die seltsamen kleinen Begleitumstände eines Verbrechens: die Pappkartonschachtel, die Perry Mr. Cutter über das Gesicht gestülpt hatte, um ihn ruhig zu halten, bis er ihm die Kehle durchschnitt; die Deodorant-Dose, die Whitman in den Texas Tower mitgenommen hatte, um sein Opfer nicht mit üblem Geruch zu belästigen; den kleinen Christbaumschmuck, den Mildred Haskell aus der Tür hatte hängen lassen, um damit Billy Flynn anzulocken.

Während seine Augen im Raum umherschweiften, konnte er spüren, wie sie dessen Einzelheiten registrierten. Es war schon immer so gewesen, daß sein Verstand sich an den winzigsten Details ergötzte. Das Apartment, das er nun in Augenschein nahm, ließ ihn an ein königliches Bankett denken. Da lag eine große, leicht verschossene Häkeldecke auf dem kastenförmigen Fernseher. Die Lampe darauf glich einer kleinen Pyramide aus Muschelschalen oder anderen vom Meer angeschwemmten Strandobjekten, die man alle zusammengeleimt und poliert hatte, bis sie glänzten wie Glas. In einem entfernt liegenden Schlafzimmer konnte er das Fußende einer hölzernen Bettstelle erkennen und auch ein Stück der Wandtapete dahinter mit englischen Fuchsjagdszenen: rote Röcke, Pferde, Hunde. Er erinnerte sich an eine ähnliche Wandtapete in dem kleinen Haus, in dem er aufgewachsen war; nur war das eine Szene aus dem Südstaatenmilieu gewesen – kleine Mädchen mit Sonnenhäubchen und Reifrökken, die auf einer großen grünen Fläche tanzten, die seine Großmutter als eßbaren Saumfarn bezeichnet hatte, wenn auch mit einem sonderbaren Lächeln.

Andere Wände und Räume hatten auf andere Zusammenhänge verwiesen: der beleuchtete Gekreuzigte über Wilma Jean Comstocks Bett (wie inbrünstig sie zu ihm gebetet haben mußte in den Stunden, die Colin Bright dafür brauchte, sie umzubringen); das Pentagramm in Mildred Haskells vor Nässe triefender Räucherkammer (was mußte der kleine Billy Flynn sich da wohl gedacht haben?); die lebensgroße, mit Samen bespritzte Abbildung der menschlichen inneren Organe, mit der Willie Connors geschlafen hatte, ehe er sich an einem lebendigen Bauch versuchte (ob Wyndham Knight diese Zeichnung gesehen hatte?). Er fragte sich, was seine Großmutter wohl zu einem derartigen Wandschmuck gesagt haben würde, wenn sie ihn so gesehen hätte wie er – in leuchtenden, lebendigen Farben.

Sein Blick kehrte zur Zeugin zurück. »Hat er jemals darüber gesprochen, warum er das alles tat?« fragte er.

Sie schüttelte entschieden den Kopf. »Nein, er hat niemals etwas davon erwähnt.«

Kinley zückte seinen Bleistift. »Okay, dann erzählen Sie mir jetzt, was geschah, nachdem Sie in den Wagen gestiegen waren.«

»Gleich nachdem er mich in das Auto gestoßen hatte, zwang er mich, es zu tun.« Sie blickte, wieder eine Nonne, schüchtern zur Seite. »Mit mir selbst.«

Kinley bemerkte das Stocken vor den letzten beiden Worten und das kaum wahrnehmbare Schamgefühl, das sie begleitete: Alles ganz normale Reaktionen der Opfer – ein seltsamer, irrationaler Glaube, daß nie etwas zur Gänze ein Zufall sein könnte, sondern sogar den gräßlichsten Ereignissen irgendeine rationale Erklärung zugrunde läge; eine Ursache, zu der man selbst beigetragen hatte. *Vielleicht waren meine Haare zu lose, meine Pullover zu eng; vielleicht ist es das gewesen, was ihn veranlaßte, es mit mir zu machen.*

»Mit mir selbst zu spielen. Dazu hat er mich gezwungen. Während der Fahrt im Wagen.« Sie nahm einen tiefen Zug an ihrer Zigarette. Ihr Fuß begann in einem leisen, schnellen Rhythmus auf den Boden zu schlagen. »Er sah so aus, als hätte er das schon öfter getan – Mädchen zu solchen Sachen genötigt.«

»Sagte er, daß er das schon mal gemacht hatte?«

Wenn sie das bejahte, bedeutete es zusätzliche Arbeit für ihn. Dann mußte er der Möglichkeit, selbst wenn sie noch so weit entfernt war, nachgehen. Er wartete, während sie über seine Frage nachdachte.

»Nein.«

»Sie hatten lediglich das Gefühl, daß es so wäre?«

»Ja. Er verhielt sich so, als hätte er das alles schon mal gemacht. Nicht so, als fiele ihm das alles erst jetzt ein.«

Dieser »er« war Fenton Norwood, zu diesem Zeitpunkt Zelleninsasse Nummer EG14679 in der Walpole-Strafanstalt von Walpole, Massachusetts. Damals, als er sie entführt hatte – im Herbst 1974 –, war er vierundzwanzig Jahre alt gewesen, ein von der High-School geschaßter und aus der US-Armee desertierter junger Mann, der sich im Portugiesenviertel von New Bedford herumtrieb. Soweit Kinley das hatte eruieren können, war Maria Spinola sein erstes Opfer gewesen. Dennoch mußte er sich seiner Sache absolut sicher gewesen sein.

»Er hat also wirklich mit keiner Silbe erwähnt, daß er das schon mal gemacht hätte?«

»Nein.«

»Sagte er, wo er mit Ihnen hinfahren wollte?«

»Nein, aber ich sah, daß wir uns auf der Autobahn in östlicher Richtung bewegten. Vielmehr nach Südosten – auf das Kap zu.«

Zur Zeit dieses Vorfalls war Maria Spinola sechzehn Jahre alt gewesen. Nun war sie knapp über dreißig, eine Alkoholikerin von reizbarem Wesen, zweimal geschieden, Mutter zweier Kinder, die sich in der Obhut ihres letzten Ehemanns befanden, eine – aufgrund dessen, was Fenton Norwood mit ihr gemacht hatte – im Leben gescheiterte Frau.

Aber als Kinley sie anschaute, fand er, daß er ihre Meinung, dies sei allein Fenton Norwoods Verschulden, nicht ganz teilen konnte. Er hatte zu viele andere Menschen gesehen, die gleich ihr den Keim des Unglücks in sich trugen, als befände sich im Zentrum ihrer seelischen Struktur eine Falltür. Er hatte ihre Schulakten studiert und mit ihrem ehemaligen Betreuer vom Jugendamt gesprochen. Als Norwood sie auflas, war sie bereits von einem High-School-Studenten schwanger gewesen, der sie regelmäßig schlug, und Kinley vermutete, sie hatte es lediglich ihrer Schwangerschaft zu verdanken, daß Norwood – der ehemalige katholische Ministrant mit einer seltsamen Moralauffassung: ›Mord ist eine Sache, Abtreibung eine ganz andere‹ – sie nicht umbrachte. Jedenfalls hatte er, Kinley, schon vorher den Eindruck gewonnen, daß ihr Leben zu jenen gehörte, die niemals in einen sicheren Hafen gelangten – eine flügellahme und schon auf abschüssiger Bahn befindliche Existenz, die an jenem bewußten Nachmittag ziellos auf einen Schatten zugetrieben war.

Zum erstenmal schien sie sich ein wenig zu versteifen, als regte sich plötzlich der Groll in ihr. »Ich konnte, nachdem das passiert war, nie mehr zum Kap fahren. Wissen Sie, daß ich noch nie am Cape Cod gewesen bin? In meinem ganzen Leben noch nicht. Es ist nur ein paar Meilen von hier entfernt. Aber ich bringe es nicht fertig, dort hinzufahren.« Der plötzliche Temperamentsausbruch wurde nun rasch von einem dünnen, nassen Lächeln erstickt. »Er sah nicht aus wie jemand, der so etwas tut. Seltsam, nicht wahr?«

Kinley starrte sie an, sah nun jedoch Norwood an ihrer Stelle sitzen mit seinem rundlichen, rosigen Gesicht, seinen Knopfaugen und den feisten Lippen. Die vollendete Tarnung: Jack the Ripper in der Gestalt von Elmer Fudd.

Sie hob ein wenig den Kopf. »Er hätte mich gleich damals dort im Wald umbringen sollen. In gewisser Weise hat er es ja auch getan.«

Er hatte es nicht ausgeführt. Das kam später. Zuerst die Frau im Textilsupermarkt in New Bedford; dann das kleine Mädchen in Boston – die Kleine, die er fast drei Wochen lang bei sich behalten und an jenem regnerischen Nachmittag an einer Leine durch den Park geführt hatte, ehe er sie umbrachte; und schließlich zwei auf einmal, die zwölf Jahre alten Zwillinge, die im Nickerson State Park am Kap Ferien gemacht hatten. Nur in einem Punkt waren diese Fälle einander ähnlich gewesen: Alle Opfer hatten dunkle Augen, schwarze Haare und eine braune Haut. Als Kinley Norwood einmal auf diesen

Umstand hingewiesen hatte, war dessen feistes Gesicht erst ein paar Sekunden leer gewesen, ehe es ein boshaftes Lächeln erhellte. »Vielleicht mag ich sie nur leicht geröstet«, hatte er gesagt.

Spinolas Groll wuchs wieder an und erreichte nun seinen Höhepunkt, der sich mit den Worten entlud: »Ließ mich einfach dort im Wald liegen. Schmutzig und voller Schleim ließ er mich liegen, dieser Bastard.« Sie holte, sich wieder fangend, erschöpft und geräuschvoll Luft. »Haben Sie die Fotos gesehen?«

Kinley gab ihr darauf keine Antwort; aber er hatte sie ebenso gründlich studiert wie Hunderte andere Fotos. Maria Spinolas Bilder waren nichts Besonderes in der Galerie seines Geistes. Sie zeigten ein junges Mädchen in zerfetzten Kleidern, mit verschlammtem Gesicht und nassen, am Kopf klebenden Haaren. Der Wald im Hintergrund war von einer gleichgültigen Schönheit, und am Rand konnte man sogar einen Schimmer des blaugrünen Tümpels erkennen, in dem Norwood sie hatte ertränken wollen. Die Bilder trennten Welten von anderen, die er studiert hatte: dunkle Kellerräume, vollgestopft mit Ketten, Flaschenzügen, Ringbolzen, Seilen, Wäscheleinen, Gurten mit Schnappschlössern, Miniaturfolterbänken, Schandpfählen, Tauchstühlen. Und überall, aus jedem Blickwinkel, dieser Schatten von Fleischerhaken.

Sie schüttelte verzagt den Kopf, ein gütiges Wort von ihm erheischend: »Ich wünsche mir manchmal, er hätte weitergemacht und mir das Schlimmste angetan.«

Kinley sah sie, in Erinnerung versunken, mit einem entrückten Blick an. *Nein, das wünschst du dir nicht wirklich. Glaube mir. Nie und nimmer wünschst du dir das.*

2

ER NAHM DEN Flug um fünf Uhr nachmittags und landete eine knappe Stunde später auf dem Flughafen La Guardia. Die Taxifahrt zu seiner Wohnung in der Upper West Side kostete ihn fast dreißig Dollar. Als er dort angelangt war, begab er sich sogleich an seinen Schreibtisch, holte seine Kladde für Geschäftsreisen aus der Schublade und trug dort den genauen Betrag seiner Reisekosten für seine Steuererklärung ein. Präzision bedeutete ihm alles, und er klammerte sich oft auf eine Weise daran, wie andere sich vielleicht an einen Ast in einem gewaltigen Strudel klammern mochten – an einen festen Punkt im Chaos. Es war für ihn eine Erleichterung, all seine Notizen geordnet, all seine Bücher säuberlich aufgereiht zu sehen. Und obwohl er in seiner an Besessenheit grenzenden Ordnungsliebe mit dem untrennbar damit verwachsenen Muttergestein eisenharter Disziplin und Selbstbeherrschung eine sehr milde Form von Zwangsneurose erkannte, wollte es ihm nie gelingen, ihre Ursache exakt zu ergründen. Sie war eben eines von seinen Phantomen, vermutete er, doch eines, das ihm sein Leben stets erleichtert hatte – ein Garant dafür, daß er ein Buch nach dem anderen fertigstellte, während andere sich in Trunksucht ergingen oder von einem häuslichen Schrecken in den anderen stolperten. Was man auch sonst zu einem anständigen, materiell unbelasteten Leben sagen mochte, dachte er oft – es war auf jeden Fall sauber und schuldenfrei, und er hatte nie eine Neigung verspürt, sich für die Wahl, die er getroffen hatte, zu entschuldigen.

Allein schon die Präparierung seines Schreibtischs für die Nachtarbeit war Entspannung für ihn und vermittelte ihm ein Gefühl von Stabilität. Nachdem er das erledigt hatte, goß Kinley sich einen Scotch ein und machte es sich auf dem kleinen Sofa am Fenster bequem. Er gestattete sich jedesmal ein paar besinnliche Minuten zwischen dem Interview und dessen Niederschrift, obwohl auch sie zur »Arbeitszeit« gehörten, weil er im Geiste alles noch einmal durchspielte, von dem Moment an, als Spinola ihm die Wohnungstür geöffnet hatte, bis zu dem Augenblick, wo sie diese wieder hinter ihm geschlossen und ihr kleines braunes Gesicht ihm noch eine Weile hinterhergeschaut hatte, wie die Zeugen ihm stets nachschauten – sich im Schatten hinter ihren Fenstern bergend, als wäre er irgendwie ebenso bedrohlich wie jene, die ihnen Leid zugefügt hatten.

Er blickte auf die Digitaluhr auf seinem Schreibtisch. Es war fast sieben, und auf der Straße breiteten sich die abendlichen Schatten aus. Er konnte es kaum erwarten, bis sie sich in Dunkelheit auflösten, da er die Nacht gewissermaßen stets für seinen besten Freund gehalten hatte. Sie war still und menschenleer – eine Welt mit erheblich reduzierten Ablenkungen. In dieser Stille konnte er seinen Geist das tun lassen, was er am besten tat: analysieren und trennen, unterscheiden und ordnen.

Er war fast fertig mit dem Zurückspulen seines Interviews mit Maria Spinola, als das Telefon läutete. Wendy Lubeck, seine Agentin, war am Apparat, und in den nächsten fünf Minuten hörte Kinley sich ihren Bericht von einer Serie von Morden an, die sich in den Wäldern von Maine entlang der kanadischen Grenze zugetragen hatten. Ein Verleger hatte gefragt, teilte Wendy ihm mit, ob er vielleicht daran interessiert sei, ein Buch über diesen Fall zu schreiben, worauf Kinley ihr versprach, sich das zu überlegen.

Aber das tat er nicht. Statt dessen dachte er an etwas ganz anderes, als er wieder seinen Platz auf dem Sofa beim Fenster eingenommen hatte: einen Ort, der so weit von Maine entfernt war, wie man sich das überhaupt nur vorstellen konnte – an die nördlichen Vorberge der Appalachen in Georgia, wo er von Granny Dollar, seiner Großmutter mütterlicherseits, aufgezogen worden war. Sie hatten ihn zu sich genommen, nachdem seine Eltern bei einem Autounfall ums Leben gekommen waren.

Granny Dollar war erst vor zwei Monaten verstorben, und seither hatte er an sich die Neigung beobachtet, von Zeit zu Zeit mit seinen Gedanken in die Vergangenheit zurückzuwandern – gänzlich unvermittelt und unerwartet in solch toten Momenten, wenn seine Arbeit beendet war und er sich in seiner Wohnung allein wiederfand: ohne Frau und Kind, nur mit Granny Dollar als Erinnerung an das Webmuster eines Familienlebens, das er einst gekannt hatte.

Dieses Gewebe war tatsächlich einmal sehr dicht gewesen, wie es ihm nun schien. Sie hatte ihn in nahezu kompletter Einsamkeit auf einem weltabgeschiedenen Bergrücken aufgezogen, den nur sie beide bewohnten und von dem aus sie auf eine verwaiste Schlucht hinunterblickten, umgeben von einer Stille, die nur von dem Zirpen der Grillen und den Geräuschen der Nachtvögel durchbrochen wurde. Seit jener Zeit war er ein Einsiedler geblieben, und mit den Jahren hatte sich in ihm der Glaube verfestigt, daß es für solche Menschen wie ihn, die wahren Einzelgänger, besser wäre, wenn sie niemanden um sich hätten, vor dem sie sich verantworten und mit dem sie sich auseinandersetzen mußten – niemanden, von dem er mehr Zuwendung verlangen würde als die Beachtung, die er von der kleinen Chinesin erwartete, welche ihm die Hemden wusch und bügelte: *Nett, Sie zu sehen, Missur Kahnmley.*

Er arbeitete an seinem Schreibtisch, als das Telefon läutete. Er blickte auf die Uhr. Es war kurz vor halb acht, und deshalb vermutete er, daß es wieder Wendy sein würde, die noch immer an ihrer Idee nagte. Phyllis, seine langjährige Zechkumpanin, konnte es nicht sein, denn sie befand sich gerade geschäftlich in Venezuela. Was den Typ von Frau anbelangte, den zu suchen oder zu ergründen andere Männer so viel Zeit verschwendeten, war Kinley schon vor langem zu der

Einsicht gekommen, daß diese mythische Sie entweder ihm oder er ihr aus dem Weg gegangen war. Statt dessen führte er nun ein harmonisches Dasein mit den dunkeläugigen Mörderinnen seiner Werke, bewunderte ihre so kalt abschätzenden Augen, den grausamen, herrschsüchtigen Zug um den Mund, wenn sich ihre Lippen zu einem falschen Lächeln verzogen, und ihren Geist, der noch verwinkelter war – so grenzenlos und unerfaßlich wie seiner.

Das Telefon läutete zum drittenmal, und er blickte auf seinen Anrufbeantworter. Er hatte ihn abgeschaltet, als er zu arbeiten begann, was er nun bedauerte. Er hatte keine andere Wahl als den Hörer abzunehmen.

»Ja?« meldete er sich kurz angebunden.

»Hallo. Mr. Kinley?«

»Ja.«

»Hier spricht Serena Tindall.«

Er dachte, wie seltsam, daß sie sich auch mit ihrem Nachnamen meldete; doch er maß dem keine Bedeutung bei. »Hallo, Serena«, sagte er. »Bist du in New York?«

»Nein, ich bin zu Haus«, antwortete Serena. »Es ist Sommerpause. Ich habe an der High School gearbeitet.«

»Der alte Tummelplatz deines Vaters.«

Er hörte, wie ihr der Atem stockte und sie die Luft kurz anhielt, wie er das schon oft bei anderen gehört hatte, bevor sie sich kopfüber in ihre tragischen Geschichten stürzten. »Ich rufe dich wegen Daddy an«, sagte sie.

»Ray? Wieso? Was ist mit ihm?«

Ihre Stimme wurde brüchig, als sie es ihm mitteilte: »Er ist heute nachmittag gestorben.«

Nachdem er mit Serena gesprochen hatte, versuchte er, mit der Niederschrift von Spinolas Interview fortzufahren, fand jedoch, daß er das nicht konnte, und so goß er sich nach einer Weile einen zweiten Scotch ein und setzte sich an den Sekretär beim Fenster. Auf dem Wandbord direkt über ihm hatte er alle seine Bücher aufgereiht, als benötigte er noch immer einen soliden, handfesten Beweis dafür, wie weit er gekommen war seit damals, als er damit angefangen hatte. Oben im Norden pflegte er zuweilen seine Heimatregion als »Entbindungsland« zu bezeichnen; aber insgeheim war sie für ihn immer »Rays Land« geblieben.

Joe Ray Tindall.

Kinley schaltete seinen Computer ein, als ob der, da Ray nicht mehr auf dieser Erde weilte, nun sein einziger absolut zuverlässiger Freund sei, und tippte Rays Namen. Daß er ihn in die Daten einreihte, die er im Verlauf seiner Arbeit gesammelt hatte, schien ihm einen ehrenhaften Ruheplatz zu geben, und einen Moment lang starrte Kinley nun auf den Namen, während sein Geist das Gesicht, das dazugehörte, heraufbeschwor. Es war ein großes, breitknochiges Gesicht, und Kinley erinnerte sich sehr genau an den Moment, als er es zum erstenmal gesehen hatte. Er, Kinley, hatte in dem belebten Korridor der Sequoyah High School gestanden – klein, schüchtern, abseits: nicht nur der neue Junge in der Schule, sondern auch derjenige, der von einer Gruppe von Yankee-›Intelligenzquotienten-Ermittlern‹ geprüft und von ihr mit dem Testergebnis »überragend« fast wie ein gefährlicher Außerirdischer dem Schulausschuß von Sequoyah County gemeldet worden war. Der Ausschuß hatte ihn daraufhin sofort aus seiner Gebirgs-Mittelschule herausgeholt und ihn hinunter ins Tal gebracht, damit er dort, mitten im Schuljahr, die erste Klasse der höher eingestuften Sequoyah High School besuchen sollte.

Ray war die erste Person gewesen, die ihn dort angesprochen hatte – ein für sein Alter damals überdurchschnittlich großer Junge in Blue jeans und kariertem Hemd, der ihn von der anderen Seite des Korridors aus mit seinem stets regungslosen und eindringlichen Blick gemustert hatte, als wollte er erst Maß von ihm nehmen, ehe er schließlich zu ihm sagte:

Bist du der Neue aus dem Gebirge?

Ja.

Der Junge, der ein Genie sein soll?

Vermutlich.

Sondertests und all dies – da mußt du ja wirklich eine Intelligenzbestie sein. Mein Name ist Ray Tindall.

Jackson Kinley.

Hört sich an wie zwei Nachnamen. Hast du sie mir in der richtigen Reihenfolge genannt?

Ja.

Gehst du auch manchmal auf die Jagd?

Ja.

Vielleicht sollten wir irgendwann einmal zum Canyon hinaufgehen und was schießen.

Okay.

Wie wäre es mit diesem Samstag? Ich treffe dich auf der Straße nach Rocky Ridge. Dort schlagen wir uns dann in die Büsche und durchkämmen den Wald.

Okay.

Kinley schielte auf den Namen auf dem Monitor. Darunter tippte er jetzt noch etwas ein: *Rocky Ridge.*

Es war der erste Ort, den sie damals gemeinsam besucht hatten, und wie sich herausstellte, war es auch der Ort, wo sie Ray mit dem Gesicht nach unten auf dem Waldboden wiedergefunden hatten. Es war die einzige über die üblichen, das Begräbnis betreffenden Erkundigungen hinausgehende Frage, die er Serena gestellt hatte: »Was hat er denn dort unten im Canyon gesucht?«

»Das weiß ich nicht.«

»Wer hat ihn gefunden?«

»Irgendein alter Mann, der dort oben auf dem Grat wohnt.«

»Untersuchte Ray gerade einen Fall?«

»Er war doch immer mit einem Fall beschäftigt. Anders kannte ich ihn gar nicht.«

»Trotzdem – was war es?«

»Keine Ahnung. Eine Ermittlung für den Bezirkstaatsanwalt, schätze ich.«

»Nein, Serena, Entschuldigung. Ich meinte, was ihn getötet hat.«

»Oh. Nun, es war vermutlich sein Herz.«

Es war kein weiches Herz im Sinne eines großen Mitgefühls oder eines unbegrenzt ausgedehnten Verständnisses, überlegte Kinley, während er, an seinem Sekretär sitzend, immer noch den Monitor betrachtete; aber es war ein reiches, schwieriges, kompliziertes Herz gewesen. Ray hatte etwas umgeben, das man nie exakt hatte definieren können. Selbst die Art, wie er einen ansah, führte einen ein wenig in die Irre. Er hatte strohige rötlich braune Haare und ein bläßliches Gesicht gehabt, das in der Sommersonne leicht verbrannte. Er war kein furchteinflößend großer Mann gewesen, aber wenn er ein Zimmer betrat, schien dies immer ein wenig zusammenzuschrumpfen. Er hatte die Wälder geliebt, das Wasser jedoch gehaßt; schnelle Wagen geschätzt, aber Flugzeuge gemieden; religiöse Reden geführt, jedoch kein einziges Mal eine Kirche besucht; viel gelesen, aber nie über das, was er las, gesprochen.

Da war etwas Geheimnisvolles an ihm gewesen – etwas, das Kinley bereits am ersten Tag dort unten im Canyon erkannt hatte an der Art, wie er seine Augen auf etwas weit Entferntes zu richten schien, während er über Dinge redete, die nahe bei der Hand waren, vielleicht nicht weiter entfernt als eine kurze Wegstrecke in den Wald hinein.

Es gibt ein altes Haus hier unten; doch es wohnt niemand mehr darin.

Dort unten im Canyon? Wo?

Nicht weit weg von hier. Willst du es sehen?

Ja. Es ist das perfekte Versteck. Du kannst das Haus nur finden, wenn du wirklich hartnäckig danach suchst.

Selbst jetzt wußte Kinley nicht zu sagen, warum er Ray damals das schmale granitene Felsband ins dunkle Labyrinth des Canyons hinunter gefolgt war. Er konnte sich noch an den schäumenden grünen Wildbach am Grunde der Schlucht erinnern, an das Geräusch des Wassers, das sacht zwischen den Bäumen hinfloß – selbst an die für diese Jahreszeit ungewöhnlich kühle Brise, die die schlanken grünen Finger der Föhren schüttelte und dann auf ihn hinunterschoß, die Blätter zu seinen Füßen aufwühlend. Es war eine seiner großen Begabungen: Er hatte ein fotografisches Gedächtnis.

Und nun erinnerte er sich wieder, daß die Gangart immer rauher wurde, je näher sie dem Haus kamen – wie die Brombeerranken mit scharfen Klauen nach seinem Hemd gegriffen hatten und niedrig hängende Äste plötzlich auf sein Gesicht zuschnellten, als wollten sie ihn mit raschen Backenstreichen warnen, jetzt nicht mehr weiterzugehen. Die letzten hundert Meter waren ihm wie eine Ewigkeit erschienen, als habe selbst die Luft sich plötzlich verdickt und sei zu einer unsichtbaren Gelatine geronnen, durch die er sich genauso mühsam durcharbeiten mußte wie durch die Dornenranken. Sie hatten fast eine Stunde dazu gebraucht, um in die ungefähre Nachbarschaft des alten Hauses vorzudringen, von dem Ray ihm erzählt hatte, und da war dieser Ausflug, wie er sich erinnerte, plötzlich für ihn zu einer schweren Belastung geworden. Seine Beine wurden mit jedem Schritt schwächer, das Atmen laut und mühsamer, weil das Asthma, sein altes Leiden, ihm die Bronchien verstopfte. Das alles hatte seinen neuen Freund mit Bedenken erfüllt.

Kinley, ist alles in Ordnung? Wir müssen nicht weitergehen.

Wie weit ist es noch?

Nicht mehr weit. Nur noch durch die Bäume dort vorn. Dann sind wir schon bei den Ranken.

Was für Ranken?

Die das Haus umgeben. Fast wie eine Mauer. Willst du weitergehen?

Ja.

Okay, dann komm.

Der Wall aus Ranken war genauso gewesen, wie Ray beschrieben hatte: ein hoher, undurchdringlicher Vorhang sich ringelnder Grünpflanzen, die von den Bäumen herunterhingen und gleichzeitig aus dem Boden herauswuchsen – ihre klebrigen Schäfte mit den ausgetrockneten unzähligen Insekten bedeckt, daß an manchen Stellen selbst die Ranken so aussahen, als wären sie fest miteinander verknotete Taue. Der bloße Anblick dieser lebendigen Mauer hatte ihn, wie sich Kinley erinnerte, so sehr entnervt, daß er tatsächlich davor zurückgewichen war, während sein Atem, nun in kurzen, gequälten Stößen kam.

Ich denke, wir sollten besser anhalten, Kinley.

Warum?

Du mußt zurück nach Hause. Ich denke, du wirst einen Arzt nötig haben.

Nein.

Du kannst sowieso nicht bis zum Haus vordringen. Es gibt keine Lücke in den Ranken.

Aber ich will ...

Nein!

Ray hatte es sehr entschieden gesagt. Da gab es kein Verhandeln mehr in dieser Sache. Sie würden nicht weitergehen. Dann hatte Ray Kinley beim Arm genommen und geführt; und die grüne lebendige Mauer war für immer hinter ihnen versunken.

»Für immer«, flüsterte Kinley jetzt, als ihm bewußt wurde, daß sie danach nie mehr versucht hatten, diesen alten Schuppen wiederzufinden, sondern ihn einfach fallen gelassen hatten, erst als Gesprächsstoff, dann als einen ihrer Jugendpläne und schließlich als eine ihrer hoffnungsvollen Erinnerungen.

Das Telefon läutete noch einmal gegen zehn. Serena war wieder am Apparat.

»Ich wollte dir nur das Ergebnis der Autopsie mitteilen«, sagte sie. »Meine Mutter rief mich an und gab mir den Befund durch, und ich dachte, du würdest es auch gern wissen wollen.«

»Ja, das stimmt.«

»Es war eine Herzattacke«, sagte Serena. »Eine massive Herzattacke. So hat sich der Arzt ausgedrückt – massiv.«

»Also ist er rasch gestorben«, erwiderte Kinley, ehe er sich bremsen konnte.

»Und so jung«, sagte Serena. »Vermutlich war das der Grund, weshalb sie eine Autopsie haben wollten.«

»Wer wollte sie?«

»Mr. Warfield«, erwiderte Serena, »der Bezirksstaatsanwalt. Der Mann, für den er arbeitete.«

»Ray arbeitete für das Büro des Bezirksstaatsanwaltes?«

»Ja. Er hat sich nicht mehr für das Sheriffamt beworben. Hat er dir das denn nicht erzählt?«

»Nein.«

»Nein, ich glaube, er hatte es einfach satt und beschloß, sich nicht mehr aufstellen zu lassen. Und deshalb hat er diesen Job beim Bezirksstaatsanwalt angenommen.«

»Ich verstehe.«

»Jedenfalls bestand Mr. Warfield auf einer Autopsie.«

»Das ist wahrscheinlich eine gute Idee gewesen.«

»Du weißt ja in solchen Sachen Bescheid, wie ich vermute. Das gehört doch zu deiner Arbeit, meine ich.«

»Ja, ein bißchen.«

»Er war ein guter Mensch«, sagte Serena. »Es tut mir nur leid, daß er so allein in dieser verlassenen Gegend hat sterben müssen, tief unten in der Schlucht.« Sie zögerte einen Moment und fügte dann hinzu: »Auf der Suche nach etwas, schätze ich. Was, glaubst du, mag das gewesen sein?«

Kinley schüttelte stumm den Kopf. Vielleicht suchte er nur einen Weg durch diese Ranken, dachte er.

3

AM VORMITTAG SORGTE seine Reiseagentur dafür, daß er noch am gleichen Tag mit der Abendmaschine nach Atlanta fliegen konnte, wo ein Mietwagen für ihn bereitstehen sollte. Kinley erwartete, spätestens um Mitternacht wieder in Sequoyah, seiner Heimatstadt, zu sein.

Bis dahin hatte er noch eine Menge zu erledigen, und er verbrachte fast den ganzen Tag am Schreibtisch. Zuerst fertigte er ein Protokoll seines Interviews mit Maria Spinola an und las es noch einmal sorgfältig durch, nachdem er es in seinen Computer eingegeben hatte. Da bestand immer die Möglichkeit, daß er etwas ausgelassen haben konnte – ein winziges Detail, das einem so unmenschlichen Vorgang vielleicht einen humanen Zug zu verleihen vermochte.

Als er das Protokoll las, konnte er wieder Spinolas Stimme hören, wie sie ihre letzten Worte zu ihm sagte: *Tut es ihm leid?* Sie meinte damit, ob Norwood bereute, was er ihr angetan hatte. Er hatte gewußt, was sie von ihm hören wollte: daß Norwood von Alpträumen heimgesucht wurde und seine Schreie durch den Zellenblock der Strafanstalt von Walpole hallten, wenn ihn das schlechte Gewissen zu sehr plagte. Daß er Qualen erleiden mußte, wie Dante sie sich für so einen Sünder ausgedacht haben würde: mit einer wie Feuer brennenden Haut und kochenden Augäpfeln. Statt dessen mampfte Norwood jetzt belegte Brötchen, schaute sich das Programm im Fernsehen an und masturbierte vermutlich von Zeit zu Zeit, wobei er sich mit heißem Kopf und glühenden Sinnen an die Wonne erinnerte, die ihm ihre Vergewaltigung bereitet hatte.

Als sie ihn fragte, hatte er ihr die Antwort geben wollen, die sie sich wünschte; merkte jedoch, das ihm das nicht möglich war – und wenn er sie noch so sehr damit hätte trösten können. Das war eine seltsame Verweigerung eines natürlichen Mitgefühls, die er schon vor Jahren als einen Zug seines Wesens akzeptiert hatte. Eine Weile lang hatte er geglaubt, es läge an seiner Arbeit, daß ihm dieses Vermögen abhanden gekommen sei – an der langen Blutspur, die er seit Jahren verfolgte; an den vielen Fotos, die er gesehen, und an den noch viel schlimmeren Bildern, die sein Vorstellungsvermögen bei deren Betrachtung heraufbeschworen hatte. Er entsann sich an einen Tag am Anfang seiner Tätigkeit, als ein Polizei-Sergeant einen Diaprojektor mit Rundmagazin benützt hatte, um die Dokumentarfotos herauszusuchen, die von den Comstock-Morden angefertigt worden waren. Er hatte routinemäßig die Linse auf die gegenüberliegende Wand gerichtet und darauf ein Bild nach dem anderen projiziert, um diejenigen herauszufinden, die Kinley für seine Arbeit angefordert hatte. Was da in neunzig Sekunden vor seinen Augen aufblitzte, war die ganze schreckliche Geschichte der unaussprechlichen Greueltaten eines Mannes, die Lichtbildschau eines so wahnwitzigen schockierenden Blutbades, daß Kinley den Blick davon hatte abwenden müssen und ihn auf das Gesicht des im Dienst ergrauten Detectives gerichtet hatte. Es war ein unbewegtes, teilnahmsloses Gesicht mit großen braunen Augen gewesen, die träge in das rötliche Licht hineinblinzelten, das von der Wand zurückgeworfen wurde, erlosch und dann von neuem aufflammte, bis das Rundmagazin endlich das Dia vor die Linse schob, nach dem er suchte, und Wilma Jean Comstocks geschundener Körper an der weißen Wand der Polizeiwache hing. Mit dem Gesicht nach oben, nackt, die Arme auf einem Stoppelfeld ausgestreckt, die Augen offen und starr, der Mund aufgerissen zu einem lautlosen Schrei, und nur die Stimme des alten Detectives, der ihre unaussprechlichen Leiden mit den Worten kommentierte: »Ja, ja, da haben wir es ja, Mr. Kinley«. Und dabei hatte er ihm, Kinley, die kleine schwarze Fernbedienung gereicht, damit er das Magazin nun selbst weiterbefördern sollte. Und er, Kinley, hatte das Gerät entgegengenommen und auf den kleinen schwarzen Knopf gedrückt, die Dias vor die Linse bewegend und sich jedes Bild einprägend, während das schwarze Diakarussell sich gehorsam drehte, wobei die Haut auf seiner Fingerspitze mit jedem Druck ein bißchen unempfindlicher geworden war. Wie das wohl mit der Zeit auch mit seinem Herzen geschehen war, dachte Kinley jetzt, so daß er fünfzehn Jahre später Maria Spinolas gequälte Frage wahrheitsgemäß beantworten konnte, ohne dabei mit der Wimper zu zucken: *Bedauerlicherweise habe ich den Eindruck, daß sich Norwood im Gefängnis wohlfühlt. Für manche Leute ist es überhaupt keine Strafe.*

Die Maschine startete mit fast einstündiger Verspätung, und nachdem Kinley die anfängliche Anspannung überwunden hatte – dieses bange Gefühl, das ihn jedesmal beschlich, bis die Maschine den Boden tatsächlich verlassen hatte –, vermochte er wieder aus dem Fenster zu blicken und sich an den Lichtern von La Guardia und der Stadt zu erfreuen, während das Flugzeug eine lange, träge Schleife machte, ehe es Kurs nach Süden nahm, über das in Dunkelheit getauchte offene Land.

Sobald die Stadt hinter ihm am Horizont verschwunden war, bestellte Kinley seinen abendlichen Scotch und lehnte sich in seinem Sitz zurück. Das leise Säuseln der Triebwerke lullte ihn ein; aber der Schlummer, den er sich erhofft hatte, wollte sich nicht einstellen. Vielmehr wurden seine Jugendjahre nun wieder in ihm lebendig, als würde das Flugzeug ihn in die Vergangenheit zurücktransportieren – zu den Granitklippen und den Waldlichtungen, auf denen er als Kind gewandert war, und dem kleinen Haus, das dort über der Schlucht nistete; zu den langen Nachmittagen, die er dort in der Hängematte auf der Veranda verbrachte, während Granny Dollar ihm aus dem einzigen Magazin, das sie jemals gekauft hatte – dem *Police Gazette* –, vorlas.

Es waren blutrünstige Geschichten gewesen, wie er sich erinnerte, und die dazugehörigen Fotos noch grausamer; aber seine Großmutter hatte ihre Vorlesungen immer mit einer entschieden ermutigenden Bemerkung abgeschlossen. »Was manche Leute doch so machen«, hatte sie stets gesagt, als wären es nur »manche Leute«, die so etwas taten, und als ob das Haus am Schluchtrand weit weg von ihnen wäre, unerreichbar für ihren tödlichen Zugriff. Erst später hatte er verstanden, daß es ihre Liebe gewesen war, die ihn in eine irgendwie seltsam unbekümmerte Atmosphäre eingehüllt hatte, trotz all der Greueltaten, mit denen sie seine Phantasie fütterte, wenn sie ihm diese Geschichten vorlas.

Sie war für ihn ein so unverzichtbarer Bestandteil seiner Jugendjahre gewesen, daß es ihm selbst jetzt noch schwerfiel, sie sich als nicht mehr unter den Lebenden vorzustellen. Ray war es, der ihn erst vor einem Monat von ihrem Ableben unterrichtet hatte, nachdem das Telefon nicht zu läuten aufhören wollte, als er gerade mit der Abschrift seines ersten Norwood-Interviews beschäftigt war.

Hallo, Kinley? Ich bin's, Ray. Hör zu. Ich habe eine schlechte Nachricht für dich. Sie betrifft Granny Dollar. Sie ist tot. Wie ich hörte, fand man sie auf der Veranda in ihrem alten Schaukelstuhl sitzend. Kerzengerade, als hätte man sie dort angebunden.

Er war mit der nächsten Maschine nach Hause geflogen, und jetzt, nur zwei Monate später, saß er wieder in einem Flugzeug, das ihn dorthin brachte, während sein Geist ankerlos zwischen Ray und seiner Großmutter hin- und hertrieb, als wären sie beide für ihn die einzige, wenn auch dürftige Verbindung zu einem Bereich seines Lebens, der nicht mit Blut getränkt war.

Die Maschine kreiste eine halbe Stunde über dem Flughafen von Atlanta, ehe sie dort landete. Es war ein riesiger Komplex; aber Kinley kannte ihn gut. Sein erster Flug hierher lag schon fast fünfzehn Jahre zurück. Er arbeitete damals an seinem Buch über Colin Bright, den ausgebrochenen Sträfling, der eines Nachmittags über eine siebenköpfige Farmerfamilie im Süden von Georgia gestolpert war und sie in den nächsten drei Tagen alle der Reihe nach umgebracht hatte. Es war Kinleys erstes Gefängnis-Interview gewesen, und er konnte sich noch genau daran erinnern, wie Bright über seine Bluttaten geredet hatte. Er, Kinley, hatte einen dumpfen, sich mühsam artikulierenden Geist erwartet – einen Mann mit schweren Lidern, schleppender Stimme und der Statur und dem Benehmen eines Neandertalers. Statt dessen hatte Bright ihm sehr lebhaft und mit einer fast unglaublichen Ausführlichkeit die letzten Tage der Comstock-Familie geschildert, wie sie geweint und ihn für sich und die anderen um Gnade angefleht hatten, während er sich mit gottähnlicher

Gewalt und dämonischer Willkür unter ihnen bewegte. »Ich diskutierte mit ihnen die Vorgehensweise«, erzählte Bright. »Ob ich sie dem Alphabet nach umbringen sollte oder lieber der Größe nach. Oder, he, was noch verrückter wäre, der Haarlänge nach – den mit den kürzesten oder längsten Haaren zuerst? Oder sollte ich mir denjenigen, der am längsten die Augen offen halten konnte, ohne zu blinzeln, bis zuletzt aufheben? Lauter solchen Blödsinn, verstehen Sie?« Es waren diese Intelligenz, die Verschmitzheit und der jungenhafte Schalk, der Bright aus den Augen leuchtete, gewesen, obwohl er schon fast fünfzig war, was Kinley an Colin Bright so nachhaltig beeindruckt hatte: Der Mörder als Clown – der Mord als Possenspiel.

In gewisser Weise, dachte Kinley, als er vor der Gepäckausgabe neben dem Transportband auf seinen Koffer wartete, beschäftigte ihn dieser Colin Bright noch immer. Vermutlich hatte keiner – außer Granny Dollar – seinen Werdegang so sehr beeinflußt wie dieser Colin Bright. Es waren seine Augen gewesen, ihre schreckliche Intelligenz, die ihn gefesselt hatten; diese blaßblaue Regenbogenhaut und diese dunklen, unergründlichen Pupillen; und die Weise, wie sie ihn in der allerletzten Minute angeblickt hatten, als man ihm wenige Sekunden vor seiner Hinrichtung die schwarze Kapuze über den Kopf zog: *Ich würde dir alles erzählen, wenn ich die Zeit dafür hätte.*

Eine Stunde später hatte er die Lichter von Atlanta mit seinen großflächigen verstreuten Vororten weit hinter sich gelassen. Er konnte sich im Sitz seines Mietwagens zurücklehnen und die Dunkelheit genießen, in die das Land gehüllt war. Es war ein sattes, fast greifbares Schwarz; undurchdringlich und schweigend – so, wie er es noch aus seiner Jugendzeit in Erinnerung hatte. Dank Granny Dollars Stimme waren ihm die langen Nächte am Rand der Schlucht zu einem seltsam bereichernden und beglückenden Erlebnis geworden. Damals las sie ihm aus der *Police Gazette* vor: *Dieser teuflische Plan reifte in der diabolischen Phantasie von Mrs. Mildred Bell, einer Schulmamsell in Iowa, deren Untaten jetzt von Sheriff Davies* (links auf dem Bild) und *Deputy Stowe (rechts im Bild, hinter der Ausgrabungsstätte) ans Licht gebracht wurden.*

Da war etwas in dieser Stimme gewesen, überlegte er, das ihm unter die Haut gegangen war. Sanft, wohlklingend und mit einer suggestiven Kraft, die selbst die grausamsten Worte in einen zauberhaften, geheimnisvollen Refrain verwandeln konnte. Sie hatte das Verbrechen zu einem betörenden Sirenengesang gemacht – zu einem mysteriösen Phänomen, das in einer dunklen, sagenhaften Vergangenheit wurzelt. Zu einem Geheimnis höchsten Ranges, das zu ergründen eine so verlockende Aufgabe war wie die Suche nach dem Heiligen Gral für die Ritter der Tafelrunde.

Er dachte noch immer an sie, als er bereits die Vorberge an der Südflanke des Gebirges hinter sich gelassen hatte und über die Hochebene fuhr. Dies war das Land, mit dem er aufs engste vertraut war. Wo die Maisfelder sich bis zum Horizont ausdehnten, grüne Bächlein sich durch flache Mulden schlängelten, wo er an den mit Kudzu-Hanf überwucherten Schluchtwänden hinaufgeklettert war.

Hier gab es kaum eine Straße oder einen Weg, den er nicht kannte oder als Junge nicht erkundet hätte. Und dennoch war er bei seinen vielen Streifzügen nie zur Ruhe gekommen, sie waren stets von einer bedrückenden Orientierungslosigkeit begleitet gewesen. Er hatte sich nie von diesem Gefühl befreien können, daß er ein Außenseiter sei; von dem Verlangen, diesen Ort zu verlassen. »Du bist auf der Straße zur Welt gekommen«, hatte ihm seine Großmutter einmal erklärt. »Es ist der Wandertrieb, der in dir steckt.«

Am Stadtrand von Sequoyah, kurz bevor die Gebirgsstraße sich auf steilem Gefälle hinunterschwang in das Tal, bog Kinley vorsichtig nach links in einen Hohlweg ein, der ihn hinunterbrachte zu dem kleinen Friedhof, wo seine Großmutter ihre letzte Ruhestätte hatte. Es war eine helle, wolkenlose Nacht, und er fand mühelos ihren Grabstein – eine kleine Steinplatte aus Granit, die blaßblau im Mondlicht schimmerte.

Als Kinley vor ihrem Grab stand, überlegte er, wie sie wohl ausgesehen haben mußte an dem Tag, als man sie auf ihrer Veranda fand – kerzengerade sitzend in ihrem alten hölzernen Schaukelstuhl; ihre langen silbergrauen Haare über die Schultern gebreitet wie einen dicken Baumwollschal; die schwarzen Augen starr geradeaus gerichtet – groß und staunend, als sei ihr etwas Befremdliches erschienen. Ray hatte sie ihm beschrieben, als er ihn anrief, um ihn von ihrem Tod zu benachrichtigen.

Sie saß nur da, Kinley, und blickte über den Canyon hinaus.

Ich verstehe.

Kann ich etwas für dich tun?

Ich glaube nicht.

Was soll mit ihren Sachen geschehen, Kinley?

Sachen?

Nun, so etwas spricht sich rasch herum, und du weißt doch, was für Leute es hier oben gibt. Die könnten sich an ihren Sachen vergreifen.

Was sollte ich deiner Ansicht nach machen?

Nun, ich könnte ja heute nachmittag alles in Kisten verpakken lassen und sie vorläufig bei mir einlagern.

In Ordnung, Ray. Und vielen Dank. Ich rechne dir das hoch an.

Nun lag sie in dieser steinigen Erde, und Kinley vermochte sich gut vorzustellen, wie ihr Körper im Holzsarg jetzt aussah. Er hatte genügend einschlägiges Fotomaterial gesehen, um sich ein genaues Bild von den aggressiven Kräften der Verwesung machen zu können. Er wußte, daß ihre Augen jetzt wie zu Rosinen zusammengeschrumpft in dem großen Krater ihrer Höhlen lagen; daß die Lippen vertrocknet und zu schwarzem Leder geworden waren; daß die Kopfhaut über dem Schädel klaffte, so daß Büschel von grauen Haaren bis zu ihrer Brust hinunterfielen. Geister waren anmutige, ja schöne Erscheinungen, verglichen mit der Wahrheit der Verwesungsprozesse, dem allmählichen Zerfall des Fleisches zu Staub, den Kinley in allen erdenklichen Stadien beobachtet hatte.

Das in der Mitte der langen Hauptstraße gelegene Cherokee-Hotel bildete noch immer das Zentrum von Sequoyah, und Kinley konnte von seinem Zimmer aus das alte Gerichtsgebäude sehen. Es war auf einem Hügel errichtet worden und thronte seit Jahrzehnten als ein weithin sichtbares Symbol der Vernunft und Selbstbeherrschung über der Stadt. Dort hatte Ray irgendwo in einem Büro gesessen und seine letzten Tage mit Arbeit verbracht.

Nach einer Weile drehte sich Kinley wieder von dem mit Staub bedeckten Fenster weg und begann, seine Sachen auszupacken. Er stellte seinen Laptop-Computer – sein »elektronisches Notizbuch«, das er auf die Reise mitgenommen hatte, um etwaige Mußestunden nicht ungenützt zu lassen – auf die kleine Kommode neben dem Wandschrank, holte den schwarzen Anzug, den er zur Beerdigung tragen wollte, aus dem Koffer, hängte ihn und seine Hemden sorgsam über Bügel und verstaute sie im Kleiderschrank. Dann nahm er den Koffer wieder vom Bett und legte sich selbst darauf.

In der nächsten Sekunde war er schon eingenickt, und ein paar Minuten später stolperte er im Traum als kleiner Junge mit beängstigender Geschwindigkeit durch einen stockdunklen Wald. Jemand zog ihn unbarmherzig voran, zerrte heftig an seiner Hand, wenn er im dichten Gestrüpp, das seine bloßen Beine mit scharfen Dornenruten geißelte, steckenzubleiben drohte, und schleppte ihn mit einer unwiderstehlichen Gewalt zum Rand einer Schluchtwand. Er konnte sein Herz hämmern hören, als er sich dem Abgrund näherte – wie das Herz der kleinen Maria Spinola gehämmert haben mußte, dachte er jäh, als er die Augen aufriß und den eiskalten Luftzug spürte, der vom offenen Fenster herkam. Und er sah ihre dunklen, schreckgeweiteten Augen, die sich auf das blaugrün schimmernde Wasser des Tümpels hefteten, und spürte, wie ihre kleine Hand schmerzhaft von Fenton Norwoods Fingern zusammengepreßt wurde, als wäre es seine eigene.

4

ER HATTE DARAUFHIN das Fenster geschlossen und auch die schon leicht verwitterten hölzernen Läden davor; aber die Morgensonne fand trotzdem eine Lücke zwischen den unregelmäßigen Stäben und erfüllte den Raum mit einem harten, kalkigen Licht.

Im Badezimmer sah sein Gesicht im Spiegel ein wenig mitgenommen aus – hohlwangig, die Fältchen um die Augen mit blauen Schatten unterlegt. Seine Augen wirkten, was man ihm schon einige Male bestätigt hatte, zuweilen seltsam animalisch, immer dann, wenn sie mit starrer Eindringlichkeit eher in ihn hinein als nach vorne zu blicken schienen – als hätte er die Pupillen in die falsche Richtung gedreht und auf die dunklen Höhlen seines Schädels gerichtet. Es war eine Eigenart, die er von seiner Mutter geerbt hatte. *Puppenaugen* hatte Granny Dollar sie genannt. *Puppenaugen. Wie die deiner Mutter.* Es war der einzige Vergleich, den seine Großmutter je zwischen ihm und seiner verstorbenen Mutter angestellt hatte. Außer an dem Tag, wo er nach New York verschwunden war und sie neben dem Zug auf dem Bahnsteig stand, grau und schweigsam, bis sie schließlich sagte: *Du bist wie sie.*

Was seinen Vater anbelangte, so hatte Granny Dollar ihn mit der kurzen Bemerkung abgetan, daß er ein »elender Herumtreiber« gewesen sei. Wenn es jemals ein Foto von ihm gegeben hatte, mußte seine Großmutter es – davon war er überzeugt – schon vor Jahren in ihrem gemauerten Kamin verbrannt haben.

Er duschte kurz, zog sich an und begab sich hinaus auf die

Main Street. Die Morgenluft war kühl und frisch, und während er die enge Straße hinunterlief, fiel ihm wieder ein, daß er den Herbst hier am meisten geliebt hatte, wenn die frühen Fröste den Boden in einen unheimlich funkelnden kristallartigen Teppich verwandelten, und er sich oft wie auf einen anderen Planeten versetzt fühlte, wenn er darüber hinwegschritt – in eine Welt, in der das Gras aus Diamanten bestand und der Wind mit hoher, schriller Stimme seine Klage zum eisigen Himmel hinaufschickte. Alles war so kalt, scharf und klar gewesen, daß er sich total verwaist gefühlt hatte. Und nie mehr hatte er so etwas Trostloses und Menschenfeindliches erlebt, bis zu dem Zeitpunkt, als er viele Jahre später in Colin Brights unbarmherzige blaue Augen geblickt hatte.

War es eine bewußte Entscheidung?

Sie meinen, ob ich überlegte: »Okay, Colin, du mußt jetzt ein paar Leute umbringen?«

Ja.

An so etwas habe ich überhaupt nicht gedacht. Sie waren tot, bevor ich ihnen begegnete. Und sie waren tot, als ich sie wieder verließ.

Dann war das also gar kein Entschluß?

Nein, Mr. Kinley. Nur eine Spielart des Lebens.

Er hatte diese fünf letzten Worte nie mehr vergessen können und sie schließlich als Titel seines ersten Buches verwendet: *Nur eine Spielart des Lebens.* Und während er jetzt die Straße hinunterging, den Blick auf das kleine Restaurant am Ende der Häuserzeile geheftet, dachte er an die vielen Meilen, die er seit seinem ersten Interview zurückgelegt, die vielen Städte, die er im Verlauf seiner Arbeit aufgesucht hatte; dachte an das harte, gemeine Pflaster in den Armenvierteln von Boston, Chicago und New York; an die ländlichen, lehmigen Hintergassen von Indiana, wo Mildred Haskell schließlich, nach vielen qualvollen Stunden, den kleinen Billy Flynn erwürgt hatte; und an diese schrecklichen Wüstenstriche unten im Süden, an diese dürren heißen kleinen Ortschaften östlich von Los Angeles, die zwischen Steinen und Kakteen kauerten wie etwas, das auf Beute lauerte. Sie waren sich alle ähnlich, diese Stätten, die er von Berufs wegen aufgesucht hatte. Sie waren alle von diesem jähen, explosiven Drang überfallen worden, einen »Ausweg zu finden«, wie Colin Bright es genannt hatte; sich nur einen orgastisch kurzen Augenblick lang auf breiten roten Schwingen aus der Vereinsamung erheben zu können. Wie Ray es am besten formuliert hatte: *Innerlich, Kinley, tief, ganz tief in unserem Inneren sind wir alle bereit, jemanden zu vernichten.*

Das Restaurant schien auf ihn zuzuschweben wie auf einer kleinen grauen Wolke, und ehe er noch die Entfernung zu ihm abschätzen konnte, fand er sich bereits dort in einer Nische beim Fenster sitzend. Eine schmächtige, rothaarige Serviererin kam auf ihn zu mit einem so hageren, knochigen Gesicht, daß er unwillkürlich denken mußte, sie sei bereits tot und in einem flachen Grab verscharrt gewesen.

»Was darf's denn sein heute morgen?« fragte sie mit jovialer Stimme, aber mit einem grollenden Unterton, der sich ihm wie eine Lassoschlinge um den Hals zu legen schien.

»Haben Sie eine Speisekarte?«

»Kaffee, Eier, Speck, Wurst, Pfannkuchen. Das wär's.« Sie blinzelte heftig, als wollte sie etwas Glühendes von ihren Wimpern entfernen. »Oh – fast hätte ich den Toast vergessen. Toast mit Butter und Marmelade, wenn Sie möchten.«

»Nur Kaffee.«

»Okay.«

Sie entfernte sich wieder, und während er auf ihre Rückkehr wartete, spähte er hinaus auf die noch menschenleere Main Street und die verblaßte Inschrift über dem Ladenfenster von Jeffersons Drugstore gegenüber, wo er sich nachmittags oft zu einer Limonade oder einem Eis mit Ray verabredet hatte, während der Rest der High School den moderneren Hamburger-Schuppen am anderen Ende der Stadt als Treffpunkt bevorzugte. Der nannte sich Sallys To Go Go und pries als Spezialgericht Freetoe Pastete an – eine Mischung aus

Fritten und Chili, die von den Athleten des Football-Teams besonders geschätzt wurde.

Auch Ray hatte dieser Football-Schulmannschaft angehört, sich aber in seiner Freizeit nie mit ihnen getroffen, sondern statt dessen zuweilen Warren Peacock in seiner Bude besucht. Peacock war ein Radioamateur, der sich seine Tage damit versüßte, daß er den revolutionären Parolen Fidel Castros lauschte, die er von Kuba zum Festland hinüberschickte. Dann war da noch Dolly Pitt, eine Blondine, deren Schlankheit an Magersucht grenzte und die später nach Kalifornien verzog und hier als Sequoyahs erstes und einziges Hippie-Mädchen in Erinnerung geblieben war. Dolly war das letzte Mädchen, mit dem Ray ausging, ehe er Lois Renshaw kennenlernte, die er dann später heiratete – eine ätherische Brünette aus Minnesota, die, wie Ray ihm erzählte, eines Nachmittags, als sie noch in Minneapolis wohnte, von der Schule nach Hause kam und dort ihre Mutter nackt, wie ein geschlachtetes Rind, am Garderobenhaken neben der Eingangstür hängen sah.

Ich weiß, daß sich das anhört wie ein Hirngespinst; aber sie hat mir das alles sehr ausführlich geschildert.

Weiß sie, weshalb?

Sie sagt, sie hätte keine Ahnung, weshalb. Und das verrückte daran ist – ich weiß das wirklich von ihr und kann mir das unmöglich aus den Fingern gesogen haben, verstehst du? –, das verrückte daran ist, daß Lois sich immer wieder fragt, ob es vielleicht gar kein Selbstmord gewesen ist.

Du meinst, daß ihre Mutter ermordet wurde?

Ja, ermordet. Und was noch schlimmer ist, Kinley: Lois denkt, daß es vielleicht ihr Vater war, der sie umbrachte.

Es war exakt in diesem Moment gewesen, wie Kinley sich jetzt erinnerte, daß Mrs. Dinker in den Drugstore gekommen war, bekleidet mit ihrem langen schwarzen Mantel, den sie stets trug. Das weiße Spitzentaschentuch in ihrer Faust flatterte wie ein kleiner ängstlicher Vogel, der gerade brutal zu Tode gequetscht wurde. Er hatte ihr kurz zugenickt, während

Ray auf seinem Hocker etwas zur Seite gerutscht war, um sie zu betrachten. Dann hatte er ihn wieder mit einem seltsam leeren, betrübten Gesicht angeschaut und gesagt: »Es ist besser, es zu wissen. Meinst du nicht auch, Kinley? Egal, was es kostet.«

Mrs. Dinker war es nie vergönnt gewesen, wenigstens herauszufinden, was mit ihrer Tochter Ellie passiert war. Ellie war in ihrem dunkelgrünen Kleid auf dem Waldweg, den sie an jenem Freitagmorgen zum Berg hinauf gegangen war, einfach verschwunden, als sei sie so gut getarnt gewesen, daß sie von dem dichten Laubwerk aufgesogen worden war und so ihre Identität verloren hatte.

Als habe sie sich schlechtweg in Luft aufgelöst, Kinley. Können Menschen sich so einfach in Luft auflösen?

Kinley hatte diese Frage nie beantwortet; doch jetzt, als die Serviererin mit seinem Kaffee zurückkam und er den Dampf beobachtete, der von ihm aufstieg, eine Zeitlang einen mysteriösen, geisterhaften Schleiertanz aufführte, bevor er unsichtbar wurde, glaubte er die Antwort auf Rays Frage zu wissen. *Nein, das können sie nicht. Es muß etwas mit ihnen geschehen sein.* In Gedanken ging er die lange Liste durch, die er von den »Verschwundenen« zusammengestellt hatte. Riley Parker verschwand plötzlich aus ihrem Textilgeschäft. Sheila Benson aus einer öffentlichen Bedürfnisanstalt in Twenty-two Palms. Eliza Manchester aus ihrer Wiege, und nur zwei winzige Stückchen abgeplatzter Farbe vom Fensterbrett waren als Hinweis auf ihren Verbleib gefunden worden. Als nächstes fiel ihm Ellie Dinker ein, deren Mutter mit leeren Augen schweigend durch die Straßen von Sequoyah geisterte – eine in Schwarz gehüllte, tragische Ersatzfigur für den ruhelosen Geist ihrer Tochter. *Immer, immer, immer. Etwas war immer mit ihnen passiert.*

Er nahm einen Schluck Kaffee, spürte kaum, wie er ihm durch die Kehle rann, nahm einen zweiten Schluck und noch einen, bis die Tasse leer war und die Kellnerin unaufgefordert an seinen Tisch kam.

»Soll ich nachschenken?«

»Ja, danke.«

Sie kam kurz darauf mit seiner vollen Tasse und einer Zeitung wieder zurück. »Gehört mit zum Frühstück«, sagte sie, die Zeitung auf den Tisch klatschend.

Kinley war nicht überrascht, Rays Foto auf der Titelseite zu sehen. In einer Stadt wie Sequoyah wäre jeder Mann, der so lange wie Ray Bezirkssheriff gewesen war, eine Lokalgröße.

Auf dem Zeitungsbild sah Ray jünger aus, als Kinley ihn in Erinnerung hatte. Die tiefen Falten, die sich um seine Augen gebildet und die seine Wangen gefurcht hatten, waren kaum darauf zu erkennen, und die silbernen Fäden, mit denen seine roten Haare durchsetzt gewesen waren, hatte man sowieso nur sehen können, wenn das Licht darauffiel. Es war schwer, ihn sich als Toten vorzustellen – noch schwerer, sich den Moment seines Sterbens zu vergegenwärtigen. Wie er durch das Gebüsch wankte, die Hände auf die Brust gepreßt, die Augen in Todesangst weit aufgerissen und aus den Höhlen quellend, während die Vögel auf den kahlen Zweigen über ihm alles neugierig verfolgten.

Der zu dem Bild gehörende Artikel war ein nüchterner Abriß seines Lebens und für jeden, der ihn vielleicht nicht gekannt haben mochte, eine ausführliche Würdigung seiner Tätigkeit erst als Deputy-Sheriff unter Floyd Maddox und dann als Bezirkssheriff nach Maddox's Tod im Jahre 1974. In diesem Amt war er immer wieder bestätigt worden, bis er im Jahre 1990 auf eine Wiederwahl verzichtet hatte.

Dem Zeitungsartikel nach war Ray am späten Nachmittag des 1. Septembers gestorben. Seine Leiche war von jemandem entdeckt worden, der dort in der Nähe der Schlucht wohnte. Bezirksstaatsanwalt William Warfield hatte sofort eine Obduktion der Leiche angeordnet.

Kinley faltete die Zeitung zusammen, legte sie wieder auf den Tisch und lehnte sich in seinem Stuhl zurück. Draußen lag die einzige Hauptstraße, über die Sequoyah verfügte. Sie befand sich noch immer in einem tiefen Schlaf, wenn nicht sogar in einem Koma, verglichen mit dem Betrieb und Getöse, die zu dieser Zeit auf den Straßen von New York herrschten. Kinley staunte, daß Ray es so lange hier hatte aushalten können.

»Das macht fünfzig Cents«, sagte die Serviererin, als er zum Bezahlen an die Theke ging. »Möchten Sie eine Quittung haben?«

Kinley dachte an seine Steuererklärung und kam zu dem Schluß, daß das Finanzamt seine Fahrt nach Hause wohl kaum als Geschäftsreise anerkennen würde. »Nein«, sagte er.

5

ER TRAF PUNKT elf in Rays Haus ein. Er war, nachdem er sich mit Ray in der High School angefreundet hatte, sehr oft hier gewesen. So manche Nacht hatte er mit Ray dort draußen auf der Veranda gesessen und über Gott und die Welt geredet. Tatsächlich hatte er in den letzten vier Jahren vor seinem Abschied aus Sequoyah soviel Zeit in und bei diesem Haus verbracht, daß es ihm fast so sehr ans Herz gewachsen war wie die Hütte seiner Großmutter in den Bergen.

Als Haus machte es nicht viel her – klein, aus Holz errichtet, mit zwei winzigen Schlafräumen und einem nicht viel größeren Wohnzimmer. Doch für die Tindalls stellte es so etwas wie einen Erbhof dar, und deswegen hatte Ray praktisch alles, was er sonst besaß, Lois überlassen – seine Ersparnisse und den Großteil der Ländereien, die er in den fünfzehn Jahren seiner Amtszeit nach und nach erworben hatte, um das Haus als Familiensitz der Tindalls zu erhalten. Seit seiner Scheidung hatte er dort allein gelebt, war durch die kleinen, spärlich beleuchteten Korridore gewandert oder hatte sich in dem kleinen Büro vergraben, das er sich in Lois' ehemaligem Schlafzimmer eingerichtet hatte.

Serena öffnete selbst die Tür. Sie war jetzt zwanzig und hatte Rays rote Haare und dessen grüne, ausdrucksvolle Augen. Ihre Haut schimmerte wie ein sanftes weißes Licht durch das rostige, engmaschige Netz des Fliegengitters.

»Es tut gut, dich zu sehen«, sagte sie leise und trat zur Seite, um ihn ins Haus zu lassen. »Ich bin froh, daß du gekommen bist. Du hast ihm nahegestanden wie ein Bruder.«

Kinley zog sie in seine Arme. Schweigend, in aufrechter, unnachgiebiger Pose ließ sie sich von ihnen umfangen – eine Frau, die ihres Vaters untrüglichen Sinn für Schicklichkeit und dessen unerschütterliche Selbstbeherrschung geerbt hatte.

Er gab sie wieder frei, und sie trat zur Seite. »Er ist dort drin«, sagte sie, ihn aus dem kleinen, rechteckigen Foyer in das Wohnzimmer geleitend. Blumengestecke waren auf grünen Metallständern über den ganzen Raum verteilt, deren süßer Duft ihm in dem kleinen Zimmer fast den Atem raubte. Der Sarg war vor dem gemauerten Kamin aufgebockt, ein massives Metallgewölbe, das den Raum um sich herum zusammenschrumpfen ließ.

»Ich wollte ihn nicht im offenen Sarg aufbahren«, sagte Serena. »Ich glaube, Daddy hätte das nicht gewollt.«

»Ja, das glaube ich auch.«

»Die Leute hier machen das meistens so; aber ...«

»Nein, du hattest recht«, sagte Kinley. »Ich habe es bei meiner Großmutter auch so gehalten wie du.« Er heftete seinen Blick auf den Sarg und konnte sich nur mit Mühe vorstellen, wie Ray darin lag, allein im Dunklen.

»Ich bin erst vor einem Monat hier gewesen«, sagte Kinley. »Wir hatten ein schönes Gespräch miteinander.«

»Als deine Großmutter starb.«

»Ja.«

Serena wandte die Augen nicht von dem Sarg ab; mit einem Ausdruck, der leicht verwirrt zu sein schien, als versuchte sie zu erraten, was sich denn nun wirklich darin befand.

Kinley blickte sie ernst an. »Du bist so, wie er sich seine Tochter gewünscht hatte«, sagte er leise. »Das merkte man ihm stets an, wenn er von dir redete. Du bist unabhängig; bereit, deinen eigenen Weg zu gehen. Verstehst du? So wünschte er sich seine Tochter.«

Serena wandte ihm das Gesicht zu. »Wir standen uns immer nahe. *Sehr* nahe. Außer in den letzten paar Wochen. Etwas hatte sich da zwischen uns verändert.« Sie schüttelte den Kopf. »Nein, etwas veränderte sich in *ihm*.«

Kinley hob die Schultern ein wenig. »Nun, so eine Scheidung bleibt nicht ohne Wirkung ...«

»Es war nicht nur die Scheidung«, unterbrach ihn Serena. »Es war Daddy«, meinte sie beharrlich. »Etwas, das in ihm steckte.«

»Er war immer ein wenig ungewöhnlich, Serena.«

»Etwas ist mit ihm geschehen«, beharrte Serena. »Was ihn veränderte. Obwohl er nie darüber redete.«

»Vielleicht war es nur eine Krise; die Midlife-Krise eben.«

Serena schüttelte entschieden den Kopf. »Nein.« Sie blickte sich um, als suchte sie einen Winkel, in den sie sich verkriechen könnte. »Ich weiß nicht, wie ich es anstellen soll.«

»Was?«

»Um dahinterzukommen, was Daddy von mir wegtrieb.«

»Serena. Hör zu. Manchmal muß man sich eben damit abfinden, daß es so ...«

Wieder dieses heftige Kopfschütteln. »Meinst du nicht, daß es besser ist, sich Klarheit zu verschaffen? Daß man sich wohler fühlt, wenn man weiß, was passiert ist?«

Kinley sah sich in diesem Moment wieder ihrem Vater in Jeffersons Drugstore gegenübersitzen, als er ihm in demselben entschiedenen Ton die gleiche Frage gestellt hatte. Und er dachte an die vielen Male, wo es ihm seither tatsächlich gelungen war dahinterzukommen, was »passiert« war; er sich aber danach keineswegs besser gefühlt hatte als vorher.

»Ich weiß nicht, Serena; vielleicht ist es nicht besser«, erwiderte er – eine Antwort, die sie, wie er wußte, nicht befriedigen konnte.

Lois traf eine Stunde später im Haus ein. Sie trug einen schlichten schwarzen Rock und eine schwarze Bluse und sah wesentlich älter aus, als er sie in Erinnerung hatte; als hätte sich die Zeit plötzlich wie ein Geier auf sie gestürzt und einen Tanz auf ihrem Gesicht und ihren Augen ausgeführt.

»Hallo, Jack«, sagte sie, zu ihm herüberkommend.

»Lois.«

»Wie lange ist es jetzt her?«

»Vier Jahre – oder fünf? Ich bin mir nicht ganz sicher.«

»Irrtum«, sagte Lois. »Ich war auf der Beerdigung deiner Großmutter.«

»Tatsächlich?«

»Ich habe dir an ihrem Grab kondoliert.«

»Entschuldigung, Lois. Vieles habe ich damals nur ...«

»... flüchtig wahrgenommen, ich weiß«, sagte sie energisch. »Aber das störte mich nicht. Schließlich bin ich für dich ja immer nur ›Rays Frau‹ gewesen.«

Als sie sich wieder entfernte, fragte sich Kinley, ob es sich wirklich so verhielt, wie sie behauptete, und sein Geist ihm wieder mal diesen Streich gespielt hatte, Leute für ihn unsichtbar zu machen. Falls ja, hätte er daran auch nichts ändern können. Er hatte sich schon seit langem damit abgefunden, daß sein Geist eigenmächtig handelte, seinen eigenen Gesetzen und Neigungen folgte – so sehr, daß er zuweilen das Gefühl hatte, er gehöre ihm gar nicht, sondern sei ein von ihm getrenntes Wesen: ein kleines graues Tier, das in seinem Schädel zusammengerollt lag und durch seine Augen lauernd in die Welt hinausspähte, lebendig und atmend in der dunklen, luftdicht verschlossenen Kammer.

Lois verharrte kurz am Sarg und verließ das Haus dann wieder durch die Hoftüre, ohne sich noch einmal umzudrehen. Von seinem Stuhl im Wohnzimmer aus konnte Kinley sie dort stehen sehen. Sie kehrte ihm den Rücken, halb verdeckt von den Zweigen der mächtigen Trauerweide, die den kleinen Hof fast gänzlich verschlang. Sehr gerade stand sie da, die Schultern in die Höhe gezogen, den Kopf leicht erhoben, als beobachtete sie das schwankende Zelt, das die Weidenruten über ihr errichteten.

Ein paar Sekunden später gesellte sich dann Serena zu ihr, und selbst aus dieser Entfernung konnte Kinley erkennen, daß sie sich stritten – vermutlich ein letztes Gefecht in einem Ödipus-Krieg, dessen Ausgang nun keine Bedeutung mehr hatte.

Dennoch dauerte dieser Krieg offensichtlich an, nahm sogar noch an Stärke zu, bis Kinley fast jedes Wort verstehen konnte, das die beiden sich an den Kopf warfen. Er endete jäh, als Lois plötzlich zum Haus hinsah, dort den stummen, starren Blick von Kinley auffing und mit einer Handbewegung ihre Tochter zum Schweigen brachte. Worauf die beiden wieder ins Wohnzimmer zurückkamen und Lois erklärte: »Serena und ich haben über das Haus gesprochen. Ich versuchte, ihr einen Rat zu geben.«

»Vermutlich könntet ihr es vermieten«, sagte Kinley, dem die Rolle eines Familienratgebers gar nicht behagte, zu den beiden.

»Nein«, schnaubte Lois. »Ich denke, sie sollte sich von dem Haus trennen. Ray hatte die Mittel für dessen Unterhaltung; aber Serena – eine ledige Frau, die in einer anderen Stadt ein Wohnrecht im College hat – ist meiner Ansicht besser dran, wenn sie es abstößt.«

Serena blickte Kinley vielsagend an, ohne sich jedoch dazu zu äußern.

»Sie sollte es verkaufen«, sagte Lois. »Das wäre das beste.« Sie drehte sich wieder zum Sarg um. »Nachdem er nicht mehr unter uns weilt, gibt es keinen Grund ...« Sie hielt mitten im Satz inne und streifte ihre Tochter mit einem Blick. »Es bleibt dir gar nichts anderes übrig, als es zu verkaufen.«

Serenas Gesicht versteinerte sich, aber sie sagte kein Wort.

Lois wandte sich nun Kinley zu. »Ich sehe dich ja sicher morgen bei der Beerdigung.«

»Ja.«

Sie streckte ihm ihre Rechte hin. »Begräbnisse. Man scheint sich immer nur bei solchen Anlässen zu treffen.«

Kinley schüttelte ihr die Hand. »Lois, was das vorige Mal angeht ...«

»Mach dir deswegen keine Sorgen, Jack«, sagte Lois. »Ich habe in meinem Leben die Erfahrung gemacht, daß die Leute, die vergessen, daß man in ihrer Nähe ist, einen auch nicht mehr belästigen.« Sie lächelte dünn. »Weißt du, daß Ray mir verraten hat, was du damals gesagt hast?«

»Gesagt?«

»Vor Jahren«, erklärte Lois. »Als er dir erzählte, wie meine Mutter ums Leben kam.«

Kinley antwortete nicht.

»Du hast dich, wie es schon immer deine Art war, sehr nüchtern dazu geäußert«, fuhr Lois fort, während ihre Stimme an Intensität zunahm, als würde sie jeden Moment explodieren. »Deiner Theorie nach hatte ich meine Mutter geliebt und meinen Vater gehaßt und deshalb beschlossen, ihn zu ihrem Mörder zu erklären.«

»Ach, das«, sagte Kinley leichthin, um ihr nicht noch mehr Zündstoff zu liefern.

»Nun, du hattest dich geirrt, Jack«, belehrte Lois ihn. »Ich liebte meinen Vater und haßte meine Mutter. Und dennoch hatte ich ihn in Verdacht. Kannst du dir das vorstellen, Jack?«

Damit drehte sie sich auf dem Absatz um und bewegte sich auf die Tür zu.

Als würden sie von der Schockwelle eines Nachbebens erfaßt, eilten Kinley und Serena an das Vorderfenster und beobachteten, wie sie zu ihrem Wagen ging, einstieg und davonfuhr.

»Sie ist auch eine von diesen Frauen«, sagte Serena leise.

»Von welchen Frauen?«

»Die nie etwas anderes erwarten als Schmerz«, erwiderte Serena. »Ein Opfer.«

Kinley sah Lois' Wagen nach, der auf der engen, von Bäumen gesäumten Straße davonfuhr. Er konnte die Silhouette ihres Kopfes über dem Fahrersitz erkennen. Die Umrisse erinnerten ihn so sehr an Maria Spinola, daß er sich unwillkürlich fragte, ob nicht die Hinterwäldler-Version eines Fenton Norwood bei ihrer Wohnung auf sie lauerte und vielleicht in diesem Moment einen Dietrich am Schloß ihrer Hintertür ausprobierte.

Am Nachmittag gaben sich dann Rays Nachbarn und ehemalige Kollegen gegenseitig die Klinke in die Hand. Anfangs erkannte er nur Rays Schwester Millie unter den Besuchern, doch als der Trubel sich etwas legte, vermochte er sich doch wieder auf das eine oder andere Gesicht zu besinnen, das einem ehemaligen Mitschüler oder Lehrer gehörte; einer Persönlichkeit, die im öffentlichen Leben der Stadt eine Rolle spielte; oder einer anderen stadtbekannten Figur – einem Amtsträger, Geschäftsinhaber, Händler. Nicht wenige von ihnen erkannten auch ihn wieder. Das überraschte Kinley allerdings nicht, das Lokalblatt bildete jedesmal, wenn ein neues Buch von ihm erschienen war, sein Konterfei auf der Titelseite ab.

Gegen Abend leerte sich das Haus dann wieder. Kinley ging mit Serena auf die Veranda hinaus und setzte sich dort auf die Hängematte. Es war ein kühler Abend, und Serena hatte sich in einen von Rays alten Pullovern eingewickelt.

»Du hättest nicht den ganzen Tag über hierbleiben müssen«, sagte sie.

»Ich wollte es aber«, erwiderte Kinley.

Sie lächelte. »Ihm hätte das sicher gefallen. Er schätzte Loyalität über alles.« Sie schob ihren Arm unter seinen und lehnte sacht ihren Kopf an seine Schulter. »Als kleines Mädchen saß ich abends immer mit ihm zusammen auf der Veranda. So an ihn geschmiegt wie jetzt.« Sie zog sich jählings wieder von ihm zurück. »Ich kann es noch immer nicht glauben, daß es ihn nicht mehr gibt.«

»Wenn es so plötzlich geschieht wie bei ihm«, sagte Kinley, »braucht es immer seine Zeit, bis man sich damit abgefunden hat.«

Serena nickte. Sie schien jetzt gefaßter zu sein als noch vor einer Stunde.

»Wann reist du wieder ab?« fragte sie beiläufig.

»Übermorgen.«

»Du kannst doch hier wohnen«, sagte Serena. »Und ich ziehe so lange zu meiner Mutter.«

»Nein, das kommt nicht in Frage. Ich habe dir doch gesagt, daß ich mir ein Zimmer im Hotel gemietet habe.«

»Nein, bleib hier«, drang Serena in ihn. »Daddy hätte es so gewollt.«

Er beschloß, ihrem Verlangen nachzugeben, und später am Abend fand er sich dann allein in Rays Wohnzimmer wieder, den Blick auf den Sarg geheftet, der nun auf einem breiten, tiefen Blumenkissen zu ruhen schien. Lange blieb sein Geist auf eine für ihn untypische, ja verwunderliche Weise leer, als sei er von einer Lähmung befallen, die jeden Schmerz unterdrückte, den er sonst wohl empfunden haben würde.

Er stand auf, ging auf die Veranda hinaus und sog die kalte Nachtluft in die Lungen. Die Nacht war seine innigste Vertraute, und er hatte sich stets an dunklen Orten am wohlsten gefühlt – in dem lichtlosen Pferdestall, wo Colin Bright die Leichen der ermordeten Comstock-Familie aufgereiht hatte; dem engen Räucherhäuschen, wo Mildred Haskell ihr letztes Experiment an dem kleinen Billy Flynn vollführte; dem feuchten Gewölbe, wo ihr Ehemann Edgar später dessen armselige, zerstückelte Überreste abgelegt hatte. Kinley hatte all diese Orte besucht und sich dort heimischer gefühlt als auf all diesen von der Sonne beglänzten Feldern, die er auf seinen Reisen überflogen hatte. Heimischer auch als auf diesen grünen Wiesen, über die er gewandert war, auf der Suche nach jenen Stellen, wo man die Erde aufgegraben, die Leiche schließlich entdeckt und aus ihrem Versteck geholt hatte. Da war sogar etwas an diesem Satz »ans Tageslicht gebracht«, das ihm stets ein Unbehagen bereitet hatte, als sei dieser von einer schicksalhaften Bedeutung für die Dunkelheit, in der er so befreit aufatmen konnte – ein geeignetes Mittel, um den Lebensraum der Unholde und Vampire zu vernichten.

Nach einer Weile ging er ins Haus zurück und den kurzen Korridor zu dem Zimmer hinunter, das Ray in seiner Schulzeit bewohnt und später dann in ein Büro umgewandelt hatte.

Er trat über dessen Schwelle und schloß die Tür hinter sich, als müsse er den Raum vor neugierigen Augen abschirmen, denen Ray gewiß keinen Einblick in seine Privatsphäre geben wollte. Dort hatte er an seinem kleinen stahlgrauen Schreibtisch gearbeitet, auf dem eine uralte schwarze mechanische Schreibmaschine unter einer Leselampe stand. Daneben mehrere übereinandergestapelte Kartons – Karteikästen aus Pappe, so vollgestopft mit Notizzetteln, daß sie an den Seiten ausgebeult waren. Die selbstgebauten, hölzernen Regale an den Wänden, die bis zur Decke reichten, nahmen so viel Platz ein, daß der Schreibtisch in einem Schacht aus Büchern eingezwängt zu sein schien. Diese waren offenbar wahllos auf den Borden verteilt und so eng zusammengepfercht, daß die Buchrücken über die Bretterränder hinausquollen. Die Bretter bogen sich durch, so daß man befürchten mußte, sie könnten jeden Moment unter ihrer Last zusammenbrechen.

Ray war für ihn das Musterbild eines Autodidakten gewesen – der ungeschulte, bildungshungrige Dilettant, der sich auf zahllosen, weit verstreuten Sachgebieten kundig zu machen suchte. Da standen Romane neben historischen Werken, Anthologien neben sozialkritischen Abhandlungen, literarische Essays neben juristischer Fachliteratur, Schöngeistiges neben physikalischen Forschungsberichten – was ihn eben gerade so interessiert hatte. Nur auf einem Brett schien er sich an ein System gehalten zu haben, und zwar auf jenem, das er Kinleys Büchern reserviert hatte, die säuberlich, nach Titeln geordnet, dort aufgereiht waren, als sei er genauso stolz auf sie gewesen wie der Verfasser selbst. Kinley nahm sie nun eines nach dem anderen vom Bord herunter und las die Widmungen, die er jedes Jahr hineingeschrieben hatte: *Für meinen teuren Freund Ray und Kollegen im Geiste, der meine Passion für das Verbrechen teilt. Für den einzigen Mann, dessen Spürnase gleich meiner auf der blutigen Fährte verweilte. Für Ray – mein zehntes Buch zu seinem vierzigsten Geburtstag.*

Als Kinley diese letzte Widmung gelesen hatte, fühlte er sich plötzlich sehr müde. Er ging zum Schreibtisch und ließ sich dort auf den Drehstuhl fallen. Von diesem Platz aus konnte er ein kleines Rechteck aus weißem Papier erkennen, das Ray direkt über seiner Schreibmaschine mit Klebeband an die Tapete geheftet hatte. Kinley mußte sich vorbeugen und die Lider ein wenig zusammendrücken, um lesen zu können, was darauf stand. Es war offensichtlich etwas, das Ray in einer philologischen Abhandlung über Kriminalliteratur gelesen und das ihn offenbar so tief beeindruckt hatte, daß er sich die Mühe machte, es abzutippen und an die Wand seines Arbeitszimmers zu kleben:

> *In einem Zeitalter der Massenmorde stellt der Kriminalroman die letzte Bastion des romantischen Individualismus dar. Hier hat das Leben eines einzigen Menschen, das ihm auf ungesetzliche Weise genommen wurde, noch immer eine solche Bedeutung im menschlichen Universum, daß das Versäumnis, aufzuklären, wie und von wem dieses Leben vernichtet wurde, ein Unheil für uns darstellt – oder das, was wir noch als numinose Angst vor dem Unbegreiflichen in uns zu erkennen vermögen.*

Während Kinley dieses Zitat studierte, sah er sich im Geiste wieder auf dem Bahnhof, zu dem Ray ihn nach der Beerdigung seiner Großmutter gebracht hatte, auf seinen Zug warten. Da war etwas Seltsames in Rays unergründlichen, grünen Augen gewesen – etwas, das Kinley danach nicht mehr aus dem Sinn gehen wollte. Später hatte er sich überlegt, ob es vielleicht Einsamkeit gewesen sein mochte oder ein familiärer Kummer. Oder jene Art von Verzweiflung, die einen Mann zuweilen in den ›besten Jahren‹ überfiel und die er bei Dutzenden seiner Bekannten hatte kommen und gehen sehen. Nun fragte er sich aber, ob Ray nicht von irgendwelchen Alltagssorgen bedrückt gewesen war, sondern von etwas sehr Außergewöhnlichem, und daß er, Kinley, wenn er seinem langjährigen Freund tiefer in die Augen geblickt hätte, darin vielleicht dieses sehnsüchtige Verlangen erkannt haben würde, eine befreiende Antwort darauf zu finden.

6

SERENAS EINLADUNG FOLGEND, fuhr er im ersten Wagen hinter dem Sarg mit, wo ihm Lois und Serena gegenübersaßen und Rays Schwester Millie und deren Gatte, Grady, zur Seite. Eine fast zwei Meilen lange, serpentinenartige Prozession von Autos, die in einer Doppelreihe fuhren, folgte dem Leichenwagen den Berg hinauf zu dem dort befindlichen weiträumigen Friedhof, wo Ray seine letzte Ruhe finden sollte.

Der Trauergottesdienst dauerte länger, als Kinley erwartet hatte, und als der Seelsorger der Gemeinde mit seiner Predigt nicht zu Ende kommen wollte, ertappte sich Kinley dabei, wie er sich noch einmal jenen Tag ins Gedächtnis rief, an dem er Ray zum letztenmal lebend gesehen hatte.

Seine Erinnerung daran war sehr lebhaft. Es hatte einen Wolkenbruch gegeben, als der Zug einlief, der ihn wieder in den Norden zurückbringen sollte. Deshalb hatte er sich sofort in einen Waggon geflüchtet, während Ray im Platzregen noch auf dem Bahnsteig ausgeharrt, mit bekümmerten grünen Augen zu ihm hochgesehen und in ernstem, eindringlichem Ton seine letzten Worte zu ihm gesagt hatte. Daraufhin schien der Zug einen Augenblick zu erschauern und setzte sich dann langsam, mühsam in Bewegung. Ray lief neben dem Zug her, als müsse er ihm, Kinley, unbedingt noch etwas begreiflich machen, ehe sie sich wieder aus den Augen verloren.

Ich kann kaum noch schlafen, Kinley.

Du hattest immer deine Schwierigkeiten damit.

Und du?

Ich schlafe gut.

Ray hatte über Kinleys Antwort kurz gelächelt. Es war ein beunruhigendes Lächeln gewesen, als steckte in diesen drei Worten eine geheime Ironie. Dann war Rays Lächeln erloschen und seine Miene wieder sehr ernst geworden. Nur seine Augen nicht. Diese fuhren fort, in Kinleys Gesicht zu forschen, als suchten sie dort nach einem Code zu einem sonst nicht entzifferbaren Text.

»Kinley, bist du ...?«

In eben diesem Moment war ein Ruck durch den Zug gegangen und seine Geschwindigkeit hatte dann stetig zugenommen, doch Ray war in einem schnellen Trott auf der Höhe der Waggontür geblieben, als wäre er fast entschlossen, noch auf den fahrenden Zug aufzuspringen.

»Kinley, bist du ...?«

Der Zug bewegte sich nun so schnell, daß Ray fast rennen mußte, um mit ihm Schritt halten zu können, während die Regentropfen auf seinem sich mühsam vorankämpfenden Körper zerplatzt waren wie Kristallkugeln. Als er letztendlich das Tempo nicht mehr mithalten konnte, war er einfach stehengeblieben und hatte schweigend zu ihm, Ray, der ihm zuwinkte, hinaufgesehen. »Auf Wiedersehen, Ray«, hatte Kinley gerufen.

Doch Ray hatte diesen letzten Gruß niemals erwidert, so daß, wie es Kinley nun bewußt wurde, während die Stimme des Geistlichen im Hintergrund fortdröhnte, ihre lange Freundschaft mit einer unvollständigen und noch immer unbeantworteten Frage geendet hatte.

»Kinley, bist du …?«

Nach der Beerdigung fuhren Kinley und Serena zurück in das Haus in der Beaumont Street. Kinley setzte sich dort wieder ins Wohnzimmer, die Augen auf die nun leere Stelle geheftet, wo noch vor wenigen Stunden Rays Sarg gestanden hatte.

»Sie sind immerzu in Bewegung«, sagte Serena, die ihm in dem kleinen, beengten Wohnzimmer gegenübersaß. Sie deutete mit dem Kopf auf seine Hände. »Sie halten keinen Moment still.«

Kinley drückte die Arme fest auf die Lehnen seines Sessels. »Das ist eine alte Angewohnheit. Von Geburt an, würde ich sagen.«

»Es sieht aus, als wollten sie etwas packen«, sagte Serena, »wenn sie sich so bewegen.« Sie lächelte befangen. »Ich habe einmal einen Schnellkursus in Psychologie am College belegt. Da haben sie uns auch etwas über Körpersprache erzählt.« Sie sah wieder auf seine Hände. »Was du mit ihnen immer machst, bezeichnet man als zupackende Bewegung.«

»Hat das irgendeine tiefere Bedeutung?«

Sie zuckte mit den Achseln. »Es ist nur ein Reflex. Eine nervöse Reaktion.«

»Eine Reaktion worauf?«

Sie schüttelte den Kopf. »Wie gesagt, es war nur ein Schnellkursus. Sie gingen nur kurz auf dieses Thema ein.«

»Ich verstehe«, murmelte Kinley, während seine Augen noch immer auf der nun leeren Fläche des Teppichs verweilten, wo Ray im geschlossenen Sarg aufgebahrt gewesen war.

Serena studierte ihn eine Weile, als sei sie sich einer Sache nicht ganz sicher. »Da ist etwas, das ich dir sagen muß.« Sie zögerte. »Ich wollte es eigentlich nicht erwähnen; aber ich denke, ich sollte es doch tun.«

»Was?«

»Jemand hat an dem Nachmittag, als Daddy starb, sein Büro durchsucht.«

»Woher weißt du das?«

»Weil es so anders aussah, als ich am nächsten Tag hierherkam.«

»Durchwühlt?«

»Das genaue Gegenteil«, erwiderte Serena. »Aufgeräumt. Alles säuberlich an seinem Platz, wie Daddy es nie hinterlassen hätte.« Sie hielt inne, wartete auf eine Reaktion von ihm, und fuhr fort, als diese ausblieb. »Und noch etwas«, sagte sie, jedes Wort betonend. »Du kennst doch den Aktenschrank, der in seinem Büro steht?«

»Ja.«

»Da fehlten Papiere. Der ganze Inhalt einiger Ordner war verschwunden. Aus dreien – die mit dem Buchstaben D, O und S – waren offenbar alle Papiere entwendet worden. Ich fand nur noch die leeren Aktendeckel in der Ablage.«

»Vielleicht ist nie etwas darin gewesen«, meinte Kinley.

Serena schüttelte energisch den Kopf. »Nein, sie müssen Papiere enthalten haben.«

»Woher weißt du das?«

»Weil Daddy immer nur einen Ordner anlegte, wenn er etwas darin ablegen mußte. Es gibt keine Akte X oder Z, weil er unter diesen Buchstaben nichts einzuordnen hatte.«

Kinley nickte.

»Und ich habe mir auch die leeren Ordner genauer angesehen«, fuhr Serena fort, »die mit den Buchstaben D, O und S. Sie waren an der Falz ausgebeult und eingerissen. Ich habe mich lange genug mit Hängeablagen beschäftigt, um zu wissen, daß so etwas nur passiert, wenn sie Papiere enthalten haben – in der Regel eine Menge Papiere, nicht nur ein paar Blätter. So viele Papiere, daß deren Gewicht den Falz ausbeult.«

»D, O, S«, sagte Kinley leise. »Hast du eine Ahnung, was sich in diesen Ordnern befand?«

»Nein.«

»Alte oder neue Fälle?«

»Beides wäre möglich.«

»Hat er seine Papiere unter einem Namen abgelegt oder einem Sachbegriff?«

»Sowohl als auch.«

»Das macht die Angelegenheit ein wenig kompliziert«, sagte Kinley.

Serena hob die Hand. »Aber das war er nun einmal«, erwiderte sie. »Kompliziert. Deswegen mache ich mir ja solche Sorgen der verschwundenen Papiere wegen. Sie könnten alles mögliche enthalten haben.«

Später an diesem Abend fand Kinley keinen Schlaf, und so wanderte er ein zweites Mal den Korridor zu Rays Büro hinunter und sah selber im gelben Licht der Leselampe, die auf Rays Schreibtisch stand, im Aktenschrank nach. Er zog zuerst die obere Schublade auf, um zu prüfen, ob noch weitere Ordner fehlten; doch das war nicht der Fall. Bis auf die von Serena erwähnten Akten schien nichts aus den beiden Schubladen entwendet worden zu sein.

Er überprüfte die Hängeordner, die ihm Serena genannt hatte, und machte dieselben Entdeckungen wie sie. Die besagten Aktendeckel schienen einmal eine Menge Material enthalten zu haben, das nun zur Gänze fehlte.

Kinley verweilte lange in Rays Büro, über die Ordner mit dem Finger hinstreichend, als versuchte er etwas von dem Geist in sich aufzunehmen, der darin waltete. Er zog wahllos einige Akten heraus, um die Verbrechen und Untaten seiner heimatlichen Umgebung zu studieren. Sie schienen ihm fast trivial zu sein – eine Welt der kleinen Diebstähle und familiären Streitfälle, die nie in solche dunklen Abgründe hinunterreichten, wie sie sich in Kinleys Büchern vor dem Leser auftaten. Wie sollte man denn auch Dottie Adairs gelegentliche Fälschungen mit dem, was Mildred Haskell mit dem Sohn ihres Nachbarn gemacht hatte, vergleichen können, oder Old Man Adams Trunkenheit mit Colin Brights dämonischen Spielen?

Kurz vor Mitternacht verließ er Rays Büro wieder und ging,

weil er immer noch nicht schlafen konnte, in dessen Wohnzimmer. Der Duft der Beerdigungsblumen hing dort noch immer im Raum, jetzt aber mit einer beklemmenden Süße wie der Geruch von etwas Verwesendem. Um sich dem zu entziehen, legte Kinley rasch wieder seine Kleider an und ging hinaus zu seinem Mietwagen. Er fuhr in niedrigem Tempo sacht die Straße hinunter, um die Ruhe der sorglos schlafenden Nachbarn nicht zu stören.

Am Ende der Beaumont Street bog er nach links ab und dann wieder nach rechts, als er die Hauptpromenade der Stadt erreichte. Auch dort schienen die Läden hinter heruntergezogenen Rolläden und die Tankstellen unter abgeschalteten Reklamelichtern zu schlafen – eine Welt, die von der Stille regiert zu werden schien.

Einer Laune folgend, lenkte er den Wagen den Berg hinauf, in langsamem Tempo, da die Fahrbahn nicht sehr breit war, bis er den Scheitel der Anhöhe erreicht hatte. Dort bog er nach links ab und fand sich ein paar Minuten später auf dem Friedhof wieder. Er wanderte über den flachen grünen Rasen, als er den kleinen braunen Hügel erreichte, hielt er an. Hier verbrachte Ray seine erste Nacht unter der Erde, Kinley kniete vor dem Grab nieder.

Er tat es behutsam, um nicht einen der Erdklumpen zu berühren, die am Rand des Grabhügels lagen. Wäre ihm ein Gebet eingefallen, hätte er dieses vielleicht jetzt gesprochen; aber die vielen Jahre, die er damit verbracht hatte, die Spuren eines Colin Bright oder eines Fenton Norwood zu verfolgen, hatten ihn der Vorstellung beraubt, daß eine liebende, fürsorgliche Hand alle Geschicke auf Erden lenkte. Wenn da eine Hand am Werke war, dachte er zuweilen, hätte man sie schon abhacken sollen, ehe dieser Planet seine erste Umdrehung machte.

Dennoch schien es geboten, ein paar Worte zu sprechen, und so flüsterte er die einzigen, die ihm einfallen wollten – diese drei Worte, die er an jenem Nachmittag, als Ray im Regen neben dem Zug hergelaufen war, zu ihm gesagt hatte: »Auf Wiedersehen, Ray.«

Er spürte, wie seine Finger sich krümmten – diese zupakkende Bewegung machten, auf die Serena ihn hingewiesen hatte. Sie schienen gewissermaßen nach Ray zu greifen, als versuchten sie ein paar Strähnen seiner roten Haare zu erfassen und ihn aus dem Lehm herauszuziehen. Das war ein seltsamer Wunsch, der ihn da überkam, ein so mächtiges Verlangen, wie er es lange nicht mehr erlebt hatte, und so bemerkenswert verschieden von dem Gefühl, das er bei der Beerdigung seiner Großmutter gehabt hatte. Vor einem Monat, als man sie in ihre Grube hinuntergesenkt hatte, hatte er nichts als eine eigenartige Erleichterung empfunden. Nach dem Verlust beider Eltern war sie der letzte wirkliche Zeuge seiner frühen Lebensgeschichte gewesen, und mit ihrem Tod hatte seine Reise in die Isolation gewissermaßen ihren Abschluß gefunden. Auf einen Schlag war er für immer von den Verpflichtungen, die ihm die Blutsverwandtschaft auferlegte, entbunden worden. Was er damals empfand, war ein Gefühl der Befreiung gewesen, wie Kinley sich nun erinnerte. Als sie dann gemeinsam den kleinen Friedhof wieder verlassen hatten, hatte Ray ihn angesehen und mit diesem für ihn typischen rätselhaften schiefen Lächeln gesagt: »Das ist für dich wie eine Erlösung, nicht wahr, Kinley?«

Als er sich nun umdrehte und zu seinem Wagen zurückging, mußte er noch einmal darüber staunen, wie intuitiv Ray gewesen war, und sich fragen, ob Serena auch diese unheimliche Begabung von ihm geerbt hatte – ob vielleicht ihr Verdacht, was die verschwundenen Papiere aus dem Aktenschrank anbelangte, nicht nur eine Ablenkung von ihrer Trauer gewesen war.

Er dachte noch immer darüber nach, als er den Wagen wieder durch die Serpentinen der Bergstraße zur Stadt hinunterlenkte. Ungefähr auf halbem Weg dorthin befand sich eine kleine Aussichtsterrasse, die die Stadtväter vor kurzem für die Touristen, die Sequoyah gelegentlich besuchten, hatten errichten lassen. Sich an das Geländer lehnend, das den Besucher des Aussichtspunktes davor bewahrte, in das hundert

Meter tiefer gelegene Tal zu stürzen, konnte er die ganze Stadt überblicken. Sie schien wie ein Körper, der mit dem Gesicht nach unten vor ihm lag – das schlanke Rückgrat der Dächer und Türmchen erstreckte sich ein paar Meilen weit das Tal hinauf und hinunter. Sequoyah hatte sich seit seiner Kindheit kaum verändert, und er konnte sich noch gut der grimmigen Warnungen erinnern, was die Art, wie man hier lebte, anbelangte. »Nicht gut für uns«, hatte sie ihm immer wieder versichert. Wenn Serena recht hatte, dachte er nun, war dieser Ort möglicherweise auch nicht sehr gut für Ray Tindall gewesen, und er fragte sich, ob Ray ihm, nach so vielen Jahren, noch immer diese Frage stellen würde, die er damals in Jeffersons Drugstore an ihn gerichtet hatte: *Es ist besser, zu wissen, meinst du nicht auch, Kinley? Egal, was es kostet?*

7

ALS ER AM nächsten Morgen seinen Kaffee gedankenverloren an die Spüle in Rays kleiner Küche gelehnt trank, beschloß er, die Sache so anzupacken, als habe er vor, ein Buch über Rays Tod zu schreiben. Er würde sich auf all die Mittel und Methoden stützen, die er in seiner jahrelangen Arbeit als Autor gelernt und erfolgreich eingesetzt hatte. Mit einem bißchen Glück mochte es ihm so gelingen, Serenas Verdacht entweder zu bestätigen oder zu entkräften. Er würde zunächst alle wesentlichen Fakten, Rays Tod betreffend, recherchieren und sehen, wohin das führte. Dann würde er entweder zur nächsten Stufe seiner Ermittlungen übergehen oder, falls das Material ihm keinen Anhaltspunkt für einen begründeten Verdacht lieferte, diese in der für Serena beruhigenden Gewißheit abbrechen, daß ihre Sorge unberechtigt sei.

Punkt neun Uhr stand er vor dem Büro des Bezirksstaatsanwaltes. Es befand sich im dritten Stock des Gerichtsgebäudes. Dennoch hatte Kinley sich für die Benutzung der Treppe entschieden, anstatt auf den Fahrstuhl zu warten. Er war angetrieben von einer seine Arbeit stets begleitenden Ungeduld, die wie eine unsichtbare Peitsche seinen Rücken geißelte.

Warfield war noch nicht in seinem Büro; aber sein Assistent, ein kleiner, hagerer Mann. Die weiße knochige Hand, die er Kinley zur Begrüßung reichte, fühlte sich an wie ein Säckchen voller Streichhölzer.

»Bill Stover«, stellte der Mann sich vor. »Ich bin der stellvertretende Bezirksstaatsanwalt.«

Kinley nickte. »Jack Kinley«, sagte er, »ich war mit Ray Tindall befreundet.«

»Ah – Sie sind dieser Autor, nicht wahr?«

»Ja.«

»Ray sprach manchmal von Ihnen.«

Kinley lächelte dünn. »Ich wollte fragen, ob es Ihnen recht wäre, wenn ich mal einen Blick in den Autopsiebericht von Ray werfen würde.«

Stover schien diese Bitte zu überraschen. »Den Autopsiebericht?« fragte er. »Von Ray?«

»Ja«, gab Kinley in etwas energischerem Ton zurück, die Rolle eines Reporters spielend, der seine Rechte kennt und darauf pocht.

»Nun, ich wüßte nicht, was dagegen spräche, Ihnen Einsicht in dieses Dokument zu gewähren«, sagte Stover zögerlich.

»Zumal ich mir die Genehmigung dazu von Serena Tindall eingeholt habe«, setzte Kinley hinzu.

»Ja, das ist gut«, erwiderte Stover. »Ich werde ihn für Sie holen.«

»Und noch etwas«, sagte Kinley, als Stover sich schon umdrehen wollte. »Den Polizeibericht hätte ich auch gern gelesen.«

»Polizeibericht?« erwiderte Stover. »Was meinen Sie damit? Im Todesfall von Ray Tindall hat es keine Ermittlungen gegeben.«

»Nun – in der Zeitung stand, zwei Deputy-Sheriffs wären zu der Stelle gefahren, wo Ray gefunden wurde, um den Fundort und die Leiche in Augenschein zu nehmen«, sagte Kinley.

»Ja, das stimmt«, erwiderte Stover, »aber ...«

»Die müssen doch einen Bericht darüber abgeliefert haben, nicht wahr?« sagte Kinley. »Das ist Vorschrift.«

Stover zuckte mit den Achseln. »Sicher; aber ich glaube nicht, daß da viel drinsteht.«

»Und Fotos«, setzte Kinley hinzu, »vom Fundort und der Leiche. Für die Beobachtungen, die sie am Fundort gemacht haben, ist doch eine halbe Seite auf dem entsprechenden Formblatt vorgesehen.«

Stover nickte. »Wie ich sehe, kennen Sie sich gut aus mit der Polizeiarbeit.«

Kinley lächelte kurz. »Kein Polizist läßt dieses Kästchen leer. Manchmal ist es zwar nur ein Wetterbericht; aber etwas steht immer drin. Ich habe noch keinen Bericht gelesen, in dem dieses Kästchen unausgefüllt geblieben ist.«

»Nun, wo Sie das sagen«, erwiderte Stover mit einer gewissen, bemühten Leutseligkeit, »glaube ich auch nicht, sie jemals leer gesehen zu haben.«

»Ich brauche also nur die Berichte der beiden Deputies, die Fotos und den schriftlichen Autopsiebefund«, sagte Kinley zu ihm, »und dann werde ich Sie nicht länger bei der Arbeit stören.«

»Aber Sie stören doch nicht, Mr. Kinley«, sagte Stover. »Würden Sie mir bitte folgen?«

Stover führte Kinley in einen kleinen Warteraum für Zeugen neben dem Gerichtsaal auf der anderen Seite des Korridors. Dort bat er ihn, solange Platz zu nehmen, bis er die entsprechenden Dokumente herausgesucht haben würde.

Kinley setzte sich an den runden Tisch in der Mitte des Raumes und wartete. Durch das kleine Fenster zu seiner Linken konnte er die Main Street von Sequoyah am Fuß des Hügels sehen und den Berg, der im Westen stumm, dunkel und gewaltig über dem Tal aufragte. »Die Wohnung der Geister« hatte seine Großmutter ihn stets genannt; aber ob sie diese für gut oder böse gehalten hatte, war ein Geheimnis geblieben, das sie mit ins Grab genommen hatte.

»Hier ist es, Sir«, rief Stover. Er kam mit einem braunen Umschlag zurück, den er vor Kinley auf den Tisch legte. »Das ist alles, was wir haben. Aber wie Sie ja wissen, gab es wirklich nicht den geringsten Grund, irgendwelche Ermittlungen anzustellen.«

»Danke«, sagte Kinley.

»Keine Ursache. Sie können sich soviel Zeit dafür nehmen, wie Sie möchten. In dieser Woche finden keine Gerichtsverhandlungen statt; also wird dieses Zimmer hier auch nicht anderweitig benötigt.«

Als Stover den Raum wieder verlassen hatte, öffnete Kinley den Umschlag und breitete dessen Inhalt auf dem Tisch aus. Als erstes las er den Autopsiebericht, wobei er sich kühl mit den Untersuchungsergebnissen befaßte, ohne sich an deren Wortlaut zu stoßen. Schließlich war er gewöhnt an den Stil, in dem solche Berichte abgefaßt wurden. Schon der erste Satz war bezeichnend. Ray wurde als »Kaukasier mittleren Alters« beschrieben, der so und so viele Gramm gewogen hatte und so und so viele Zentimeter groß gewesen war – eine Phraseologie, die das Leben seines Freundes zu einer anonymen Masse machte und ihn auf physikalische Maße reduzierte.

Er hatte sich allerdings noch nie an der Sprache dieser Berichte gestört, sie manchmal sogar als eine ihm wesensverwandte empfunden: methodisch, wissenschaftlich – ›sachlich‹ eben, wie Lois ihn erst gestern genannt hatte. In einem Autopsiebericht war kein Platz für Liebe, Trauer oder Mitleid; wenngleich er doch erlebt hatte, daß ihm zuweilen aus einer sonst streng sachlichen, passiven Ausdrucksweise ein Hauch von Gefühl entgegenschlug. Worte wie »brutal« oder »verheerend« ersetzten manchmal das sonst übliche »traumatisch«, weil der Berichterstatter sich offenbar im Angesicht einer besonders schlimm oder übel zugerichtetem Leiche nicht streng an seinen wissenschaftlichen, objektiven Stil halten wollte oder zu halten vermochte.

Dr. Joseph Stark, der amtlich bestellte Leichenbeschauer für Sequoyah County, hatte sich jedoch im Fall Nummer 57343, JOE RAY TINDALL, keine solchen sprachlichen »Entgleisungen« erlaubt, sondern sich darauf beschränkt, nüchtern und sachlich den Sektionsbefund einer Leiche widerzugeben, die zweifellos eines natürlichen Todes gestorben war. Er hatte keine Anzeichen eines äußerlichen Traumas an Rays Körper gefunden – nicht einmal einen Kratzer, wenn man von den leichten Hautabschürfungen absah, die Ray erlitten hatte, als er mit dem Gesicht nach unten auf den Boden fiel. Da waren keine Einstiche in seiner Haut festzustellen gewesen oder »Fremdsubstanzen« in Blut oder Magen. Allem Anschein nach war er ein »gesunder« Mann gewesen, als er gestorben war, nur sein Herz hatte plötzlich einen massiven Infarkt erlitten. Der hatte plötzlich und total den Blutkreislauf zwischen den beiden Herzkammern blockiert und Ray Tindall so rasch und entschieden wie ein Schrotschuß in die Brust getötet. Ihm war nur noch die Zeit geblieben, zu Boden zu fallen und dort in den letzten Sekunden seines Lebens die Finger in die Erde zu krallen – ein Reflex mit der Folge, daß sich rötlicher Lehm unter seinen Fingernägeln festgesetzt hatte.

Kinley klappte den Deckel des Hefters, der die Untersuchungsergebnisse des Leichenbeschauers enthielt, zu, holte rasch Luft und nahm sich dann den Polizeibericht vor, der sich ebenfalls in dem braunen Umschlag befand. Das war ein schlichtes, mit Schreibmaschine ausgefülltes Formblatt, welches die Polizei für die ›Meldung von Vorfällen‹ verwendete – eine Bestandsaufnahme jener wenigen Fakten, die der Meldende ohne weitergehende Ermittlungen festzustellen oder festzuhalten vermag. Diesem Bericht zufolge war dem Büro des Sheriffs um halb vier Uhr nachmittags telefonisch von einem Mann namens Austin Phillips gemeldet worden, daß er die Leiche eines Mannes im Canyon gefunden habe. Die Einsatzzentrale hatte daraufhin sofort die beiden Deputies Jerry Taylor und Hermann Fitzgerald zu dem angegebenen Fundort geschickt. Deputy Taylor hatte dann den Bericht geschrieben, der Kinley jetzt vorlag.

Taylors Angaben zufolge waren er und Fitzgerald um 3 Uhr 39 nachmittags in Sims Laden angekommen. Dort trafen sie Mr. Phillips, der auf sie gewartet hatte. Einige Minuten später hatte er sie dann in den Canyon hinuntergeführt, wo sie Ray Tindall mit dem Gesicht nach unten auf dem Boden liegend vorfanden – den einen Arm an der Seite, den anderen über den Kopf gestreckt. Die beiden Polizisten hatten, als sie an der Fundstelle waren, sofort über Funk eine Ambulanz angefordert und dann weitere Untersuchungen am Fundort angestellt, während sie auf die Ankunft des Krankenwagens warteten. Deputy Taylor hatte mit einer einfachen Polaroid-Kamera eine Reihe von Aufnahmen gemacht. Diese Tatsache hatte er unter der Rubrik »Bemerkungen« festgehalten und sie mit der Erklärung begründet: »Da Mr. Tindall Ermittlungsbeamter der Staatsanwaltschaft war, machte Deputy Taylor am Fundort der Leiche mehrere Aufnahmen für eine etwaige spätere Verwendung.«

Die Fotos waren mit einer Büroklammer auf der Rückseite des Berichts befestigt. Kinley nahm sie sich vor. Es waren fünf, jedes aus einem anderen Blickwinkel aufgenommen – das übliche Verfahren eines Polizeifotografen, der langsam im Kreis um eine Leiche herumwandert und alle paar Schritte eine Aufnahme macht, bis er von dieser eine totale Peripherie-Ansicht von 360 Grad fotografisch festgehalten hat.

Und diese Bilddokumente zeigten genau das, was die beiden Polizeibeamten schon in ihrem Bericht ausgeführt hatten: Rays Leiche auf einem dunklen, leicht steinigen Boden mit dem Gesicht nach unten liegend; den einen Arm an der Seite, den anderen über dem Kopf ausgestreckt, als wollte er in den letzten Sekunden seines Lebens noch nach etwas greifen, das ihn retten konnte. Er war voll bekleidet, seine Kleider unversehrt – keine Risse, Schnitte oder irgendwelche anderen Hinweise auf einen Kampf. Die Schuhe steckten noch an seinen Füßen, die Brille, die er nur zum Lesen brauchte, in einer Seitentasche.

Kinley sah die Aufnahmen noch einmal der Reihe nach durch. Anhand des mächtigen grauen Steinblocks im Hintergrund der Fotos, auf dem sie manchmal gesessen und sich ausgeruht hatten auf ihren stundenlangen Streifzügen durch den Canyon, konnte er mühelos die Stelle erkennen, wo Ray gestorben war. Es wäre allerdings schwierig gewesen, überlegte er, im Canyon eine Stelle zu finden, wo sie nicht zusammen gewesen waren. Der Unterschied zwischen damals und heute bestand darin, daß Ray diesmal allein dorthin gegangen war.

Er steckte den Bericht und die Fotos in den braunen Umschlag zurück und ging wieder in das Büro des Bezirksstaatsanwalts.

»Vielen Dank«, sagte er, als er Stover den Umschlag zurückgab.

»Mr. Warfield ist jetzt da, falls sie ihn vielleicht sprechen möchten«, sagte Stover.

»Vielleicht für eine Minute«, gab Kinley zurück, »nur, um mich bei ihm zu bedanken.«

»Klar«, sagte Stover und deutete auf eine offene Tür im Hintergrund des Raumes. »Er sitzt dort drüben. Sie brauchen nur den Kopf durch die Tür zu stecken.«

Kinley tat dies. »Ich wollte mich nur bei Ihnen bedanken, daß Sie mich die Berichte lesen ließen«, sagte er, ohne über die Schwelle des Büros zu treten.

Warfield sah von seinem Schreibtisch hoch. Er war ein Mann von mittlerer Größe; kräftiger, ein wenig beleibter Statur mit einem schmalen, fast kahlen Kopf. Er hatte dieses abgespannte, überarbeitete Aussehen, das Kinley schon vorher bei Staatsbeamten in ländlichen Behörden bemerkt hatte.

»Keine Ursache, Mr. Kinley«, erwiderte Warfield. »Haben Sie gefunden, wonach Sie suchten?«

Kinley zuckte mit den Achseln. »Ich war mir eigentlich nicht sicher, wonach ich suchte.«

»Bill erzählte mir, sie hätten sich für den Autopsiebefund und den Polizeibericht interessiert«, sagte Warfield. Er lächelte. »Man braucht kein Genie zu sein, um daraus seine Schlüsse zu ziehen.«

»Serena hatte da einige Zweifel«, erwiderte Kinley.

»Tatsächlich? In welcher Hinsicht?«

»Sie meint, es wären ein paar Sachen von Ray verschwunden – aus dem Büro, das er sich zu Hause eingerichtet hat. Einige Akten.«

»Was für Akten?«

»Das weiß sie nicht«, gestand Kinley. »Und ich weiß es genausowenig.«

»Aber die Tatsache, daß sie verschwunden sind, gab Anlaß zu der Vermutung, es könnte sich vielleicht doch nicht um einen natürlichen Tod handeln?«

Kinley nickte schweigend.

Warfield lehnte sich in seinem Sessel zurück. »Haben Sie in diesen Berichten einen Hinweis gefunden, daß dies der Fall sein könnte?«

»Nein.«

Warfield blickte ihn ernst an. »Ich würde es natürlich wissen wollen, wenn Sie doch etwas entdeckt haben«, sagte er. »Schließlich bin ich der Bezirksstaatsanwalt.«

»Sie wären der erste gewesen, dem ich es mitgeteilt hätte«, beruhigte ihn Kinley, was eine schamlose Lüge war; obwohl er sich wirklich nicht ganz sicher war, wem er es als erstem erzählt hätte.

Kinleys Versicherung schien Warfields Laune ein wenig aufzuhellen. »Nun – das ändert trotzdem nichts an dieser Tragödie, nicht wahr?« sagte er.

»Nein, das tut es nicht.«

»Sie standen Ray sehr nahe, wie ich hörte.«

»Uns verband eine langjährige Freundschaft.«

Warfield nickte bedeutungsvoll. »Heutzutage, wo alle ständig umherreisen und von einem Ort zum anderen hetzen, sind langjährige Freundschaften eine Seltenheit. Dafür haben die Leute keine Zeit mehr.«

»Nicht viele – das ist wahr.«

Warfield wirkte jetzt viel entspannter. Er beugte sich vor und sagte: »Wenn es noch etwas geben sollte, das ich für Sie tun kann, lassen Sie mich das hoffentlich wissen.«

»Ich glaube nicht, daß Sie noch etwas für mich tun könnten.«

Warfield schenkte ihm ein süßes, gönnerhaftes Lächeln. »Wenn Sie irgend etwas benötigen sollten«, sagte er. »Wir wollen die Tür dieses Büros für die Öffentlichkeit nicht geschlossen halten.«

Nachdem Kinley das Gerichtsgebäude verlassen hatte, fuhr er quer durch die Stadt zu seiner ehemaligen High School. Dort fand er nach langem Suchen noch eine Lücke für seinen Mietwagen auf dem Parkplatz und begab sich dann in das Schulgebäude. Die Vorhalle begrüßte ihn wie ein Gesicht aus seiner Jugendzeit, das sich seither nicht verändert hatte: mit der gleichen Vitrine voller Trophäen an der Stirnwand, der Schulflagge darüber und der Messingstatue des Schulmaskottchens davor – ein fauchender Rotluchs, der mit entblößten Reißzähnen und ausgefahrenen Krallen auf ihn loszugehen schien. Er konnte sich noch gut an den ersten Tag erinnern, an dem er diese Schule betreten hatte – ein Hinterwäldler, ein Junge aus den Bergen, dessen einzige Reputation darin bestand, daß er bei einer verrückten alten Frau wohnte und einen unerklärlich hohen Intelligenzquotienten besaß, den eine »Bande von Yankees« zufällig entdeckt hatte und den jedermann für schrecklich, schrecklich wichtig hielt. Eine Zeitlang hatten ihn die anderen Jungen gemieden, als wäre sein Intelligenzquotient ein lose herunterhängender, unter Strom stehender elektrischer Draht, mit dem keiner in Berührung kommen wollte, um sich keinen Schlag zu holen. Ray war damals der einzige gewesen, der den Kontakt zu ihm gesucht hatte. Während Kinley einen Moment lang vor dem Lehrerzimmer verharrte, wurde ihm bewußt, daß der erste Kontakt mit Ray auf eben diesem Korridor stattgefunden hatte. Zunächst hatte er Ray, der ihn fast um Haupteslänge überragte, für den geistig etwas minderbemittelten Schulmuskelprotz gehalten, der ihn offenbar vertrimmen sollte. Und darum war ihm gar nicht wohl gewesen, als Ray ihn mit den Worten ansprach: *Du bist diese Intelligenzbestie, nicht wahr?*

»Sie sind Jack Kinley, nicht wahr?«

Kinley drehte sich um und sah eine kleine zierliche Frau mit blaugrauem Haar und dicken Brillengläsern vor sich stehen. Es war Mrs. Potts, seine ehemalige Englischlehrerin, die fast Achtzig sein mußte und dennoch seit seiner Schulzeit kaum älter geworden zu sein schien.

»Großer Gott – Jack, was machen Sie denn hier?«

»Ich bin für ein paar Tage in der Stadt.«

»Oh, natürlich«, erwiderte Mrs. Potts. »Um an Rays Beerdigung teilzunehmen, nicht wahr?«

»Richtig.«

»Großer Gott – Jack, Sie haben sich ja kaum verändert!« sagte Mrs. Potts, um dann mit einem schelmischen Lächeln hinzuzusetzen: »Und nun frischen Sie hier wohl Erinnerungen auf, wie?«

»Nicht unbedingt«, erwiderte Kinley, wobei ihm einfiel, daß ihm aus den vier langen Jahren, die er an der Sequoyah High School verbracht hatte, nicht viel Lohnendes in Erinnerung geblieben war. Da hatte es kein Mädchen gegeben, zu der sein Herz vor Liebe entflammt war – nicht einmal eine erste stürmische sexuelle Erfahrung. Vielmehr war er als steinkalter, unberührter Jüngling von dieser Schule abgegangen, als Abiturient fast so reserviert und unnahbar wie anfangs als schüchterner Sextaner. Nur Ray war es gelungen, die Mauer zu überwinden, die er, Kinley, um sich aufgebaut hatte, indem er sie rücksichtslos und unbekümmert bereits an Kinleys erstem Schultag mit den Worten übersprang: *Du bist diese Intelligenzbestie, nicht wahr?*

»Möchten Sie sich denn wieder hierher zurückziehen, Jack?«

Kinley faßte Mrs. Potts abermals ins Auge. »Nein, ich denke nicht«, sagte er. »Und ich bin eigentlich nur hierhergekommen, weil ich Serena Tindall etwas mitteilen wollte.«

»Serena arbeitet oben im ersten Stock«, erwiderte Mrs. Potts, »aber ich kann sie für Sie holen – wenn Sie so lange hier warten wollen?«

»Danke, das wäre sehr nett von Ihnen.«

Serena kam ein paar Minuten später die Treppe herunter. Sie trug ein hellblaues Kleid mit einem weißen Kragen und erinnerte Kinley ein wenig an Lois, wie sie damals als Schülerin ausgesehen hatte – groß und geschmeidig; sich aber die Stufen herunterschleppend, als habe sie an einer schweren Last zu tragen. Ihre Finger krampften sich um einen Bleistift wie um einen Nagel, den sie in eine Wand schlagen wollte.

»Ich komme gerade aus dem Büro des Bezirksstaatsanwalts«, sagte Kinley zu ihr. »Ich habe mir dort den Autopsiebericht geben lassen, die Fotos und den Bericht der Polizei.«

Serena holte tief Luft, als müsse sie für etwas Kraft schöpfen: »Und was hast du herausgefunden?«

»Er starb an einem Herzanfall, Serena«, sagte Kinley knapp. »Nur fand ich in den Berichten leider keinen Hinweis, warum er sich im Canyon aufgehalten hat.« Er zuckte mit den Achseln. »Und was die Papiere anbelangt, die in seinem Aktenschrank fehlen, habe ich keine Ahnung, wer sie herausgenommen haben könnte oder was darin stand.«

»Nun gut«, sagte Serena kalt.

Kinley legte ihr die Hand auf die Schulter. »Tut mir leid – aber ich fand nichts, woran ich anknüpfen könnte.«

Serena zog sich ein wenig von ihm zurück. »Ich verstehe.«

»Und deshalb dachte ich mir«, setzte Kinley zögerlich hinzu, »ich sollte noch einen letzten Versuch machen.«

Serena blickte ihn fragend an. »Was?«

»Mit Dr. Stark reden«, antwortete Kinley. »Manchmal enthält ein Autopsiebericht nicht die ganze Geschichte, schon gar nicht in so einem Fall wie diesem, wo gar keine Veranlassung bestand, nach einer unnatürlichen Todesursache zu suchen. Ich verspreche mir zwar nicht sehr viel davon –; aber manchmal fällt den Leuten, wenn man mit ihnen redet, etwas ein, dem sie bisher gar keinen Wert beigemessen haben.«

Serena lächelte ihn dankbar an. »Daddy sagte mir, es wäre sein Wunsch, daß du etwas bekommen solltest, was ich jetzt draußen im Wagen habe«, sagte sie schließlich. Sie machte eine auffordernde Handbewegung. »Komm mit. Ich gebe es dir.«

Kinley folgte ihr zu ihrem Wagen und stand schweigend neben ihr, während sie das Handschuhfach öffnete und ein dickes Buch herausholte.

»Es ist hier drin«, sagte sie, das Buch aufschlagend.

Ray hatte eine kleine braune Ranke einer Waldkletterpflanze zwischen die Seiten gepreßt.

Kinley nahm die Ranke und hielt sie vorsichtig zwischen den Fingerspitzen.

»Er hat sie mir vor einer Woche gegeben«, erklärte Serena. »Ich sollte dir ausrichten, weil du es nie bis zu der Stelle geschafft hättest, wo diese Ranken wachsen, sei er dorthin gegangen und habe sie für dich abgeschnitten.«

Kinley lächelte leise, sich an ihr erstes gemeinsames Abenteuer erinnernd.

»Er ließ nie etwas unerledigt«, sagte sie.

»Nein, das tat er nicht«, erwiderte Kinley, während er mit einer jähen, seltsam starren Entrücktheit in den Augen die Ranke betrachtete, als würde sein Verstand ihn wieder einmal an die Gefahren zu starker Empfindungen erinnern. »Ray vergaß nie etwas.«

8

DER LEICHENBESCHAUER DES Cherokee-County-Bezirkes war auch einer seiner ältesten Bürger. Als Kinley die Unterschrift unter dem Autopsiebericht las, hatte er zunächst bezweifelt, daß dieser Dr. Joseph Stark mit dem Arzt gleichen Namens identisch sein könne, der die asthmatischen Anfälle, unter denen er als Kind litt, behandelt hatte. Als Kinley jedoch das Büro des Coroner aufsuchte und den alten Mann sah, der sich dort langsam hinter dem Schreibtisch erhob, erkannte er sogleich diese dunklen Augen wieder, die damals auf ihn heruntergeblickt hatten. Es waren stille, aber auch durchdringende Augen gewesen, und Kinley hatte diese seltsam neugierige und dabei doch so unbeteiligte Weise nie ganz vergessen können, mit der ihn diese Augen über den Rand des langen schwarzen Stethoskops hinweg betrachtet hatten. Und als Kinley nun, noch die Klinke der Bürotür in der Hand, den Fuß über die Schwelle des Büros setzte, sah er, daß diese Augen sich kaum verändert hatten. Zwar hatten die Haare von Dr. Stark sich silbergrau verfärbt, war die Haut in seinem Gesicht blaß und welk geworden; aber seinen dunklen Augen hatte die Zeit offensichtlich nichts anhaben können, als sei ihnen die Gnade ewiger Jugend erwiesen worden.

»Der kleine Jack Kinley«, sagte der alte Mann mit leicht zittriger Stimme, die volle Unterlippe im Mundwinkel auf grausame Weise nach unten gezogen. Offenbar hatte Dr. Stark, wie Kinley erst jetzt bemerkte, einen Schlaganfall erlitten, von dem er sich noch nicht oder nie mehr ganz erholt hatte.

»Hallo, Dr. Stark«, sagte Kinley leise, während er auf dessen Schreibtisch zuging. »Es ist schön, Sie wiederzusehen.«

Die dunklen Augen weiteten sich ein wenig. »Leiden Sie immer noch darunter, mein Junge?«

Kinley blickte ihn verständnislos an. »Leiden?«

»Unter diesen schrecklichen Anfällen, die Sie damals hatten«, erklärte Stark. »Diesem Asthma.«

Kinley schüttelte den Kopf. »Nein, nicht mehr. Ich scheine wohl über sie hinausgewachsen zu sein.«

Stark war offenbar erfreut, das zu hören. »Nicht ungewöhnlich, daß dieses Leiden mit der Pubertät verschwindet«, sagte er. »Aber es wird Ihnen sicherlich bekannt sein, daß die Anfälle im Alter wiederkommen können.« Er hob ein wenig die Schultern. »Der Lauf der Dinge, den man nicht aufhalten kann.« Er versuchte zu lächeln; aber offenbar war das zu anstrengend für ihn. »Die Natur geht nicht gnädig mit uns um; wir wollen das nur nicht wahrhaben.« Er lehnte sich in seinem Sessel zurück und faltete die kleinen Hände über seinem altmodischen weißen Laborkittel. »Sie können von Glück sagen, daß Sie noch am Leben sind«, sagte er, als staunte er noch immer darüber. »Erinnern Sie sich?«

»An was?«

»An jenen Sommerabend, als es so schrecklich heiß war?«

Kinley schüttelte den Kopf.

»Das war Ihr erster Besuch bei mir«, sagte Stark. »Mit diesem Anfall, der so schlimm war, daß Sie schon ganz blau wurden im Gesicht. Sie haben den Atem angehalten.«

»Ich hielt den Atem an?«

»Sie wollten gar nicht mehr versuchen zu atmen«, erklärte Stark. »Sie waren zu schwach dazu.«

Wieder schüttelte Kinley den Kopf. »Ich erinnere mich an viele Anfälle; aber nicht an diesen.«

»Sie müssen damals ungefähr drei Jahre alt gewesen sein«, sagte Stark. »Und Sie waren am Ersticken. Schon ganz blau im Gesicht, wie ich bereits sagte. Es war schrecklich – der schlimmste Fall, der mir in meiner Praxis begegnet ist.« Seine Augen nahmen einen ernsten, konzentrierten Ausdruck an, als wäre die Erinnerung daran ein Druck in seinem Kopf. »Die alte Frau brachte Sie zu mir. Ich dachte, Sie wären bereits tot. Wir versuchten es mit einer Injektion; aber die wirkte nicht. Sie wollten einfach nicht atmen; und da fiel mir etwas anderes ein – gewissermaßen ein letzter Versuch. Ich setzte mich in mein Auto, und Ihre Großmutter hielt, während wir fuhren, Ihren Kopf zum Fenster hinaus, damit der Fahrtwind Luft in ihre Lungen pressen sollte.«

Kinley starrte Stark neugierig an. »Daran kann ich mich nicht erinnern«, sagte er leise, fast schuldbewußt, als habe sein Gedächtnis dieses eine Mal versagt und eine ihm peinliche Lücke in seinen Erinnerungen hinterlassen, die ihm wie ein Verrat erschien. Er strengte seinen Geist an, ob sich diese Lücke nicht doch noch schließen wollte und ihm der Vorfall, den Stark ihm geschildert hatte, wieder erinnerlich wurde. Aber sie blieb ein weißer Fleck in seinem Gedächtnis, den Kartographen vergangener Zeiten auf ihren Landkarten als *Terra incognita* zu bezeichnen pflegten. »Ich kann mich wirklich nicht mehr daran erinnern«, wiederholte er.

Stark nickte. »Ein Segen unserer Kindheit. Da können wir solch schlimme Dinge wieder vergessen«, sagte er leise. Er zuckte hilflos mit den Achseln. »Alte Männer sind jedoch dazu verurteilt, sich an alles zu erinnern.« Sein Kopf pendelte ein wenig nach links, als hätte eine unsichtbare Stütze dort plötzlich nachgegeben, so daß der große weiße Hügel darüber ins Rutschen kam. »Sie waren an jenem Abend dem Tode sehr nahe.«

»Ihren Schilderungen nach muß es so gewesen sein.«

Stark fuhr mit beiden Händen durch die Luft, als wollte er nach etwas Unsichtbarem greifen »Der Tod langte nach Ihnen«, flüsterte er, »einfach so.«

Kinley wich instinktiv einen Schritt zurück, als müßte er diesen zupackenden Händen ausweichen, während seine Gedanken abermals in die Vergangenheit zurückeilten und die vielen Tage und Nächte seines langjährigen Leidens vor seinem inneren Auge Revue passieren ließen. Doch wieder wollte sich die Erinnerung daran nicht einstellen, daß er von den Schwingen des Todes gestreift worden war. Er hatte Mühe, wieder in die Gegenwart zurückzukehren und sich auf sein Anliegen zu besinnen. »Eigentlich bin ich hierhergekommen, um mit Ihnen über einen anderen Tod zu sprechen«, sagte er.

Stark nickte, sagte aber nichts.

»Über die Autopsie, die Sie an Ray Tindalls Leiche durchgeführt haben.«

Stark deutete auf den Stuhl vor seinem Schreibtisch. »Wollen Sie sich nicht setzen?« Er lächelte sacht. »Ich habe Zeit. Es kommen nur noch wenige Patienten in meine Praxis. Die Leute möchten lieber von einem jungen Arzt behandelt werden.« Wieder dieses Achselzucken. »Der Lauf der Dinge.« Er hob seine Hände, die ein wenig zitterten. »Ich bin ihnen nicht mehr sicher genug.«

Kinley nahm auf dem Stuhl vor dem Schreibtisch Platz. »Sie sind sich aber in Ihrem Bericht sehr sicher, was die Todesursache von Ray betrifft«, begann er. »Daß er an einer Herzattacke gestorben ist.«

»Ja, das bin ich«, erwiderte Stark. »Da gibt es nicht den geringsten Zweifel. Die Herzattacke war massiv – so massiv, wie sie überhaupt nur sein kann.«

»Waren Sie sein Hausarzt?«

Stark nickte. »Ja. Sein Leben lang. Ich glaube nicht, daß er auch nur ein einziges Mal einen anderen Arzt konsultierte.« Wieder hob Stark beide Hände. »Die waren ihm immer noch gut genug.«

Kinley behielt Starks Gesicht im Auge. »Sie wußten, daß er Probleme mit dem Herzen hatte?«

»Oh, ja, natürlich«, antwortete Stark. »Ich habe das schon lange gewußt.«

»Wie lange?«

»Spezifisch seit mehreren Jahren«, erwiderte Stark. »Im allgemeinen seit seiner Geburt.«

»Seit seiner Geburt?« fragte Kinley. »Was meinen Sie damit?«

»Ich kannte seinen Vater, und Ray war wie er«, erklärte Stark. »Solche Sachen wie ein fehlerhaftes Herz werden vererbt, verstehen Sie?«

»Also handelte es sich in Rays Fall um ein angeborenes Leiden?«

»In gewisser Weise, ja.«

»Und Sie haben es behandelt?«

»Soweit mir das möglich war, ja.«

»Was meinen Sie damit?«

»Nicht alle Patienten sind gleich«, antwortete Stark. »Die einen nehmen Rücksicht auf ihren Zustand; andere nicht.«

»Und Ray gehörte zu der zweiten Sorte?«

»Anfangs nein; in letzter Zeit ja«, erwiderte Stark grollend. »Ich habe ihn immer wieder gewarnt, daß er sich schonen und kürzer treten müsse. Er war Raucher, und in letzter Zeit trank er auch zuviel, als wollte er seinen Zustand vorsätzlich verschlimmern.« Stark schüttelte den Kopf. »Obwohl es ihm vielleicht auch nicht viel genützt hätte, wenn er sich an meine Verbote gehalten und meine Empfehlungen peinlich genau befolgt hätte. Tatsache ist«, fuhr er mit einem Achselzucken fort, »daß es ihm schon bei seiner Geburt bestimmt war, ungefähr zu der Zeit zu sterben, wo er tatsächlich gestorben ist, Mr. Kinley. Selbst die beste Pflege hätte seine Lebenserwartung nicht nennenswert verlängern können.« In Starks Augen trat nun ein Ausdruck grimmiger Verwunderung. »Jedes Chromosom in uns enthält einen bereits ausgefüllten Totenschein, Kinley.«

Kinley war nicht so fatalistisch. »Nahm er denn Medikamente ein?«

»Nein«, erwiderte Stark. »Er tat genau das Gegenteil. Er machte alles falsch.«

»Falsch?«

»Nun – wenn er schon das Rauchen und Trinken nicht lassen konnte, hätte er doch wenigstens jede übermäßige körperliche Anstrengung vermeiden können, nicht wahr? Aber wo hat man ihn dann gefunden?« fuhr Stark in aufgebrachtem Ton fort. »Ganz unten im Canyon!« Stark schüttelte wütend den Kopf. »Und er ist nicht etwa mit dem Wagen dorthin gefahren – nein, er mußte die ganze Strecke zu Fuß gehen!« Stark blickte Kinley vielsagend an. »Sie haben doch am Canyon gewohnt und wissen, welche Strapazen einen dort erwarten.«

Kinley lehnte sich ein wenig auf seinem Stuhl vor. »Hat er Ihnen gegenüber erwähnt, daß er die Absicht hatte, den Canyon aufzusuchen?«

»Mit keiner Silbe«, erwiderte Stark. »Wenn er das getan hätte, hätte ich eine Pistole aus der Schublade gezogen und gesagt: ›Hier, Ray, erschieß dich damit. Das ist ungefähr dasselbe und erspart uns die Mühe, später noch lange nach dir suchen zu müssen‹.«

»Und er wußte das auch?« fragte Kinley. »Wie gefährlich es für ihn war, in den Canyon hinunterzusteigen?«

»Natürlich wußte er das«, antwortete Stark. »Ich habe ihn mindestens hundertmal darauf hingewiesen, daß er körperliche Strapazen jeglicher Art vermeiden müsse.« Stark holte geräuschvoll Luft. »In gewisser Weise hat Ray sich selbst umgebracht. Oder zumindest hätte er sich ebensogut selbst umbringen können. Und das wußte er auch. Aber was kann man bei einem Mann wie Ray Tindall schon ausrichten?« fuhr Stark erbittert fort. »Nichts. Ihm sagen, was er nicht tun soll, und sich dann zurücklehnen und zusehen, wie er genau das tut, von dem man ihm dringend abgeraten hat.«

»Haben Sie denn eine Ahnung, was er dort unten im Canyon gemacht oder gesucht haben könnte?« fragte Kinley.

Der alte Mann beugte sich vor und stemmte beide Ellenbogen fest auf die Schreibtischplatte. »Auf solche Fragen findet man manchmal nie eine Antwort«, erwiderte er. »Ich bin nun schon viele Jahre der Leichenbeschauer in diesem Bezirk, und in dieser Eigenschaft habe ich so manches gesehen, das ich nie aufklären konnte.« Er tippte sich mit dem Zeigefinger gegen die Schläfe. »Fragen, die immer noch hier drinstecken«, sagte er leise. »Mich ständig bewegen – Tag und Nacht.« Seine Augen wurden sonderbar eindringlich und schimmerten vor Kinley wie zwei kleine graue Lichter. »Man überlegt und grübelt, was denn da passiert ist«, sagte er sehr leise, fast im Flüsterton, als würde er plötzlich in eine Art von Narkoseschlaf versinken. »Aber es ist einem nicht bestimmt, die Wahrheit zu erfahren.«

Kinley wälzte sich in einem unruhigen Halbschlaf auf dem Sofa im Vorderzimmer von einer Seite auf die andere, als er ein Klopfen an der Haustür hörte. Sich schwerfällig vom Sofa erhebend, den Kopf noch voll von diesen schattenhaften Traumgebilden, als wäre er mit Wasser gefüllt, bewegte er sich ein wenig taumelnd zur Haustür und öffnete sie.

Lois starrte ihn durch den grauen Maschendraht der Fliegengittertür an. »Ich muß mit dir sprechen«, sagte sie schroff. »Jetzt sofort.«

Kinley trat einen Schritt zur Seite, um sie passieren zu lassen.

Sie marschierte an ihm vorbei bis ins Wohnzimmer und drehte sich dort auf dem Absatz um. »Was höre ich da?« fragte sie, die Fäuste in die Seiten stemmend. »Daß du hierbleiben willst, um Rays Tod zu untersuchen? Oder ist es vielmehr sein Leben, in dem du herumschnüffeln möchtest?« Sie holte Luft. »Was genau hast du vor, Jack?«

Kinley bemühte sich, ihre schlanke Figur scharf ins Bild zu bekommen; aber seine Augen waren noch immer mit diesem Schleier überzogen, der ihre Konturen verwischte. »Möchtest du etwas trinken, Lois?« fragte er, um Zeit zu gewinnen und seinem Geist Gelegenheit zu geben, wieder, wie gewohnt, die Kontrolle zu übernehmen.

»Etwas trinken?« wiederholte Lois. Das Angebot schien auf sie wie eine Ohrfeige zu wirken. »Nein, Jack, ich möchte keinen gottverdammten Drink von dir haben. Ich will wissen, was, zum Teufel, du hier machst. Was ist es? Heraus mit der Sprache! Raus damit! Ich gehe nicht eher, bis du es mir gesagt hast. Andere Leute mögen vielleicht Respekt vor dir haben; aber nicht ich. Ich kannte dich nämlich schon als einen kleinen Jungen mit pfeifenden Lungen, und ich möchte jetzt wissen, weshalb du deine Nase in Rays Angelegenheiten steckst.«

Kinley begab sich ebenfalls ins Wohnzimmer und ließ sich dort auf das Sofa fallen. »Ich habe nur ein paar Sachen für Serena nachgeprüft«, sagte er in müdem Ton.

»Ja, das hat sie mir erzählt«, schnaubte Lois. »Und was waren das für Sachen?«

»Wie er gestorben ist«, erwiderte Kinley achselzuckend. »Und was er vor seinem Tod gemacht haben könnte.«

Lois stieß nun heftig und wütend die Luft durch die Nase. »Wußte ich es doch! Du willst etwas aufklären. Der vielbeschäftigte und großartige Autor leidet an einer Midlife-Krise. Es reicht ihm nicht mehr, nur über ein Verbrechen zu schreiben – er muß jetzt auch noch eines aufklären!«

Kinley rieb sich die Augen, und plötzlich schien sie aus einem Nebel herauszutreten – groß und schlank und im Begriff, zu explodieren.

»Es gab da einige Umstände, die Serena keine Ruhe ließen«, sagte Kinley. »Ich dachte, ich könnte ihr dabei helfen, ein paar Fragen zu klären.«

»Zum Beispiel?«

»Nun – zum Beispiel, warum Ray in den Canyon hinuntergestiegen ist«, erwiderte Kinley. »Etwas, das niemand zu verstehen scheint.«

»Niemand?«

»Nun – Serena zum Beispiel nicht.«

»Und hast du den Grund herausgefunden?«

»Nein.«

»Schön – was gab es sonst noch zu klären?«

»Nun – Serena zufolge hat jemand nach Rays Tod dessen Aktenschrank durchsucht.«

Lois sah ihn mit wissenden Augen an. »Ja, das hat jemand getan, Jack«, erwiderte sie hitzig. »Ich nämlich. Ich durchsuchte seinen Aktenschrank. Was hast du denn gedacht? Daß es vielleicht ein geistesgestörter Mörder gewesen sein könnte?«

Kinleys Augen ließen Lois nun nicht mehr los. »Du hast seinen Aktenschrank durchsucht?«

»Ja, und ich nahm das heraus, was ich herausnehmen wollte.«

Kinley lehnte sich ein wenig vor. »Was hast du herausgenommen, Lois?«

Lois zögerte einen Moment. »Ich möchte nicht, daß du in Rays Leben herumschnüffelst«, sagte sie. »Ich habe gute Gründe dafür – das kannst du mir glauben. Laß das sein. Es hilft Ray nicht und Serena schon gar nicht.«

»Was für Akten, Lois?« fragte Kinley unbeirrt. »Ich mache das nämlich nicht zu meinem Vergnügen. Wenn es keinen Grund mehr für mich gibt, hier in Sequoyah zu bleiben, bin ich morgen schon weg. Das kannst du mir glauben.«

Sie musterte ihn mit einem höhnischen Blick. »Bist dir immer noch zu gut dazu, wie, Jack?«

Kinley sagte nichts.

»Das war es nämlich, was Ray immer dachte, mußt du wissen«, fügte sie hinzu. »Daß du dir zu gut dafür bist.«

»Dann laß uns eben sagen, ich werde wieder abreisen, sobald ich kann«, korrigierte sich Kinley.

Seine letzte Bemerkung schien sie eher zu beruhigen als zu reizen, und Kinley beobachtete nun voller Erstaunen, wie sie ganz gelassen zu dem groben hölzernen Schaukelstuhl vor dem Sofa ging und dort ihm gegenüber Platz nahm.

»Hör zu, Jack. Serena hat Ray vergöttert«, sagte sie. »Sah zu ihm auf wie zu einem Heiligen. Ich möchte nicht, daß das Bild, das sie sich zu Rays Lebzeiten von ihm gemacht hat, getrübt oder gar zerstört wird.«

»Sie sagte, in den letzten Monaten hätten sie sich ein wenig entfremdet«, erwiderte Kinley. »Das gehört ebenfalls zu den Dingen, die ihr Kummer machten.«

Lois nickte. »Ja, ich weiß.«

»Sie muß wissen, warum.«

Lois blickte ihn beschwörend an. »Sie darf das unter keinen Umständen erfahren, Jack. Niemals.«

»Weißt du denn den Grund?«

»Ja«, erwiderte Lois. »Derselbe Grund, weshalb ich möchte, daß du nach Hause fliegen und dich nicht mehr mit der Sache beschäftigen sollst.«

»Was ist es?«

»Serenas kostbarer, ach so perfekter Vater hatte eine Liebesaffäre, Jack«, gab Lois zurück. »Deswegen ist es ja vor ein paar Monaten zur Scheidung gekommen. Wir haben es Serena nie gesagt. Tatsächlich hat Ray darauf bestanden, es ihr nicht zu sagen. Er war bereit, alles dafür zu geben, daß man es ihr verschwieg.« Sie zuckte mit den Achseln. »Nicht, daß unsere Ehe jemals so eine großartige Sache gewesen wäre. Das war sie nicht. Aber ich liebte ihn. Und unter den heiratsfähigen Männern, die hier zur Auswahl standen, war Ray das beste Angebot.« Sie schüttelte den Kopf. »Egal – als – als ich erfuhr, daß er tot ist, kam ich sofort hierher und raffte rasch alles Material zusammen, das sich auf sie beziehen konnte.« Sie lächelte traurig. »Ray war wie ein Hamster in solchen Dingen. Ich wußte, er würde alles aufheben, was er von ihr jemals bekommen hatte – jeden Brief, Zettel und jede Notiz –, und es vermutlich unter ihrem Namen ablegen. Und so nahm ich alle Ordner heraus, die ihre Initialen trugen.«

»Und die wären?«

»Also – ihre Vornamen sind Sarah und Dora, ihr Nachname Overton«, antwortete Lois in nüchternem Ton. »Das waren die Ordner, die ich mir heraussuchte.«

»Mit den Buchstaben S, D und O«, ergänzte Kinley.

»Richtig«, erwiderte Lois. Sie lächelte grimmig. »Aber wie sich dann herausstellen sollte, waren in diesen Ordnern gar keine Papiere von ihr oder über sie gewesen. Im S-Ordner hatte Ray nur ein paar alte Fotos von der Stadt aufbewahrt. Von Sequoyah, meine ich. Ray, mußt du wissen, betrachtete sich gewissermaßen als eine Art von Lokalhistoriker.«

Kinley nickte.

»Und im O-Ordner war nur ein Bündel von Zeitungsausschnitten abgelegt.«

»Und unter D?« fragte Kinley.

Lois zuckte mit den Achseln. »Gar nichts. Der Aktendeckel war leer.«

Kinley nickte. »Also befand sich nichts über diese Frau in diesen drei Ordnern?«

»Nein.«

»Wo ist es dann?« erkundigte sich Kinley. »Wo ist das Material über diese Frau hingekommen?«

Einen Moment lang schien Lois die Fassung zu verlieren, als ihr erneut Zweifel kamen, trotz all ihrer Bemühungen, diese zu zerstreuen. Doch dann fing sie sich wieder, und ihr Gesicht wurde sehr ernst. »Ich weiß es nicht, Jack«, sagte sie. »Und ich möchte es auch nicht wissen.« Sie blickte ihm fest in die Augen. »Mir genügt es, daß es sich nicht hier im Hause befindet, wo es Serena in die Hände fallen könnte. Aber wenn du fortfährst, den Umständen von Rays Tod nachzuspüren, wirst du vermutlich früher oder später entdecken, wo seine kostbaren Liebesbriefe oder ihm so teuren Notizen geblieben sind, und wenn du das weißt, wird Serena es auch bald wissen.« Sie beugte sich zu ihm, während ihr Gesicht wieder sanft wurde – fast flehend. »Bitte, tu ihr das nicht an, Jack«, sagte sie. »Serena meint, ihr Vater wäre ein über jeden Tadel erhabener Mann gewesen. Laß sie in diesem Glauben.«

»Wo wohnt denn diese Overton?«

Lois zögerte.

»Es wäre doch ein leichtes für mich, das herauszufinden, Lois«, belehrte sie Kinley.

Lois starrte ihn immer noch schweigend an.

»Hör zu – vielleicht kann sie uns alle beruhigen und mir erzählen, wo sich das Material, das du hier suchtest, befindet«, erklärte Kinley. »Es wäre sogar denkbar, daß Ray nur in den Canyon hinuntergestiegen ist, um sich dort mit ihr zu treffen. Wenn sie für mich ein paar Dinge aufklären würde, könnte ich das auch für Serena tun.«

Lois blickte ihn noch immer zweifelnd an. »Würdest du das denn auch mit der gebotenen Rücksicht machen?«

»Ich bin nicht hierhergekommen, um den Ruf eines Vaters zu zerstören«, sagte Kinley in energischem Ton. »Schon gar nicht Rays Ruf.«

»Also gut«, sagte Lois. »Sie wohnt nicht in Sequoyah, sondern oben auf dem Berg. Am Ende derselben Straße, wo sich der Friedhof befindet, auf dem Ray beerdigt ist.«

Kinley rief sich die vergangene Nacht wieder ins Gedächtnis zurück, als er noch einmal Rays Grab aufgesucht hatte, und im gleichen Moment vollführte sein Geist diesen wundersamen Trick, ihm dessen Umgebung so naturgetreu wiederzugeben wie eine Panoramaaufnahme. Er sah die weitläufige Fläche des Friedhofs vor sich mit den Höckern aus kleinen grauen Steinen, dann den Wald, der dahinter aufragte, und irgendwo tief darin, weit entfernt, das kleine gelbe Licht eines Farmhauses über den Wipfeln. »Oben am Kamm«, murmelte er. »Am Rande des Abgrundes.«

Lois nickte und sagte: »In mehr als einer Beziehung.«

9

DIE STRASSE VERENGTE sich, nachdem er den Friedhof passiert hatte, und lief dann in einer scharfen Kurve auf den Bergrand zu. Das Unterholz verdichtete sich, so daß die gelben Kegel seiner Scheinwerfer sich durch einen langen grünen Tunnel zu bewegen schienen. Das trübe Licht, das durch die ihn umgebenden Büsche und Bäume hindurchschimmerte, wurde schwächer, je dichter der Wald wurde, und schien dann zu erlöschen, als er sich dem dunklen Rand des Berges näherte.

Selbst aus der Entfernung vermochte er die Stelle zu erkennen, wo der Berg zu einer mächtigen, granitenen Klippe wurde, die steil ins Tal hinunterfiel, und über die der Nachtwind hinstrudelte wie ein schwarzer Wasserfall. Vor deren Kante machte die Straße wieder eine abrupte Biegung nach links, und nun fand er sich auf einem schmalen Fahrweg wieder, der den Rand der Schlucht fast eine halbe Meile weit begleitete. Der Weg endete an dem kleinen Farmhaus, dessen Licht er in der Nacht zuvor gesehen hatte, als er an Rays Grab kniete.

Es war ein kleines, aus rohem, ungestrichenem Holz errichtetes Gebäude mit einer schon etwas windschiefen Veranda. Er ließ den Wagen ausrollen, schaltete die Lichter aus und verharrte dann regungslos hinter dem Steuer. Wenn das der Ort war, den Ray sich als Liebesnest ausgesucht hatte, so war es eine gute Wahl gewesen. Klein, verschwiegen – eine Stätte, wo er nur das Geschwätz der Vögel zu befürchten hatte.

Kinley stieg aus dem Wagen und lief auf das Haus zu. Er hatte erst den halben Weg zurückgelegt, als eine Frau auf die Veranda hinaustrat.

»Ich bin Jack Kinley«, sagte er, ohne anzuhalten.

Die Frau war nicht bis an das Geländer der Veranda gegangen, sondern im Schatten des Vordachs stehengeblieben.

»Ich suche eine Frau namens Sarah Dora Overton«, setzte Kinley rasch hinzu.

»Ich bin Dora Overton«, antwortet die Frau, nun kühn aus dem Schatten in das Licht hinaustretend, das aus dem Inneren des Hauses kam. Sie war ein sehr dunkler Typ, mit einer Haut, die er als »maurisch« bezeichnet hätte, wenn es ihm eingefallen wäre, über sie zu schreiben. Ihre Haare waren lang mit einem rötlichen Schimmer darin, wie er selbst in diesem trüben Licht zu erkennen vermochte.

Er schenkte ihr ein rasches, nervöses Lächeln. »Sie wohnen ziemlich einsam hier.«

Die Frau nickte kurz. »Ich habe noch nie woanders gewohnt.«

Ihre Stimme war kräftig und etwas heiser; aber mit einem harten, unversöhnlichen Unterton, der ihn sogleich an ähnliche Stimmen erinnerte, die er im Verlauf seiner Arbeit gehört hatte. An Mildred Haskells Stimme zum Beispiel, die sanft geklungen hatte, aber mit einem steinernen Unterton – eine Stimme, die schreckliche Forderungen gestellt hatte: *Schön, Junge, und jetzt dreh dich auf den Rücken.*

Während er stetig näher kam, blickte sie ihn durchbohrend an – mit Augen, die gut zu ihrer Stimme paßten und ihn so ungeniert musterten, als würde sie ihn mit den Fingerspitzen abtasten.

»Was wünschen Sie?« fragte sie.

»Lois Tindall hat mir von Ihnen erzählt«, begann Kinley. »Und ich ...«

»Lois Tindall weiß gar nichts über mich«, unterbrach Dora Overton ihn schroff.

»Nun – sie wußte zumindest, daß Sie sich mit Ray trafen«, sagte Kinley so behutsam wie er konnte, um nicht den Hauch eines Urteils oder Vorwurfs durchschimmern zu lassen.

Dora musterte ihn kalt. »Und wen würde das jetzt noch stören?«

Kinley schwieg, sich auf ihre dunklen und so erbarmungslosen Augen konzentrierend.

Dora rückte noch einen Schritt vor, so daß nun ihr ganzer Körper in Licht getaucht war. »Ich habe Ray nie etwas vorgemacht«, sagte sie fest, »und ich erlaubte auch ihm nicht, mir etwas vorzumachen.«

»Ich glaube nicht, daß er das versucht hätte«, erwiderte Kinley.

Er hatte das als Kompliment gemeint; aber es verfehlte seine Wirkung.

Statt dessen bemerkte er, daß sie sich ihm gegenüber noch mehr verhärtete.

»Ray ist tot«, sagte sie knapp, als klappte sie ein Buch zu, in dem sie nie mehr lesen würde.

Kinley verharrte auf seinem Platz. »Ich war Rays Freund«, sagte er – die einzige Empfehlung, die sie seiner Meinung nach anerkennen würde.

»Er hat manchmal von Ihnen geredet«, sagte sie. »Er pflegte Ihnen Briefe zu schreiben, die von Ihnen nie beantwortet wurden.«

»Das hat er Ihnen erzählt?«

Dora nickte, und ihre Augen schienen ihn nicht mehr so feindselig anzustarren. »Egal, was war – er lebt nicht mehr.« Kinley beobachtete stumm, wie sie bis zum Rande der Veranda ging und sich dort an einen Stützpfeiler des Vordachs lehnte. Da war etwas in ihrem Auftreten, das zu gewaltig zu sein schien für dieses kleine Haus. Solche Gestalten waren ihm schon öfter begegnet. Von ihnen war stets etwas Bedrohliches ausgegangen – eine gigantische Bösartigkeit, für die das Volumen der Kellerräume, Schlafzimmer, Korridore oder in welchen Räumen sie sich auch immer aufhielten, nicht auszureichen schien.

»Er hat Sie mir gegenüber nie erwähnt«, sagte Kinley. »Aber wir haben in den letzten Wochen auch wenig miteinander gesprochen.«

»Er war altmodisch«, sagte Dora beiläufig, wie eine Information, die man nur am Rande erwähnt. »Er behielt die Dinge für sich.«

»Ja, das tat er«, sagte Kinley leise.

Sie drehte den Kopf nach links und starrte über den Rand der Schlucht hinaus. »Man weiß nie genau, was in einem anderen Menschen vorgeht.« Sie drehte ihm wieder das Gesicht zu. »Warum sind Sie hierhergekommen?« fragte sie.

»Das weiß ich selbst nicht so genau.«

»Lois braucht sich keine Sorgen zu machen«, sagte Dora. »Serena ebenfalls nicht. Ich bin nicht auf etwas aus, das zu Rays Hinterlassenschaft gehört.«

»Ich denke nicht, daß ihnen das Anlaß zur Besorgnis gäbe«, erwiderte Kinley, und seine eigenen Worte kamen ihm so förmlich vor wie der Standardtext eines Rechtsanwaltes.

»Was ist es dann?«

»Ich vermute, Serena will ein bißchen mehr über Ray wissen«, sagte Kinley.

»Nicht von mir«, erwiderte Dora in entschiedenem Ton. »Ray wollte es geheimhalten, und das soll es auch bleiben.«

Kinley blickte sie eindringlich an. »Ich schätze, daß auch ich ein bißchen mehr über ihn wissen möchte.«

Dora schwieg eine Weile, als müsse sie sich ihre Worte erst zusammensuchen, ehe sie ihm eine Antwort gab. »Ich erzählte Ray etwas, und er glaubte mir. Kein Mensch hatte mir das vorher jemals geglaubt.« Sie lächelte, aber auf eine etwas verkniffene Weise. »Das war eine ganz neue Erfahrung für mich.«

»Was haben Sie ihm denn erzählt?«

»Etwas über meinen Vater«, erwiderte Dora. »Ich denke, am Ende wollte er es ebenso genau wissen wie ich selbst.«

»Was wollte er wissen?«

Ihr Lächeln öffnete sich ein bißchen – gegen ihren Willen, wie es schien. »Ray pflegte zu sagen, daß es zwei Sorten von Menschen gibt: die einen, die schlafen können, und die anderen, die das nicht können.«

Kinleys Geist lieferte ihm prompt das Tonband seines letzten Treffens mit Ray: Schläfst du gut, Ray?

»Ray hatte so seine Probleme mit dem Schlafen, nicht wahr?« fragte er.

»In letzter Zeit hatte er sie wohl«, erwiderte Dora.

Kinley spürte, wie sein Notizbuch in der Jackentasche sich leise raschelnd bewegte wie ein kleines Tier, das aus dem Schlaf erwacht. »Was hat er gesucht?«

Sie überlegte wieder einen Moment, ihn mit leicht verschleierten Augen ansehend. »Ich dachte, er hätte es Ihnen vielleicht erzählt.«

»Mir was erzählt?«

Sie bewegte langsam den Kopf hin und her. »Ich vertraute Ray. Aber Sie kenne ich nicht.« Ein schwaches Lächeln kräuselte ihre Lippen, während sie fortfuhr, ihn zu studieren. »Man lernt ein paar Dinge im Leben«, sagte sie. »Die Lektionen der Straße, wie Ray zu sagen pflegte.« Ihr Lächeln erlosch. »Der Rest ist unwichtig.«

Er sah sie eindringlich, fast beschwörend an. »Was hat Ray unten im Canyon gesucht?« wiederholte er, seine Frage präzisierend.

Sie sah zum Haus hin. »Es gefiel ihm hier«, sagte sie. »Aber so richtig heimisch hat er sich hier nie gefühlt.«

Kinley zuckte mit den Achseln. »Es war nicht sein Heim. Und er war wohl nie irgendwo richtig zu Hause. Aber wer ist das schon?«

Sie studierte ihn wieder einen Moment lang, als wolle sie einen schwer zugänglichen Teil seines Wesens erfassen. »Ray erzählte mir, daß Sie sehr intelligent wären«, sagte sie. »Er hielt Sie für ein Genie.«

Kinley sagte nichts.

Sie ging zur Haustür zurück und öffnete sie weit. »Wollen Sie nicht hereinkommen?«

Kinley war einen Moment lang unschlüssig, während er sich rasch all jene Augenblicke der Unentschiedenheit ins Gedächtnis rief, die er in seinen Büchern beschrieben hatte: das Zögern des kleinen Billy Flynn vor der Tür von Mildred Haskells Räucherhäuschen; die Unentschlossenheit von Wilma Jean Comstock am Rande des Wäldchens; Kelly Pierce, wie sie stumm zum anderen, unbeleuchteten Ende des Korridors hinsah – sie hatten alle ihre anfängliche Scheu oder Angst überwunden, und nun waren sie alle tot. Colin Bright hatte es wohl am treffendsten formuliert, während seine grauen Haare unter dem Neonlicht der Zelle bläulich aufschimmerten – »alt in seinem Zynismus«, wie Kinley ihn später charakterisierte, »aber noch jugendlich in seiner Bosheit« –: Letztendlich denken sie alle, *daß es immer nur die anderen trifft.*

Kinley merkte, wie sich seine Füße hoben und eine Stufe nach der anderen nahmen. »Es ist schon ein bißchen spät dafür«, sagte er. »Sind Sie sicher?«

Dora verharrte an ihrem Platz neben der offenen Tür, ein leuchtendes Rechteck hinter sich. »Das liegt ganz bei Ihnen«, sagte sie.

Sie denken, mich trifft es nicht, weil es unwahrscheinlich ist.

Er faßte nach dem Geländer der Vortreppe und zog sich daran in die Höhe. »Also gut«, sagte er, »aber nur für eine Minute.«

Sie drehte sich um, und er folgte ihr ins Haus hinein. Das Wohnzimmer war klein, der rohe Dielenboden hier und da mit runden Matten ausgelegt. Eine wackelige Stehlampe stand zwischen zwei nicht zueinander passenden dunkelblauen Sesseln; doch beherrscht wurde der Raum von einem alten Piano.

»Es gehörte meiner Mutter«, erklärte Dora. »Ray sagte, Sie könnten auch Klavier spielen.«

»Ein bißchen.«

»Dann tun Sie es«, forderte sie ihn auf, als wollte sie ihn auf die Probe stellen.

Kinley setzte sich auf den Schemel vor dem Instrument, blickte auf das Blatt, das bereits auf dem Notenständer stand, und schaute dann zu Dora zurück. »›Mein Prinz wird eines Tages kommen‹«, sagte er. »Ist das eines Ihrer Lieblingsstükke?«

»Das Notenblatt gehörte Ray«, erwiderte sie, sich in einen der blauen Sessel niederlassend. »Er brachte es von zu Hause mit. Er liebte es; aber er spielte es immer auf die falsche Weise.«

»Wie möchten Sie, daß ich es spiele?«

Sie zuckte mit den Achseln. »Glauben Sie daran? Daß der Prinz eines Tages zu jemandem käme?«

Kinley schüttelte den Kopf. »Nein, das glaube ich nicht.«

Sie lächelte. »Nun – dann spielen Sie es auch so«, sagte sie.

Er tat es. Langsam, stockend, hier und da eine Note auslassend; aber mit einem langen, allen Illusionen absagenden Refrain, den der Wind über den Rand des Berges hinaus mit sich forttrug. Dort zerschellte er an den Klippen, so daß nicht ein einziger Ton dieser melancholischen Weise die im Tal schlafende Stadt erreichte.

Als er geendet hatte, sah er von den Tasten hoch, blickte ihr fest in die Augen und konfrontierte sie noch einmal mit der Frage, die ihn die ganze Zeit über beschäftigt hatte: »Was machte Ray dort unten im Canyon? Hatte es etwas mit Ihnen zu tun?«

Sie schien sich nicht über seine Frage zu wundern. »Nein, das glaube ich nicht«, erwiderte sie. »Ich wüßte nicht, daß sich im Canyon etwas befindet, das ...« Sie stockte.

»Ja?«

»Ray war ein eigentümlicher Mensch mit eigentümlichen Methoden, sich mit etwas zu befassen.«

»Aber er arbeitete doch an etwas, nicht wahr?« drang Kinley in sie. »An etwas, das mit Ihnen zu tun hatte, richtig?«

Sie nickte bedächtig. »Ja.«

»An was?«

»Er versuchte herauszufinden, was mit meinem Vater passiert ist«, gab sie zur Antwort. Wieder hielt sie einen Moment inne, und in diesen wenigen Sekunden lockerten sich ihre versteinerten Züge ein wenig. Sie wurden so weich und nachgiebig, wie er das bei Mildred Haskell, an deren Gesicht ihn Dora erinnerte, nie hatte beobachten können. »Haben Sie schon mal von Ellie Dinker gehört?« fragte sie.

Ellie Dinker, dachte Kinley, die verschwundene Tochter der Frau in Schwarz, die an jenem, schon weit zurückliegenden Nachmittag in Jeffersons Drugstore gekommen war – eine geisterhafte Erscheinung, die Ray mit seinen noch jungen Augen angestarrt hatte.

Er schüttelte den Kopf. »Aber nach so vielen Jahren wird Ray doch nicht versucht haben ...«

»Doch«, unterbrach ihn Dora mit einem energischen Kopfnicken.

»Aber warum?«

Dora lächelte zart. »Vermutlich, damit er endlich ruhig schlafen konnte.«

Zwei Stunden später lag Kinley wach in seinem Bett und ließ sich noch einmal alles durch den Kopf gehen, was Dora ihm erzählte. Er erinnerte sich an eine Passage in seinem ersten Buch, die ihm trotz ihrer etwas geschraubten akademischen Ausdrucksweise noch immer als gelungen erschien. Zumal für einen jungen Schriftsteller, der noch viel zu lernen hatte:

Zu den tiefgründigsten aller menschlichen Beweggründe gehören auch jene, die zum Mord führen. Sie sind in jenen existentiellen Bereichen verborgen, die noch von den archaischsten und wurzellosesten Triebkräften beherrscht werden. Im wesentlichen ist Mord das radikale Beharren darauf, daß der andere ein Hindernis darstellt, dessen Beseitigung erlaubt ist. Daraus leitete sich der extremste und anmaßendste Anspruch ab, den ein Leben gegenüber der Unversehrtheit eines anderen Lebens erheben kann.

Ellie Dinker.

Rasch kehrte sein Geist wieder von seinen Ausflügen in die luftigen Höhen prätentiöser philosophischer Betrachtungen zu ihr und zu Dora zurück. Er stellte sich vor, wie Ray, in ihrem Bett liegend, an Schlaflosigkeit leidend, an die Decke über sich starrte und ihrer tiefen, heiseren Stimme lauschte, die ihm die Geschichte von der Hinrichtung ihres Vaters erzählte.

Im Fall von Charles Herman Overton war diese durch elektrischen Strom erfolgt. Kinley hatte keine Mühe, sich zu vergegenwärtigen, wie Overton, an seinem Hinrichtungsstuhl festgebunden, ausgesehen hatte, als man den tödlichen Stromstoß durch seinen Körper jagte. Er war selbst Augenzeuge einer solchen Hinrichtung geworden, als Colin Bright mit einem Stromstoß getötet wurde. Als Dora den elektrischen Stuhl erwähnte, auf dem ihr Vater gestorben war, wurden sogleich wieder alle qualvollen Einzelheiten der einzigen Hinrichtung, die er miterlebt hatte, in ihm lebendig. Wie in Zeitlupe sah er vor seinem inneren Auge abrollen, wie Brights Körper plötzlich nach vorn schnellte, bis zum äußersten angespannt, während ihm die Haut von den Knochen wegstand, als versuchte Brights Seele verzweifelt dem Kerker zu entfliehen, in dem sie gefangen war. Seine Augen quollen unter den zugeklebten Lidern aus den Höhlen, ein weißer Schaum trat aus seinem Mund, und ein seltsam bläulicher Rauch stieg um ihn auf, der einen Moment lang durch den hellgrün gestrichenen Raum strudelte und dann verschwand, als der Strom plötzlich abgeschaltet wurde. Danach war Brights Körper zusammengesunken, sein Kopf tief nach vorn hängend, die Muskeln und Sehnen vollkommen losgelassen, so daß es so aussah, als wäre er nun von einer schier unerträglichen Reue überwältigt worden und sein Kopf von der Last seiner Scham tief gebeugt.

Sie richteten Charlie Overton am 4. Januar 1955 hin.

Das war alles, was sie gesagt hatte, ehe sie die Tatsache erwähnte, daß sie erst wenige Monate davor zur Welt gekommen war. Er hatte stumm genickt und dann erwidert: *Also kannten Sie Ihren Vater eigentlich gar nicht richtig?* Worauf sie antwortete: *Ich weiß nur, daß er unschuldig war.*

Doch als Kinley nun darüber nachdachte, war er sich gar nicht so sicher, daß Overton unschuldig war. Denn als ihm Dora von dem Prozeß ihres Vaters erzählte, schienen ihm die Beweise gegen ihn unwiderlegbar gewesen zu sein – eine in ihrer Gründlichkeit überzeugende und ähnlich lückenlose Kette von Indizien, wie sie fast immer in Mordprozessen, die er miterlebt hatte, zu einer Verurteilung geführt hatte. In solchen Prozessen, wo ein Detail auf das andere getürmt wurde, bis der Berg der angehäuften Beweise so groß war, daß kein Gericht ihn mehr übersehen konnte. Und wenn er dann so gewaltig war, so massiv und undurchdringlich für das kleine Licht, das möglicherweise noch den Schatten eines Zweifels darauf hätte werfen können, brauchte der Anklagevertreter nur noch in die Richtung zu deuten, in die bereits alle Indizien wiesen.

Und genau das war es gewesen, was Thomas Warfield im Herbst des Jahres 1954 gemacht hatte. Er hatte mit dem Finger auf Charles Overton gezeigt und Vergeltung für Ellie Dinker gefordert. Er gebrauchte dabei Worte, die Doras Mutter nie vergessen und in einer fast krankhaften, verbitterten Litanei ihrer Tochter immer wieder vorgebetet hatte:

Dieser Mann dort nahm ein Kind mit in den Wald. Dieser Mann dort zwang es dazu, sich auf den Boden zu legen. Dieser Mann dort nahm dann sein Montiereisen in die Hand und beging diese entsetzliche, unaussprechliche Tat an einem kleinen Mädchen, das hilflos seiner Gewalt ausgeliefert war. Dieser Mann dort – Charles Herman Overton – hat Ellie Dinker vorsätzlich und auf heimtückische Weise umgebracht.

Hatte er das?

Kinley stand auf, sich in Gedanken noch immer mit der Geschichte auseinandersetzend, die Dora ihm erzählt hatte. Er war sich sicher, daß er sich noch an jede Einzelheit ihres Berichts erinnern konnte, und nun ließ er ihn noch einmal in sich abrollen, als wäre sein Gedächtnis eine Maschine, die ihn stets prompt und zuverlässig zu bedienen hatte.

Sobald dieses virtuelle Band, seine Gedächtnisaufzeichnung ihres Gesprächs, sich in ihm abgespult hatte, nahm er seinen Laptop-Computer von dessen Platz neben dem Bett und trug ihn hinüber in Rays Büro, wo er ihn auf dem kleinen Metallschreibtisch abstellte und einschaltete.

Das High-Tech-Licht beleuchtete auf eine ihm widersprüchlich erscheinende Weise die weniger modernen Informationsspeicher und Datenbereitstellungen, auf die Ray sich gestützt hatte – diese Hunderte von Büchern, diese nach Tausenden zählenden Papierblätter, schwerfällige und verstaubte Relikte einer älteren, im Untergang begriffenen Zeit. Verglichen mit diesen Relikten, schien ihm die karge Nüchternheit des Laptops von einer dankenswerten unkomplizierten Schnörkellosigkeit zu sein.

Er begann zunächst ein Verzeichnis für das Computer-Menü anzulegen. Zuerst wußte er nicht, welchen Namen er diesem geben sollte. Dann schob sich ihr Gesicht wieder in sein Bewußtsein, und er tippte als Namen des Verzeichnisses DORA ein. Für das Unterverzeichnis verwendete er den Code OVER:TON, der für Doras Vater stand, und ging dann dazu über, den entsprechenden Dateien alle Daten zuzuordnen, die er bisher ermittelt hatte – alles, was die Anklagevertretung laut Dora zum Beweis von Overtons Schuld vorgetragen hatte.

Zunächst listete er in einer Datei Overtons Aktivitäten am Tage von Ellie Dinkers Verschwinden in chronologischer Reihenfolge auf:

CHARLES HERMAN OVERTON (nachstehend als CHO bezeichnet)
Aktivitäten: 7/2/54

Quelle: Zeugnis von DORA OVERTON (9/5/91), noch unbestätigt.
»*« markiert spätere Bestätigung aus anderen Quellen.

1) Gegen 8 Uhr verläßt CHO seine Wohnung, um sich auf den Weg zu seiner Arbeitsstelle in Sequoyah zu machen, wo er bei der Baufirma Thompson Construction Company mit Sitz in Sequoyah beschäftigt ist.
2) An der Baustelle arbeitet CHO mit Luther Lawrence Snow und Betty Gaines zusammen. Gaines wird später bezeugen, daß CHO über Magenbeschwerden klagte und die Baustelle um 12.30 Uhr verließ.
3) Luther Coggins beobachtet gegen 12.40 Uhr, wie CHO sich mit Ellie Dinker unterhält.
4) Gegen 13.30 Uhr wird ein abgestellter Pritschenwagen von Seta Mae Williams auf der Bergstraße gesichtet. Sowohl CHO wie auch Dinker werden dort nicht mehr gesehen.
5) Gegen 15 Uhr kehrt CHO zu Fuß nach Hause zurück. Anschließend begibt er sich sofort zu seinem mit einer Panne liegengebliebenen Pritschenwagen, repariert ihn und trifft fünfundvierzig Minuten später mit diesem wieder vor seiner Wohnung ein. Er verläßt seine Wohnung nicht mehr, bis er am nächsten Morgen abermals zur Arbeit fährt.

Das war gewissermaßen das Knochengerüst des Tagesablaufes von Overton, wie Dora ihm diesen berichtet hatte. Dabei sprang einem sogleich die kritische Zeitspanne zwischen ca. 12.40 und 15 Uhr ins Auge, in der weder Overton noch Ellie Dinker von irgend jemandem gesehen worden waren. Sie waren beide im Wald verschwunden, und was dort anschließend geschah, war, wie die Anklagevertretung behauptete, eine Mordtat.

Kinley beugte sich wieder vor und begann, eine neue Datei anzulegen:

CHO-VORTRAG DER ANKLAGE:

1) Daß CHO Ellie am 2. Juli 1954 zwischen 12.30 Uhr und 15 Uhr ermordet habe.

BEWEISE:

1) CHO kann keine belegbaren Angaben über seinen Aufenthalt zur Zeit der Mordtat machen. Er behauptete lediglich, er habe in der fraglichen Zeit einen Spaziergang durch den Wald bis zu seiner Wohnung gemacht.
2) Die Tatsache, daß CHO die letzte Person war, die man mit Ellie Dinker vor ihrem Verschwinden zusammen gesehen hat.
3) Die Entdeckung von Ellie Dinkers Kleid (am späten Nachmittag des 3. Juli) an einem Baum unweit der Stelle, wo man die beiden zusammen gesehen hat.
4) Die Entdeckung (am Morgen des 4. Juli) von Ellie Dinkers Schuhen unter dem Vordersitz von Overtons Pritschenwagen.
5) Die Entdeckung (am Morgen des 4. Juli) eines mit Blut befleckten Montiereisens unter dem Vordersitz von Overtons Pritschenwagen. Laut Geburtsregister vom Städtischen Krankenhaus von Sequoyah und den Unterlagen ihres Hausarztes, Dr. Joseph Stark, hatte Ellie Dinker die gleiche Blutgruppe wie das Blut, das an dem Montiereisen entdeckt wurde.

Kinley hielt abermals inne, während er, den Monitor betrachtend, an das wichtigste Beweisstück dachte, das die Anklagevertretung nie hatte entdecken oder herbeischaffen können – an Ellie Dinkers Leiche.

Diese war, wie die Anklagevertretung sie bezeichnete, ein »wesentliches« Beweisstück, das in einem Mordprozeß eigentlich nie fehlen durfte, wenn man dem Gericht einen »todsicheren« Fall präsentieren wollte. Zu den wesentlichen Beweisstücken konnten auch die Mordwaffe, das Mordmotiv oder andere Gegenstände und Umstände zählen; aber das Fehlen des »Corpus delicti« selbst – der Leiche des Mordopfers – stellte immer ein Problem dar. Konnte man dieses bei einem Mordprozeß nicht vorweisen, war das ein wesentliches Handicap für die Anklagevertretung, trotz lückenloser Indizien den Tatbestand eines Mordes auch nachzuweisen. Kinley hatte mehr als einen Fall erlebt, wo das Gericht es kategorisch abgelehnt hatte, die Verhandlung zu beginnen, weil die Anklagevertretung ihr den wesentlichen Corpus delicti, die Leiche, nicht präsentieren konnte.

Laut Dora war der Bezirksstaatsanwalt Warfield dieser Fallgrube für seine Beweisführung dadurch elegant oder raffiniert ausgewichen, daß er behauptete, daß die erhebliche Menge von Blut und Haaren, die man an Dinkers Kleid gefunden habe, substantiell hinreichend wäre für den Nachweis des fehlenden Corpus delicti und dafür, daß die Person, die sich darin befunden hatte, Opfer eines Mordes geworden sei. Und um diese Behauptung noch zu untermauern, hatte Warfield im Verlauf des Prozesses dieses Kleid dann mehrmals herumgezeigt, war ausführlich auf die darauf vorhandenen Blutflecken eingegangen und hatte Dr. Stark in den Zeugenstand gerufen, der aussagte, daß eine so erhebliche Menge Blut, wie er sie an dem Kleid gefunden habe, nur von einer gewaltsamen und tödlichen Verletzung herrühren könne.

Dennoch hatte es bei diesem Prozeß keine Leiche gegeben, und die Frage, wie und wo Overton diese versteckt haben könnte, war eine offene Frage geblieben.

Kinley beschäftigte sich nun erneut mit dem Zeitablauf. Hier würden sich die Gesetze der Physik mit jenen der Zeit notwendigerweise überschneiden müssen; denn wenn man den Angeklagten des Mordes überführen wollte, hatte man den Nachweis zu erbringen, daß er zu einer bestimmten Zeit an einem bestimmten Ort gewesen war. Overton war etwa gegen 12.40 Uhr zusammen mit Ellie Dinker gesehen worden. Sodann hatte man sie beide nicht mehr gesichtet, bis Overton zwei Stunden und zwanzig Minuten später in seiner Wohnung aufgetaucht war.

Das war es also: Er hatte zwei Stunden und zwanzig Minuten Zeit gehabt, ein sechzehn Jahre altes Mädchen zu ermorden, die Leiche zu vergraben und zu seiner Wohnung zurückzukehren – ein Fußmarsch, der laut Dora mindestens eine Stunde beansprucht hatte. Um diese eine Stunde reduzierte sich demnach die Zeit, die Overton zur Verfügung stand, um Dinker umzubringen und zu verscharren. Das waren eineinviertel Stunden gewesen – nicht viel; aber immerhin ausreichend.

Letztendlich hatten jedoch weder die fehlende Leiche des Mordopfers noch die knapp bemessene Zeit, die Overton für die Tat und die Beseitigung des Mordopfers blieb, Ray schließlich dazu bewogen, sich noch einmal mit diesem Fall zu beschäftigen. Das hatte Dora ihm mit hinreichender Deutlichkeit klargemacht, als er bereits im Begriff stand, ihr Haus am Rande des Berges, in dem er sich zwei Stunden aufgehalten hatte, wieder zu verlassen. Er war schon die Vortreppe zur Hälfte hinuntergestiegen, als sie ihm noch einmal nachgerufen hatte:

Kinley?

Ja?

Am Tag bevor er starb, war Ray sehr beunruhigt über etwas gewesen.

Worüber?

Ich weiß es nicht; aber er sah besorgter aus, als ich ihn jemals zuvor erlebt hatte.

Sie wissen jedoch nicht, weshalb?

Er wollte es mir nicht verraten; aber ich wußte, es war etwas, das mit diesem Fall zusammenhing.

Woher wollen Sie das wissen?

Das bewiesen mir die Worte, die er zu mir sprach, als ich ihn das letzte Mal sah. Er stand unten auf der Vortreppe, wie Sie jetzt, blickte mich sehr ernst an – so ernst, wie er einen nur anschauen konnte – und sagte: »Dieser Fall bringt mich um, Dora.«

Was meinte er damit?

Ich bin mir nicht sicher, was genau er damit meinte; aber ich denke, es hatte mit dem zu tun, was er über diesen Fall ausgegraben hatte – daß da etwas darunter war, was ihm gewissermaßen das Herz brach, wissen Sie?

10

WAS IHM DAS Herz brach.

Dieser Satz spulte sich ständig in Kinleys Geist ab wie eine Wiederholungsschleife in einem Computerbefehl, als er sich am nächsten Morgen auf den Weg machte zu dem grauen Sandsteingebäude, in dem das Gericht untergebracht war.

William Warfield war allein in seinem Büro, als Kinley an dessen offene Tür klopfte. Warfield schien überrascht, ihn wiederzusehen, begrüßte ihn jedoch mit einem freundlichen Lächeln, obwohl Kinley nicht zu sagen wußte, ob es echt oder nur einstudiert war – das wächserne Strahlemanngesicht eines Politikers. Er hatte schon so viele Arten von Lächeln erlebt, Mildred Haskells war das denkwürdigste von allen – ein unheimliches, glänzendes, von einem Goldzahn unterlegtes Lächeln, das sie als Lockmittel für ihre Kinder-Opfer benützt hatte: *Komm herein, ich muß dir was zeigen. Wirklich. In meinem Mund.* Verglichen damit war Warfields Grinsen der Inbegriff harmloser Gastlichkeit.

»Hallo! Da sind Sie ja wieder, Mr. Kinley«, sagte Warfield. »Ich wähnte Sie schon längst auf dem Weg zurück in die große Stadt!«

»Ich beschloß, vorläufig noch hierzubleiben.«

»Tatsächlich? Warum das?«

Kinley deutete mit dem Kopf auf den großen Ledersessel, der vor Warfields Schreibtisch stand. »Darf ich mich setzen?«

»Aber bitte! Seien Sie mein Gast«, erwiderte Warfield und sah zu, wie Kinley in dem Sessel Platz nahm.

»Ich freue mich wirklich, daß wir uns noch einmal sehen«, sagte Warfield.

»Wieso das?«

»Weil ich beim erstenmal vergaß, Ihnen zu sagen, daß ich ein paar von Ihren Büchern gelesen habe«, antwortete Warfield. »Ich fand sie sehr interessant. Besonders das über Colin Bright. Es war Ihr erstes, nicht wahr?«

»Ja.«

»Wie kamen Sie dazu, sich für Colin Bright zu interessieren?«

»Er ermordete eine ganze Familie«, erklärte Kinley. »Ich wollte wissen, warum ein Mensch so etwas tut.«

»Und haben Sie es herausgefunden?«

Kinley dachte einen Moment an Bright, an sein schmales Gesicht mit den durchbohrenden blauen Augen unter den grauen Haaren. Er erinnerte sich an den letzten Satz, den Bright am Ende ihres letzten Interviews gesagt hatte: *Sie sind ein Glückskind, Kinley, weil Sie es nie erfahren werden.*

»Nein«, antwortete Kinley, sich wieder auf sein Gegenüber konzentrierend. »Nein, ich fand es nie heraus.«

»Sie kennen sich oft selbst nicht«, sagte Warfield. »Einige von ihnen haben überhaupt kein Innenleben.«

»Es unterscheidet sich sicherlich von einem normalen Innenleben«, räumte Kinley ein.

»Wie dem auch sei – ich fand Ihr Buch jedenfalls sehr interessant«, sagte Warfield. »Bright war ein selten böser Mensch – einer von der schlimmsten Sorte.«

»Ein Soziopath, ja.«

Warfield schüttelte den Kopf. »Ich frage mich zuweilen, warum wir uns die Mühe machen, dafür solche neumodischen Kunstwörter zu erfinden. Da gefällt mir die Sprachregelung des neunzehnten Jahrhunderter schon besser. Wissen Sie, als was man Colin Bright damals bezeichnet hätte?«

»Nein, ich glaube nicht.«

»Sie hatten einen Namen dafür«, sagte Warfield, »einen

guten noch dazu. ›Moralisch Schwachsinnige‹ nannten sie damals die Colin Brights dieser Welt. Und das sind sie auch – moralisch verblödet. Oder schlichtweg böse.« Warfield blickte Kinley vielsagend an. »Schon böse auf die Welt gekommen. Es steckt in ihren Genen.«

Kinley nickte. »Möglicherweise.«

Warfields Laune schien sich mit einemmal zu verdüstern. »Wie dem auch sei – das letzte Kapitel ist mir noch lebhaft in Erinnerung. Ihre Schilderung von Brights Tod. Überaus eindrucksvoll. War es Ihre erste Hinrichtung?«

»Ja«, antwortete Kinley, »und auch meine letzte, denke ich. Ich möchte so etwas nicht noch einmal miterleben.«

»Tatsächlich? Und warum nicht?«

»Sie sind kein hübscher Anblick.«

Warfield schüttelte den Kopf. »Nun, da irren Sie sich aber, Mr. Kinley. Sie sind schön. Sogar majestätisch. Weil wir einer wahren Gerechtigkeit nie nähergekommen sind als durch den Vollzug der Todesstrafe. Ich meine, nach dem Rechtsempfinden der Antike.«

»Die Gesetze Hammurabis«, sagte Kinley.

»Ja«, sagte Warfield, »Rechtsvorstellungen, wie wir sie in solchen Gesetzen wiederfinden. Wären Sie ein Baumeister im alten Babylon gewesen – wissen Sie, was Ihnen da passiert wäre, wenn das Haus, das Sie gebaut hätten, eingestürzt wäre und den Sohn des Hausbesitzers erschlagen hätten? Man hätte Ihren Sohn getötet. Nicht Sie, sondern Ihren Sohn.« Warfields Gesicht schien sich auf eine fast unmerkliche Weise zu verhärten. »Das ist Gerechtigkeit. Nicht so wie heute, wo es das Gleichwertigkeitsprinzip nicht mehr gibt und wir immer eine oder mehrere Stufen darunter bleiben.«

»Aber«, gab Kinley vorsichtig zu bedenken, »dann müssen Sie auch stets sicher sein, daß Sie den Richtigen haben.«

»Selbstverständlich müssen die entsprechenden Sicherheiten eingebaut sein«, stimmte ihm Warfield zu. »Viele Sicherungen. Besonders bei Kapitalverbrechen.« Er zuckte die Achseln, als sei er irgendwie enttäuscht. »Doch in so einem kleinen ländlichen Bezirk haben wir uns kaum mit Kapitalverbrechern zu befassen.«

»Aber dieser Charles Overton war einer«, erinnerte ihn Kinley.

Warfields Gesicht wurde ernst. »Oh, ja, Sie haben recht. Charles Overton.« Er schüttelte den Kopf. »Mein Daddy war damals Bezirksstaatsanwalt. Thomas Warfield.« Seine Augen wurden traurig. »Wir haben ihn erst letztes Jahr verloren. Es kam ganz plötzlich. Wohl am besten so.«

Kinley nickte. »Und er hat damals den Fall vor Gericht vertreten?«

»Ja, das hat er«, bestätigte Warfield. »Ellie Dinker.« Er lächelte trübe. »Ich kann mich noch sehr gut an ihre Mutter erinnern, müssen Sie wissen. Ich war noch ein kleiner Junge, als ich ihr fast täglich auf der Main Street begegnete, wo sie herumirrte wie ein Gespenst.« Er schüttelte den Kopf. »Ist vermutlich nie darüber hinweggekommen«, setzte er hinzu. »Ihr einziges Kind, wissen Sie?«

»Nein, das wußte ich nicht«, sagte Kinley.

»Ja, das hatte meinen Vater besonders erbittert«, sagte Warfield, »daß dieser Overton ihr einziges Kind umbrachte und Mrs. Dinker in diesen Zustand versetzte.«

»Gab es einen Mr. Dinker?«

»Nicht, daß ich wüßte«, gab Warfield ein wenig abweisend zur Antwort, als würde ihn das Thema allmählich langweilen. »Egal – Sie sagten vorhin, daß Sie beschlossen hätten, noch eine Weile in der Stadt zu bleiben.«

»Ja«, erwiderte Kinley. »Tatsächlich hat das etwas mit diesem Fall zu tun. Mit dem Mordfall Ellie Dinker.«

Warfield blickte Kinley neugierig an. »Der liegt doch schon viele Jahre zurück. Wieso würde Sie so ein Fall interessieren?«

»Weil Ray an ihm arbeitete.«

Warfield machte ein überraschtes Gesicht. »Ray arbeitete an dem Dinker-Fall?«

»Ja, das tat er«, erwiderte Kinley. »In seiner Freizeit.«

»Warum würde er das denn getan haben?«

»Das kam wohl daher, daß er mit Dora Overton bekannt wurde und sie ihn ...«

Warfield blickte Kinley vielsagend an. »Nun, es ist nicht das erstemal, daß ich so etwas von Miss Dora Overton höre«, sagte er. »Und vorher von ihrer Mutter, möchte ich hinzufügen. Sie haben beide nie das Urteil der Geschworenen akzeptiert; aber das ist nichts Ungewöhnliches. Beweise hin, Beweise her – die Verwandtschaft glaubt immer nur das, was sie gern glauben möchte.«

»Tatsächlich sind es diese Beweise, die ich mir gern anschauen würde«, sagte Kinley. »Offenbar waren sie für Ray von Bedeutung, und deshalb wollte ich mir ebenfalls ein Bild davon ...«

»Sind sie sicher, daß es nicht ausschließlich Dora Overton gewesen ist, was für Ray an diesem Fall von Bedeutung war?« platzte Warfield mitten in Kinleys Satz hinein.

»Nun«, räumte Kinley vorsichtig ein, »das könnte eine Rolle dabei gespielt haben. Zumindest anfangs.«

Warfield zuckte mit den Achseln. »Und wenn schon – was geht es mich an«, sagte er. »Ich hatte natürlich keine Ahnung, daß er sich mit dem Fall Dinker befaßte. Doch selbst wenn ich es gewußt hätte, hätte ich sicherlich keine Einwände erhoben, solange er nicht während seiner Dienstzeit daran arbeitete.«

»Das wäre in meinem Fall ja überhaupt kein Hinderungsgrund.«

»Nein, natürlich nicht«, erwiderte Warfield. Er beugte sich vor und stemmte beide Ellenbogen auf den Schreibtisch. »Wie kann ich Ihnen also helfen?«

»Ich hätte mir gern die Beweise und Verhandlungsprotokolle angesehen.«

»Mit den Beweisen meinen Sie wohl die Beweisstücke, nicht wahr?«

»Ja.«

Warfield nickte. »Okay. Ich sehe da keine Probleme.«

»Noch mehr würden mich die Fotos und die amtlichen Unterlagen interessieren«, fügte Kinley rasch hinzu. »Am meisten allerdings die Verhandlungsprotokolle.«

Warfield nickte beiläufig. »Wir haben alles da. Natürlich können wir Ihnen das Material nicht nach Hause mitgeben. Es muß hier im Gebäude bleiben.«

»Ich nehme an, daß Sie ein Archiv haben?«

»Natürlich.«

»Und einen kleinen Tisch darin?«

»Ja.«

»Das ist alles, was ich benötige.«

»Also gut«, sagte Warfield. »Wann möchten Sie denn mit dem Studium der Prozeßunterlagen anfangen?«

»Sofort«, erwiderte Kinley prompt.

Warfield blickte ihn ein wenig süffisant an: »Sie scheinen offenbar immer alles, was Sie sich vornehmen, sofort zu machen, wie?«

Darauf wußte Kinley nur eine Antwort: »Wenn ich es nicht sofort mache, mache ich es nie.«

Die Verhandlungsprotokolle lagerten alle in einem Karton, der sich auf einem Metallgerüst unter Hunderten von anderen Kartons befand, die dort bis zur Decke hinauf gestapelt waren. Mrs. Hunter, die Gerichtssekretärin, zu deren Obliegenheiten die Verwaltung des Archivs und der Asservaten gehörte, hatte jedoch keine Mühe, ihn zu finden. Sie deutete mit dem Finger darauf. »Dort oben steht er«, sagte sie, »meinen Sie, daß Sie ihn ohne Leiter erreichen könnten?«

»Ich denke schon«, erwiderte Kinley, stellte sich auf die Zehenspitzen und zog an dem Band, das sich vorn an dem Karton befand, bis er ihm in die Arme fiel.

»Ist vermutlich ziemlich schwer«, sagte Mrs. Hunter. »Machen Sie sich nicht die Bandscheiben kaputt!«

Kinley trug den Karton zu dem kleinen Schreibtisch an der Rückwand des Archivs. »Vielen Dank«, sagte er, »ich habe jetzt alles, was ich brauche.«

Sie musterte ihn neugierig. »Sind Sie ein Anwalt?«

»Nein.«

»Also möchten Sie nur ein bißchen in alten Prozeßakten stöbern? Wie die alte Lady Dinker?«

»Mrs. Dinker? Wann hat sie denn darin gestöbert?«

»Nach dem Prozeß. Nach der Hinrichtung. Selbst als der Fall längst erledigt war, hat er ihr keine Ruhe gelassen.«

»Warum nicht?«

»Das habe ich nie aus ihr herausbekommen können«, erwiderte Mrs. Hunter. »Es war schon eigenartig, daß sie sich immer wieder die Prozeßakten anschauen wollte, wissen Sie? Wie jemand, der in der Herdasche herumstochert, als könnte er sie wieder zum Glimmen bringen.«

»Wissen Sie vielleicht, ob Mrs. Dinker noch lebt?«

Mrs. Hunter schüttelte den Kopf. »Nein, die ist verstorben«, erwiderte sie. »Vor ungefähr zwei Jahren.« Sie senkte ein wenig die Stimme. »In der Bezirksanstalt.«

»Bezirksanstalt?«

»Für Nervenkranke«, setzte Mrs. Hunter hinzu. »Sie war nämlich nicht mehr ganz richtig im Kopf.«

»Demnach leben wohl keine Dinkers mehr in Sequoyah, wie?« sagte Kinley. »Da Ellie doch ihr einziges Kind gewesen ist?«

»Stimmt. Es existiert nicht einmal mehr ein Haus dieses Namens. Das alte Dinker-Haus ist abgebrannt.«

»Wann war denn das?«

»Ein paar Tage, bevor Mrs. Dinker in die Anstalt gebracht wurde«, antwortete Mrs. Hunter. »Sie hatte sich angewöhnt, ständig in der Stadt herumzuirren, und die Leute haben sie dann irgendwo aufgelesen und wieder nach Hause gebracht. Aber als ihre Wohnung abbrannte, ist sie dann vollends konfus geworden – geistesverwirrt, verstehen Sie?«

Kinley griff nach seinem Notizbuch. »Wo befand sich denn ihr Haus?«

»Dort drüben«, erwiderte Mrs. Hunter, sich zum Fenster drehend. Sie deutete mit dem Finger auf den Berg, der steil über dem Tal aufragte. »Sehen Sie die Stelle, wo die Straße die erste Steigung nimmt? Da hat ihr kleines Haus gestanden. War nicht zu übersehen. Es hatte eine pinkfarbene Holzverkleidung. Mrs. Dinker hat ihr Leben lang dort gewohnt, bevor sie in die Heilanstalt eingewiesen wurde. Beide haben sie dort gewohnt. Sie und ihre Tochter, meine ich.«

Kinley erinnerte sich jetzt wieder an das Haus. Man hatte es tatsächlich nicht übersehen können, wenn man die Bergstraße benützte, um nach Sequoyah zu gelangen. Es war in den Hang hineingebaut gewesen – so dicht an der Bergwand, daß er, Kinley, zuerst geglaubt hatte, das wäre gar kein Haus, sondern nur eine auf die Felswand gemalte Scheinfassade über einem Höhleneingang.

»Wann ist sie denn das letztemal hier gewesen, um in den Prozeßakten zu stöbern?« fragte Kinley.

Mrs. Hunter hob die Augen zur Decke. »Lassen Sie mich nachdenken. Ich bin nun seit fünfundzwanzig Jahren hier Gerichtssekretärin, und ich glaube, das muß vor ungefähr fünf Jahren gewesen sein, daß sie zum letztenmal die Prozeßakten sehen wollte.« Ihr Blick blieb an die Decke gerichtet. »Lassen Sie mich nachrechnen – ja, im Herbst 1986 war das wohl.«

»Mehr als dreißig Jahre nach dem Prozeß?«

»Ja, so ungefähr.«

»Hat sie Ihnen denn gesagt, warum es ihr nach so langer Zeit plötzlich wieder eingefallen war, die Prozeßakten zu studieren?«

Mrs. Hunter schüttelte den Kopf. »Nein, sie hat mir nie verraten, weshalb sie die Gerichtsprotokolle sehen wollte. Sie kam einfach hierher und sagte, sie wollte sich alles anschauen, was wir noch über diesen Fall aufbewahrt hätten, und wir suchten es für sie heraus. Tatsächlich hat sie damals an dem gleichen Tisch dort gesessen.«

Kinleys Blick wanderte reflexartig zu dem kleinen Schreibtisch im Archiv, auf dem nun der Karton mit den Protokollen stand, und dann zu Mrs. Hunter zurück. »Sie hat also nie gesagt, wonach sie in den Akten suchte?«

»Nein, Sir, nie«, gab Mrs. Hunter in festem Ton zurück.

»Jedenfalls nicht mir. Vielleicht hat sie es Mrs. Calhoun gesagt, meiner Vorgängerin als Gerichtssekretärin.«

»Wo könnte ich Mrs. Calhoun denn jetzt erreichen?«

»Mrs. Calhoun ist zur Zeit verreist«, erwiderte Mrs. Hunter. »Aber ich kann sie ja mal danach fragen, wenn sie von der Reise zurückgekommen ist.«

»Danke«, sagte Kinley, »das wäre sehr freundlich von Ihnen.«

»Aber daß ihr etwas keine Ruhe gelassen hat«, sagte Mrs. Hunter, zu dem Schreibtisch hinsehend, »war mir klar.« Sie überlegte wieder einen Moment. »Ist ja auch kein Wunder, würde ich meinen, wenn man seine Tochter verliert, zudem noch auf solche Weise. So was verwindet man nicht so leicht.«

Kinley brannte nun vor Ungeduld, sich über die Prozeßakten herzumachen, die dort auf dem Tisch in dem Karton auf ihn warteten. »Nein«, murmelte er, »ein Wunder ist das nicht.«

Sobald Mrs. Hunter ihn verlassen hatte und an ihren Schreibtisch vor der Asservatenkammer zurückgekehrt war, begann Kinley mit dem Studium der Protokolle, sich einer Methode bedienend, die sich bei seiner jahrelangen Beschäftigung mit Prozeßakten bewährt hatte.

Jedes Protokoll begann mit einer Art Verzeichnis der handelnden Personen – mit einer Liste von für diesen Fall bedeutsamen Zeugen in der Reihenfolge, wie sie von beiden Prozeßparteien aufgerufen wurden. Kinley wußte, daß Thomas Warfield, wenn er nach dem für die Anklagevertretung üblichen Verfahren vorgegangen war, zunächst jene Zeugen aufgerufen hatte, deren Aussage sich auf die Entdekkung des Verbrechens bezog, und dann jene, die an der sich dieser anschließenden Ermittlung beteiligt gewesen waren. Abgeschlossen wurde der Beweisvortrag mit jenen Zeugen, deren Aussagen die Schuld des Angeklagten belegen konnten.

Als Kinley jetzt die Protokolle las, erkannte er, daß Warfield sich genau an dieses Verfahren gehalten und Mrs. Dinker zuerst in den Zeugenstand gerufen hatte.

Laut ihrer Aussage hatte sie, Martha Dinker, ihre Tochter Ellie zuletzt am Freitag, den 2. Juli 1954, gegen zwölf Uhr mittags gesehen, als diese den Berg hinaufgestiegen war, um eine Freundin von ihr, Helen Slater, zu besuchen.

WARFIELD: Und das war an diesem Freitag, nicht wahr, Mrs. Dinker?

DINKER: Ja, Sir.

WARFIELD: Und Ellie besuchte doch die Sommerschule, nicht wahr, Mrs. Dinker?

DINKER: Jawohl, Sir. Sie hätte ein Schuljahr nachholen müssen, wenn sie nicht die Sommerschule besucht hätte.

WARFIELD: Aber an jenem Freitag ist sie nicht in die Sommerschule gegangen, nicht wahr?

DINKER: Nein, Sir.

WARFIELD: Und obwohl ich überzeugt bin, daß wir alle den Grund kennen, möchte ich für das Protokoll dennoch fragen, ob Sie uns sagen können, warum Ellie an diesem Tag nicht in die Schule gegangen ist?

DINKER: Es gab an diesem Tag gar keine Schule.

WARFIELD: Und warum gab es an diesem Tag keine Schule, Mrs. Dinker?

DINKER: Weil sie die haben ausfallen lassen wegen der Einweihung.

WARFIELD: Was sollte denn eingeweiht werden, Mrs. Dinker?

DINKER: Na, das neue Gerichtsgebäude hier. Und weil das am nächsten Tag, am Samstag, eingeweiht werden sollte, haben sie am Freitag dort den Vorplatz und das ganze Gelände darum herum saubergemacht, die Stadt geschmückt und solche Sachen; und dabei sollten die Kinder ihnen helfen. Und deshalb haben sie an dem Freitag die Sommerschule ausfallen lassen.

WARFIELD: Ellie hat also nicht an diesem Freitag die Schule geschwänzt, nicht wahr, Mrs. Dinker?

Und weil Ellie schulfrei hatte, hatte sie, wie Mrs. Dinker nun erzählte, beschlossen, den Berg hinaufzusteigen, um dort eine Schulfreundin, Helen Slater, zu besuchen. Sie wollte bei ihr zu Mittag essen und dann mit Helen den Berg wieder hinuntersteigen, um beim Schmücken des neuen Gerichtsgebäudes für das Feuerwerk am 4. Juli, dem Unabhängigkeitstag, zu helfen.

WARFIELD: Haben Sie tatsächlich gesehen, wie Ellie den Berg hinaufging?

DINKER: Ja, Sir, das habe ich.

WARFIELD: Erinnern Sie sich noch, was sie anhatte, als sie den Berg hinaufstieg?

DINKER: Ein grünes Kleid und schwarze Schuhe.

WARFIELD: Aus welchem Stoff bestand das Kleid?

DINKER: Aus Baumwolle.

WARFIELD: War die Farbe des Kleides dunkelgrün oder hellgrün?

DINKER: Dunkelgrün. Und es hatte einen kleinen weißen Spitzenkragen, den ich für sie gehäkelt habe.

WARFIELD: Mrs. Dinker – haben Sie Ihre Tochter danach wiedergesehen?

DINKER: Nein, Sir.

WARFIELD: Mrs. Dinker, sehen Sie das Paar Schuhe, das ich jetzt in der Hand halte?

DINKER (schluchzend): Ja, Sir.

WARFIELD: Wessen Schuhe sind das, Mrs. Dinker?

DINKER: Das sind Ellies Schuhe.

WARFIELD: Woher wollen Sie das wissen, Mrs. Dinker?

DINKER: Ich erkenne sie an diesen kleinen glänzenden Schnallen.

WARFIELD: Mrs. Dinker – haben Sie Ellies grünes Kleid danach noch einmal gesehen?

DINKER (weinend): Nein, Sir.

WARFIELD: Mrs. Dinker, sehen Sie das Kleid, das ich jetzt hochhalte, um es den Geschworenen zu zeigen?

Martha Dinker hatte das Kleid, das Warfield hochgehoben hatte, wiedererkannt und es als jenes identifiziert, das ihre Tochter Ellie am Tag ihres Todes getragen hatte.

Um acht Uhr abends an jenem Freitag begann Mrs. Dinker sich dann Ellies wegen Sorgen zu machen; aber da, wie sie es formulierte, ›Kinder eben Kinder‹ sind, hatte sie noch bis zehn Uhr abends gewartet, ehe sie etwas unternommen hatte. Da sie kein Telefon besaß, war sie zu Fuß zum Büro des Sheriffs gegangen, das ungefähr eine Meile von ihrem Haus entfernt lag und hatte Sheriff Maddox ihre Sorge vorgetragen. Der hatte ihr versprochen, allen Beamten, die auf Streife waren, Anweisung zu geben, nach ihrer Tochter Ausschau zu halten und ihr dann geraten, wieder nach Hause zu gehen.

Nach Mrs. Dinker wurde Maddox in den Zeugenstand gerufen. Er erklärte den Geschworenen, daß alle Beamten seines Bezirks die ganze Nacht von Freitag auf Samstag hindurch Ausschau nach dem vermißten Mädchen gehalten hatten. Als man jedoch bis Samstag morgen noch immer keine Spur von dem vermißten Mädchen gefunden hatte, hatte er die Möglichkeit, daß das Mädchen Opfer eines Verbrechens geworden sei, nicht länger ausschließen können.

WARFIELD: Was haben Sie also angesichts der Tatsache, daß man im Verlauf der Nacht von Freitag auf Samstag keine Spur von Ellie Dinker hatte entdecken können, als nächstes unternommen, Sheriff Maddox?

MADDOX: Ich begab mich zu Mrs. Dinkers Haus. Ich dachte, daß das Mädchen dort inzwischen vielleicht wieder aufgetaucht war. Und da Mrs. Dinker kein Telefon besaß, wäre es ja möglich gewesen, daß sie uns davon nicht hatte in Kenntnis setzen können.

WARFIELD: Und was sagte Mrs. Dinker zu Ihnen, als Sie in deren Haus eintrafen?

MADDOX: Sie war sehr besorgt. Sie hatte sich nämlich inzwischen hinaufbegeben zu dem Haus auf dem Berg, in dem Helen

Slater wohnte, und von dem Mädchen erfahren, daß Ellie dort am Tage vorher nicht aufgetaucht war.

WARFIELD: Also ist Ellie Dinker gar nicht bis zur Wohnung von Helen Slater gekommen, nicht wahr, Sheriff?

MADDOX: Nein, offensichtlich nicht.

WARFIELD: Was haben Sie dann getan, Sheriff?

MADDOX: Ich habe einen Verkehrskontrollposten einrichten lassen, um die Insassen der angehaltenen Wagen zu befragen, ob sie Ellie auf der Bergstraße begegnet waren oder sie dort in der Nähe gesehen hatten.

WARFIELD: Und jemand hatte sie dort gesehen, nicht wahr?

MADDOX: Mr. Coggins hatte sie gesehen.

WARFIELD: Gut. Sie haben auch veranlaßt, daß jemand von Ihren Leuten den Wald nördlich der Bergstraße absuchte, nicht wahr, Sheriff?

MADDOX: Einer meiner Deputies hat das getan. Deputy Ben Wade.

WARFIELD: Und was fand er dort?

MADDOX: (Mit dem Finger zeigend): Das Kleid, das Sie dort in dem Säckchen haben.

WARFIELD: Dasjenige, das Mrs. Dinker vorhin als Ellies Kleid identifizierte?

MADDOX: Jawohl, Sir.

WARFIELD: Nun werden wir ja bald von Deputy Wade selbst hören können, was uns der Sheriff soeben berichtete. Aber für das Protokoll, Sheriff – Wade brachte dieses Kleid zu Ihnen in die Dienststelle, nicht wahr?

MADDOX: Ja, Sir, das tat er. So ist es Vorschrift.

WARFIELD: Und wie sah das Kleid aus?

MADDOX: Genauso, wie Sie es vorhin vorgezeigt haben, Sir.

WARFIELD: Voller Blut?

MADDOX: Genauso, wie Sie es vorgezeigt haben.

WARFIELD: Wurden noch andere Gegenstände, die Ellie Dinker gehörten, oder Hinweise auf ihren Verbleib im Wald gefunden, Sheriff?

MADDOX: Nein, Sir. Wir suchten den ganzen Wald nach ihr

ab, konnten aber nicht die geringste Spur von ihr entdekken.

WARFIELD: Schön, Sheriff. Könnten Sie uns jetzt berichten, was Sie alles unternommen haben, nachdem dieses Kleid gefunden worden war?

Wie Kinley vermutet hatte, waren die Ermittlungen streng nach den Regeln der Landespolizeiverordnung verlaufen. Ein Kontrollposten war an der Bergstraße eingerichtet worden, der alle Leute, die von Sequoyah kamen oder auf dem Weg dorthin waren, befragten, ob oder was sie am Tage vorher beobachtet hatten. Diese Polizeimaßnahme hatte sich in diesem Fall außerordentlich bewährt. Es wurden eine Reihe von Personen ermittelt, die das vermißte Mädchen am Tage zuvor gesehen hatten oder sachdienliche, sich auf ihr Verschwinden beziehende Angaben machen konnten und nun, als sie der Reihe nach von Warfield aufgerufen wurden, den Geschworenen ihre Beobachtungen mitteilten.

Luther Tyrone Coggins

WARFIELD: Nun, Mr. Coggin, Sie wurden also von der Polizei am Kontrollposten angehalten und befragt. Was wollte die Polizei von Ihnen wissen, Mr. Coggins?

COGGINS: Man fragte mich, ob ich ein Mädchen im grünen Kleid gesehen hätte.

WARFIELD: Hatte man Ihnen auch den Namen des Mädchens genannt?

COGGINS: Nein, Sir; aber ich sagte den Beamten, wer dieses Mädchen meiner Meinung nach sei.

WARFIELD: Und wer war dieses Mädchen Ihrer Meinung nach?

COGGINS: Ellie Dinker, Sir.

WARFIELD: Also kannten Sie Ellie Dinker, nicht wahr?

COGGINS: Ich kannte ihre Mutter. Sie gehört zu meinem

Kundenkreis. Sie kaufte mir immer etwas ab, wenn ich sie mit meinem Lieferwagen aufsuchte.

WARFIELD: Was erzählten Sie also dem Polizeibeamten, der Sie am Kontrollposten befragte, Mr. Coggins?

COGGINS: Ich sagte, daß ich Ellie Dinker in einem grünen Kleid auf der Bergstraße gesehen hatte und daß sie mit einem Mann zusammen gewesen war, den ich kannte. Die beiden hatten bei seinem alten Pritschenwagen gestanden, dessen Motorhaube hochgeklappt war.

WARFIELD: Und können Sie uns auch den Zeitpunkt nennen, zu dem Sie die beiden zusammen gesehen haben?

COGGINS: Das muß so um zwanzig vor eins am Freitagnachmittag gewesen sein.

WARFIELD: Sie berichteten also der Polizei, Sie hätten Ellie Dinker zusammen mit einem Mann gesehen, den Sie wiedererkannt haben, Mr. Coggins.

COGGINS: Jawohl, Sir.

WARFIELD: Befindet sich dieser Mann heute hier im Gerichtssaal, Mr. Coggins?

COGGINS: Jawohl, Sir.

WARFIELD: Könnten Sie den Geschworenen den Mann zeigen, den Sie zusammen mit Ellie Dinker gesehen haben und der sich heute hier im Gerichtssaal befindet?

COGGINS: Der dort ist es – der Mann, der neben Mr. Talbott sitzt.

WARFIELD: Der Mann im blauen Hemd?

COGGINS: Jawohl, Sir.

WARFIELD: Euer Ehren, ich bitte, ins Protokoll aufnehmen zu lassen, daß Mr. Coggins den Angeklagten, Charles Overton, als den Mann identifizierte, welchen er am Freitag, dem 2. Juli 1954, gegen ein Uhr nachmittags mit Ellie Dinker zusammen gesehen hat.

GERICHT: Dies wird hiermit angeordnet.

Kinley wußte, ohne erst im nächsten Protokollband nachsehen zu müssen, wer der nächste Zeuge sein würde. Warfield hatte sich schulbuchmäßig an die Linie gehalten, die man als Anklagevertreter zu verfolgen hat – nämlich seine Zeugen auf eine Weise dem Gericht zu präsentieren, daß jede Aussage das Bewußtsein der Geschworenen der Überzeugung von der Schuld des Angeklagten ein Stück näherbringt.

Deputy Ben Wade

WARFIELD: Sie haben gehört, was Luther Coggins vor wenigen Minuten hier als Zeuge ausgesagt hat?

WADE: Jawohl, Sir.

WARFIELD: War das Ihrer Meinung nach eine genaue und vollständige Widergabe des Gesprächs, das zwischen Ihnen und Mr. Coggins stattfand, als Sie ihn am Kontrollposten befragten, Mr. Wade?

WADE: Jawohl, Sir, das war sie.

WARFIELD: Gut, Sir. Könnten Sie den Geschworenen nun mit Ihren eigenen Worten erzählen, was Sie unternommen haben, nachdem Mr. Coggins Ihnen seine Beobachtungen am Tage zuvor berichtet hatte?

WADE: Ich hielt den Kontrollposten an der Straße noch eine Weile lang aufrecht und fuhr dann zurück in die Dienststelle, um Sheriff Maddox von Mr. Coggins' Beobachtungen zu unterrichten.

WARFIELD: Und was hat Sheriff Maddox daraufhin getan?

WADE: Er sagte, wir würden der Sache sofort nachgehen und die Angaben überprüfen.

WARFIELD: Und haben Sie das getan?

WADE: Soweit sie die Person selbst betrafen, mit der die Vermißte zusammen gesehen wurde, machten wir das am nächsten Morgen in aller Frühe.

WARFIELD: Aber vorher führten Sie noch eine Suchaktion im Wald nördlich der Bergstraße durch, richtig?

WADE: Jawohl, Sir.

WARFIELD: Wo genau fand diese Suchaktion statt, Deputy Wade?

WADE: Sie begann am Meilenstein 27 und bewegte sich von dort bergaufwärts.

WARFIELD: Also unmittelbar nördlich der Stelle, wo Mr. Coggins am Tage zuvor Charles Overton zusammen mit Ellie Dinker gesehen hat, wie er Ihnen erzählte?

WADE: Jawohl, Sir, unmittelbar nördlich davon.

WARFIELD: Und was haben Sie dort im Wald gefunden, Deputy?

WADE: Ich fand ein grünes Kleid, das an einem Ast hing.

WARFIELD: Das Sie dann in die Dienststelle zu Sheriff Maddox brachten, ist das richtig?

WADE: Jawohl, Sir.

WARFIELD: Und was geschah dann am nächsten Tag, Deputy Wade?

WADE: Das war der Unabhängigkeitstag. Da machten Sheriff Maddox und ich uns schon am frühen Morgen auf den Weg zu Mr. Overtons Wohnung, um ihn hinsichtlich der Angaben, die Mr. Coggins über diese Person gemacht hatte, zu befragen. Aber bei den Overtons war niemand zu Hause. Sie waren alle schon zum Gerichtsgebäude hinuntergegangen, um dort an den Feierlichkeiten teilzunehmen.

WARFIELD: Sie sagten eben, die Overtons seien gegangen. Woher wissen Sie denn das, Deputy Wade?

WADE: Weil Overtons Pritschenwagen in der Einfahrt stand.

WARFIELD: Und haben Sie bei dieser Gelegenheit auch den abgestellten Pritschenwagen genauer besichtigt, Deputy Wade?

WADE: Jawohl, das tat ich, Sir.

WARFIELD: Und haben Sie, als Sie diesen Wagen genauer besichtigten, auch etwas in diesem Wagen gefunden, was Ihrer Meinung nach im Zusammenhang mit dem Verschwinden von Ellie Dinker stand?

WADE: Jawohl, Sir. Ich fand ein in ein Tuch eingewickeltes Reifenmontiereisen, an dem allem Anschein nach Blut und Haare klebten.

WARFIELD: Und haben Sie außer diesem Montiereisen noch etwas gefunden, Deputy?

Wade: Ein Paar schwarze Schuhe.

Warfield: Und haben Sie dann kraft Ihrer Vollmacht als Deputy Sheriff diese beiden Gegenstände auch beschlagnahmt?

Wade: Jawohl, Sir. Ich brachte sie sofort zur Dienststelle und übergab sie dort Sheriff Maddox.

Wie vorauszusehen, rief Warfield daraufhin Sheriff Maddox noch einmal in den Zeugenstand und anschließend eine Reihe von Polizei- und Justizbeamten, um den Nachweis zu erbringen, daß die Kette der Beweise nie durchbrochen worden war und nach der Beschlagnahme dieser beiden Beweisstükke durch die Polizei niemand außer den dazu befugten Personen Zutritt zu diesen Beweisstücken gehabt hatte.

Warfield kam sodann auf die Verhaftung von Charles Overton zu sprechen, die Maddox, begleitet von zwei seiner Deputies, Wade und Riley Hendricks, selbst vorgenommen hatte.

Sheriff Maddox

Warfield: Wo fanden Sie Mr. Overton?

Maddox: In seinem Haus auf dem Berg. Wir warteten dort auf ihn, als er mit seiner Frau den Hügel heraufkam.

Warfield: Was geschah dann?

Maddox: Nun, ich und meine Jungs sind sozusagen ausgeschwärmt, falls der Verdächtige zu fliehen versuchte. Meine Jungs traten von links und rechts an ihn heran, während ich auf ihn zuging und sagte: ›Charlie, Sie kennen doch ein Mädchen namens Ellie Dinker, nicht wahr?‹ Doch der Verdächtige sagte keinen Ton. Er wurde nur ganz blaß im Gesicht, verstehen Sie?

Talbott: Einspruch, Euer Ehren.

Gericht: Stattgegeben.

Warfield: Haben Sie Mr. Overton daraufhin festgenommen?

Maddox: Wir wechselten ein paar Worte, und dann nahm ich ihn fest. Er wehrte sich nicht gegen seine Festnahme. Er kam mit, als er aufgefordert wurde, uns zu begleiten. Seine Frau erhob zwar allerlei Einwände und weinte; aber Overton selbst leistete uns bei seiner Festnahme keinen Widerstand.

Kinley hielt bei diesen Sätzen inne. Sie schienen ihm auch etwas über den seelischen Zustand des Angeklagten zu verraten, das wahrscheinlich nirgendwo sonst in den Verhandlungsnotizen seinen Niederschlag fand. Die Zeugen waren dazu nicht befragt worden, weil ihre Aussage als unzulässige Spekulation aus dem Protokoll gestrichen worden wäre.

Er hatte keinen Widerstand geleistet.

Kinley versuchte, sich in ein derartig passives Verhalten hineinzuversetzen. Er stellte sich vor, wie sich ihm drei Polizeibeamte näherten, ihn zum Erstaunen seiner schwangeren Frau des Mordes an einem jungen Mädchen bezichtigten und er sich weder mit Worten noch mit Taten gegen seine Festnahme wehrte.

Er dachte an Dora; an die Empörung, mit der sie ihm in der Nacht zuvor den Verlauf und die Begleitumstände des Prozesses geschildert hatte, die zur Verurteilung ihres Vaters führten. Wie Charles Overton auch immer gewesen sein mochte; er hatte sicherlich ein ganz anderes Naturell gehabt als seine Tochter, die sich noch Jahrzehnte später, nachdem ihr Vater sich widerstandslos hatte festnehmen lassen, unbeugsam und unerschüttert zeigte in ihrem Glauben an seine Unschuld. Er dachte an Dr. Stark, wie er ihm von Rays verwundetem Herzen erzählt hatte, das dieser von seinem Vater erbte. Dann fragte er sich, welche geheimen Defekte denn er selbst von seinen Eltern geerbt haben mochte, die auch die größte Fürsorge und Pflege seiner Großmutter nicht hatte beseitigen können; worauf seine Gedanken wieder zu Dora zurückkehrten. Er überlegte einen Moment, was Ray wohl durch den Kopf gegangen war in den ersten Stunden seines Beisammenseins mit Dora. So wie er Ray kannte, würde dieser wohl an Lois und Serena gedacht haben, die beide unten im Tal, auf seine altmodische Treue bauend, friedlich schliefen, während er merkte, wie seine Solidität ins Wanken geriet, sobald er Dora anblickte. Sie kam ins Rutschen wie ein Berghang im sintflutartigen Regen, der, hilflos der Schwerkraft ausgesetzt, sich in eine Erdlawine verwandelte, die mit immer größerer Geschwindigkeit donnernd ins Tal hinunterrollte.

11

Es war fast Mittag, als Kinley die ersten beiden Bände der Prozeßakten durchgelesen hatte. Sie gaben Aufschluß über das Anfangsstadium der Ermittlungen, über Overtons Verhaftung und das relativ geringfügige forensische Material, welches man trotz des Fehlens von Ellie Dinkers Leiche dem Gericht hatte vorlegen können. Dazu war Dr. Stark gehört worden, und als Kinley in dem kleinen Restaurant saß, das ein paar Häuserblocks vom Gericht entfernt lag, nahm er sich noch einmal die Notizen vor, die er sich zu der Zeugenaussage von Dr. Stark gemacht hatte.

Laut Dr. Stark war Ellie Dinker vom Tage ihrer Geburt am 24. Juni 1938 an, wo er sie in seiner Praxis entbunden hatte, seine Patientin gewesen. Obwohl die Dinkers eine arme Familie waren, hatten sie, wie Dr. Stark vor Gericht aussagte, ihm sein Honorar immer entweder bar in kleinen Raten oder, was häufiger passierte, in Form von Gemüse bezahlt, das sie im Garten hinter ihrem Haus anbauten. Dies war eine Art von Entlohnung, die Stark, wie er ausführte, seit der Weltwirtschaftskrise hingenommen hatte, zu der er jedoch, wie er zur Erheiterung der Geschworenen hinzufügte, in »diesen wohlhabenden Zeiten« niemanden ermutigen wollte.

Dennoch war er über all die Jahre hinweg Ellie Dinkers Hausarzt geblieben. Sie hatte ihn noch einen Monat vor ihrem

Tod konsultiert. Und deshalb verfügte er auch über eine Kartei mit ihren wesentlichen medizinischen Daten, wozu auch ihre Blutgruppe gehörte, die für das Verfahren von ausschlaggebender Bedeutung war. Ellie Dinker hatte nämlich, wie Stark den Geschworenen erklärte, die Blutgruppe B positiv gehabt. Dies war ein verhältnismäßig selten vorkommender Bluttyp, den sie nur mit ungefähr acht Prozent der Gesamtbevölkerung teilte. Da Warfield damit hatte rechnen müssen, daß die Verteidigung seinen Zeugen ins Kreuzverhör nehmen und diesen Punkt seiner Aussage anfechten würde, hatte er die wichtigste Frage gleich selbst gestellt. Nein, hatte Stark daraufhin eingeräumt, er könne nicht mit absoluter Sicherheit sagen, daß das Blut an Ellie Dinkers Kleid auch von ihr stammte; sondern nur davon ausgehen, daß zweiundneunzig Prozent der übrigen Bevölkerung dafür nicht in Betracht kämen. Den darauffolgenden Wortwechsel hielt Kinley für so bezeichnend für die juristische Verhandlungstaktik der fünfziger Jahre, daß er die Passage aus dem Protokoll abschrieb:

WARFIELD: Sie können also, streng wissenschaftlich betrachtet, das Blut auf Ellie Dinkers Kleid nicht hundertprozentig als Ellie Dinkers Blut identifizieren – oder etwa doch, Dr. Stark?

STARK: Nein, Sir, das kann ich nicht.

WARFIELD: Aber wenn Sie hundert hier im Gerichtssaal anwesenden Personen eine Blutprobe entnehmen und diese untersuchen würden, ist die Wahrscheinlichkeit, daß mehr als acht von ihnen die Blutgruppe B positiv besitzen, außerordentlich gering – ist das richtig, Doktor?

STARK: Acht von hundert – das ist richtig.

WARFIELD: Und wenn Sie sich jetzt im Gerichtssaal umschauen – wie viele von diesen in Frage kommenden acht Personen sehen Sie da, die noch dazu ein grünes Kleid tragen, Doktor?

STARK: Möglicherweise jemand auf der Galerie, den ich von hier aus nicht sehen kann, Mr. Warfield.

WARFIELD: Nun, ich weiß ja, daß Sie Wissenschaftler und

medizinischer Sachverständiger sind, Doktor Stark. Aber würden Sie auch von sich behaupten, daß Sie das besitzen, was man gemeinhin als gesunden Menschenverstand bezeichnet?

STARK: Ja, Sir, ich denke schon.

WARFIELD: Nun, dann möchte ich folgende Frage an Sie richten. Wenn ich Ihnen jetzt ein Tier zeigen würde, das aussieht wie ein Stinktier, sich so benimmt wie ein Stinktier und auch riecht wie ein Stinktier – für was würden sie dieses Tier halten, wenn Sie Ihren gesunden Menschenverstand gebrauchen, Doktor?

STARK: Ich würde sagen, daß es ein Stinktier wäre, Mr. Warfield.

WARFIELD: Und wenn ich Ihnen nun ein kleines Mädchen in einem grünen Kleid vorführen würde, das die Blutgruppe B positiv besitzt und Ihnen später dasselbe Kleid, diesmal aber zerfetzt und voller Blut, zeigte und Ihnen erklären würde, daß das Blut, das Sie da auf dem Kleid sehen, der Blutgruppe B positiv angehört – wessen Blut, Doktor, würde das dann Ihrer Meinung nach sein?

An dieser Stelle hatte Horace Talbott, Overtons Anwalt, wie zu erwarten, Einspruch erhoben, dem das Gericht stattgegeben hatte. Doch da hatte dieser natürlich so gut wie keinen Einfluß mehr auf die Meinungsbildung der Geschworenen, die Warfields letzte Frage gehört und die zu erwartende Antwort des Sachverständigen bereits vorweggenommen hatten – nämlich daß das Blut auf Ellie Dinkers Kleid nur aus ihrem Körper stammen konnte, was ihre Vermutung bestätigte.

Aber wo war die Leiche? Das war die Frage, die Kinley nun unablässig beschäftigte. Warum würde Overton wohl das grüne Kleid über einen Baumast gehängt haben, wo jeder es sehen konnte, wohingegen er sich die größte Mühe gab, die Leiche so gut zu verstecken, daß sie bisher niemand hatte finden können?

Während Kinley nachdenklich seinen aus einem Hamburger und Fritten bestehenden Lunch verzehrte, war ihm durchaus bewußt, daß er nicht der erste war, der sich diese Frage gestellt haben mußte. Vielmehr war es geradezu zwingend für Overtons Verteidiger, seine Strategie darauf aufzubauen, daß er das Gericht sogleich auf diese Unstimmigkeit hinwies. Schließlich könne der Ankläger nicht nur das einzige unanfechtbare Beweisstück für seine Behauptung, daß Ellie Dinker ermordet wurde – nämlich die Leiche des angeblichen Mordopfers –, nicht vorweisen, sondern stütze noch dazu seine absurde Beweisführung auf das vorgebliche, in Wahrheit jedoch total unlogische Verhalten seines Mandanten. Denn er gehe davon aus, daß dieser zwar die größte Anstrengung unternommen habe, sein angebliches Mordopfer zu verstekken, andererseits jedoch dessen Kleid ganz offen an einen Baum hängte, damit es dort wie eine blutige Standarte über Maddox' Kopf flattern sollte.

»Sie müssen daran gedacht haben«, beharrte Kinley.

Horace Talbott bewegte zustimmend seinen großen kahlen Schädel. Obwohl Talbott die Achtzig bereits überschritten hatte, merkte Kinley sofort, daß Overtons ehemaliger Verteidiger keineswegs senil, sondern noch äußerst hell im Kopf war. Er saß, umgeben von Pflanzen, in einem mächtigen Tapisserie-Lehnstuhl in seinem Solarium. Ein Hirtenstar, der über seiner linken Schulter saß, kreischte zuweilen, als wollte er sich über die Hitze im Raum beschweren, doch Talbott schien das nicht zu hören. Er hielt seine dunkelbraunen Augen fest und ohne zu blinzeln auf Kinley gerichtet.

»Hat Sie das denn nicht gestört?« fragte Kinley.

»Dinge, die keinen Sinn ergeben, stören mich immer, Mr. Kinley«, erwiderte Talbott. »Aber wie Sie mir vorhin erklärten, als ich Sie fragte, weshalb Sie mich sprechen möchten, tun Sie das für Miss Overton.«

»Das ist richtig.«

»Und genau wie Sie wünsche auch ich, daß die junge Dame ihren Seelenfrieden findet«, fuhr Talbott fort. »Deshalb will ich mich auch nicht auf eine das Verhalten ihres Vaters erklärende Diskussion einlassen.«

»Haben Sie denn jemals eine Erklärung dafür gefunden?«

»Ja«, erwiderte Talbott selbstbewußt. »Er war verrückt. Viele Leute sind das.«

Kinley griff nach seinem Notizbuch. »In welcher Hinsicht? Würden Sie mir wenigstens das erklären?«

Talbott sammelte einen Moment lang seine Gedanken und sagte dann in einem fast professoralen Ton: »Logik, Vernunft, gesunder Menschenverstand – diese Dinge existieren nur in unserer Phantasie. Zu diesem Ergebnis bin ich in meiner langjährigen Praxis gekommen.« Er wischte einen Palmwedel fort, der seinem Gesicht zu nahe gekommen war. »Wenn man nach solchen Dingen im menschlichen Verhalten sucht, merkt man oft, daß sie nicht vorhanden sind. Was Sie sehen, ist ein Reflex, ein plötzlicher Impuls, der jemanden überkam.« Er zuckte mit den Achseln. »Dieser Einsicht folgend, Mr. Kinley, habe ich mir angewöhnt, gewisse Dinge als ›reine Handlungen‹ zu bezeichnen. Man kann in ihnen weder eine Spur von Vernunft noch irgendein Muster entdecken. Sie sind, was sie sind, und wenn Menschen von diesen Dingen überwältigt werden, tun sie das, was sie tun. Wie ich bereits sagte – ›reine Handlungen‹.«

»Und Sie sind der Meinung, der Mord an Ellie Dinker war eine solche ›reine Handlung‹?«

Talbott nickte. »Charlie Overton war ein schweigsamer Mann. Sie hätten ihn fast für taubstumm halten können, wenn sie ihn nicht näher kannten.« Die braunen Augen verengten sich. »Aber darunter brodelte möglicherweise ein Vulkan. Wer weiß das schon? Vielleicht hatte er zwei Jahre lang, wenn er junge Mädchen an sich vorbeigehen sah, sich eines davon greifen, seine Lust an ihm stillen und es dann erwürgen oder in kleine Stücke zerhacken wollen. Und dann, ganz plötzlich, steigt dieser Wunsch in ihm hoch wie ein glühendes Magma, und er konnte nicht länger seine Hände tief in den Taschen vergraben oder die Augen ganz fest schließen, um diese Vision zu verdrängen. Und da flog der Deckel vom Kessel.«

»Und er tötete sie?«

Talbotts Augen blickten Kinley unverwandt an. »Sie haben doch über solche Leute geschrieben, nicht wahr?«

Kinley nickte. Mildred Haskell war dreiundvierzig Jahre alt, als sie zum erstenmal tötete. Willie Connors war bereits einundfünfzig. Davor waren sie nichts anderes gewesen als die Dorfschneiderin, die eine Vorliebe für rote Schuhe besaß, und die Turnlehrerin an der High School, die ihren Schülerinnen die Freude an der Gesundheit vermittelte.

»Haben Sie ihn schon vor dem Prozeß gekannt?« fragte Kinley.

»Nur sehr flüchtig.«

»Warum haben Sie ihn dann verteidigt?« fragte Kinley. »Das war doch ein ›Prä-Gideon‹-Fall, in dem noch kein Pflichtverteidiger für den Angeklagten bestellt werden mußte.«

»Das ist richtig«, erwiderte Talbott. »Aber ich stand nicht in einer näheren Beziehung zu Mr. Overton, sondern zu seiner Frau Sarah.«

»Sie kannten seine Frau?«

»Sehr gut«, erwiderte Talbott. »Sie arbeitete für mich. Oder ich sollte wohl besser sagen, für meine verstorbene Frau.«

»In welcher Eigenschaft?«

»In einer allgemeinen Eigenschaft«, antwortete Talbott. »Mrs. Overton kam jeden Tag ins Haus, um meiner Frau zu helfen.« Er sah einen Moment zur Seite, als würde er sich einen flüchtigen Blick lang an seine Frau erinnern, ehe er Kinley wieder fest ins Auge faßte. »Meine Frau war damals bereits eine Invalide, einer Erkrankung an spinaler Kinderlähmung zufolge an den Rollstuhl gefesselt. Und deshalb kam Mrs. Overton täglich zu ihr, um ihr im Haushalt zu helfen. Sie kochte, machte sauber und was eben noch so zur Hausarbeit gehörte. Daher kannte ich sie. Und deshalb kam sie, natürlicherweise, auch zu mir, als ihr Mann verhaftet wurde.«

»Haben Sie jemals an seine Unschuld geglaubt?« fragte Kinley.

Talbott schüttelte den Kopf. »Nein, ich war immer der Überzeugung, daß er Ellie Dinker getötet hat.«

»Warum?«

Talbott blickte Kinley auf eine Weise an, als wäre dieser ein Kind, das die Existenz des Weihnachtsmanns verteidigte. »Es gab eine Menge Beweise, die gegen ihn sprachen, Mr. Kinley.«

»Aber die Leiche«, erwiderte Kinley beharrlich. »Warum sollte er sie denn versteckt haben?«

»Ich weiß es nicht.«

»Hatten Sie denn den Eindruck, daß er wahnsinnig war?«

»Nein, nicht direkt«, erwiderte Talbott. »Geplagt wäre das richtige Wort. Er machte auf mich den Eindruck eines geplagten Mannes.«

»Wovon?«

»Von der Armut, Mr. Kinley«, antwortete Talbott in autoritärem Ton. »Von einem durch niedrige Arbeiten erfüllten Leben. Einer, der sich den reichen Leuten am Ort ständig andienen und auf ihren Wink hin springen mußte.«

»Er war demnach mürrisch, wütend?«

»Ja«, erwiderte Talbott. »Und auch angespannt. Zermürbt von aufgestauten, unterdrückten Gefühlen, für die er kein Ventil hatte.« Er überlegte einen Moment. »Wie ein Mann, der sich morgens brennend vom Bett erhebt und sich den ganzen Tag über mit Wasser übergießen muß, um die Flammen zu löschen.«

Kinley dachte einen Augenblick über Talbotts Beschreibung nach. »Irgendwie sehe ich Overton nicht so, wie Sie ihn mir beschreiben«, behauptete er schließlich.

»Tatsächlich?« erwiderte Talbott. »Und warum nicht? Was wissen Sie denn schon über Charles Overton?«

»Ich habe eben so einige Eindrücke von ihm.«

»Aus welcher Quelle, wenn ich fragen darf?«

»Von seiner Tochter.«

Talbott lächelte. »Dora Overton ist eine sehr interessante Frau«, sagte er, »und noch dazu reizend anzuschauen.«

»Wir sprachen über ihren Vater«, erinnerte Kinley ihn.

Einen Moment lang schien Talbott um Worte verlegen zu sein, als wäre er in Trance versetzt. »Plötzlich folgen sie einem Impuls«, sagte er schließlich. »Ich spreche jetzt von Charles Overton. Sie fühlen sich angezogen, und sie folgen dieser Anziehung. Alle Beweise mögen in eine andere Richtung deuten; aber in ihrer Not interessiert sie weder die Logik, die Vernunft noch sonst eine dieser höheren Formen, von denen wir so viel Aufheben machen. Der Drang ist nur an sich selbst interessiert.« Er sah Kinley an. »Ihr augenblicklicher Drang, Mr. Kinley, ist das Bedürfnis, einen alten Fall zu verfolgen.« Er schob sich sacht nach links und saß nun aufrecht in seinem Sessel. »Wohingegen Charles Overton an jenem Tag auf dem Berg das Bedürfnis hatte, Ellie Dinker zu verfolgen.« Er lächelte. »Der einzige Unterschied zwischen Overton und Ihnen – oder mir oder sonst jemandem, wenn Sie so wollen – ist, daß er einem sehr extremen Drang folgte und Sie, Mr. Kinley, einem sehr sicheren und sehr gewöhnlichen Trieb.«

Kinley wollte eine weitere Frage an Talbott richten; aber der erhob sich plötzlich aus seinem Lehnstuhl. »Ich bin jetzt ein alter Mann«, sagte er zu Kinley, während er zur Tür seines Solariums ging. »Jeder, der in diesen Fall verwickelt war, ist entweder alt oder bereits tot.«

»Ich verstehe das, Mr. Talbott. Trotzdem ...«

Talbott öffnete die Tür. »Entweder alt oder tot oder ...« Er hielt inne, während sein Gesicht plötzlich ein unerwartetes Bedauern ausdrückte. »Oder jenseits unserer Reichweite.«

Kinley blickte ihn ungläubig an. »Werfen Sie mich jetzt etwa hinaus, Mr. Talbott?«

Talbott lächelte – ein fast verführerisches Lächeln. »Ja, das tue ich, Mr. Kinley«, erwiderte er, »aber wie Sie sehen, auf eine sehr höfliche Weise.«

12

SIE SIND SCHON wieder hier«, sagte Mrs. Hunter, als Kinley in ihr Büro kam.

»Nicht wieder, sondern immer noch. Ich habe lediglich eine Mittagspause gemacht«, klärte Kinley sie auf. »Ist es in Ordnung, wenn ich jetzt wieder ins Archiv gehe?«

»Natürlich«, erwiderte Mrs. Hunter. »Wie Sie wissen, handelt es sich ja nicht um vertrauliches Material, sondern um Protokolle einer öffentlichen Gerichtsverhandlung.«

»Danke«, sagte Kinley. Er drehte sich um, marschierte aus dem Büro und begab sich zurück in die Asservatenkammer, in der sich das Archiv der Prozeßakten befand. Er hatte dort sorgsam den Karton mit den Verhandlungsprotokollen auf seinen alten Platz zurückgestellt – eine respektvolle Geste, die Bibliothekarinnen und andere Bürokraten, wie er aus langjähriger Erfahrung wußte, sehr zu schätzen wußten – und holte ihn nun wieder vom Metallgerüst herunter.

Er hatte vor dem Lunch bereits drei Bände von Zeugenaussagen oder, anders formuliert, das Produkt zweier Verhandlungstage studiert. Übrig blieben nun noch sechs Bände. Allein die Spärlichkeit des Materials genügte als Hinweis, um diesen Prozeß zeitlich korrekt einordnen zu können, falls er das Datum, wann er stattfand, nicht gewußt hätte. Denn neun solche mageren Aktenordner hätten heutzutage auch nicht im entferntesten ausgereicht, um das in einem Mordprozeß anfallende Papier der Verhandlungsniederschriften aufnehmen zu können, seit der Oberste Gerichtshof in den sechziger Jahren seine Grundsatzentscheidungen zur Reform der Strafprozeßordnung gefällt hatte. Nun brauchte man allein schon für die Protokolle von den *voir dire* Anhörungen der in Aussicht genommenen Geschworenen mehrere Aktenordner und Verhandlungstage.

Aber der Prozeß *Volk von Georgia versus Charles Herman Overton* hatte nur fünf Tage gedauert – ein, gelinde ausgedrückt, sehr »zügiges«, aber für die fünfziger Jahre nicht ungewöhnliches Verfahren. Das war nicht gerade eine Zeit der peinlichen Rücksichtnahme auf die Rechte eines Angeklagten gewesen. Und wenn dazu noch die Fülle der Beweise, die Annahme der Unschuld des Angeklagten zu einem zwar anerkennenswerten, aber in diesem Fall lediglich nur noch formal zu beachtenden Rechtsprinzip reduzierte, verwandte man nicht viel Zeit oder öffentliche Gelder darauf, die mehr oder weniger irrelevanten Rechte des Angeklagten zu schützen.

Charles Overton war so behandelt worden, wie man die meisten Männer in seiner Lage im kleinstädtischen Süden des Jahres 1954 behandelt hätte, und nichts, was Kinley bisher in den Verhandlungsniederschriften gelesen hatte, deutete darauf hin, daß er nicht nach dem damals üblichen Standard einen ›fairen‹ Prozeß bekommen habe. Tatsächlich hatte er sogar mehr bekommen als die meisten. Er war von einem Anwalt vor Gericht vertreten worden – ein Luxus, den sich nur wenige Angeklagte in seiner Lage hatten leisten können und den Talbott, wohl seiner Bekanntschaft mit Overtons Frau wegen, kostenlos zur Verfügung stellte. Zumindest hatte man Overton die Chance gegeben, seine Unschuld zu beweisen.

Aber diese war nicht sehr groß, erkannte Kinley, als er sich dem nächsten Protokollband zuwandte und die Aussage von Luther Snow zu lesen begann – einem von Overtons Arbeitskollegen bei der Baufirma Thompson. Die Aussage war ein Mischmasch von Hörensagen und Vermutungen, gegen das Talbott nur sporadisch Einspruch erhoben und das der Anklagevertretung den unschätzbar wertvollen Dienst erwiesen hatte, ein Motiv für den Mord an Ellie Dinker zu liefern.

Luther Snow

WARFIELD: Können Sie Charlie Overton heute hier im Gerichtssaal sehen, Mr. Snow?

SNOW: Jawohl, Sir.

WARFIELD: Würden Sie ihn mir bitte zeigen?

SNOW: Der Mann, der dort drüben neben Mr. Talbott sitzt.

WARFIELD: Euer Ehren, würden Sie bitte in das Protokoll aufnehmen lassen, daß Mr. Snow den Angeklagten identifiziert hat?

GERICHT: Was hiermit angeordnet wird. Fahren Sie fort, Mr. Warfield.

WARFIELD: Mr. Snow, Sie arbeiten doch zusammen mit Mr. Overton bei der Baufirma Thompson, nicht wahr?

SNOW: Ja, Sir.

WARFIELD: Wie lange kennen Sie Mr. Overton schon?

SNOW: Seit zwei Jahren, würde ich sagen, Sir.

Auf den nächsten zwei Seiten berichtete Snow, welche Arbeiten er und Overton, seit dieser bei der Baufirma Thompson beschäftigt war, gemeinsam verrichtet hatten. In den letzten beiden Jahren waren sie ausschließlich auf der Baustelle des neuen Gerichtsgebäudes tätig gewesen – des Gebäudes, in dem nun der Prozeß stattfand und das erst wenige Wochen vor dem Prozeßbeginn seiner Bestimmung übergeben worden war. Overton hatte dort als angelernter Bauarbeiter gearbeitet, der alles machen mußte – vom Mauern bis zu leichten Zimmermannsarbeiten –, während Snow als Polier die Aufsicht an der Baustelle hatte, die Arbeit einteilte und die schweren Maschinen an der Baustelle bediente.

SNOW: Ich habe das Fundament ausgebaggert und alle Betonarbeiten an diesem Haus gemacht – angefangen bei der Fahnenstange bis zur Treppe zum Speichergeschoß.

WARFIELD: Und haben Sie und Mr. Overton manchmal auch zusammen Mittagspause gemacht?

SNOW: Jawohl, Sir.

WARFIELD: Und Sie redeten zuweilen miteinander, nicht wahr, wie das Männer so tun?

SNOW: Wir haben oft miteinander gesprochen.

WARFIELD: Hatten Sie den Eindruck, daß Mr. Overton Sie mochte und Ihnen vertraute?

SNOW: Jawohl, Sir.

WARFIELD: Und hat er mit Ihnen auch erörtert, was man als sein ›Privatleben‹ bezeichnen kann?

SNOW: Manchmal.

WARFIELD: Haben Sie bei solchen Gesprächen mit ihm am oder um den 2. Juli 1954 herum auch einen Eindruck von seinem Gemütszustand bekommen?

SNOW: Er war durcheinander.

WARFIELD: Durcheinander. Meinen Sie damit, daß ihn etwas innerlich sehr beschäftigte?

SNOW: Ja, Sir, genau das meine ich.

WARFIELD: Hat er Ihnen auch gesagt, was ihn denn so sehr beschäftigte?

SNOW: Nun – Overton war sehr zugeknöpft an diesem Tag. Wie gesagt, wir redeten manchmal miteinander. Aber an dem Tag war er schweigsam. Abweisend, verstehen Sie?

WARFIELD: Aber Sie sagten doch eben, er sei durcheinander gewesen, wie Sie sich ausdrückten, nicht wahr, Mr. Snow?

SNOW: Ja, Sir, das sagte ich. Mir fiel es auf, weil er seinen Kopf nicht beisammen hatte und bei der Arbeit schlampte, verstehen Sie?

WARFIELD: Machte er auf Sie einen bedrückten Eindruck?

SNOW: Wie war das eben?

WARFIELD: Ob ihn das, was ihn in Gedanken beschäftigte, bedrückte oder belastete?

SNOW: Es lenkte ihn von der Arbeit ab, ja.

WARFIELD: Und haben Sie versucht herauszufinden, was ihn denn von der Arbeit ablenkte, Mr. Snow?

SNOW: Oh, ja. Das mußte ich doch. Wie ich schon sagte, machte er seine Arbeit nicht richtig. Er patzte. Das konnte ich ihm nicht durchgehen lassen.

WARFIELD: Sie haben ihn also daraufhin angesprochen?

SNOW: Jawohl, Sir.

WARFIELD: Können Sie uns den Inhalt dieses Gesprächs wiedergeben, Mr. Snow?

SNOW: Also, ich fragte ihn geradeheraus, was denn nicht

stimme mit ihm. ›Charlie‹, sagte ich, ›was ist denn heute los mit dir? Du pfuschst. Du mußt mit deinen Gedanken besser bei der Sache sein.‹

WARFIELD: Und was hat Overton darauf geantwortet?

SNOW: Nun – eine Antwort hat er mir darauf nicht gegeben, sondern mich nur so komisch angeschaut, wissen Sie? Aber gesagt hat er nicht einen Ton. Und deshalb habe ich nicht locker gelassen, sondern ihn immer wieder gefragt, bis er mir endlich sagte, daß er Schwierigkeiten hätte.

WARFIELD: Er hat Ihnen also schließlich doch gesagt, was ihn bedrückte?

SNOW: Jawohl, Sir.

WARFIELD: Er hatte Schwierigkeiten, sagten Sie eben. Was für Schwierigkeiten?

SNOW: Mit Frauen.

WARFIELD: Er hatte Schwierigkeiten mit Frauen? Sind das exakt seine Worte gewesen?

SNOW: Jawohl, Sir. Genau das hat er gesagt. Daß er Schwierigkeiten mit Frauen hat.

WARFIELD: Und die Schwierigkeiten mit Frauen waren der Grund, warum er an dem Tag so schlecht arbeitete?

SNOW: Ja, Sir. Das sagte er. Daß diese Schwierigkeiten ihn noch verrückt machen würden.

Daraufhin hatte Talbott den Zeugen sehr wirksam ins Kreuzverhör genommen und dessen Aussage zerpflückt, um sie als das zu erweisen, was sie im Grunde auch war – ein Haufen nebulöser, substanzloser Behauptungen.

TALBOTT: Nun, Mr. Snow, Sie sagten, daß Mr. Overton ein gewisses Maß an Vertrauen zu Ihnen gehabt hat. Daß er mit Ihnen über seine Probleme gesprochen habe, meine ich. Ist das richtig?

SNOW: Schwierigkeiten mit Frauen. Das hat er zu mir gesagt, ja.

TALBOTT: Und das hat ihn beunruhigt, richtig?

SNOW: Das hat ihn sehr aufgeregt, ja.

TALBOTT: Hat er Ihnen auch gesagt, was für Schwierigkeiten das waren, Mr. Snow?

SNOW: Nein, Sir.

TALBOTT: Hat er dabei jemals seine Ehefrau erwähnt?

SNOW: Nein, Sir.

TALBOTT: Ihres Wissens nach hat Mr. Overton also lediglich zu Ihnen gesagt, daß er Schwierigkeiten mit Frauen habe, richtig?

SNOW: Nun, es war schon ein bißchen mehr als das. Es hat ihm echt Kummer gemacht.

TALBOTT: Aber er hat Ihnen nie gesagt, ob er damit mehrere Frauen meinte oder nur eine? Oder eine bestimmte Frau?

SNOW: Nein, Sir.

TALBOTT: Hat er Ihnen gegenüber jemals Ellie Dinker erwähnt?

SNOW: Nein, Sir.

TALBOTT: Ist er Ihres Wissens nach jemals mit Ellie Dinker zusammengetroffen?

SNOW: Das könnte ich nicht wissen.

TALBOTT: Nun – Sie haben sie jedenfalls noch nie zusammen gesehen, oder doch?

SNOW: Nein, Sir.

TALBOTT: Demnach ist alles, was Sie wissen, Mr. Snow, daß Mr. Overton einmal zu Ihnen gesagt hat, daß er Schwierigkeiten mit Frauen habe. Ob generell mit Frauen oder einer bestimmten Frau, hat er ihnen nicht gesagt, oder?

SNOW: Schwierigkeiten mit Frauen. Das sagte er.

TALBOTT: Aber mehr nicht, richtig?

SNOW: Nein, mehr nicht.

TALBOTT: Nun, Mr. Snow – haben Sie schon mal Schwierigkeiten mit einer Frau gehabt?

SNOW: Ich glaube, schon.

TALBOTT: Haben Sie schon mal eine Frau umgebracht?

SNOW: Aber nein, Sir!

TALBOTT: Kennen Sie einen Mann, der noch nie Schwierigkeiten mit Frauen oder einer Frau gehabt hat?

SNOW: Ich glaube nicht, Sir.

TALBOTT: Dasselbe kann ich auch von mir sagen. Mr. Snow. Ich kenne nicht einen, der diese Schwierigkeiten noch nicht hatte. Ich danke Ihnen, Mr. Snow.

Nach Luther Snows Aussage erklärte die Anklagevertretung ihren Beweisvortrag für beendet, und deshalb rief Talbott, nachdem er Snow ins Kreuzverhör genommen hatte, den ersten Zeugen für die Verteidigung, Mr. Dave Halgrave, auf, der ebenfalls bei der Baufirma Thompson arbeitete, aber im Gegensatz zu Luther Snow ein Mann war, der Overton als seinen Freund betrachtete.

TALBOTT: Wie lange kennen Sie jetzt Charlie Overton schon, Mr. Halgrave?

HALGRAVE: Seit unserer Kinderzeit. Seit ungefähr dreißig Jahren, schätze ich.

TALBOTT: Und Sie haben auch zusammen gearbeitet, nicht wahr?

HALGRAVE: Ich bin nun schon fast zwanzig Jahre bei der Baufirma Thompson beschäftigt, Sir. Charlie ist vor ungefähr zwei Jahren zu uns gekommen, als wir Leute als Hilfskräfte für den Bau dieses Gerichtsgebäudes einstellten.

TALBOTT: Würden Sie sagen, daß Sie Charlie Overton ziemlich gut kennen, Mr. Halgrave?

HALGRAVE: Sicherlich so gut, wie einer ihn kennen kann.

TALBOTT: Ist Charlie Overton Ihrer Meinung nach ein Mörder, Mr. Halgrave?

(Zeuge lacht)

TALBOTT: Könnten Sie mir diese Frage beantworten, Mr. Halgrave? Wir brauchen Ihre Antwort für das Protokoll.

HALGRAVE: Nein, Charlie ist kein Mörder. Das steckt nicht in ihm. Er ist nicht so gemein.

TALBOTT: Nicht so gemein, sagen Sie. Wäre er Ihrer Meinung nach imstande, ein junges Mädchen umzubringen?

HALGRAVE: Nein, Sir. Das brächte er nicht fertig.

TALBOTT: Selbst nicht, wenn dieses junge Mädchen ihn ärgern oder ihn irgendwie herausfordern würde, Mr. Halgrave?

HALGRAVE: Sie hätte ihn anzünden können, Sir, und er hätte ihr nichts zuleide getan. Das ist nicht seine Art, Sir.

TALBOTT: Mr. Halgrave, haben Sie Charlie Overton am 2. Juli 1954 gesehen – an dem Tag, als Ellie Dinker ermordet wurde?

HALGRAVE: Da arbeiteten wir zusammen.

TALBOTT: Nun hat Mr. Overton bei seiner Vernehmung durch die Polizei ausgesagt, daß ihm an jenem Morgen übel geworden sei und er deshalb die Baustelle des Gerichtsgebäudes habe verlassen müssen. War Charlie Overton Ihres Wissens nach am Morgen des 2. Juli krank oder unpäßlich?

HALGRAVE: Ja, das war er, Sir.

TALBOTT: Wissen die das ganz genau, oder vermuten Sie das nur?

HALGRAVE: Nun, ich sah, wie er brechen mußte, Sir.

TALBOTT: Wo war das, Mr. Halgrave?

HALGRAVE: Beim Gerichtsgebäude. Er stand weit vorgebeugt neben seinem Pritschenwagen und kotzte, Sir.

TALBOTT: Sie haben also gesehen, wie Charlie Overton am Morgen des 2. Juli neben seinem Wagen stand und sich dort übergeben hat – ist das Ihre Aussage?

HALGRAVE: Ja, Sir.

TALBOTT: Und kurz darauf kam er zu Ihnen und sagte, daß ihm schlecht sei und er nach Hause fahren müsse. Ist das richtig?

HALGRAVE: Jawohl, Sir. Das ist richtig.

TALBOTT: Und was geschah danach?

HALGRAVE: Charlie fuhr mit seinem Pritschenwagen nach Hause. Er war kalkweiß im Gesicht. Er sah aus wie ein Gespenst.

TALBOTT: Danke, Mr. Halgrave; das ist alles.

In seinem anschließenden Kreuzverhör erwies sich Warfield ebenso tüchtig wie vor ihm Talbott bei Luther Snow. Er deutete Worte, die Overton entlasten sollten, in einen die Anklage unterstützenden Sinn um.

WARFIELD: Sie sagten, Sie würden Mr. Overton nun schon fast ein Leben lang kennen, richtig?

HALGRAVE: Ja, Sir.

WARFIELD: Und Sie betrachten ihn als einen guten Freund?

HALGRAVE: So gut, wie man eben mit jemandem befreundet sein kann, Sir.

WARFIELD: Würden Sie sagen, daß gute Freunde oft versuchen, einander zu helfen, Mr. Halgrave?

HALGRAVE: Ich denke, ja.

WARFIELD: Daß man seinem Freund, wenn er mal in Schwierigkeiten steckt, versucht, aus der Patsche zu helfen?

HALGRAVE: Ich schätze, das versucht man.

WARFIELD: Würden Sie sagen, daß ein Mensch, der in einen Prozeß verwickelt ist, der ihn das Leben kosten kann, ein Mensch ist, der in Schwierigkeiten steckt?

HALGRAVE: Natürlich steckt er dann in Schwierigkeiten.

WARFIELD: Ich möchte jetzt auf einen anderen Punkt Ihrer Aussage eingehen, wenn Sie gestatten, Mr. Halgrave. Sie erklärten vorhin, daß Charlie Overton kein gewalttätiger Mann sei, ist das richtig?

HALGRAVE: Das ist richtig.

WARFIELD: Und daß ihm sehr übel wurde am Morgen des 2. Juli?

HALGRAVE: Er hat sich neben seinem Wagen übergeben.

WARFIELD: Ja, ich habe gehört, wie Sie vorhin sagten, er habe neben seinem Wagen gekotzt. Und ich glaube, Sie sagten auch, daß Charlie Overton – ich lese es Ihnen noch einmal aus meinen Notizen vor – ›kalkweiß im Gesicht‹ war und aussah ›wie ein Gespenst‹. Waren das nicht Ihre Worte?

HALGRAVE: So hat er ausgesehen, ja, Sir.

WARFIELD: Mr. Halgrave, würden Sie sagen, daß ein Mann, der normalerweise nicht gewalttätig ist, sich jedoch vorgenommen hat, in wenigen Stunden ein Mädchen umzubringen, etwa aussehen würde wie das blühende Leben? Würden Sie nicht vielmehr sagen, daß ihm das gründlich an die Nieren ginge?

TALBOTT: Einspruch, Euer Ehren.

WARFIELD: Daß er krank aussehen würde? Daß er aussehen würde wie ...

TALBOTT: Einspruch!

WARFIELD: ... ein Gespenst? Kalkweiß im Gesicht?

GERICHT: Stattgegeben.

WARFIELD: Keine weiteren Fragen mehr, Euer Ehren.

Das war auch nicht mehr nötig gewesen, dachte Kinley, nachdem es Warfield ja bereits mit viel Geschick gelungen war, der ohnehin schon auf schwachen Beinen stehenden Aussage von Mr. Halgrave den Teppich vollends unter den Füßen wegzuziehen, indem er Positives in Negatives verwandelte in einem Prozeß, wo die Verteidigung sowieso nicht viel Positives hatte vortragen können.

Kinley blätterte zurück und sah sich noch einmal die Zeugenliste an. Er wollte sich vergewissern, daß er beim erstenmal richtig gelesen und Talbott tatsächlich nur drei Zeugen benannt hatte, die für Overton aussagen sollten. Ein rascher Blick auf die Titelseite bestätigte ihm das: Nur drei Zeugen waren aufgeboten worden, um Charlie Overtons Leben zu retten.

Er wandte seine Aufmerksamkeit nun wieder dem Verhandlungsprotokoll zu und begann es von der Zeile an zu lesen, wo das Gericht den Verteidiger angewiesen hatte: *Rufen Sie Ihren nächsten Zeugen auf, Sir.*

13

IHR NAME WAR Betty Gaines, und Kinley wußte fast vom ersten Moment an, als er ihre Aussage zu lesen begann, daß es sich hier um eine widerwillige Zeugin handelte. Ihre Antworten kamen stockend und waren seltsam nebelhaft und substanzlos, als würde sie etwas berichten, was sie nur geträumt hatte. Zeugenaussagen dieser Art waren ihm schon oft begegnet, und seiner Erfahrung nach bedeutet das stets, daß der Zeuge entweder Angst gehabt hatte, auszusagen, oder von dem Wahrheitsgehalt seiner Aussage nicht überzeugt war.

TALBOTT: Sie sind mit Charlie Overton bekannt, nicht wahr, Miss Gaines?

(Zeugin antwortete nicht)

TALBOTT: Miss Gaines?

GAINES: Ja, Sir.

TALBOTT: Haben Sie meine Frage gehört, Miss Gaines?

GAINES: Würden Sie sie bitte wiederholen?

TALBOTT: Ich habe Sie gefragt, ob Sie mit Charlie Overton bekannt seien.

GAINES: Er arbeitet wie ich bei der Baufirma Thompson, ja.

TALBOTT: Und haben Sie ihn am Morgen des 2. Juli an der Baustelle des Gerichtsgebäudes gesehen?

GAINES: Es war ein schöner Tag, glaube ich. Die Sonne schien.

TALBOTT: Weshalb befanden Sie sich an diesem Morgen an der Baustelle, Miss Gaines?

GAINES: Ich hatte die Lieferscheine bei mir. Die Sachen, die bestellt waren. Die dort zugestellt würden.

TALBOTT: Und die Arbeiter an der Baustelle müssen dann bereitstehen, um diese Sachen abzuladen – ist das richtig?

GAINES: Man muß vorbereitet sein für die Anlieferungen, ja.

TALBOTT: Und deshalb begaben Sie sich also zur Baustelle,

um den Vorarbeiter davon in Kenntnis zu setzen, welche Lieferungen er an diesem Tag zu erwarten hatte – richtig?

GAINES: Ich sagte dort Luther Bescheid.

TALBOTT: Sie sprachen dort mit Luther Snow, dem Vorarbeiter – ist das richtig?

GAINES: Ich gab ihm diese Liste. Von den Sachen, die angeliefert würden.

TALBOTT: Und während Sie an der Baustelle waren, sahen Sie da auch Charlie Overton?

GAINES: Ja.

TALBOTT: Wo sahen Sie ihn?

GAINES: Bei der Grube, wo die Fahnenstange hinkommen sollte. Der Boden war noch ziemlich morastig, und er beschwerte sich darüber, weil es mindestens eine Woche dauern würde, bis sie trocken war.

TALBOTT: Wer beschwerte sich darüber?

GAINES: Luther.

TALBOTT: Also sahen Sie Charlie Overton an diesem Tag vor dem Gerichtsgebäude, wo er zusammen mit anderen Männern Ihrer Baufirma arbeitete, richtig? Mit Kollegen?

GAINES: Ja, Sir. Es befanden sich an diesem Morgen sehr viele Leute auf der Baustelle, weil doch so viel gemacht werden mußte für diese Feierlichkeiten am Unabhängigkeitstag.

TALBOTT: Sie meinen wohl damit die Einweihungsfeier des Gerichtsgebäudes, richtig?

GAINES: Ja, Sir.

TALBOTT: Ich wiederhole also: Charlie Overton arbeitete an jenem Morgen auf der Baustelle des Gerichtsgebäudes, richtig?

GAINES: Ja, er arbeitete dort.

TALBOTT: Und Charlie Overton kam dann zu Ihnen und sprach Sie an, richtig?

GAINES: Ja, das tat er.

TALBOTT: Was hat Charlie Overton zu ihnen gesagt, als er Sie ansprach, Miss Gaines?

GAINES: Er sagte: ›Mir ist schlecht, Ma'am. Ich denke, ich muß wieder nach Hause fahren und mich schnell hinlegen.‹

TALBOTT: Und sah er auch so aus, als sei er krank?

GAINES: Ja, das tat er.

TALBOTT: Was geschah dann?

GAINES: Ich sagte: ›Nun, da haben Sie sich aber einen guten Tag dafür ausgesucht, weil Luther zu mir gesagt hat, der Boden wäre zu naß dafür, um die Fahnenstange aufzurichten, also gehen Sie besser nach Hause und ruhen sich aus.‹

TALBOTT: Und hat er das auch getan?

GAINES: Ob er was getan hat?

TALBOTT: Haben Sie gesehen, daß er in seinen Wagen gestiegen und nach Hause gefahren ist?

GAINES: Ja, Sir. Und die Uhr am Gerichtsgebäude schlug gerade halb eins.

TALBOTT: Und sah er in diesem Moment krank aus?

GAINES: Er sah genauso krank aus wie in dem Moment, wo er mit mir gesprochen hat.

TALBOTT: Vielen Dank, Miss Gaines. Keine weiteren Fragen mehr, Euer Ehren.

GERICHT: Wollen Sie die Zeugin ins Kreuzverhör nehmen, Mr. Warfield?

WARFIELD: Nein, Euer Ehren. Ich denke, das habe ich nicht nötig.

Kinley lächelte. Das war wieder einer von diesen geschickten Schachzügen der Anklagevertretung. Indem sie das Gericht wissen ließ, sie habe es ›nicht nötig‹, die Zeugin ins Kreuzverhör zu nehmen, reduzierte sie im Bewußtsein der Geschworenen die schwache Aussage von Miss Gaines zu einer substanzlosen Nichtigkeit.

Talbotts letzte Zeugin war die Ehefrau von Charlie Overton – Sarah Ann Overton, und ihre Aussage war kurz, prägnant und sachlich. Von Talbotts Fragen dazu angeregt, erzählte sie den Geschworenen, daß sie nicht nur am 2. Juli den ganzen Tag hindurch zu Hause geblieben war, sondern daß sie auch, weil sie sich im letzten Stadium ihrer Schwangerschaft befand und sehr unter der schrecklichen mittsommerlichen Hitze zu leiden hatte, es schon seit einiger Zeit für nötig befunden hatte, ihre Aktivitäten erheblich einzuschränken und praktisch schon seit Mitte Juni eine Gefangene im eigenen Haus gewesen sei. »Charlie brachte mir alles, was ich brauchte – Nahrungsmittel und was eben sonst so fehlte; während ich in meinen vier Wänden blieb oder mich draußen unter dem Vordach auf die Veranda setzte.«

TALBOTT: Und das machten Sie auch am 2. Juli 1954 so gegen drei Uhr nachmittags?

OVERTON: Jawohl, Sir.

TALBOTT: Kam Ihr Mann um diese Zeit nach Hause?

OVERTON: Ja, Sir.

TALBOTT: Was hatte er da an, Mrs. Overton?

OVERTON: Seine Arbeitskleider.

TALBOTT: Die gleichen Kleider, die er trug, als er morgens zur Arbeit fuhr?

OVERTON: Ja, Sir.

TALBOTT: Wie sahen diese Kleider aus, als er so gegen drei Uhr nachmittags nach Hause kam?

OVERTON: Sie sahen ein wenig schmutzig aus.

TALBOTT: Wie schmutzig, Mrs. Overton?

OVERTON: Sie waren etwas mit Öl beschmiert.

TALBOTT: Wo befand sich Öl an seiner Kleidung, Mrs. Overton?

OVERTON: Am Hemdkragen und vorn auf der Brust.

TALBOTT: Als habe er unter einem Wagen gelegen und ...

WARFIELD: Einspruch, Euer Ehren! Die Zeugin wird dazu verleitet, eine Vermutung zu äußern.

TALBOTT: War das alles, was sich an Schmutz auf seinem Hemd befand?

OVERTON: Nein, auch Lehmklümpchen und ein paar kleine Steinsplitter sind mir aufgefallen.

TALBOTT: Wo befanden sich diese?

OVERTON: Hinten an seiner Hose und auf dem Hemd.

TALBOTT: Als hätte er auch auf dem Rücken gelegen?

WARFIELD: Einspruch, Euer Ehren. Es handelt sich wieder um eine Vermutung.

TALBOTT: Hat Ihr Mann Ihnen gesagt, wie es zu dieser eben von Ihnen genannten Verschmutzung seiner Kleider gekommen sei, Mrs. Overton?

OVERTON: Er sagte, sie stamme von seinem Wagen. Er sagte, die Ölwanne habe zu lecken angefangen, und deshalb sei er unter den Wagen gekrochen und habe versucht, diesen Schaden zu beheben.

TALBOTT: Und ist ihm das gelungen?

OVERTON: Nein, Sir. Er ließ deshalb seinen Wagen auf der Straße stehen.

TALBOTT: Wann ist er dann wieder weggegangen, um den Wagen zu reparieren?

OVERTON: Kurz nachdem er nach Hause gekommen war und mir davon erzählt hatte.

TALBOTT: Nun, Mrs. Overton, haben Sie an dem Tag, als sein Wagen eine Panne hatte, er diesen auf der Straße stehen ließ und zu Fuß nach Hause kam, Blutspuren an seinen Kleidern gesehen?

OVERTON: Nein, Sir.

TALBOTT: Mrs. Overton, sind Sie eine gläubige Christin?

OVERTON: Ja, Sir.

TALBOTT: Mrs. Overton, würden Sie im Angesicht Gottes und seines Sohnes, Jesus Christus, dieses Gericht belügen?

OVERTON: Nein, Sir, das würde ich nicht.

TALBOTT: Aber die Leute werden jetzt sagen: ›Na, klar lügt sie, weil sie ihren Mann retten möchte‹. Aber diesen Eid, den Sie vor Ihrer Aussage schwören mußten, den haben Sie vor Gott und seinem Sohn, Jesus Christus, geschworen. Das verstehen Sie doch unter einem Eid – daß er heilig ist, nicht wahr, Mrs. Overton?

OVERTON: Jawohl, Sir.

TALBOTT: Und deshalb frage ich Sie jetzt noch einmal: Würden Sie lügen, nachdem Sie diesen Eid geschworen haben?

OVERTON: Nein Sir, das würde ich nicht.

TALBOTT: Mrs. Overton, ich möchte Sie jetzt noch einmal fragen: Befanden sich irgendwo Spuren von Blut an den Kleidern Ihres Mannes, als er am Nachmittag des 2. Juli 1954 nach Hause kam?

OVERTON: Nein, es befanden sich keine daran.

TALBOTT: Keine weiteren Fragen mehr, Euer Ehren.

Diesmal hatte Warfield sich dazu entschlossen, die Zeugin ins Kreuzverhör zu nehmen; aber es war ein auffallend behutsames Kreuzverhör; in einem Stil geführt, mit dem Kinley ebenfalls vertraut war. Seines Wissens nach wurde er nur dann praktiziert, wenn der Anwalt glaubte, sich das auch leisten zu können, weil er seinen Fall bereits als gewonnen betrachtete und die Geschworenen nicht mit einem harten, grausamen Verhör ablenken wollte.

WARFIELD: Sie waren am 2. Juli, wie man eine Frau so kurz vor der Niederkunft zu bezeichnen pflegt, hoch in anderen Umständen, nicht wahr, Mrs. Overton?

OVERTON: Ja, Sir.

WARFIELD: Und inzwischen sind Sie keine werdende Mutter mehr, sondern haben ein Kind zur Welt gebracht, richtig?

OVERTON: Ja, Sir. Es wurde zwei Tage nach der Verhaftung meines Mannes geboren.

WARFIELD: Ein kleines Mädchen, soweit ich weiß?

OVERTON: Ja, Sir.

WARFIELD: Das Sie Dora nannten, wie ich hörte?

OVERTON: Ja, Sir.

WARFIELD: In Ihrer Lage, mit einem neugeborenen Baby, haben Sie natürlich alle Hände voll zu tun, nicht wahr?

OVERTON: Ja, das stimmt.

WARFIELD: Ist es Ihr erstes Kind?

OVERTON: Ja.

WARFIELD: Und als gute Mutter wollen Sie natürlich auch, daß es versorgt ist und Sie es so großziehen können, wie es sich gehört, nicht wahr?

OVERTON: Ja, Sir.

WARFIELD: Das ist etwas, was man als rechter Christ auch tun sollte, nicht wahr? Daß man für seine Kinder sorgt. Ich meine, so lehrt es uns die Bibel, nicht wahr?

OVERTON: Ja, Sir.

WARFIELD: Und das würde für Sie doch sehr schwierig sein ohne Ihren Mann, nicht wahr, Mrs. Overton?

OVERTON: Ja, das würde es.

WARFIELD: Sie würden es natürlich gern sehen, daß Charlie wieder nach Hause kommt, damit er Ihnen helfen kann, für das neue Kind zu sorgen – oder würden Sie das nicht?

(Zeugin antwortet nicht)

GERICHT: Beantworten Sie bitte diese Frage, Mrs. Overton.

OVERTON: Natürlich würde ich das gern sehen.

WARFIELD: Vielen Dank, Ma'am. Keine weiteren Fragen mehr.

Mit diesem letzten höflichen Understatement hatte Warfield die Phase der Beweisaufnahme abgeschlossen, und jetzt kamen nur noch die Plädoyers des Anklagevertreters und des Verteidigers, ehe die Geschworenen über die Schuldfrage zu befinden hatten. Doch als Kinley auf seine Uhr sah und dann auf die vielen Seiten, welche den zusammenfassenden Schlußvorträgen der beiden Anwälte gewidmet waren, entschied sich Kinley dazu, diese Lektüre auf den nächsten Tag zu verschieben.

Auf dem Weg nach draußen schaute er noch einmal bei William Warfield hinein.

»Ihr Vater hat in dem Mordprozeß Overton gute Arbeit geleistet«, sagte Kinley, den Kopf durch die offene Bürotür des Bezirksstaatsanwalts steckend.

Warfield war hinter dem enormen Berg von Papieren auf seinem Schreibtisch kaum zu sehen. »Das wundert mich nicht«, erwiderte er.

»Haben Sie ihm jemals bei der Arbeit zugesehen?«

»Viele Male«, antwortete Warfield. »Er war der beste und

lupenreinste Anklagevertreter, den Sequoyah jemals hervorgebracht hat.« Er lächelte. »Obwohl ich wahrscheinlich in dieser Sache nicht ganz unparteiisch bin.«

»Vermutlich haben Sie aber mit ihm nie über den Overton-Prozeß gesprochen, wie?« fragte Kinley.

»Vielleicht wurde er mal kurz erwähnt; aber richtig gesprochen haben wir über den Fall nie, nein.«

»Hat er nie irgendwelche Zweifel geäußert?«

»Zweifel worüber?«

»Über Overtons Schuld.«

Warfield lachte leise. »Wollen Sie mich auf den Arm nehmen? Sie haben doch die Protokolle gelesen. Haben Sie denn irgendwelche Zweifel daran?«

Kinley zuckte mit den Achseln. »In einem Mordfall fühle ich mich besser, wenn es auch eine Leiche gibt.«

»Nun, das ist richtig«, erwiderte Warfield. »Ich bin sicher, mein Vater hätte sich auch besser gefühlt, wenn es eine Leiche gegeben hätte. Aber sie hatten ja dieses blutgetränkte Kleid als Beweis, und es bestand nicht der geringste Zweifel, daß es Ellie Dinker gehörte.«

»Hat Ihr Vater jemals erwähnt, was seiner Meinung nach mit der Leiche geschehen sein könnte?«

»Sie meinen, was Overton mit ihr gemacht hat?«

»Ja.«

Warfield dachte einen Moment nach. »Unter Wasser«, sagte er schließlich. »Mein Vater war so gut wie überzeugt davon, daß dies die einzige Methode war, mit der Overton die Leiche hatte beseitigen können. Er glaubte, daß er sie in den Fluß geworfen haben mußte.«

»In welchen Fluß?«

»Den Rocky River«, erwiderte Warfield. »In den Fluß, der durch den Canyon fließt. Sie wissen schon – dort, wo Ray Tindall starb.«

14

LOIS TRAF NUR wenige Minuten nach Kinleys Rückkehr vom Gericht in der Beaumont Street ein. Sie trug ein graues Kostüm und glich eher einer Frau, die soeben nach Büroschluß in Manhattan abgehetzt nach Hause kam, als einer Provinzlerin, die fast dreißig Jahre in Sequoyah gelebt hatte. Ihren Mittelwestenakzent hatte sie jedoch nie verloren. Kinley fand ihre Stimme erfrischend, weil sie ihn jählings wieder daran erinnerte, daß es noch andere Orte gab als jene, von denen er den ganzen Tag in den Gerichtsakten gelesen hatte: schmale, von Bäumen gesäumte Straßen und Waldwege; Bergwälder, Canyons, ein grüner schäumender Fluß.

»Ich war mir nicht sicher, ob ich dich hier noch antreffen würde«, sagte sie.

Sie stand auf der kleinen vorderen Veranda, noch durch die Fliegengittertür von ihm getrennt, ihr Gesicht wie gerastert von den kleinen Karrees des Maschendrahtgitters, und einen Moment lang erinnerte sie ihn an Dora Overton: dieselben dunklen Augen und der gleiche entschlossene Gesichtsausdruck, die gleiche Kraft und Entschiedenheit, die Ray zweifellos an beiden Frauen anziehend fand.

»Da du dich ja offenbar so hineingekniet hast in das, was Serena zu bekümmern scheint, wollte ich dir das Material zeigen, das ich aus Rays Ablage herausgenommen habe«, fuhr sie im nüchternen Ton fort. Sie hob einen großen braunen Umschlag hoch und hielt ihn ihm vor das Gesicht. »Dies könnte dazu beitragen, sie von irgendwelchen fixen Ideen zu befreien.«

Kinley öffnete die Fliegengittertür und nahm ihr den Umschlag ab. »Danke, Lois«, sagte Kinley, die Maschendrahttür wieder zuziehend. »Ich werde es noch heute abend lesen.«

Lois bewegte sich nicht von der Stelle. »Ich möchte nicht aufdringlich sein«, sagte sie. »Aber wenn es dich nicht stört, würde ich gern hineinkommen.«

»Natürlich«, sagte Kinley. »Entschuldige bitte. Ich hatte nicht gedacht, daß du zu einem Besuch vorbeikommen würdest.«

»Ich bin nicht wütend auf dich, Jack«, erklärte sie. »Ich wollte nur, daß nicht unnötigerweise Staub aufgewirbelt wird.«

»Ich verstehe«, erwiderte Kinley und trat zur Seite, um sie ins Haus zu lassen.

Lois lief zielstrebig auf das Wohnzimmer zu und setzte sich sofort auf das Sofa am Fenster.

»Möchtest du etwas trinken?« fragte Kinley, als er ihr dorthin gefolgt war. »Nicht, daß du glaubst, ich wüßte inzwischen, wo Ray seinen Cognac verwahrte.«

»In der Küche über der Spüle«, erwiderte Lois. »Aber, danke, ich will nichts.«

Kinley setzte sich ihr gegenüber in einen kleinen Sessel. »Wie geht es dir denn so?« fragte er leichthin, als wollte er ein wenig Konversation betreiben.

Lois holte rasch und irritiert Luft. »Ich werde nicht lange bleiben, Jack«, sagte sie. »Ich wollte dir nur die Papiere bringen, die Serena in Rays Aktenschrank vermißte, und dir noch einmal sagen, daß ich nicht will, daß sie sich ein Leben lang Gedanken macht, was denn mit ihrem Vater passiert sein könnte. Zumindest nicht, was seinen Tod betrifft. Was jedoch diese andere Geschichte angeht ...«

»... wird sie von mir nichts erfahren«, versicherte Kinley ihr. »Ich weiß, wie man solche Dinge aus offiziellen Berichten heraushält. Ich bin überzeugt, das ist auch Doras Wunsch.«

Lois' Augen zogen sich jählings zusammen.

»Du hast mit Dora Overton gesprochen?«

»Ja.«

»Was hat sie gesagt?«

»Nichts Außergewöhnliches«, erwiderte Kinley.

»Sprach sie mit dir über sich und Ray? Über die Affäre, meine ich?«

Kinley nickte. »Ja«, sagte er und rutschte ein wenig unbehaglich im Sessel hin und her. »Ich weiß nicht, ob es dich stört,

Lois«, fuhr er fort. »Aber ich habe den Eindruck, daß sie Ray sehr mochte und er ihr ähnliche Gefühle entgegenbrachte.«

Lois musterte ihn mit eisigem Blick.

»Was auch immer zwischen ihnen gewesen sein mag«, setzte Kinley hinzu. »Es hatte etwas mit Liebe zu tun.«

»Und das legalisierte die Affäre?«

»Auf diesem Gebiet bin ich ein Laie.«

»Ich bin es. *Ich* bin das Problem. Das denkst du doch, nicht wahr, Jack?«

»Was für ein Problem?«

»Das Problem der Affäre zwischen Ray und ihr.«

»Ich kenne mich in solchen Dingen nicht aus, Lois«, erwiderte Kinley. »Aber ich bin überzeugt, daß da etwas zwischen Ray und Dora gewesen ist, das – nun – das nicht nur eine ...«

»Ein Sich-Wälzen im Heu war?«

»Richtig.«

»Und weißt du was, Jack?« belehrte ihn Lois. »Das macht die Sache nicht besser, sondern nur noch schlimmer.« Sie schüttelte den Kopf. »Es trifft einen noch härter. Jeder meint, Liebe würde den Verrat rechtfertigen. Ihn auslöschen. Alle Männer denken das. Aber das ist Blödsinn.«

Kinley zuckte mit den Achseln. »Die Menschen ändern sich. Das ist alles, was ich weiß. Das passiert doch ständig.«

»Ja«, sagte sie, »leider tun sie das.« Ihre Augen flogen zum Fenster hin, vor dem sich der späte Nachmittagshimmel grau verfärbte. »Ist das der Grund dafür, daß du nie geheiratet hast?« fragte sie dann. »Weil die Menschen sich verändern?«

»Ich weiß es nicht.«

Ihr Blick zuckte wieder zu ihm hin. »Ray hat es stets abgestritten; aber ich glaubte ihm nicht. Er sagte, Dora wäre ...« – sie lächelte grimmig – »... nur eine Freundin.«

»Er sprach von ihr?« fragte Kinley erstaunt. »Mit dir?«

Lois nickte. »Ja, aber nicht über die wahren Sachen. Er tat so, als wäre sie ein Auftraggeber. Er würde ihretwegen an etwas arbeiten, sagte er; an einem alten Fall.«

»Er arbeitete auch an etwas.«

»Woran?«

»An einem alten Mordfall.«

Sie blickte Kinley fragend an. »Ist das der Grund, weshalb er unten im Canyon gewesen ist?«

In Gedanken sah Kinley nun, wie das schäumend grüne Wasser des Rocky River Ellie Dinkers Leiche vom Bauch auf den Rücken wälzte und sie dann hinunterzog auf den Grund, wo sie sich mit den Jahren zu einer unkenntlichen Masse verwandelte – ein Vorgang, der Ray sicherlich bewußt gewesen war, weshalb er auch gar keinen Sinn darin gesehen hätte, auf den Kiesbänken des Flusses nach irgendwelchen Überresten von ihr zu suchen.

»Ich denke nicht, daß er glaubte, in der Sache Overton etwas im Canyon zu finden«, erwiderte Kinley. »Jedenfalls habe ich bisher nichts gefunden, was ihn dazu veranlaßt hätte, Nachforschungen im Canyon anzustellen.«

»Gefunden?« wiederholte Lois. »Arbeitest du etwa auch an diesem Fall?«

»Ja.«

»Weshalb?«

»Weil es sein letzter Fall gewesen ist«, erwiderte Kinley. »Das ist der einzige Grund, der mir dazu einfällt.«

»Kannst du darüber reden?«

»Ich weiß noch nicht sehr viel darüber«, sagte Kinley. »Bisher habe ich lediglich die Prozeßakten gelesen. Soweit ich das beurteilen kann, spricht alles gegen Overton.«

»Overton?«

»Ja, Charles Overton – Doras Vater.«

Lois lehnte sich ein wenig zurück. »Ihr Vater war ein Mörder?«

Kinley spürte die Last der Beweise, so daß er jetzt einräumen mußte: »Nun, er könnte einer gewesen sein.«

»Wen brachte er um?«

»Ein junges Mädchen«, antwortete Kinley. »Im Jahre 1954.«

»Und sie haben ihn verurteilt?«

Kinley nickte. »Sie haben ihn hingerichtet.«

»Hingerichtet, ja«, sagte Lois nachdenklich. »Ich sah einen Artikel darüber.«

»Wo?«

»Unter den Zeitungsausschnitten, die Ray in diesem Ordner gesammelt hat.«

»Befand sich noch etwas über diesen Fall in seinen Akten?«

»Nein. Nur das, was er in dem Ordner mit dem Buchstaben O abgelegt hat«, erwiderte Lois. »Ehrlich gestanden, Kinley, war ich ein bißchen erleichtert. Ich war froh, daß ich keine Liebesbriefe von Dora Overton darin fand. Ich meine – Scheidung hin, Scheidung her – es tut noch immer weh.«

»Ja«, sagte Kinley.

»Jedenfalls findest du alles jetzt in diesem großen braunen Umschlag«, fuhr Lois fort, die nicht länger mit ihm über diesen Fall reden wollte, sondern wieder an Dora denken mußte. »Wie ist sie?« fragte sie Kinley. »Was hat Ray in ihr gesehen?«

»Ich kenne sie nicht sehr gut.«

»Aber du wirst sie noch besser kennenlernen«, sagte Lois. »Ich sehe es dir am Gesicht an.« Sie lächelte. »Ich muß schon sagen, du versetzt mich ein wenig in Erstaunen.«

»Wieso?«

»Nun – ich hätte nicht erwartet, daß du nach Hause kommst und dort anknüpfst, wo Ray aufgehört hat – so buchstäblich, meine ich.«

Kinley starrte sie schweigend an, und nach ein paar Sekunden stand sie auf und ging wieder hinaus auf die Veranda. Kinley folgte ihr und schloß leise die Fliegengittertür hinter ihr.

Auf der Vordertreppe hielt Lois noch einmal an und drehte sich zu ihm um.

»Du wirst Dora also wiedersehen?« fragte sie.

»Ja.«

»Du kannst ihr ausrichten, daß ich sie verabscheue«, sagte sie.

Kinley sagte nichts.

Lois sah zum Berg hinauf. »Sie kannte ihn besser, nicht wahr? Besser als ich?«

»Das weiß ich nicht.«

»Er redete mit ihr.«

»Ja, ich denke schon.«

Ihr Gesicht nahm einen seltsam resignierten Ausdruck an, während ihr Blick zu Kinley zurückwanderte. »Die Geliebte bekommt immer das Beste. Was sie übrigläßt, kommt nach Hause, legt sich hin und schläft.«

Kinley machte sich von den Überresten, die er in Rays Küche fand – einer Konserve mit Schweinefleisch, Bohnen und ein Paar Wienerwürstchen – ein schnelles Abendessen und spülte es mit einer von den drei Dosen Bier hinunter, die er im Kühlschrank entdeckt hatte.

Während er aß, verfolgte er eine Sendung auf dem kleinen Schwarzweißfernseher, den Ray oben auf das Küchenbüfett gestellt hatte. Es war auf einen Regionalsender eingestellt, der auf Kanal 3 von den Lokalereignissen aus Sequoyah und den umliegenden Gemeinden berichtete. Im Augenblick stapfte auf der Mattscheibe ein Mann im grünen Drillichanzug durch eine bewaldete Landschaft und erklärte, von Zeit zu Zeit in die Kamera schauend, was es hier Denkwürdiges oder Merkwürdiges zu sehen gab.

Und wie es der Zufall wollte, kamen Kinley mit seinem Essen und der Reporter mit seiner Sendung gleichzeitig zu Ende. Der Reporter verabschiedete sich mit den Worten von seinen Zuschauern: »Also, meine Freunde, kommt her und schaut euch hier um – es lohnt sich.«

Kinley schaltete das Fernsehgerät aus, spülte seinen Teller ab und ging den Flur zu Rays Büro hinunter, wo er den großen braunen Umschlag, den Lois ihm vor einer Stunde gebracht hatte, auf den Schreibtisch legte.

Lois hatte die Papiere, die zu den jeweiligen Ordnern gehörten, säuberlich in separaten Umschlägen untergebracht, diese mit den entsprechenden Buchstaben gekennzeichnet und in alphabetischer Reihenfolge in den großen braunen Umschlag einsortiert. Kinley öffnete zuerst den Umschlag mit dem Buchstaben D. Er war leer, was Lois ihm ja auch angekündigt hatte, als sie zu ihm sagte, sie habe entgegen ihren Erwartungen unter diesem Buchstaben kein Material in Rays Aktenschrank gefunden.

Der nächste, mit O gekennzeichnete Umschlag, war dafür um so dicker. Kinley fand darin die Zeitungsausschnitte, von denen Lois ihm erzählt hatte. Sie begannen, von Ray chronologisch geordnet, mit Overtons Verhaftung am 4. Juli 1954 und endeten sechs Monate später mit dessen Hinrichtung im Staatsgefängnis – ein Ereignis, das der *Sequoyah Standard* für so berichtenswert befunden hatte, daß das Lokalblatt nicht eine Agenturmeldung übernommen, sondern einen seiner Reporter als Augenzeuge ins Staatsgefängnis geschickt hatte.

Dieser Mann namens Harry Townsend war offenbar eigens für diesen Fall abgestellt worden, denn alle im Lokalblatt erschienenen Artikel, angefangen mit der Meldung von Dinkers Verschwinden bis zu dem Artikel von Overtons Hinrichtung sechs Monate später, waren mit dessen Initialen gekennzeichnet. Und seiner, Kinleys, Ansicht nach hatte er eine gute journalistische Arbeit geleistet – nicht nur mit seinen Reportagen, die er verfaßt, sondern auch mit den Fotos, die er dabei aufgenommen hatte.

Ray hatte die Fotos von den Personen, die in diesem Fall eine Rolle spielten, offenbar in der Reihenfolge ihres Auftretens geordnet, denn seine Sammlung begann mit Ellie Dinker und endete mit einer Aufnahme von Charles Overton, als er nach seiner Verurteilung zum Tode aus dem Gerichtssaal geführt wurde. Alle, die bei diesem Drama mitgewirkt hatten, waren in Rays Bildersammlung vertreten. Maddox und Wade posierten in ihren frischgebügelten Uniformen; Warfield und Talbott standen in dezenten dunklen Anzügen neben dem Flaggenmast. Mrs. Overton mit einem schwarzen Kopftuch, die vergeblich versuchte, auf der Treppe vor dem Gerichtsgebäude Townsends Kamera auszuweichen.

Dann Dr. Stark und Mr. Coggins, die im Gegensatz zu Mrs. Overton die Aufmerksamkeit, die ihnen der Reporter zuteil werden ließ, offenbar genossen. Was Luther Snow und Betty Gaines anbelangte, schienen hier zwei gänzlich konträre menschliche Charaktere auf einem Bild eingefangen worden zu sein: Gaines, die scheu zur Seite blickte; und daneben Snow, der geradezu herausfordernd in die Linse starrte.

Am Ende, gleichsam als Schlußsatz, hatte Ray den letzten Artikel über diesen Fall eingeheftet – Townsends Schilderung von Overtons Hinrichtung. Als Kinley diesen las, stellte er zu seiner Überraschung fest, daß Townsend keineswegs ein Schreiberling von provinziellem Niveau gewesen war. Kinley hatte genügend Reportagen von kleinstädtischen Lokalreportern gelesen, um sich ein Urteil über deren Qualität erlauben zu können. Er wußte, daß ›Reporter‹ für solche Blätter zumeist nicht viel mehr waren als Zeilendrescher mit einem Hang zum Literarischen. Townsends Stil war jedoch von einem ganz anderen Kaliber, und sein Bericht von Charles Overtons Hinrichtung war dem Ereignis angemessen ernst, mit gerade so vielen graphischen Details, das er die Szene vor den Augen des Lesers heraufbeschwor, doch dabei nie die Grenze überschreitend, die das Tragische zu einem morbiden Nervenkitzel macht.

Charles Herman Overton, gerade erst fünfunddreißig Jahre alt an dem kalten, regnerischen Tage seiner Hinrichtung, wirkte müde und verbraucht, als er sich mit schlurfenden Füßen auf den schmucklosen Stuhl zubewegte, auf dem er exakt vier Minuten und siebzehn Sekunden später sterben sollte.

Auch der Blick, mit dem er sich umschaute, als er hereingeführt wurde, hatte etwas Verlorenes, als könnte er sich nicht mehr zurechtfinden. Seine Augen verweilten nur kurz auf der Gruppe von Zeugen, die sich am anderen Ende des kleinen bunkerähnlichen Raums versammelt hatten, ehe sie sich nervös und fahrig weiterbewegten. Er sprach mit niemandem ein Wort, während er durch den Raum schlurfte, und schien sich der ungeheuren Bedeutung dieses Augenblicks gar nicht bewußt zu sein, während das Gefängnispersonal ihn für die Hinrichtung vorbereitete und ihn mit all den dafür erforderlichen Gurten und Elektroden versah. Er schien nur in sich zusammenzusinken, wie wenn ihm die Luft aus dem Körper gepreßt wurde, als er an den Stuhl gefesselt wurde. Er starrte gerade vor sich hin, jeden Augenkontakt mit den Zeugen und den Wärtern vermeidend, die rasch und schweigend ihre Arbeit verrichteten.

Doch als er dann festgeschnallt war und ihm eine Metallkappe über den kahlgeschorenen Schädel gestülpt wurde, die ihn mit dem Stromgenerator verband, saß er sehr gerade und aufrecht da. Er blinzelte nur ein paarmal heftig, ehe er die Augen fest zudrückte, als wollte er sich wappnen für den Stromstoß, der jetzt kommen mußte; oder auch gegen einen Schrei, der ihm in diesem Moment vielleicht würdelos erschien.

Overton öffnete die Augen nicht mehr in dieser Welt.

Nicht übel, dachte Kinley, während er sich seiner eigenen Schilderung von Colin Brights Hinrichtung entsann. Sie war sehr akademisch gewesen, dünkte ihn jetzt, in einem Stil verfaßt, der seinem Englischprofessor imponieren sollte, obwohl dieser sie vermutlich nie lesen würde – voller gescheiter und geschickt formulierter Ideen, was für ein schreckliches Gefühl das sein mußte, auf eine so sorgfältig inszenierte, technisch aufwendige und grausam umständliche Weise vom Leben in den Tod befördert zu werden. Das hatte Harry Townsend, wer auch immer das war, viel besser gemacht, besonders mit diesem reizenden Understatement in der letzten Zeile.

Overton öffnete die Augen nicht mehr in dieser Welt.

Und als Kinley diesen Satz noch einmal durchlas, hatte er das Gefühl, als lockerte sich etwas in ihm – als sei er gegen seinen Willen genötigt, Overtons Tod genauso zu empfinden, wie Dora ihn seiner Ansicht nach empfinden mußte und wie ihn vielleicht auch Ray schließlich empfunden hatte – als ein tragisches Verhängnis, eine schreiende Ungerechtigkeit.

Er bremste sich sofort und zog diese Schnur um sein Herz wieder stramm. Tragisch – das mochte er für Overton noch gelten lassen, weil das, wie es Kinley schien, auf jedes menschliche Schicksal zutraf. Aber was tragisch war, mußte noch lange nicht ungerecht sein, resümierte er, während er sich nun dem letzten, mit S gekennzeichneten Umschlag zuwandte und flüchtig die darin befindliche, für den Fall Overton offenbar irrelevante Sammlung alter Stadtansichten von Sequoyah durchsah, die Ray darin abgelegt hatte. Aber wenn nun Overton tatsächlich zu Unrecht verurteilt worden war? Dann war sein Tod nicht nur tragisch, sondern auch eine schreiende Ungerechtigkeit gewesen.

Sobald er diese Frage mit Ja oder Nein beantworten konnte, überlegte er, als er die Leselampe ausschaltete und sich über den Flur hinüber ins Gästezimmer begab, würde er Sequoyah wieder verlassen und nach New York in sein kleines Apartment am oberen Broadway zurückkehren können, wo er sich mit einer durch keinerlei Zweifel getrübten Seelenruhe zum Schlafen niederlegen konnte.

15

FALLS JEMALS ARGUMENTE für und wider die Todesstrafe für Charles Overton in konzentrierter Form existiert hatten, würde er sie hier in diesem Karton finden, dachte Kinley, als er am nächsten Morgen die Overton-Prozeßakten wieder von der Stellage im Gerichtsarchiv herunterholte. In den Plädoyers der beiden Anwälte. Vorgetragen in einem Pathos, das wohl unvermeidlich war, wenn so viel auf dem

Spiel stand, und das er selbst in den mittelmäßigsten Schlußplädoyers eines Schwurgerichtsverfahrens hatte entdecken können. Denn in der Schlußphase eines Mordprozesses wurde der Gerichtssaal zu der Arena eines mythischen Zweikampfes. Die Wortgefechte und Plänkeleien, die man tagtäglich in den Gerichtssälen hören konnte, nahmen hier plötzlich die Form eines feierlichen Ringens zweier Gladiatoren an, das selbst ein römischer Imperator bewundert hätte. Sie wurden zu einem leidenschaftlich und verbissen geführten Rededuell, das zuweilen und öfter, als Kinley das vermutet hätte, sogar bemerkenswert poetische Züge annahm. Als würden gewöhnliche Stimmen mit einer Eloquenz begabt und von Inspirationen beflügelt, wenn es darum ging, das Gericht überzeugen zu müssen von der Schuld oder Unschuld eines Menschen in der nun anstehenden Entscheidung über dessen Leben oder Tod.

Kinley hatte inzwischen schon genug Erfahrung mit Thomas Warfields Verhandlungsstil, daß er sich eine beeindrukkende Vorstellung von ihm versprach, als er nun den Protokollband der Schlußplädoyers im Overton-Prozeß aufschlug. Seine Erwartungen sollten nicht enttäuscht werden.

Viele Seiten hindurch hatte Warfield das getan, was fast alle Anklagevertreter für nötig befanden, ehe er von einer sachlichen Betrachtung zu einer moralischen Bewertung überging und mit einem rhetorischen Glanzstück sein Plädoyer beendete, ohne das ein Schlußwort gar kein echtes Finale gewesen wäre. Er hatte noch einmal alle Argumente aufgeführt, sie wie Bausteine übereinandergetürmt und dann, als sie zu einem lückenlosen Schuldgebäude aufgeschichtet waren, aus dem es offenbar kein Entrinnen mehr gab – erst dann –, mit dem Finger auf den Angeklagten weisend, zu seinem rhetorischen Höhenflug angesetzt:

Was haben wir für Beweise in diesem Fall? Es sind die Beweise, die man in einem Mordprozeß auch haben sollte. Be-

weise aus Fleisch und Blut. Das Blut von Ellie Dinker an ihrem Kleid. Die Fleischfetzen, die an dem Montiereisen klebten, das Deputy Wade in Charles Overtons Pritschenwagen fand.

Die Verteidigung wird Ihnen sagen, daß wir keine Leiche haben. Mr. Talbott wird Ihnen vortragen, wir hätten nicht einmal einen Beweis dafür, daß ein Mord begangen wurde. Nun, meine Damen und Herren Geschworenen, schauen Sie sich das Kleid an, das wir jetzt vor Ihnen über diesen Stuhl hängen. Sehen Sie sich das Blut an, mit dem es getränkt ist. Ellie Dinker war sechzehn Jahre alt. Ellie Dinker war ein Meter fünfundfünfzig groß. Ellie Dinker wog dreiundneunzig Pfund, als Dr. Stark sie zuletzt – nur einen Monat vor ihrem Tod – gewogen hatte. Schauen Sie sich die Menge Blut an, die sich an diesem Kleid befindet, und sagen Sie mir, ob Sie ehrlichen Herzens behaupten können, daß ein so kleiner Körper eine so schwere Verletzung, wie er sie dieser Menge Blut nach, mit der das Kleid getränkt ist, erlitten haben muß, hat überleben können.

Nein, meine Damen und Herren Geschworenen, Sie wissen, daß Ellie Louise Dinker tot ist. Und die Tatsache, daß Charles Overton uns auch heute noch nicht verraten will, wo er ihren Körper versteckt hat, ist eine Grausamkeit, die er Ellie Dinkers Mutter zufügt – eine Grausamkeit, die fast so schlimm ist wie der Mord selbst. Er könnte uns ja sagen, wo sich ihr Leichnam befindet. Er könnte es Ellies Mutter sagen, damit sie wenigstens den Trost hat, ihre Tochter, ihr einziges Kind, anständig begraben zu können. Er könnte es uns sagen. Aber er möchte nicht. Er will sein Leben retten, und das ist die einzige Möglichkeit, es zu retten. Noch kann er hoffen, daß Sie glauben, weil man Ellie Dinkers Leichnam nie gefunden hat, daß Ellie Dinker noch am Leben sei – daß sie noch irgendwo lebt in einer dieser großen, schönen Städte, die wir auf dieser Welt haben.

Glauben Sie das?

Lebt Ellie Dinker jetzt vielleicht in Paris? Oder in Rom?

Genießt sie jetzt ihr Leben in einem eleganten Kurort am Meer oder in den Bergen? Aalt sie sich am Strand oder sitzt sie vor einer Skihütte in der Sonne?
Nein.
Ellie Dinker wird nie Rom oder Paris besuchen können. Sie wird niemals das Meer oder die Berge sehen. Sie wird niemals heiraten und eigene Kinder haben. All die Möglichkeiten, die das Leben uns bietet – all seine Schönheiten und Annehmlichkeiten –, hat man ihr genommen. Sie wurden ihr von Charles Overton gewaltsam entrissen, und niemand kann sie ihr mehr zurückgeben.
Und Sie wissen, warum man sie ihr nicht wiedergeben kann. In Ihren Herzen wissen Sie, warum das nicht möglich ist.
Weil Ellie Dinker tot ist.
Und sie ist keines natürlichen Todes gestorben. Es war – um den Begriff zu verwenden, den das Gesetz dafür vorsieht – ein unrechtmäßiger Tod.
Was hat das zu bedeuten – ein unrechtmäßiger Tod?
Es bedeutet, daß sie nicht an einer Krankheit oder an den Folgen eines Unfalls starb.
Ein unrechtmäßiger Tod.
Das bedeutet, daß sie nicht im Dienste ihres Vaterlands ums Leben kam.
Ein unrechtmäßiger Tod bedeutet, daß ihr das Leben gewaltsam, vorsätzlich und arglistig genommen wurde.
Es bedeutet, daß sie ermordet wurde.
Und wir mögen zwar nicht ihren Leichnam haben, meine Damen und Herren Geschworenen; aber dank der Gnade und der Fügung eines gerechten und zornigen Gottes, haben wir heute ihren Mörder hier unter uns im Gerichtssaal.
Er ist hier. Dort sitzt er.
Ich hebe meine Hand und zeige ihn euch.
Dort sitzt er.
Und ich verlange nicht von Ihnen, meine Damen und Herren Geschworenen, daß Sie ihm dasselbe antun, was er Ellie Dinker angetan hat, die er, um Sie noch einmal an den vom

Gesetz dafür verwendeten Begriff zu erinnern, auf unrechtmäßige Weise zu Tode gebracht hat.
Ich verlange nicht von Ihnen, ihm das anzutun.
Ich möchte Sie nur darum bitten, Gerechtigkeit an ihm zu üben.
Ich möchte, daß Sie Charles Herman Overton seiner gerechten Strafe zuführen – der Strafe, die das Gesetz für einen Mord vorsieht. Daß Sie ihn einen gerechten Tod erleiden lassen, wozu Sie das Recht und auch die Pflicht in so einem Fall haben.
Ich verlange keine Rache von Ihnen.
Ich bitte nur um Gerechtigkeit.
Und ich glaube, daß Sie mir diese Bitte auch erfüllen werden.
Ich danke Ihnen.

Es war gut, dachte Kinley, die Seite umwendend – sogar sehr gut. Es enthielt alles, dessen es wohl bedurft hatte im Winter 1954 vor einem Schwurgericht des ländlichen Südens. Eine flammende Rhetorik und das Feuer der Rechtschaffenheit, das dem Ganzen eine biblische Dimension gab. Und es mußte sich wie ein mächtiger Strom über die Geschworenen ergossen haben, überlegte Kinley. Er konnte förmlich sehen, wie sie weise nickten, als Warfield mit langen Schritten wieder dem Tisch der Anklagevertretung zustrebte. Wie ihm respektvolle, ehrfürchtige und bewundernde Blicke folgten, bis sie sich dann, mit einigem Widerstreben, dem anderen Tisch zuwandten, an dem sich nun Horace Talbott erhob, um das Wort an sie zu richten.

Warfield hatte alle Argumente, welche die Verteidigung vorbringen konnte, vorweggenommen; aber das hatte Talbott nicht davor gewarnt, diese zu wiederholen und in seinem Schlußwort das Kernproblem erbarmungslos herauszustreichen, als hätte er Warfields Plädoyer gar nicht gehört.

Sie haben also ein Problem in diesem Fall. Sie wissen nicht,

wo Ellie Dinker ist. Das ist kein Problem für mich, weil ich nicht dazu aufgefordert werde, einem Menschen das Leben zu nehmen. Aber von Ihnen hat man das verlangt. Mr. Warfield hat es von Ihnen gefordert. Er hat Sie dazu aufgefordert, die Tatsache zu vergessen, daß Sie nicht wissen, wo Ellie Dinker sich befindet.
Ist sie in Paris? Ich weiß es nicht.
Ist sie in Rom? Ich weiß es nicht.
Und Sie wissen es ebenfalls nicht, meine Damen und Herren Geschworenen.
Und das ist ein sehr ernstes Problem. Weil Sie nicht mit absoluter Gewißheit sagen können, daß Ellie Dinker tot ist. Sie können sich dieses Kleid dort so lange anschauen, bis Sie blind werden; sich die Blutflecken daran betrachten und sich an Hand dieses Kleides ein Bild davon machen, wie groß oder klein Ellie Dinker war; wieviel sie gewogen hat und welcher Blutgruppe sie angehörte. Aber all das wird Ihnen nicht die Gewißheit geben, daß sie tot ist.
Badet sie jetzt vielleicht im Meer? Ich weiß es nicht.
Klettert sie auf einen Berg? Ich weiß es nicht.
Ich brauche es auch nicht zu wissen.
Aber Sie müssen das wissen, meine Damen und Herren Geschworenen, weil das Leben eines Menschen davon abhängt, daß Sie wissen, wo sich Ellie Dinker in diesem Moment befindet. Nicht morgen und nicht gestern, sondern in diesem Augenblick.
Aber da Sie nicht wissen, wo Ellie Dinker ist, bitte ich Sie jetzt, einen Mann nicht dafür in den Tod zu schicken, daß er sie angeblich umgebracht haben soll.
Ich danke Ihnen.

Es war ein kurzes, schmerzloses Finale, dachte Kinley, als er Talbotts Schlußvortrag gelesen hatte; aber Talbott hatte alles getan, was ihm noch zu tun übriggeblieben war an diesem Punkt des Prozesses. Vor diesem Punkt jedoch gab es noch einen erheblich wichtigeren, der so auffällig war, daß Kinley sich die Mühe sparte, ihn zu notieren: Warum hatte Charles Overton nicht als Zeuge in eigener Sache gesprochen?

Er erinnerte sich an die Passivität, mit der Overton seine Verhaftung hingenommen hatte, und er fragte sich, ob diese Passivität möglicherweise das Ergebnis eines Schocks gewesen war, den er nie mehr hatte überwinden können, nachdem sich die Handschellen um seine Gelenke schlossen, und in dem er sich noch immer befand, als er schlurfenden Schrittes zum Hinrichtungsstuhl ging – einem Opferlamm gleich, wie es Kinley schien. So etwas hatte er schon früher erlebt: eine seltsame, fast unheimliche Ruhe, die sie überkam, nachdem diese Welle vernichtender Gewalttätigkeit in ihnen abgeebbt war. Er dachte an Bundy, der noch in den allerletzten Stunden seines Lebens an seinen Schriftsätzen feilte; an den Vogelmann von Alcatraz, der noch über seinen ornithologischen Büchern brütete; an Mildred Haskells psychosexuelle Texte. Und zuletzt an Colin Bright, der so friedlich war in seiner Gefangenschaft, so mönchisch und heiter, seine weichen blauen Augen so vollkommen still, als er Kinley ein bißchen weltliche Weisheit anbot: *Sei vorsichtig. Du weißt nicht immer, wer du bist.*

Er legte die Prozeßniederschriften in ihren Schubkarton zurück, trug diesen zur Stellage und stellte ihn dort an seinen Platz. Auf dem Weg nach draußen hielt er noch einmal an Mrs. Hunters Schreibtisch vor der Asservatenkammer an.

»Ich möchte mich bei Ihnen bedanken, daß Sie mich die Prozeßakten haben lesen lassen«, sagte er höflich.

»Oh, das ist doch nicht der Rede wert«, erwiderte Mrs. Hunter. Sie zog ihre Brille von der Nase und ließ sie an einer schwarzen Kordel um ihren Hals baumeln. »Haben Sie gefunden, wonach Sie suchten?«

»Nicht ganz«, antwortete Kinley. »Aber es war immerhin ein Anfang.«

Mrs. Hunter lächelte. »Sie müssen entschuldigen, daß ich zuerst nicht wußte, wer Sie waren.«

Kinley blickte sie fragend an. »Wer ich war?«

Mrs. Hunter schüttelte scheu den Kopf. »Ob Sie der Jackson Kinley waren, über den sie zuweilen einen Artikel in unserer Zeitung bringen.«

Kinley nickte.

»Dann hat Mr. Warfield es mir gesagt, und ich erinnerte mich wieder daran, daß ich auch Ihr Bild ein paarmal in der Zeitung gesehen habe«, fügte Mrs. Hunter hinzu. »Er sagte, Sie wären zu Ray Tindalls Beerdigung hierhergekommen.«

»Das stimmt.«

»Ray war ein wunderbarer Mensch.«

»Ja.«

»Eine wunderbare Person«, wiederholte sie.

»Haben Sie ihn gut gekannt?«

»Nicht wirklich. Er war ein Mann, der sich gern absonderte.«

»Ja, das tat er.«

»Ich glaube, daß er sich aber recht gut mit Mr. Wade verstanden hat.«

»Mr. Wade?«

»Wade ist der Chefermittler im Büro des Bezirksstaatsanwalts«, sagte Mrs. Hunter. »Ben Wade.«

Kinley erkannte den Namen sofort wieder. »Ben Wade«, wiederholte er. »Ist das der gleiche Ben Wade, der 1954 für Sheriff Maddox arbeitete?«

»Ja, damals war er als Deputy im Büro des Sheriffs angestellt«, bestätigte Mrs. Hunter.

»Und arbeitet er denn hier im Gerichtsgebäude?«

»Drei Treppen höher«, erwiderte Mrs. Hunter.

Kinley lächelte still. Das war eine der angenehmen Seiten der Arbeit in so einem ländlichen Winkel: die Tatsache, daß alles so unentwirrbar miteinander verbunden war.

16

BEN WADE WAR inzwischen über Sechzig, aber noch immer die große und kräftige Erscheinung, die Kinley gestern beim Studium der Zeitungsfotos aufgefallen war, welche zu Rays Materialsammlung zum Fall Overton gehörten. Er saß hinter einem kleinen Kiefernholzschreibtisch in einem ziemlich bescheidenen Büro, keine zehn Schritt von William Warfields weitaus großzügiger bemessenem Arbeitsraum entfernt. Die kahlen Wände und der abgetretene Teppich deuteten darauf hin, daß er weder einen Sinn noch das Geld für die luxuriösen Gegenstände besaß, mit denen sein Vorgesetzter sich eingerichtet hatte.

»Sie sind Ben Wade, wie ich annehme?« sagte Kinley, der auf dem Flur vor der offenen Bürotür stehengeblieben war.

Wade hob den Kopf. Das Netz roter Äderchen auf den Wangen und die schweren Lider über den feuchten Augen, die sanft in Kinleys Richtung schauten, ließen vermuten, daß irgendwo in seinem Schreibtisch eine Flasche Old Grand-Dad versteckt war.

»Ich bin Ben Wade«, antwortete der Mann. Er lehnte sich ein wenig zurück, langsam und tief Luft holend. Wade trug ein weißes Hemd, dessen Ärmel er über die Ellenbogen hinaufgerollt hatte, und an seinem rechten Oberarm konnte Kinley eine blasse, bläuliche Tätowierung erkennen – eine Weinrebe, die sich um irgendein Motto rankte, das Kinley jedoch von seinem Platz an der Tür aus nicht zu entziffern vermochte.

»Was kann ich für Sie tun?« fragte Wade.

»Mein Name ist Jack Kinley«, begann Kinley. »Ich war einer von Ray Tindalls Freunden.«

Wade nickte. »Ray war ein guter Mann. Ich arbeitete gern mit ihm. Ich dachte zuerst, er könnte vielleicht versuchen, den großen Max zu spielen, nachdem er doch so lange hier der Sheriff gewesen war; aber das tat er nicht.« Wade deutete mit dem Kopf auf einen zweiten Schreibtisch in der gegenüberliegenden Ecke des Raumes. »Da war sein Arbeitsplatz, falls Sie das interessiert.«

Kinleys Blick ging sofort zu dem Schreibtisch hin, auf den Wade hingewiesen hatte. Er war fast ein Duplikat von Wades Tisch – genauso alt und mitgenommen vom achtlosen Gebrauch. Abgeschliffen bis zur nackten Gebrauchsfähigkeit, wie Ray ihm zuweilen auch vorgekommen war.

»Ray gehörte nicht gerade zu der geselligen Sorte«, sagte Wade. »Aber wir kamen gut miteinander aus.«

Kinley wandte seine Aufmerksamkeit wieder dem Mann am anderen Schreibtisch zu. »Wenn es Sie nicht stört, hätte ich gern ein paar Fragen an Sie gerichtet«, sagte er.

»Fragen?« erwiderte Wade überrascht. »Was wollen Sie denn wissen?«

»Was Ray in den letzten Wochen seines Lebens getan hat«, sagte Kinley.

»Nun – ich bin zwar nicht so beschäftigt, daß ich gar keine Zeit hätte, mich für das, was andere tun, zu interessieren«, erwiderte Wade. »Aber so genau habe ich nie verfolgt, was Ray gerade so machte.«

Kinley ging jetzt in das Büro hinein und setzte sich auf den kleinen eisernen Klappstuhl, der vor Wades Schreibtisch stand. »Ich habe die Verhandlungsprotokolle vom Overton-Prozeß gelesen«, sagte er. »Sie erinnern sich? Der hier im Winter 1954 stattfand.«

Wade nickte. Sein Gesicht blieb dabei völlig ausdruckslos. »Ja, ich erinnere mich«, erwiderte er. »Wir haben hier in Sequoyah nicht so viele Mordprozesse, daß man sich nicht an sie erinnern würde.«

»Sie müssen damals, als man Overton den Prozeß machte, noch sehr jung gewesen sein.«

»Na, so jung auch nicht mehr. Dreißig und bereits etliche Jahre Polizeidienst auf dem Buckel«, erwiderte Wade. Seine Augen verengten sich ein wenig. »Wie kommt es, daß Sie sich heute noch für diesen alten Fall interessieren?«

»Weil auch Tindall sich dafür interessierte.«

»Nun«, gab Wade ein wenig anzüglich zurück, »bevor Sie sich zu sehr in diesen Fall vertiefen, sollten Sie etwas wissen, was ich an Ihrer Stelle nicht an die große Glocke hängen würde, das Ihnen aber einiges erklären könnte – unter anderem Rays Interesse für diesen Fall.«

»Daß er eine Affäre mit Dora Overton hatte«, unterbrach Kinley ihn an dieser Stelle, »ist mir bereits bekannt.«

»Nun, dann kennen Sie ja den Grund«, erwiderte Wade trokken. Er lächelte – ein Weiser, der vertraut war mit den menschlichen Verstrickungen seiner kleinen, überschaubaren Welt – und sagte: »Genauso, wie es in diesem Lied heißt, suchte er die Liebe immer an den falschen Stellen.«

»Das hat Ray getan?«

»Nun, Dora hatte einen gewissen Ruf hier in der Stadt«, erwiderte Wade. »Sie wissen, was ich meine, nicht wahr?«

»Nicht ganz.«

»Sie führte, wie man es nennen könnte, ein wildes Leben.«

»Sie machte aber auf mich nicht den Eindruck eines Partygirls.«

»So hatte ich es auch nicht gemeint«, erwiderte Wade. »Sondern eher wild im Kopf. Verrückte Ideen.«

»Ach – weil sie an die Unschuld ihres Vaters glaubt?«

»Ja, solche Ideen.«

Kinley holte sein Notizbuch aus der Tasche. »Sie haben doch nichts dagegen, wenn ich mir etwas notiere, nicht wahr?«

Wade machte eine kurze, wegwerfende Handbewegung. »Himmel, nein. Schreiben Sie sich auf, was Sie wollen.«

»Ich hätte da noch ein paar Fragen zu den Ermittlungen damals«, sagte Kinley, den Stift auf dem Papier ansetzend.

»Schießen Sie los.«

»Wie erfuhren Sie damals zum erstenmal etwas von diesem Mord?«

»Ich wurde über Funk davon unterrichtet«, antwortete Wade. »Von der Zentrale. Wir hatten damals nur zwei Wagen, die für Funksprechverkehr ausgerüstet waren. Das war meiner und der von Hendriks. Wir beide übernahmen die meisten Einsätze.«

»Hendriks?«

»Riley Hendriks«, erwiderte Wade. »Er arbeitet jetzt drüben an der South Side High School, falls Sie mit ihm sprechen wollen.«

Kinley notierte sich rasch den Namen und fuhr dann mit seinem Interview fort, mühelos in einen Stil übergehend, der ihn erfahrungsgemäß am weitesten brachte: kühl, sachlich, mit einem Gesicht, das nichts anderes verriet als eine akademische Neugierde.

»Und dieser Funkspruch von der Zentrale«, fragte er, »wissen Sie noch, was Ihnen damals durchgesagt wurde?«

»Daß ein Mädchen vermißt wurde«, antwortete Wade. »Und der Name der Vermißten, Ellie Dinker, den Sie ja schon aus den Prozeßakten kennen. Und daß sie ein grünes Kleid anhabe und ihre Mutter sie zum letzten Mal gesehen hatte, als sie den Berg hinaufging zu Carl Slaters Haus.«

»Carl Slater? Ist das Helen Slaters Vater?«

»Korrekt«, erwiderte Wade. »Ellie und Helen besuchten damals die gleiche Schule, glaube ich. Jedenfalls ist sie nie in Slaters Haus angekommen.«

»Haben Sie damals auch mit Helen gesprochen?«

»Ich sprach mit allen, die dort oben wohnten: Carl, Helen und Dottie – das ist Helens Schwester – und natürlich auch mit Carls Frau, Cynthia.«

»Und wohnen die jetzt alle noch hier in der Stadt?«

»Cynthia starb vor ungefähr drei Jahren«, antwortete Wade. »Carl befindet sich in einem Pflegeheim oben an der Williams Road. Aber Helen und Dottie sind noch hier. Dottie hat einen kleinen Süßwarenladen im Industriebezirk. ›Slaters Schlekkereien‹ nennt er sich.«

»Und Helen?«

»Sie hat einen Foley geheiratet«, antwortete Wade. »Aber als man Carl in das Pflegeheim einwies, sind sie in das alte Haus gezogen.«

»Und wo ist das?«

»Oben an der Foster Road, wo es schon immer stand«, erwiderte Wade. »Das Haus, zu dem Ellie Dinker an dem Morgen unterwegs war, als Overton sie sich schnappte und in den Wald verschleppte.«

Wieder schrieb Kinley sich das alles für zukünftige Recherchen genau auf, sich nicht beirren lassend von Wades offenkundiger Überzeugung, daß es nichts zu rütteln gab an Overtons Schuld.

»Und Ihre Ermittlungen haben damals ergeben«, setzte Kinley sein Interview fort, »daß Ellie Dinker es nie bis zum Haus der Slaters geschafft hat?«

»Es nie erreicht hat, richtig.«

»Wie lang war denn der Weg, den sie hätte zurücklegen müssen? Die Entfernung zwischen Ellies und Helens Haus, meine ich?«

»Oh, ungefähr fünf Meilen, wenn man die Straße benützte.«

»Gab es noch einen anderen Weg?«

»Geradewegs den Berg hinauf«, erwiderte Wade. »Das wäre zwar eine ziemliche Schinderei gewesen bei der Hitze, die damals herrschte; aber unmöglich war es nicht.«

Auch das trug Kinley in sein Notizbuch ein.

»Natürlich würde sie vermutlich den größten Teil der Strekke die Straße benützt und dann, wenn sie oben auf dem Berg angelangt war, eine Abkürzung durch den Wald bis zu Slaters Haus gemacht haben«, sagte Wade.

»Wo genau befindet sich Slaters Haus?«

»An der Foster Road, wie ich schon sagte«, erwiderte Wade. »Himmel, Sie können es sogar von hier unten aus sehen. Es liegt exakt am Rand des Bergkamms.«

Kinley dachte einen Moment nach, während er in seinem Notizbuch blätterte, um den entsprechenden Eintrag zu finden, den er sich beim Studium der Protokolle gemacht hatte.

»Das ist seltsam«, sagte er, als er die Seite gefunden hatte.

»Was ist seltsam?«

»Nun, ich lese hier gerade in den Notizen, die ich mir von Mrs. Dinkers Zeugenaussage gemacht habe«, erwiderte Kinley, »daß Mrs. Dinker, als Warfield sie fragte, wann sie denn Ellie zuletzt gesehen habe, sagte – ich zitiere –: ›Ich sah sie zuletzt, wie sie auf den Wald hinter dem Haus zuging.‹« Kinley blickte Wade an. »Warum benützte Ellie denn damals nicht die Straße, wenn sie zu Helen Slaters Haus gehen wollte?«

Wade sagte nichts.

»Warum geht sie nicht in die andere Richtung, in der sich die Straße befindet, sondern durch den Garten hinter dem Haus zum Wald?« wiederholte Kinley, die Frage etwas anders formulierend.

Wade sah rasch hinunter auf das aufgeschlagene Notizbuch und blickte dann Kinley wieder an. »Das hat Martha Dinker vor Gericht ausgesagt?« fragte er. »Daß sie gesehen hat, wie Ellie zum Wald hinter dem Haus ging?«

»Genau so. Sie können es im Gerichtsprotokoll nachlesen.«

Wade lehnte sich langsam auf seinem Stuhl zurück. »Ich weiß nicht«, räumte er schließlich ein. »Durch den Wald hinter ihrem Haus wäre sie gar nicht in die Nähe von Carl Slaters Haus gekommen.«

»Das Haus liegt in einer ganz anderen Richtung, nicht wahr?« sagte Kinley.

»Ja«, sagte Wade und meinte dann kopfschüttelnd: »Aber vielleicht hat die alte Lady Dinker das alles durcheinandergebracht.« Er lächelte. »Sie war ja nicht ganz richtig im Kopf.«

»Sie meinen, weil sie immer in Schwarz ging und in der Stadt herumirrte?«

»Nicht nur das«, erwiderte Wade. »Sie kam auch oft hierher, als würde sie hier etwas suchen.«

»Was, denken Sie, wollte sie denn hier finden?«

»Keine Ahnung. Anfangs ließ sie sich unten im Archiv die Prozeßakten geben und las sie durch, wie Sie das getan haben. Und später stand sie nur noch draußen auf der Treppe und starrte hinunter auf die Stadt.«

Kinley sah sie plötzlich vor sich – eine schwarze tragische

Gestalt vor dem großen Sandsteingebäude des Gerichts, das Gesicht von dem schwarzen Schleier verhüllt, den sie immer trug, mit den Fingern ein Spitzentaschentuch zerpflückend.

»Vor drei Jahren hat man sie dann in eine Irrenanstalt eingewiesen«, sagte Wade. »Dort ist sie inzwischen gestorben.«

»Warum wurde sie dort eingewiesen?«

»Nun, sie fing an, unsinniges Zeug zu reden, die Leute zu belästigen und Drohungen auszustoßen«, erwiderte Wade. »Und als dann ihr Haus abbrannte, wurde es besonders schlimm. Da fanden die Leute, wenn sie abends nach Hause kamen, sie in ihrem Hinterhof vor oder auf ihrer Veranda.« Wade schüttelte den Kopf über diese Ungeheuerlichkeit. »Himmel, man sah sie sogar einmal im Wald, wo sie in der Nähe des Canyon herumirrte – splitterfasernackt – in ihrem Alter!« Er schüttelte abermals den Kopf. »Das arme Ding. Richter Bryan hat sie dann nach diesem Vorfall in die Nervenheilanstalt eingewiesen.«

»Richter Bryan, sagten Sie?«

Wade nickte.

»Ist das etwa der gleiche Richter Bryan, der den Vorsitz führte bei den Verhandlungen im Overton-Prozeß?«

»Exakt der gleiche«, erwiderte Wade und lachte. »Wir haben hier nicht viele Richter am Bezirksgericht. Mehr können wir uns auch gar nicht leisten. Wir haben nicht so viele öffentliche Gelder, wie ihr reichen Leute dort oben im Norden ausgeben könnt.«

Kinley nahm diese Bemerkung gelassen hin. Er hatte sich in der Vergangenheit oft genug solche versteckten Vorwürfe anhören müssen, daß er den armen Süden nur verlassen hatte, um sich an den Fleischtöpfen des Nordens zu mästen. Er las noch einmal rasch die Information durch, die Wade ihm bisher geliefert hatte, und lenkte ihn dann mit der nächsten Frage auf das eigentliche Thema zurück.

»Sie sagten vorhin, Sie hätten mit allen Mitgliedern der Familie Slater gesprochen, wovon keines Ellie an diesem Tag gesehen hat – richtig?«

»Stimmt.«

»Und was taten Sie dann?«

»Nun, Sheriff Maddox hatte mir den Auftrag gegeben, die Slaters zu vernehmen, und ich war so gegen Mitternacht damit fertig, schätze ich. Danach fuhr ich die Bergstraße hinunter und schaute mich dort noch ein bißchen um, weil ich dachte, vielleicht würde das Mädchen sich jetzt dort auf dem Nachhauseweg befinden. Ich entdeckte natürlich keine Spur von ihr und begab mich deshalb zurück zu meiner Dienststelle.«

»Ihre Schicht war vorüber?«

»Nein, noch nicht ganz; aber ich wollte dem Sheriff melden, was ich herausgefunden hatte«, erwiderte Wade. »Das, was man heute ›briefing‹ nennt. Doch damals gab es noch kein Wort dafür. Wir kamen nach einem Auftrag lediglich in die Zentrale zurück, um zu melden, was wir für berichtenswert hielten.«

»Hat sich im Verlauf Ihrer Schicht dann noch etwas Berichtenswertes ereignet?«

»Nein«, erwiderte Wade, »gar nichts. Erst als wir dann am nächsten Tag anfingen, den Wald zu durchkämmen, und ich Ellie Dinkers Kleid an einem Baum hängen fand.«

»War noch jemand in Ihrer Begleitung?« fragte Kinley.

»Nein, und ich war froh darüber«, sagte Wade. »Teufel – wenn Riley mich begleitet hätte, wäre er weiß geworden wie ein Gespenst. Das schwöre ich Ihnen – er wäre ins nächstbeste Gebüsch gerannt und hätte sein Frühstück ausgekotzt.« Er lachte leise. »Riley hatte einfach nicht das Zeug zu einem Strafverfolgungsbeamten, wissen Sie? Er hat dann schon bald nach dem Prozeß den Dienst quittiert, und das war meiner Meinung nach das Beste, was er tun konnte.«

Kinley nickte. »Was passierte, nachdem Sie das Kleid gefunden hatten?«

»Ich verständigte den Sheriff«, erwiderte Wade. »Der fuhr dann auch gleich los und traf kurz darauf bei mir am Fundort ein.«

»Und wo genau fanden Sie das Kleid?«

»Es hing gewissermaßen über einem Ast.«

»Ich weiß. Ich habe mir die Fotos davon im Archiv angesehen.«

»Ich habe sie selbst gemacht«, sagte Wade. »Es war das erstemal, daß ich eine von diesen Sofortbildkameras verwendet habe. Ich hätte nie geglaubt, was für gute Bilder man damit machen kann.«

»Ja«, sagte Kinley rasch. »Aber das hatte ich eigentlich nicht mit meiner Frage gemeint, sondern die Lage der Fundstelle im Bezug zur Bergstraße.«

»Ungefähr eine halbe Meile von ihr entfernt. Auf der Höhe des Meilensteins Nummer 27, soweit ich mich erinnere. Wenn Sie von dort aus auf einer Linie senkrecht zur Straße den Berg hinaufklettern, stoßen Sie nach ungefähr einer halben Meile auf den Fundort.«

Kinley notierte sich die Angaben und blickte dann wieder zu Wade hin. »Und was geschah dann?«

»Ich stellte das Kleid sicher, und dann suchten der Sheriff und ich die Umgebung der Fundstelle ab; aber wir fanden nichts mehr.«

»Fanden Sie irgendwelche Hinweise, wo der Mord stattgefunden hatte?« fragte Kinley.

»Das einzige, was wir danach mit hinreichender Sicherheit sagen konnten, war, daß der Mord bestimmt nicht dort stattgefunden hatte, wo wir das Kleid fanden«, erwiderte Wade.

»Sie entdeckten keine Blutspuren in der Umgebung des Fundortes?«

»Kein Blut, keine abgerissenen Zweige oder Blätter, kein aufgewühlter Boden, nicht einmal einen abgeknickten Grashalm. Nichts. Er muß sie von dort aus zu einer anderen Stelle getragen haben«, sagte Wade.

»Er?«

»Charlie Overton.«

Kinley blickte Wade eindringlich an. »Hatten Sie jemals

Grund, daran zu zweifeln, daß Sie den richtigen Mann hatten?«

Wade schüttelte den Kopf.

»Aber Ray hatte Zweifel«, stellte Kinley lakonisch fest.

Wade lehnte sich noch etwas weiter auf seinem Stuhl zurück, verschränkte die breiten Arme vor der Brust und fragte: »Hat Ray gewußt, daß er gestanden hat?«

»Wie?«

»Ich habe sein Geständnis aufgenommen.«

»Warum haben Sie das nicht angegeben, als Sie vor Gericht als Zeuge aussagten?«

»Weil Warfield mich nicht danach gefragt hat.«

»Und warum hat er das nicht?«

»Er hat Overtons Geständnis vorher gelesen und sagte, es wäre zu verworren. So ungereimt, meinte er, daß die Geschworenen, wenn man es vor Gericht vorlesen würde, auf den Gedanken kommen könnten, Overton sei nicht ganz richtig im Kopf, Mitleid mit ihm hätten und ihm den Mord durchgehen ließen. Das wollte er nicht riskieren. Deshalb erwähnte er das Geständnis erst gar nicht.«

»Aber es war ein Geständnis?«

»Natürlich war es das«, versicherte ihm Wade. »Er machte es gleich nach seiner Festnahme in der Arrestantenzelle im Büro des Sheriffs.«

»Und Sie haben sein Geständnis schriftlich aufgenommen?«

»Gewiß doch«, erwiderte Wade. »Aber das spielt ja nun keine Rolle mehr, weil es im Prozeß nie verwendet wurde.« Plötzlich schien Wade etwas einzufallen. »Tatsächlich hat mich nur einer nach dem Prozeß jemals nach diesem Geständnis gefragt, und das war Ray.« Er blickte hinüber zum leeren Schreibtisch in der anderen Ecke des Zimmers. »Er erkundigte sich, ob ich das Geständnis noch hätte, und ich suchte so lange in meinen alten Unterlagen, bis ich es fand.«

»Sie gaben es ihm?«

»Sicher.«

»Wissen Sie, was er damit gemacht hat?«

»Auch das«, erwiderte Wade. »Er legte es in seine Schreibtischschublade. Es könnte vielleicht noch darin liegen, falls Sie es sehen möchten.«

»Ja, das würde ich gern«, antwortete Kinley.

Wade erhob sich schwerfällig und begab sich hinüber in die andere Ecke des Büros. »Hier hat er es deponiert«, sagte er, die unverschlossene oberste Schublade aufziehend. »Wie ich sehe, haben Sie Glück«, fügte er hinzu, als er einen Papierbogen herausholte und Kinley aushändigte.

Kinley blickte ihn ungläubig an. »Nur eine Seite?«

Wade zuckte mit den Achseln. »Er hatte nicht viel zu sagen.«

»Hätten Sie etwas dagegen, wenn ich es mitnähme?«, fragte Kinley. »Ich würde es gern genauer studieren.«

»Wie Ray«, sagte Wade. »Ich sah, daß er es mindestens fünfmal durchlas.«

Kinley faltete das Blatt zusammen und steckte es in die Innentasche seines Jacketts. »Hat Ray Ihnen denn nie erzählt, was er bei der Untersuchung dieses alten Falls entdeckt hat?«

Wade schüttelte nur den Kopf und kehrte an seinen Schreibtisch zurück. »Nein, kein Wort«, erwiderte er dann, als er wieder dahinter Platz nahm. »Aber ich merkte, daß der Fall ihn sehr beschäftigte. Oder etwas an diesem Fall. Dora vermutlich. Ich schätze, daß es Dora war, die ihm mit ihren fixen Ideen keine Ruhe ließ.«

»Wie ich Ray kannte, war er nicht der Mann, der sich so etwas gefallen ließ«, sagte Kinley.

»Nein, so ein Typ war er nicht«, bestätigte Wade. »Nicht vor Dora.« Sein Lächeln wurde eine Winzigkeit weicher, wehmütiger, als regte sich in ihm ein leises, fernes Mitgefühl für Rays mißliche Lage: »Aber Sie wissen doch, wie so eine Situation alles verändert.«

»Was für eine Situation?«

»Nun, Sie wissen schon«, erwiderte Wade, »wie es in diesem Lied heißt: ›sobald ein Mann eine Frau liebt ...‹«

ERST AM SPÄTEN Nachmittag verließ Kinley Wades Büro wieder, und inzwischen war ihm klargeworden, daß sein Aufenthalt in Sequoyah länger dauern würde, als er ursprünglich angenommen hatte. Und so fuhr er jetzt hinunter zu seinem Hotel, sammelte die letzten Sachen ein, die er dort zurückgelassen hatte und kündigte sein Zimmer, wobei der alte Mann hinter dem Empfangspult ihn neugierig musterte, als er sich austrug. Er hatte sich wohl bereits gewundert, wie jemand, der nicht in Sequoyah wohnte, es fertigbrachte, länger als eine Nacht in der Stadt zu verweilen.

Sobald Kinley dann mit seinen restlichen Sachen in Rays Haus zurückgekehrt war, verstaute er sie im Schlafzimmer im Kleiderschrank und goß sich einen Scotch aus der inzwischen fast halbleeren Flasche ein, die Ray hinterlassen hatte. Er ging mit seinem Drink hinaus auf die Veranda, da eine für den frühen September noch ungewöhnliche Wärme hier herrschte, und setzte sich auf die Hängematte.

Die ersten Abendschatten senkten sich bereits auf das Tal herab, und ein bläulicher Dunst schob sich langsam die Bergwand hinunter. Die Nacht war immer auf diese Weise in Sequoyah eingekehrt, und während er zusah, wie der Nebel lautlos, gleich einer Wolkenlawine, von den Bergspitzen herunterrollte, dachte Kinley an die Zeiten zurück, als er hier draußen mit Ray gesessen und sie diesen ominösen Vorgang beobachtet hatten. Das hatten sie auch an ihrem letzten gemeinsamen Abend getan, und Kinley konnte sich noch an die wenigen Worte erinnern, die sie damals wechselten, als die Trauer über den Tod seiner Großmutter noch ganz frisch war und Ray nicht daran rühren, sondern ihn mit anderen, ferner liegenden Betrachtungen ablenken wollte.

Schau dir den Berg an, Kinley. Das ist wie Geschützqualm.

Was?

Wie die Wolken herunterkommen.

Ja.

Wolken, wie sie über dem Schlachtfeld der ›Wilderness Campaign‹ hingen.

Das war ein schreckliches Gemetzel.

Ein brodelndes Gemisch aus Pulverqualm und Wasserdampf verdeckte tagelang den Himmel, aus dem es Kugeln regnete, wie ein Soldat schrieb.

Kaum vorstellbar.

Es war exakt in diesem Moment gewesen, wie Kinley sich jetzt entsann, daß eine seltsame Ruhelosigkeit sich plötzlich auf Rays Gesicht zeigte – dunkel und bedrohlich wie die Wolken, die aus der Ferne heranrückten. »Kaum vorstellbar«, hatte Ray gesagt. »Wie so viele Dinge.«

Wie so viele Dinge.

Es war eine kurze, rätselhafte Bemerkung gewesen, und Ray hatte ihr nichts hinzugefügt. Eine Bemerkung, nur so in die Luft hineingesprochen, wie es Kinley nun vorkam, als er sich an den genauen Tonfall erinnerte. Als habe Ray allein in der Hängematte gesessen und nur mit seiner Seele geredet. Damals hatte er – Kinley – sich nichts dabei gedacht; doch nun fragte er sich, ob sie nicht aus einem anderen Bereich von Rays Leben stammten, vielleicht ein Resümee seiner Erfahrung mit Dora Overton und der Geschichte ihres Vaters gewesen waren.

Er nahm einen kräftigen Schluck Whisky, stellte das Glas auf dem Boden der Veranda unter der Hängematte ab und zog das Geständnis, das Wade ihm überlassen hatte, aus der Brusttasche seines Jacketts.

Seine Kürze erstaunte ihn noch immer. Geständnisse waren heutzutage viele Seiten lang, weil die Polizei bestrebt war, keine Lücken übrigzulassen und für dessen Vollständigkeit zu sorgen. Doch im Jahre 1954 war die Polizei viel unbekümmerter gegen die in alle Bereiche des Lebens durchdringende Gesetzlosigkeit vorgegangen – mit der Zuversicht, daß man ihr das, was sie sagte, auch glauben oder zumindest vor Gericht nicht anzweifeln würde. Demzufolge waren die Geständnisse ihrer Gefangenen auch von einer erschrekkenden Knappheit. Er erinnerte sich an Colin Brights erste Aussage vor der Polizei, der er später in seinem Prozeß nicht ein Wort hinzusetzen wollte und deren schlimme, durch ihre Prägnanz noch grausamer wirkenden Details er schließlich Kinley selbst mitteilte, und zwar aus keinem anderen Grund, wie er damals zu ihm, Kinley, sagte, *als Sie es sind, der gerade da ist.*

Am Nachmittag des 7. August 1954 betrat ich das Haus von William P. Comstock in Willisville, Alabama und tötete fünf Mitglieder der Familie Comstock in nachstehender Reihenfolge und auf folgende Weise:

William P. Comstock – 7. August – schnitt ihm die Kehle durch.

Danny Comstock – 8. August – erschoß sie mit drei Kugeln durch Kopf und Brust.

Betty Comstock – 8. August – vergewaltigte sie und tötete sie mit mehreren Messerstichen.

Keith Comstock – 9. August – erwürgte ihn.

Wilma Jean Comstock – 9. August – vergewaltigte sie von vorn und hinten und tötete sie mit elektrischem Strom.

Das ist es, was ich getan habe.

Mit freundlichen Grüßen

Colin Bright

Wenngleich nicht ganz so knapp wie Brights, war Charles Overtons Geständnis lediglich in nebensächlichen Details etwas ausführlicher gewesen. Während Kinley es las, versuchte er, sich den Geständigen bei der Vernehmung vorzustellen – sein langes, melancholisches Gesicht, das Kinley auf den Zeitungsfotos gesehen hatte; seine Haltung, die, im Sitzen oder Stehen, immer etwas in sich Zusammengesunkenes hatte, als würde sie sein ganzes Wesen charakterisieren.

Und dieses Gefühl einer inneren Zerbrochenheit vermittelte auch sein Geständnis, obwohl es nicht die Aussage von Overton im Wortlaut, sondern eine dessen Worte sinngemäß wiedergebende Zusammenfassung durch Wade war. Dennoch war es eine offensichtlich originalgetreue Wiedergabe, was den Ton und Stil von Overtons Aussage betraf. Daraus sprach der gleiche Fatalismus, dieselbe seelische Müdigkeit wie aus vielen Berichten, die er in der Vergangenheit selbst aufgezeichnet hatte, zuletzt von Maria Spinola: das leise Wimmern des perfekten Opfers.

Geschrieben auf einfachem, gelben Konzeptpapier, wie es von der Polizei bei vorläufigen Festnahmen verwendet wurde, gingen dem eigentlichen Geständnis erst Angaben zur Person des Vernommenen voraus, die dieser Wade gegenüber gemacht hatte:

Charles Herman Overton teilte dem Unterzeichneten mit, daß er seit zwölf Jahren in Sequoyah seinen Wohnsitz habe. Er sei gleich nach Kriegsende hierhergezogen, nachdem er in Europa schwer verwundet und aus dem Heeresdienst entlassen worden war. Mr. Overton gab ferner an, daß er hier seit zwei Jahren bei der Baufirma Thompson in Clermont Street, Sequoyah, beschäftigt sei und in dieser Zeit als Hilfsarbeiter auf der Baustelle des neuen Gerichtsgebäudes gearbeitet habe.

Mr. Overton erklärte, daß er seine Arbeitsstelle am Nachmittag des 2. Juli 1954 verlassen habe, weil er erhebliche Magenbeschwerden hatte. Auf dem Weg zu seiner Wohnung habe dann sein Wagen auf der Bergstraße eine Panne gehabt, und als er damit beschäftigt war, diese zu beheben, habe er ein Mädchen den Hügel herauf auf ihn zukommen sehen, das später als Ellie Louise Dinker identifiziert wurde. Als sie die Straße erreichte, sagte Mr. Overton, sei sie bei ihm stehengeblieben, und sie wären miteinander ins Gespräch gekommen. Danach wären sie gemeinsam in den Wald hineingegangen.

Mr. Overton sagte, er habe Ellie Louise Dinker dann, als sie sich im Wald befanden, umgebracht, ihre Leiche in den Rocky River geworfen und dann zugesehen, wie sie flußabwärts trieb und an der Stelle, wo sich die Spanischen Wasserfälle befinden, aus seinem Blickfeld verschwand.

Nachdem er sich der Leiche entledigt hatte, sei er, wie Mr. Overton sagte, nach Hause gegangen, anschließend wieder zu seinem liegengebliebenen Wagen zurückgekehrt und habe diesen repariert. Danach sei er mit seinem Wagen wieder nach Hause gefahren und habe seine Wohnung nicht mehr verlassen, bis er am 4. Juli verhaftet wurde.

Mr. Overton gab an, daß er Ellie Louise Dinker nicht vergewaltigt habe, weil er das nicht tun konnte; aber daß er sie mit einem Reifenmontiereisen erschlagen habe. Er sagte, er wisse nicht, warum er das Kleid an einem Baum aufgehängt oder weshalb er das Mädchen getötet hatte.

Mr. Overton erklärte, daß das ein wahrheitsgetreuer Bericht seines Verbrechens sei und er dies an Eides Statt versicherte.

Dieses Geständnis wurde von dem Unterzeichneten am 4. Juli 1954 um Mitternacht in der Arrestzelle seiner Dienststelle, dem Sequoyah County Sheriff's Department in Sequoyah, Georgia, aufgenommen.

Benjamin C. Wade
Deputy

Kinley faltete das Geständnis zusammen, legte es auf die Hängematte und begab sich in die Küche, um sich noch einen Scotch aus der nun fast leeren Flasche einzugießen. Dann kehrte er mit seinem Glas auf die Veranda zurück und nippte nachdenklich daran, während die Schatten der Abenddämmerung ihn langsam einhüllten.

Einen Moment lang suchte er seinen Erfahrungsschatz zu nützen, den er in der langjährigen Beschäftigung mit derartigen Gewaltverbrechen gesammelt hatte, und sich die Fragen zu stellen, die sich als Prüfstein für den Wahrheitsgehalt jeder schriftlichen oder mündlichen Darstellung eines Tathergangs bewährt hatten. In der Regel gab es in solchen Fällen eine Fülle von Ungereimtheiten: Da wechselten plötzlich Waffen die Hände; wurden Personen von einem in den anderen Raum versetzt; Dialoge in den Wind gesprochen, beliebig auf diesen oder jenen Mund verteilt.

Stimmigkeit war das große Ziel jedes Ermittlers; doch sie war eine harte Lady – anspruchsvoll, schwer zu fassen, zuweilen unerreichbar. Unstimmigkeiten in den Tatumständen oder im Verhalten der beteiligten Personen machten jedem Ermittler mit der für die gewissenhafte Untersuchung eines Falls notwendigen Charakterstärke schwer zu schaffen.

Als Kinley den letzten Schluck aus seinem Glas nahm, erinnerte er sich an Detektiv Ronald Casey – den Mann, der Colin Bright schließlich gefaßt hatte. Er war Kinleys beste offizielle Quelle gewesen, aber selbst in einem Fall wie Bright, dessen Schuld zweifelsfrei erwiesen war, blieb eine Unstimmigkeit übrig. Bei ihrem letzten Zusammentreffen, als sein Buch schon fast fertig war, hatte Casey sie ihm auch genannt, weil sie ihm im Verlauf seiner Ermittlungen die größten Kopfschmerzen bereitet hatte.

Weshalb hat Colin stets behauptet, er sei aus Florida gekommen, Jack? Ich meine, bevor er die Comstocks ermordete? Hat er Ihnen jemals verraten, warum er uns diesen Bären aufgebunden hat?

Nein. Er hat immer nur gesagt, er sei aus Florida gekommen. Er war stets bei dieser Behauptung geblieben.

Unmöglich, Jack. Absolut unmöglich. Der Junge hat in seinem ganzen beschissenen Leben nicht einen Strand oder auch nur eine einzige Palme gesehen.

Also war die Florida-Geschichte eine Lüge?

Erstunken und erlogen. Wir haben die Spur seiner ungedeckten Schecks kreuz und quer durch den Süden verfolgt; aber kein einziger davon stammte aus Florida.

Warum sagte er dann immer, er sei aus Florida gekommen? Das hatte doch gar keine Bedeutung für die Schuldfrage.

Und Casey mit seinen vorzeitig ergrauten Haaren, seinem faltigen Gesicht und seinem unendlich mühseligen und an Enttäuschungen reichen Leben im Dienste der Strafverfolgung, hatte ihm die einzige Antwort darauf gegeben, die ihm seine Erfahrung dafür hatte anbieten können. So, *wie der Katechismus uns die Dreifaltigkeit erklärt*, Jack, hatte er mit einem leichten, aber unendlich gequälten Lächeln gesagt, *ist es ein Mysterium.*

Kinley fragte sich nun, ob es da nicht auch ein paar Geheimnisse in Charles Overtons Geständnis gab. Falls nicht – warum hatte Ray dann darüber »gegrübelt«? Es mindestens fünfmal durchgelesen, wie Wade ihm erzählt hatte? Oder hatte er lediglich gespürt, wie er, Kinley, es oft bei der Lektüre solcher Dokumente spürte, daß da etwas fehlte, falsch oder zu oft und zu aufdringlich gegenwärtig war – etwas auf den ersten Blick Unbestimmbares, das sich jedoch bei mehrmaligem Lesen plötzlich heraushob wie ein roter Fleck auf dem Papier?

Er faltete erneut den Bogen mit Overtons Geständnis auseinander und las es zum zweitenmal, diesmal mit dem aufgeschlagenen Notizbuch daneben, um sich Notizen zu machen für eine eventuell später stattfindende Debatte in seinem Kopf.

Im ersten Absatz fielen ihm die spärlichen Angaben auf, die Overton über seine Vergangenheit gemacht hatte. War die Erwähnung der Kriegsverletzung ein Haschen nach Sympathie oder lediglich eine Information? Wollte er mit der Angabe, daß er an einem Gerichtsgebäude mitgebaut hatte, an das soziale Gewissen appellieren,weil er an einem dem Gemeinwohl dienenden Werk beteiligt gewesen war? Wollte er damit ein Verdienst herausstreichen, mit dem er vielleicht den ihn verhörenden Polizeibeamten für sich einnehmen konnte?

Im zweiten Absatz hatte Overton dann die erheblichen Magenbeschwerden erwähnt, die ihn zwangen, die Baustelle zu verlassen und die Panne, die er auf der Fahrt nach Hause hatte. Wenn dieser Teil der Geschichte stimmte, überlegte Kinley, dann hatten hier viele, an sich unbedeutende kleine gesundheitliche und technische Zufälle letztendlich zu einem einzigen, geradezu apokalyptischen Zufall geführt – zu der unabsichtlichen Begegnung zwischen Overton und Dinker auf der Bergstraße. Wenn diese jedoch, wofür die Wahrscheinlichkeit sprach, die Folge einer geheimen Verabredung zwischen zwei Personen gewesen war, die sich vorher schon gekannt und vielleicht sogar ein verbotenes Verhältnis miteinander gehabt hatten – warum hatte Overton das dann in seinem Geständnis nicht erwähnen oder zugeben wollen?

Der dritte und vierte Absatz, die von dem Mord, der Beseitigung der Leiche und Overtons Tätigkeiten nach dem begangenen Verbrechen handelten, waren so dürftig und knapp, daß Kinley sie mit dem Bleistift einkreiste, *mehr hier* an den Rand schrieb und in seinem Notizbuch vermerkte, daß er Wade hierzu noch einmal befragen müsse.

Der fünfte Absatz war offensichtlich weniger ein Geständnis, sondern vielmehr das Resultat der Vernehmung von Overton nach dessen Festnahme. Kinley hatte genügend Erfahrung mit solchen ›Geständnissen‹, um sich ein Bild machen zu können, wo der Vernehmende nachgeholfen und den Vernommenen dazu gedrängt hatte, nähere Angaben zur Tat zu machen. Es existierte kein Tonband von der Vernehmung, und Kinley stellte sich jetzt vor, wie sich der Dialog zwischen Wade und Overton bei der Vernehmung entwickelt haben könnte. Wenn Wade Overton bei dessen Verhör gewissermaßen an die Hand genommen und ihn Schritt für Schritt durch sein Geständnis geführt hatte, wie das viele Polizeibeamte gemacht hatten, ehe die Bestimmungen über die Zulässigkeit von Beweismitteln geändert wurden – dann mußte Overton, wenn das Psychogramm stimmte, das Dora von ihm entworfen hatte, für Wade eine ›leichte Beute‹ gewesen sein: das perfekte Opfer, das gehorsam den Haken schluckte, den Wade ihm immer wieder zuwarf.

WADE: Nun, Charlie, du hast ja bereits zugegeben, daß du Ellie Dinker umgebracht hast; aber ich möchte jetzt gern von dir wissen, wie du sie getötet hast.

OVERTON: Wie?

WADE: Richtig. Ich meine, was hast du dazu benützt?

OVERTON: Nun, ich ...

WADE: Ich meine, du mußt doch etwas dazu verwendet haben, nicht wahr? Sonst hätte doch unmöglich so viel Blut an ihrem Kleid sein können, richtig? Hast du sie mit etwas erschlagen? Mit einem Gegenstand aus deinem Wagen?

OVERTON: Ich hatte ein Montiereisen in meinem Wagen.

WADE: Hat sie sich denn gewehrt? Ich meine, sie muß sich doch gewehrt haben, oder?

OVERTON: Ja.

WADE: Und was hast du gemacht, damit sie sich nicht mehr wehrte? Sie geschlagen?

OVERTON: Ja.

WADE: Hast du noch etwas anderes mit ihr angestellt?

OVERTON: Sie meinen, ob ich ...

WADE: Ob du noch etwas mit ihr angestellt hast, bevor sie tot war oder danach. Du weißt schon, was ich damit meine.

OVERTON: Nein, nein, das habe ich nicht getan. Das konnte ich nicht.

WADE: Na schön. Was hast du dann mit der Leiche gemacht? Hast du sie vergraben oder in den Fluß geworfen oder etwas Ähnliches?

OVERTON: Ich warf sie in den Fluß.

WADE: Und was hast du dann getan?

OVERTON: Ich ging nach Hause.

WADE: Aber was hast du mit dem Kleid gemacht, das wir am Baum hängend fanden?

OVERTON: Ich habe es dort hingehängt. Ich weiß nicht, warum.

WADE: Okay, Charlie, laß mich dich jetzt noch fragen, warum du Ellie Dinker umgebracht hast.

OVERTON: Das weiß ich nicht.

Seiner Vorstellung nach mußte die Vernehmung von Charles Overton so ähnlich verlaufen sein wie in anderen Fällen, von denen er gelesen oder über die er geschrieben hatte. In den Studentenheim-Mordprozessen in New York City war dem Gericht als Beweismittel die Ansichtsskizze eines Angeklagten von einem Apartment vorgelegt worden, das er nie betreten, und die Beschreibung der Farbe von Vorhängen, die er nie gesehen hatte. Wenn solche ›eingehenden‹ Verhörmethoden noch 1968 in New York praktiziert wurden, durfte man annehmen, daß sie im kleinstädtischen Süden des Jahres 1954 möglicherweise noch resoluter gewesen waren.

Doch das war nur eine Vermutung, räumte Kinley sogleich ein. Es gab keine schriftliche Aufzeichnung von diesem Verhör, sondern nur Wades kurze, sachliche und reichlich skizzenhafte Zusammenfassung von dessen Ergebnis.

Kinley blickte auf sein Notizbuch und trug dort eine Anweisung an sich selbst ein: *Finde mehr über dieses Verhör heraus. Lasse nicht locker, bis du alles darüber weißt!*

Er sah wieder hoch. Es war nun vollends dunkel und die Luft unangenehm kühl geworden. Der erste Nachtfrost kündigte sich an, und plötzlich mußte er an Ray denken, der dort drüben in seinem Grab lag – kälter als die Erde, die ihn bedeckte; kälter als die Luft, die Kinley jetzt umgab – ihm weiter entrückt als der fernste Stern dort oben am Nachthimmel. Er spürte ein Verlangen, die Arme nach ihm auszustrecken, ihm die Hand zu reichen über diesen dunklen Abgrund hinweg, und merkte, wie seine Finger bei diesem vergeblichen Bemühen, ihn aus dem Tod zurückzuholen, unwillkürlich zuckten. Sie machten diese greifende, packende

Bewegung, die Serena schon vor Tagen aufgefallen war, als wollten sie verzweifelt etwas aufhalten, was auch die Hoffnung und die Kraft der Liebe nicht aufzuhalten vermochten.

18

KINLEY WAR AM nächsten Morgen schon früh auf den Beinen und setzte sich im ersten fahlen Licht der Dämmerung, das durch das kleine schmale Fenster von Rays Büro sickerte, an dessen Schreibtisch, um die Leitlinien für seine Ermittlungen zusammenzustellen.

Die Erfahrung mit seinem ersten Buch über Colin Bright hatte ihn gelehrt, daß ein Kriminalschriftsteller, der über wahre Verbrechen schreibt, sein Material nicht so sehr wie ein Journalist, sondern eher wie ein Anwalt sammeln und organisieren muß. Diese Vorgehensweise war von entscheidender Bedeutung für die Qualität des Endprodukts. Es mußte logisch und einsichtig sein, ein Element auf dem andern aufbauen, bis sich alles nahtlos zu einem Gesamtmuster zusammenfügte.

Und deshalb mußte man unbedingt vermeiden, auf gut Glück loszuziehen und irgendwelche Leute auszufragen. Interviews waren eine sinnlose Zeitverschwendung, wenn sie sich nicht an ein durchdachtes Ordnungsschema hielten. So wie ein guter Anwalt seine Zeugen in einer bestimmten Reihenfolge vor Gericht aufmarschieren ließ, mußte ein echter Kriminalschriftsteller seine Quellen in der richtigen Reihenfolge kontaktieren. Und so folgte nun, auf dem Studium der Prozeßakten aufbauend, der nächste wichtige Schritt, nämlich die Zusammenstellung seiner »Zeugenliste«, wie er seine Quellen inzwischen zu bezeichnen pflegte.

Er stellte den Laptop auf Rays Schreibtisch und schaltete ihn ein. Das sanfte blaue Schimmern des Bildschirms vermischte sich mit dem Gelb der Morgendämmerung, so daß der ganze Raum in ein seltsam grünliches Licht getaucht war. Es tat seinen Augen wohl, und einen Moment lang fühlte sich Kinley in eine schweigende, urweltliche Waldgrotte versetzt. Während er dieser Vorstellung nachsann, kam ihm der Gedanke, daß irgendwann im Evolutionsprozeß der Menschheit auch der erste Ermittler in diesem frühgeschichtlichen Wald aufgetreten sein mußte: in Tierfelle gehüllt, die Haare voller welker Blätter und Ranken, doch nichtsdestoweniger ein Ermittler, der, einem unerklärlichen Drang folgend, den Tod eines seiner Artgenossen aufzuklären, das Abgründige und die geheimnisvolle Macht des Bösen in ihnen entdeckte.

Heftig blinzelnd, kehrte er in die Gegenwart zurück, sich seiner eigenen literarischen und philosophischen Ideen erwehrend. Die Verlockung, die diese für ihn hatten, stellten für ihn noch immer die schlimmste Fallgrube dar, in die ein Kriminalschriftsteller wie er, der über das wahre Verbrechen schrieb, stolpern konnte. Deshalb kämpfte er gegen diesen Hang zum Mystischen und Okkulten,von dem er sich bei seiner Arbeit zuweilen inspiriert fühlte, um die geistige Balance zu wahren, mit aller Macht an.

Das Schreiben selbst bewahrte ihn davor, solchen Anfechtungen zu erliegen. Wie exaltiert die Ideen auch sein mochten, für die er sich zuweilen begeisterte – seine Arbeit war alles andere als das; und nachdem er kurz und tief durchgeatmet hatte, konzentrierte er sich auf sein Notizbuch, das aufgeschlagen neben dem Computer lag; und der mythische Steinzeit-Sherlock-Holmes verblaßte wie der Nachspann eines Fantasyfilms.

Methodisch, als würde sein Geist nun von einem professionellen Autopiloten auf Kurs gehalten, gab Kinley alle Anmerkungen und Notizen in seinen Computer ein und sortierte sie dann in der gleichen Reihenfolge, in der die Zeugen im Prozeß vor Gericht aufgetreten waren, worauf er den Zeugenaussagen noch das Datum und die Uhrzeit, an denen sie erfolgt waren, hinzufügte.

Es war fast Mittag, als er die letzten Angaben aus seinem Notizbuch in den Computer übertrug und dann innehielt, während sein Blick auf der letzten Eintragung in seinem Notizbuch verweilte.

Es waren die Schlußworte des vorsitzenden Richters Bryan im Overton-Prozeß an dem Morgen, als er das Urteil verkündete:

GERICHT: Mr. Overton, haben Sie dem Gericht noch etwas zu sagen, ehe ich das Urteil über Sie spreche?

OVERTON: Nein, Euer Ehren.

GERICHT: Gut Sir. Nun, Charles Herman Overton, die Geschworenen haben Sie im Sinne der Anklage des Mordes für schuldig befunden. Und deshalb verurteile ich Sie hiermit zum Tode und ordne Ihre Überführung in das Staatsgefängnis von Georgia in Reidsville an, wo am 4. Januar 1955 zu der vom Gesetz des Staates Georgia festgesetzten Tageszeit und auf der von diesem vorgeschriebenen Weise das Urteil an Ihnen vollstreckt und Sie auf dem elektrischen Stuhl hingerichtet werden sollen.

Dann war der Hammer gefallen, wie Kinley wußte, und während der heftige Schlag von Holz auf Holz noch als Echo von den Wänden widerhallte, wurde der Verurteilte aus dem Gerichtssaal geführt – immer geführt – von dem Gerichtsdiener, der, wie Kinley sich vorstellte, die Hand auf eine eher tröstliche als gewaltsame Weise auf den Ellenbogen des Verurteilten legte.

Nach einem kurzen Lunch, der aus mit Erdnußbutter bestrichenen Weißbrotschnitten bestand, die er noch in Rays Kühlschrank gefunden hatte, setzte Kinley sich wieder an seinen Computer. Das Eingeben der Notizen in den Computer war für ihn stets die langweiligste Phase seiner Arbeit, weil nun der Reiz des Neuen fehlte, das erregende Gefühl der Entdeckung, das er beim Aufnehmen dieser Daten gespürt hatte.

Nun wurde es Zeit, die Zeugenliste aufzustellen, die alle Namen umfassen würde, die bisher bei seinen Ermittlungen aufgetaucht waren: angefangen bei den tatsächlichen Zeugen, die vor Gericht ausgesagt hatten, und dann den Kreis erweiternd auf alle bisher erwähnten Namen, gleichgültig, was für eine periphere Rolle sie auch in dem Geschehen gespielt haben mochten.

Sobald die Namen nach Kategorien geordnet waren, konnte er sich für die Reihenfolge entscheiden, die seiner Ansicht nach für seine Recherchen am günstigsten war. Mehr als dreißig Jahre waren inzwischen seit dem Prozeß vergangen, und seiner Erfahrung nach zog eine so lange Zeitspanne einen langen dunklen Trennungsstrich durch seine Liste, hier die noch lebenden, dort die bereits toten Zeugen. Zu der Zeit, als er die verbliebenen Mitglieder der Comstock-Familie interviewt hatte, waren nur noch ein paar hochbetagte Tanten und inzwischen bereits erwachsene Kusinen als Gewährsleute da, die ihm von dem ersten Schock berichten konnten, der die Verwandtschaft nach den Morden bis in den letzten Zweig hinein erschüttert hatte. Die Recherchen für sein zweites Buch waren ebenfalls in so einer Sackgasse gelandet, da beide Eltern, Mel und Cora Flynn, nur drei Jahre nach dem Tag, an dem Mildred Haskell ihren kleinen Jungen in das Räucherhaus am Bach lockte, ebenfalls verstorben waren.

So war es eher die Biologie als die Logik, die für die Rangordnung der Interviews ausschlaggebend war, und während sein Blick über die Liste auf dem Computerschirm wanderte, wobei sein Augenmerk besonders jenen galt, deren Schicksal ihm noch nicht bekannt war, verweilte er schließlich auf dem Namen einer Frau, die zu den wichtigsten Augenzeugen des

Overton-Prozesses gehörte und vermutlich noch am Leben war: Helen Slater.

Zu der Zeit, als dieser Prozeß stattfand, mußte sie wohl im gleichen Alter gewesen sein wie ihre sechzehnjährige Schulfreundin Ellie Dinker. Und Wade hatte ihm nicht nur gesagt, daß sie seines Wissens nach noch lebte, sondern ihm auch noch ihre Adresse genannt. Wades Aussage vor Gericht mußte ihm mehr über diese Zeugin verraten, und um sein Gedächtnis aufzufrischen, rief er noch einmal die Zeugenaussagendatei im Computer mit dem Parameter ›Wade‹ auf und las sich die entsprechende Passage durch:

WARFIELD: Sie fuhren also zu Carl Slaters Wohnung, richtig?

WADE: Jawohl, Sir.

WARFIELD: Und das geschah, wie ich annehme, am 3. Juli, einen Tag nach Ellie Dinkers Verschwinden?

WADE: Jawohl, Sir. Ich fuhr vom Büro des Sheriffs zu dem Haus von Carl Slater. Ich brauchte dafür ungefähr zehn Minuten, da sich Carls Haus ja am obersten Ende der Foster Road befindet.

Kinley prägte sich diese spärlichen Angaben, die Wade, den Wohnort der Zeugin betreffend, gemacht hatte, ein. Mehr Informationen, auf die er sein Interview mit dieser Zeugin bauen konnte, besaß er nicht; aber in der Vergangenheit hatte er oft die Erfahrung gemacht, daß die Quantität der Informationen über eine Quelle nicht unbedingt ein Maßstab war für ihre Ergiebigkeit. Das Interview selbst war ein subtiler Vorgang, ein behutsames Öffnen dunkler Kammern, das das Licht bis in den letzten Winkel hinein ausleuchten konnte, sobald ihre Türen erst einmal aufgesprengt waren.

Er schob sein Notizbuch in die Innentasche seines Jacketts und ging hinaus zu seinem Mietwagen. Die Sonne stand noch hoch über dem Berg, und als er hinaufsah, wurde auch die Erinnerung an die Foster Road wieder in ihm lebendig. Die Straße zog sich wie ein dünner heller Strich an der Stirnwand des Berges hin und verschwand dann hinter dessen Kamm, wo sie auf den letzten hundert Metern von Büschen und Unterholz überwuchert wurde und vor der Eisenerzmine endete, die vor mehr als neunzig Jahren in Konkurs gegangen war.

Foster Road – in Gedanken sprach er noch einmal diesen Namen aus – war eine Straße, auf der Ray und er oft spazierengegangen waren.

Zu seiner Überraschung hatte man die Straße gepflastert, seit er sie zum letztenmal befahren hatte. An ihrem Rand hatten sich nun Wohnbaracken angesiedelt und auch ein paar Wohnwagen, die man dort im Wald abgestellt hatte. Das alte Slaterhaus befand sich am Ende der Straße und schien sich nur noch mit Mühe auf seinen wackeligen Fundamenten am Rand der Bergwand halten zu können. Als er sich dem Haus näherte, konnte er eine lange Linie aus dicken grauen Wäscheleinen ausmachen, die sich unter dem Gewicht von Hemden, Handtüchern und einfachen weißen Boxershorts durchbogen. Eine große, dickliche Frau in einem geblümten Hauskleid saß erschöpft auf einem umgestülpten Waschzuber unter den vom Wind gebauschten Wäschestücken und verfolgte mit den Augen den Weg von Kinleys Wagen, bis er diesen nur wenige Schritte von ihr entfernt zum Halten brachte.

»Hei«, sagte Kinley, als er aus dem Wagen stieg.

Die Frau nickte nur und schirmte mit der Hand die Augen gegen das Licht der Nachmittagssonne ab.

»Mein Name ist Jack Kinley«, sagte er. »Und ich hoffe, daß Sie mir vielleicht mit ein paar Auskünften helfen können.«

Während er näherkam, konzentrierte er sich auf ihr Gesicht. Es war unnatürlich rot und aufgedunsen, die Augen wurden von den wulstigen Wangen zusammengeschoben, so daß sie unter den farblosen Brauen nur noch kleine Schlitze bildeten.

»1954«, sagte Kinley, »hat dieses Haus den Slaters gehört.«

Die Frau starrte ihn mit ausdruckslosem Gesicht an – mit

jener unbewegten, apathischen Neugierde, die ihm schon oft bei Frauen, die ihr Leben lang auf dem Land gewohnt und sich in bäuerlicher Arbeit verbraucht hatten, begegnet war.

»Es ist noch immer das Haus der Slaters«, erwiderte sie.

Kinley betrachtete sie genauer, verglich im Geist ihr Gesicht mit jenem, das er auf einem der Zeitungsfotos gesehen hatte, die zu Rays Materialsammlung zum Fall Overton gehörten – das Gesicht eines jungen, für ihr Alter schon großen, schlanken Mädchens in einem losen Sommerkleid, das Haar mit einer breiten Schleife zusammengebunden. Er konnte sich sogar an die Bildunterschrift erinnern, die die Worte des Mädchens aus dem dazugehörigen Artikel zitierte: *Sie hat es nie bis zu meinem Haus geschafft.*

»Sind Sie Helen Slater?«

»Das war ich mal«, erwiderte die Frau. »Bis ich geheiratet habe. Ich heiße jetzt Foley.« Sie legte den Kopf ein wenig schief, als wollte sie den böigen Wind einfangen, der ein paar welke Blätter und Tannennadeln vom Bergkamm herunterwirbelte.

Kinley lächelte leise, als er sie betrachtete. Von dem so lebendig wirkenden jungen Mädchen auf dem Foto war nicht viel mehr geblieben als die verschwommene, kaum noch lesbare Inschrift einer abgenützten Münze.

»Können Sie sich noch an Ellie Dinker erinnern?« fragte er.

Die Augen der Frau wanderten zu ihm zurück, als die Bö vorbei war und die Strähnen grauer Haare an ihren Schläfen zur Ruhe kamen. »Ellie Dinker?« wiederholte sie, fast staunend, als sei der Name ein Zauberwort – ein Abrakadabra, das ihre Jugend wiederaufleben ließ. »Oh, ja, natürlich erinnere ich mich an sie.«

»Sie sind eine Schulfreundin von ihr gewesen, nicht wahr?«

»Ja, sie ging mit mir in die gleiche Klasse«, erwiderte Helen nun ohne Zögern, fast heiter. Sie lächelte. »Ob ich mich an Ellie Dinker erinnere?« sagte sie, als handelte es sich um eine rhetorische Frage. »Es vergeht kaum ein Tag, an dem ich nicht an Ellie denke.«

Kinley lehnte sich an den Stamm einer jungen Kiefer neben ihm, während seine rechte Hand sich schon langsam nach oben schob, zu der Stelle hin, wo sein Notizbuch unter dem Stoff der Jacke in der Brusttasche steckte. »Wie kommt das?« fragte er. »Es ist doch schon über dreißig Jahre her, daß sie starb.«

»Weil sie eben so ein Mensch war, den man nie vergißt«, erwiderte Slater. »Ein Mädchen mit Feuer. Eine echte Pistole.«

»Mit Feuer?« hakte Kinley nach, sie zum Weitersprechen ermunternd.

»Wild«, sagte Helen. »Und sie hatte ein Mundwerk, mit dem sie die Leute auf die Palme bringen konnte, verstehen Sie?« Ihre Augen glitten einen Moment von ihm fort und gingen zu einem Vogelhäuschen hin, das an einem rostigen Nagel an einem Baumstamm hing. »Sie war verrückt manchmal«, setzte sie hinzu. »Da war etwas in ihr, das sie dauernd unter Druck setzte.«

Kinley deutete auf einen kleinen Liegestuhl in der Nähe, dessen Leinwandbespannung sich genauso im Wind bauschte wie die Wäschestücke darüber. »Haben Sie etwas dagegen, wenn ich mich setze?«

»Nur zu«, sagte Helen. »Mußte mich eben auch eine Weile hinsetzen. An solchen Waschtagen wie heute geht mir leicht die Puste aus.«

Kinley zog sein Notizbuch aus der Brusttasche, während seine Augen noch immer die Frau vor ihm studierten – die Verwüstung, welche die Zeit, die schwere Arbeit und die langen, ereignislosen Stunden bei ihr angerichtet hatten. Er hatte das natürlich schon öfter gesehen; aber es war erschütternd, wenn man eben noch in einem Polizeibericht etwas von einem vitalen, aufgeweckten, vielleicht sogar rebellischen Mädchen gelesen hatte und es ein paar Minuten später vor einem stand: alt oder auf dem besten Wege dorthin und erschöpft. All diese Glut war unter einer dicken, schwammigen Hautschicht, unter einem Netz von Falten, einem Dutt borstiger, grauer Haare erstickt – alles verändert, unvermeidlich und unwiderruflich in sozusagen einer Sekunde tragisch beschleunigter Zeit.

»Haben Sie sich schon mal Gedanken gemacht, worüber sie damals so wütend gewesen sein könnte?« fragte Kinley.

Helen dachte einen Moment nach, die Hände gegen die runden Falten ihres vom Wind aufgeblähten Hauskleids pressend. »Eigentlich nicht«, sagte sie; »aber ich weiß, daß Ellie, kurz bevor sie ...« Sie hielt inne, als wäre sie plötzlich zum Schweigen verurteilt worden, und fuhr dann fort: »Kurz bevor sie ermordet wurde, war sie sehr wütend. Sie kochte förmlich vor Zorn.«

Kinley trug das rasch in sein Notizbuch ein, während er sagte: »Aber Sie wissen nicht, warum sie so wütend gewesen ist?«

Helen lehnte sich leicht zurück, so daß Kinley plötzlich auf ein etwas jüngeres Profil blickte – scharf, kräftig, mutwillig: Helen Slater in stürmischen Jugendtagen. »Ellie war damals schon weiter entwickelt als die anderen Mädchen in der Klasse«, sagte sie, während ihr Blick wieder zu ihm zurückkehrte. »Und sie hatte es eilig, noch erwachsener zu werden. Die Leute mögen es eben manchmal nicht, wenn ein Mädchen so ist.«

Kinley nickte. »Fällt Ihnen da vielleicht eine ganz bestimmte Person ein, der das nicht gefiel?«

Ihre Augen blickten auf sein Notizbuch hinunter. »Warum wollen Sie das eigentlich alles wissen?«

»Weil ich ihren Mord untersuche«, erwiderte Kinley. »Ich bin Schriftsteller.«

»Sie wollen über Ellie schreiben?« fragte Helen überrascht und zugleich erfreut, als würde Kinley, indem er über ihre ehemalige Freundin schrieb, sie, wenn auch flüchtig, ins Leben zurückholen. »Sie wollen nach all den Jahren über sie schreiben?«

»Vielleicht«, antwortete Kinley, »wenn es etwas gibt, worüber zu schreiben sich lohnen würde.«

Helen starrte ihn einen Moment lang schweigend an, als

würde sie sich eine geheime Alternative überlegen. »Nun, ich schätze, ich könnte Ihnen ja sagen, was ich weiß«, erklärte sie schließlich.

Es war immer so: ein rasches, spontanes Durchbrechen eines bisher sorgsam gehüteten, vorsichtigen Schweigens. Er hatte das bei Zeugen, Amtsinhabern, Opfern, selbst bei jenen erlebt, die diese schrecklichen Dinge getan hatten, über die er in seinen Büchern schrieb. Mildred Haskell hatte zu reden begonnen, nachdem er sich dazu bereit erklärt hatte, ihr einen Beutel mit frisch gerösteten Erdnüssen mitzubringen. Sie hatte dann stundenlang auf ihrem Stuhl gesessen und die grauenhaften Einzelheiten ihrer Innenwelt vor ihm ausgebreitet. Währenddessen hatte sie die Schalen der Nüsse auf eine Weise geknackt, wie sie dem kleinen Billy Flynn das Rückgrat gebrochen haben mußte, überlegte Kinley, der ihre Hände beobachtete. Er hatte den gleichen Durchbruch bei Colin Bright erlebt, der zunächst stumm und in sich gekehrt gewesen war, bis er aus der stillen und gut bewachten Kammer seiner Einsamkeit heraustrat. Das war von einer Sekunde zur anderen geschehen – eine radikale Umkehr in seinem bisherigen Verhalten, die er auf eine sehr fragwürdige und fadenscheinige Weise mit dem Satz begründete: *Weil Sie es sind, der gerade da ist.*

»Ich weiß, daß das alles schon lange zurückliegt«, sagte Kinley, um ihr die letzte Angst vor irgendwelchen Enthüllungen zu nehmen, »aber man erinnert sich dann plötzlich wieder an vieles.«

»Viel ist da nicht geblieben«, sagte Helen. Sie erhob sich, einen Baumstumpf, der neben ihr vom Boden aufragte, zu Hilfe nehmend, schwerfällig aus ihrem Liegestuhl. »Wenn da nicht der kleine Höcker am Berg wäre«, sagte sie, »könnten Sie von hier aus fast ihr Haus sehen.«

Kinley stand auf. »Ellie Dinkers Haus?«

»Ja«, erwiderte Helen und bewegte sich bis zu der Stelle, wo der Berg mit einem schroffen Knick zum Tal hinunterfiel, hob die Hand und deutete scharf nach links, mit dem Zeigefinger nach Kinleys Schätzung in einem Winkel von fünfundvierzig Grad den Berg hinunterdeutend. »Wenn Sie in dieser Richtung durch den Wald bis zum Fuß der Bergwand gingen, kämen Sie über den kleinen Hügel dort, und das ist die Stelle, wo Sie Ellies Haus finden würden, wenn es nicht inzwischen abgebrannt wäre.«

»Was passierte nach dem Feuer?« fragte Kinley.

»Nun – Mrs. Dinker wußte danach nicht, wo sie bleiben sollte«, erklärte Helen. »Ellie war ja ihr einziges Kind gewesen, und Mr. Dinker war schon lange tot. Ora Fletcher hat sie eine Weile zu sich genommen; aber sie fing dann an herumzuwandern.« Helen drehte sich nach rechts, wies mit dem Kopf auf die Straße, die hinter dem Haus zu einer Sandspur wurde und sich im Unterholz verlor. »Man hat sie dort aufgegriffen, als sie bei dem alten Bergwerksschacht herumirrte.« Sie drehte Kinley wieder das Gesicht zu, das seltsam bekümmert wirkte, als habe sie die Fürsorgepflicht für die Mutter ihrer ehemaligen Freundin verletzt. »Ich habe sie sogar mal des Nachts dort hinter dem Haus am Brunnen stehen sehen.« Sie schüttelte den Kopf, während sie wieder daran dachte. »Egal – sie irrte so oft in der Stadt herum, daß man sie schließlich in eine Heilanstalt brachte. Dort ist sie dann auch gestorben.«

Kinley nickte schweigend.

»Sie ist hier niemals aufgetaucht«, sagte sie dann. »Ellie, meine ich.«

»Ellies Leiche, meinen Sie?«

»Nein – ich meine Ellie, an dem Tag, als sie hierherkommen sollte«, erklärte Helen. »An dem Tag, als sie gestorben ist.« Sie lächelte trüb. »Das war ein Freitag, und sie ließen wegen der Parade den Unterricht an der Sommerschule ausfallen. Die Stadt war an diesem Tag voll von Kindern. Wir haben uns erst die Parade angeschaut und sind dann hinaufgegangen zum Gericht. Damals waren sie gerade mit dem Bau des Gerichtsgebäudes fertig geworden, und der alte Bürgermeister Jameson hielt eine Ansprache.« Das Lächeln wurde wehmütig. »Sie waren alle da – all die großen Tiere der Stadt. Der Bürgermeister, wie ich schon sagte. Und Sheriff Maddox. Der Polizeichef und all die wichtigen Leute, die damals bei Gericht arbeiteten.«

Kinley zeigte ihr sein bestes professionelles Lächeln, um die Flut ihrer Erinnerungen nicht zu stoppen, mit der vielleicht auch ihr Redefluß aufhören würde. »Das muß ja eine großartige Feier damals gewesen sein«, sagte er.

»Oh, das war es auch«, erwiderte Helen aufgeregt. »Sie machten für die Zeitung eine Menge Fotos vor dem Gerichtsgebäude. Das war wirklich ein Ereignis. Sie hatten sich alle auf der Vortreppe versammelt.« Ihre Augen wanderten nach links und blieben an dem großen grauen Gebäude auf dem Hügel haften, dessen Einweihung die Stadt damals gefeiert hatte. »Sie waren gerade noch rechtzeitig mit dem Bau fertig geworden«, erinnerte sich Helen. »Da lagen zwar noch eine Menge Ziegel, Holz und Zementsäcke herum, der Flaggenmast war noch nicht aufgerichtet, und auf dem Parkplatz standen noch die Lastwagen; aber abgesehen davon war das alles recht hübsch anzusehen.«

Kinley nickte, diesmal ein wenig ungeduldig. Er war an Abschweifungen gewöhnt, an den harten, stetigen Zug, den die Erinnerungen ausübten, sobald sie jemanden überkamen; doch er wußte, daß man den Zeugen dann auch irgendwann wieder auf den richtigen Weg zurückbringen mußte.

»Und Sie wollten sich damals gemeinsam mit Ellie die Parade anschauen?« sagte Kinley. »Deswegen hatte sie an jenem Morgen zu Ihnen kommen sollen?«

Ihr Blick huschte zu ihm hin. »Am Morgen?«

»Ja.«

Sie schüttelte den Kopf. »Nein, Ellie hatte nicht vorgehabt, schon morgens zu mir zu kommen«, erwiderte sie. »Wir hatten uns für den späten Nachmittag verabredet, und dann wollten wir hinuntergehen, um uns abends das Feuerwerk in der Stadt anzusehen.«

»Aber Sie befanden sich bereits in der Stadt, nicht wahr?«

Sie nickte. »Ich bin schon in der Früh hinuntergegangen, um bei den Vorbereitungen für die Einweihungsfeier zu helfen«, sagte sie. »Und Daddy wollte mich dann mit dem Wagen nach Hause bringen, damit ich dort auf Ellie warten konnte, wie wir es verabredet hatten.«

»Sie wollten beide zu Fuß nach Sequoyah hinuntergehen?«

»Ja«, erwiderte Helen, »zu Fuß, weil Daddy mit dem Wagen noch woanders hinfahren mußte.«

»Carl Slater«, sagte Kinley – ein Nachklappern, das zu seinen Routinemaßnahmen gehörte, um den Redefluß eines Zeugen nicht abreißen zu lassen.

Doch die Erwähnung des Namens schien bei Helen eine gegenteilige Wirkung zu haben und ihren Redefluß plötzlich zum Stocken zu bringen wie ein Blutgerinsel am Herzen den Blutkreislauf. »Mein Daddy«, sagte sie leise.

Kinley wartete, daß sie in ihrem Bericht fortfuhr; doch sie starrte nur hinunter auf die Stadt, in deren Mitte das Gerichtsgebäude wie ein großer grauer Grabstein auf seinem Hügel lag.

»Wo war Ihr Daddy an diesem Tag?« fragte Kinley schließlich.

Sie schien aus einer Art Trance zu erwachen. »Nachdem wir aus Sequoyah nach Hause zurückgekommen waren, fuhr er wieder in die Stadt«, erwiderte sie. »Ich schätze, er muß ungefähr zur gleichen Zeit die Bergstraße hinuntergefahren sein, als Ellie dort unterwegs war zu mir.«

»Aber Ellie ging doch zu Fuß«, erinnerte Kinley sie. »Würde er denn dann nicht auf der Straße an ihr vorbeigekommen sein?«

»Vermutlich.«

»Er hat das nie erwähnt?«

»Erwähnt?« wiederholte Helen. »Wem gegenüber?«

»Ben Wade, dem Deputy, der ihn vernommen hat«, antwortete Kinley. »Ihr Vater hat bei der Vernehmung gesagt, daß er die Bergstraße nach Sequoyah hinunter benützt habe; aber er hat mit keinem Wort erwähnt, daß er Ellie Dinker unterwegs begegnet sei.«

»Andere Leute haben sie aber dort gesehen«, sagte Helen. »Ich erinnere mich, daß andere Leute, die man damals ausgefragt hat, sie auf der Bergstraße gesehen haben wollen.«

»Ja, das haben sie damals auch vor der Polizei angegeben«, bestätigte Kinley. »Ich versuche mir doch nur ein paar Dinge zusammenzureimen, die mir helfen könnten, herauszufinden, an welcher Stelle der Bergstraße sich Ellie damals zu einer bestimmten Zeit befand.«

Helen zuckte mit den Achseln. »Nun, ich weiß nicht, wo sie war«, sagte sie. »Ich weiß nur, daß sie es nie bis zu meinem Haus geschafft hat. Und deshalb wollte ich ihr, nachdem ich eine Zeitlang auf sie gewartet hatte, entgegengehen.«

Kinley zögerte einen Moment und beschloß dann, mit der einzigen Frage herauszurücken, die ihn dazu bewegt hatte, Helen Slater aufzusuchen. »Mrs. Foley – warum wollte sie denn überhaupt hier heraufkommen?«

Helen blickte ihn groß an. »Was meinen Sie damit? Wir waren doch befreundet!«

»Sicher – aber Ellie hatte doch mit Ihnen verabredet, Sie hier oben zu treffen und dann mit Ihnen hinunterzugehen in die Stadt,um sich das Feuerwerk anzusehen, richtig?«

»Ja, so war es.«

»Noch einmal den ganzen Weg den Berg hinunter in die Stadt?«

»Ja.«

»Nun, wäre es denn nicht vorteilhafter gewesen für Sie, sich mit Ihrer Freundin unten bei ihrem Haus zu treffen? Das hätte ihr doch den Weg hinauf bis zu Ihrer Wohnung erspart, nicht wahr?«

Helens Gesicht nahm einen Ausdruck gespannter Konzentration an; aber sie sagte nichts.

»Hat es Ihrer Erinnerung nach denn einen besonderen Grund für Ellie gegeben, Sie hier oben zu treffen?« fragte Kinley.

Helen fuhr fort, darüber nachzudenken. »Nun – sie wollte

es so haben.« Sie schien die ganze Szene noch einmal vor ihrem inneren Auge ablaufen zu lassen. »Ich sagte damals zu ihr: ›Ich komme gegen fünf zu dir, und dann gehen wir gemeinsam hinunter, um das Feuerwerk anzuschauen.‹ Genau das sagte ich zu ihr.«

»Aber sie wollte das nicht so haben?«

»Nein«, erwiderte Helen, »sie war damit nicht einverstanden. Sie sagte: ›Ich komme zu dir hinauf.‹ So, als sei das eine beschlossene Sache. ›Ich komme zu dir hinauf.‹ In einem Ton, der keinen Widerspruch duldete.«

Kinley trug das rasch in sein Notizbuch ein und sah dann wieder zu Helen hoch. »Es ist doch ein ziemlich weiter Weg vom Dinker-Haus bis zu Ihnen, nicht wahr?«

Helen nickte bedächtig. »Ein schrecklich weiter Weg«, sagte sie, als spräche sie mit sich selbst.

»Und die ganze Strecke nur bergauf«, setzte Kinley rasch hinzu.

»Nur bergauf«, wiederholte Helen gedankenverloren, als liefe nun der ganze Tag, an dem ihre Freundin verschwand, noch einmal vor ihrem inneren Auge ab.

Kinley zögerte einen Moment und stellte ihr dann seine letzte Frage: »Und wenn Ellie sich mit Ihnen erst für fünf Uhr nachmittags verabredet hatte – warum verließ sie dann das Tal schon am Vormittag?«

Helen schüttelte nachdenklich den Kopf. »Ich weiß es nicht«, sagte sie. »Ellie war ein eigenartiges Mädchen.« Ihr Blick wanderte über ihn hin. »Und sie war so wütend«, setzte sie hinzu. »Als nagte etwas innerlich an ihr.«

19

NOCH BEI JEDEM Fall war es schließlich zu einer Notwendigkeit geworden. Wenn die Daten sich häuften, wesentliche und unwesentliche Fakten zeitlich zusammenfielen und der Geist, die Orientierung verlierend, sich in einem Gestrüpp von Details verfing, dann mußte man auf die älteste Strategie zurückgreifen, die der Mensch sich als Hilfsmittel seiner begrenzten Intelligenz erdacht hatte.

Er zeichnete es langsam auf einem Stück unliniierten Papiers auf, das er in Rays Schreibtisch gefunden hatte. Im hellen Lichtkegel konnte er sehen, wie die Linien sich vereinigten oder in entgegengesetzten Richtungen auseinanderliefen. Eine einfache Wellenlinie stellte den Berg dar; ein paar parallele Linien deuteten Steigungen an, runde einen Hügel; und ein einzelner, sich durch diese Linien schlängelnder Faden markierte den Verlauf der Bergstraße, an deren Scheitelpunkt Kinley mit einem schlichten Rechteck das Haus von Helen Slater einzeichnete und an deren Fußpunkt mit einem zweiten Rechteck das Haus von Elli Dinker. Nun mußte er nur noch die Personen und Zeiten eintragen, zu denen diese sich an bestimmten Punkten der Skizze befunden hatten.

Nachdem er das erledigt hatte, war das Endprodukt zwar kein Meisterwerk, sondern nur eine einfache, seinen begrenzten künstlerischen Fähigkeiten entsprechende schmucklose Graphik, reichte aber aus, ihm die Ungereimtheiten und Widersprüchlichkeiten aufzuzeigen, die der Geist zuweilen übersah, wenn er sich durch einen Wust von Wörtern und Zahlen hindurchwühlen mußte.

Als nächstes suchte Kinley anhand der Notizen, die er sich von den Prozeßprotokollen gemacht hatte, alle Ereignisse zwischen jenem Moment, als Ellie Dinker ihr Haus verließ, und dem, als Mrs. Overtons Aussage nach ihr Gatte nach Hause gekommen war, zeitlich schematisch einzuordnen.

Nachdem er den Zeitrahmen erstellt hatte, übertrug er dessen Werte sorgsam auf seine Geländeskizze. Als er die dann wieder studierte, fielen ihm eine Reihe von Unstimmigkeiten auf, die er dann, nachdem er sich ihre Relevanz überlegt hatte, in sein Notizbuch eintrug, und zwar unter der gleichen Überschrift, die er all die Jahre über verwendet hatte, seit er zum erstenmal diese Praxis im Falle von Colin Bright angewandt und sich an Hand einer Gebäudeskizze verdeutlicht hatte, wie der Massenmord der Familie Comstock räumlich und zeitlich abgelaufen war:

ZEIT/ORT BEOBACHTUNGEN:

1) Ellie Dinker hat, offensichtlich in eine der Wohnung ihrer Freundin entgegengesetzte Richtung gehend, ihr Haus zu einer weitaus früheren Zeit verlassen, als nötig gewesen wäre, um sich, wie verabredet, gegen fünf Uhr nachmittags in Helens Wohnung einzufinden.
2) Ellie Dinker hat offensichtlich nicht die Bergstraße benützt, bis sie dort, aus dem Wald kommend, in Höhe des Meilensteins 27 zu einer Zeit anlangte, als Overtons Pritschenwagen an gleicher Stelle eine Panne erlitt.
3) Nummer 2 erklärt, warum Carl Slater Ellie Dinker nicht auf der Bergstraße begegnet ist, obwohl er auf dem Weg hinunter in die Stadt an Charles Overtons liegengebliebenem Pritschenwagen vorbeikam, wie er fast eine Woche nach dem Mord Deputy Wade gegenüber aussagte.

Diesen Beobachtungen fügte Kinley nun drei neue, sich daraus ergebende Fragen hinzu:

1) Wieviel Zeit brauchte Ellie Dinker dazu, um von ihrem Haus zu der Stelle zu gehen, wo der Pritschenwagen mit einer Panne liegenblieb?

2) Wohin ist sie gegangen, als sie ihr Haus am Fuß des Berges verließ?
3) Wenn Overton Ellie Dinker nicht umbrachte – wohin ging sie dann, als sie sich von ihm trennte?

Kinley blätterte nun in seinem Notizbuch zurück, um die Seiten zu finden, auf denen er die kritischen Passagen von Sheriff Maddox' Zeugenaussage vor Gericht vermerkt hatte. Warfields Anleitung folgend, hatte Maddox die Fragen präzise und in der logischen Reihenfolge beantwortet, wie der Anklagevertreter sie an ihn gerichtet hatte:

WARFIELD: Nun, Sheriff, hatten Sie auch nach der Verhaftung von Charles Overton eine Gelegenheit gefunden, mit dem Angeklagten zu reden?

MADDOX: Jawohl, Sir.

WARFIELD: Wann war das, Sheriff?

MADDOX: Nachdem ich auf dem Rücksitz von Deputy Hendricks Streifenwagen Platz genommen hatte und wir zur Einsatzzentrale, das Sheriff's Department, in Sequoyah zurückfuhren.

WARFIELD: Sie saßen während dieser Fahrt also neben Overton auf dem Rücksitz?

MADDOX: Jawohl, Sir.

WARFIELD: Und Deputy Hendricks lenkte den Wagen?

MADDOX: Richtig, Sir.

WARFIELD: Schön. Sheriff Maddox, können Sie nun dem Gericht erzählen, was sich aus dem Gespräch zwischen Ihnen und Mr. Overton zu dem eben genannten Zeitpunkt ergeben hat?

MADDOX: Overton stritt alles ab, dessen wir ihn bei seiner Verhaftung beschuldigt hatten; gab jedoch zu, mit Ellie Dinker auf der Bergstraße zusammengetroffen zu sein. Er sagte, daß er ihren Namen nicht wüßte und daß es ein junges Mädchen in einem grünen Kleid gewesen sei, die er seiner Erinnerung nach noch nie zuvor gesehen habe. Sie hätten ein paar

Worte gewechselt, sagte er, und danach hätte sie ihn wieder verlassen und sei ein Stück weiter die Straße hinaufgegangen.

WARFIELD: Und das war an dem Tag ihrer Ermordung gewesen?

MADDOX: Am Tag ihrer Ermordung, richtig. Und er sagte, daß sie dort am Straßenrand gestanden habe, als er mit seinem Pritschenwagen eine Panne hatte.

WARFIELD: Und was ist in diesem Moment, als sein Pritschenwagen eine Panne hatte, passiert? Hat Overton Ihnen das im Verlauf dieses Gespräches erzählt?

MADDOX: Er sagte, er habe, als der Wagen defekt wurde, diesen an den Straßenrand gelenkt und sei ausgestiegen, um ihn zu reparieren. Und als er damit beschäftigt gewesen sei, wäre Ellie Dinker zu ihm gekommen, und dann hätte sich ein kleines Gespräch zwischen ihnen entwickelt.

WARFIELD: Hat Overton Ihnen auch Angaben über den Inhalt dieses Gesprächs gemacht, Sheriff?

MADDOX: Er sagte, es wäre belanglos gewesen. Sie habe ihn gefragt, was für ein Wagen das sei, den er fahre; was ihm fehlte und wie lange es dauern würde, ihn zu reparieren. Solche Sachen eben.

WARFIELD: Fragen, die man von einem Fremden in einer solchen Situation erwarten würde?

MADDOX: Jawohl, Sir, so würde ich es bezeichnen.

WARFIELD: Was passierte dann?

MADDOX: Overton hat ihr darauf, wie er sagte, erklärt, was seiner Meinung nach an seinem Wagen kaputt sei, wie lange es dauern würde, ihn zu reparieren, und was sie sonst noch, seine Panne betreffend, von ihm wissen wollte.

WARFIELD: Die beiden haben also nur über solche harmlosen, alltäglichen Dinge gesprochen, als sie sich begegnet sind?

MADDOX: Ja, das wäre der Inhalt ihres Gesprächs gewesen. Mehr hätten sie sich nicht zu sagen gehabt, wie Overton mir erzählte.

WARFIELD: Und was geschah dann, Sheriff Maddox?

MADDOX: Dann sei Ellie Dinker wieder weggegangen, sagte er.

WARFIELD: Weggegangen?

MADDOX: Ein Stück weiter den Berg hinauf.

WARFIELD: Und das, hat Overton ihnen gegenüber erklärt, wäre das letztemal gewesen, wo er sie gesehen hätte?

MADDOX: Ja, wie er mir erzählte, wäre es das letztemal gewesen.

WARFIELD: Nur ein junges Mädchen, wie er sagte, das weiter die Straße hinaufgegangen wäre, richtig?

MADDOX: Ja, genauso hat er sich mir gegenüber ausgedrückt, Sir.

Aber so hatte sich Overton eben *nicht* ausgedrückt, wie Kinley erkannte, als er seine Notizen abermals zu Rate zog, und war wieder einmal beeindruckt davon, wie notwendig es doch war, sich die wichtigsten Passagen der Aussagen wortwörtlich aus den Protokollen abzuschreiben, egal, wie mühsam und unaussprechlich langweilig so eine Arbeit auch sein mochte.

Overton hatte an keiner Stelle gesagt, daß Ellie Dinker weiter den Berg hinaufgegangen wäre. Tatsächlich hatte er ganz etwas anderes ausgesagt. Maddox hatte am Anfang der Befragung durch den Anklagevertreter erklärt, Overton habe zu ihm gesagt, das Mädchen im grünen Kleid sei »ein Stück weiter die Straße« hinaufgegangen, und Kinley wußte, daß dies dem mundartlichen Sprachgebrauch des Südens nach *nicht* bedeutete, sie sei auf der Straße weitergegangen, bis sie hinter einer Kurve aus dem Blickfeld entschwand, sondern daß sie »ein Stück weit« gegangen ... *und dann stehengeblieben war.*

Es fiel Kinley nicht schwer, sich vorzustellen, was sich da so gegen zwölf Uhr dreißig am Nachmittag des 2. Juli 1954 auf der Bergstraße abgespielt hatte, und einen Moment lang konzentrierte er sich darauf, den Vorgang genauso zu sehen, wie Overton ihn gesehen haben mußte. Wie er den Pritschenwagen an den Straßenrand lenkt, zum Berg hochsieht und dort ein Mädchen in einem grünen Kleid erblickt, das beim Meilenstein 27 an der Bergstraße steht. Er steigt aus dem Wagen, öffnet die Motorhaube und entdeckt, daß sein Öltank leckt. Und in diesem Moment ist das Mädchen schon bei ihm und erkundigt sich, was dem Wagen denn fehle und wie lange es dauern würde, ihn zu reparieren. Und während er sich die notwendigen Werkzeuge hinten aus dem Wagen holt, beantwortet er ihre Fragen und macht dann, was jeder halbwegs mechanisch bewanderte Autobesitzer in so einem Fall tut – er kriecht unter den Wagen, um nach der Ursache des Lecks zu suchen und nachzuschauen, ob er es mit den ihm zur Verfügung stehenden Mitteln beheben kann. Und während er unter dem Wagen liegt und den Schaden betrachtet, schaut er auch einen Moment lang nach rechts und sieht, wie das junge Mädchen im grünen Kleid ein Stück weit die Straße hinaufgegangen – und *wieder stehengeblieben* ist.

Und ein paar Sekunden später konzentriert er sich dann wieder auf die Innereien seines altersschwachen Pritschenwagens. Bis er schließlich erkennen muß, daß er den Schaden mit dem Werkzeug, das er bei sich hat, nicht reparieren kann, unter dem Wagen hervorkriecht, die Straße hinaufblickt und dort niemanden mehr sieht beim Meilenstein 27, weil Ellie Dinker inzwischen fortgegangen ist.

Kinley schaltete seinen Computer ein und errichtete eine neue Datei unter dem Code OVER:GEH, mit dem er den zukünftigen Inhalt der Datei charakterisierte: OVERTONS GEHEIMNISSE.

Er wollte soeben die erste Eintragung in die Datei machen, als er ein leises Klopfen an der Haustür hörte. Als er auf den Flur hinaustrat, konnte er im Widerschein des Computers Dora auf der Veranda stehen sehen. Ihr Körper war in ein geisterhaft bläuliches Licht getaucht, als würde sie sich langsam in Dunst auflösen.

»Ich habe kein Telefon«, sagte sie, als er die Tür öffnete.

»Kommen Sie herein«, sagte Kinley leise, trat beiseite und sah ihr nach, als sie an ihm vorbei ins Wohnzimmer ging.

»Man kann sie noch immer riechen«, sagte sie, als sie sich zu ihm umdrehte.

»Was?«

»Die Beerdigungsblumen.«

Kinley nickte. Er nahm das erst jetzt wahr, erschreckt, wie man die Alarmzeichen einer Krankheit wahrnimmt: als habe er das Leben der Sinne zu lange mißachtet, bis es verkümmert war wie die Muskeln gelähmter Glieder.

»Es ist schön, Sie zu sehen«, sagte er leise.

Sie sah hinüber zum Kamin. »Dort hat er gestanden, nicht wahr?«

Wieder sah er sie verständnislos an.

»Ray«, erklärte Dora. »Der Sarg mit seiner Leiche.«

Kinley nickte. »Ja.«

Sie drehte sich zu ihm um. »Ich konnte nicht zur Beerdigung kommen. Es wäre nicht richtig gewesen.«

»Vermutlich nicht«, erwiderte Kinley. »Lois würde es nicht ...«

»Daß es Lois gestört hätte, wäre mir egal gewesen«, unterbrach ihn Dora. »Ich hatte dabei an Serena gedacht.«

»Lois ebenfalls«, sagte Kinley. »Sie will, daß das alles vor ihr geheimgehalten wird.«

»Sie meinen, das von Ray und mir?«

»Ja«, erwiderte Kinley. »Sie denkt, das würde Ray aussehen lassen wie ...«

»... einen Mann?« ergänzte Dora, »einen treulosen Mann?«

»So ungefähr, ja.«

Sie sah ihn fest an. »Nun, das war er doch, oder nicht?«

»Gewissermaßen. Ja.«

Dora holte tief Luft, als wollte sie den letzten schwindenden Duft von Rays irdischem Dasein noch in sich aufnehmen. »Ich habe zumindest sein Grab besucht«, sagte sie, »spät abends. Nachdem alle gegangen waren.«

»Ich ebenfalls«, erklärte er. »Ich hatte das Gefühl, das sei ich ihm schuldig. Es war seine erste Nacht unter der Erde.« Er lächelte leise. »Wir sind Primitive, verstehen Sie? Primitiv und abergläubisch. Magische Denker. Ich glaube, das werden wir auch immer bleiben.«

Dora lächelte. »Ray sagte ähnliche Dinge. Als wir tanzten. Es war eher ein Wiegen im Takt der Musik als ein Tanzen. Und er fragte: ›Weißt du, warum die Leute das lieben?‹. Und ich sagte: ›Nein‹. Und er sagte: ›Weil es eine uralte Bewegung ist.‹«

»Wie das Schaukeln auf den Wellen.«

»Wie das Schaukeln auf Lianen«, sagte Dora. »So hat es Ray beschrieben.«

Kinley nickte. »Würden Sie gern etwas trinken?«

Sie überlegte einen Moment. »Ja«, sagte sie schließlich. »Ich glaube, das würde ich gern.«

Aber nun war nur noch Gin übriggeblieben. Kinley ging in die Küche, kam mit der Flasche und zwei Gläsern zurück und schenkte ihnen beiden ein.

»Auf Ray«, sagte Dora, ihr Glas erhebend.

Kinley stieß sacht mit seinem Glas an ihres. »Auf Ray«, wiederholte er.

Sie tranken und setzten sich dann, Dora auf das Sofa beim Fenster, Kinley in den einfachen, ungepolsterten Schaukelstuhl ihr gegenüber.

Einen Moment lang senkte sich ein Schweigen auf sie herab, und in diesem stummen Intervall, als Kinley den Blick über sie hingleiten ließ, ihr Gesicht und ihren Körper in sich aufnehmend, stellte er sich sie und seinen alten Freund zusammen im Bett vor, nackt aneinandergeschmiegt, schläfrig und erschöpft. Er stellte sich die Liebe stets auf diese Weise vor – nie in Aktion, immer nur danach.

»Haben Sie es gefunden?« fragte Dora plötzlich.

Einen Moment dachte er, sie meinte die Liebe – ob er die Liebe gefunden habe –, und das »Nein« seiner Antwort war ihm schon fast über die Lippen gekommen, ehe er begriff, daß es etwas anderes war, wonach sie ihn fragte: nach dem Beweis der Unschuld ihres Vaters, den Ray ebenfalls hatte finden wollen.

»Nicht eigentlich«, erwiderte Ray. »Aber da gibt es ein paar Sachen, die ich weiterverfolgen möchte. Sachen, die mir in den Prozeßprotokollen aufgefallen sind und danach, als ich mich ein bißchen umhörte.«

Dora nahm bedächtig einen Schluck aus ihrem Glas, ihre dunklen Augen studierten ihn über dessen Rand hinweg. »Was für Sachen?«

»Ich habe mir eine Geländeskizze gemacht und darin die Positionen der betroffenen Personen zu bestimmten Zeiten eingetragen«, erwiderte Kinley. »Danach sieht es so aus, als hätte Ellie Dinker gar nicht vorgehabt, gleich zu Helen Slater hinaufzugehen, als sie ihre Wohnung am Fuß des Berges verließ.«

»Woher wissen Sie das?«

»Weil Martha Dinker damals vor Gericht ausgesagt hat, daß Ellie gar nicht in diese Richtung gegangen ist«, antwortete Kinley. »Und sie verließ ihr Haus schon sehr früh – einige Stunden früher, als es nötig gewesen wäre für den Weg von ihrer Wohnung zu dem Haus der Slaters.«

»Wohin ist sie denn gegangen?«

»Ich weiß es nicht.«

»Es sei denn, sie wäre mit ihm verabredet gewesen«, sagte Dora. »Das haben damals wohl einige Leute gedacht.«

Kinley starrte sie schweigend an – eine alte Technik, die Zeugen oft dazu zwang, ihre Geschichte auszuwalzen, sich noch mehr anzustrengen, um diesen stummen, leidenschaftslosen Beobachter davon zu überzeugen, daß das, was sie sagten, die Wahrheit sei. *Glaube mir. Glaube mir. Bitte, jemand muß mir doch glauben!*

Aber bei Dora funktionierte das nicht. Sie erwiderte lediglich seinen starren Blick, so sibyllinisch wie er im Schweigen verharrend, das sich ausdehnte wie ein Band, welches sich endlos in die Länge ziehen ließ, bis Kinley meinte, es zerreißen zu müssen.

»Haben Sie das denn jemals gedacht?« fragte er.

»Daß da etwas zwischen meinem Vater und Ellie Dinker gewesen wäre?« fragte Dora. »Absolut nicht. Er war nicht diese Art von Mann.«

»Treulos.«

Dora schüttelte den Kopf. »Schwach ist das richtige Wort. Er hatte Angst vor etwas.«

»Woher wissen Sie das?«

»Aus seinen Briefen«, erwiderte Dora. »Die er meiner Mutter schrieb.«

»Aus dem Gefängnis?«

»Nein, aus dem Krieg«, sagte Dora. »Aus dem Lazarett in Europa, in dem er nach seiner Verwundung lag. Aus dem Gefängnis hat er ihr nie geschrieben.« Sie nippte rasch an ihrem Glas. »Wenn Sie seine Briefe läsen«, setzte sie hinzu, »würden Sie wissen, was ich meine.«

»Haben Sie diese Briefe noch?«

»Ja«, erwiderte Dora. »Möchten Sie sie sehen?«

Zuweilen hatte er bei seiner Arbeit nicht mehr als einen Charakter, wenn er ein Verbrechen bewerten mußte, einen Kriminellen, ein Opfer – nicht viel mehr als Bruchstücke von Emotionen, die er aus ihnen herausholte oder ablöste wie Farbreste von den Wänden alter Höhlen; hier und dort verstreute Spuren von Feigheit oder Tapferkeit, Anstand oder Ruchlosigkeit: das Glitzern in Jagos Augen; Cassius' hungriger Blick; Kains unsicherer Schritt an dem Tag, als er seinen Bruder erschlug.

»Ja, ich würde sie mir gern anschauen«, sagte Kinley.

Zu seiner Überraschung holte sie die Briefe nun aus der Handtasche, die sie im Schoß hielt, hervor. »Ich dachte es mir«, sagte sie, als sie ihm diese überreichte.

Es waren nur ein paar Briefe, ein grob von Gummibändern zusammengehaltenes schmales Bündel von Feldpostbriefen, versehen mit dem Stempel eines Lazaretts in Belgien.

»Vor dem Krieg mag er ja anders gewesen sein«, sagte Dora, als sie die Hand von den Briefen nahm. »Meine Mutter sagte jedenfalls, daß er vorher anders war.« Sie sah Kinley an. »Stärker. Tapferer.« Sie lächelte. »So wie Ray.«

Das war es also, dachte Kinley, während sein Blick sich auf ihr Gesicht heftete – die ewige Suche nach dem Vater. Er fragte sich, warum er, der beide Eltern als Kind verlor, nie das Bedürfnis gehabt hatte, in anderen nach ihnen zu suchen. Aber für ihn war das ja wohl nicht notwendig gewesen. Denn seine Großmutter hatte damals sofort die Zügel aufgenommen, die Lücken ausgefüllt, ihn auf den Armen gewiegt, ihn gehegt und gepflegt.

»Ich bin auch ein Waisenkind gewesen«, sagte er ruhig und ernst, um dann dankbar hinzusetzen, »aber nicht lange.«

Dora nickte rasch, während ihr Geist reflexartig zum eigentlichen Thema zurückkehrte. »Und was wollen Sie als nächstes unternehmen? Noch mehr Zeugen befragen?«

»Ich möchte die Route, auf der Ellie Dinker damals den Berg hinaufgegangen ist, abschreiten«, erwiderte Kinley.

»Weshalb?«

»Um die Zeit zu messen, die man für diese Route braucht«, erwiderte er in nüchternem Ton, obwohl er wußte, daß er keineswegs nur beabsichtigte, dem Zeitelement nachzugehen. Wem er sonst noch nachspüren wollte, konnte er ihr schwerlich erklären – der Atmosphäre jenes Tages; dem Spiel von Licht und Schatten; einer Spannung in der Luft, die ein Verhängnis ankündigt, auf das ein Mensch hilflos zugetrieben war.

»Sie wollen den Weg also selbst abschreiten?«

»Ja.«

»Von der Rückseite des Hauses wohin?«

»Zu der Stelle, wo Ihr Vater sie zuletzt sah, als sie noch lebte.«

Er konnte sehen, wie sich plötzlich etwas in ihr bewegte, als wäre ein kleiner Teil ihres Geistes aus ihrem Körper herausgetreten und schwebte nun auf ihn zu. Sie stand rasch auf, als wollte sie ihn zurückrufen. »Ich sollte jetzt besser wieder gehen«, sagte sie.

Er erhob sich und begleitete sie zur Tür, öffnete diese und ließ sie auf die Veranda hinaustreten. Dort drehte sie sich noch einmal zu ihm um, mit einem sehr ernsten aber auch etwas fragenden Gesicht: »Sie werden die Route morgen abschreiten?«

»Ja.«

»Wann?«

»Morgens.«

Sie schien einen Moment lang darüber nachzudenken, ehe sie die nächste Frage an ihn richtete : »Hätten Sie etwas dagegen, wenn ich Sie dabei begleiten würde?«

»Nein.«

»Ich möchte Ihnen aber nicht im Weg sein.«

»Das wären Sie nicht.«

Einen Moment lang ruhten ihre Augen schweigend aufeinander, ehe ihr Blick hinunterglitt zu den Briefen, die Kinley noch immer in der Hand hielt. »Und wann werden Sie die lesen?« fragte sie.

»Vermutlich noch heute abend.«

Sie sah ihn ernst an. »Sie sind ein Mann, der offenbar viel und lange arbeitet, nicht wahr?« sagte sie. »Werden Sie denn nie müde?«

»Manchmal.«

»Und was machen Sie dann?«

Noch ehe er ihr darauf eine Antwort gab, wußte er, daß sie ihr, so ehrlich diese auch war, absurd erscheinen mußte.

»Dann arbeite ich so lange weiter, bis ich nicht mehr müde bin.«

Kaum war sie gegangen, kehrte Kinley an Rays Schreibtisch zurück, löste die Gummibänder von dem Packen Briefe, die Charles Overton während des Krieges an seine Frau geschrieben hatte, und las sie.

Sie waren genau das, als was Dora sie bezeichnet hatte – Zeugnisse eines gebrochenen Mannes. Es waren Bekundungen jener Art, wie sie Kinley schon zu Hunderten gelesen hatte –

von seinen »Fans«, die ihm die Hand auf die Schulter legen und seine Aufmerksamkeit erregen wollten: *Ich lese gerade Ihr Buch, Mr. Kinley; und da mußte ich mich einfach hinsetzen und Ihnen schreiben, was mir passiert ist.*

Was mir passiert ist. Unter den unzähligen Briefen, die Kinley seit der Veröffentlichung seines ersten Buches erhalten hatte, war nicht einer mit einer Kriegsverletzung darunter gewesen, die derartige Verwüstungen angerichtet hatte. Vielmehr berichteten seine namenlosen Korrespondenten von Entführungen, Foltern, Morden, vermißten Verwandten, die die Flut wieder an den Strand geschwemmt hatte oder die man schließlich zerschmettert unter einem Felsen, unter einer Brücke oder an einem Baum hängend gefunden hatte. Sie schrieben von jähen, unerklärlichen Anfällen, die sie ohne Vorwarnung überkamen und ihnen auch keine Erleichterung brachten – von jenen schrecklichen Stürmen, die immer über die Wüsteneien des Verbrechens hinbrausten.

Charles Overtons Briefe waren anders als diese – ganz anders. Und Dora hatte nichts beschönigt, sondern ihre Substanz exakt erfaßt. Es waren die Briefe eines Menschen, der seinen Lebenswillen verloren hatte – dessen Verletzung so schlimm war, daß sie nicht nur seinen Körper verwüstet hatte. Die Lebensenergie, die seelische und geistige Elastizität und Vitalität, war aus ihm herausgesprengt worden, so daß nicht viel mehr übrig geblieben war als ein sich bewegendes Fleisch – ein Mann, der sich durch seine Tage schleppte, bis der Tod wie ein Freund zu ihm kam, um ihn in das Vergessen mitzunehmen, nach dem er sich schon so lange sehnte.

Nun wußte Kinley, warum Overton schon bei der ersten Vernehmung zusammengebrochen und schließlich mit schlurfenden Schritten durch den Raum auf die Stelle zugegangen war, wo der elektrische Stuhl ihn erwartete wie eine Mutter mit ausgebreiteten Armen.

20

SIE WARTETE SCHON auf ihn, als er seinen Mietwagen vor der alten Wohnstätte der Dinkers am Fuß des Berges abbremste. Sie trug eine dunkelblaue lange Hose und sah aus der Entfernung wie ein Soldat in Uniform aus – gerade und aufrecht wie ein Wachposten, der etwas gegen einen Feind verteidigen muß.

»Ich habe heute meinen freien Tag«, sagte sie, als Kinley auf sie zukam. »Deswegen kann ich mich an dieser Expedition beteiligen.«

Kinley nickte, während sein Blick über die Rundung von Doras Schulter hinwegglitt und die verkohlten Überreste des alten Hauses dahinter musterte – eine schwarze Ruine in einem Kiefernhain.

»Es war auch vor dem Brand nichts Großartiges«, sagte Dora, sich zu der Ruine umdrehend. »Wenigstens hat mir das meine Mutter erzählt.«

Kinley starrte die Betonstufen an, die ins Nichts hinaufführten; den Haufen geschwärzter Ziegel und verkohlter Holzreste, die unter einem Blechdach begraben waren, welches schon lange vor dem Feuer vom Rost zerfressen gewesen zu sein schien.

»Hier war es, wo wir uns zuerst begegnet sind«, sagte Dora, als er fortfuhr, das zerstörte Haus zu betrachten. »Ray und ich.«

»Hier?« widerholte Kinley.

»Ich war an dem Tag hinuntergewandert«, fuhr Dora fort, »irgendeinem Impuls folgend, könnte man sagen, und stand hier vor der Ruine, als er am Straßenrand hielt. Er saß in seinem Dienstwagen.« Sie lächelte leise. »›Wenn Sie sich mit dem Gedanken tragen‹, sagte er zu mir, ›dieses Grundstück zu kaufen – machen Sie das nicht.‹«

»Hat er auch gesagt, warum nicht?«

»Weil ein Fluch darauf liegen würde, hat er mir damals

erklärt«, fuhr Dora fort, »weil es verwünscht sei von Ellie Dinker.« Sie drehte Kinley das Gesicht zu. »Ich sagte zu ihm: ›Nein, nicht von Ellie Dinker, sondern von Charles Overton.‹«

»Wußte er, was Sie meinten?«

Dora nickte. »Ja«, erwiderte sie. »Sein Gesicht wurde sehr ernst. Er hatte vorher gelächelt – so wie ein kleiner Junge, verstehen Sie? –, aber dann wurde sein Gesicht sehr ernst.« Sie zuckte mit den Achseln. »Ich schätze, das war der Moment, wo es zwischen uns begonnen hat.«

Kinley lächelte still. Das war eine kleine romantische Geschichte, und er fragte sich, warum ihm ein solcher Moment, der dann zu so einem Erlebnis geführt hatte, nie zuteil geworden war. Vielleicht war das, was seine Großmutter einmal zu ihm gesagt hatte, eine ausreichende Erklärung dafür: *»Von dir geht etwas Kaltes aus ... wie von deiner Mutter.«*

Er spürte, wie seine Hand etwas zu greifen versuchte, das sich immer knapp außerhalb seiner Reichweite zu befinden schien, und ging dann auf die Ruine zu.

»Ellie verließ das Haus durch die Hintertür«, sagte er, als Dora neben ihn trat. »So hat es Mrs. Dinker jedenfalls dem Gericht erzählt.«

Ein paar Sekunden später standen sie im Hof hinter der Ruine – eine morastige, kahle Fläche mit kleinen Inseln im Winde nickender Grashalme und Taubnesseln, die sich schließlich im dichten Gestrüpp des Bergwaldes verloren, der hinter dem Hof wie eine hohe grüne Mauer aufragte.

Es war dieser Wald, in dem Ellie Dinker am Mittag des 2. Juli 1954 untertauchte.

»Sie nahm den Pfad dort«, sagte Kinley, während er fast unwillkürlich den Arm hob und mit dem Zeigefinger auf eine kleine Lücke im dichten Unterholz wies. Er sah Dora an. »Das ist die erste Frage«, sagte er. »Warum ging sie in diese Richtung, wenn sie zu Helen Slaters Haus wollte?« Sein Arm bewegte sich nach links, weit weg von der Öffnung des Pfades im Unterholz, und hob sich dann, um auf den Scheitel des

Berges hinaufzuweisen. »Helen Slater wohnt dort oben hinter dem Hügel. Ellie Dinker ging nicht einmal annähernd in diese Richtung, als sie gegen Mittag das Haus hier verließ.« Er blickte Dora an. »Weshalb?«

Dora machte keinen Versuch, ihm eine Antwort darauf zu geben, sondern folgte ihm schweigend. Sie drängten weiter in den Hof vor, und seine geübten Augen machten eine genaue Inventaraufnahme von der Umgebung – von den verwitterten Resten eines Schuppens; einer alten Schaukel mit verrosteten Ketten; einem mit Holz zugedeckten Brunnen; einem kleinen Räucherhaus, dessen Tür noch an einer rostigen Angel hing. Auch die kleinen, nebensächlich erscheinenden Dinge übersah er nicht. Ihre Bedeutung bestand darin, daß sie ihm etwas von der Atmosphäre vermittelten, die hier einmal geherrscht hatte – ihm mit einem kaum vernehmbaren Flüstern eine Geschichte erzählten von Liebe und Leid, Verlust oder Vernachlässigung.

»Sie hat diesen Pfad genommen«, sagte Kinley, als sie die grüne Mauer des Waldes erreichten. Er blickte auf seine Armbanduhr. »Sieben Uhr vierundzwanzig«, erklärte er. »Gut. Wir werden ein nicht zu schnelles Tempo anschlagen und zusehen, wie lange wir brauchen, bis wir oben an der Bergstraße wieder aus dem Wald herauskommen.«

Sie tauchten gemeinsam im Wald unter, folgten Seite an Seite dem Pfad, der bald nur noch ein schmales, braunes Band zwischen ihn bedrängenden, wuchernden Pflanzen war. Die grünen Schatten, die in der Ferne lauerten, schienen greifbar nah zu sein: keine bloßen Bereiche dunklerer Färbung, sondern viel mehr atmende, lauernde Geschöpfe – der Stoff, aus dem Alpträume gemacht wurden, jene Unholde der Nacht, deren Fauchen und Stöhnen er, wie Kinley sich jetzt wieder erinnerte, zu hören glaubte, als er sich ruhelos in seinem kleinen Zimmer hin und her wälzte, sein kindlicher Geist genauso erhitzt und wild wie die Wesen, die er sich erschuf.

Nach einer Weile wurde aus der Erhebung plötzlich ein

Steilhang, an dem man hinaufklettern mußte, und Kinley konnte spüren, wie sein Herz zu hämmern begann, die Luft in seinen Lungen dicker wurde – zäh wie Syrup, wie es ihm erschien – und er sich fühlte wie ein Wesen, das in diesem erstickenden, grünlich schillernden Schleim ertrank, der sich schwer und regungslos auf den Tümpeln und Teichen ausbreitete.

»Lassen Sie uns hier anhalten«, sagte er, als der enge Pfad sich mit einemmal zu einer Lichtung erweiterte.

»Ein Großstadtjunge«, sagte Dora mit einem dünnen Lächeln, »der an so etwas nicht mehr gewöhnt ist.«

Kinley blickte auf seine Uhr und notierte sich im Geist die Zeit – sieben Uhr, zweiundvierzig Minuten und fünfzehn Sekunden. »Nur ein paar Minuten – dann geht es weiter«, versicherte er ihr.

»Sie könnte damals ebenfalls hier angehalten haben«, sagte Dora.

Kinleys Hände griffen nach einem niedrighängenden, schlanken Ast, als müsse er sich verzweifelt daran festklammern, um nicht in die Tiefe zu stürzen. »Ja, das könnte sie vielleicht«, sagte er. »Sie wäre bis hierher ja schon zwanzig Minuten gegangen.«

»Und fast schnurgerade den Berg hinauf«, setzte Dora hinzu. Ihr Blick wanderte am Hang entlang. »Dorthin, wo mein Vater sie erwartete.«

»Nur, daß Sie das nicht glauben«, erinnerte Kinley sie.

»Ich weiß, daß er nichts mit Ellie Dinker hätte anstellen können, wenn es das ist, was sie meinen«, erwiderte Dora. Sie blickte ihn vielsagend an. »Haben Sie seine Briefe gelesen?«

»Ja.«

»Und?«

»Er war ein gebrochener Mann, wie Sie gestern schon sagten«, erwiderte Kinley. »Hat Ihnen Ihre Mutter jemals verraten, was das für eine Verletzung gewesen ist? Er erwähnt in seinen Briefen keine Einzelheiten.«

»Seine Beine«, antwortete Dora, »wurden von Granatsplittern getroffen. Beide Beine, sagte sie. Er hinkte beim Gehen.«

»Es war eher ein Schlurfen.«

Sie sah ihn neugierig an. »Woher wußten Sie das?«

Kinley zögerte und wünschte sich, er hätte diese Bemerkung besser für sich behalten. »Nun, ich las eine Beschreibung seines ... seines Todes.«

»Seiner Hinrichtung, meinten Sie wohl.«

»Der Autor erwähnte seinen Gang«, sagte Kinley.

Doras Gesicht nahm einen Ausdruck an, der das, was sie gestern von ihrem Vater gesagt hatte, absolut widerlegte – seine Feigheit, seine Schwäche, die ihm vom Leben zugewiesene Rolle als rückgratloses Opfer. In einem einzigen Moment schien das alles weggespült zu werden, und inmitten der tiefen grünen Schatten wurde ihr Gesicht auf geheimnisvolle Weise noch tiefer, als ob es plötzlich bereichert würde von der Liebe, die sie noch immer empfand – immer empfinden würde – für ihren unbekannten Vater. Sie hob die Augen zu ihm, die feucht waren und sogar glitzerten in diesem trüben Licht. »Warum kann ich ihn nicht gehen lassen?«

»Seien Sie froh, daß Sie es nicht können.«

»Warum soll ich darüber froh sein?«

Er war sich nicht sicher, weshalb, wie ihm nun klarwurde; sondern spürte nur, daß bestimmte Gefühle Bestandteil eines jeden Lebens sein sollten und man, wenn diese nie ihre volle Skala erreichten, auch entsprechende Verluste hinnehmen mußte, wenngleich er nicht genau wußte, welcher Art.

»Warum?« wiederholte Dora.

Kinley dachte an seine eigenen Eltern – tot, tot, tot. »Weil Sie ihn immerhin ein bißchen kennenlernen durften«, erwiderte er. »Wohingegen ich kaum etwas von meinem Vater weiß.«

Sie nickte. »Ja«, sagte sie. »Ray erzählte es mir. Daß Ihre beiden Eltern bei einem Autounfall ums Leben kamen, als Sie drei Jahre alt waren.«

Kinley spürte, wie die Angst sich wieder in ihm regte, dieses alte Unbehagen, daß er nun gleich anfangen könnte, seinen Stand als Vollwaise zu beklagen, wie er das bei vielen erlebt hatte, die gleich ihm ihre Eltern verloren hatten. Sie benutzten es als Rechtfertigung für Dinge, die sie später getan hatten: *Hätte man mich nicht alleingelassen als Kind, würde ich niemals geraubt, vergewaltigt, gemordet haben.* Es war eine Ausrede, die er zu oft gehört hatte, um etwas anderes dabei empfinden zu können als Verachtung.

»Wir sollten nun besser unseren Weg fortsetzen«, sagte er, jede weitere Diskussion über seine Kindheit vermeidend.

Sie kletterten nun wieder bergauf – Kinley voran, Dora dicht hinter ihm. Er konnte ihren Atem hören, als wäre es sein eigener, ihre Schritte spüren, als wären es die eigenen Füße, und einen Moment dachte er, daß es das war, was sich Ray am meisten in seinem Leben gewünscht hatte – einen Begleiter im Wald, jemanden, mit dem er auf die Pirsch gehen konnte.

Als sie schließlich die Bergstraße erreichten und Kinley auf die Uhr sah, war es sieben Minuten nach acht. Und nachdem er die kurze Pause auf der Lichtung abgezogen hatte, errechnete er für die Zeit, die Ellie Dinker damals für den Weg von ihrem Haus bis zur Straße gebraucht haben mußte, dreißig Minuten.

»Ungefähr eine halbe Stunde«, sagte Kinley, als er von seiner Uhr hochsah. »Was bedeutet, daß sie so gegen halb ein Uhr nachmittags hier an der Straße aufgetaucht ist.«

Dora nickte.

»Und nach übereinstimmenden Zeugenaussagen hat Ihr Vater damals Punkt halb eins die Baustelle vor dem Gerichtsgebäude verlassen«, setzte Kinley hinzu. »Was bedeutet, daß er hier so gegen zwölf Uhr fünfunddreißig angelangt sein muß.« Er sah zum Scheitel des Berges hoch, wo er fast die Stelle an dessen Rand erkennen konnte, an der er gestern mit Helen Slater gestanden hatte. Sie hatten beide auf Sequoyah hinuntergestarrt, den Blick auf das große graue Gemäuer des Gerichtsgebäudes geheftet. »Sie hätte von hier aus nur noch eine Stunde gebraucht, um den Rest des Weges bis zum Haus ihrer Freundin zurückzulegen«, sagte er. »Viel mehr als eine Stunde kann es unmöglich sein.«

Dora sah zum Bergkamm hoch; sagte aber nichts.

»Sie hatte sich dort mit Helen für fünf Uhr nachmittags verabredet«, sagte Kinley. »Warum hatte sie dann ihr Haus schon so früh verlassen?«

Dora schüttelte den Kopf. »Ich weiß es nicht.«

»Aber sie ging ja gar nicht weiter den Berg hinauf«, setzte Kinley hinzu. »Oder sonstwo hin.«

»Wie meinen Sie das?«

»Wenn sie hier um zwölf Uhr dreißig angelangt war und ihr Vater nicht vor zwölf Uhr fünfunddreißig hier vorbeikommen konnte ...«

»... dann muß sie hier gewartet haben«, platzte Dora heraus.

»Korrekt«, erwiderte Kinley. »Gute fünf oder sogar zehn Minuten muß sie hier allein am Straßenrand gestanden haben – genauso, wie Ihr Vater das bezeugt hatte.« Sein Blick heftete sich auf eine schlanke weiße Säule. »Bei diesem Meilenstein dort drüben.«

Dora blickte zu ihm hinüber. »Sie hat einfach dort gestanden«, wiederholte sie, als spräche sie mit sich selbst. »Aber warum?«

Kinley schüttelte den Kopf. »Das müssen wir jetzt herausfinden.«

Sie sah ihn voller Zweifel an. »Glauben Sie, daß Sie das können?«

»Ich weiß es nicht, Dora.«

»Ray konnte es nicht.«

»Vielleicht, weil ihm keine Zeit mehr blieb, es herauszufinden.«

Sie schüttelte heftig den Kopf. »Nein«, sagte sie fest. »Er erzählte mir, daß seine Nachforschungen zu nichts geführt hätten, und es keine Spuren mehr gäbe, die er noch verfolgen könne.«

»Wann hat er das zu Ihnen gesagt?«

»Einen Tag bevor er starb.«

»Und Sie glaubten ihm?«

»Nein«, erwiderte sie, ihn fest ansehend, »ich glaubte ihm nicht. Ich hatte das Gefühl, daß er aufgegeben hatte.«

»Warum?«

Sie zuckte leicht mit den Achseln. »Vielleicht war er die Sache leid.«

»Machte er auf Sie diesen Eindruck?«

»Nein.«

»Wie wirkte er auf Sie?«

Sie dachte einen Moment nach, suchte nach dem richtigen Wort. »Verloren«, sagte sie schließlich. »Als wüßte er nicht, was er nun tun sollte.«

21

KINLEY NAHM SEINEN Platz an Rays Schreibtisch ein, schaltete den Computer an und tippte den entsprechenden Code für die Datei ein – OVER:GEH.

Dann gab er unter dem Titel ›Fragen, Ellie Dinker betreffend‹ folgendes ein:

1) Warum wollte sich Ellie Dinker mit Helen Slater bei deren Haus treffen und nicht bei ihrem eigenen, das doch viel näher bei ihrem gemeinsamen Ziel lag – dem neuen Gerichtsgebäude in Sequoyah?
2) Warum brach sie fünf Stunden früher als nötig zu Helen Slaters Haus auf?
3) Warum bewegte sie sich in eine dem Haus ihrer Freundin entgegengesetzte Richtung, wenn sie, wie sie ihrer Mutter erzählte, zu ihrer Freundin gehen wollte, um bei ihr zu essen?

4) Warum blieb sie am Rand der Bergstraße stehen?

Nachdem die Fragen im Computer gespeichert waren, nahm sich Kinley noch einmal den einzigen Bericht vor, den es von Ellie Dinkers Verbleiben, nachdem sie ihre Wohnung am Fuß der Berges verlassen hatte, gab – die Aussage von Sheriff Maddox über das Gespräch mit Overton im Auto nach dessen Verhaftung.

Er las sie sorgfältig zweimal durch, hinter jedem Wort eine Antwort auf seine Fragen suchend. Sheriff Maddox war nun schon seit einigen Jahren tot; aber als er die Aussage über das Gespräch mit Overton noch einmal durchging, drängte sich Kinley der Hinweis auf eine dritte Person auf, die dieses Gespräch mit angehört haben mußte:

WARFIELD: Nun, Sheriff, hatten Sie auch nach der Verhaftung von Charles Overton eine Gelegenheit gefunden, mit dem Angeklagten, Charles Overton, zu reden?

MADDOX: Jawohl, Sir.

WARFIELD: Wann war das, Sheriff?

MADDOX: Nachdem ich auf dem Rücksitz von Deputy Hendricks Streifenwagen Platz genommen hatte und wir zur Einsatzzentrale, das Sheriff's Department, in Sequoyah zurückfuhren.

WARFIELD: Sie saßen während dieser Fahrt also neben Overton auf dem Rücksitz?

MADDOX: Jawohl, Sir.

WARFIELD: Und Deputy Hendricks lenkte den Wagen?

MADDOX: Richtig, Sir.

Deputy Hendricks hatte also den Einsatzwagen gefahren, als Overton und Sheriff Maddox sich auf dessen Rücksitz über Ellie Dinker unterhielten.

Ben Wade hatte ihm erzählt, daß Hendricks schon bald nach dem Overton-Prozeß den Polizeidienst quittiert habe und jetzt an der South Side High School arbeiten würde. Kinley blickte auf seine Uhr und rechnete nach, zu welchen Zeiten dort die Pausen zwischen den Unterrichtsstunden sein mußten, vorausgesetzt, die Verhältnisse hatten sich seit seiner Schulzeit nicht radikal verändert.

Er traf ein paar Minuten später vor der Schule ein, begab sich dort in das Verwaltungsbüro und fragte nach Riley Hendricks.

»Er gibt gerade Unterricht«, erklärte ihm die Frau hinter dem Schreibtisch.

»Wann wird er denn mit dem Unterricht fertig sein?«

»Um elf Uhr dreißig, wenn die Mittagspause beginnt.«

»Könnte ich ihm eine Nachricht hinterlassen?«

»Aber sicher«, erwiderte die Frau lächelnd. »Ich werde sie ihm gern übermitteln, sobald er aus dem Klassenzimmer kommt.«

»Sagen Sie ihm nur, daß jemand ihn gerne sprechen möchte. Ich werde auf dem Parkplatz für das Lehrpersonal auf ihn warten«, sagte Kinley.

»Und soll ich ihm einen Namen nennen?«

»Das ist nicht nötig. Mein Name würde ihm nichts sagen.« Kinley ging zur Tür und drehte sich dort noch einmal um. »Ach – könnten Sie mir verraten, was für einen Wagen er fährt, damit ich ihn auf dem Parkplatz nicht verfehle?«

»Einen Chevrolet, glaube ich«, erwiderte die Frau. »Einen hellgrünen Caravan.«

Kinley nickte. »Danke.«

Kinley verließ das Gebäude wieder, machte eine harte Wendung nach links und ging zum Parkplatz, der für die Lehrer reserviert war. Dort konnte er den grünen Chevrolet neben einem großen orangefarbenen Familienbus erkennen. Er ließ ihn, während er am Rand des Parkplatzes wartete, nicht mehr aus den Augen, sah nur hin und wieder kurz zum Berg hinauf, als befände sich dort etwas, das seinen Blick unwillkürlich auf sich lenkte.

Es dauerte keine zehn Minuten, bis er Riley Hendricks aus der Seitentür des Schulgebäudes treten und mit energischen

Schritten dem Parkplatz zustreben sah. Er war kleiner, als Kinley sich ihn vorgestellt hatte, und auch hagerer, offenbar bemüht, sein Idealgewicht über die mittleren Jahre hinüberzuretten.

Kinley bewegte sich vom Rande des Parkplatzes auf den grünen Chevrolet zu und langte genau in dem Moment dort an, als Hendricks die Tür an der Fahrerseite aufsperrte.

»Entschuldigen Sie«, sagte Kinley. »Sie sind doch Riley Hendricks, nicht wahr?«

Hendricks drehte sich zu ihm um. »Ja, der bin ich.«

»Ich habe eine Nachricht für Sie im Büro der Schulverwaltung hinterlassen.«

»Tatsächlich?« erwiderte Hendricks. »Nun – ich bin nicht mehr am Verwaltungsbüro vorbeigekommen.« Er lächelte ein wenig verlegen. »Um die Wahrheit zu sagen – ich lasse mich dort selten sehen.«

»Ich wollte Sie nur kurz sprechen«, sagte Kinley, »in einer privaten Angelegenheit.«

Hendricks musterte ihn mit einem besorgten, ja mißtrauischen Blick. »Tatsächlich? Und was sollte das denn sein?«

»Ein alter Mordfall.«

»Mordfall?« wiederholte Hendricks stirnrunzelnd. »Nun, wer sind Sie eigentlich, wenn ich fragen darf?«

»Mein Name ist Jack Kinley.«

»Sind Sie vom FBI?«

Kinley schüttelte den Kopf. »Nein, ich bin Schriftsteller«, erwiderte er. »Und ich war eng mit Ray Tindall befreundet.«

Hendricks schien in diesem Moment ein Licht aufzugehen. »Ich verstehe«, murmelte er.

»Ray arbeitete an dem gleichen Fall.«

Hendricks sagte nichts.

»Dem Fall Ellie Dinker.«

Hendricks blickte ihn mit versteinertem Gesicht an. »Ich hatte damit nichts zu tun«, sagte er. »Sheriff Maddox war dafür verantwortlich.«

»Verantwortlich?«

»Er leitete die Untersuchung«, sagte Hendricks rasch, »nicht ich.«

»Die Vernehmungen, meinen Sie?«

»Ich meine damit alles«, gab Hendricks hölzern zurück. »Ich war damals noch ein Grünschnabel – ein Neuling in diesem Beruf.«

Kinley zog langsam sein Notizbuch aus der Brusttasche und öffnete es an der Stelle, wo er sich eine Abschrift von Sheriff Maddox' Aussage vor Gericht gemacht hatte. »Sie fuhren den Wagen, als Maddox Overton nach dessen Verhaftung befragte.«

Hendricks nickte langsam und mit einem seltsamen Widerstreben, als würde er sich damit, daß er das zugab, schuldig machen.

»Während des Prozesses machte Sheriff Maddox dann als Zeuge des Anklagevertreters eine Aussage über den Inhalt des Gesprächs, das er mit Overton führte, während Sie die beiden mit dem Wagen von Overtons Wohnung zum Polizeirevier brachten«, sagte Kinley. »Kennen Sie diese Aussage?«

»Ja.«

»Sie waren bei der Verhandlung anwesend und haben sie selbst gehört?«

Hendricks nickte. »Es war ja ein bedeutender Prozeß«, erwiderte er, »der viele Zuhörer anlockte. Ich schätze, ich war damals genauso neugierig wie fast alle Leute hier in der Gegend.«

Kinley blickte auf seine Notizen. »Es ging in dieser Aussage zumeist um Routineangelegenheiten; aber ich hätte dennoch ein paar Fragen dazu.«

Hendricks Blick glitt hinunter zu dem Notizbuch, als hätte er plötzlich Angst, daß da etwas für ihn Verhängnisvolles auf diesen kleinen weißen Seiten geschrieben sein könnte. Und dann sah er plötzlich wieder zu Kinley hoch. »Hören Sie – warum steigen Sie nicht in meinen Wagen, und wir machen eine kleine Spazierfahrt?« sagte er. »Schulen sind

Gerüchteküchen, verstehen Sie? Wenn die Leute mich dabei beobachten, wie ich mit einem Fremden rede, der sich Notizen macht, kommen sie auf die verrücktesten Gedanken.«

»Also gut«, sagte Kinley. »Wohin wollen Sie denn mit mir fahren?«

»Steigen Sie erst mal ein«, gab Hendricks zurück. Er nahm hinter dem Lenkrad Platz und wartete, bis Kinley es sich auf dem Beifahrersitz bequem gemacht hatte.

»Mein Streifenwagen damals war genauso wie dieser«, sagte Hendricks dann, als er den Motor anließ. »Keine Trennscheibe aus Sicherheitsglas zwischen dem Fahrer und den Leuten auf dem Rücksitz, wie das heute üblich ist.«

»Also konnten Sie alles hören, was hinter Ihnen im Wagen gesprochen wurde?«

Hendricks nickte stumm und lenkte den Wagen vom Parkplatz auf die Straße.

»Ich war damals wirklich noch nicht ganz trocken hinter den Ohren«, sagte er, als er in südlicher Richtung aus der Stadt fuhr, »ein richtiger ›Dudley-Typ‹, der alles hundertprozentig machen will.« Er lächelte. »Übereifrig. Idealistisch. Naiv.«

»Wie lange waren Sie damals schon im Polizeidienst?« fragte Kinley.

»Fast drei Jahre«, erwiderte Hendricks, »und in dieser Zeit hatte sich hier nichts Großartiges ereignet. Abgesehen von ein paar Schwarzbrennereien, die wir dicht machten, oder Landstreichern, die wir wegen irgendwelcher Diebstahlsdelikte festnahmen, hatten wir es ausschließlich mit betrunkenen Randalierern oder Leuten, die gegen Verkehrsregeln verstießen, zu tun.« Er schüttelte den Kopf. »Bis dann dieser Fall Ellie Dinker auf den Tisch kam. Es war der erste Mord, an dessen Aufklärung ich mitwirken durfte.« Hendricks bog links in eine Seitenstraße ein, fuhr in östlicher Richtung an zwei Häuserblocks vorbei, bog dann wieder nach rechts ab und fuhr nun langsam am Fuß des Berges entlang, der rechts von ihn-en wie eine grüne Wand aufragte. »Wir hörten auf dem Revier nichts anderes mehr, bis wir Charlie Overton verhafteten.«

»Haben Sie ihn schon vor seiner Festnahme gekannt?«

»Charlie, meinen Sie?« sagte Hendricks. »Nein, überhaupt nicht. Ich meine, ich wußte natürlich, wer er war. Er arbeitete ja schon seit zwei Jahren auf der Baustelle des neuen Gerichtsgebäudes. Aber als Mensch? Nein, als Mensch habe ich ihn vorher nicht gekannt.«

Die Straße schlängelte sich noch immer am Fuß des Berges entlang, bis sie sich schließlich mit der Bergstraße kreuzte. Hier hielt Hendricks mit seinem Wagen an. »An dieser Kreuzung wartete ich damals auf Sheriff Maddox. Er hatte mir über Funk Anweisung gegeben, mich hier für einen Einsatz bereitzuhalten. Als ich dann seinen Wagen vorbeikommen sah, klemmte ich mich dahinter. Ben Wade fuhr im Wagen des Sheriffs mit.«

»Sie fuhren hinauf zu Overtons Haus?«

»Ja, wir fuhren damals mit zwei Einsatzwagen den Berg hinauf«, erwiderte Hendricks, gab wieder Gas, überquerte mit dem Wagen die Kreuzung und lenkte ihn dann auf einen kleinen Picknickplatz, der sich unterhalb der Aussichtsplattform befand. »Wir können hier anhalten«, sagte er und ließ den Wagen am Rande des Platzes ausrollen. »Hier ist es ruhig und schattig«, setzte er hinzu, während er die Fahrertür öffnete. »Und Bänke gibt es auch.«

Kinley stieg aus dem Wagen und folgte Hendricks zu einem der Picknicktische, wo er Hendricks gegenüber Platz nahm.

»Ich ruhe mich nachmittags gern hier aus«, erklärte Hendricks. »Es ist so friedlich hier.«

Kinley schlug wieder sein Notizbuch auf. »Der Sheriff gab bei seiner Vernehmung vor Gericht an, Overton habe den Mord abgestritten.«

»Er hat die Tat zwar abgestritten«, sagte Riley, »sie jedoch später dann zugegeben.«

»Aber das war ein paar Stunden später. Als Ben Wade ihn verhörte.«

»Das ist richtig.«

»Machte Overton einen irgendwie schuldbewußten Eindruck, als er hinten auf dem Rücksitz neben Sheriff Maddox saß?«

»Nein«, erwiderte Hendricks. »Er war ängstlich; aber schuldbewußt? – Nein.«

»Hatte Maddox Overton Anlaß gegeben, sich zu fürchten?«

»Sie meinen, ob er Overton eingeschüchtert oder hart angefaßt hat?« fragte Hendricks. »Nein. Eher das Gegenteil, würde ich sagen. Er richtete in ruhigem, sachlichem Ton ein paar Fragen an Overton, die dieser dann beantwortete.«

Kinley blickte wieder auf seine Notizen. »Hier habe ich den Teil von Sheriff Maddox' Aussage, zu dem ich selbst ein paar Fragen habe«, sagte er und las Hendricks dann die Passage vor:

WARFIELD: Schön. Sheriff Maddox, können Sie nun dem Gericht erzählen, was sich aus dem Gespräch zwischen Ihnen und Mr. Overton zu dem eben genannten Zeitpunkt ergeben hat?

MADDOX: Overton stritt alles ab, dessen wir ihn bei seiner Verhaftung beschuldigt hatten; gab jedoch zu, mit Ellie Dinker auf der Bergstraße zusammengetroffen zu sein. Er sagte, daß er ihren Namen nicht wüßte und daß es ein junges Mädchen in einem grünen Kleid gewesen sei, die er seiner Erinnerung nach noch nie zuvor gesehen habe. Sie hätten ein paar Worte gewechselt, sagte er, und danach hätte sie ihn wieder verlassen und sei ein Stück weiter die Straße hinaufgegangen.

WARFIELD: Und das war an dem Tag ihrer Ermordung gewesen?

MADDOX: Am Tag ihrer Ermordung, richtig. Und er sagte, daß sie dort am Straßenrand gestanden habe, als er mit seinem Pritschenwagen eine Panne hatte.

WARFIELD: Und was ist in diesem Moment, als sein Pritschenwagen eine Panne hatte, passiert? Hat Overton Ihnen das im Verlauf dieses Gespräches erzählt?

MADDOX: Er sagte, er habe, als der Wagen defekt wurde, diesen an den Straßenrand gelenkt und sei ausgestiegen, um ihn zu reparieren. Und als er damit beschäftigt gewesen sei, wäre Ellie Dinker zu ihm gekommen, und dann hätte sich ein kleines Gespräch zwischen ihnen entwickelt.

WARFIELD: Hat Overton Ihnen auch Angaben über den Inhalt dieses Gesprächs gemacht, Sheriff?

MADDOX: Er sagte, es wäre belanglos gewesen. Sie habe ihn gefragt, was für ein Wagen das sei, den er fahre; was ihm fehlte und wie lange es dauern würde, ihn zu reparieren. Solche Sachen eben.

WARFIELD: Fragen, die man von einem Fremden in einer solchen Situation erwarten würde?

MADDOX: Jawohl, Sir, so würde ich es bezeichnen.

Hendricks hörte stumm zu, bis Kinley geendet hatte, und nickte dann.

Kinley klappte sein Notizbuch zu. »Gibt diese Aussage den Inhalt des Gesprächs wieder, das Sie damals mitangehört hatten, als Sie den Sheriff und Overton mit Ihrem Streifenwagen zum Revier brachten?«

»Ja.«

»Hat Overton Ihrer Erinnerung nach damals noch mehr gesagt, als hier in dieser Zeugenaussage steht?«

»Nichts Wichtiges, nein«, erwiderte Hendricks. »Die Fahrt dauerte damals nur acht oder höchstens zehn Minuten. Da hatten sie gar nicht die Zeit dafür, noch mehr zu sagen.«

Kinley schwieg, und einen Moment lang blickte ihn Hendricks unschlüssig an, als wüßte er nicht recht, ob er diesem Mann etwas anvertrauen konnte.

Über die leere, graue Tischplatte aus Beton hinweg konnte Kinley sich etwas hinter Hendricks Augen bewegen sehen, etwas Huschendes, Gehetztes – als suchte ein Tier einen Ausweg aus einem Käfig. Kinley beschloß, ihm sieben Sekunden Zeit zu lassen, diesen Ausweg zu finden, ehe er mit einer weiteren Frage nachhelfen und ihm den Weg aus dem Käfig zeigen wollte. Und so begann er in Gedanken zu zählen: *eins, zwei, drei, vier, fünf ...*

»Ray hat mit mir gesprochen«, sagte Hendricks da plötzlich. »Das ist vor ungefähr drei Monaten gewesen. Er hat mir ebenfalls Fragen gestellt.«

»Ray sprach mit Ihnen über diesen Fall?« fragte Kinley. »Was wollte er denn von Ihnen wissen?«

»Er hatte sich genau wie Sie die Aussage des Sheriffs vorgenommen«, erwiderte Hendricks, »und fragte mich ebenfalls, was Overton denn sonst noch auf dem Weg zum Revier gesagt hatte.«

»Ich verstehe.«

»Etwas an Overtons Aussage während dieser Fahrt ließ ihm keine Ruhe«, fuhr Hendricks fort. »Ray war ja viele Jahre selbst Sheriff gewesen und konnte Dinge – Situationen und so, Sie wissen schon – in seinem Kopf vor sich sehen.«

»Ja, ich verstehe, was Sie meinen.«

»Nun – da steht also dieses junge Mädchen am Straßenrand«, begann Hendricks, »und ein wildfremder Mann in einem fast schrottreifen Wagen hält plötzlich ganz in ihrer Nähe an und steigt aus. Und Sie sind ein junges Mädchen, das hier ganz allein an der Straße steht.«

»Ja?«

»Nun – würde ein junges Mädchen so einfach, mir nichts, dir nichts, auf diesen wildfremden Mann zugehen?« fuhr Hendricks fort. »Und dann diese Fragen, die sie an ihn richtete. Warum ausgerechnet *solche* Fragen? Was denn dem Wagen fehlte; wie lange es dauern würde, ihn zu reparieren, und solche Sachen mehr. Ich meine, warum würde ein Mädchen sich überhaupt für so etwas interessieren? Es müßte ihm doch eigentlich vollkommen egal sein, ob der Karren wieder repariert werden kann oder nicht und wie lange so was dauern würde, nicht wahr?«

Kinley nickte.

»Das war es, was Ray störte«, fuhr Hendricks fort. »Was Ellie Dinker damals auf der Bergstraße gemacht und gesagt hatte, ergab einfach keinen Sinn für ihn. Es paßte nicht zu der Situation, wie Ray sie sich vorstellte.« Hendricks hielt einen Moment inne, während dieses Ferment noch immer in seinem Gesicht arbeitete. »Und als ich darüber nachdachte, ist mir doch noch etwas eingefallen«, fuhr Hendricks fort. »Ich wollte es Ray sagen; aber ich habe damit gewartet, bis es dann ...«

»Was ist Ihnen denn noch eingefallen?« unterbrach Kinley ihn.

»Also, Overton hat das Dinker-Mädchen damals im Wagen genauso beschrieben, wie der Sheriff es später vor Gericht wiedergegeben hat – was es anhatte; wie es zu ihm gekommen war; welche Fragen es an ihn richtete und so fort –; aber Overton sagte damals im Wagen auch noch, daß ihm etwas an dem Benehmen des Mädchens aufgefallen sei. Und mir fielen dann auch die Worte wieder ein, mit denen er ihr Benehmen beschrieb. Was für einen Eindruck das Mädchen in diesem Augenblick auf ihn machte, verstehen Sie?«

Kinley spürte, wie die Spitze seines Kugelschreibers sich förmlich in die Seite seines aufgeschlagenen Notizbuches bohrte.

»Was waren das für Worte?«

»›Nervös‹, sagte er damals. Das Dinker-Mädchen habe einen ›nervösen und zerfahrenen‹ Eindruck auf ihn gemacht.«

Kinley notierte sich rasch diese beiden Worte und sah dann wieder zu Hendricks hoch. »Und diese Worte bezogen sich ausschließlich auf das Benehmen des Mädchens? Daß es einen nervösen Eindruck auf Overton gemacht habe, als es ihn anredete und ihm diese Fragen stellte?«

»Richtig«, erwiderte Hendricks. »Wie sie in diesem Moment auf ihn wirkte – ›nervös und zerfahren‹.«

»Das ist alles?«

»Ich schätze, ja«, erwiderte Hendricks leise, während er die Augen ein wenig senkte, als fürchtete er eine Entdekkung. Das war eine Reaktion, die Kinley schon viele Male bei anderen Gelegenheiten beobachtet hatte und die ihm stets signalisierte, daß da noch mehr zu holen war. Bei Colin Bright war es nur eine kleine Bewegung der Hand gewesen, die sich plötzlich auf Kinleys Rechte zuschob, einen Augenblick an einer Stelle verharrte und dann wieder zurückgezogen wurde. Bei Willie Connors hatte die Unterlippe angefangen zu zittern – eine fast melodramatische Reaktion. Nur Mildred Haskell hatte ihm nicht durch einen Reflex oder ein Zeichen angedeutet, was sie ihm noch hatte verraten wollen.

Er blickte Hendricks unverwandt an, während er im Geist seine Trickkiste durchging und fieberhaft nach der einen Frage suchte, die Riley Hendricks aufschließen würde, wie sie bisher auch all die anderen aufgeschlossen hatte, ob sie nun schuldig oder unschuldig waren, feige oder furchtlos, Opfer oder Täter – diese eine Frage, die die Mauer des Schweigens durchbrechen würde. Und einen Augenblick später hatte er sie gefunden.

»Ben Wade erzählte mir, daß Sie schon bald nach diesem Prozeß den Polizeidienst quittiert hätten«, sagte er. »Ist das wahr?«

Hendricks hielt die Augen diskret gesenkt. »Ja, das stimmt.«

»Hatte Ihr Entschluß etwas mit Charlie Overton zu tun?«

Da hob Hendricks langsam den Blick und sah Kinley fest in die Augen. »Nein«, sagte er, »nicht mit ihm. Mit Ellie Dinker.«

»Wieso hatte das etwas mit ihr zu tun?«

»Es hatte mit ihrer Leiche zu tun«, erwiderte Riley. »Die Leiche, nach der ihre Mutter überall so verzweifelt suchte.«

»Und was ist mit der Leiche?«

»Nun – mich störte es, daß sie verdammt rasch das Interesse daran verloren haben, sie zu finden«, erwiderte Hendricks. »Ich meine, ich war zwar noch ein Greenhorn in der Abteilung; aber das Versteck mußte einem ja geradezu ins Auge springen.«

»Wo?«

»Nun – wir verhafteten Overton damals auf dem Hof hinter seinem Haus«, erklärte Hendricks. »Und ich erinnere mich noch, daß ich ihm über die Schulter blickte, als ich ihm die Handschellen anlegte, und es so klar und deutlich vor mir liegen sah – so klar und deutlich, daß es auch Sheriff Maddox in die Augen springen mußte, der neben mir stand.«

Kinley wartete, seine Neugierde zügelnd, geduldig darauf, daß Hendricks mit seiner Erklärung fortfuhr.

»Da war ein Brunnen«, sagte Hendricks. »Ein gemauerter Brunnen mitten auf dem Hof.«

Kinley nickte, Hendricks Worten lauschend, während seine Hand mit dem Stift regungslos auf der Notizbuchseite ruhte.

»Und nicht einer hat jemals dort nach Ellie Dinker gesucht«, fuhr Hendricks fort. »Weshalb nicht? Der alte Brunnen bot sich Overton als Versteck doch geradezu an, nicht wahr?«

Kinley war ganz seiner Meinung, und er fand diese neue Information genauso verwunderlich, wie sie Hendricks all die Jahre über verwundert haben mußte. »Die Polizei hat niemals in diesem Brunnen nach der Leiche von Ellie Dinker gesucht?« fragte er.

Hendricks schüttelte den Kopf. »Nein. Niemals.«

»Woher wissen Sie das?«

»Weil ich es gewesen wäre, den sie mit diesem Auftrag dorthin geschickt hätten«, erklärte Hendricks. »Sie wissen doch – der Neue, der junge Dachs, kommt für so was immer zuerst in Frage.« Er lachte, aber mit einem seltsam schrillen Unterton. »Ich meine, Sheriff Maddox hätte sich doch niemals die Uniform damit schmutzig gemacht, daß er in so ein Schlammloch gekrochen wäre. Dafür liebte er seine Uniform viel zu sehr. Nein, für solche Dreckarbeiten hätte er mich ausgesucht.«

»Aber wie steht es denn mit Ben Wade?« erkundigte sich Kinley. »Meinen Sie nicht, daß der auch dafür in Frage gekommen wäre?«

Hendricks starrte ihn nachdenklich an. »Da bin ich überfragt. Ich weiß so gut wie nichts über ihn.«

»Was soll das denn heißen. Sie haben doch mit Ben Wade als Deputy auf der Dienststelle zusammengearbeitet oder etwa nicht?«

»Es soll heißen, daß Wade für mich immer ein Rätsel war«, erwiderte Hendricks. »Aber letztendlich ist das wohl jeder, meinen Sie nicht auch?«

Kinley ging in Gedanken blitzschnell den Katalog seiner Bekannten durch – Redakteure, Lektoren, Autoren: alle mehr oder weniger durchschaubar in der grandiosen Einfachheit ihrer Bedürfnisse. Sein Geist machte erst halt, als er bei Ray angelangt war, dessen Gesicht er ihm, Kinley, nun als Schwarzweißfoto präsentierte, abgesehen von den Augen, denen sein Geist beharrlich eine genauso gespenstische phosphorgrüne Färbung verlieh, wie Kinley sich in seiner Phantasie Ellie Dinkers Kleid vorgestellt hatte, als er zum erstenmal in den Gerichtsakten eine Beschreibung davon las.

22

NACHDEM KINLEY DANN wieder an Rays Schreibtisch zurückgekehrt war, gab er dem Computer den Code für das Verzeichnis ein, das er als erstes aufrufen mußte – OVER:GEH.

Eine Sekunde später erschienen die gespeicherten Daten auf dem Monitor, und Kinley ließ den Inhalt der Datei über den Bildschirm wandern, bis er die vier Fragen erreicht hatte, nach denen er suchte:

1) Warum wollte sich Ellie Dinker mit Helen Slater bei deren Haus treffen und nicht bei ihrem eigenen, das doch viel näher bei ihrem gemeinsamen Ziel lag – dem neuen Gerichtsgebäude in Sequoyah?
2) Warum brach sie fünf Stunden früher als nötig zu Helen Slaters Haus auf?

3) Warum bewegte sie sich in eine dem Haus ihrer Freundin entgegengesetzte Richtung, wenn sie, wie sie ihrer Mutter erzählte, zu ihrer Freundin gehen wollte, um bei ihr zu essen?
4) Warum blieb sie am Rand der Bergstraße stehen?

Diesen vier Fragen fügte er nun eine fünfte, sechste und siebte hinzu:

5) Warum ging sie auf Overton zu, als dessen Wagen mit einer Panne am Straßenrand liegenblieb?
6) Warum fragte sie ihn, was seinem Wagen fehlte und wie lange es dauern würde, den Schaden zu reparieren?
7) Warum wirkte sie ›nervös und zerfahren‹?

Sobald Kinley die Fragen eingetippt hatte, betrachtete er sie auf dem Bildschirm und machte das, was Ray offensichtlich ebenfalls von Zeit zu Zeit getan hatte: Er stellte sich die Szene vor; zeichnete sie auf wie eine unsichtbare Kamera, die über der Straße an der Felswand angebracht war.

Im Geiste konnte er nun Overtons Pritschenwagen sehen, der sich mühsam den Berg heraufschleppte, beladen mit Werkzeugen, an denen der rote Lehm von der Baustelle des Gerichtsgebäudes klebte. Overton saß jetzt so hinter dem Lenkrad, wie Kinley sich ihn inzwischen vorstellte: Schwitzend, gegen einen Brechreiz und das Rumoren in seinem kranken Magen ankämpfend und vielleicht auch ein stilles Gebet sprechend, daß sein Motor, der unangenehme Geräusche von sich gab, ihn jetzt ja nicht im Stich lassen sollte.

Aber sein Gebet wurde nicht erhört; er mußte anhalten, und da stand sie plötzlich, in einem grünen Kleid, nur wenige Meter von ihm entfernt beim Meilenstein 27 am Straßenrand und drehte das Gesicht in seine Richtung, als der Pritschenwagen an der Böschung zum Stehen kam.

Nun schaltete sich wieder die Außenkamera ein, und Kinley konnte sie beide auf der Bergstraße sehen: Overton, der sich, die Hand gegen den Magen pressend, über den Motor beugt, von dem Dampfschwaden aufsteigen. Ellie Dinker, die, nur wenige Meter davon entfernt, die Szene beobachtet, wartet und dann auf ihn zugeht – langsam erst, dann immer schneller, bis sie bei ihm angelangt ist und nun mit einem nervösen Zucken in den Mundwinkeln ihre Fragen abfeuert in einem lauten, etwas schrillen Ton: Was ist los? Können Sie das reparieren? Wie lange wird es dauern?

Overton, sich noch immer den Magen haltend, damit er nicht explodiert, gibt ihr stöhnend Antwort, während er mit verquollenen Augen die zischende Maschine unter der geöffneten Motorhaube betrachtet: Der Motor verliert Öl. *Ich weiß nicht, wo er leckt. Das muß ich erst feststellen.*

Und nun konnte Kinley im Geiste Ellie Dinker in ihrem grünen Kleid sehen, die wieder vom Wagen zurücktritt und nervös zuschaut, wie sich Overton auf die mit Kies bestreute Straße legt und sich dann unter den Wagen schiebt.

Wie schlimm ist es?

Schlimm.

Können Sie es reparieren?

Overton, der nun unter dem Wagen liegt, starrt hinauf in den Motorraum, in dem jetzt alles voller Öl ist, das von der Lichtmaschine, der Benzinpumpe und all den anderen zerschlissenen Innereien heruntertropft und aus dem klaffenden Spalt zwischen Ölwanne und Motorblock herausquillt, wo die Dichtung kaputt gegangen oder verbrannt ist. Und dabei schwirren ihm wie unzählige kleine, aufgeregt flatternde Vögel Ellie Dinkers Fragen um die Ohren, die nicht aufhören will, immer dasselbe zu sagen: Können Sie es reparieren? Können Sie es reparieren?

Overtons Magen grollt und hebt sich, während sein Gesicht schmerzliche Grimassen schneidet unter dem erbarmungslosen Bombardement ihrer Fragen:

Können Sie es reparieren? Können Sie es reparieren?

Um sie endlich zum Schweigen zu bringen, sagt er schließlich: Ich weiß es nicht.

Doch seine Antwort verfehlt ihre Wirkung, und nun stürmen neue Fragen auf ihn ein: Wie lange wird es dauern? Eine Stunde? Oder eine halbe? Wie lange werden Sie dafür brauchen? Wie lange ...

Flach unter seinem Wagen auf dem Rücken liegend, während ihm das Öl auf die Stirn tropft und er mit brennenden Augen seine verwüstete Maschine betrachtet, gibt er ihr schließlich lakonisch zur Antwort: Lange.

Und danach mußte sich ein kurzes Schweigen auf sie herabgesenkt haben, dachte Kinley, während er fortfuhr, sich die Szene zu vergegenwärtigen: Ellie Dinker, die einen Moment erstarrt, ehe sie von ihm weggeht und mit ihren weißen Beinen rasch durch das Gras und das Gestrüpp auf der Böschung watet – weg von dem liegengebliebenen Pritschenwagen, an dem weißen, kegelförmigen Meilenstein 27 vorbei und ein »Stück weiter die Straße« hinauf, wie Overton Sheriff Maddox im Streifenwagen erzählt hatte ...

... und dann wieder stehenbleibt.

Kinleys Geist verharrte nun ebenfalls auf der Stelle, während seine Augen sich auf all die kleinen Details konzentrierten, die er bisher über Ellie Dinkers letzten Tag auf dieser Welt gesammelt hatte. Er dachte an ihren frühen Aufbruch von zu Hause; an die Route, die sie genommen hatte und die sie niemals zu Helen Slaters Haus gebracht hätte, sondern steil den Berghang hinaufführte, wo sie dann die Bergstraße exakt bei dem Meilenstein 27 erreichte.

Er blickte auf die Liste von Fragen, die er unter Ellie Dinkers Namen in den Computer eingegeben hatte, und beantwortete dann die Frage drei, die da lautete:

3) Warum bewegte sie sich in eine dem Haus ihrer Freundin entgegengesetzte Richtung, wenn sie, wie sie ihrer Mutter erzählte, zu ihrer Freundin gehen wollte, um bei ihr zu essen?

Rasch tippte er darunter in kursiver Schrift die Antwort ein: *Weil sie gar nicht zu Helen Slaters Haus gehen wollte, um dort zu essen. Sie wollte vielmehr zum Meilenstein 27 gehen, der sich genau an der Stelle befand, wo der Pfad, den sie genommen hatte, an der Bergstraße endete und wo Overton sie hatte stehen sehen, als er mit seinem Wagen aus der Stadt heraufkam.*

Kinleys Augen bewegten sich nun auf dem Bildschirm wieder nach oben und blieben dann auf den Fragen eins und zwei haften:

1) Warum wollte sich Ellie Dinker mit Helen Slater bei deren Haus treffen und nicht bei ihrem eigenen, das doch viel näher bei ihrem gemeinsamen Ziel lag – dem neuen Gerichtsgebäude in Sequoyah?
2) Warum brach sie fünf Stunden früher als nötig zu Helen Slaters Haus auf?

Er dachte einen Moment nach und tippte dann die ihm für beide Fragen am vernünftigsten und einleuchtendsten erscheinende Antwort ein:

Weil sie den Berg hinaufgehen wollte und nicht in irgendeine andere Richtung; und weil sie Zeit brauchte, um sich dorthin zu begeben, wo sie sich hinbegeben wollte, und für das, was sie tun wollte.

Nun wandte sich Kinley rasch den letzten vier noch verbleibenden Fragen zu:

4) Warum blieb sie am Rand der Bergstraße stehen?
5) Warum ging sie auf Overton zu, als dessen Wagen mit einer Panne am Straßenrand liegenblieb?
6) Warum fragte sie ihn, was seinem Wagen fehlte und wie lange es dauern würde, den Schaden zu reparieren?
7) Warum wirkte sie ›nervös und zerfahren‹?

Zunächst zog er eine Reihe von Möglichkeiten in Betracht. Es war jedoch denkbar, daß eine Antwort zu allen vier Fragen paßte. Wieder versuchte er im Geiste die Ereignisse zu rekonstruieren, diesmal jedoch nicht aus Overtons, sondern aus Ellie Dinkers Perspektive.

Er sah sie so am Meilenstein 27 stehen, wie Overton sie beschrieben hatte – in ihrem grünen Kleid, untätig und dann den Blick plötzlich der Stelle zuwendend, wo Overtons alter Pritschenwagen mit überhitztem Motor fauchend und ratternd die Bergstraße heraufkam und schließlich auf dem mit Kies bestreuten Seitenstreifen zum Stehen kam.

Nach Kinleys Vorstellung mußte sie zu dem alten Pritschenwagen hingesehen und einige Sekunden oder noch länger gezögert haben, ehe sie sich langsam in Bewegung setzte und schließlich entschlossen auf den Wagen zuging, bis sie die Stelle erreicht hatte, wo Overton, von Magenkrämpfen geplagt, über seinen Motor gebeugt stand.

Danach hatte sich ein Kopf-an-Kopf-Gespräch zwischen Overton, der mit dem Oberkörper halb im Motorraum seines Wagens hing, und Ellie entwickelt, die ihren Mund dicht an sein Ohr brachte und, weil das Wasser im Kühler brodelte und das Öl auf dem überhitzten Motorblock laut zischelte, ihm ihre Fragen in die Ohrmuschel schrie. Später wurde daraus ein aus der Distanz geführtes Gespräch oder eher ein Monolog, als Overton unter dem Wagen lag und nur hin und wieder einen flüchtigen Blick auf Ellies kleine Füße in den schwarzen Schuhen erhaschte, weil sie unentwegt neben dem Wagen auf und ab lief und immer wieder mit ihrer Jungmädchenstimme nervös fragte: *Was ist los? Können Sie es reparieren? Wie lange? Wie lange? Wie lange?*

Es war für Kinley ein leichtes, sich jetzt Ellie Dinkers Stimme in jenem Moment vorzustellen – wie es für ihn schon immer ein leichtes gewesen war, den Stimmen in seinem Inneren zu lauschen, sobald er seinen Geist von der Leine gelassen hatte wie einen Hund, damit er ungehindert eine Fährte aufnehmen und dieser folgen konnte, wohin sie auch immer führen mochte. Und in diesen dramatischen Augenblicken spürte er, wie die wildesten Regionen seines Geistes aufblühten unter einer plötzlichen, erbarmungslosen

Glut und er in seiner Phantasie die kühnsten Landschaften durchstreifte, in denen er eingebildete Stimmen hörte, dunkle und schrille, zornige und trostlose – und das alles so machtvoll und überdeutlich, wie ihn seine Großmutter als Kind gelehrt hatte, die Zauberkraft seiner Phantasie zu gebrauchen: *Du mußt es mit den Fingerspitzen deines Geistes berühren, und da darf nichts mehr sein zwischen dir und jenem, dem du nachjagst.*

Einen Moment lang hielt er nun diese kleine Szene auf der Bergstraße fest, ließ wie in Trance seinen Geist darüber schweben, all ihre sichtbaren und hörbaren Details in sich aufnehmend, ehe er zu diesen brutalen Fragen zurückkehrte, die noch immer vor seinen Augen auf dem Leuchtschirm flimmerten.

Er las sie noch einmal durch, langsam, sich auf jedes Wort konzentrierend, während mögliche Antworten in seinem Bewußtsein auftauchten, ihm durch den Kopf schossen wie kleine Materieteilchen durch den Kosmos, bis einige sich, der mächtigen Schwerkraft der Logik gehorchend, verdichteten und schließlich wie ein neuer Stern im All die richtige Lösung im Raum schwebte – eine auf alle vier Fragen passende Antwort.

Ellie Dinker begab sich direkt von ihrem Haus zum Meilenstein 27, weil das eine deutlich erkennbare Landmarke auf dem Berg war, die man als Treffpunkt leicht bestimmen und wiedererkennen konnte. Sie hatte nicht erwartet, daß Overton in sichtbarer Entfernung dieser Landmarke, an der sie sich offenbar mit einer dritten Person treffen wollte, mit einem Defekt liegenbleiben würde, und war deshalb rasch zu dem Wagen gegangen, um zu erfahren, wie lange dieser dort stehenbleiben würde. Als sie dann nach einem Wortwechsel mit dem Fahrer des Wagens, Overton, einsehen mußte, daß der diesen Ort nicht so rasch wieder verlassen würde, ist sie ein Stück weiter die Straße hinaufgegangen – so weit, bis sie sich sicher war, daß Overton die Person, die sie am Meilenstein 27 erwartete, nicht mehr sehen konnte. Binnen weniger Minuten war diese dritte Person dann auch tatsächlich an dem verabredeten Ort eingetroffen, und Ellie Dinker war mit ihr fortgegangen. Und danach hat sie keiner mehr gesehen.

... keiner mehr gesehen, wiederholte Kinley in Gedanken, als er sich diese Passage noch einmal durchlas, und gab dann die achte Frage in den Computer ein:

8) Wo ist Ellie Dinker?

Er hatte kaum die Finger von den Tasten genommen, als sogleich die Augen von Riley Hendricks in seinem geistigen Kosmos auftauchten, die ihn unverwandt ansahen, und er sich nun mit seiner Phantasie nicht an einen zeitlich und räumlich fernen Ort versetzte, sondern an einen gänzlich anderen Platz, der hier und heute existierte.

23

Es BRAUCHTE SEINE Zeit, bis er die Werkzeuge, die er benötigte, beisammen hatte; aber er entdeckte das meiste davon schließlich in Rays kleiner, verstaubter Garage. Das Seil hatte er, an einem rostigen Nagel hängend, neben dem Garagentor gefunden; die Gummistiefel in einem Schränkchen auf dem Flur; ein Paar graue Arbeitshandschuhe, als er in der alten Werkzeugkiste in der Garage kramte; die Taschenlampe in einer Schublade im Küchenbüfett, begraben unter einem Sortiment von Streichhölzern, Bindfäden, Reißzwecken und was sich dort sonst noch so im Lauf der Zeit angesammelt hatte. Nur Rays Schaufel hatte er überall vergeblich gesucht und sich am Ende mit einer langstieligen Gartenhakke und einem kurzen, scharfkantigen Feldspaten begnügen müssen, den er ebenfalls, an einem Haken hängend, neben dem Garagentor fand.

Die Nacht war bereits hereingebrochen, als Kinley sich in den Mietwagen setzte und sich auf den Weg machte zu Overtons Haus. Als er das Plateau auf dem Berg erreichte, bog er in die schmale Fahrspur ein und lenkte den Wagen durch fast totale Finsternis. Zuweilen wendete er den Blick nach rechts zum Rand des Steilhangs hin, der beinah senkrecht hinunterfiel ins Tal. Die Lichter von Sequoyah schimmerten genauso hell herauf, wie er das aus seiner Jugendzeit in Erinnerung hatte.

Doras Haus war unbeleuchtet, und der kleine graue Wagen, den sie gefahren hatte, als sie sich vor dem ehemaligen Dinker-Haus am Fuße des Berges trafen, war fort. Er blickte auf seine Uhr, sich fragend, wo sie zu dieser späten Stunde noch sein mochte, und spürte dabei ein leises Ziehen in der Brust – ein banges, mit Sehnsucht untermischtes Gefühl, das Ray ihm einmal in den Anfangstagen seiner Liebe zu Lois beschrieben hatte.

Doch Kinley hatte dergleichen noch nie empfunden, und daß sich so etwas jetzt in ihm regte, fand er seltsam und fehl am Platz, wenn er an seine graumelierten Schläfen dachte und diese blauen halbmondförmigen Schatten, die sich zuweilen unter seinen Augen bildeten. Und deshalb nahm er es nur mit einem kurzen, flüchtigen Nicken zur Kenntnis, weil es seiner Meinung nach keine größere Beachtung verdiente.

Vielmehr schenkte er diese jetzt seiner Ausrüstung, stieg in die für ihn ein wenig zu engen Gummistiefel, schob sich das zusammengerollte Seil über die Schulter, nahm die Gartenhacke in die linke Hand, den Spaten und die Taschenlampe in die rechte und machte sich auf den Weg zum Brunnen.

Dieser befand sich in der Nähe des Bergrandes – ein schwarzes Loch in einer runden Fassung, abgedeckt mit einem inzwischen stark verrosteten Eisenblech, das an den Pfosten festgenagelt war, auf dem das Brunnendach ruhte.

Die Nägel, mit denen das Blech an den Pfosten befestigt

war, waren schon so stark verwittert, daß Kinley sie mühelos aus dem Holz herausziehen konnte. Sobald er diese gelöst hatte, konnte er das Blech von der Brunnenfassung nehmen und es leise auf dem Boden daneben ablegen.

Nun gähnte ihm der Schacht schwarz entgegen, und einen Moment lang lehnte sich Kinley über die Mauerbrüstung und richtete den Kegel seiner Taschelampe nach unten. Der Brunnen war tiefer, als er angenommen hatte; das gelbe Licht verlor sich trübe an den Schachtwänden und wurde von der Dunkelheit verschluckt, noch ehe er auch nur in die Nähe des Wasserspiegels gekommen war.

Ein paar Sekunden lang ließ er den Lichtstrahl an der Schachtwand kreisen, um nach Stellen zu suchen, wo er Tritt fassen konnte. Davon gab es nicht viele, und es wurde ihm klar, daß er sich minutenlang mit seinem ganzen Gewicht an das Seil würde klammern müssen, bis er es wieder mit den Beinen abstützen konnte.

Er band nun das eine Ende des Seils an einen Kiefernstamm in der Nähe, sicherte es mit ein paar Knoten und schlang dann das andere Ende, es unter der Achsel durchziehend, um Brust und Taille. Dann kroch er in den Schacht hinein, zog die Gartenhacke aus der Lederschlaufe auf seinem Rücken und ließ sie in den Schacht hinunterfallen, im Geiste die Sekunden zählend, bis er ihren Aufprall auf dem Wasser hörte. Aus der Zeit, die sie für den Weg dorthin gebraucht hatte, errechnete er die ungefähre Tiefe des Brunnens und begann nun mit dem Abstieg.

Die Luft schien ihm mit jedem Meter, den er zurücklegte, dicker zu werden, zu einer schwarzen Flüssigkeit zu gerinnen, und er spürte, wie sich plötzlich ein Druck in ihm aufbaute, der sich langsam, aber unwiderstehlich über seinen ganzen Körper ausbreitete, seine Haut aufzublähen schien wie eine Ballonhülle und gegen seine Knochen drückte. Das war ein seltsames Gefühl, und er ertappte sich dabei, wie er mehrmals nach oben blickte, als müsse er immer wieder daran erinnert werden, daß der Himmel über ihm noch hell und klar war. Doch der Mond war inzwischen nur noch eine schlierige Scheibe hinter nächtlichen Wolken, und so ließ er den Blick wieder nach unten schweifen und starrte hinunter in die immer dunkler werdenden Regionen, über denen er am Seil hing.

Als er seinen Abstieg fortsetzte, wurde der Lichtkreis, der von oben auf ihn hinunterzustarren schien, stetig enger, bis er nicht mehr war als eine weit entfernte Tunnelöffnung.

Wieder zwang er sich dazu, den Blick davon abzuwenden und sich darauf zu konzentrieren, die Füße fest gegen die Schachtwand zu stemmen, während er sich Schritt für Schritt in die Tiefe hinunterbewegte. Er konnte sehen, wie seine Hände abwechselnd das Seil packten, sich daran festklammerten, sich lockerten, davon lösten und erneut zupackten.

Während er seinen Abstieg fortsetzte, wuchs dieser Druck in ihm stetig an, der nun von einer seltsamen, unerklärlichen Nostalgie begleitet wurde, während er den Stimmen lauschte, die aus der Tiefe heraufdrangen und immer lauter wurden, je näher er ihrer Quelle kam.

Es war so, als würde etwas am Grunde des Schachtes ihn anlocken und zugleich warnen, seinen Weg fortzusetzen – ihn anflehen, zu enthüllen, was dort verborgen war, und ihn zugleich beschwören, das nicht zu tun. Einen Moment lang hielt er inne, während sich seine Füße in die feuchte Schachtwand gruben und er über der Finsternis schwebte, die pulsierenden Finger um das lange graue Tau gelegt. Die Dunkelheit verfestigte sich um ihn, so daß er fast das Gefühl hatte, er könne das Seil loslassen und sich langsam hinunterfallen lassen auf den schwarzen Pfuhl dort unten oder hier in einem dauernden Schwebezustand verharren, mit ausgebreiteten Armen, sicher eingebettet in dieser Finsternis.

Es ist besser zu wissen, nicht wahr?

Es war Rays Stimme, und sie waren wieder beisammen, gemeinsam durch den Wald streifend, über den Rand der Schlucht hüpfend und sich dann immer schneller auf deren festen grünen Boden zubewegend, bis Kinley spürte, daß nur er es war, der sich bewegte, und Ray ihn nicht länger an der

Hand führte, sondern jemand anderer – eine Hand, die ihn durch das Unterholz zerrte, während seine Augen die Hand verfolgten über Arm, Schulter bis zu diesem großen weißen, darüber aufragenden, vor seinem Blick verschwimmenden Etwas, das ihn erbarmungslos mit sich zog.

Es ist besser zu wissen, nicht wahr?

Diesmal war es Doras Stimme, und er saß mit ihr auf der Veranda und dann in dem winzigen Wohnzimmer, wo seine Finger über die weißen Tasten des Pianos tanzten, plötzlich von diesem Zwang befreit, sich mit stupide sich wiederholenden Bewegungen an dieses Tau klammern zu müssen. Befreit von dieser Blockade seiner Nerven, die sie zum Zucken und Kribbeln brachte, zu einem krampfartigen Zerren und Ziehen – als wären die Töne der Musik die Sprossen einer Leiter, auf denen er enteilen konnte zu einem sicheren Zufluchtsort.

Er hörte sich keuchen. Ein Schwall frischer Luft bewegte die Wurzelspitzen, die aus der Schachtwand herausragten, und er sog sie tief durch Mund und Nase ein, füllte seine Lungen damit, dehnte seine Brust aus, vermischte sie mit seinem Blut, das sie mit seinem komplizierten Verteilungssystem hinaufbrachte in sein Gehirn und es mit einer Sauerstoffinfusion wieder funktionstüchtig machte.

Seine Finger lockerten ein wenig den Griff am Seil, so daß er seinen Abstieg fortsetzen konnte. Er spürte, wie eine kalte Luftwelle über ihn hinwanderte, schachtaufwärts, als wollte sie den gelben Lichtkegel seiner Taschenlampe umdrehen, daß er mit der Spitze nach unten wies. Er spürte auch, wie die Schachtwand unter seinen Füßen seifiger wurde, und sah, daß die Sohlen seiner Stiefel schwache Abdrücke in ihr hinterließen.

Er hielt wieder an und spähte nach unten. Er konnte nun den Schachtgrund erkennen, der noch ungefähr sechs Meter unter ihm lag; den Stiel der Gartenhacke, der schräg aus dem Wasser herausragte und an der feuchten Schachtwand lehnte.

Da wurde er plötzlich von einer Ungeduld ergriffen, die ihm wie eine Faust im Nacken saß, und seine Hände packten das

Seil und gaben es wieder frei, griffen zu und ließen wieder los, während er, im Rückwärtsschritt, ein Bein an der Schachtwand hinter das andere setzte.

Nur wenige Sekunden später hatte er dann den Grund erreicht und hielt dort inne, um wieder zu Atem zu kommen, die Augen jetzt nach oben richtend in die auf ihm lastende Finsternis, während er, noch immer am Seil hängend, das Wasser nur knapp mit den Sohlen berührte. Über ihm schien der Schacht zugeschüttet, der Mond unter einer Wolkenlawine begraben zu sein.

Wieder drängte ihn etwas zur Eile. Doch inzwischen war sein Kopf wieder so klar, daß er erkennen konnte, daß es eine Stimme war und wem sie gehörte.

»Kinley, bist du ...«

Rays Stimme, sein Gesicht so triefend naß vom Regen wie die Schachtwände am Grund des Brunnens.

»Kinley, bist du ...«

»Ängstlich?« flüsterte Kinley. Hatte Ray ihn das fragen wollen, als er im peitschenden Regen neben dem Zug herlief und nicht mehr genügend Luft hatte, um den Satz beenden zu können?

Ein nervöses Zucken befiel Kinleys Hände, und er legte die Finger fest um das Chromgehäuse der Taschenlampe, damit es aufhören sollte. Gelbes Licht spiegelte sich in dem schleimig grünen, übelriechenden Wasser, über dem er hing. Seine Finger wanderten am Seil weiter nach unten, als er wieder einen Schritt rückwärts machte, seine Stiefelabsätze nun in dieses schleimige Grün eintauchten und darin versanken, tiefer und tiefer, während das Wasser höher und höher stieg, über seine Knöchel, Knie und Schenkel hinauf.

Er faßte das Seil fester, nahm die Beine von der Schachtwand, ließ sie baumeln und rührte mit ihnen leicht das Wasser auf, die Zehen nach unten gestreckt, nach festem Boden suchend.

Er zog sie wieder an den Leib, machte abermals einen Schritt zurück und ließ dann die Beine erneut im Wasser baumeln auf der Suche nach festem Boden. Nichts. Er versuchte es noch einmal. Nichts.

Er hing, sich langsam mit Rückwärtsschritten an der Schluchtwand hinunterbewegend, fast bis zur Taille im Wasser, als da plötzlich etwas Festes gegen seine Sohlen stieß und er vorsichtig das Seil losließ, bis er aufrecht im Wasser stand, das nur wenige Zentimeter unter seinem Gürtel schwappte – so kalt und schleimig wie an jenen anderen Plätzen, wo er nach menschlichen Überresten gesucht hatte: in Flüssen und Bächen, Gräben und Kanälen, Tümpeln und Teichen und vollgelaufenen Kellern, den bevorzugten Ruhestätten der ungesetzmäßig Toten.

Er nahm die Gartenhacke, drehte das untere Ende nach oben und stocherte, wühlte und bohrte mit dem Stiel im schlammigen Boden unter seinen Füßen. Mehr als dreißig Jahre waren seit Ellie Dinkers Tod vergangen; aber Tote zeigten selbst noch im Verwesungsprozeß ein schreckliches Beharrungsvermögen – einen Widerwillen, ihre irdische Leiblichkeit gänzlich aufzugeben. Sie wehrten sich mit tief in Stoffgeweben eingebetteten Blutflecken oder Sekreten, mit Fetzen schwarzer, ausgedörrter Haut, mit der spröden, der Zersetzung widerstehenden Substanz ihrer Knochen dagegen. Kinley wußte, daß Ellie Dinkers Leiche, falls man sie in diesen Brunnen geworfen hatte, dort noch immer vorhanden war, wenn auch nur als eine verklumpte, von Würmern wimmelnde Masse; aber nichtsdestoweniger eine Masse identifizierbaren amorphen, klebrigen Fleisches, das von den Netzen und Scharnieren ihrer Gebeine festgehalten wurde.

Langsam, Zoll für Zoll, suchte er den Boden unter sich systematisch in sich ständig erweiternden konzentrischen Kreisen um seine Füße herum ab, stocherte und wühlte mit dem Hackenstiel in festen oder elastischen Substanzen, die er als Stücke aus Glas, Metall oder Holz oder als eine Kolonie von Unterwasserpflanzen identifizierte. In der Stille der Nacht konnte er das leise Glucksen des Wassers hören, das an seiner Taille schwappte und um den grauen Stiel der Hacke strudelte.

Es war ein an den Nerven zerrender, langwieriger Prozeß, und als er endlich die Schachtwand erreicht und sie dreimal ringsum mit dem Stiel ›abgeklopft‹ hatte, spürte er, wie seine Kleider sich vollgesogen hatten mit dieser grünen gallertartigen Brühe und nun an seiner Haut klebten, als wären sie aus Schleim gemacht. Er schüttelte den Kopf. Nichts. Da war nichts.

Er schob den Stiel der Hacke durch die Schlaufe des Lederriemens, den er hinten am Gürtel befestigt hatte, packte das Seil und fing an, sich daran in die Höhe zu ziehen, während seine Füße nun in kleinen Schritten an der feuchten Schachtwand hinaufwanderten.

Er konnte jetzt die nassen Abdrücke seiner Gummistiefel sehen, die er beim Abstieg an der Schachtwand hinterlassen hatte, um die herum nun der rötliche Lehm abbröckelte und unter ihm mit einem leisen Plopp, Plopp im stehenden Wasser eintauchte.

Nun überkam ihn wieder diese Ungeduld, dieser zwanghafte Drang zur Eile, und er bohrte die Absätze, einen festen Halt suchend, fester in die Schachtwand, von der sie dann wieder abrutschten, als der glitschige Lehm nachgab.

Er blickte in die Höhe; sah aber nichts als eine schwarze, gähnende Leere. Er zog die Taschenlampe aus dem Gürtel, richtete sie nach oben und ließ den Lichtkegel durch den langen, engen Schlund des Brunnens wandern. Er schien sich über ihm auf unerklärliche Weise zu bewegen, als würde er, von dem Licht gereizt, sich krampfartig zusammenziehen, so daß immer mehr Lehmstücke sich von ihm lösten.

Kinley schaltete die Lampe wieder aus. Sie entglitt seinen zuckenden Fingern, als er wieder das Seil packte und sich daran mit einer brutalen, seine Kräfte nicht schonenden Hast emporzog, während der Lehm auf ihn herunterregnete, als schaufelte dort oben jemand den Brunnen mit Erde zu.

Mit gesenktem Kopf, alle Muskeln im Körper anspannend,

hangelte er sich nun durch diesen Sturzbach nach oben, seine Hände so fest wie Schraubstöcke um das schlanke Tauwerk geklammert.

Seine Füße rutschten dabei immer wieder an der Schluchtwand ab und pendelten eine Weile über dem Abgrund hin und her, bis sie die Wand abermals erreichten. Da war jetzt ein pochender Schmerz in den Schenkeln, der sich allmählich über den ganzen Rücken ausbreitete, und jedesmal, wenn seine Beine von der Schluchtwand abglitten, wurden seine Griffe am Tau noch fester, seine Finger wie Knoten aus Fleisch am Seil.

Er spürte, wie sein Atem zu rasseln begann, in kurzen, scharfen Stößen aus seinem Mund kam und in der frostigen Nachtluft kleine Dampfwolken bildete. Einen Moment lang dachte er, während er immer mit pendelnden Beinen einen neuen Halt am Brunnenschacht suchte, daß sein Leben etwas unendlich Zerbrechliches sei, ein nur an einem dünnen Faden hängendes Etwas, über das die Wellen der Angst in kleinen eisigen Schweißbächen hinliefen.

Plötzlich hörte er eine Bewegung über sich, blickte in die Höhe und erkannte, daß er von der Mündung des Schachtes nun nicht mehr weit entfernt war. Sie war zu einem schwachen grauen Licht geworden, in dem er eine Gestalt erkennen konnte, die, den dunklen Kopf über den Brunnenrand schiebend, auf ihn herunterstarrte. Er spürte ein leises Beben im Seil, als würde es dort oben in zwei Stücke zerschnitten – ein rhythmisches Hin und Her, das sich als Erschütterung im Tauwerk fortpflanzte wie in einem Baum, in den sich die Zähne eines Sägeblattes hineinfraßen.

Er stemmte nun die Beine links und rechts gegen die Schachtwand und zog sich mit der Macht der Verzweiflung an dem Seil in die Höhe. Über sich konnte er noch immer diese Gestalt erkennen, die auf ihn herunterstarrte, so regungslos und gespenstisch wie zuweilen seine Großmutter von ihrem Platz über seinem Kopf auf ihn mit im Dunklen glitzernden Augen heruntergeschaut hatte.

»Hilf mir«, keuchte er.

Er sah, wie die Gestalt sich dort oben vom Brunnenrand wegbewegte, und er zog sich wieder am Tau in die Höhe, seine Beine bei jeder Anstrengung wild über dem Abgrund rudernd, da seine Füße ihm nun nicht mehr von Nutzen waren, sondern nur wie schwere, lehmbefrachtete Gewichte an seinem Leib hingen, die ihn wieder in die Tiefe hinabzuziehen drohten.

»Hilf mir.«

Seine Hände packten und klammerten, zerrten und zogen, während er sich keuchend mit letzter Kraft hinaufzuhangeln versuchte zu dem Mund des Schachtes dort oben, der sich immer weiter ausdehnte, als wollte er ihn in sich hineinsaugen.

»Hilf mir«, wiederholte er, nahm, sich mit beiden Händen am Tau festklammernd, mit dem ganzen Körper Schwung, ließ, die Beine an den Leib ziehend, das Seil los und suchte sich nun an den Rand der Brunneneinfassung festzuklammern. Seine Fingernägel ritzten silberne Muster in den grauen Stein, als seine schmerzenden Finger seinem Willen nicht mehr gehorchten und sich lockerten und dann, als er wieder fest zuzupacken versuchte, sein Körper hilflos nach unten sackte, der schwarzen Grube entgegen.

»Hilf mir«, keuchte er, als er spürte, wie seine Beine wieder in den Schacht hineinrutschten und seine Finger sich plötzlich von der steinernen Brüstung lösten, aber sich immer noch greifend bewegten in dem Versuch, sich irgendwo festzukrallen.

Da war sie plötzlich über ihm, sich in das dunkle Auge des Brunnens hineinlehnend und ihre langen weißen Arme nach ihm ausstreckend. Sie packte ihn bei den Schultern, zog ihn mit einer gewaltigen Kraftanstrengung wieder nach oben, das Seil so nahe an ihn heranbringend, daß er es wieder mit den Händen ergreifen konnte und sich seine Finger darum schlossen mit einer ihn jählings überkommenden, unerschütterlichen Ruhe.

24

SIE HÜLLTE IHN in eine Decke ein, machte ihm eine Tasse heißen starken Kaffee, den er, auf einem Stuhl im Wohnzimmer neben einer elektrischen Heizsonne sitzend, langsam in sich hineinschlürfte.

»Es war nur eine Spur, der ich folgen wollte«, erklärte er ihr. »Ein Hinweis, den Riley Hendricks mir heute gab.«

Dora sagte nichts, wartete nur.

»Er wunderte sich, daß die Polizei nie den Brunnen hinter dem Haus Ihres Vaters überprüft hat«, fuhr Kinley fort.

»Und deshalb beschlossen Sie, das nachzuholen?«

»Man muß im Verlauf seiner Untersuchung gewisse Möglichkeiten eliminieren«, erwiderte Kinley nun im Ton des erfahrenen Profis, der sich wieder entschlossen durchzusetzen versuchte.

»Sie dachten also, mein Vater könnte die Leiche von Ellie Dinker in den Brunnen geworfen haben?« erkundigte sich Dora leise.

»Ich wollte diese Möglichkeit ausschalten«, erwiderte Kinley nun wieder kleinlaut. »Ich meine ...«

Dora hob eine Hand, um ihn zum Schweigen zu bringen. »Sie brauchen mir das nicht zu erklären.« Sie stand auf, ging zum Fenster, blickte rasch hindurch und drehte sich dann zu ihm um. »Zudem habe ich diese Möglichkeit bereits überprüft«, sagte sie. »Vor sechs Jahren.«

»Sie? Warum?«

Sie lehnte sich gegen das Fenster, den Widerschein der im Tal noch brennenden Lichter wie eine Aura um ihre Schultern. »Mrs. Dinkers wegen«, erwiderte Dora. »Ich kam eines Nachmittags nach Hause und fand sie in ihren schwarzen Kleidern am Brunnen stehend vor.«

Kinley nickte, sagte aber nichts.

»Ich trat zu ihr. Ich dachte, sie sei verrückt. Es hatte so viel Gerede über sie gegeben, und ich wußte nicht, ob sie sich vielleicht etwas antun wollte.« Ihre Stimme wurde weicher. »Aber eigentlich war sie gar nicht verrückt. Sondern nur umgetrieben; geplagt von etwas.« Dora hielt einen Moment inne, als versuchte sie erst, ihre Gedanken in die richtige Reihenfolge zu bringen. »Sie beobachtete mich, als ich auf sie zuging«, fuhr Dora fort. »Und dann lächelte sie.«

»Lächelte?«

»Es war natürlich ein seltsames Lächeln«, sagte Dora. »Herausfordernd und spöttisch, verstehen Sie? Als hätte sie mein Geheimnis entdeckt.«

»Ja, ich kenne so etwas«, murmelte Kinley.

»Ich sagte ›hallo‹ zu ihr; aber sie erwiderte meinen Gruß nicht, sondern deutete lediglich auf den Brunnen und sagte: ›Ist sie dort drunten?‹ Einfach so. Und dann stellte sie mir noch einmal die gleiche Frage: ›Ist mein kleines Mädchen dort drunten?‹

Ich wußte nicht, was ich ihr darauf antworten sollte. Es war mir ja nie in den Sinn gekommen, daß mein Vater Ellie Dinker getötet haben könnte, und deshalb hatte ich auch nie an den Brunnen gedacht oder an das, was er vielleicht enthalten mochte.«

»Wann haben Sie dort nachgeschaut?«

»Noch im gleichen Moment«, antwortete Dora. »Ich dachte, es wäre die einzige Möglichkeit, Mrs. Dinker zu beweisen, daß mein Vater ihre Tochter nicht getötet hatte.«

»Und so stiegen Sie in ihrer Gegenwart in den Brunnen hinunter?«

»Ja«, antwortete Dora.

»Allein?« fragte Kinley in bewunderndem Ton.

»Allein, ja«, gab Dora mit nüchterner Stimme zurück. Ihre Selbstsicherheit schien ein bißchen abzubröckeln. »Kommt Ihnen das verrückt vor?«

»Nur ungewöhnlich.«

»Ich will nicht so enden wie Mrs. Dinker«, sagte Dora heftig. »Ich will meinen Verstand nicht verlieren.«

Kinley dachte an die vielen verbogenen und zerstörten Existenzen, denen er im Verlauf seiner Arbeit begegnet war. An die leeren Stühle am Familientisch. Er wunderte sich, warum er nie das Gefühl hatte, daß ihm eine solche Gefahr drohen könnte.

»Egal – jedenfalls befand sich natürlich nichts dort unten«, erklärte Dora. »Und als ich wieder aus dem Brunnen stieg, sagte ich ihr das auch.«

»Glaubte sie Ihnen?«

»Ja, ich denke schon«, erwiderte Dora. »Sie verließ daraufhin meinen Hof, und es war das letztemal, daß ich mit ihr geredet habe. Ich sah sie nur noch von Zeit zu Zeit, und zwar immer in der Nähe des Gerichtsgebäudes. Aber sie hat mich nie mehr angesprochen.«

Sie kam nun zu ihm, raffte den Rock um die Beine und setzte sich neben ihm auf den Boden. »Ist Ihnen wieder warm?«

Er nickte. »Ja, ich bin wieder in Ordnung.«

Sie lächelte still. »Ray war der erste, der bereit war, mir bei meiner ...« Sie stockte.

»Nachforschung zu helfen?« ergänzte Kinley.

Sie schien es nicht für das richtige Wort zu halten. »Nach einem Grund zum Leben«, sagte sie.

»Wenn es das ist, dann wäre es vielleicht besser, wenn Sie die Wahrheit niemals entdeckten.«

Dora schüttelte den Kopf. »Nein, so ist es nicht. Wenn ich jemals herausfinden würde, wer Ellie Dinker umgebracht hat, wäre es so, als würde ich aus einem Gefängnis entlassen. Selbst wenn sich herausstellen sollte, daß mein Vater sie tatsächlich umbrachte, würde mich das irgendwie befreien.« Sie drehte sich langsam zu ihm um, und ihre Augen glühten im Licht der Heizsonne auf. »Glauben Sie, daß er es gewesen ist?« fragte sie. »Glauben Sie, daß er das Mädchen umbrachte?«

Es kam immer ein Moment, wie Kinley wußte, wo man ein Urteil abgeben mußte – manchmal auf dem Boden erdrückender Beweise, manchmal aber auch nur auf der primitiven Basis eines Instinkts. »Nein«, sagte er. »Nein, ich glaube nicht, daß er es gewesen ist, Dora.«

Sie schien von seiner Antwort weder erleichtert noch überrascht zu sein. »Ray glaubte es auch nicht«, sagte sie. »Ich denke, das war es, was uns verband.«

»Nicht Liebe?« fragte Kinley.

Ihre Augen schlossen sich langsam und öffneten sich dann wieder. »Vielleicht war es das für ihn.«

»Und für Sie?«

Da schien etwas in ihrem unbeugsamen Charakter nachzugeben und sich ihm gegenüber ein wenig zu öffnen. »Manchmal wird man es einfach leid, immer allein zu Bett zu gehen«, sagte sie.

Kinley ging im Geiste die lange Kette seiner Nächte durch, eine ununterscheidbare Landschaft beliebig austauschbarer Räume, Gefühle und Personen. »Manchmal«, gab er ihr recht, »ist man das.«

Es war dann plötzlich über sie gekommen, hatte sie eine Weile in Atem gehalten und sie dann wieder verlassen. Kinley spürte, wie sein Kopf sich neben ihr tief in das Kissen eindrückte, während er den Himmel vor ihrem Schlafzimmerfenster betrachtete. Im frühen Morgenlicht konnte er sehen wie der Nebel über dem Bergrand aufstieg – so grau und wolkig wie damals vor seinem Fenster über dem Canyon, wie er sich nun erinnerte.

Sie schlief an seiner Seite, ihr dunkles Gesicht auf seine Schulter gelegt, und als sein Blick über sie hinglitt, spürte er ein tiefes, fast unbezähmbares Verlangen, sie zu wecken, damit er ihr über seine Kindheitstage in dem kleinen Haus bei seiner Großmutter erzählen konnte, von seinen langen Spaziergängen auf dem Grunde des Canyon, seiner ersten Reise zu dem Wall aus grünen Ranken, Rays Gesicht wie ein heller, lichter Ball in der tiefgrünen See des Schluchtbodens, während er ihm im Ton eines geheimen Komplizen zuflüsterte: *Niemand würde dich dort draußen jemals wiederfinden.*

Sie bewegte sich leicht, und ihre Wange strich wie ein weiches braunes Tuch über seinen Arm hin. Er konnte ihr Haar riechen, ihre Haut schmecken und deren Gewebe spüren; doch diese Empfindung war etwas gänzlich Neues für ihn, so verschieden von seinen bisherigen Erfahrungen, daß sie ihm wie eine Enthüllung vorkam, eine plötzliche Offenbarung in einem unendlich alten und vertrauten Vorgang.

Sie schrak plötzlich aus dem Schlaf hoch. »Entschuldigung«, sagte sie. »Ich wußte nicht, daß du die ganze Nacht dableiben würdest.«

»Wolltest du das nicht?«

»Ich dachte nur, daß du es nicht tun würdest. Ray tat es nie.«

»Er hatte eine Frau.«

»Selbst nach der Scheidung nicht«, sagte Dora.

»Er mußte auch an Serena denken.«

Sie schüttelte den Kopf. »Nicht Serenas, sondern Sequoyahs wegen. Die Stadt ist zu klein für solche Dinge.«

Sie stand auf, zog einen langen roten Morgenmantel an und trat an das kleine Schlafzimmerfenster. »Es könnte Regen geben«, sagte sie leichthin, während sie in den Nebel hinaussah. »Es hat schon lange nicht mehr geregnet. Es täte dem Boden gut.«

Er zog sich etwas in die Höhe, lehnte sich mit dem Rücken gegen den Kopfteil des Bettes und beobachtete sie, wie sie am Fenster stand. Sie hatte ihm den Rücken zugekehrt, und er konnte nur die rote Robe sehen – die Falten an den Schultern, die fast bis zum Boden hinunterreichten.

»Dora«, sagte er leise.

Sie drehte sich zu ihm um. »Nein«, sagte sie in festem Ton und schob dann ihre Hände nach vorn, als errichtete sie eine Barriere zwischen ihnen. »Es hat nichts zu bedeuten. Es muß nichts bedeuten.«

Er blickte sie vorwurfsvoll an. »Das hört sich an wie eine Stelle aus einem Theaterstück, die du schon öfter zitiert hast.«

Sie zog die Hände wieder zurück. »Du solltest jetzt besser gehen.«

»Warum?«

»Weil es eben immer so ist.«

»Zwischen den Menschen?«

»Mit mir«, sagte Dora. »Ich möchte nicht grob zu dir sein; aber es gibt einen Typ Frau, den ich nicht ausstehen kann. Der sich hoffnungslos an jemand klammert. Du kennst diesen Typ?«

»Opfer einer Leidenschaft?«

»Richtig«, erwiderte Dora. »Ich habe nicht viel gehabt von meinem Leben; aber das bin ich nicht geworden und möchte es auch nicht werden.« Sie wies mit dem Kopf nach unten, wo seine Kleider über den Boden verstreut lagen. »Ich werde dich jetzt alleinlassen, damit du dich anziehen kannst«, sagte sie und verließ das Zimmer.

Er kleidete sich rasch an und ging hinüber ins Wohnzimmer. Es war leer, und deshalb ging er weiter, hinaus auf die Veranda und die Vortreppe hinunter, wo er sie am Rand des Steilhanges stehen sah, den Blick in die Tiefe auf die Stadt gerichtet.

Sie wandte den Blick nicht davon ab, als er neben sie trat. »Du mußt auf der Hut sein, nicht wahr?« fragte sie.

»Wovor?«

»Vor Banalitäten«, sagte Dora.

»Vor so einem Urteil ist man nie sicher«, erwiderte er.

»Doch – wenn du etwas dagegen unternimmst«, sagte sie.

»Und was willst du nun unternehmen?« fragte er sie.

Sie blickte ihn entschlossen an. »Herausfinden, wer Ellie Dinker getötet hat«, erwiderte sie. »Ich möchte nicht in dieser verdammten Stadt sterben, ohne wenigstens das zu wissen.«

Er musterte sie kalt. »Erklärt das die Vorgänge dieser Nacht?«

Das Echo der Ohrfeige, die sie ihm daraufhin gab, mußte man noch in einer Entfernung von tausend Meilen gehört haben.

25

NIEMAND HATTE SO etwas bisher mit ihm gemacht. Niemand.

Niemals.

Er hatte zunächst gar nicht so recht begriffen, was da eigentlich geschah – nicht den Blick in ihren Augen, nicht, warum sie plötzlich mit dem Arm ausholte. Und dann traf ihn schon ihr Schlag ins Gesicht, der seinen Kopf nach rechts hinüberwarf und plötzlich schossen rote Funken durch den Nebel vor seinen Augen. Dann hatte er einen Moment lang wie gelähmt dagestanden und sie mit flammenden Augen angestarrt, bis sie sich abrupt umgedreht hatte und im Haus verschwunden war. Danach war ihm gar nichts anderes übriggeblieben, als in das Haus in der Beaumont Street zurückzukehren.

Dort hatte er sich auf den Stuhl vor Rays Schreibtisch fallenlassen und tief und erbittert Luft geholt, während sein Blick über die Bücher auf dem Regal über ihm hinwanderte, ohne sie recht wahrzunehmen, bis er schließlich an dem dunklen, leeren Bildschirm seines Computers auf dem Schreibtisch hängenblieb.

Mit einer reflexartigen, fast unwillkürlichen Handbewegung hatte er dann den Rechner eingeschaltet und mechanisch den ihm inzwischen vertrauten Code OVER:GEH eingegeben. Als die Datei auf dem Bildschirm aufleuchtete, hatte er sie Zeile für Zeile vor seinen Augen abrollen lassen, die Geheimnisse von Overton und Dinker gleichsam aus der Vogelperspektive betrachtet, bis sich nach der letzten Eingabe wieder eine gähnende Leere auf dem Schirm breitmachte.

Auf diese leere Fläche schrieb er nun das, was ihn in diesem Moment beschäftigte:

DORA:
FRAGEN IHRE PERSON BETREFFEND

Worauf er dann jedoch ein paar Minuten lang vergeblich darüber nachdachte, was für Fragen zu ihrer Person er denn hier eintragen sollte, da er ja noch so wenig über sie wußte – so wenig Material über sie zusammengetragen hatte, daß er noch gar nicht den Punkt erreicht hatte, wo er eine Liste von sinnvollen Fragen aufstellen konnte, die einer Klärung bedurften. Sie war nicht auf eine Art die Seine, daß er gewisse, ihre Person betreffende Probleme, die im Augenblick ungelöst in der Luft schwebten, mit Fakten und Vermutungen in Verbindung bringen konnte, die ihm, wie im Fall Overton, als Datensammlung zur Verfügung standen.

Er drückte auf die Löschtaste, entfernte die letzte Eintragung vom Schirm und ersetzte sie durch eine andere, die er sodann eine Weile stumm betrachtete:

FRAGEN, DIE ERMITTLUNGEN BETREFFEND

Das war eine Sache, die nun unbestreitbar die seine war, nämlich die Aufklärung von Ellie Dinkers Schicksal. Er hatte sie sich nun genauso zu eigen gemacht wie Ray oder Dora vor ihm oder noch früher Martha Dinker in jenen ersten bangen Minuten, als sie in den immer dunkler werdenden Abendhimmel hinausgeschaut und sich besorgt gefragt hatte, warum ihre einzige Tochter denn noch immer nicht nach Hause gekommen war. Dies war nun seine Sache, war zu seiner Passion geworden, die er unter keinen Umständen aufgeben würde.

Er traf Ben Wade genauso an, wie er ihn vor ein paar Tagen verlassen hatte – hinter seinem Schreibtisch vor einem Berg von Akten mit den letzten FBI-Berichten sitzend.

»Eine verdammt harte Lektüre«, sagte er, als Kinley durch die Bürotür kam.

Kinley nickte.

»Wenn man das liest, muß man sich wundern, daß überhaupt noch jemand lebend den nächsten Supermarkt erreicht«, sagte Wade und lachte.

Kinley lächelte dünn. Ihm war nicht zum Scherzen zumute. »Die Statistik macht es zumeist schlimmer, als es wirklich ist«, erwiderte er nüchtern.

Wade grinste. »Ja – alle zwei Sekunden dies, alle drei Sekunden das. Da könnte man schier verzweifeln an der Menschheit.« Und dann in ernstem Ton: »Wenn man so lange in diesem Geschäft ist wie ich, muß man wirklich annehmen, daß unsere Zivilisation bis in den Kern hinein verfault ist.«

Kinley setzte sich auf den Stuhl vor Wades Schreibtisch.

»Ich hatte ein Gespräch mit Riley Hendricks«, sagte er. Es klang wie ein Vorwurf.

»Tatsächlich? Macht ihm sein Job als Pauker immer noch Spaß?«

»Darüber haben wir nicht geredet«, erwiderte Kinley. »Wir sprachen über den Fall Overton.«

Wade schwieg, während er Kinley mit ausdruckslosem Gesicht in die Augen sah, als wären Sie nur zwei blaue Punkte auf einer weißen Wand.

»Über den Brunnen hinter Overtons Haus.« Kinley ließ die Worte wie schwere Gewichte auf Wades abgenützten Schreibtisch fallen.

»Ja, das störte ihn«, erwiderte Wade träge, »warum denn niemand in diesem Brunnen hatte nachschauen wollen.« Die Lehne seines Bürostuhls knarrte, als er sich nun zurücklehnte. »Riley glaubte, die Leiche von Ellie Dinker müßte im Brunnen versteckt sein; aber niemand suchte dort nach ihr.« Er holte einen Kaugummistreifen aus der Brusttasche seines Hemds, schälte ihn aus dem Stanniolpapier heraus und schob ihn in den Mund. »Wir haben aber überall sonst nach ihr gesucht«, fügte er hinzu. »Den ganzen Wald am Rocky River nach ihr abgekämmt. Wir haben den Fluß mindestens zehn Meilen weit unterhalb der Wasserfälle, wo Overton die Leiche in den Fluß geworfen haben will, nach ihr abgefischt.« Wade zuckte mit den Achseln. »Aber wir fanden keine Spur von ihr.«

»Aber nicht den Brunnen«, entgegnete Kinley. »Den haben sie nicht nach ihr abgesucht.«

»Nein.«

»Und warum nicht?«

»Vermutlich deshalb nicht, weil damals niemand auf die Idee kam, daß sie dort versteckt sein könnte«, erwiderte Wade. »Wir versammelten uns damals alle in der Dienststelle von Sheriff Maddox – und wenn ich alle sage, meine ich damit nicht nur mich und den Bezirksstaatsanwalt, sondern auch die halbe Feuerwehr und den alten Bürgermeister Jameson, der zuweilen an den Besprechungen teilnahm. Und der Sheriff breitete dann eine Landkarte auf seinem Schreibtisch aus, deutete mit dem Zeigefinger darauf, sagte: ›Schaut hier nach‹, machte mit dem Bleistift einen Punkt an der Stelle, auf die er gedeutet hatte, und dann zogen wir alle wieder ab.« Er schickte Kinley einen hilflosen Blick zu. »Aber er machte nie einen Punkt an dem Ort, wo sich Charlie Overtons Brunnen befand.«

»Und Sie haben diese Möglichkeit ihm gegenüber auch nie erwähnt?«

Wade schnaubte leise. »Floyd Maddox war nicht der Mann, der von seinen Deputies irgendwelche Vorschläge entgegennahm.« Er tippte sich mit dem Finger gegen die Schläfe. »Wir unterhalten uns nicht über einen Mann, der zu den Intelligentesten zählte, die jemals gelebt haben.«

Kinley nickte. »Ich verstehe.«

Wade lehnte sich wieder auf seinem Stuhl zurück, und sein Mund bewegte sich in kleinen Kreisen. »Und wie sich herausstellte, war es ja auch nicht von Bedeutung.«

»Was war nicht von Bedeutung?«

»Ob wir in dem Brunnen nachgeschaut haben oder nicht«, erwiderte Wade. »Weil sich die Leiche des Mädchens ja auch nicht dort befand.«

»Woher wollen Sie das denn wissen?«

»Weil Ray es mir sagte«, antwortete Wade.

»Ich dachte, Ray sprach mit Ihnen nicht über den Fall Dinker.«

»Aber den Brunnen hat er mir gegenüber erwähnt«, sagte Wade. »Das letztemal am Tage als er starb.«

»Am Tag seines Todes?«

»Richtig. An dem Tag, wo man ihn tot im Canyon fand. Er kam ganz außer Atem die Treppe herauf, ging an den Schreibtisch dort drüben und zog die unterste Schublade auf. Ich schätze, es war diejenige, in der er alle Unterlagen, die den Fall Overton betrafen, aufbewahrt.« Wade beugte sich nach rechts und spuckte den Rest des Kaugummis in den Papierkorb, der dort stand. »Egal – er nahm deren Inhalt heraus und schob alles in einen großen alten gelben Umschlag. Dann schaute er zu mir herüber und sagte: ›Es sind nur die Dinker-Sachen.‹ Und dann sagte er, er sei mit dem Fall fertig und daß niemand mehr über ihn reden sollte.«

»Niemand sollte mehr über diesen Fall reden?«

»Damit meinte er mich – daß ich den Fall nicht mehr erwähnen sollte«, erklärte Wade. »Als schämte er sich ein bißchen darüber, daß er sich überhaupt mit ihm befaßt hatte.«

»Und das war an dem Sonntag, als er starb?«

»Richtig«, erwiderte Wade. »Und ich wäre gar nicht hier gewesen, wenn ich nicht den Schlüssel zu meinem Geräteschuppen hier im Schreibtisch gelassen hätte.«

»Wäre denn sonst noch jemand an diesem Sonntag im Gerichtsgebäude gewesen?« fragte Kinley.

»Am Sonntagnachmittag?« entgegnete Wade. »Wollen Sie mich auf den Arm nehmen?«

Kinley ließ seinen Blick langsam und nachdenklich zu dem Schreibtisch in der anderen Ecke des Zimmers hinüberwandern.

»Etwas läßt Ihnen keine Ruhe, Jack, nicht wahr?« sagte Wade. »Sie haben doch nichts dagegen, wenn ich Sie Jack nenne, oder?«

Kinley wandte seinen Blick wieder Wade zu. »Es ist diese Geheimniskrämerei, die mich stört«, sagte er. »Die Art, wie Ray alles, was den Fall betrifft, für sich behalten hat.«

Wade zuckte mit den Achseln. »Wenn Sie in diese Schublade schauen möchten – tun Sie sich keinen Zwang an«, sagte er gleichmütig. »Werfen Sie ruhig einen Blick hinein. Ray hätte sicherlich nichts dagegen gehabt. Er hat das Vorhängeschloß mitgenommen.«

Kinley machte sofort von Wades Angebot Gebrauch, ging zu dem leeren Schreibtisch hinüber und zog dessen unterste Schublade auf. Es befand sich nur ein grüner Aktendeckel darin – einer von diesen Hängeordnern, die Ray für die Ablagen in seinem zu Hause eingerichteten Büro benützte. Der Ordner trug keine Aufschrift.

»Zu schade um Ray«, sagte Wade. »Er war ein erstklassiger Ermittler.«

Kinley drehte sich zu ihm um. »Um welche Zeit sahen Sie Ray an jenem Tag?«

»So gegen halb zwei Uhr nachmittags, würde ich sagen.«

»Und zwei Stunden später wurde er tot aufgefunden?«

»Das dürfte hinkommen.«

»Im Canyon.«

Wade nickte. »Er muß sich unmittelbar danach auf den Weg dorthin gemacht haben.«

»Nicht direkt«, sagte Kinley.

»Was meinen Sie damit?«

»Weil das, was er hier aus dem Schreibtisch genommen hat, nicht bei ihm gefunden wurde, als er starb.«

»Woher wissen Sie das?«

»Aus dem Polizeibericht«, erwiderte Kinley. »Dort steht nur etwas über seine Leiche; aber nichts davon, daß er irgendwelche Unterlagen bei sich gehabt hätte.«

Wades Gesicht wurde sehr ernst; aber er sagte nichts.

Kinley blickte zu dem kleinen rechteckigen Fenster vor Rays Schreibtisch hin. Er konnte dahinter den schlanken grauen Flaggenmast des Gerichtsgebäudes erkennen; die grauen Stufen der langen Treppe, die den Hügel heraufführten und auf denen Martha Dinker tagelang Wache gehalten hatte, und jenseits davon der wie eine grüne Mauer aufragende Berg, hinter dem sich der Canyon versteckte.

Er war schon auf dem Weg zum Ausgang, als er sah, wie Mrs.

Hunter auf ihn zukam. »Ich wußte nicht, ob ich Sie noch einmal hier antreffen würde«, sagte sie munter.

Kinley nickte höflich.

»Ich wollte Ihnen nur mitteilen, daß ich eine Antwort für Sie gefunden habe«, fuhr Mrs. Hunter fort.

»Eine Antwort?«

»Na, Sie wissen schon – was das Verhalten von Mrs. Dinker betrifft«, erwiderte Mrs. Hunter. »Wofür sie sich interessiert hat, wenn sie hierherkam und sich die Prozeßakten geben ließ.«

»Oh, ja«, antwortete Kinley, sich an ein Interesse erinnernd, das ihm nur rein technischer Natur gewesen zu sein schien.

»Ich sagte Ihnen ja schon, daß Harriet Calhoun ein paar Tage verreist war«, fuhr Mrs. Hunter fort. »Doch gestern abend ist es mir dann gelungen, mit ihr Kontakt aufzunehmen, und sie erzählte mir, daß Mrs. Dinker immer nur nach einem verlangte, wenn sie hierher ins Archiv kam.«

»Nur nach einem?«

»Nur nach einem bestimmten Band der Verhandlungsprotokolle.«

»Kann sie sich noch erinnern, an welchen?«

»Ja«, entgegnete Mrs. Hunter stolz. »Es war der Band vier.«

Kinleys nie versagendes Gedächtnis schlug den Band vier der Verhandlungsprotokolle vor seinem inneren Auge auf. »Band vier«, erklärte er, »enthielt doch ihre eigene Aussage.«

»Richtig«, erwiderte Mrs. Hunter, »aber sie las nie den ganzen Band durch, sondern immer nur einen Teil davon.«

»Einen Teil?«

»Genauer genommen, nur eine Seite, wie Harriet mir erzählte.«

»Weiß sie noch, welche?«

Auf Mrs. Hunters Gesicht zeigte sich ein Ausdruck großer Genugtuung, als habe sie eine Meisterleistung vollbracht: »Nun, wie sich herausstellte, kam Mrs. Dinker sehr oft hierher, ließ sich immer den gleichen Band der Prozeßakten geben, setzte sich damit an den Tisch im Archiv, um darin zu lesen, brachte aber den Band anschließend nie an Harriets

Schreibtisch zurück. Wenn Mrs. Dinker wieder fortging, ließ sie den Band einfach aufgeschlagen auf dem kleinen Tisch im Archiv liegen.«

Kinley nickte.

»Und Harriet mußte ihn danach immer selbst aufräumen. Sie erzählte mir, der Band sei immer an der gleichen Stelle aufgeschlagen gewesen.« Mrs. Hunter legte eine kleine dramatische Pause ein, um die Spannung zu erhöhen. »Auf Seite vierhundertvierzehn«, verkündete sie dann lauthals. »Harriet erinnert sich noch sehr genau daran.«

»Vierhundertvierzehn«, wiederholte Kinley leise.

»Und ich dachte mir, daß Sie sich diese Seite vielleicht noch einmal gern anschauen würden«, fuhr Mrs. Hunter fort.

»Ja, das würde ich gern.«

»Nun – ich habe den Band bei mir im Büro«, erklärte Mrs. Hunter.

Kinley folgte ihr und wartete dort, während Mrs. Hunter eine Schublade in ihrem Schreibtisch öffnete, wieder eine dramatische Pause einlegte und dann Band vier der Protokolle in Kinleys Hände legte.

»Ich sprach mit Mr. Warfield darüber. Ich sagte ihm, daß Sie sehr interessiert wären an diesem Fall«, fuhr Mrs. Hunter fort. »Und er erklärte mir, weil es ein so alter Fall wäre und keine Berufung zu erwarten sei, könnten Sie sich die Protokolle auch ein paar Tage lang ausleihen.«

Kinley drückte den Band mit den Protokollen an seine Brust. »Vielen Dank.«

Mrs. Hunter hob nun warnend den Zeigefinger und sagte streng: »Aber vergessen Sie ja nicht, mir den Band auch wieder zurückzubringen.«

Kinley fuhr vom Gerichtsgebäude direkt zum Haus in der Beaumont Street, setzte sich dort an Rays Schreibtisch und schlug die Seite vierhundertvierzehn im vierten Band der Protokolle auf. Obwohl sie einen säuberlich mit der Maschine getippten Text enthielt, hatte sie das Aussehen einer alten Pergamenthandschrift, die immer wieder studiert worden war. Das Papier war überall mit gelben Flecken bedeckt, als sei Mrs. Dinker jahrelang beim Lesen mit dem Zeigefinger über jedes Wort gefahren wie eine Blinde, die einen Text in Blindenschrift liest. Im Geiste konnte Kinley sie in ihrem schwarzen Kleid an dem kleinen eisernen Tisch neben dem Eingang des Archivs sitzen sehen, mit jedem Jahr, das sie dorthin kam, ein bißchen tauber, blinder, verrückter, und wie sie sich über diese Seite beugte, die er sich nun ebenfalls zum zweitenmal vornahm:

WARFIELD: Haben Sie tatsächlich gesehen, wie Ellie den Berg hinaufging?

DINKER: Ja, Sir, das habe ich.

WARFIELD: Erinnern Sie sich noch, was sie anhatte, als sie den Berg hinaufstieg?

DINKER: Ein grünes Kleid und schwarze Schuhe.

WARFIELD: Aus welchem Stoff bestand das Kleid?

DINKER: Aus Baumwolle.

WARFIELD: War die Farbe des Kleides dunkelgrün oder hellgrün?

DINKER: Dunkelgrün. Und es hatte einen kleinen weißen Spitzenkragen, den ich für sie gehäkelt habe.

WARFIELD: Mrs. Dinker – haben Sie Ihre Tochter danach wiedergesehen?

DINKER: Nein, Sir.

WARFIELD: Mrs. Dinker, sehen Sie das Paar Schuhe, das ich jetzt in der Hand halte?

DINKER (schluchzend): Ja, Sir.

WARFIELD: Wessen Schuhe sind das, Mrs. Dinker?

DINKER: Das sind Ellies Schuhe.

WARFIELD: Woher wollen Sie das wissen, Mrs. Dinker?

DINKER: Ich erkenne sie an diesen kleinen glänzenden Schnallen.

WARFIELD: Mrs. Dinker – haben Sie Ellies grünes Kleid danach noch einmal gesehen?

DINKER (weinend): Nein, Sir.

WARFIELD: Mrs. Dinker, sehen Sie das Kleid, das ich jetzt hochhalte, um es den Geschworenen zu zeigen?

DINKER: (schluchzend) UNVERSTÄNDLICH

WARFIELD: Mrs. Dinker, ist dies das Kleid, das Ihre Tochter trug, als sie am Freitag, den 2. Juli 1954, um zwölf Uhr mittags den Berg hinaufging?

(Die Zeugin antwortet nicht)

WARFIELD: Ich weiß, wie hart das für Sie ist, Mrs. Dinker; aber es ist sehr wichtig. Ist das Kleid, das Sie sich soeben angesehen haben – das Kleid, das ich jetzt noch in der Hand halte, Mrs. Dinker –, dasselbe Kleid, das Ihre Tochter anhatte, als sie an dem erwähnten Freitagmittag ihre Wohnung verließ?

(Zeugin antwortet nicht)

WARFIELD: Mrs. Dinker?

(Zeugin antwortet nicht)

WARFIELD: Mrs. Dinker, bitte. Ich frage Sie, Mrs. Dinker, ist das das Kleid Ihrer Tochter Ellie?

DINKER: Ich habe es seit jenem Tag nicht mehr gesehen.

WARFIELD: Danke, Mrs. Dinker. Keine weiteren Fragen mehr.

Nachdem Kinley sich diese Seite noch einmal durchgelesen hatte, schloß er die Augen und versuchte, sich die Szene im Gerichtssaal zu vergegenwärtigen, als die Zeugin ihre Aussage machte. Er konnte Mrs. Dinker im Zeugenstand sehen, wo sie zunächst auf eine Weise, wie der Anklagevertreter es sich erhofft hatte, mit fester Stimme und schlichten, schmucklosen Worten seine Fragen beantwortete – mit einem raschen *Ja, Sir; Jawohl, Sir* in einem so zuversichtlichen Ton, wie ihn nur die Wahrheit hervorzubringen vermochte.

Und dann hatte sie plötzlich ihre selbstsichere Haltung verloren, und es war ein Leichtes für Kinley, sich diesen Vorgang in all seinen erschütternden Details auszumalen. Wie Warfield hinüberging zum Tisch der Anklagevertretung, seine Hände sich nach diesem Karton oder dieser Tasche ausstreckten, die dort an einem strategisch günstigen Platz abgelegt worden war, und seine Worte über die Zuhörer im Saal hinhallten, als er sich langsam seinem Ziel näherte: Haben Sie danach ihr Kleid noch einmal gesehen?

Dann schoben sich diese langen weißen Finger, die Kinley auf dem Zeitungsfoto gesehen hatte, in das nicht näher bezeichnete Behältnis, ergriffen dort etwas und zogen es langsam heraus – es bedachtsam an den Schultern festhaltend, damit es sich ganz entrollen würde, wenn er es hochhob und diesen mächtigen Blutfleck enthüllen mußte, der sich über die ganze Vorderseite dieses dunkelgrünen Kleidungsstücks ausdehnte und den die Geschworenen nun mit vor Entsetzen geweiteten Augen betrachteten, während sie auf seine nächste Frage warteten: Mrs. Dinker, sehen Sie *das Kleid, das ich jetzt hochhalte?*

Und exakt in diesem Moment war die Zeugin zusammengebrochen, und ihre Lippen hatten sich nur noch lautlos bewegt, als würde sie ein stummes Selbstgespräch führen. Oder vielleicht hatte sie auch etwas so leise vor sich hingemurmelt, daß der Gerichtsstenograph es nicht verstehen konnte und das mit dem Wort UNVERSTÄNDLICH im Protokoll vermerkt hatte.

Doch Warfield hatte nicht nachgeben wollen und seiner Zeugin unerbittlich zugesetzt, eine Frage nach der anderen abfeuernd, während er das Kleid noch immer hochhielt: Mrs. Dinker, ist dies das Kleid, das Ihre Tochter trug, als sie am Freitag, den 2. Juli 1954, um zwölf Uhr mittags den Berg hinaufging?

Aber Mrs. Dinker fand noch immer keine Worte, während sie zweifellos fortfuhr, wie gebannt dieses Kleid in einem seltsamen, sich immer länger ausdehnenden Schweigen anzustarren, was der Gerichtsstenograph an dieser Stelle mit der lakonischen Bemerkung zusammenfaßte: DIE ZEUGIN ANTWORTET NICHT.

Doch Warfield hatte offenbar nur Sekunden verstreichen lassen, ehe er in seiner Befragung fortfuhr, dieses Mal noch erbarmungsloser mit den Worten: Ich weiß, wie hart das für Sie ist, Mrs. Dinker; aber es ist sehr wichtig. *Ist das Kleid, das Sie sich soeben angesehen haben – das Kleid, das ich jetzt noch in der Hand halte, Mrs. Dinker –, dasselbe Kleid, das Ihre Tochter anhatte, als sie an dem erwähnten Freitagmittag ihre Wohnung verließ?*

Kinley öffnete die Augen, sah zum Ende der Seite hin und ließ nun das Protokoll für sich selbst sprechen:

(Zeugin antwortet nicht)

WARFIELD: Mrs. Dinker?

(Zeugin antwortet nicht)

WARFIELD: Mrs. Dinker, bitte. Ich frage Sie, Mrs. Dinker, ist das das Kleid Ihrer Tochter Ellie?

Hier, endlich, faßte die Zeugin sich wieder, als würde sie plötzlich aus der Hypnose erwachen, den Blick noch immer auf dieses dunkelgrüne Kleid geheftet; aber es nun so betrachtend, wie Warfield verlangte, daß sie es betrachten sollte: *Ich frage Sie, Mrs. Dinker, ist das das Kleid Ihrer Tochter Ellie?*

Worauf ihm Mrs. Dinker endlich eine Antwort gab:

DINKER: Ich habe es seit jenem Tag nicht mehr gesehen.

Kinley sah vom Protokoll hoch, schloß die Augen, als würde er ihnen jetzt eine längst verdiente Ruhepause gönnen, öffnete sie jedoch gleich wieder und heftete sie abermals auf die Seite des Protokolls, die aufgeschlagen vor ihm lag. Er suchte noch einmal die Stelle, wo Mrs. Dinkers bisher so selbstsicheres Auftreten ein plötzliches und unerwartetes Ende gefunden hatte, als Warfield sie fragte: *Mrs. Dinker, sehen Sie das Kleid, das ich jetzt hochhalte?*

Das war exakt der Moment gewesen, wo ihr Blick zum erstenmal auf das Kleid ihrer Tochter nach deren Verschwinden gefallen war.

Es gab natürlich viele mögliche Erklärungen für ihre Reaktion, und Kinley hatte genügend Erfahrung mit dieser Materie, um sie auch alle zu kennen. Er war selbst Zeuge gewesen, wie die Realität eines Verlustes mit einemmal wie aus dem Nirgendwo erschien und ein Zeuge plötzlich zum erstenmal einräumen mußte, daß das alles kein Traum sei, sondern der Körper eines geliebten Angehörigen tatsächlich vernichtet, zerstückelt, ertränkt worden war und er ihm nie mehr lebendig vor die Augen treten würde. Vielleicht war es das, was in diesem Moment mit Mrs. Dinker passiert war: Sie hatte das Kleid gesehen und das Blut darauf, und das Entsetzen darüber und die Erkenntnis, daß ihre Tochter nun wahrhaftig tot sei, waren gleichzeitig auf sie herabgestoßen wie ein großer schwarzer Vogel.

Oder der Anblick des Kleides hatte das genaue Gegenteil bewirkt und Mrs. Dinker in die Vergangenheit zurückversetzt, wo sie einen kurzen, gnadenreichen Moment lang Ellie in einer schmutzigen Windel auf sich zutrippeln sah; oder sie ihr erstes Wort sprechen hörte; oder sie dabei beobachtete, wie sie die Kerzen auf ihrem Geburtstagskuchen ausblies. Auch das hatte Kinley miterlebt, hatte die heile Welt einer noch unverletzten Vergangenheit wieder auf dem Gesicht eines Zeugen Gestalt annehmen sehen. Die Mutter des kleinen Billy Flynn hatte, wie er in den Gerichtsprotokollen las, fast eine volle Minute dagesessen und auf die kleine grüne Trillerpfeife gestarrt, die der Anklagevertreter ihr vor die Augen gehalten hatte, während sie die Lippen bewegt und gerade so laut, daß es der Gerichtsstenograph hatte hören können, *BillyBillyBillyBillyBilly* geflüstert hatte, bis der Anklagevertreter sie schließlich, an der Schulter berührend, zurückgeholt hatte in die Wirklichkeit und sie gemurmelt hatte: *Ach, entschuldigen Sie – aber das ist eines von Billys Lieblingsspielzeugen gewesen. Er hat den ganzen Tag darauf geblasen.*

Doch als Mrs. Dinker schließlich dem Anklagevertreter wieder ihre Aufmerksamkeit geschenkt hatte, war ihre Antwort anders ausgefallen; und als sich Kinley nun auf diese Worte, *Ich habe es seit jenem Tag nicht mehr gesehen,* konzentrierte, fiel ihm auf, daß Mrs. Dinker Warfields Frage ja eigentlich überhaupt nicht beantwortet hatte. Sie hatte keineswegs das grüne Kleid, das der Anklagevertreter ihr noch immer vor die Augen gehalten hatte, als das Kleid ihrer Tochter Ellie Dinker identifiziert, sondern war dieser Frage vielmehr ausgewichen.

Kinley ließ die Datei auf dem Schirm wieder zurückrollen, bis die Titelüberschrift:

FRAGEN, DIE ERMITTLUNGEN BETREFFEND

auf dem Bildschirm erschien, unter der er nun eintippte:

1) Warum hat man nicht auch im Brunnen nach der Leiche gesucht?

Dann hielt er einen Moment inne und gab dem Rechner dann eine zweite Frage ein:

2) Wo ist Ellie Dinkers Kleid?

26

DIESMAL FAND KINLEY Ben Wade auf einem offenen Feld, wo er sich wie ein großer, aufgerichteter Bär zwischen den raschelnden, erntereifen Maispflanzen bewegte.

»Marihuana«, erklärte er, als Kinley sich durch die mannshohen Maispflanzen bis zu ihm vorgearbeitet hatte, »sie bauen den Hanf zwischen den Furchen eines Maisfeldes an, damit man ihn aus der Luft nicht sehen kann.«

»Aus der Luft?«

»Die Flugzeuge von der DEA, der Behörde zur Bekämpfung des Rauschgifthandels«, erwiderte Wade. »Die führen regelmäßig Kontrollflüge durch auf der Suche nach diesem Zeug.«

»Ist es denn schon so schlimm? In Sequoyah, meine ich?«

»Das Zeug finden Sie jetzt überall, soweit ich das beurteilen kann«, gab Wade müde zurück. »Die Leute haben heutzutage zu viel freie Zeit und wissen nicht, wie sie die totschlagen sollen. Sie werden zu Konsumenten von dem Zeug, weil sie damit ihre Langeweile vertreiben wollen.« Wade machte eine scharfe Wendung nach links und wanderte auf einer neuen Furche zwischen den raschelnden welken Maisstauden zum anderen Ende des Feldes zurück, die Augen auf den Boden gerichtet. »Wie haben Sie mich denn hier gefunden?«

»Warfields Sekretärin gab mir den Tip.«

»Molly, die Plaudertasche«, sagte Wade mit einem kurzen Lachen. »So nennen wir sie.«

»Warum das?«

Wade hielt abrupt an und gab ihm mit einem anzüglichen Blick die Frage zurück: »Warum wohl?«

Kinley nickte. »Ich verstehe.«

Wade lächelte leise und setzte sich dann wieder in Bewegung, mit schweren Schritten durch das Feld stapfend, als wollte er es niederwalzen.

»Ich habe da einen neuen Aspekt im Fall Dinker entdeckt«, sagte er behutsam und hoffte, daß er Wades Geduld inzwischen nicht überstrapaziert hatte.

»Nun, vermutlich gibt es da Hunderte von Aspekten«, brummelte Wade. »Bei einem Mordfall ist das doch immer so.«

»Das Kleid«, sagte Kinley. »Sie sind doch der Polizeibeamte gewesen, der es damals gefunden hat, nicht wahr?«

Wade nickte. »Ja, das war ich.«

»Wie haben Sie es denn gefunden?« fragte Kinley.

»Ich ging in den Wald, und da hing es plötzlich vor mir an einem Baum«, erwiderte Wade nüchtern.

»Wo genau im Wald?« fragte Kinley. »Unter den Beweismitteln fanden sich keine Skizzen.«

»Skizzen?« wiederholte Wade, der wieder angehalten hatte und Kinley nun verständnislos ansah.

»Skizzen vom Tatort und anderen relevanten Orten, auf denen deren Lage exakt vermerkt ist.«

Wade schüttelte den Kopf und erwiderte gereizt: »Himmel, Mann, das war 1954 und passierte in einem Nest, wo Fuchs und Hase einander gute Nacht sagen.« Er lachte. »Lageskizzen vom Fundort – du liebe Güte.«

Kinley zuckte mit den Achseln. »Trotzdem mußte ich mich fragen, wo genau Sie denn das Kleid damals gefunden haben.«

Wade schickte ihm einen durchbohrenden Blick zu. »Hören Sie, Jack – es ist höchste Zeit, daß zwei so ausgebuffte Hasen, wie wir beide das in diesem Geschäft sind, mal ein offenes Wort miteinander reden sollten. Da gab es nämlich einen Aspekt bei diesem Fall, den Sie wissen müssen.«

»Und der wäre?«

»Das Opfer war keine Prinzessin – wenn Sie wissen, was ich meine.«

»Nicht genau.«

»Also gut, dann will ich es Ihnen verklickern«, erwiderte Wade grimmig. »Wir haben da eine Menge, was das Opfer betrifft, unter Verschluß gehalten. Und wissen Sie auch, weshalb?«

»Nein.«

»Weil dieses Dinker-Mädchen nicht viel mehr war als eine Teenagerhure.«

Die Brutalität dieses Wortes traf Kinley wie eine kleine Schrotladung.

»Aber wir wollten nicht, daß das an die Öffentlichkeit dringen sollte«, fuhr Wade fort. »Niemand wollte das. Sie war das einzige Kind; jemand hatte es umgebracht, und soweit wir wußten, glaubte ihre Mutter, sie wäre zum Zeitpunkt ihres Todes noch so rein und unschuldig gewesen wie frischgefallener Schnee.« Wade bedachte Kinley mit einem leutseligen, kumpelhaften Lächeln. »Wir behandelten den Fall so, wie sich das für ehemalige Südstaaten-Gentlemen gehörte. Wir schonten beide Ladies. Das tote Mädchen und ihre Mama.« Er zuckte mit den Achseln. »Zudem vertrat Warfield damals die Meinung, daß niemand aus dem Lebenswandel eines Menschen das Recht ableiten dürfe, ihn dafür oder deswegen auch umzubringen. Und deshalb hatte er damals angeordnet: ›Haltet den Mund, was ihren Lebenswandel betrifft. Wenn Talbott ihre Lebensumstände vor Gericht näher beleuchten möchte, soll er das meinetwegen tun; aber soweit es mich, den Bezirksstaatsanwalt betrifft, ist und bleibt Ellie Dinker ein unbeschriebenes Blatt – eine Zierde der Südstaaten-Jungfrauenschaft.‹«

»Und Talbott brachte ihren Lebenswandel nie zur Sprache«, sagte Kinley.

»Nein, das tat er nicht.«

»Wußte er denn nichts davon?«

»Wenn ja, hat er sich darüber vor Gericht nicht ausgelassen«, erwiderte Wade. »Was jedoch die Dienststelle des Sheriffs und das Büro der Staatsanwaltschaft anbelangte, war Ellies Lebenswandel für beide tabu. Und wenn Sie deshalb hier und dort Löcher in diesem Fall entdecken, Jack – wenn wir also hier genauer nachforschten und dort überhaupt nicht –, ist das der Grund dafür gewesen. Wir wollten nicht zu tief graben, weil wir bereits wußten, was wir dann finden würden.«

»Und das ist auch der Grund, warum der Anklagevertreter nie eine echte Theorie entwickelte, was das Tatmotiv betrifft?« fragte Kinley.

»Ja«, erwiderte Wade, »weil wir uns denken konnten, warum sie umgebracht worden war.«

»Warum also?«

Wade blickte Kinley an, als würde er einem kleinen Kind die Tricks seines Berufs beibringen. »Ellie Dinker war eine Schlampe, Jack«, sagte er. »Sie nahm vermutlich sogar gelegentlich ein paar Scheinchen für die Dienste, die sie leistete. Und deshalb legten wir uns folgende Theorie zurecht: Overton hatte mit Ellie verabredet, sich mit ihr an der Bergstraße zu treffen, um mit ihr eine rasche Nummer im Wald zu machen. Und Sie leben ja in einer Großstadt, Jack, und wissen deshalb ganz genau, was in so einer Situation alles passieren kann. Da genügt eine abfällige Bemerkung, ein bißchen Zikkigkeit auf Seiten der ›Braut‹ oder ein Gerangel um den Preis, und der ›Freier‹ dreht durch. Jedenfalls ist am Ende dieses Tages das Mädchen tot.«

Kinley bemühte sich nun, diese Szene vor seinem inneren Auge heraufzubeschwören: Ellie Dinker, die auf dem Boden liegt und spöttisch über den atemlosen alten Mann lacht, der sich auf ihr abmüht. »Eine rasche Angelegenheit muß das in diesem Fall aber gewesen sein«, sagte er nach einer Weile.

»Mitten am Tag und im Freien?« gab Wade zurück. »Darauf können Sie wetten.«

»Und sie würde dafür nur das Kleid über die Hüften hochgezogen haben, nicht wahr?«

»Hoch mit dem Kleid, herunter mit dem Höschen«, erwiderte Wade, als wäre es der Refrain eines schmutzigen Gassenhauers.

»Aber Sie haben doch kein Stück von ihrer Unterwäsche gefunden, nicht wahr?« gab Kinley zurück.

»So, wie wir uns das vorstellten«, erwiderte Wade, »mochte ein Mädchen wie Ellie Dinker vielleicht gar kein Unterhöschen angehabt haben.«

»Wir?«

»Die Leute, die mit den Ermittlungen befaßt waren.«

»Riley Hendricks?«

»Nun – Riley war vielleicht andrer Meinung.«

»Und Sie?«

»Ich konnte mir gut vorstellen, daß sie schon etliche Parties in ihrem Leben gefeiert hatte«, erwiderte Wade. »Aber ich war der gleichen Meinung wie die anderen, die an den Ermittlungen beteiligt waren: Das gab Charlie Overton nicht das Recht, sie zu töten.«

»Und Sie sind noch immer überzeugt davon, daß Overton sie umbrachte?«

»Ja«, erwiderte Wade. »Sind Sie das nicht?«

»Nein.«

Wade grinste verständnisvoll. »Aber das werden Sie bald sein«, meinte er zuversichtlich. »Sie müssen nur ein bißchen Abstand zu dem Fall gewinnen. Den haben Sie nicht.« Er zögerte einen Moment, ehe er hinzusetzte: »Vielleicht ist Dora daran schuld.«

Kinley konnte noch immer den Schlag spüren, den sie ihm ins Gesicht gegeben hatte. »Nein«, sagte er, »das ist es nicht.«

Wade blieb stehen und blickte ihn forschend an. »Was ist es dann, Jack? Was läßt Ihnen an diesem Fall keine Ruhe? Auch Ray hat etwas daran keine Ruhe gelassen. Aber er hat mir nie verraten, was das war.«

»Ich weiß es noch nicht«, räumte Kinley ein. »Es ist nur so ein Gefühl.«

Ein seltsamer Ausdruck von Anteilnahme zeigte sich nun auf Wades breitem, rundem Gesicht. Seine Augen wurden schmal, und dann wölbte er eine buschige Augenbraue. »Also gut«, sagte er leise, »was wollen Sie von mir wissen?«

»Ich möchte nur sehen, was Sie damals gesehen haben.«

»Sie meinen die Stelle, wo ich das Kleid gefunden habe?«

»Ja.«

Wade schüttelte den Kopf. »Also gut, Jack«, sagte er mit einem kaum hörbaren Seufzer. »Ihr Yankees seid schon ein verdammt sturköpfiges Völkchen.«

Sie erreichten die Bergstraße nur ein paar Minuten später. Wade lenkte seinen Dienstwagen auf den Schotter des Banketts. Kinley hielt mit seinem Mietwagen hinter ihm.

»Hier ist die Stelle, wo ich damals mit meiner Suche im Wald begonnen habe«, sagte Wade, während er zu Kinleys Wagen ging. Er drehte sich um und deutete mit der Hand auf eine kleine Lücke im Unterholz. »Ich bin diesen Pfad dort hinaufgegangen.« Er sah auf Kinleys Schuhe hinunter. »Ihre Wanderstiefel haben Sie wohl zu Hause gelassen, wie?«

»Ich hatte auch nicht vorgehabt zu wandern, als ich aus New York hierherkam.«

»Nun – eine richtiggehende Bergtour wird es auch nicht werden«, meinte Wade beruhigend, während er eine scharfe Wendung machte und dann die Straße überquerte. »Ich brauchte nicht weit zu gehen, um das Kleid zu finden.«

Kinley sprang nun, Wade folgend, über einen kleinen Graben neben der Straße, kletterte rasch die Böschung hinauf und tauchte dann an der Stelle, auf die Wade vorhin gezeigt hatte, im Bergwald unter.

»Ich war damals ohne Begleitung«, sagte Wade, dem schmalen Pfad folgend, der sich durch das Unterholz schlängelte. »Selbst Riley war an dieser Suche nicht beteiligt.«

»Warum nicht?« fragte Kinley, die niedrighängenden Äste junger Bäume zur Seite biegend, damit sie ihm nicht ins Gesicht schlugen.

»Maddox brauchte ihn für etwas anderes«, erwiderte Wade. Er lachte glucksend. »Riley hatte das College absolviert, und ich glaube, das muß Sheriff Maddox ein bißchen gestört haben.«

»Was meinen Sie damit?«

»Er ließ Riley die Drecksarbeit machen, verstehen Sie?« erwiderte Wade. »Vermutlich, um ihm die Demut vor dem Herrn beizubringen.« Wade dachte einen Moment nach. »Aber ich glaube vielmehr, daß Maddox ein bißchen Angst hatte vor Rileys Collegediplom.« Er schüttelte kurz den Kopf und kehrte dann zum Thema zurück. »Egal«, sagte er, »Riley bekam damals einen anderen Auftrag, und deshalb habe ich den Wald an dieser Stelle allein durchsucht. Wir waren zu jener Zeit ja nicht gerade üppig mit Personal ausgestattet, und die zur Verfügung stehenden Kräfte mußten oft am gleichen Tag an mehreren, weit voneinander entfernt liegenden Plätzen recherchieren.«

»Sie haben im Verlauf der Ermittlung demnach häufig allein gearbeitet?«

Wade schüttelte den Kopf. »Nein«, sagte er leichthin, »nur dieses eine Mal.«

Der Pfad machte nun eine Biegung nach rechts durch einen

dichten Kieferbestand, und Kinley konnte die dürren Nadeln unter seinen Sohlen knirschen hören. Er wurde wieder an seine Jugendzeit erinnert, wo er sich gern an sonnigen Tagen auf den Waldboden gelegt, sich mit Tannennadeln bedeckt und den ganzen Nachmittag hindurch geschlafen hatte. Bis er dann die Augen aufgeschlagen und seine Großmutter über sich gebeugt gesehen hatte, ihm beide Hände entgegenstreckend. Die hatte er dann mit einem erschrockenen Keuchen ergriffen und sich an ihnen vom Boden hochgezogen.

Er spürte, wie er diese packende Bewegung nun unwillkürlich wiederholte und dann rasch die Hände in den Hosentaschen versteckte, als müßte er sie vor Wades forschendem Blick verbergen.

»Genau hier«, sagte Wade vor ihm und blieb plötzlich mitten auf dem Pfad stehen.

Kinley trat an dessen Seite und sah zu, wie Wade den Arm hob und auf einen hohen Baum zeigte, der in einiger Entfernung auf einer kleinen Lichtung stand.

»Dort hing es«, sagte Wade leise. »Ich werde das niemals vergessen. Hing von einem der Äste herunter, als hätte jemand es dort hinaufgeworfen.«

Sie gingen nun beide hinüber zu der kleinen Lichtung, und Kinley starrte den freistehenden Baum an, während Wade, etwas außer Atem von der kurzen, aber anstrengenden Kletterpartie, sich auf einen großen grauen Stein in dessen Nähe setzte.

»Das muß ein spektakulärer Anblick gewesen sein«, sagte Kinley nach einer Weile.

»Ja, das war es«, erwiderte Wade und setzte dann kopfschüttelnd hinzu: »Hing einfach dort, wie ich schon sagte. Über einem Ast, als würde es ...« Wade stockte, und Kinley drehte sich um und sah ihn an. Wades Gesicht zeigte nun den Ausdruck tiefen Erstaunens, und hinter seiner Stirn, wie Kinley an seinen Augen erkennen konnte, arbeitete es fieberhaft.

»Als würde es was?« fragte Kinley.

Wades Augen hoben sich zu Kinley, und das Staunen darin hatte sich in ein dunkles Grübeln verwandelt. »Als würde es dort auf mich warten«, sagte er.

Kinley trat zu ihm. »Und tat es das?«

Wade stand auf, legte Kinley seinen breiten Arm um die Schultern und sagte: »Wie wäre es, wenn wir jetzt etwas trinken würden? Von dieser Kletterei ist mir verdammt warm geworden.«

Sie gingen in eine Bar am Südende der Stadt – eine von diesen kleinen, mit einer Musiktruhe ausgerüsteten Kneipen, wie Kinley sie im Verlauf seiner Arbeit zur Genüge kennengelernt hatte: wo die Männer an der Theke beisammenhockten und sich lauthals, während die Musik im Hintergrund dröhnte, über das beschwerten, was ihrer Meinung nach schuld war an dem, was aus ihnen geworden oder nicht geworden war.

Wade bestellte die Drinks und wartete dann, eine Zigarette paffend, ungeduldig darauf, daß sie ihnen gebracht wurden. »Also gut«, sagte er, sein Glas erhebend, als ihnen die Drinks serviert worden waren, »auf das, was wir nicht länger verschweigen wollen.«

Kinley stieß mit ihm an, sagte aber nichts.

»Okay«, sagte Wade, nachdem er einen raschen Schluck aus seinem Glas genommen hatte, »ein paar Sachen haben mich schon immer gestört. Aber Riley wußte das nicht und Ray ebenfalls nicht.« Er lehnte sich etwas auf seinem Stuhl zurück. »Aber damit Sie klarsehen, Jack: Was das Dinker-Mädchen betrifft, habe ich Ihnen die reine Wahrheit erzählt. Sie war eine Schlampe. Das ist keine Erfindung. Und was diese Verabredung mit Overton anbelangte, könnte das ebenfalls stimmen. Warum auch nicht, wenn ihn der Pimmel juckte und Ellie ihm verschaffen konnte, was er brauchte? Zudem war seine Alte ja hoch in anderen Umständen gewesen – so rund und dick wie ein Haus. Vielleicht wollte er eine Nummer mit der Kleinen schieben, die ihn über die letzten paar Tage, bis das Kind kam, hinwegtrösten sollte – wer weiß?«

Kinley nickte. »Was hat Sie also gestört?«
»Von Anfang an der Brunnen«, erwiderte Wade. »Aber wie Ray mir dann erzählte, war das ein Blindgänger.«
»Ja, das war es.«
Wade blickte ihn neugierig an. »Sie haben das nachgeprüft?«
»Ja.«
»Soll das heißen, daß Sie selbst in diesen gottverdammten Schacht hinuntergestiegen sind?«
»Ja«, erwiderte Kinley, »aber ich fand nichts darin. Ich weiß, wonach ich in so einem Fall suchen muß; aber im Brunnen konnte ich nichts dergleichen entdecken.«
Wade streifte ihn mit einem bewundernden Blick und fuhr dann fort: »Okay – den Punkt kann ich also von der Liste streichen. Was mir noch sauer aufstieß, war die Art, wie die Untersuchung geführt wurde. Warfield hatte darauf wenig Einfluß. Maddox zog das damals alles an sich.«
»Was ist so falsch daran?«
Wade beantwortete die Frage mit einem kurzen, verächtlichen Schnauben. »Floyd Maddox war eine verdammte Niete, Jack«, sagte er. »Ein Wachhund für das Gericht, der nicht die geringste Ahnung hatte, wie man einen Mordfall untersuchen muß.«
»Wer wußte denn, wie man so was machen muß?«
»Warfield«, erwiderte Wade. »Und Felix. Felix James, der Polizeichef von Sequoyah.«
»Und warum hat er dann den Fall nicht übernommen?«
»Ich glaube, weil Warfield das eben so haben wollte«, erwiderte Wade. »Der behielt nämlich immer ein Auge drauf. Vielleicht aus politischen Gründen. Es ist doch immer das gleiche Lied. Erst sind sie Bezirksstaatsanwalt, dann Generalstaatsanwalt und schließlich Senator oder Gouverneur oder wonach es sie eben so juckt.«
Kinley nickte. Das war der übliche Gang der Dinge bei karrierebewußten Juristen im Staatsdienst.
»Und deshalb, wohl um seine politischen Schäfchen ins Trockene zu bringen, wollte Warfield damals immer seine

Hand mit im Spiel haben«, fuhr Wade fort. »Natürlich hätte er am Ende sowieso als öffentlicher Ankläger im Rampenlicht gestanden. Also hatte er im Grunde wenig zu befürchten.«

»Es sei denn, man hätte am Ende niemanden gefunden, den man verhaften konnte«, sagte Kinley.

»Na, das hätte er natürlich nicht gewollt«, sagte Wade. »Und deshalb ließ er sich in jener Zeit auch so verdammt oft bei uns sehen.«

»Aber der örtliche Polizeichef nicht?«

Wade schüttelte den Kopf. »Nein, der nicht. Der klinkte sich gewissermaßen aus dem Fall aus.«

»Wissen Sie auch, warum?«

Wade lächelte. »Das muß ich Riley ja lassen«, sagte er. »Dem scheint der Fall doch nie mehr aus dem Kopf gegangen zu sein. Vor fünf Jahren, kurz bevor Felix starb, gerieten sich die beiden doch auf einer Versammlung vom Elternbeirat – oder war es der Schulausschuß? – tatsächlich in die Haare, als Riley plötzlich aufstand und Felix fragte: ›Warum haben Sie damals denn nicht die Leitung der Untersuchung im Dinker-Fall behalten?‹ Das war es, was der olle Riley ihn vor allen Leuten in dieser Versammlung fragte.« Er lachte über die Unverfrorenheit seines ehemaligen Kollegen. »Das sagte er ihm mitten ins Gesicht.«

»Bekam er auch eine Antwort darauf?«

»Nun, damals war der Polizeichef zwar schon schwer gezeichnet von seiner Krankheit«, erwiderte Wade, »hatte aber noch genügend Feuer in sich, daß er aufstand, Riley wütend anfunkelte und sagte: ›Weil man mir damals den Fall aus der Hand genommen hat – deswegen, Deputy!‹ Sprach's, drehte sich um und ging aus dem Saal. Das war das letztemal, daß ich Felix James lebend gesehen habe.«

»Was, glauben Sie, meinte er damit?«

»Ich denke, er meinte damit, daß er den Fall aus verfahrenstechnischen Gründen abgeben mußte«, erwiderte Wade.

»Aus verfahrenstechnischen Gründen?«

»Der Mord wurde vermutlich im Wald jenseits des Meilensteins Nummer 27 begangen. Das bedeutet, die Tat geschah außerhalb des Zuständigkeitsbereiches des städtischen Polizeichefs. Jenseits der Stadtgrenzen war Sheriff Maddox der für so eine Untersuchung zuständige Mann, verstehen Sie?«

»Ich verstehe«, sagte Kinley.

»Also hat Maddox die Leitung der Untersuchung übernommen, während der Chef hier die ganze Zeit hindurch, in denen die Ermittlungen liefen, nur Strafzettel für Falschparker und Verkehrssünder unterschrieb.«

»Was war also Ungewöhnliches daran, daß er sich aus dem Dinker-Fall ausklinkte?«

»Nur, daß das eigentlich so gar nicht zu ihm paßte. Felix James war nämlich aus dem gleichen Holz geschnitzt wie Warfield – ehrgeizig, karrierebewußt. Man hätte eigentlich von ihm erwartet, daß er sich bei einem Mordfall – Zuständigkeit hin, Zuständigkeit her – tüchtig reinhängen würde, statt sich daraus zurückzuziehen.«

Kinley nickte schweigend und nahm einen Schluck von seinem Bier. Er war ein wenig enttäuscht, weil das, was Wade ihm erzählt hatte, ihn in seinen Nachforschungen kaum weiterbrachte. Es waren Spekulationen und rein persönliche Vermutungen, die man als Beweismaterial vor Gericht nicht verwenden konnte und die er früher bei seinen Recherchen haufenweise gesammelt hatte, um sie dann alle wieder wegzuwerfen wie Girlanden nach einem Festzug.

»Und da ist noch etwas«, sagte Wade plötzlich.

Kinley senkte sein Glas und wartete.

»Das Kleid«, sagte Wade. »Es ist verschwunden.«

Kinley spürte, wie seine Hand an seiner Jacke hinaufkroch, in die Brusttasche griff und das Notizbuch hervorholte, das er immer bei sich trug. »Das grüne Kleid? Ellie Dinkers Kleid?«

Wade nickte. »Es verschwand.«

»Aber es war doch bei der Verhandlung ein wichtiges Beweisstück«, erwiderte Kinley erstaunt. »Warfield hat es damals hochgehoben, damit die Geschworenen es sich anschauen konnten.«

»Oh, ja, bei dem Prozeß war es ja auch noch da«, erwiderte Wade. »Es ist erst viel später verschwunden.«

»Wissen Sie auch, wann?«

»Vor ungefähr fünf Jahren«, antwortete Wade. »Wir hatten es in der Asservatenkammer in einem Karton verwahrt. Alle Beweisgegenstände im Overton-Prozeß waren darin verpackt gewesen – das Montiereisen, das Kleid, die Schuhe ... alles.«

»Waren das Montiereisen und die Schuhe noch in dem Karton?«

»Ja«, erwiderte Wade, die waren noch da; aber das Kleid fehlte. Er nahm wieder einen Schluck von seinem Bier. »Ich suchte in der Asservatenkammer nach irgendwelchen Sachen, die zu einem ganz anderen Fall gehörten, als ich plötzlich sah, daß die Deckel von der Schachtel, in denen wir die Beweisstücke vom Overton-Prozeß verwahrt hatten, in die Höhe standen. Ich ging also hin und wollte sie wieder schließen, als ich zufällig einen Blick in den Karton hineinwarf und sah, daß das Kleid fehlte.«

»Und das war vor ungefähr fünf Jahren?« fragte Kinley, während er sich das alles in seinem Notizbuch notierte.

»Und es muß damals zwischen Mai und August passiert sein«, antwortete Wade. »Weil ich nämlich zuletzt im Mai in der Asservatenkammer gewesen bin und damals die Deckel von diesem Karton noch fest verschlossen waren.«

Auch das vermerkte Kinley nun in seinem Notizbuch und sah dann wieder zu Wade hoch. »Das war doch in der Zeit, als Mrs. Dinker regelmäßig in das Gerichtsgebäude kam, um sich dort immer wieder die Gerichtsprotokolle durchzulesen«, sagte er.

Warfield nickte ernst. »Ja, ich weiß«, sagte er leise. »Und das brachte mich ja auch auf den Gedanken, daß es damals bei dem Prozeß vielleicht nicht mit rechten Dingen zugegangen sein könnte.« Er leerte sein Bierglas und stellte es auf den Tisch zurück. »Was dieses Kleid betrifft, so ist es ganz bestimmt nicht aus dem Karton geklettert und dann auf zwei Beinen aus dem Gericht gelaufen.«

27

AUF DEM WEG zurück in die Beaumont Street ließ sich Kinley noch einmal alles durch den Kopf gehen, was Wade ihm soeben, wenn auch auf eine etwas ungeordnete, unzusammenhängende Weise, erzählt hatte. Das meiste davon ließ sich vermutlich auf harmlose und ganz natürliche Gründe zurückführen. So war es durchaus möglich, daß Chief James sich nur streng an die gesetzlichen Bestimmungen gehalten und sich deshalb aus einem Fall zurückgezogen hatte, der nicht in seinen Zuständigkeitsbereich fiel. Und was Sheriff Maddox anbelangte, mußte man ihm nicht gleich böse Absichten unterstellen, wenn er bei den Untersuchungen im Mordfall Dinker gepfuscht hatte, sondern dies vermutlich seiner beschränkten Intelligenz und seinem mangelnden Organisationstalent zuschreiben, das er in seiner langen Amtszeit oft genug bewiesen hatte. Selbst Ray hatte das mehrmals ihm gegenüber erwähnt. »Er war ein kleiner Wichtigtuer ohne rechte Kompetenz auf seinem Gebiet«, hatte Ray ihm nur wenige Tage nach Maddox' Tod erzählt, kurz bevor er den Entschluß faßte, sich selbst für dieses Amt zu bewerben, »ein Schmalspurpolitiker, der nur tat, was ihm die einflußreichen Leute im Ort, die für seine Wiederwahl sorgen konnten, einflüsterten.«

Doch weder James' Professionalismus noch Maddox' Inkompetenz konnte die wichtigste von Wades Enthüllungen erklären: das Verschwinden von Ellie Dinkers Kleid.

Er fuhr langsam durch die Innenstadt von Sequoyah, auf

deren Lichter er als Junge aus seiner Bergwohnung hinuntergeschaut hatte. Sequoyah war ihm damals groß erschienen – größer als alles, was er bisher gesehen oder jemals zu sehen erwartete, ehe die Yankee-Talentsucher ihn aufspürten. Und er hatte sie damals als eine ihn befremdend willkürliche und unentzifferbare Ansammlung von Läden und Häusern, Kirchen und Fabriken betrachtet, die von dem grauen Gerichtsgebäude auf dem Hügel zusammengehalten oder möglicherweise sogar beherrscht wurde. Doch heute kam ihm Sequoyah klein und verletzlich vor; sogar unschuldig, wenn er an Boston oder New York dachte, mit mehr oder weniger harmlosen Korruptionsfällen – einen raschen Fünfer von einem Schwarzbrenner hier; einen anderen dort von einem Verkehrssünder, der nicht ins Röhrchen pusten wollte. Verglichen mit den gewaltigen Summen von Schmiergeldern, die in Manhattan gezahlt wurden, schien die Käuflichkeit von lokalen Amtsinhabern nicht mehr zu sein als ein Kavaliersdelikt, eine durch lange Tradition legitimierte Art freundlicher Schikane und Geschäftemacherei.

Was jedoch nicht für Ellie Dinkers Kleid galt.

Es stand ihm nun wieder sehr lebendig vor Augen – wie es sich um Ellie Dinkers dünne weiße Beine bauschte, als sie den Pfad zur Bergstraße hinaufging; wie es sich vor Ben Wades erstaunten Augen an einem Baum im Sommerwind blähte; wie es von Warfield hochgehoben und im Gerichtssaal herumgezeigt wurde; und schließlich, wie zwei Hände, die Kinley nicht sehen konnte, es aus dem Karton in der Asservatenkammer herausrissen.

Er blickte über die Dächer der Läden und Wohnhäuser zu dem spitzen Turm der protestantischen Kirche hin, über dem er die Lichter im Gerichtsgebäude erkennen konnte, von denen noch einige in dessen oberstem Stockwerk brannten – eines davon exakt an der Stelle, wo Rays Schreibtisch stand. Und als Kinley nun den Blick auf dieses kleine erleuchtete Rechteck heftete, meinte er dahinter Rays blasses, schlafloses Gesicht erkennen zu können, das sich gegen die Scheibe preßte und hinausblickte in die Nacht, die gespenstisch grünen Augen auf den Berg gerichtet, wo sie einen Wagen verfolgten, der gerade die Bergstraße herunterkam und an dessen Steuer sein alter Freund Kinley saß: *Es ist besser zu wissen, meinst du nicht auch? Egal, was es kostet.*

Wenig später saß er wieder am Schreibtisch in Rays Haus und stellte eine Liste von Leuten zusammen, die bisher mit dem Fall Overton etwas zu tun hatten oder darin verwickelt waren, und unterteilte sie in zwei Kolonnen – in die noch Lebenden und die bereits Toten.

LEBEND

1) Riley Hendricks	4) Dr. Stark
2) Ben Wade	5) Helen Slater
3) Horace Talbott	6) Dora Overton

TOT

1) Chief James	5) Ellie Dinker
2) Sheriff Maddox	6) Charles Overton
3) Thomas Warfield	7) Sarah Overton
4) Martha Dinker	8) Ray Tindall

STATUS UNBEKANNT

1) Betty Gaines
2) Luther Snow
3) David Halgrave

Sobald er die Namen in die Datei eingegeben hatte, nahm er sich wieder Martha Dinkers Zeugenaussage vor. Mit einemmal wurde für ihn, nachdem sein Geist sein Wissen von dem verschwundenen Kleid den in seinem Kopf gespeicherten Daten hinzugefügt und diese dann neu geordnet hatte, Mrs. Dinkers Verhalten im Zeugenstand absolut einleuchtend – dieses langsame Versagen ihrer Stimme und besonders ihre jähe, sekundenlang anhaltende Sprachlosigkeit, die der Gerichtsstenograph im Protokoll mit der dreimaligen Wiederholung: ZEUGIN ANTWORTET NICHT vermerkt hatte und die Kinley nun als Zeichen von Mrs. Dinkers Bestürzung erkannte.

Aber sie hatte doch geantwortet, dachte Kinley, als er hinunterblickte auf diese eine Seite, die das Protokoll von Martha Dinkers Aussage enthielt und über der sie, an dem kleinen Eisentisch im Gerichtsarchiv sitzend, jahrelang gebrütet hatte. Sie hatte die Frage des Anwaltsvertreters sogar auf eine überaus mächtige und beeindruckende Weise beantwortet – mit ihrer Sprachlosigkeit nämlich –, und während Kinley noch einmal – vermutlich zum letztenmal – das Protokoll durchlas, konnte er sich diesen schrecklichen Moment in aller Deutlichkeit vorstellen:

WARFIELD: Haben Sie tatsächlich gesehen, wie Ellie den Berg hinaufging?

DINKER: Ja, Sir, das habe ich.

WARFIELD: Erinnern Sie sich noch, was sie anhatte, als sie den Berg hinaufstieg?

DINKER: Ein grünes Kleid und schwarze Schuhe.

WARFIELD: Aus welchem Stoff bestand das Kleid?

DINKER: Aus Baumwolle.

WARFIELD: War die Farbe des Kleides dunkelgrün oder hellgrün?

DINKER: Dunkelgrün. Und es hatte einen kleinen weißen Spitzenkragen, den ich für sie gehäkelt habe.

WARFIELD: Mrs. Dinker – haben Sie Ihre Tochter danach wiedergesehen?

DINKER: Nein Sir.

Und in diesem Augenblick war Warfield zu seinem Tisch gegangen und hatte das Kleid, das Ben Wade wie eine kopf- und gliederlose Leiche am Baum hängend fand, der Zeugin gezeigt.

Und Mrs. Dinker hatte daraufhin einen Moment lang das Kleid stumm angestarrt und dann etwas gemurmelt, das der Gerichtsstenograph nicht hatte verstehen können.

Doch wie Kinley jetzt spürte, war Martha Dinker in diesem Moment, als Warfield anfing, sie mit seinen Fragen zu bombardieren, mit ihrem Geist gar nicht im Gerichtssaal anwesend, während sie noch fortfuhr, das Kleid anzustarren. Und als sich ihr unerwartetes Schweigen immer länger ausdehnte, hatte der Gerichtsstenograph gar keine andere Wahl gehabt, als in den düsteren Annalen dieses Prozesses zu vermerken, daß Martha Dinker auf die beharrlichen Fragen des Anklagevertreters die Antwort verweigert habe – bis sie schließlich, noch immer dieses Kleid vor Augen, das schlaff von Warfields langen weißen Fingern herunterhing, dem Druck seiner beharrlichen Forderungen nachgab und sagte: *Ich habe es seit jenem Tag nicht mehr gesehen.*

Kinleys Blick verweilte lange auf dieser letzten, explosiven Antwort von Martha Dinker auf Warfields Frage, ehe er sich schließlich von Rays Schreibtisch erhob, sich einen Scotch aus der Flasche eingoß, die er am Tage zuvor gekauft hatte, und mit seinem Drink auf die Veranda hinausging.

Es war beruhigend, die Schaukelstuhllehne am Rücken zu spüren: ein Zeichen, daß es noch etwas Festes, Stetiges gab in einer Welt, die sich aufzulösen schien; daß dieses alte Sequoyah noch existierte mit seinen festverwurzelten Ansichten, wie die Welt sein sollte, wie die Leute sich darin zu benehmen hatten und wo ein Mensch zu stehen habe in dem chaotischen Strudel der Zeit – nur schien dieser alte, feste Boden, auf dem das alles gründete, nun sacht unter seinen Füßen nachzugeben.

Er nahm einen Schluck aus seinem Glas und lehnte sich noch weiter zurück, während sein Geist in den Gerichtssaal zurückkehrte, wo Martha Dinker noch immer stumm auf das Kleid ihrer Tochter starrte. Sie hatte dort etwas gesehen, was sie sprachlos machte, sie mitten in diesem flüssigen Frage- und Antwortspiel plötzlich innehalten ließ, als habe sich eine Hand gegen ihren Mund gepreßt.

Aber was hatte sie dort gesehen?

Er war sicher, er würde es irgendwo in der Niederschrift ihrer Aussage finden. Inzwischen hatte er sie so oft gelesen, daß der Text sich seinem Gedächtnis wie eine Ablichtung eingeprägt hatte, und als er nun im Dunkeln auf der Veranda saß, spulte sein Geist ihn noch einmal vor seinen Augen ab, bis er an der Stelle, wo Warfield das Kleid hochgehoben hatte, um es der Zeugin zu zeigen, jählings innehielt und sich fragte:

Was hatte Mrs. Dinker in diesem Moment gesehen?

Da das Kleid inzwischen verschwunden war, konnte es durchaus sein, daß er es niemals herausfinden würde. Das war eine von den schlimmsten Sackgassen, in die eine Ermittlung geraten konnte – daß man plötzlich vor einer soliden, schwarzen Mauer stand, die unüberwindlich zu sein schien. Das Kleid war fort, und er hatte keine Ahnung, wo es sich jetzt befand. Ja, er wußte nicht einmal genau, wie es ausgeschaut hatte, abgesehen davon, daß es dunkelgrün und mit einem weißen Spitzenkragen versehen gewesen war, den Mrs. Dinker selbst gehäkelt hatte.

Er nahm wieder einen Schluck von seinem Scotch, setzte die Füße auf die hölzernen Dielen und schaukelte sacht in der Nachtluft auf und nieder, während sein Geist ziellos in dem Wust gesammelter Daten umherwanderte, wie er es ihm immer erlaubte, wenn er sich mit einer anscheinend unüberwindlichen Schwierigkeit konfrontiert sah. Zuweilen war das ein produktives Manöver, und plötzlich, wie aus dem Nirgendwo, war da ein verlorengegangener Gegenstand oder ein mißdeutetes Wort in diesem Berg von Asche aufgetaucht und hatte ihn mit frischer Energie wieder ans Werk gehen lassen. Er hatte aber auch erlebt, daß sein Geist mit leeren Händen von seiner Wanderung zurückgekommen war, und es gab Zeiten, wo ihn diese Pannen und Mißerfolge wie Alpträume plagten. Er hatte niemals Billy Flynns kleinen Plastikring gefunden, und es mochte durchaus sein, daß Mildred Haskell ihn an dem Tag, wo sie Billy ermordet hatte, verschluckte. Das fremde Mädchen in der roten Karottenjeanshose, die Daphne Moore nur wenige Minuten, bevor Willie Connors es entführt hatte, mit ihm über die Straße gehen sah, war für ihn, Kinley, immer eine wesenlose schwarze Silhouette geblieben. Und warum Colin Bright trotz aller gegenteiliger Beweise immer wieder behauptete, er sei aus Florida gekommen, würde für ihn, Kinley, ebenso ein Geheimnis bleiben wie die Beweggründe, die Alley Short veranlaßten, die Polizei anzurufen und einen Mord zu melden, den sie selbst begangen hatte.

Er stampfte mit den Füßen ärgerlich auf den Boden, daß der Schaukelstuhl weit nach hinten schwang, und als er wieder in die andere Richtung pendelte, spürte Kinley, wie ihm der Nachtwind die Haare zerwühlte. Er war merklich kühler als noch vor wenigen Minuten, und deshalb wußte Kinley, daß eine Luftschicht aus großer Höhe plötzlich in einer breiten Welle über die steilen Flanken des Berges ins Tal hinuntergerauscht war, dürre Blätter, Zweige und Ranken auf ihrem Weg aufwirbelnd.

Seine Augen weiteten sich plötzlich, als ihm eine Idee kam – der einzige Lichtstrahl, der vielleicht doch noch die dunkle Wand durchdringen konnte, die ihn von Ellie Dinkers Kleid trennte.

Er stand auf, ging zurück in Rays Büro, öffnete die untere Schublade seines Aktenschranks und holte den mit ›O‹ markierten Ordner heraus, den Lois erst vor ein paar Tagen zurückgebracht hatte und der eine Reihe von Zeitungsartikeln und Fotos zum Overton-Fall enthielt.

Er breitete den Inhalt des Ordners auf dem Schreibtisch aus und betrachtete noch einmal eingehend jedes Foto, ehe er sich abermals zurücklehnte und den Blick ziellos über das Material vor ihm wandern ließ, zum zweitenmal ergebnislos eine Suche abbrechend, die ihn in die Sackgasse zurückführte. Es existierte keine Aufnahme von Ellie Dinkers Kleid.

Doch als sein Blick nun zwischen den auf der Schreibtischplatte verstreuten Artikeln herumirrte, bemerkte er, daß der ganze Fall nur von einem einzigen Reporter betreut worden war – demselben Mann, der als Augenzeuge Overtons Hinrichtung verfolgt und danach einen so bemerkenswerten Bericht darüber verfaßt hatte. Sein Name stand über jedem Artikel und unter allen Fotos, die vor ihm auf dem Tisch lagen.

Kinley blickte auf den noch eingeschalteten Monitor und trug dann seinen Namen unter der Rubrik STATUS UNBEKANNT ein.

Es war jetzt der Name Nummer 4 in dieser Kolonne: Harry Townsend.

Dann tat er, was er immer als erstes versuchte, wenn er die Adresse oder den Verbleib einer Person ermitteln mußte. Es war eine verblüffend einfache Strategie, und es überraschte ihn immer wieder, wie oft sie zum Erfolg führte. Er holte das Telefonbuch von Sequoyah vom Bord über dem Schreibtisch herunter und suchte dort nach Townsend. Er fand tatsächlich seinen Namen darin und die Adresse, wo er jetzt wohnte.

Kinley trug beides in sein Notizbuch ein und legte dann die Finger auf die Tastatur des Computers, um den Namen von Harry Townsend aus der Kolumne STATUS UNBEKANNT zu löschen und ihn dann anschließend, als verfügte er über die Allmacht Gottes, unter der Rubrik der Lebenden wieder auferstehen zu lassen.

Der Computerschirm verstreute noch immer sein bläuliches Licht über Tisch und Wände, als er ein paar Stunden später ein leises Klopfen an der Haustür vernahm, das ihn aus dem Schlummer weckte, der ihn mitten in der Arbeit übermannt haben mußte. Er richtete sich auf, rieb sich den Schlaf aus den Augen und ging dann in die Vorhalle, um zu öffnen.

»Es tut mir leid«, sagte Dora leise.

Kinley nickte.

»Darf ich reinkommen?« fragte sie.

Er trat zur Seite, um sie vorbeizulassen.

Im Wohnzimmer betrachtete sie die Flasche Scotch, die inzwischen nur noch zwei Drittel voll war. »Sei vorsichtig«, sagte sie, während ihr Blick zu ihm zurückwanderte.

»Ich habe immer alles unter Kontrolle gehabt«, erwiderte Kinley ein wenig steif.

»Wirst du jetzt abreisen?«

»Nein, warum?«

»Ich dachte, weil ... weil ...«

»Das ist nicht so einfach, wenn es einmal angefangen hat.«

»Hast du etwas herausgefunden?«

»Nichts von Wichtigkeit.«

»Du mußt das nicht weiterverfolgen, weißt du?«

Er blickte sie entschlossen an. »Aber ich werde es tun.«

»Ich bin gekommen, um dir zu sagen, daß es mir leid tut«, murmelte Dora. »Und um dich wissen zu lassen, daß ich, wenn du es nicht weiterverfolgen möchtest, das verstehen ...«

»Ich sagte bereits, daß ich es weiterverfolgen werde.«

Sie nickte kurz und begab sich dann wieder zur Tür, sich energisch bewegend, wie auf einer Flucht.

Er wünschte sich, er hätte die Kraft, sie ziehen zu lassen; fand aber, daß er das nicht konnte. »Da ist noch etwas Scotch übrig«, flüsterte er, ohne sich zu ihr umzudrehen.

Sie hielt an. »Ja, ich weiß.«

Er drehte sich langsam zu ihr um, und das Geständnis war wie eine Offenbarung – etwas, das er seit Jahren gewußt, aber bisher nie ganz enthüllt hatte. »Ich möchte nicht allein sein«, sagte er.

Sie schien nicht überzeugt, war jedoch offenbar bereit – zumindest vorübergehend –, ihre bitteren Zweifel beiseite zu schieben. »Letztendlich, schätze ich, möchte das wohl niemand«, sagte sie.

»Willst du nicht dableiben?«

Sie schüttelte den Kopf. »Nein«, sagte sie. »Nicht in Rays Bett. Aber wenn du möchtest, kannst du ja mit mir kommen.«

28

ER ERWACHTE SCHON sehr zeitig am nächsten Morgen und starrte in den Nebel hinaus. Dora lag neben ihm, ebenfalls wach; aber den Blick ins Leere gerichtet – wie auf eine andere Welt.

»Wie bist du hier herausgekommen?« fragte sie, sich zu ihm umdrehend und sich auf den Ellenbogen stützend, daß ihre Lippen fast seinen Mund berührten.

»Hat Ray dir das nicht erzählt?« erwiderte Kinley mit einem leichten Lächeln. »Die Yankees haben mich gerettet.«

»Sie haben dich nicht gezwungen, von hier wegzugehen«, sagte Dora. »Das war dein Entschluß.«

Kinley schüttelte den Kopf. »Ich wollte schon immer von hier fortgehen.«

»Schon als Kind?«

»Soweit ich zurückdenken kann.«

»Warum?« fragte Dora. »Ray sagte immer, du hättest es hier gut gehabt.«

»Meine Großmutter liebte mich«, sagte Kinley. »Das hat Ray damit gemeint.«

»Aber du hast auch sie verlassen.«

Kinley nickte. »Da war immer etwas, das mich von hier forttreiben wollte«, sagte er, sich an ein glühendes Eisen oder eine Peitsche in seinem Rücken erinnernd. In seiner Jugend hatte das sogar die Form einer barschen, befehlenden Stimme angenommen: *Verschwinde! Verschwinde! Verschwinde!*

Er setzte sich aufrecht. »Ich muß dich heute schon sehr früh verlassen.«

Sie machte keine Anstalten, ihn zurückzuhalten, sondern schaute nur schweigend zu, wie er sich anzog.

»Ich werde dich heute abend anrufen«, sagte er, als er die Schlafzimmertür aufmachte.

Sie lächelte nachsichtig. »Für ein Genie hast du aber nicht gerade ein gutes Gedächtnis.«

»Wieso?«

»Erinnerst du dich nicht mehr, Kinley?« fragte sie, »wie ich dir sagte, daß ich gar kein Telefon habe?«

Als Kinley auf sein Notizbuch hinunterschaute und dann wieder auf den alten Briefkasten aus Blech mit den Namen darauf, hoffte er, daß er nicht zu früh hergekommen war, um zumindest halbwegs willkommen zu sein. Er wußte aus langjähriger Erfahrung, daß es nicht die beste Methode war, jemanden aus dem Bett zu holen, um ihn zur Mitarbeit bei einem Fall zu gewinnen. Selbst Colin Bright hatte stets den Nachmittag bevorzugt, und seine Augen waren im Morgenlicht immer leicht verschleiert gewesen.

Es war ein kleines Holzhaus in einer Straße, die offenbar schon bessere Tage gesehen hatte. Dennoch machte es einen sauberen und mit seinen frischgestrichenen Fensterläden sogar einen gepflegten Eindruck – der typische Ruhesitz eines alten Pensionärs, dachte Kinley. Es fiel ihm nicht schwer, sich das Leben in diesem Haus vorzustellen. Da würden sich leere Suppenkonservenbüchsen im Abfallkübel in der Küche stapeln, im Bad eine rote Gummiwärmflasche über der Wand der Duschkabine hängen und sich im Medizinschränkchen und auf dem Nachttisch im Schlafzimmer ganze Batterien von Tablettenröhrchen, Salbendöschen und Tuben mit mentholhaltigen Cremes befinden. Seine Großmutter war seines Wissens nach die einzige Person, der es selbst im hohen Alter noch gelang, solche peinlichen Unwürdigkeiten zu vermeiden.

Kinley schob sein Notizbuch in die Innentasche seines Jakketts zurück, stieg aus dem Auto und machte sich auf den Weg zur Haustür.

Er klopfte leise an, als er sie erreicht hatte, hörte ein leises Stöhnen aus einem entfernten Zimmer und sah dann durch das vergitterte Fenster in der Tür einen alten Mann schwerfällig auf sich zukommen, dem das schlohweiße Haar wie eine kleine leuchtende Wolke um den Kopf schwebte, als er durch die dunkle Diele schlurfte.

»Ich komme«, sagte der alte Mann, aber ohne diese Schroffheit, mit der ihm betagte Leute oft begegneten, wenn die Schmerzen und Gebrechen des Alters selbst den gutmütigsten Charakter unterminierten.

Dann war er an der Tür und drückte sein weißes Gesicht gegen das Gitter. »Ich habe alles, was ich brauche«, sagte er; aber nicht in mürrischem Ton, sondern nur, um dem Vertreter vor seiner Haustür mitzuteilen, daß er sich die Mühe sparen könne, seine Ware anzupreisen.

Kinley zeigte ihm ein rasches Lächeln. »Ich suche einen gewissen Harry Townsend«, sagte er.

Der alte Mann nickte. »Der bin ich.«

»Sie haben doch früher für den *Sequoyah Standard* gearbeitet, nicht wahr?«

»Bis ich in Pension ging«, erwiderte Townsend. Er brachte sein Gesicht noch näher an das Türgitter heran und drückte die Lider zusammen. »Meine Augen taugen nicht mehr viel«, sagte er. »Auf der Welt ist kein Platz für einen blinden Reporter.«

Daß dieser Mann Reporter gewesen war, stand für Kinley außer Frage. Der alte Mann, der da vor ihm stand, schien noch den Originaltyp seines Standes zu verkörpern: klein, drahtig, mit dünnem Mund und ruhelosen Augen – ein ›junger‹ Mann, der nun alt geworden war auf eine Weise, die weniger eine Verschleißerscheinung, sondern vielmehr das Produkt zu vieler und reicher Erfahrungen zu sein schien.

»Ich bin ebenfalls Reporter«, erklärte Kinley. »Wenn ich auch nicht für eine Tageszeitung arbeite.«

Der alte Mann nickte unbeeindruckt. »Für Magazine?«

»Bücher.«

Der Alte nickte abermals, noch immer nicht beeindruckt. »Was wollen Sie von mir?« fragte er mit einer Direktheit, wie er sie vermutlich schon vor mehr als dreißig Jahren an den Tag gelegt haben mußte, als er mit spitzem Bleistift und aufgeschlagenem Notizbuch die Verhandlungen im Overton-Prozeß verfolgte.

»Ich sammle im Augenblick Material für eine Story«, sagte Kinley, »stecke mitten in den Recherchen dafür.«

Die Augen vor ihm bemühten sich wieder, ihn einigermaßen scharf ins Blickfeld zu bekommen. »Worüber wollen Sie denn schreiben?«

»Über Ellie Dinker«, erwiderte Kinley und erwartete nun, daß die Stirn des alten Mannes sich nachdenklich furchte, bemüht, etwas wiederzufinden, das nur noch ein blasser Schimmer in seinem Erinnerungsvermögen war.

»Oh, ja«, sagte Townsend leise in einem Ton, als erfüllte sich eine Prophezeiung. »Ich wußte doch, daß eines Tages jemand kommen würde.«

Sie saßen in einem kleinen Zimmer, umgeben von Pflanzen, die dem verdursten nahe waren.

»Meine Frau hat sie immer gegossen«, sagte Townsend leise, als wäre er seinem Besucher eine Erklärung schuldig, »aber nun ist sie nicht mehr da.«

Er ließ sich nicht darüber aus, wohin seine Frau denn gegangen war – ob auf eine Insel, zu entfernten Verwandten oder gar aus dem Leben; und Kinley wollte ihn auch nicht um eine nähere Erklärung bitten.

»Sie haben den Fall von Anfang bis Ende journalistisch betreut«, sagte er vielmehr, während er sein Notizbuch aus der Tasche zog.

Der alte Mann nickte. »Ich war der einzige, der darüber schrieb.«

»Warum?«

»Weil es ein Lokalereignis war«, erklärte Townsend, »nichts, woran Atlanta, Birmingham oder Chattanooga interessiert gewesen wären. Außerdem wurde der Fall zu rasch gelöst. Gab ihnen zu wenig her.«

Bevor Kinley hierherkam, hatte er gründlich seine Schularbeiten gemacht, wie er das stets in solchen Fällen zu tun pflegte – alle Artikel genau studiert, die Ray über diesen Fall gesammelt hatte. »Wo war denn damals Ihr Chefreporter?« erkundigte er sich, zu einer direkten Befragung übergehend.

Townsend schnaubte laut. »Damals ist der *Sequoyah Standard* nicht viel mehr als eine kleine Provinzdruckerei gewesen«, sagte er. »Wir berichteten, wenn irgendeine Lokalgröße heiratete oder wenn der Sohn von Miss Addie von irgendeinem College heimkehrte. Das war ungefähr alles.«

»Bis zu diesem Mord.«

Townsend nickte. »Bis zu diesem Mord, richtig. Die Art, wie wir über diesen Fall berichteten, sorgte dann dafür, daß der *Standard* zu einer echten Zeitung wurde. Wir wollten uns nicht mehr mit den Brosamen aus dem örtlichen Ereigniskalender begnügen, sondern uns juckten jetzt die Finger nach echten Stories.« Sein Blick ging hinüber zu dem großen staubigen Fenster. »Es war ein seltsamer Fall«, sagte er, »von Anfang bis Ende.«

Das war die ideale Eröffnung, und Kinley machte sich diese sogleich zunutze.

»So hätte ich es auch gerne von Ihnen gehört«, sagte er, »vom Anfang bis zum Ende.«

Der alte Mann heftete wieder den Blick auf ihn. »Es ist keine angenehme Geschichte«, sagte er und zuckte dann ein wenig mit den Achseln, als wollte er ein unangenehmes, aber unwiderlegbares Körnchen Wahrheit nach jahrzehntelanger Erfahrung in diesem Beruf von sich abschütteln. »Aber letztendlich sind die guten Stories das ja nie.«

»Wann hörten Sie zum erstenmal von diesem Mord?«

»Also – das war bereits die erste Merkwürdigkeit«, erwiderte Townsend, »denn es dauerte lange, bis irgend jemand etwas davon hörte.«

»Wie meinen Sie das?«

»Nun – sie galt schon ein paar Tage lang als vermißt, ehe ich etwas davon erfuhr«, erwiderte Townsend. »Sie stand gewissermaßen nicht auf der Berichtsliste der Polizei. Die Vermißtenmeldung, die Mrs. Dinker auf dem Revier erstattete, war dort nirgends eingetragen.«

»Und warum nicht?«

»Nun – damals nahm man es nicht so ganz genau im Büro des Sheriffs«, erwiderte Townsend; »aber wenn sie schon meinten, es nicht so genau nehmen zu müssen, hätten sie doch zumindest eins von diesen kleinen Formularen ...«

»... den Incident Report«, ergänzte Kinley.

»Ja, diesen Vorfallbericht ausfüllen sollen«, sagte Townsend. »Aber als Mrs. Dinker in die Dienststelle des Sheriffs kam, um anzuzeigen, daß sie ihre Tochter Ellie vermißte, hat dort niemand ihre Anzeige schriftlich aufgenommen.«

Kinley machte rasch einen entsprechenden Vermerk in seinem Notizbuch. »Mrs. Dinker hat sich mit ihrer Anzeige direkt an Sheriff Maddox gewandt, nicht wahr?«

»Richtig.«

»Und er hat dann eine Suchaktion eingeleitet.«

Townsend schüttelte den Kopf. »Nein, nicht eigentlich«, erwiderte er, und seine Stimme klang plötzlich tief und ernst. »Er hat später zwar so etwas vor Gericht ausgesagt; aber in Wahrheit hat er gar nichts unternommen, nachdem ihm Mrs. Dinker erzählt hatte, daß sie ihre Tochter vermissen würde, wie meine Recherchen ergaben.«

»Was hat er denn dann getan?«

»Er hing die meiste Zeit im Gericht herum und ließ seine Deputies die ganze Arbeit machen«, erwiderte Townsend. »Natürlich hatte er einen wichtigen Grund dafür. Es sollte ja eine große Einweihungsfeier geben, und vorher war noch eine Menge zu tun.«

»Würde das nicht die Untätigkeit von Sheriff Maddox in diesem Fall ausreichend erklären?« fragte Kinley. »Oder sind Sie anderer Meinung?«

»Vielleicht am ersten Tag!« erwiderte Townsend. »Aber nicht am zweiten. Auch da hat er nämlich nicht viel in dieser Sache unternommen.«

»Er richtete Kontrollposten ein, die Passanten nach dem vermißten Mädchen fragen sollten.«

»Und das auch nur, weil Chief James ihn dazu zwang«, erwiderte Townsend. »James sagte zu Maddox, wenn er jetzt nicht bald in die Puschen käme, würde er mit der Stadtpolizei den Fall übernehmen.«

»Warum hat James sich dann später ganz aus diesem Fall zurückgezogen?« fragte Kinley. »Ben Wade meint, das wäre eine Frage der Zuständigkeit gewesen.«

»In diesem Fall stand die Frage der Zuständigkeit nie zur Debatte, weil niemand wußte, wo der Mord eigentlich passiert war – innerhalb oder außerhalb der Stadtgrenze.«

»Und warum klinkte James sich dann aus?«

»Um dem Klüngel die Sache zu überlassen.«

»Dem Klüngel?«

Townsend zählte nun, ohne zu zögern, die Namen auf: »Thompson, Warfield, Maddox, Bürgermeister Jameson und noch ein paar andere, die fast alle zu den Gerichtsleuten gehörten.«

»Und James gehörte nicht zu dieser Gruppe?«

»Chief James gehörte zu gar keiner Gruppe.«

»Wieso nicht?«

»Weil er aus dem Südteil der Stadt stammte«, antwortete Townsend. »Sein Daddy war nichts anderes als ein Trunkenbold, und seine Mama arbeitete in der Baumwollspinnerei.« Townsend lächelte bitter. »In den Augen der Clique gehörte er zum Abschaum.«

Kinley nickte. »Ich verstehe.«

Townsend zuckte mit den Achseln: »Egal` – jedenfalls stieg der Chief einfach aus dem Fall aus, als Maddox mit seinen Ermittlungen begann.«

»Wann ist Maddox denn nun eigentlich wirklich tätig geworden?«

»Erst am Vormittag des zweiten Tages nach der Vermißtenmeldung. Davor hat er gar nichts getan.«

»Also am 3. Juli«, sagte Kinley, während er sich das notierte.

»Ja«, erwiderte Townsend. »Da ging er dann mit Feuereifer an die Arbeit.«

»Und am Nachmittag des 3. Juli?«

»Da war der Fall bereits gelöst«, sagte Townsend, mit den Fingern schnippend. »Wie durch Zauberei.«

Kinley blätterte in seinem Notizbuch. »Die Kontrollposten wurden am frühen Nachmittag des 3. Juli eingerichtet«, sagte er, aus seinen Notizen zitierend, »und sie fanden auf diese Weise einen Zeugen, der Overton zum Tatverdächtigen machte.« Er blätterte weiter in seinem Notizbuch. »Dann entdeckte Wade Ellie Dinkers Kleid ...«

»... und vierundzwanzig Stunden später saß Charlie Overton im Gefängnis«, ergänzte Townsend.

Kinley blickte von seinen Notizen auf. »Pures Glück?«

»Vielleicht.«

»Sie glauben das nicht?«

»Nein, das glaube ich nicht«, erwiderte Townsend, »aber nicht nur deswegen, weil an diesem Tag plötzlich alles so merkwürdig rasch zusammenkam, sondern auch wegen der Art und Weise, wie die Kommunikation an diesem Tag auf einmal zusammenbrach.«

»Wie meinen Sie das?«

»Nun – auf einmal wollte Maddox nichts mehr mit mir zu tun haben«, erwiderte Townsend. »Jedesmal, wenn ich in seiner Dienststelle aufkreuzte, behauptete er, er habe jetzt keine Zeit, mit mir zu reden und machte sich aus dem Staub.« Townsend lachte in sich hinein. »Floyd Maddox war ein großer alter, fetter Junge, der nicht sonderlich intelligent war. Er hatte überhaupt nichts Eiliges zu erledigen – er nahm vor mir Reißaus.«

»Sie meinen, er hatte etwas zu verbergen?«

Townsend nickte grimmig. »Ich war sehr unglücklich, als der alte Junge starb«, sagte er. »Wissen Sie auch, warum? Weil ich mir immer gehofft hatte, daß eines Tages jemand käme und diesen Fall noch einmal untersuchte. Und wenn dieser Mann nur tief genug graben würde, hätte man Floyd endlich am Wickel und könnte ihn genauso festnageln, wie er Charlie Overton damals festgenagelt hat.«

»Sie glauben also nicht, daß Overton etwas mit dem Mord an Ellie Dinker zu tun hatte?« fragte Kinley.

Townsend schüttelte energisch den Kopf. »Nicht das geringste.«

»Wie können Sie sich dessen so sicher sein?«

»Erstens hatte Overton gar kein Motiv.«

Kinleys Geist reagierte prompt und ließ Luther Snows Aussage vor Kinleys innerem Auge abrollen. »Aber in der Verhandlung ...«

Townsend bewegte wegwerfend die Hand. »Luther Snow«, sagte er verächtlich. »Meinen Sie etwa diese blödsinnige Geschichte, daß Overton Schwierigkeiten mit Frauen gehabt hätte? Die Aussage war keinen Pfifferling wert. Wenn Overton Schwierigkeiten mit Frauen gehabt hat, dann ganz bestimmt nicht mit Ellie Dinker.«

»Sie meinen, Snow hätte sich das alles nur aus den Fingern gesogen?«

»Dieser erbärmliche Bastard«, sagte Townsend barsch, und nun regte sich wieder der unverwüstliche Idealismus in dem alten Reporter, was zuweilen geschah, wenn er glaubte, auf die Kostbarkeit gewisser rechtlicher oder sozialer Prinzipien hinweisen zu müssen. »Wenn ein Mann in den Zeugenstand gerufen wird, ist er moralisch dazu verpflichtet, Fakten vorzutragen und Dinge zu sagen, die einen Sinn ergeben. Doch dieses Geschwafel von den Schwierigkeiten, die Overton mit Frauen gehabt habe, war nichts als das Dreschen von Stroh – ohne jede Beweiskraft.«

Kinley wollte sich nicht von der Unerbittlichkeit, mit der der alte Mann mit dem Zeugen ins Gericht ging, mitreißen lassen. »Woher wissen Sie denn, daß diese ›Schwierigkeiten mit Frauen‹ sich nicht auf das Dinker-Mädchen bezogen?«

»Nun – schauen Sie sich doch an, was Snow damals gesagt hat!«

»Daß Overton mit ihm darüber geredet ...«

»... etwas Derartiges angedeutet hat«, unterbrach Townsend ihn. »Snow hat in Wirklichkeit gar nichts gesagt, sondern lediglich angedeutet.«

»Das stimmt.«

»Schwierigkeiten mit Frauen? Overton?« fragte Townsend. »Mit Ellie Dinker, einem jungen Mädchen, das gerade sechzehn war?«

Kinley stand nun Ben Wades ehrliches Gesicht vor Augen. *Ellie Dinker war eine Schlampe.* »Man hat mir erzählt, Ellie Dinker sei nicht gerade ein Engel gewesen.«

Townsend nickte. »Sie wußte mehr, als ein Mädchen in ihrem Alter wissen sollte«, räumte er ein. »Und Gott weiß, daß sie nicht als Jungfrau gestorben ist. Aber dann würden Sie den Fall nur aus Ellies Perspektive betrachten.«

»Was bedeutet?«

»Das Sie die andere Hälfte weglassen.«

»Overton?«

»Richtig.«

Im Geiste sah Kinley nun wieder die Pressefotos vor sich, die Townsend von Charles Overton angefertigt hatte – die Porträts eines armen, gebrochenen Mannes, der sich, so ergeben wie ein Schaf zur Schlachtbank, zum Schafott führen läßt. »Er schien mir nicht der Typ zu sein, der ein Verhältnis mit einem Teenager anfängt«, gab Kinley zu.

Townsend sah ihm fest ins Gesicht. »Und selbst wenn er so ein Typ wäre, hätte das auch keinen Unterschied gemacht.«

Kinley spürte, wie seine Finger sich fest um seinen Stift legten. »Was meinen Sie damit?«

»Er war ein verwundeter Mann«, erwiderte Townsend leise, »seelisch und geistig; aber nicht nur dort.«

Kinley blickte ihn fragend an, sagte aber nichts.

»Das Schlußplädoyer von Talbott war vermutlich so gut, wie er es vermochte«, sagte Townsend. »Er versuchte, Overtons Hals zu retten, und deshalb brachte er Dinge zur Sprache, die dem Angeklagten Sympathien einbringen sollten – daß er im Krieg für das Land gekämpft hatte, verwundet wurde und solche Sachen.«

Kinley nickte.

»Nun – nach dem Prozeß gab mir der alte Jessup, dem die Zeitung gehörte, den Auftrag, ein paar Stationen in Overtons

Leben zu recherchieren. Ich sollte Material für eine Kurzbiographie zusammentragen, damit wir eine hübsche runde Geschichte von ihm nach seiner Hinrichtung veröffentlichen konnten.«

Townsend hielt hier plötzlich inne, und sein Gesicht zeigte einen seltsamen Ausdruck der Verwunderung, als sei das Geheimnis des Lebens nicht in Geburt und Tod oder der langen Kette von Zufällen zu suchen, die diese beiden Phänomene miteinander verband, sondern in den Momenten einer wundersamen, unglaublichen Entdeckung.

»Nun, ich war damals nur ein Lohnschreiber, und deshalb tat ich alles, was der alte Jessup mir auftrug«, fuhr Townsend nun wieder fort. »Ich machte die Routinearbeiten und schaute mich bei den Behörden um, um zu erfahren, was ihm gehörte und was nicht und ob er schon vorbestraft war, als dieser Mord passierte.« Er hielt wieder inne und holte tief Luft, als ginge schon das Erzählen dieser Geschichte über seine Kräfte. »Und weil ich mir dachte, es könne ja nicht schaden, auch ein paar Fakten aus Overtons Militärzeit zu bringen, schrieb ich an die Heeresverwaltung und bat um eine Kopie von Overtons Stammakte.«

Kinley konnte nun, wie das ein Angehöriger eines primitiven Stammes vielleicht in der Luft gerochen haben mochte, das aufziehende Gewitter spüren.

»Charlie Overton hatte im Krieg als Soldat gekämpft, wie Talbott es in seinem Plädoyer vorgetragen hat«, fuhr der alte Mann fort, »und er war auch verwundet worden. Das war nur wenige Wochen vor Kriegsende passiert, bei einem kleinen Scharmützel in der Nähe des Rheins. Aber was Talbott in seinem Plädoyer ausgelassen hatte, war die Tatsache, daß Overton in den Lenden verwundet worden war – in den Genitalien –, so daß er jede Fähigkeit dazu, ja sogar das Verlangen danach, mit einem sechzehnjährigen Mädchen ein Techtelmechtel anzufangen, verloren hatte.«

Kinley sah nun im Geiste Sarah Overton im Zeugenstand sitzen – hoch in anderen Umständen, volle neun Jahre nach dem Krieg schwanger mit einem Mädchen, das sie Dora nennen sollte.

Townsend bewegte langsam den Kopf hin und her. »Worauf es also hinauslief, war, daß Overton kein Verhältnis mit Ellie Dinker hatte haben können – und ganz gewiß keine solchen ›Schwierigkeiten‹ mit ihr gehabt hatte in dem Sinne, wie Luther Snow ihm das im Zeugenstand unterstellen wollte.«

Kinley spürte, wie seine Hände sich zusammenkrampften, doch er faßte sich rasch, verdrängte den Gedanken an Dora so gewaltsam aus seinem Bewußtsein, als würde er ein kleines Mädchen aus einem fahrenden Zug stoßen und fragte, sich auf die Geschichte konzentrierend: »Haben Sie das auch Warfield erzählt?«

»Ich erzählte es der Person, die meiner Meinung nach mit dieser Information am meisten anfangen konnte«, erwiderte Townsend.

»Also Horace Talbott.«

Townsend nickte. »Ja. Und er fing überhaupt nichts damit an«, setzte er grimmig hinzu. »Soweit ich das beurteilen kann, vergrub er sie genauso tief, wie jemand Ellie Dinker vergraben hat.«

Kinley musterte ihn scharf. »Warum?«

»Ich weiß es nicht.«

»Haben Sie versucht, das herauszufinden?«

»Nein«, erwiderte Townsend, als würde er gestehen, daß er mit diesem Versäumnis etwas von seinem Selbst aufgegeben habe. »Und keine zwei Wochen später war Overton tot.« Er wandte einen Moment die Augen ab und heftete den Blick auf die schlaffen, welken Blätter einer sterbenden Pflanze, ehe er wieder zu Kinley sah. »Ich versuchte trotzdem, ihm noch einen letzten Dienst zu erweisen«, fuhr er fort. »Ich bewahrte alles auf, was ich an Material über ihn und seinen Prozeß zusammengetragen hatte.« Er lächelte zaghaft. »Ich wartete, verstehen Sie?« setzte er hinzu. »Weil ich wußte, daß Sie eines Tages kommen würden.«

Kinley dachte an Ray, an die verschlossene Schublade in seinem kleinen Schreibtisch im Gerichtsgebäude. »War ich denn der erste, der zu Ihnen gekommen ist?« fragte er.

Townsend schüttelte den Kopf. »Nein«, sagte er. »Ray Tindall ist schon vor Ihnen bei mir gewesen.«

»Haben Sie ihm alles erzählt, was Sie auch mir erzählt haben?«

»Ja.«

»Und gaben Sie ihm auch das Material, das Sie über Overton zusammengetragen haben?«

»Ich gab ihm alles«, erwiderte Townsend. Er schüttelte den Kopf und sagte verächtlich: »Aber er hat damit genauso wenig angefangen wie Talbott seinerzeit mit der Information von Overtons Kriegsverletzung.« Er sah Kinley zornig an. »Und dabei hatte ich immer große Stücke von Ray gehalten. Doch seinem Verhalten nach zu schließen, war auch er nur einer von ihnen – gehörte Ray ebenfalls zu dieser Gerichtshausbande.« Er schüttelte wieder den Kopf. »Und erst dachte ich, er würde tatsächlich versuchen, der Overton-Geschichte auf den Grund zu gehen; doch später mußte ich einsehen, daß ich mich in ihm getäuscht habe.«

»Was machte Ray Ihrer Meinung nach?«

»Er arbeitete für die Clique«, erwiderte Townsend in schneidendem Ton. »Was sie damals auch immer verbrochen haben mag – Ray versuchte es zu vertuschen.«

Kinley blickte ihn erstaunt an. »Woher wissen Sie das?«

»Weil er mir alles wieder zurückbrachte«, erwiderte Townsend. »Alle Unterlagen, die ich ihm überlassen habe. Das ganze Material, das ich Ihnen jetzt gebe. Er brachte es mir komplett zurück.«

»Wann war das?«

Townsend lächelte, als habe die Vorsehung doch ein bißchen Gerechtigkeit walten lassen. »An dem Tag, als dieser Mistkerl starb«, antwortete er.

29

KINLEY WARTETE NICHT erst ab, bis er Rays Haus in der Beaumont Street erreicht hatte, um sich den Inhalt des dicken gelben Umschlags anzusehen, den ihm Townsend, als sie sich verabschiedeten, in die Hand gedrückt hatte.

Er fuhr vielmehr zum Stadtpark, lenkte den Wagen dort an den Bordstein und breitete das Material, das Townsend ihm überlassen hatte, auf dem Beifahrersitz aus. Es war nicht sehr umfangreich, und das meiste davon – die Zeitungsausschnitte und Fotos – kannte er bereits aus Rays Sammlung. Dennoch befanden sich ein paar Dokumente darunter, die für den Fall Overton von wesentlicher Bedeutung waren – vor allem der offizielle Bericht der Armee der Vereinigten Staaten, den Townsend in einem separaten Umschlag mit einer Klammer an den bereits vergilbenden Zeitungsausschnitten mit seinen Artikeln befestigt hatte und in dem die Gründe dargelegt wurden, die im Jahre 1945 zur Entlassung des Corporal Charles Herman Overton aus der Armee geführt hatten.

Zunächst ging der Bericht auf die Umstände ein, unter denen Overton gegen Kriegsende verwundet wurde und die sein Ausscheiden aus dem aktiven Dienst notwendig machten. So knapp und gefühllos, wie Kinley das von solchen offiziellen Berichten gewohnt war, schilderte er ein Ereignis, das an die tiefsten menschlichen Gefühle rührte:

> Am 12. März 1945 befand sich die Einheit von Corporal Overton auf einer Routinepatrouille am Westufer des Rheins und näherte sich dort einer Gruppe von Zivilisten, die sich auf einem Feldweg versammelt hatte. Captain Carlos P. Santiago ergriff daraufhin die für solche Fälle vorgesehenen und notwendigen militärischen Maßnahmen und begann, wie man es ihm befohlen hatte, nachrichtendienstlich relevantes Material über die bisherigen, gegenwärtigen

und zukünftigen Unternehmungen des Feindes in diesem Frontabschnitt zu sammeln.
Im Verlauf dieser Aktion geriet die Einheit unter heftigen Feindbeschuß aus den umliegenden Wäldern und erlitt schwere Verluste. Corporal Overton wurde von Splittern einer Mörsergranate in den Beinen und im Lendenbereich getroffen und in ein Feldlazarett in Belgien eingeliefert.

Townsend hatte an diesen Bericht des Heeresamtes ein Gutachten geheftet, das von einem gewissen Dr. Paul J. Rosenberg, Chefarzt eines Militärkrankenhauses in London, angefertigt worden war. In dem für solche Gutachten typischen medizinischen Fachjargon erklärte Dr. Rosenberg kurz den chirurgischen Eingriff, der aufgrund von Charles Overtons schwerer Verwundung notwendig geworden war – nämlich die Entfernung seiner Hoden, die sich in einem ›inkurablen traumatischen und perniziösen‹ Zustand befanden.

Unter der Rubrik ›Prognose‹ hatte Dr. Rosenberg zwar die Wiedergenesung des Patienten nach diesem chirurgischen Eingriff binnen zweier Monate in Aussicht gestellt, jedoch mit der Einschränkung, daß diese mit einem totalen, ›irreversiblen‹ Verlust der sexuellen Funktionen verbunden sei.

Kinley faltete das Gutachten wieder zusammen und blickte auf den Stadtpark hinaus. Nun hatte er ein genaues Bild von der Verfassung, in der sich Overton während des Prozesses befand. Er war bereits ein gebrochener Mann, als die Polizei ihn verhaftete und hatte deshalb auch ›keinen Widerstand‹ geleistet, wie Maddox später vor Gericht bezeugte. Es war nicht mehr schwierig für Kinley, sich Overton im Augenblick seiner Festnahme vorzustellen: ein Mann, der bereits auf grauenhafte Weise verwundet worden war, seit Monaten unter der unerklärlichen Schwangerschaft seiner jungen Frau litt und nun noch des Mordes an einem jungen Mädchen beschuldigt wurde. In dieser ihm ausweglos erscheinenden Situation war er unter der Last leidvoller Erfahrungen zusammengebrochen und hatte sich einem Fatalismus ergeben, der sich gegen gar nichts mehr wehrte, weil er in seinem Leben schon so oft das Unannehmbare hatte hinnehmen müssen. Kein Wunder, daß er einen ›desorientierten‹ Eindruck gemacht hatte, als er mit schlurfenden Schritten durch die Hinrichtungskammer zum elektrischen Stuhl gegangen war und in diesem Moment auch nichts mehr zu sagen wußte.

Kinley blickte zum anderen Ende des Parks hinüber. Es war noch früh am Tag, und nur ein paar alte Leute saßen hier und dort auf den Bänken in einem Teil der Stadt, den man schon vor vielen Jahren als »Whittler's Corner« bezeichnet hatte. Jenseits davon erwachte die einzige Hauptstraße, über die Sequoyah verfügte, langsam zum Leben, die ersten Passanten blieben vor den Auslagen der Kleidergeschäfte stehen. Es war die alte Routine, die nun wieder von der Stadt Besitz ergriff – dieser allzeit gleichbleibende Ablauf der Dinge, wie er ihn noch aus seiner Jugend kannte.

Ein paar Minuten saß Kinley regungslos da und beobachtete, wie der Alltag der Stadt sich in den gewohnten Bahnen entwickelte. Vielleicht, dachte er, war es diese Unveränderlichkeit der Dinge, die ihm so sehr am Herzen gelegen hatte – diese Vorhersehbarkeit der täglichen Ereignisse, an die er sich schließlich festgeklammert hatte wie an ein Rettungsfloß, weil er sie unter allen Umständen erhalten wissen wollte.

Er arbeitete für die Clique. Was sie damals auch immer verbrochen haben mag – Ray versuchte es zu vertuschen.

Kinley blickte zu der Stelle an der Hauptstraße hinüber, wo die rotgestreifte Markise von Jefferson's Drugstore im Morgenwind flatterte. Er sah sich dort wieder an einem dieser kleinen Marmortische sitzen, seine Augen erst auf Ray, dann auf Mrs. Dinker und schließlich wieder auf Ray heftend, während er gebannt den Worten seines alten Freundes lauschte: *Es ist besser zu wissen, glaubst du nicht auch? Egal, was es kostet.*

Kinley versuchte sich vorzustellen, was denn so gewichtig gewesen sein könnte, daß Ray glaubte, von dieser Maxime abweichen zu müssen. Ein paar Minuten lang konzentrierte er sich auf die Stadt, den Blick auf die Hauptstraße gerichtet, während er sich bemühte, Sequoyah mit den Augen seines verstorbenen Freundes zu betrachten. Vielleicht hatte er in ihr zuletzt gar keine Stadt mehr gesehen, sondern vielmehr einen zerbrechlichen Organismus, unglaublich verwundbar, der nur noch vom Glauben lebte; ein feines, jederzeit zerreißbares Gespinst aus Kirchtürmen und Fahnenstangen oder gar einen Reliquienschrein, dessen Mythos er unbedingt verteidigen wollte.

Und in der nächsten Sekunde änderte Kinley radikal den Blickwinkel und sah nun hinauf zu dem granitenen Scheitel des Berges, auf dem noch immer Overtons Häuschen über der Stadt thronte, ein unscheinbares, ungestrichenes hölzernes Gebäude, auf Sequoyah hinunterstarrend wie ein schlafloses graues Auge.

»Dora«, dachte Kinley laut, »vielleicht war es Dora.« Als Hypothese war das durchaus einleuchtend. Vielleicht hatte Ray Townsend das Material zurückgegeben, weil er wußte, daß er, wenn er seine Ermittlungen fortsetzte, vor Dora nicht länger mehr verheimlichen konnte, daß Charles Overton gar nicht ihr Vater gewesen war.

Aber wenn Charles Overton nicht ihr Vater war, fragte sich Kinley, seinen Geist wieder auf das vertraute Terrain rein technischer Probleme lenkend, wo er sich sicher fühlen konnte vor allerlei morbiden Spekulationen – wer dann?

»Total und irreversibel«, sagte Kinley, den Blick noch immer auf das unbewegliche, wie versteinert wirkende Gesicht von Horace Talbott gerichtet.

»Sie wußten doch Bescheid über Overtons Zustand«, fügte Kinley hinzu, als Talbott ihm noch immer nicht antworten wollte.

Talbott fuhr fort, das Dokument anzustarren, das Townsend sich vor mehr als dreißig Jahren von der Armee besorgt hatte, als versuchte er, es zu verhexen und unsichtbar zu machen.

»Sie wußten es, bevor Overton hingerichtet wurde«, ging Kinley jetzt mit Overtons ehemaligem Verteidiger unbarmherzig ins Gericht. »Harry Townsend hat Ihnen noch rechtzeitig alles über Overtons Verwundung erzählt.«

Talbotts Augen hoben sich nun langsam zu ihm. »Ja, das hat er«, bestätigte Talbott. »Aber ich hatte es schon gewußt, ehe er es mir erzählte.«

Kinley war überrascht – nicht nur, weil Talbott es so schnell zugab, sondern auch, weil er den gegen sich gerichteten Vorwurf sogar noch verschlimmerte, sich damit der Komplicenschaft mit dem Anklagevertreter schuldig machte.

»Während des Prozesses?« fragte Kinley ungläubig. »Sie wußten es schon während des Prozesses?«

»Sogar schon vor dem Prozeß«, erwiderte Talbott nun mit erhobenem Kopf, als hätte ihn die Wahrheit, wenn er sich auch erst so spät zu ihr bekannte, von einer Last befreit.

»Woher wußten Sie davon?« fragte Kinley und beantwortete, ehe Talbott etwas erwidern konnte, sich die Frage selbst. »Mrs. Overton. Sie arbeitete ja für Sie.«

»Meiner Frau wegen«, erwiderte Talbott. »Sie war schon seit Jahren schwer krank.«

Kinley sagte nichts, sondern verließ sich vielmehr auf seine alte Taktik, so lange zu warten, bis der Damm unter dem Druck des aufgestauten Wassers von selbst zerbrach.

»Sarah war erst neunundzwanzig, als sie für mich zu arbeiten begann«, sagte Talbott. »Und sie war sehr schön damals.« Er lächelte in der Erinnerung daran. »So schön wie Dora jetzt ist«, fügte er hinzu. »Sehr attraktiv, verstehen Sie?«

Kinley sah im Geist wieder das Foto von Mrs. Overton vor sich, das damals im *Sequoyah Standard* veröffentlicht worden war: eine hochschwangere Frau, unförmig in ihrer dikken Winterkleidung, mit aufgedunsenem Gesicht.

»Das war im Herbst 1950«, fuhr Talbott fort. »Meine Frau litt seit Jahren an einer unheilbaren Krankheit. An multipler Sklerose. Sie befand sich damals schon in einem weit fortgeschrittenen Stadium der Krankheit, konnte weder gehen noch ihre Hände gebrauchen.« Er zuckte mit den Achseln. »So lange ich konnte, versorgte ich sie selbst«, fuhr er fort. »Sie war einmal ein sehr selbständiger Mensch gewesen, und ihre Krankheit war ihr außerordentlich peinlich. Natürlich mußte ich dann ja eines Tages eine Pflegerin für sie besorgen. Und so kam es, daß ich Sarah engagierte.«

»Und das war im Herbst 1950, wie Sie vorhin sagten?«

»Ja«, erwiderte Talbott, »und wie ich vorhin ebenfalls erwähnte, war sie damals neunundzwanzig.« Er lächelte. »Sie stand in ihrer vollen Blüte, die eine Frau immer erst in einem bestimmten Alter erreicht. Sie war nicht mehr so jung, daß man sich vorkam wie ihr Vater, und noch nicht alt genug, daß man sich so fühlte, als wäre man ihr Bruder. Sie war genau im richtigen Alter, um ...« Er stockte, als könnte er nun nicht mehr fortfahren – nicht, weil ihm die Geschichte zu weh tat, sondern weil sie so süß und schön war und er sie nicht beschädigen wollte, indem er sie zu rasch erzählte.

»Egal. Mit meiner Frau ... das lag schon Jahre zurück.« Er stockte abermals. »Und Sarah, sie war ...«

In dem Schweigen, das sich nun auf sie herabsenkte, studierte Kinley Talbotts Gesicht – die dunklen, leicht ovalen Augen; das energische Kinn; die willensstarken Züge, das autoritäre Auftreten, das er mit dem ovalen Zuschnitt der Augen Dora vererbt hatte.

»Sie müssen Sarah verstehen«, sagte Talbott schließlich. »Sie war nicht irgendein armes, einfältiges Wesen vom Lande, deren Naivität ich ausnützte.« Er schüttelte den Kopf. »Sie wußte genau, wer sie war und was sie wollte.«

Wieder sagte Kinley nichts, sondern wartete ab, bis Talbott sich wieder zu Wort meldete.

»Sie war mit einem Mann verheiratet, den sie kaum kannte«, fuhr Talbott fort. »Sie waren nur ein paar Wochen miteinander verheiratet gewesen, als der Krieg ausbrach. Sie war damals knapp achtzehn, noch gar keine richtige Frau. Als er aus dem Krieg zurückkam, war sie Mitte zwanzig, und Overton war ihr noch fremder geworden als zu Beginn ihrer Ehe.«

Er hielt einen Moment inne, nach einer Formulierung suchend, die es am besten ausdrücken konnte: »Und natürlich war da noch dieses andere Problem.« Er hob das Papier, das er noch immer in der Hand hielt, ein wenig an. »Das Sie ja jetzt kennen«, setzte er hinzu und ließ das Dokument auf den Schreibtisch hinunterflattern.

»Was passierte, als sie schwanger wurde?« fragte Kinley.

»Wir dachten zunächst an eine Abtreibung«, erwiderte Talbott. »Aber das war damals gar nicht so einfach, sondern ein sehr ernster Schritt.« Er zuckte mit den Achseln. »Dennoch hätte sich das arrangieren lassen, wenn Sarah es ernsthaft gewollt hätte. Ich kannte da ein paar Leute. Ich hätte es bewerkstelligen können.«

»Aber sie weigerte sich?«

»Wir weigerten uns beide«, erwiderte Talbott. »Sarah wußte, daß ich für das Kind alles tun würde – egal, unter welchen Umständen.« Er blickte Kinley hilflos an. »Ich erwarte nicht, daß Sie mir das glauben; aber ich bot Sarah tatsächlich die Ehe an. Ich wollte sie heiraten. Aber Sarah wollte das nicht.«

»Warum nicht?«

Talbott blickte ihn vielsagend an. »Nun – Sie kennen doch Dora, nicht wahr? Ich meine, wie entschlossen sie sein kann.«

Kinley, der sich an die letzten beiden Tage erinnerte, nickte. »Ja.«

»Sarah wollte nicht heiraten«, fuhr Talbott fort. »Sie wollte sich von Overton scheiden lassen, und ich denke, daß sie das schließlich auch durchgesetzt hätte.« Er holte tief Luft und seufzte. »Aber er tat ihr leid. Und so verging die Zeit, ohne daß sie sich dazu durchringen konnte, vollendete Tatsachen zu schaffen.«

»Dann wurde Overton verhaftet«, sagte Kinley.

Talbott warf Kinley einen strengen Blick zu. »Sie hielt das nicht für eine Lösung, falls das Ihre Theorie sein sollte«, sagte er barsch.

»Und Sie?«

Talbott schien die Direktheit seiner Frage nicht zu verwundern. »Nein, ich auch nicht«, erwiderte er, »erwarte jedoch wieder nicht, daß Sie mir das glauben.«

»Sie sagten, Sie seien über Overtons Kriegsverletzung schon vorher genau informiert gewesen – warum haben Sie dann beim Prozeß keinen Gebrauch von dieser Kenntnis gemacht?« fragte Kinley.

Talbotts Antwort war unzweideutig: »Erstens, weil Overton sie mir gegenüber nie erwähnt hat und ich ihm daher schwerlich sagen konnte, daß ich davon wußte. Das hätte ihm ja die Augen geöffnet, wie eng das Verhältnis zwischen Sarah und mir inzwischen geworden war.«

»Und wie stand Sarah dazu? Wünschte sie denn nicht, daß die Kenntnis davon beim Prozeß verwertet werden sollte?«

»Doch. Aber nicht ohne Genehmigung ihres Mannes.«

»Und die wollte er ihr nicht geben?«

»Nein«, erwiderte Talbott. »Sein Problem war schon Demütigung genug; aber er hatte jetzt auch noch eine schwangere Frau.« Er sah Kinley wieder vielsagend an. »Ein Kind war unterwegs. Ein Kind, das einen Vater brauchte – selbst wenn es ein toter Vater war. Zumindest glaube ich, daß das Overtons Überlegung gewesen ist.«

»Und so entschloß Overton sich also dazu, Ihnen nichts von seiner Kriegsverletzung zu sagen?«

»Nie«, erwiderte Talbott. »Er erwähnte sie mit keinem Wort, obwohl ich ihm oft die Gelegenheit dazu verschaffte. Ich sprach mit ihm über die Möglichkeit, daß man feststellen würde, Ellie Dinker sei vergewaltigt worden, wenn man ihre Leiche fand. Ich dachte, er würde antworten: ›Wenn sie vergewaltigt wurde, bin ich ein freier Mann.‹ Aber er sagte das nie.« Er nahm einen Bleistift vom Tisch und begann ihn zwischen den Handflächen hin- und herzurollen. »Sie müssen nicht nur mit Wasser kochen, wenn Sie in so einem Fall gewinnen wollen.« Er warf den Bleistift auf den Tisch zurück. »Ich tat mein Bestes mit dem, was ich hatte.«

Kinley sagte nichts, meldete mit seinem Schweigen seine Zweifel an.

»Doch selbst wenn er mir von seiner Kriegsverletzung erzählt hätte, wäre das für den Ausgang des Prozesses unerheblich gewesen.«

»Wieso?«

»Weil es mehr oder weniger irrelevant war«, erwiderte Talbott.

»In welcher Hinsicht irrelevant?«

»Für die Mordtat«, gab Talbott in bestimmtem Ton zurück. »Weil Charlie Overton Ellie Dinker umgebracht hat. Da hatte ich nie meine Zweifel. Die Beweise waren erdrückend. Overton war eindeutig als der Mann identifiziert worden, der kurz vor Ellie Dinkers Verschwinden noch mit ihr zusammen gesehen wurde. Dann fand man die Schuhe des Mädchens hinten auf seinem Wagen, und das Montiereisen ebenfalls, das ganz voller Blut war, das, wie Dr. Stark vor Gericht bezeugte, der gleichen Blutgruppe angehörte wie das der Ermordeten. Alles deutete auf Overton und nichts in eine andere Richtung.«

»Sie vergessen das Motiv«, sagte Kinley.

»Meinen Sie damit Luther Snows Aussage?«

Kinley nickte.

»Ich habe sehr wohl in Luthers Aussage das Motiv erkannt«, gab Talbott zurück, »und gerade deshalb nie recht an Charlies Schuld gezweifelt.« Er blickte Kinley mit flammenden Augen an. »Können Sie sich seine Wut vorstellen?« Er klopfte mit dem Knöchel des rechten Zeigefingers energisch auf die Tischplatte. »Das war das Motiv – verstehen Sie? Die Wut, die in ihm kochen mußte, daß er fast daran erstickte. Dann kommt plötzlich diese Ellie Dinker hüfteschwenkend auf ihn zu, macht sich vielleicht sogar über ihn lustig, weil Ellie, wie Sie wohl inzwischen entdeckt haben werden, eben so ein Typ von Mädchen gewesen ist. Egal – plötzlich war das alles zuviel für ihn.« Seine Augen nahmen einen seltsam düsteren Ausdruck an, als würde sein Gesicht plötzlich im Schatten liegen. »Manche Männer hassen eben Frauen, verstehen Sie?« sagte Talbott. »Hassen sie ihr ganzes Leben lang.«

»Und Sie glauben, Overton wäre so ein Mann gewesen?« fragte Kinley. »Einer, der Frauen haßte?«

»Nicht grundsätzlich.«

»Also haßte er nur seine Frau?«

»Nein, er liebte Sarah«, erwiderte Talbott. »Darum konnte er ihr auch nicht wehtun. Aber Ellie Dinker? Sie war eine Fremde. Mit ihr konnte er machen, was er wollte.« Er nahm das medizinische Gutachten wieder vom Tisch und schob es dann Kinley zu. »Was er dann auch tat.«

»Also war Ellie Dinker eine Ersatzperson für Sarah Overton?« fragte Kinley.

Talbott nickte. »Ellie Dinker verkörperte in diesem Moment für ihn jede Frau, die ihn bisher verraten oder gedemütigt hatte – jede Krankenschwester, die vor der Tür seines Zimmers im Lazarett gekichert hatte.«

»Sie glaubten also nicht, daß Overton und Dinker sich an jenem Tag an der Bergstraße verabredet hatten?« fragte Kinley.

»Nein.«

»Oder vor dem Mord in irgendeiner Beziehung zueinander gestanden haben?«

»Absolut nicht«, erwiderte Talbott. »Charlie Overton war ein Mann, der sehr zurückgezogen lebte. Er fuhr von seiner Arbeitsstelle nach Hause und ging so gut wie niemals aus. Die Welt machte ihm Angst, und er vermied, so weit es ging, jeden Kontakt mit ihr.«

»Warum hat Luther Snow dann ausgesagt, daß Overton Ellie Dinker kennen würde?« fragte Kinley.

Talbott schüttelte den Kopf. »Ich weiß es nicht. Ich habe mich das oft selbst gefragt; aber nie eine Antwort darauf gefunden.« Er sah Kinley mit einer unerwarteten Ermutigung an. »Vielleicht können Sie das.«

Kinley sagte nichts, sondern ließ nur den Blick auf Talbott ruhen – studierte noch einmal dessen Züge, hinter denen er schemenhaft Doras Gesicht wie ein übermaltes Porträt entdeckte.

»Werden Sie es Dora sagen?« fragte Talbott nach einer Weile.

Kinley wußte die Antwort auf diese Frage nicht und versteckte sich deshalb hinter einer Gegenfrage: »Sollte ich das?«

Talbott starrte ihn an. »Ray hat es nicht getan«, sagte er.

Kinley beugte sich ein wenig vor. »Ray ist so weit vorgedrungen? Hatte es herausgefunden?«

Talbott nickte langsam. »Er ist zu mir gekommen. Wie Sie«, antwortete er.

»Und Sie haben ihm alles gesagt? Wie mir?«

»Alles«, bestätigte Talbott.

»Wann war das?«

»Ungefähr sechs Wochen, bevor er starb«, erwiderte Talbott. Er lächelte dünn. »Und ich fand seine Reaktion sehr ermutigend.«

»Was tat er denn?«

»Ray trat sehr bestimmt, sehr entschlossen auf, wie das immer seine Art gewesen ist«, antwortete Talbott. »Er blickte mir fest in die Augen und sagte: ›Absolut.‹ Nur dieses eine Wort, ohne eine Sekunde zu zögern: ›Absolut.‹«

Kinley nickte schweigend, während nun Rays Gesicht wieder im Vordergrund seines Geistes stand – der gleiche alte Ray, mit der gleichen Antwort auf die gleiche alte Frage: *Es ist immer besser zu wissen, meinst du nicht auch? Egal, was es kostet.*

»Und deshalb erwartete ich, daß er es tun würde«, fügte Talbott hinzu. »Daß er Dora die Wahrheit sagen würde, daß ich ihr Vater bin.« Er sah auf seine knotigen, alternden Hände hinunter. »Sie ist mein einziges Kind, müssen Sie wissen«, sagte er. Seine Augen hoben sich langsam wieder zu Kinley empor. »Ich sehe sie fast jeden Tag. Ich gehe in diese kleine Bar, wo sie arbeitet und trinke dort ein Glas Wein. Wir plaudern über dieses und jenes.« Er ließ die Luft langsam und lange entweichen, bis seine Lungen total leer zu sein schienen, als wäre das sein letzter Atemzug gewesen. »Ich dachte, Ray würde es ihr sagen, und wenn er es tat, würde ich sie vielleicht einmal, ein einziges Mal, in die Arme nehmen können, bevor ich sterbe.«

Aber Ray hatte es ihr nicht gesagt, und als Kinley am nächsten Morgen noch vor Anbruch der Dämmerung schlaflos in Doras Armen lag, war er sich ganz und gar nicht sicher, ob er es ihr sagen würde. Er war sich nicht einmal sicher, daß die Wahrheit so aussah, wie er sie sich die ganze Zeit über vorgestellt hatte – als etwas Erhebendes, Hehres, das zu suchen jeden Preis lohnte. Vielleicht war sie auch etwas Böses – lediglich ein anderes Messer, das man dazu benützen konnte, sich die Pulsadern aufzuschneiden.

»Bist du krank?« flüsterte sie.

Er sah zu ihr hoch. »Nein.«

Sie bewegte die offene Hand langsam an seinem Arm hinunter. »Du bist naß vor Schweiß.«

»Manchmal schwitze ich.«

»Nachts? Im Herbst? Ohne jeden Grund?«

Da belog er sie zum erstenmal: »Ja.«

30

ER VERLIESS SIE ein paar Stunden später, und der Nebel, der am frühen Morgen in das Tal hinabrollte, hüllte ihn ein wie ein Leichentuch, als er in die Stadt hinunterfuhr. Er wollte nicht gleich in das Haus in der Beaumont Street zurückkehren, in das winzige, von Rays Büchern eingerahmte Büro, zu dem dort noch immer verharrenden Duft der Begräbnisblumen. Er wollte nicht zu Ray zurückkehren – nicht zu dem, was er ermittelt und warum er es ermittelt hatte. Und nicht einmal das, was Ray mit der Information machte, nachdem er sie bekommen hatte, wollte er jetzt wissen, weil das alles ihn, Kinley, nun mit unerwarteten und unerwünschten Fragen belastete, die sich ihm bei seinen früheren Ermittlungen niemals stellten. In gewisser Weise empfand er sogar so etwas wie eine düstere Nostalgie nach seinen früheren Ermittlungen. Sie hatten für ihn zumindest den Trost des Unpersönlichen gehabt, und er hatte sie in einem anästhesierten Zustand, einer Atmosphäre der Gefühllosigkeit, durchführen können, was ihm nun überaus verlockend erschien. Diesen Schmerz, den er für Ray und Dora empfand, hatte er bei seinen früheren Ermittlungen nie empfunden, und er spürte, wie ein sündiger Teil seines Charakters sich nach dieser Unempfindlichkeit zurücksehnte, mit der er früher seine Untersuchungen hatte durchführen können, sich flüchtend in die Geborgenheit eines rein akademischen Interesses.

Die Imbißstube an Sequoyahs Hauptstraße war das einzige Lokal, das zu dieser Zeit bereits geöffnet hatte, und so lenkte er den Wagen auf den kleinen, kiesbestreuten Parkplatz daneben und ging in das Lokal. Er setzte sich in eine der Nischen am Fenster und wartete, während seine Hand erst mit der Gabel, dann mit dem Löffel eines Bestecks spielte und schließlich die dazugehörige Serviette zu einem kleinen Ball zusammengeknetet hatte, als die Bedienung bei ihm auftauchte.

Sie war ein wenig rundlich und schien mehr zu rollen als zu gehen; erfüllte ihre Funktion jedoch auf eine untadelig professionelle Weise – schnell, kühl und ohne ihre Zeit für ein sinnloses Palaver zu verschwenden –, was Kinley nur bewundern konnte und weshalb er, sich ihrem Verhalten anpassend, sagte:

»Kaffee. Schwarz. Ohne Zucker.«

Sie brachte ihm prompt, was er bestellt hatte, und verschwand dann wieder irgendwo im Hintergrund des Lokals, während Kinley, langsam die schwarze Brühe in sich hineinschlürfend, die noch etwas schlaftrunkenen Bewegungen der erwachenden Stadt durch das Fenster beobachtete. Zunächst ließen sich jene weißbekittelten Gestalten sehen, die in allen Orten, wo Kinley bisher gewesen war, morgens als erste auftauchten – die Zusteller dieser lebensnotwendigen Grundnahrungsmittel Milch und Brot. Danach erschienen die dunkler gewandeten, aktenkofferbewehrten, rasch die Straße hinuntertrippelnden Büroangestellten. Und schließlich die im Einzelhandel Beschäftigten, die ihre Registrierkassen mit Münzen und Scheinen füllten, die sie sich aus dem Stahlsafe des Managers besorgten. In gewisser Weise, dachte Kinley, war diese Stadt wirklich das, was Ray vielleicht in ihr gesehen haben mochte – eine Art von Organismus –; der jedoch etwas Brütendes, Dunkles in seinem Kern zu enthalten schien, was er genauso wenig ignorieren konnte wie ein Arzt das murmelnde Geräusch im Herzen eines ihm robust und gesund erscheinenden Patienten.

Es war fast acht und Kinley bei seiner dritten Tasse Kaffee, als William Warfield durch die Tür kam, Kinley in seiner Nische entdeckte und auf ihn zusteuerte.

»Guten Morgen«, sagte er, an Kinleys Tisch stehenbleibend. Er sah sich im Lokal um. »Mir scheint, das Geschäft ist nicht sehr lebhaft heute.«

Kinley nickte, ihm ein höfliches Lächeln schenkend. »Nein, sehr lebhaft ist es nicht«, sagte er.

Warfield deutete mit dem Kopf auf die leere Bank an Kinleys Tisch. »Haben Sie etwas dagegen, wenn ich mich zu Ihnen setze?«

»Nein.«

»Nur meinen üblichen Kaffee, Dottie«, rief er zu der Ecke des Lokals hin, wo die Bedienung vor einer guten halben Stunde untergetaucht war. »Wie kommen Sie mit Ihrem Buch voran?«

»Buch?«

»Das Sie über den Fall Overton schreiben wollen«, erwiderte Warfield. »Sie schreiben doch ein Buch darüber, oder nicht?«

»Ich gehe da einigen Dingen nach, ja«, sagte Kinley. »Aber ein Stoff für ein Buch ist es noch nicht.«

»Ben Wade erzählte mir, daß Sie mit ihm gesprochen haben«, sagte Warfield. »Desgleichen Ella.«

»Ella?«

»Ella Hunter, die Gerichtssekretärin«, erwiderte Warfield.

Kinley nickte. »Ja, das stimmt.«

»Mit Erfolg?« fragte Warfield. »Ich meine, bringt Sie das vorwärts?«

»Im Augenblick gibt es da einige Komplikationen«, erwiderte Kinley. Er zuckte mit den Achseln, wollte das nicht weiter vertiefen. »Doch das ist nichts Ungewöhnliches bei einer Ermittlung.«

»Nein, vermutlich nicht«, entgegnete Warfield und sah ihn dann neugierig an. »Darf ich fragen, was das für Komplikationen sind?«

Kinley behielt die wichtigeren für sich, bot Warfield jedoch eine an, die seiner Meinung nach dem Bezirksstaatsanwalt von Amts wegen ebenfalls Kummer bereiten mußte.

»Nun«, sagte er, »wenn Sie es wirklich gern wissen möchten – ein Beweisstück fehlt.«

»Fehlt?«

»Ist verschwunden.«

Warfield blickte ihn groß an. »Ein Beweisstück aus dem Overton-Prozeß ist verschwunden? Wo?«

»Aus der Asservatenkammer im Keller«, erwiderte Kinley. »Es ist offenbar aus dem Karton genommen worden, der alle Beweisstücke dieses Prozesses enthielt.«

Warfield zeigte sich nun ernsthaft besorgt. »Aus meinem Gerichtsgebäude? Meiner Asservatenkammer?« fragte er ungläubig, da er seine Zuverlässigkeit als oberster Sachwalter des Gerichts plötzlich in Frage gestellt sah.

Kinley nickte.

»Sind Sie sich dessen ganz sicher?«

»Ben Wade hat es mir erzählt.«

Diese Informationsquelle schien Warfield zu überzeugen. »Von welchem Beweisstück reden wir eigentlich?« fragte er, sichtlich betroffen.

»Dem wichtigsten. Ellie Dinkers Kleid.«

Warfield starrte Kinley entsetzt an. »Wie bitte? Sagten Sie eben, daß Ellie Dinkers Kleid sich nicht mehr in der Asservatenbox im Keller befinden würde?«

»Richtig.«

»Das ist doch unmöglich«, erwiderte Warfield. »Wir machen ständig Lagerbestandsaufnahmen von den Sachen, die dort verwahrt sind.«

Kinley sagte nichts.

»Und jedes Stück, das dort eingeliefert wird oder von dort wieder herausgeht, wird sorgfältig überwacht«, fügte Warfield hinzu. »Ich habe auf diesem System bestanden.«

»Welches System?«

»Eine Liste«, erklärte Warfield, »die Ella Hunter führt. Jeder, der die Asservatenkammer betritt, muß sich dort eintragen und wieder austragen. Wir lassen die Leute dort nicht einfach so herumwandern, verstehen Sie? Wir verwalten sie genauso wie ein Gefängnis: Wir wissen anhand der Liste stets, wo sich jeder und jedes befindet. Das ist das System, das ich dort eingeführt habe.«

»Und wann wurde dieses System eingeführt?« fragte Kinley.

»Vor zehn Jahren«, erwiderte Warfield. »Damals sind einige Sachen verschwunden. Zumeist Drogen, die konfisziert und als Beweisstücke für anstehende Prozesse dort verwahrt wurden. Damit uns so etwas nicht mehr passieren sollte, habe ich diese Kontrollisten eingeführt. Seither wird es so gehandhabt, wie ich Ihnen das eben erläutert habe.«

»Und wie weit reichen Ihre Listen zurück?«

»Bis zu dem Tage, wo ich sie eingeführt habe«, erwiderte Warfield prompt, als schmeichelte er seiner Gründlichkeit. Er blickte Kinley durchbohrend an. »Wissen Sie denn das Datum, an dem das Kleid verschwunden ist?«

»Ich kann es eingrenzen. Auf einen Zeitraum von drei Monaten.«

»Welche Monate?«

»Zwischen Mai und August 1986.«

Warfield blickte ihn zweifelnd an. »Sind Sie sicher?«

»Ben Wade ist es.«

»Nun, dann haben wir in der Tat ein Problem«, sagte Warfield, »denn in dem von Ihnen angegeben Zeitraum wurde das Gerichtsgebäude renoviert.«

»Renoviert?«

»Vom Keller bis zum Dach«, erwiderte Warfield. »Alles wurde gründlich erneuert. Wir machten es etagenweise, und ich erinnere mich noch gut daran, daß das Kellergeschoß im Sommer an der Reihe gewesen ist.«

»Und das bedeutete?«

»Daß das Kellergeschoß für den Publikumsverkehr gesperrt war.« erwiderte Warfield. »Und daß in dieser Zeit niemand, der im Gerichtsgebäude arbeitete, Zutritt zur Asservatenkammer hatte.«

»Sie hatten sie abgeschlossen?«

»Richtig. Wir hatten Vorhängeschlösser angebracht. In dieser Zeit konnte niemand die Asservatenkammer betreten.«

»Und es hat sie auch niemand betreten?«

»Nur die Leute von meinem Büro und vom Wartungsdienst.«

»Würden die sich in Ihre Kontrolliste eingetragen haben?«

Warfield schüttelte den Kopf. »Nein, das sind die einzigen Personen, die das nicht müssen.«

»Und wie viele Leute fielen zu der fraglichen Zeit unter diese Ausnahmeregelung?«

»Nicht viele«, erwiderte Warfield. »Sechs oder sieben – mehr nicht.«

Kinley zog sein Notizbuch aus der Brusttasche. »Können Sie sich noch an die Namen dieser Leute erinnern?«

Warfield zögerte. »Damit wir uns richtig verstehen, Mr. Kinley – wenn etwas aus dem Gerichtsgebäude verschwindet, ist es meine Aufgabe, der Sache nachzugehen und den dafür Verantwortlichen zur Rechenschaft zu ziehen. Das ist nicht Ihr Job, Kinley.«

Kinley lächelte still. »Aber es könnte für mich leichter sein, den dafür Verantwortlichen zu finden.«

Warfield schien davon nicht überzeugt zu sein. »Wieso das?«

»Ich stelle für den Betreffenden keine Bedrohung dar«, erklärte Kinley. »Aber von Ihnen hätte er eine Bestrafung zu erwarten.«

Warfield sagte nichts.

»Es geht doch hauptsächlich darum, das Kleid wieder herbeizuschaffen«, setzte Kinley hinzu, bemüht, nicht bei Warfield den Eindruck zu erwecken, als versuchte er, für ihn zu denken. »Damit wäre doch alles wieder im Lot, nicht wahr?«

Das war ein Argument, das er schon öfter benützt und das noch nie seine Wirkung auf Bürokraten verfehlt hatte.

»Wenn ich es mache, bliebe es eine rein interne Angelegenheit«, fuhr Kinley fort, seinem Argument den letzten Schliff gebend. »Kein Wirbel, kein Aufsehen – so, wie es sein sollte.«

»Wissen Sie, daß ich glaube, Sie könnten in diesem Punkt recht haben?« murmelte Warfield, nachdem er eine Weile darüber nachgedacht hatte. »Wenn ich die Leute zu mir bestelle und sie mit Fragen bombardiere, müssen sie annehmen, daß ihnen ein Disziplinarverfahren oder gar die Entlassung aus dem Staatsdienst droht.«

Kinley nickte. »Das würden sie denken, richtig.«

»Also gut«, sagte Warfield, »aber ich erwarte natürlich von Ihnen, daß Sie mich von dem Ergebnis Ihrer Ermittlung in Kenntnis setzen!«

»Selbstverständlich«, beruhigte ihn Kinley.

Warfield richtete den Blick an die Lokaldecke. »Zu den fraglichen Personen gehörten natürlich erst mal meine Wenigkeit und Ben Wade.« Er stockte, als wäre ihm da plötzlich ein ganz neuer Gedanke gekommen. »Ray ebenfalls. Damals war er hier Sheriff und hatte deshalb Zugang zu den Asservaten.«

Kinley notierte sich die Namen.

»Und natürlich Chief James«, fuhr Warfield fort, »aber er lag zu der fraglichen Zeit bereits auf dem Totenbett.« Warfield dachte wieder nach. »Ich schätze, damit haben wir jetzt alle – abgesehen von dem Reinigungspersonal.«

Kinley nickte. »Wissen Sie noch deren Namen?«

»Wir mußten damals Kürzungen im Personalbereich vornehmen«, sagte Warfield, »und beschäftigten nur noch zwei Putzfrauen.«

»Und die waren?«

»Lila Trumbull«, erwiderte Warfield, »aber die arbeitete zumeist in den oberen Stockwerken. Ende März ist sie dann nach Atlanta verzogen. Also mußte Betty Gaines damals auch die Reinigung der oberen Etagen übernehmen.«

Kinley sah von seinem Notizbuch hoch. »Betty Gaines?«

Warfield nickte. »Betty arbeitete zwei Jahre als Raumpflegerin bei uns.«

»Und davor war sie bei der Baufirma Thompson beschäftigt, nicht wahr?«

Warfields Augen weiteten sich. »Himmel – für jemand, der erst ein paar Tage in der Stadt ist, sind Sie aber verdammt gut informiert.«

»Sie arbeitete für die Baufirma Thompson, als Charles Overton dort beschäftigt war«, erklärte Kinley.

»Tatsächlich?« erwiderte Warfield. »Das hatte ich nicht gewußt. Sie arbeitete schon 1954 dort?«

»Ja«, gab Kinley zurück. »Und wohnt Sie noch in Sequoyah?«

»Ja«, antwortete Warfield, »im alten Fabrikviertel. Dort, wo früher die Baumwollspinnerei stand. Sie wissen schon – bei den Bahngleisen.«

Kinley trug das in sein Notizbuch ein. »Ich könnte sie mir zuerst vornehmen«, sagte er, die Namen auf seiner Liste prüfend. »Betty Gaines ist ja auch eine Zeugin im Overton-Prozeß gewesen.« Er blickte zu Warfield hoch. »Eine von den wenigen Personen, die zugunsten des Angeklagten ausgesagt haben.«

Warfield blickte Kinley mit einer jähen, unerwarteten Eindringlichkeit an. »Was wollen Sie damit andeuten?«

»Daß Overton damals wenig Fürsprecher hatte – ihn kaum jemand verteidigte.«

»Ja, das stimmt«, erwiderte Warfield. »Aber wie konnte er die denn auch haben?«

»Man hätte doch wenigstens ein paar Charakter-Zeugen für ihn finden können«, sagte Kinley. »Aber es waren nur zwei, und einer davon seine Ehefrau.«

»Overton war ein Einzelgänger. Wenigstens hat mein Vater ihn mir so beschrieben. Das ist der Grund, warum es so wenige waren. Er lebte sehr zurückgezogen. Sprach kaum ein Wort mit jemandem«, erwiderte Warfield.

»Also hat Ihr Vater doch öfter mit Ihnen über diesen Prozeß gesprochen?«

»Nicht oft«, antwortete Warfield, »aber es war sein erster Mordprozeß. Noch dazu ein Mordfall ersten Grades, der mit einem Todesurteil endete. Selbst wenn der Mann schuldig war, vergißt man so etwas als Anklagevertreter nicht.« Warfield beugte sich vor. »Jedenfalls hat mein Vater nie vergessen, daß er damals einen Mann auf den elektrischen Stuhl geschickt hat.«

Kinley sah im Geiste nun den älteren Warfield vor sich, wie er mit seinen langen schlanken Fingern das grüne Kleid aus dem Säckchen herausholte, das auf seinem Tisch im Gerichtssaal lag. »Was war das für ein Mensch – Ihr Vater?«

»Ein guter Mensch«, erwiderte Warfield. »Herzensgut.« Er blickte Kinley feierlich an. »Ich werde Ihnen jetzt etwas verraten, was niemand sonst von meinem Vater und diesem Fall weiß«, fuhr er in ernstem Ton fort. »Nach dem Prozeß ließ er Mrs. Overton etwas Geld zukommen.«

»Geld?« wiederholte Kinley ungläubig. »Er schenkte ihr Geld?«

Warfield nickte. »Um ihr in ihrer Notlage zu helfen«, erklärte er. »Sie wissen doch – sie bekam damals gerade ein Baby. Jedenfalls gab er ihr etwas Geld. Genauer gesagt, er ließ es ihr durch Overtons Verteidiger, Horace Talbott, zukommen.«

»Ich verstehe.«

»Es stimmt«, sagte Warfield, obwohl Kinley gar nicht an der Wahrheit dieser Geschichte zweifelte. »Ich glaube zwar nicht, daß Mrs. Overton jemals erfuhr, woher das Geld stammte – aber es kam von meinem Vater.« Er blickte Kinley mit einem wissenden Lächeln an. »Ich schätze, so etwas passiert in New York nicht – oder doch?« fragte er.

Kinley schüttelte den Kopf. »Nein«, sagte er bedächtig, »das glaube ich nicht.«

31

DIE ALTE TEXTILFABRIK ragte wie eine große Festung hinter den Bahngleisen hervor, die sie und die ärmeren Schichten der Arbeiterklasse von dem anderen, wohlhabenderen Teil der Stadt trennten.

Selbst als Kind hatte Kinley diese Demarkationslinie als eine unverletzliche, unüberschreitbare Grenze betrachtet. Die Jungen, die Whisky tranken, und die Mädchen, die schwanger wurden, gehörten zu einer nur dunkel vorstellbaren Jenseits-der-Gleise-Welt, die aus Fabriktoren, schrillen Sirenentönen und schwefelhaltigen Rauchwolken bestand, die über der Südhälfte von Sequoyah wie ein gelber Vorhang hingen. Von Zeit zu Zeit konnte es aber dennoch passieren, wahrscheinlich durch eine Straßennamenverwechslung oder einen Irrtum in der Postzustellung, daß ein Junge oder Mädchen im Teenageralter in der Sequoyah High School landete statt in der South-Side High School, dem alten, noch aus der Depressionszeit stammenden roten Ziegelgebäude, das für ihresgleichen bestimmt war. Ob Junge oder Mädchen, groß oder klein – sie sahen immer gleich aus: entweder zu mager, weil sie nicht genügend zu essen bekamen; oder zu fett und aufgeschwemmt, weil ihre Kost zu stärkehaltig war. Auch im Benehmen unterschieden sie sich kaum, saßen stets lustlos in den hintersten Bänken der Klasse, während der Lehrer ihnen vorne etwas von der ›Verlorenen Sache‹ der Südstaaten im Bürgerkrieg erzählte oder den pythagoräischen Lehrsatz erklärte, was ihnen wohl beides so nützlich erschien, als hätte er ihnen den Stein von Rosette geschenkt, mit dem sie die ägyptischen Hieroglyphen entziffern konnten. Sie erschienen niemals auf Parties, Schulbällen oder bei den Spielen der Football-Mannschaft; kandidierten nie für das Amt des Klassensprechers und unterstützten auch nicht die Werbekampagnen eines anderen Kandidaten. Ihre Namen erschienen nie auf den Mitgliederlisten studentischer Verbindungen oder akademischer Klubs und tauchten auch kein einziges Mal in der Schülerzeitung auf. Selbst in den Listen der akademischen Sportvereine suchte man ihre Namen vergeblich, und an den Tagen, die für Klassenfotos vorgesehen waren, ließen sie sich nicht in der Schule sehen, um sich neben ihren Klassenkameraden verewigen zu lassen, so daß sie in den Annalen der Sequoyah High School so wenig Spuren hinterließen, als hätten sie diese Schule überhaupt nicht besucht.

Betty Gaines mußte zu jenen Schülern und Schülerinnen gehört haben, überlegte Kinley, als er die schmale Cotton Road hinunterging, die die alte Baumwollspinnerei von der Wohnsiedlung ihrer ehemaligen Arbeitskräfte trennte, den Blick auf die rostigen Briefkästen am Straßenrand geheftet.

Er entdeckte den Namen Betty Gaines in primitiven schwarzen Lettern auf einem Kasten ungefähr in der Mitte der Häuserzeile. Das kleine Haus, das sich dahinter befand, ruhte auf einem Fundament aus Schlacke, und die ursprünglich aus Holz errichtete Fassade verbarg sich nun größtenteils hinter Asphaltzementplatten. Überhaupt machte das ganze Anwesen den Eindruck, als wäre es seit langem sich selbst überlassen: Der Drahtzaun an der Straße hatte mehr Löcher als Maschen; im Vorgarten konnte das Gras offensichtlich den rostigen Autoteilen, die dort herumlagen, keine Nährstoffe abgewinnen; und das Vordach der Veranda schien einem Zusammenbruch nahe.

Kinley hob die aus einem Stück Wäscheleine gefertigte Schlinge, mit der das Gartentor gesichert war, von dem morschen Pfosten daneben, befand sich nach fünf Schritten an der Haustür, klopfte leise dort an, wartete und klopfte zum zweitenmal.

Dann hörte er ein Schlurfen im Haus; aber es dauerte noch eine volle Minute, bis die Haustür geöffnet wurde.

Die Frau, die hinter dem ausgebeulten Fliegengitter stand, sah fast so aus, wie Kinley sie sich vorgestellt hatte: klein, gebückt und die Haare, die auf dem Zeitungsfoto rabenschwarz gewesen waren, nun eisengrau. Doch es schien so, als wäre die Frau nicht auf diese unvermeidliche, jedoch behutsame, sich über Jahrzehnte erstreckende Weise gealtert, sondern als habe man ihr von einer Sekunde zur anderen die Jugend gewaltsam aus dem Leib gepreßt. Die durchsackenden Schultern, der gebeugte Rücken, die gebrochenen Linien ihres Körpers deuteten auf schwere Gewichte hin, die seit langem an ihr hingen – auf sichtbare und unsichtbare Lasten.

»Betty Gaines?« fragte Kinley leise.

Sie nickte.

»Ich bin Jack Kinley. Sie kennen mich nicht.«

Sie starrte ihn durch die verrosteten Maschen des Fliegengitters an.

»Ich bin Reporter«, setzte Kinley hinzu. »Ich untersuche einen alten Mordfall.«

Sie nickte leise, und die blassen Lippen in ihrem vertrockneten Gesicht öffneten sich leicht, als hätte sie etwas sagen wollen, es sich dann aber wieder anders überlegt.

»Sie haben damals in dem Prozeß ausgesagt«, fuhr Kinley fort. »Als Entlastungszeuge für Charles Overton.

Sie blieb stumm.

»Erinnern Sie sich noch daran?« fragte Kinley.

»Ich erinnere mich«, sagte sie. »Aber das ist schon eine Ewigkeit her.«

»Es war im Winter 1954.«

»Ich arbeitete damals für den alten Thompson.«

»Ja.«

»Overton arbeitete ebenfalls für ihn.«

»Ja.«

»Auf der Baustelle des neuen Gerichtsgebäudes.« Sie legte

den Kopf ein wenig auf die Seite, als versuchte sie, einen Blick auf dessen graue Sandsteinfassade zu erhaschen.

»Richtig.«

»Der beste Job, den ich jemals hatte«, sagte sie. »Habe es danach nie mehr so gut getroffen wie beim alten Thompson.«

Kinley spürte, wie seine Hand sich nach oben zu seinem Notizbuch in der Jackentasche bewegte. »Hätten Sie ein paar Minuten Zeit für mich, damit wir ein bißchen über die Zeit damals plaudern könnten?« fragte er leise.

Als Antwort öffnete sie stumm die Fliegengittertür und ließ ihn eintreten.

Das Wohnzimmer sah aus wie die Kulisse für ein sozialistisches Drama aus den dreißiger Jahren – in gelbes Licht getauchte abgenützte Möbel und nackte Dielen. Ein riesiges, bauchiges Radiogerät, das noch aus der Vorkriegszeit stammte, saß wie ein übergewichtiger Gast in einer Ecke des Zimmers. Daneben stand ein kleiner Tisch, auf dem Nähnadeln verschiedener Größen und Spulen mit farbigem Nähgarn verstreut lagen. Ein hölzerner Schaukelstuhl, ein kleines, abgewetztes Sofa und dazwischen ein kleiner Tisch, auf dem sich ein paar schmutzige Teller und Tassen häuften – ein typisches Zeichen der allgemeinen Vernachlässigung, wie Kinley es von Leuten, die allein lebten, kannte –, komplettierten die Einrichtung.

Er dachte an Maria Spinola, deren Wohnzimmer mit verstaubten künstlichen französischen Blumen und Lampenschirmen mit goldenen Fransen, die schlaff in der rauchgeschwängerten Luft herabhingen, geschmückt gewesen war. Das Dekor von Spinola war gleichsam eine portugiesisch abgewandelte New-Bedford-Ausgabe des Zimmers gewesen, von dem er sich nun umgeben sah, hatte aber nicht minder trostlos auf ihn gewirkt wie dieses.

Er wandte sich nun, Maria Spinola aus seinem Bewußtsein verdrängend, Betty Gaines zu und richtete die erste seiner vorbereiteten Fragen an sie: »Waren Sie damals schon längere Zeit mit Charles Overton bekannt gewesen?«

Sie lehnte sich bedächtig in ihrem Schaukelstuhl zurück,

bis ihre kurzen Beine nur knapp über dem nackten Fußboden schwebten. »Ich kannte ihn damals schon ungefähr zwei Jahre. Seit er eben für den alten Thompson arbeitete.«

»Und Sie haben in diesen zwei Jahren öfter mit ihm geredet?«

»Nur geschäftlich.«

»Also kannten Sie ihn gar nicht als Privatperson?«

Sie schüttelte den Kopf. »Ich kannte Luther; aber nicht Charlie.«

»Waren die beiden miteinander befreundet – Luther und Charlie, meine ich?«

»Davon hat Luther mir nicht viel erzählt«, erwiderte sie. »Allerdings wohnten sie damals nicht weit auseinander. Auch Luther hatte sein Haus oben auf dem Berg. Verdiente sich damals noch nebenbei Geld mit Alkoholschmuggel.« Sie lächelte mit einem seltsamen Ausdruck von Boshaftigkeit. »Sie haben ihn sogar ein paarmal dabei erwischt.«

»Wer?«

»Der Sheriff.«

»Sheriff Maddox?«

Sie nickte. »Luther schmuggelte Whisky. Das ist die Wahrheit. Sie können das nachprüfen. Es steht in den Akten. Aber er hatte keine Schwarzbrennerei, sondern verkaufte nur unversteuerten Whisky.«

»War Overton denn auch an diesem illegalen Handel beteiligt?« erkundigte sich Kinley.

Betty bewegte wegwerfend die Hand und machte dabei ein Gesicht, als hätte man sie nichts Absurderes fragen können. »Nein, solche Sachen machte er nicht«, erwiderte sie. »Charlie war sehr häuslich. Arbeitete und fuhr danach sofort wieder heim.«

»Wie kam es dann dazu, daß Sie im Prozeß für Overton aussagten?« fragte Kinley.

»Nun – ich hatte das Gefühl, ich müßte das tun.«

»Weshalb?«

»Um ein paar Dinge zurechtzurücken.«

»Welche Dinge?«

»Die Luther über ihn gesagt hat.«

»Sie glaubten seiner Aussage nicht?«

»Nein«, erwiderte Betty. »Außerdem hatte ich Charlie ja am Morgen jenes Tages gesehen. Er arbeitete auf der Baustelle, wie ich es vor Gericht erzählt habe, und als er dann zu mir kam, konnte ich ihm gleich ansehen, daß er krank war. Er war ganz grau im Gesicht. Und er hielt sich den Bauch.« Betty demonstrierte Kinley jetzt, wie Overton damals die Hände gegen den Unterleib preßte. »So, wissen Sie?« sie schüttelte den Kopf. »Speiübel war ihm damals.«

»Und können Sie sich noch an die genauen Worte erinnern, die er sagte, als er damals zu Ihnen kam?«

»Daß er Magenkrämpfe hat«, erwiderte Betty, »und sich jeden Moment übergeben müßte.«

»Und dann fragte er Sie, ob er nach Hause gehen dürfte, richtig?«

»Er sagte, daß er nach Hause fahren müsse«, korrigierte Betty ihn. »Weil er nicht mehr arbeiten könnte.«

Kinley ging in Gedanken bis zu der Stelle in den Gerichtsprotokollen zurück, wo Luther Snow seine Aussage vor Gericht gemacht hatte, und hörte ihn im Geiste sagen:

SNOW: Ich habe das Fundament ausgebaggert und alle Betonarbeiten an diesem Haus gemacht – angefangen bei den Fahnenstangen bis zur Treppe zum Speichergeschoß. Charlie war der Mann, der mir die Steine und den Mörtel zureichen mußte, wissen Sie? Er war bei uns als Hilfsarbeiter tätig, weil er ja das Baugewerbe nicht erlernt hatte und kein ausgebildeter Maurer, Zimmermann oder Schreiner war.

»Aber Snow und Overton arbeiteten doch zusammen, nicht wahr?« fragte Kinley.

»Beim Bau des Gerichtsgebäudes haben die beiden zusammengearbeitet, das stimmt«, erwiderte Betty. »Aber Overton war nur als Hilfskraft für dieses Projekt eingestellt worden und kein regulärer Angestellter der Firma Thompson. Er hatte nur das zu machen, was Luther ihm auftrug.«

Wieder sah sich Kinley im Geiste in den Gerichtssaal zurückversetzt:

WARFIELD: Und haben Sie und Mr. Overton manchmal auch zusammen Mittagspause gemacht?

SNOW: Jawohl, Sir.

WARFIELD: Und Sie redeten zuweilen miteinander, nicht wahr, wie das Männer so tun?

SNOW: Wir haben oft miteinander gesprochen.

WARFIELD: Hatten Sie den Eindruck, daß Mr. Overton Sie mochte und Ihnen vertraute?

SNOW: Jawohl, Sir.

WARFIELD: Und hat er mit Ihnen auch erörtert, was man als sein ›Privatleben‹ bezeichnen kann?

SNOW: Manchmal.

Kinley starrte Betty Gaines an und hoffte, daß die Erinnerung an ihre Zeit bei der Baufirma Thompson noch so lebendig war, daß sie sich auch jetzt noch ein Urteil über so manches, das damals dort vor sich ging, bilden konnte.

»Standen sich Overton und Luther auch menschlich nahe?« fragte er.

Sie antwortete nicht; aber ihre kleinen blauen Augen schienen sich seltsam zu verschleiern, als würde eine Scheibe beschlagen, weil die Luft sich plötzlich abgekühlt hatte.

»Snow sagte vor Gericht aus, daß er mit Overton befreundet gewesen sei«, setzte Kinley hinzu, sich in Gedanken auf den genauen Wortlaut des Gerichtsprotokolls konzentrierend. »Ist das wahr? Würde Overton ihm auch Dinge aus seinem Privatleben erzählt haben?«

Betty schwieg noch immer; aber Kinley konnte sehen, daß dieser Dunstschleier, der sich über ihre Augen gelegt hatte, sich zu lichten begann, als würde ein warmer Wind ihn in die Höhe tragen.

»Snow behauptete damals, er und Overton hätten oft miteinander geredet«, fuhr Kinley fort. »Er vermittelte vor Gericht den Eindruck, daß er und Overton dicke Freunde gewesen seien.«

Die Muskeln in Bettys Körper schienen sich nun leicht zu verkrampfen, als sie den Rücken gegen die Lehne des Schaukelstuhls preßte und mit den kleinen Füßen heftig über die Dielen schabte. »Die beiden waren sich total fremd«, schnaubte sie, als wäre plötzlich etwas in ihrem Geist explodiert. »Sie arbeiteten lediglich zusammen – das war alles.«

Kinley spürte, wie sich seine Finger fester um seinen Kugelschreiber spannten. »Wieso behauptete Snow dann vor Gericht das genaue Gegenteil?« fragte er. »Warum sagte er, daß er mit Overton befreundet sei?«

Betty zuckte mit den Achseln. »Um dem Boß einen Gefallen zu tun.«

»Dem Boß?« erwiderte Kinley. »Wen meinen Sie damit?«

Sie schien sich sehr darüber zu wundern, daß er das nicht wußte. »Wallace Thompson natürlich«, erwiderte sie. »Wissen Sie denn nicht, wer der alte Thompson war?«

Kinley schüttelte den Kopf.

»Ihm gehörte die Gesellschaft, bei der Overton und Luther arbeiteten«, klärte ihn Betty auf. »Er baute damals das Gerichtsgebäude, lieferte die Pläne dafür, das ganze Material und überhaupt alles. Er leitete und beaufsichtigte das Ganze. Er war gerade auf einer seiner Baustellen, als ihn irgendwann ein Herzschlag traf – so genau behielt er alles im Auge.«

»Und er hat Luther Snow gebeten, gegen Overton auszusagen?« fragte Kinley, während er sich rasch Bettys Angaben notierte.

»Das ist meine Meinung«, erwiderte Betty. »Jedenfalls weiß ich noch, daß ich den alten Thompson mit Luther reden sah, kurz bevor Luther dann dem Gericht erzählte, was für ein großartiger Freund von Overton er doch sei.«

»Sie hätten damals doch über alles Mögliche reden können«,

meinte Kinley vorsichtig. »Woher wissen Sie, daß die beiden sich über Overton unterhalten haben?«

»Weil Luther niemals etwas gemacht hätte, was ihm der alte Mann nicht aufgetragen hat«, sagte Betty. »Mr. Thompson war doch Luthers Schutzpatron. Und da Luther ja ziemlich viel Dreck am Stecken hatte, war er auf jemanden wie Thompson, der die Hand schützend über ihn hielt, dringend angewiesen.«

»Wovor schützte Thompson ihn?«

»Vor den Gendarmen.«

»Maddox?«

»Thompson hielt Floyd Maddox fest an der Leine«, erwiderte Betty. »Und da der alte Thompson und die anderen den Geschmack von Luthers geschmuggeltem Whisky durchaus zu schätzen wußten, wollte der alte Thompson nicht, daß Maddox Luther hinter Schloß und Riegel brachte.«

»Die anderen?«

»Na, all die großen Tiere hier in der Stadt«, erklärte Betty. »Maddox und Warfield und Bürgermeister Jameson und wer sonst noch dazugehörte. Die bildeten eine Clique, die immer alles gemeinsam unternahm, zum Canyon fuhr, dort kampierte, auf die Jagd ging oder was sie sonst noch so alles trieben.« Sie zuckte mit den Achseln. »Der ganze Gerichtshaus-Klüngel. Sie hatten da irgendwo eine Jagdhütte oder ein Blockhaus, und dort fuhren sie immer hin – alle bis auf Chief James. Der gehörte nicht zur Clique.«

Kinley nickte. Das war nicht die erste Geschichte von der Kumpanei und Rechtsbeugung einer lokalen Elite, die er in seinem Leben hörte. Dennoch schien sie ihm kaum oder nur wenig mit dem Fall Overton zusammenzuhängen. »Was würde denn einer von diesen Leuten damit zu tun gehabt haben, daß Thompson Luther Snow aufforderte, gegen Overton auszusagen?« fragte er.

»Maddox hatte ihn doch verhaftet«, erwiderte Betty prompt, »und Mr. Warfield war Overtons Ankläger.«

»Sie meinen, weil die beiden seine Freunde waren?«

Betty nickte. »Ich schätze, die wollten sich nicht blamieren und brauchten Unterstützung«, sagte sie. »Und deshalb kamen sie zum alten Thompson.« Sie schüttelte den Kopf. »Und der gab ihnen Luther.« Sie lächelte zynisch. »Das war die Art, wie diese Leute zusammenarbeiteten.«

Wieder blätterte Kinley im Geiste in den Gerichtsprotokollen, aber diesmal war es Betty Gaines' Zeugnis vor Gericht, das er in Gedanken vor sich sah – ihr schüchternes Verhalten, ihr unsicheres Auftreten.

»Warum haben Sie für Overton ausgesagt?« fragte er sie nun zum zweitenmal.

Sie bewegte die Hand, als wollte sie darüber nicht diskutieren.

»Sie hatten Angst, nicht wahr?« sagte er. »Im Zeugenstand, meine ich.«

Sie zuckte wieder mit den Achseln. »Eine junge Frau kann vor vielen Dingen Angst haben.«

»Dinge oder Leute?«

»Nun, in diesem Fall vor Leuten.«

»Thompson?«

Betty nickte. »Er hatte einen brutale Ader, dieser Mann«, sagte sie. »Ich habe ihn mal seine Tochter schlagen sehen. Sie flog von einer Zimmerecke in die andere.«

Abermals blätterte Kinley jetzt in Gedanken in den Gerichtsprotokollen zurück.

»Als Snow vor Gericht aussagte, Overton habe Schwierigkeiten mit Frauen, und dabei andeutete, daß damit Ellie Dinker gemeint sei«, fragte er behutsam, »könnte Snow da nicht eher an Wallace Thompson gedacht haben?«

Betty nickte heftig. »So viel weiß ich. Der alte Wallace Thompson hat Ellie Dinker gekannt«, sagte sie. »Ich weiß, daß er sie kannte.«

»Und woher wissen Sie das?«

»Weil er zu mir sagte, daß ich meinen Mund halten und ihm nicht in die Suppe spucken sollte, was diesen Prozeß anbelangt, als er erfuhr, daß ich für Overton aussagen würde. Denn er wisse, was passiert sei, und Overton müsse dafür bezahlen.«

»Er wußte, was passiert war?«

»Daß Overton es getan hätte«, erwiderte Betty. »Daß er das junge Mädchen umgebracht habe.« Sie scharrte wieder mit ihren kleinen Füßen über die Dielen und schaukelte heftig. »Und nachdem er mir diesen Vortrag gehalten hatte, sagte er: ›Ellie Dinker war zwar eine kleine Hure, Betty; aber Gerechtigkeit muß sein.‹«

»Eine kleine Hure?« wiederholte Kinley. »So hatte er sie genannt?«

»Das waren exakt seine Worte. Ich erinnere mich noch sehr gut daran; denn wenn der alte Thompson mit einem redete, hörte man auch sehr genau zu.«

»Sie haben Charles Overton ja immerhin zwei Jahre gekannt«, sagte Kinley. »Halten Sie es deshalb für möglich, daß Mr. Thompson recht gehabt haben könnte mit seiner Meinung, daß Charles Overton Ellie Dinker getötet hat?« fragte Kinley.

Betty schüttelte den Kopf. »Nach dem Eindruck, den ich von Charles Overton hatte – nein«, erwiderte sie. »Charles Overton war ein schwacher Typ von Mann, verstehen Sie? Er hatte keinen Mumm – als hätte man ihm mit dem Löffel das Mark aus den Knochen geschabt.«

»Demnach haben Sie also niemals geglaubt, daß Overton Ellie Dinker umgebracht hat – oder doch?«

»Nein, niemals«, erwiderte Betty. »Obwohl ich mit meiner Meinung ziemlich allein dastand.«

»Seine Familie glaubte an seine Unschuld.«

»Und Mrs. Dinker«, sagte Betty.

Kinley beugte sich leicht nach vorn. »Mrs. Dinker?«

»Sie glaubte es auch nicht«, sagte Betty. »Daß Overton ihre Tochter getötet habe.«

»Und woher wissen Sie denn das?«

»Weil sie damit zu mir gekommen ist«, erwiderte Betty. Sie deutete mit dem Kopf auf die kleine Lücke zwischen der Haustür und dem unförmigen Radiogerät aus der Vorkriegszeit.

»Dort hat sie gestanden, als sie mir erzählte, daß ihr die ganze Sache nicht geheuer sei.«

»Und warum dachte sie das?«

»Das Kleid«, erwiderte Betty. »Sie erzählte mir, daß etwas mit dem Kleid nicht stimmte.«

Und wieder spulte sich diese Szene in Kinleys Geist ab, als Warfield das Kleid aus seinem Behältnis holte und es vor Mrs. Dinkers Augen ausbreitete, die es anstarrte und plötzlich in einem unerklärlichen Schweigen verharrte, so daß der Stenograph an dieser Stelle im Protokoll vermerken mußte: DIE ZEUGIN ANTWORTET NICHT.

»Und was stimmte nicht mit dem Kleid?« fragte Kinley.

»Sie wollte es sehen«, sagte Betty. »Sie wollte es sich genauer ansehen.«

»Und deshalb kam sie zu Ihnen?«

»Weil ich damals im Gerichtsgebäude arbeitete«, antwortete Betty, »und sie glaubte, ich könnte es ihr beschaffen.«

Im Geiste sah Kinley nun nicht mehr nur zwei aus dem Dunklen kommende Hände, die in der Asservatenkammer das grüne Kleid aus dem Karton holten, sondern auch zwei kurze weiße Arme darüber, die Schultern und ...

»Sie besorgten es ihr«, flüsterte Kinley, staunend über Bettys Kühnheit, sich über bestehende Gesetze hinwegzusetzen, und ihre Bereitschaft, ohne Rücksicht auf die Konsequenzen, die ihre Tat für sie haben konnte, sofort und bedenkenlos dem Appell zu folgen, den eine ihr im Grunde fremde Person an ihr Gerechtigkeitsgefühl richtete.

»Ich meinte, daß es dort, wo es war, ja keinem mehr nützte«, murmelte Betty. »Daß es dort im Keller nur vermodern würde. Und wie ich die Sache sah, gehörte das Kleid ja auch Mrs. Dinker, nachdem ihre Tochter gestorben war.« Sie zuckte mit den Achseln. »Ich glaubte, es würde ihr etwas von der Last nehmen, die auf ihrer Seele lag; aber das tat es nicht. Tatsächlich verlor sie danach vollends den Verstand, fing an, in den Hinterhöfen der Leute herumzustöbern, und irrte nachts in der Gegend umher. Bis sie schließlich tagelang auf der Vortreppe des Gerichtsgebäudes herumlungerte und den Leuten dort der Geduldsfaden riß. Kurz darauf hat man sie in eine Heilanstalt eingewiesen.«

»Was tat sie denn, als Sie ihr das Kleid gaben?«

»Sie breitete es nur auf dem Tisch dort drüben aus«, sagte Betty, mit dem Kopf darauf weisend, »und strich mit den Fingern am Ausschnitt entlang. Danach sagte sie kein einziges Wort mehr und ließ das Kleid einfach dort liegen.«

»Sie ließ es liegen?«

»Damit ich es zurückbringen sollte«, sagte Betty. »Aber das tat ich nicht.«

»Sie haben es noch immer?«

Betty nickte. »Zusammengelegt irgendwo im Schrank.«

Kinley spürte, wie er plötzlich von seinem Platz aufsprang, als würde er von unsichtbaren Händen in die Höhe gezogen. »Könnte ich es sehen?«

»Warum auch nicht?« meinte sie, rutschte von ihrem Schaukelstuhl herunter und verschwand im anderen Zimmer.

Sie kam fast unmittelbar darauf wieder ins Wohnzimmer zurück, ein in braunes Packpapier eingewickeltes Bündel unter dem Arm. »Hier ist es«, sagte sie, als sie es Kinley aushändigte.

Er legte das Bündel behutsam, ja ehrfürchtig, als wären es Ellie Dinkers sterbliche Überreste, auf eines der Tischchen und faltete das braune Packpapier auseinander, wobei etwas zum Vorschein kam, das zunächst nur aussah wie ein kleines grünes Kissen. Mit den gleichen, behutsamen Bewegungen breitete er das Kleid nun auf der Tischplatte aus, worauf seine Augen sich stumm vom Saum bis zu den Schultern hinaufbewegten wie ein Hanggleiter, der über ein flaches grünes Feld hinwegsegelt.

Während er es betrachtete, hörte er im Geist Warfields Stimme, die Mrs. Dinker aufforderte, ihm das Kleid zu beschreiben; und dann ihre Antwort, daß es grün sei und einen Spitzenkragen habe, *den ich selbst für sie gehäkelt habe.*

In diesem Moment, den Blick noch immer auf das Kleid

geheftet, erkannte Kinley, was Mrs. Dinker gesehen hatte, als sie sprachlos das Kleid anstarrte, das von Thomas Warfields Händen herunterhing. Er sah vom Kleid hoch und heftete den Blick auf Betty Gaines' Gesicht. »Wo ist der Kragen?« fragte er.

Sie starrte ihn schweigend an.

»Mrs. Dinker sagte damals vor Gericht, sie habe einen Kragen für dieses Kleid angefertigt«, fügte Kinley hinzu. »Ein weißes Spitzenkrägelchen.«

Bettys Augen richteten sich auf das Kleid. »Ich kann sehen, wo er sich befand«, sagte sie. Sie hob einen kurzen, leicht zittrigen Finger und fuhr mit dessen Kuppe an einer Linie kaum noch wahrnehmbarer weißer Punkte entlang. »Hier hatte sie ihn angeheftet.«

Sie hatte das geschulte, sichere Auge einer Näherin – und Kinley sah in diesem Augenblick das Kleid genauso, wie Betty Gaines es sehen mußte: mit kleinen weißen Fäden, die sich wie winzige, geflügelte Geister aus einer breiten grünen Ebene erhoben.

»Jemand hat ihn abgetrennt«, sagte Betty, während ihr Finger von einem Stichloch zum anderen fuhr. »Sehen Sie?« sagte sie, »jemand hat mit der Schere den Faden durchgeschnitten.«

»Geschnitten?« wiederholte Kinley. »Nicht gerissen?«

»Sie meinen, ob jemand den Kragen abgerissen haben könnte?«

Kinley nickte.

Betty schüttelte den Kopf mit der Entschiedenheit einer Frau, die in ihrem Leben schon unzählige Kleider genäht hatte – wie das wohl auch Martha Dinker getan hatte. Und er sah es nun genauso deutlich, wie Martha Dinker es gesehen haben mußte, als sie auf das grüne Kleid in Thomas Warfields Händen starrte.

»Durchgeschnitten«, sagte Betty Gaines mit der Stimme einer Person, die keinen Zweifel an der Autorität und Erfahrung in diesen Dingen zuließ. »Mit einer Schere. Das ist die einzige Möglichkeit, wenn sie etwas Angenähtes abtrennen und den Stoff nicht beschädigen wollen.«

32

ICH HABE ES gefunden«, sagte Kinley und breitete das Kleid auf Warfields Schreibtisch aus.

Warfield starrte es erstaunt an. »Wer hatte es?«

»Das ist ohne Belang«, sagte Kinley.

Warfield musterte ihn grimmig. »Eine vertrauliche Information, wie? Eine Quelle, die nicht genannt werden möchte?«

»Richtig.«

»Das hatten wir aber nicht vereinbart, soweit ich mich erinnere«, sagte Warfield in entschiedenem Ton.

Kinley verfiel nun in eine Sprache, die Warfield seiner Ansicht nach verstehen mußte: »Die betreffende Person hat es nicht in krimineller Absicht getan.«

»Dennoch bleibt es eine kriminelle Handlung«, belehrte ihn Warfield. »Und ich gedenke, solch eine Handlung auch strafrechtlich zu verfolgen.«

»Wir sprechen von einer sehr alten Person«, sagte Kinley.

»Mr. Kinley«, sagte Warfield mit der kalten Stimme eines unbeirrbar das Recht verfolgenden Anklagevertreters. »Ich würde selbst noch einen strafwürdigen Toten unter Anklage stellen, wenn ich ihn damit ins Leben zurückbringen könnte.«

»Hören Sie«, sagte Kinley, nun seinen offenbar wirkungslosen juristischen Jargon aufgebend, »ich werde es Ihnen sagen. Das verspreche ich Ihnen. Wenn ich einen Punkt in meinen Ermittlungen erreicht habe, wo diese Information diese Ermittlungen nicht mehr gefährden kann, werde ich es Ihnen sagen. Aber im Augenblick möchte ich Sie auf etwas anderes aufmerksam machen.« Er deutete auf die winzigen weißen

Fadenreste, die sich auf einer parallel zum Ausschnitt verlaufenden Linie befanden. »Hier war einmal ein Kragen angenäht«, sagte er.

»Woher wissen Sie das?«

»Es steht im Protokoll von Mrs. Dinkers Aussage«, erwiderte Kinley. »Sie erwähnte es, als sie Ihrem Vater das Kleid beschrieb.«

»Und der Kragen wurde dann vermutlich vom Mörder abgerissen«, sagte Warfield, unbeeindruckt von der Entdeckung, die Kinley gemacht hatte.

»So etwas würde ich normalerweise auch annehmen«, erklärte Kinley.

Warfield blickte fragend zu ihm hoch. »Aber in diesem Fall offenbar nicht, wie?«

Kinley schüttelte den Kopf.

»Und warum nicht?«

Kinley fuhr mit dem Finger an den noch mit winzigen weißen Fadenresten versehenen Nähstichen entlang. »Ich ließ es von einer Schneiderin begutachten«, sagte er. »Der Kragen wurde abgetrennt. Vorsichtig und säuberlich mit einer Schere abgetrennt, nicht abgerissen.«

»Wie das im Fall eines Kampfes geschehen wäre«, setzte Warfield, zu Kinley hochsehend, hinzu.

»Ja.«

Warfield senkte den Blick wieder auf das Kleid hinunter. »Es geht etwas davon aus, nicht wahr?« sagte er. »Zuweilen geht von den Kleidern oder sogar von den Räumen, in denen ein Mensch starb, ein Gefühl von ihnen aus – etwas von ihrem Wesen.«

Kinley nickte. »Ja«, sagte er und dachte an die Beweisstükke aus der Anfangszeit seiner Karriere: an die schmutzigen meterlangen Stricke; die zerrissenen Röcke und Büstenhalter; die Bleirohre, an denen noch Lehm und Blut klebte; an die kurzläufigen Revolver auf den Nachttischen. Und auch an die Tatorte: an die mit Flaschenzügen bestückten Wandschränke; die mit Lederriemen versehenen Bettgestelle; an die mit undurchdringlicher schwarzer Farbe übermalten Fenster; an die mit Gurten ausgerüsteten Kisten ohne Fenster und Atemlöcher.

»Ich erinnere mich noch genau daran, als ich es zum erstenmal spürte«, sagte Warfield. »Es war ein Kopfkissenbezug, der als Knebel benutzt worden war – zusammengedreht wie zu einem Docht und mit diesem und jenem befleckt. Sheriff Maddox warf es mir zu wie einen Ball.« Sein Blick wanderte wieder zu Kinleys Gesicht hinauf. »Es war diesem alten Mann so tief in den Rachen hineingestopft worden, daß er daran erstickt war.« Er nahm das Kleid und hob es so langsam hoch, als würde der Geist von Ellie Dinker noch unsichtbar darin leben. »Wir wollen es wieder dorthin bringen, wo es hingehört«, sagte er.

Ohne ein weiteres Wort stand er vom Schreibtisch auf und ging aus dem Zimmer, das Kleid noch immer zwischen seinen ausgestreckten Händen haltend, und Kinley folgte ihm in den Fahrstuhl und fuhr schweigend mit ihm hinunter in das Kellergeschoß.

»Das ist mein Museum«, erklärte Warfield, als sie den langen, schlauchartigen Kellerraum betraten, an dessen Wänden Regale mit braunen Schachteln standen, die mit den Namen und den Aktenzeichen der Fälle versehen waren, deren Beweisstücke sie enthielten. Er zog einen mit dem Namen OVERTON heraus und legte das Kleid dort wieder hinein. »Ich kenne die meisten davon«, sagte er, während sein Blick über Asservatenbehälter hinglitt. »CRAWFORD, ein Schwarzbrenner; DICKSON, einer seiner besten Kunden; SHEFFIELD, der seine Frau im Rausch krankenhausreif prügelte; CARSON, der sich an Kindern verging.«

»Overton«, unterbrach ihn Kinley abrupt, »ich glaube, er war unschuldig, Mr. Warfield.«

Warfield wirbelte herum und starrte ihm ins Gesicht. »Glauben Sie das wirklich?«

»Ja.«

»Warum?«

»Die Ergebnisse meiner bisherigen Ermittlungen sagen mir das.«

»Und Ray – glaubte er ebenfalls an Overtons Unschuld?«

»Ich denke, ja.«

»Warum, zum Teufel, ist er dann nicht damit zu mir gekommen?«

»Ich weiß es nicht.«

»Oder zu Ihnen, Mr. Kinley«, setzte Warfield hinzu. »Warum kam er damit nicht zu Ihnen? Sie sind Schriftsteller. Sie hätten den Fall doch an die Öffentlichkeit bringen und dafür sorgen können, daß Overton, wenn er unschuldig war, rehabilitiert wurde.«

»Vermutlich.«

»Warum hat er Ihnen dann nichts davon erzählt?«

Kinley schüttelte den Kopf. »Ich weiß es nicht.«

»Etwas stimmt da nicht«, sagte Warfield düster. »Etwas ist faul an der Art und Weise, wie Ray diesen Fall behandelte.«

»Vielleicht wollte er es einfach nur allein machen«, bot Kinley ihm als Erklärung an, noch immer einer dieser beiden anderen Möglichkeiten, falsche Loyalität oder Liebe, ausweichend, wobei er auch die dritte, wie er, Kinley feststellen mußte, nicht ganz ausschließen durfte – so wenig, wie er das, was er gehört hatte, ungesagt machen konnte: *Er arbeitete für die Clique. Was sie damals auch immer verbrochen haben mag – Ray versuchte, es zu vertuschen.*

Warfield blickte ihn voller Zweifel an. »Warum wollte er es denn unbedingt allein machen?« Sein Gesicht deutete an, daß dies eine Frage war, die er sich auch selbst beantworten konnte. »Wollte er damit etwa Dora Overton imponieren?«

»Ich glaube, das lag ihm fern. Das kann nicht der Grund gewesen sein«, erwiderte Kinley.

»Aus welchem Grund sonst hat er dann alles für sich behalten?« drang Warfield in ihn. »Wieviel – wenn überhaupt – hat er über diesen Fall herausgefunden – und warum nahm er es mit ins Grab?«

Das war eine Frage, die Kinley noch immer beschäftigte, als er spät abends in der Beaumont Street, wieder mit einem kühlen Glas Scotch in der Hand, draußen in der Hängematte auf der Veranda saß. Er dachte einen Moment an Dora, den Impuls unterdrückend, hinauszulaufen zu seinem Mietwagen und die Bergstraße zu ihrem Haus hinaufzujagen. Er wußte, daß die Nacht für ihn verloren war, wenn er ihm nachgab, und dieses Gefühl der Dringlichkeit, das er mit einemmal bei seinen Ermittlungen empfand, unvermeidlicherweise von dieser anderen, neueren Passion aufgesogen werden würde. Das war einer von diesen unauflösbaren Widersprüchen des Daseins, daß eine Kraft einer anderen den Lebenssaft raubte und die Konzentration auf eine Szene verlangte, so daß andere mit Scheuklappen ausgeblendet werden mußten.

Kinley, bist du ...

Wieder sah er Ray an diesem letzten Nachmittag ganz außer Atem neben dem Zug herlaufen, während der Regen erbarmungslos auf ihn herunterprasselte. Er konnte sehen, wie Rays Brust heftig arbeitete, als er sich einen Moment lang bemühte, mit dem Zug Schritt zu halten, und dann diesen Versuch jählings aufgab und seine großen Arme hilflos zu seinen Hüften hinunterfallen ließ, wie das erschöpfte Boxer zuweilen tun, als wollten sie sich für einen Schlag anbieten, damit das Ganze ein Ende hatte.

Kinley, bist du ...

Was?

Kinley nahm einen Schluck von seinem Scotch, lehnte sich zurück und ließ in Gedanken Dora an Rays Stelle treten, so sacht, als nähme sie seinen toten Freund an der Hand und geleitete ihn aus dem Zimmer. Er dachte an sie, wie sie in ihrem kleinen Haus am Fenster stand oder draußen am Rand des Berges, die Augen auf die Lichter in der Tiefe gerichtet, nach dem einen in der Beaumont suchend.

Es ist besser zu wissen, nicht wahr?

Und da war Ray wieder, diesmal nicht stumm und ergeben, sondern Widerstand leistend, erbarmungslos, zielstrebig. Sein

Mund bewegte sich in der Dunkelheit des Sarges, seine Hände machten rhythmisch greifende Bewegungen, wie Kinleys Hände das so häufig taten – unermüdlich, wie besessen, als würden sie von eigenen Dämonen beherrscht.

Er nahm wieder einen Schluck Scotch, der ihm nun langsam und warm die Kehle hinunterrann – wie Balsam –, während er darum kämpfte, mit seinen Gedanken bei Ray zu bleiben. Ihm war klar, daß Ray auch nach der Konfrontation mit Talbott und dessen Eingeständnis, daß er Doras Vater sei, seine Ermittlungen fortgesetzt hatte. Ray hatte Dora nicht über ihren Vater aufgeklärt, hatte noch andere Spuren verfolgt und dabei zweifellos auch die Entdeckung gemacht, daß im Karton der Beweisstücke vom Overton-Prozeß das grüne Kleid fehlte.

Und plötzlich hatte er dann die Ermittlungen eingestellt, alles, was sich bisher in seiner verschlossenen Schublade angesammelt hatte, in einen großen gelben Umschlag gesteckt und war damit aus dem Büro gegangen.

Wohin?

Kinley ließ seine Augen die Beaumont Street hinunterwandern, an den bescheidenen, aber adretten Häusern entlang, die sie zu beiden Seiten säumten – schlicht und zweckmäßig wie die ganze Stadt. Die kleinen leuchtenden Vierecke im Haus gegenüber hatten etwas Heimeliges, und hinter dem kleinen Panoramafenster im Erdgeschoß konnte er die Leute, denen das Haus gehörte, im Wohnzimmer hin- und hergehen sehen. Einen Moment lang konnte er diese Leute sogar um das Leben, das sie seiner Meinung nach führten, beneiden. Es war ein geregeltes, sich in verläßlichen Bahnen bewegendes Leben, verwurzelt in dem festen Boden vorhersehbarer Ereignisse. So stellte er sich auch das Leben vor, das Ray mit Dora geführt hatte.

Nun war sie wieder in ihm, ein schemenhafter Umriß in seinem Bewußtsein, den er gewaltsam daraus zu entfernen suchte, indem er sich auf Rays letzte Tage konzentrierte, die er allein in diesem Haus verbracht hatte; dann auf seine letzten Stunden, in denen er ebenfalls allein gewesen war, jedoch auf dem Weg zu einem ihm, Kinley, unbekannten Ziel, den gelben Umschlag fest unter den Arm geklemmt.

Seine Gedanken fingen wieder an zu wandern, diesmal zu seinem letzten Zeugen; dem einzigen, der ihm nach seinen bisherigen Ermittlungen noch geblieben war – seine letzte, aber vielleicht auch wichtigste Spur: Luther Snow.

Im Telefonbuch von Sequoyah war kein Luther Snow eingetragen, doch es bedurfte nur eines kurzen Telefonats mit Ben Wade, um dessen Adresse zu ermitteln, und binnen weniger Minuten fand sich Kinley dann mit seinem Wagen auf einem holprigen Knüppeldamm wieder – auf einer dieser kleinen Abzweigungen von der Landstraße ›zweiter Ordnung‹, die ihn, wenn er diese weiterverfolgt hätte, zurückgebracht hätte in das Haus seiner Großmutter am Rand des Canyon.

Es befand sich hier auf vertrautem Territorium, das ihn selbst in diesem bläulichen Mondlicht überall an die Tage erinnerte, an denen er hier mit ihr gegangen war; an die Abende, an denen er mit ihr geredet oder nur wie gebannt ihrer Stimme gelauscht hatte, als sie ihm die grausigen, blutrünstigen Geschichten vorlas, die ihr die *Police Gazette* zu seiner, wie es ihn heute dünkte, Unterrichtung zur Verfügung stellte.

Luther Snow war zur Zeit des Prozesses vierundvierzig Jahre alt gewesen: ein schlanker Mann mit einer langen spitzen Nase und kleinen runden Augen. Selbst auf den Fotos, die Kinley auf den Zeitungsausschnitten des *Sequoyah Standard* von ihm entdeckt und auf denen Luther Snow sich für den Pressefotografen ordentlich in Positur geworfen hatte, war ihm dieses Düstere, Brütende an ihm aufgefallen – etwas, das Kinley auch an anderen Menschen bemerkt hatte, denen weitaus schlimmere Verbrechen nachgewiesen worden waren als ein Meineid in einem Mordprozeß. Von dieser düsteren Aura waren Mildred Haskell, Fenton Norwood und Colin Bright gleichermaßen umgeben gewesen, und als er an diese drei dachte, tauchten ihre Gesichter wie Masken aus der Dunkelheit vor ihm auf: grimmig, schweigend, ihm die *Manus maleficiens* – die ›Macht des Bösen‹ – so nahebringend, wie er als moderner Mensch die Vorstellungswelt des Mittelalters nachzuvollziehen vermochte.

Der Mann, der ihm, nur Sekunden nachdem Kinley leise daran geklopft hatte, die Haustür öffnete, lieferte ihm jedoch ein anschauliches Beispiel dafür, wie gründlich doch die Zeit die harten, kantigen Züge eines bösen Gesichts verwischen konnte. Luther Snow machte einen fast liebenswürdigen Eindruck auf ihn, als er jetzt, in die Dunkelheit hinausblinzelnd, vor ihm hinter dem Fliegengitter stand – seine glatten schwarzen Haare nun ein feines silberfarbenes Gespinst im Licht, das hinter ihm aus dem Zimmer kam.

»Luther Snow?« fragte Kinley.

Der alte Mann nickte. »Ich sehe nicht mehr so gut«, sagte er, immer noch blinzelnd. »Sind Sie der junge Fowler?«

»Nein.«

»Sie wollen also gar nichts von mir, wie?«

»Das stimmt nicht ganz.«

Snows Augen wurden zu kleinen Schlitzen. »Was wollen Sie denn?«

»Ich bin Schriftsteller«, sagte Kinley. »Mein Name ist Jackson Kinley. Ich schreibe gerade an einer Geschichte.«

Snow blickte ihn verständnislos an, als gehörte das Wort ›Schriftsteller‹ einer ihm unbekannten Fremdsprache an.

»Ich arbeite an dem Fall Overton«, fügte Kinley hinzu.

»Overton?«

»Charles Overton«, erwiderte Kinley. »Der Mordfall, der 1954 hier vor Gericht verhandelt wurde.«

Das Gesicht des alten Mannes verhärtete sich plötzlich, als hätten Kinleys Worte plötzlich diese jugendliche Gewalttätigkeit, die Kinley auf den Zeitungsfotos bemerkt hatte, auf eine wundersame Weise wieder zum Leben erweckt – als würde das Böse selbst im hohen Alter noch auf Abruf bereitstehen wie eine dämonische Reservearmee. »Ich kann Ihnen darüber nichts erzählen«, sagte Snow kalt. »Ich weiß nichts davon.«

»Ich wollte Sie nur ...«

»Ich habe Ihnen nichts zu sagen«, wiederholte Snow. »Und jetzt verschwinden Sie von hier.«

Kinley konnte sehen wie die Hand des alten Mannes hinaufkroch zu der Sperrkette, die innen am Türpfosten befestigt war.

»Verschwinden Sie!« wiederholte der Mann nun auf eine brutalere Weise, während seine Hand sich noch immer verstohlen nach oben bewegte – eine weiße Spinne, die über das blanke Holz kroch. »Ich habe mit niemandem etwas zu bereden!«

Kinley packte den Türknauf der Haustür und drückte sie ein Stück weit nach innen. »Ich glaube, Sie sollten doch mit mir darüber reden«, sagte er in bestimmtem Ton.

Snows Hand löste sich im gleichen Moment vom Türpfosten und zupfte nun an seinem Hosenbein. »Ich habe nichts zu sagen«, wiederholte er.

Kinley versuchte es nun mit einem Bluff. »Es ist noch nicht zu spät dafür, verstehen Sie?« sagte er in einem unheilvollen, sich Snows Feindseligkeit anpassenden Ton.

Der Mann schien sofort zu begreifen, was er meinte. »Das ist schon viele Jahre her«, erwiderte er rauh. »Das ist für keinen mehr von Interesse.«

»Für mich schon«, sagte Kinley. »Für mich ist es genauso wichtig, wie es das für Ray Tindall war.«

Snows Augen weiteten sich ein wenig. »Der ist doch tot, oder?«

»Ja«, antwortete Kinley, »aber Warfield nicht.«

Snow lachte. »Der ist schon vor ein paar Jahren gestorben.«

»Ich meinte seinen Sohn, William Warfield«, sagte Kinley. »Den Bezirksstaatsanwalt.«

»Was hat denn der damit zu schaffen?« forschte Snow. »Der hatte doch gar nichts mit der Sache zu tun.«

»Ein Meineid interessiert ihn schon«, belehrte ihn Kinley.

»Ein Mann wurde damals hingerichtet. Da spielt die Zeit keine Rolle. Er kann Sie auch heute noch für einen Meineid belangen.«

Snows Augen begannen plötzlich hin- und herzuhuschen, als tasteten sie Kinleys Gesicht an den verschiedensten Stellen ab. »Kinley«, flüsterte er. »Kinley. Sind Sie nicht der kleine Junge, der hier ...«

Kinley nickte. »Ja, ich wohnte früher hier oben auf dem Berg.«

»Bei der alten Frau.«

»Ja. Granny Dollar.«

Snow lächelte. »Ja«, sagte er, mehr zu sich selbst. »Ja, ich erinnere mich jetzt an Sie.« Sein Blick wanderte hinunter zu Kinleys Händen. »Ich weiß jetzt, wer Sie sind.«

»Ich habe hier meine Kindheit verlebt«, sagte Kinley in der Hoffnung, Snow nun auf eine sanfte Weise zum Reden zu bringen, »und mich als Junge hier oft in den Wäldern herumgetrieben.«

Snows Augen hoben sich wieder langsam zu Kinleys Gesicht hinauf. »Sie sehen aus wie sie.«

»Wie wer?«

»Sie sehen ihr jetzt fast unheimlich ähnlich.«

»Meiner Großmutter?«

Snow sagte nichts, während eine Hand wieder hinaufging zum Sperriegel an der Innenseite der Tür.

Und während Kinley beobachtete, wie Snows Hand sich abermals nach oben bewegte, wurde ihm bewußt, daß er sie diesmal nicht aufzuhalten vermochte, als sie immer höher und höher stieg, bis sie plötzlich innehielt, sich dann auf die Tür legte und sie nach vorn drückte, ihm gleichsam auf eine sanfte Weise die Tür vor der Nase zuschlagend.

Wieder streifte er wie damals durch die Wälder, brach sein kleiner Körper sich gewaltsam Bahn durch das dichte Unterholz, während er Mühe hatte, im Dunklen Schritt zu halten mit der Hand, die ihn unerbittlich hinter sich herzog und ihn immer wieder in die Höhe riß, wenn er an den Stacheln der Brombeerzweige hängenblieb. Er konnte spüren, wie sich die Ranken um seine bloßen Beine schlangen, während diese Hand fortfuhr, ihn erbarmungslos mit sich fortzuschleppen zum Rande der dunklen Schluchtwand hin. Er hörte, wie sein Herz immer lauter klopfte, je näher er dem Abgrund kam, und spürte, wie da etwas aus ihm entwich, als würde es aus ihm herausgepreßt. Und er warf nun beide Hände nach vorn, als wäre die Luft, dieser Odem des Lebens, der rasselnd aus ihm herausströmte, etwas Greifbares, das man festhalten und in den Körper zurückschieben konnte – griff danach mit der Verzweiflung eines Tieres in Todesangst, seine Finger in die Finsternis der Nacht krallend.

Sie öffnete sofort die Tür, als hätte sie noch nicht geschlafen.

»Entschuldigung«, sagte er. »Ich weiß, es ist schon spät.«

»Ich habe dich nicht erwartet.«

»Ich hatte einen schlimmen Traum«, sagte er und lachte verlegen. »Ich fühlte mich hilflos wie ein Kind.«

Sie nickte langsam, während sie zur Seite trat, um ihn einzulassen. »Das tun wir alle manchmal«, sagte sie.

33

Am nächsten Morgen saßen sie dann beide in Doras Küche an dem kleinen Aluminiumtisch beim Fenster und tranken Kaffee.

»Ich saß hier immer mit meiner Mutter«, sagte Dora nach einer Weile und lächelte in der Erinnerung daran. »Wir schauten hinaus auf den Berg. Bis sie dann eines Morgens nicht aus ihrem Zimmer kam.«

»Wie lange ist das her?«

»Zehn Jahre.«

Kinley nickte. »Meine Großmutter ist wohl auf ähnliche Weise aus dem Leben geschieden. Sehr plötzlich. Sie fanden sie auf ihrer Veranda im Schaukelstuhl sitzend – mit offenen Augen auf den Canyon hinausblickend.«

»Sie?«

»Tatsächlich war Ray es, der sie so fand.«

Dora blickte ihn erstaunt an. »Ray?«

»Hat er dir das denn nicht erzählt?«

»Nein«, erwiderte Dora. »Hat er sie oft besucht?«

Kinley schüttelte den Kopf. »Ich glaube nicht.«

»Was trieb ihn dann zu ihr an dem Tag, als er sie tot im Schaukelstuhl fand?«

Kinley wurde sich nun bewußt, daß er Ray nie danach gefragt hatte – daß er diese Tatsache wie etwas Natürliches, vom Schicksal Vorausbestimmtes hingenommen hatte. »Ich weiß nicht, was ihn damals dazu veranlaßte, sie aufzusuchen«, sagte er.

»Vielleicht wollte er einfach nur mit ihr reden.«

Er sah sie neugierig an. »Worüber?«

»Was ihn eben gerade so beschäftigte, denke ich«, sagte Dora leichthin.

In Gedanken eilte Kinley in die vor dem Tod seiner Großmutter liegende Zeit zurück. In der Woche, bevor sie starb, war Ray noch intensiv mit seinen Ermittlungen befaßt gewesen. »Dein Vater hat ihn beschäftigt«, sagte er ruhig. »Er war damals noch sehr darum bemüht gewesen, den Fall Overton aufzuklären.«

Dora nahm einen Schluck aus ihrer Kaffeetasse und sah dann wieder zum Fenster hin, vor dem noch immer der Hochnebel den Himmel verschleierte.

»Ich mag das«, sagte sie.

»Den Nebel?«

Sie drehte sich zu ihm hin. »So am Morgen mit jemandem Kaffee zu trinken.«

Er holte tief Luft und schluckte wieder herunter, was ihm

bereits als spontane Antwort auf der Zunge gelegen hatte: *Ich auch.*

Er verließ sie ein paar Minuten später und fuhr langsam die Bergstraße hinunter, ohne diesmal nach rechts zu schauen, wo die Stadt sich noch stumm unter Nebelschwaden ausbreitete. Er hielt vielmehr den Blick starr geradeaus auf die Straße gerichtet, in Gedanken nach neuen Anknüpfungspunkten in seinen Ermittlungen suchend, die es ihm möglich machten, sich noch länger an Sequoyah zu klammern – an Overton, Ray und ganz besonders, wie ihm nun bewußt wurde, an Dora.

Kaum war er in die Beaumont Street zurückgekommen, als er auch schon in Rays Büro ging und sich dort vor den Computer setzte. Er rief die verschiedenen Dateien auf, starrte auf die Fragen, die er sich darin selbst gestellt hatte, und brachte sie nun auf den neuesten Stand seiner Ermittlungen:

FRAGEN, DIE ERMITTLUNGEN BETREFFEND

1) Warum hat man nicht auch im Brunnen nach der Leiche gesucht?

Antwort: Inkompetenz von Sheriff Maddox? Dinker befand sich nicht im Brunnen.

2) Wo ist Ellie Dinkers Kleid?

Antwort: Gestohlen von Betty Gaines, um Mrs. Dinker einen Gefallen zu tun, und inzwischen wieder in der Obhut des Bezirksstaatsanwaltes.

FRAGEN, ELLIE DINKER BETREFFEND

1) Warum wollte sich Ellie Dinker mit Helen Slater bei deren Haus treffen und nicht bei ihrem eigenen, das doch viel näher bei ihrem gemeinsamen Ziel lag – dem neuen Gerichtsgebäude in Sequoyah?

2) Warum brach sie fünf Stunden früher als nötig zu Helen Slaters Haus auf?

3) Warum bewegte sie sich in eine dem Haus ihrer Freundin entgegengesetzte Richtung, wenn sie, wie sie ihrer Mutter erzählte, zu ihrer Freundin gehen wollte, um bei ihr zu essen?
4) Warum blieb sie am Rand der Bergstraße stehen?
5) Warum ging sie auf Overton zu, als dessen Wagen mit einer Panne am Straßenrand liegenblieb?
6) Warum fragte sie ihn, was seinem Wagen fehlte und wie lange es dauern würde, den Schaden zu reparieren?
7) Warum wirkte sie ›nervös und zerfahren‹?

ANTWORT auf 1 bis 6: Weil sie sich mit einer anderen Person treffen wollte.

Es bedurfte nur einer kurzen Überlegung, um auch die Antwort auf Frage 7 zu finden, und er gab sie nun ebenfalls in den Computer ein: *Weil sie nicht wollte, daß die Person, mit der sie sich am Meilenstein 27 verabredet hatte, erkannt wurde.*

Aber wer würde diese Person erkannt haben? Overton? War es möglich, fragte sich Kinley, daß Overton die Person, mit der sich Ellie Dinker an jenem Tag an dieser Stelle treffen wollte, gekannt hatte und sie deshalb ›nervös‹ eine Antwort auf ihre Fragen verlangte, ehe sie weiter die Straße hinaufging – gerade so weit, daß sie sich noch in Sichtweite ihres vereinbarten Treffpunkts befand?

Kinley richtete den Blick wieder auf die Konsole, bewegte den Cursor so weit nach unten, bis der Schirm leer war, und gab dann seine beiden letzten Fragen ein, die nun wie zwei kleine heiße Glühdrähte auf dem Monitor flimmerten:

8) Auf wen wartete Ellie Dinker?
9) Wo befindet sich Ellie Dinker jetzt?

Dies schienen ihm – vorläufig jedenfalls – die beiden noch ungeklärten Fragen des Falles Overton zu sein. Doch dann schob sich langsam, jedoch beharrlich darauf pochend, in den

Kreis der noch offenstehenden Probleme aufgenommen zu werden, eine dritte und letzte Frage in sein Bewußtsein hinauf: *Warum wollte Ray meine Großmutter besuchen?*

Er wartete vor Lois' Haus auf Serena, und die kalte Herbstluft, die sich nun am späten Nachmittag im Tal ausbreitete, ließ ihn erschauern, als er sie aus dem Gebäude kommen sah.

»Ich war mir nicht sicher, ob du noch in der Stadt bist«, sagte sie, auf ihn zukommend.

»Es gibt da noch ein paar Dinge, die ich klären muß.«

Sie schien nicht überrascht. »Das freut mich«, sagte sie nur.

»Tatsächlich hoffte ich, daß du mir dabei ein bißchen helfen würdest«, sagte Kinley.

Serena nahm das mit einer Begeisterung auf, als hätte er sie gerade gebeten, sich einem Treck in eine andere, abenteuerlichere Welt anzuschließen.

»Es betrifft Ray«, fuhr Kinley fort. »Da hätte ich noch ein paar Fragen, die du mir vielleicht beantworten könntest.«

Serena nickte. »Klar.«

»Gut«, sagte Kinley. Ihn fröstelte wieder. »Aber sollten wir uns vorher nicht besser einen geschützteren Platz suchen? Es ist schon unangenehm kalt im Freien.«

Sie fanden ihn in der Beaumont Street, und nachdem sie ein paar Freundlichkeiten ausgetauscht und Kinley sich erkundigt hatte, ob ihr der Job in der High School noch Spaß mache und sich an ihren Plänen, in der kommenden Woche wieder ans College zurückzukehren, nichts geändert habe, kam er zur Sache.

»Ray arbeitete in den letzten Monaten intensiv an der Aufklärung eines alten Mordfalls«, sagte er. »Dem Fall Overton. Hast du davon schon einmal gehört?«

Serena schüttelte den Kopf.

»Ein Fall aus dem Jahre 1954«, klärte Kinley sie auf. »Charles

Overton wurde damals zum Tode verurteilt. Ich glaube, daß Ray Overton für unschuldig hielt.«

Serena lächelte süß. »Typisch für ihn.«

Kinley nickte. »Du hast mir vor ein paar Tagen erzählt, daß es nicht lange vor seinem Tod zu einer Entfremdung zwischen dir und Ray gekommen sei«, sagte er. »Weißt du noch genau, wann das passierte?«

Serena dachte einen Moment nach, ehe sie antwortete: »Das muß ungefähr einen Monat vorher gewesen sein.«

»Also Ende Juli oder Anfang August?«

»Ja.«

»Wie wirkte er da auf dich?«

»Bedrückt«, erwiderte Serena. »Geistesabwesend.« Sie dachte wieder nach, als suchte sie ein Wort, das seinen Zustand genau beschrieb. »Argwöhnisch«, sagte sie schließlich. »Er fing an, alles abzuschließen. Sein Büro. Seinen Schreibtisch. Und seine Aktenschränke.«

»Aber später waren sie doch gar nicht verschlossen, nicht wahr?«

»Am Tage, als er starb, waren sie in der Tat nicht verschlossen«, erwiderte Serena.

»Nicht schon früher?«

Serena schüttelte den Kopf. »Nein. Das brachte mich ja auf den Gedanken, daß jemand in Daddys Büro eingebrochen haben könnte. Aber danach sah sein Büro nicht aus. Und es fehlte auch nichts bis auf die paar Ordner, die ich in seinem Aktenschrank vermißte.«

Kinleys Gedächtnis lieferte prompt die entsprechenden Daten: »Die Ordner ›S‹, ›O‹ und ›D‹.«

»Ja«, sagte Serena. »Hast du sie inzwischen wiedergefunden?«

Kinley schüttelte den Kopf, da er Serena nicht verraten wollte, daß ihre Mutter sie entwendet hatte, um Rays Beziehung zu Dora Overton vor ihr geheimzuhalten.

»Das ist der Schlüssel«, sagte Serena tonlos. »Der Schlüssel zu dem, was mit Daddy dann passiert ist.«

Kinley kehrte zu seiner ursprünglichen Frage zurück: »Ray war also argwöhnisch, sagtest du?«

»Ja.«

»Weißt du auch den Grund, warum er argwöhnisch wurde? Hat er darüber mal mit dir gesprochen?«

»Nein«, erwiderte Serena. »Ich weiß nur, daß er immer alles abschloß und viel Zeit mit dem Lesen von Akten verbrachte.«

»Gerichtsakten?«

»Ja.«

»Vom Overton-Prozeß?«

»Das weiß ich nicht«, sagte Serena. »Aber es lagen eine Menge Gerichtsakten in seinem Büro herum.«

»Viele?«

»Viele Bände mit Verhandlungsprotokollen.«

In Kinleys Geist tauchte der kleine Stapel von Protokollen auf, die der kurze Overton-Prozeß hervorgebracht hatte. »Viele Bände mit Protokollen, sagtest du?«

»Ja, ein ganzer Berg davon.«

»Wie lange brauchte er dazu, sie alle durchzulesen?«

»Ein paar Wochen, schätze ich«, erwiderte Serena. »Er las sie ja nur in seiner Freizeit. Nachts zumeist. In seinem Büro.«

»Wann hörte er damit auf?«

»Mitte Juli, würde ich sagen.«

»Und da fing er auch an, alles abzusperren«, sagte Kinley, als redete er mit sich selbst.

Serena nickte. »Ja, das stimmt.«

»Weißt du denn, auf welche Fälle sich diese Protokolle bezogen?«

»Nein.«

»Oder von woher sie stammten?«

Serena zuckte mit den Achseln. »Aus unserem Gerichtsgebäude, nehme ich an.«

»Dem Gericht in Sequoyah?«

»Ja«, erwiderte Serena. »Er hatte sie hinten im Wagen, wenn er von der Arbeit nach Hause kam. Er verbrachte viele Stunden mit ihnen in seinem Büro. Und er machte sich immer Notizen.«

»Notizen?«

»Auf gelbem Konzeptpapier.«

»Weißt du, was er mit diesen Notizen gemacht hat?«

Serenas Gesicht wurde ernst. »Er verbrannte sie.«

»Woher weißt du das?«

»Ich war Zeuge, als er sie verbrannte«, erwiderte sie. »Ich bin eines Tages gleich nach dem Unterricht nach Hause gekommen, und da verbrannte er sie gerade.« Ihre Gedanken schienen langsam zurückzuwandern zu jenem Moment. »Er stand dort am Kamin. All seine Notizen befanden sich in einer großen Schachtel, und er warf sie Blatt für Blatt ins Feuer.« Ihre Augen blickten unwillkürlich hinüber zum Kamin. »Dort stand er. Er hatte kein Hemd an.«

Kinley schaute sie fragend an.

»Weil es so heiß war«, erklärte Serena. »Es war ja Sommer. Tatsächlich weiß ich jetzt wieder, an welchem Tag das gewesen ist; denn wir hatten damals ja des Feiertags wegen für den Rest der Woche Ferien.«

»Meinst du den Unabhängigkeitstag?«

»Den 4. Juli, ja.«

»Dann war es also der 3. Juli, an dem er sie verbrannte?«

»Mittwoch, der 3. Juli – richtig.«

Kinley blickte zum Kamin hin, sah jedoch im Geiste den Kamin in seinem New Yorker Apartment, der nie funktionierte und den er schließlich in ein kleines Gewächshaus verwandelt hatte. Er hatte die Pflanzen ein paar Tage lang gegossen, aber dann waren sie aus Mangel an Pflege wieder welk geworden. Er hatte gerade versucht, sie wieder zum Leben zu erwecken, als plötzlich das Telefon geläutet und diesen Tag für ihn unvergeßlich gemacht hatte. Er war überrascht gewesen, Rays Stimme am anderen Ende der Leitung zu hören: *Tut mir leid, Kinley; aber es betrifft Granny Dollar. Ich habe sie heute nachmittag tot auf ihrer Veranda gefunden.*

Das Gericht war noch nicht geschlossen, als Kinley ein paar

Minuten später dort eintraf. Im großen Vorraum der Asservatenkammer und des Gerichtsarchivs war Mrs. Hunter gerade damit beschäftigt, die Unordnung zu beseitigen, die tagsüber dort entstanden war – stellte Bücher in die Regale und Ordner in einen Schrank zurück.

»Ich hätte Sie gern um einen Gefallen gebeten«, sagte Kinley, während er sich durch den Korridor auf sie zu bewegte.

Mrs. Hunter blickte auf die Uhr. »Wir haben gleich Feierabend.«

»Es ist sehr wichtig.«

Mrs. Hunter erwiderte mit der Miene einer verärgerten, aber zugleich pflichtbewußten Staatsbeamtin: »Nun – soweit es sich machen läßt.«

»Sie führen doch eine Kontrolliste«, sagte Kinley, »in die sich alle Leute eintragen müssen, die etwas aus der Asservatenkammer und dem Archiv herausnehmen.«

Mrs. Hunter nickte.

»Ich würde sie mir gern mal anschauen«, sagte Kinley.

Mrs. Hunter war sichtlich erleichtert, daß er nicht mehr von ihr verlangte. »Nun, das läßt sich wohl machen, denke ich«, sagte sie.

Kinley folgte ihr in den Vorraum zum Schalter, wo sie das gleiche dicke Buch vom Pult nahm, in das er sich vor ein paar Tagen selbst hatte eintragen müssen. »Hier ist sie«, sagte Mrs. Hunter.

»Wie weit geht Ihre Liste zurück?«

»Wir legen jedes Jahr eine neue an.«

»Also reicht diese bis Januar zurück?«

»Ja, Sir. Wenn Sie die Liste aus dem Vorjahr brauchen ...«

»Ich glaube nicht«, unterbrach Kinley sie.

»Nun, dann dürfen Sie gern hier Platz nehmen und sich die Liste ansehen, während ich drüben noch ein paar Sachen erledige«, sagte Mrs. Hunter. Sie blickte auf die Uhr. »Sie haben ungefähr eine Viertelstunde Zeit. Dann schließen wir.«

Kinley schlug rasch das Kontrollbuch auf und begann systematisch die Seiten nach Eintragungen abzusuchen, die mit Ray Tindalls Namenszug versehen waren.

Er wurde schon auf der vierten Seite fündig. Am 19. Februar – also ungefähr sechs Wochen, nachdem er Dora kennengelernt hatte – hatte Ray sich den ersten Band der Overton-Prozeßakten aus dem Archiv geben lassen, die er, Kinley, selbst erst vor kurzem studiert hatte. In den darauf folgenden drei Wochen hatte er sich dann die übrigen fünf Bände ausgeliehen.

Am 1. März hatte Ray sich die ersten beiden Bände der Verhandlungsprotokolle mit dem Aktenzeichen 217394-S geben lassen, wobei der Buchstabe ›S‹ am Ende, wie Kinley wußte, den Prozeß als Strafverfahren auswies. In den darauffolgenden Wochen hatte er sich dann die übrigen vier Bände ausgeborgt und alle fünf Bände am 1. April wieder zurückgegeben.

Kinley notierte sich rasch das Aktenzeichen und die Daten, an denen Ray sich die Niederschriften ausgeliehen hatte, und nahm sich dann das Kontrollregister wieder vor.

Die nächste Eintragung fand er unter der Datumsspalte vom 24. April. Da hatte Ray die Gerichtsakte Nr. 641739-Z dem Archiv entnommen – also die Verhandlungsprotokolle eines Zivilprozesses, in dem zwei Parteien ihre Streitigkeiten vor den Kadi gebracht hatten, weil sie sich anders nicht hatten einigen können.

Wieder notierte sich Kinley das Aktenzeichen und die Daten, wann Ray die Protokolle ausgebucht und wieder zurückgebracht hatte. Kinley spürte, wie sein Blick sich nun förmlich in die Seiten hineinbohrte, als er vom Frühling in den Sommer hinüberwechselte und das Datum, an dem Ray seine gesamten Notizen dem Feuer übergeben hatte, immer näher rückte.

In der Spalte vom 15. Mai wurde Kinley noch einmal fündig. An diesem Tag hatte Ray die Akte Nr. 217560-S ausgetragen – also wieder die Verhandlungsniederschriften eines Strafverfahrens.

Kinley notierte sich auch dieses Aktenzeichen, machte sich dann erneut auf die Suche, fuhr mit dem Finger an den restlichen Spalten der zweiten Maihälfte entlang, nahm sich dann den Juni vor und schließlich noch die erste Woche des Juli.

Nichts mehr.

»Wäre es möglich, daß ich mir diese Protokolle ausleihen könnte?« fragte Kinley und zeigte Mrs. Hunter sein aufgeschlagenes Notizbuch.

Sie starrte ungläubig auf die dort eingetragenen Aktenzeichen. »Alle?« hauchte sie.

»Mir steht die ganze Nacht dafür zur Verfügung«, erwiderte er. »Und der ganze morgige Tag.« Er zuckte mit den Achseln. »Wie lange es auch immer dauern mag.«

Sie dachte einen Moment nach. »Nun, Mr. Warfield sagte mir, ich sollte Ihnen in jeder mir möglichen Weise behilflich sein«, antwortete sie schließlich. »Aber tragen müssen Sie die Akten schon selbst.«

34

MRS. HUNTER HATTE recht – die gesammelten Werke dreier Prozesse stellten eine fürchterliche Last dar, und Kinley mußte mehrere Male den Weg zwischen Keller und Parkplatz zurücklegen, bis er den letzten Protokollband auf dem Rücksitz seines Wagens verstaut hatte.

Dieser Vorgang wiederholte sich, als er mit seiner Fracht in der Beaumont Street angelangt war, und nachdem er sie zu einem kleinen Turm neben Rays altem Aktenschrank aufgeschichtet hatte, mußte er erst einmal eine kleine Verschnaufpause einlegen.

Kinley hatte die Protokolle in der gleichen Reihenfolge angeordnet, wie Ray sie dem Archiv entnommen hatte, und als er nun den obersten Band vom Stapel nahm und ihn zu Rays

Schreibtisch trug, hatte er wieder dieses seltsame Gefühl, als würde er einem ausgetretenen Pfad folgen – als wäre ihm Rays breiter Rücken immer um eine Schrittlänge voraus. Wie damals, als sie zum erstenmal gemeinsam in den Canyon hinuntergestiegen waren, um diese kleine, hinter einem Wall von Lianen versteckte Hütte wiederzufinden.

Er betrachtete den ersten Protokollband, ohne ihn aufzuschlagen. Vielmehr schien sich seine Hand zu weigern, ihn zu öffnen, als stünde er im Begriff, den Deckel des Sarges zu heben, in dem sein alter Freund die letzte Ruhe gefunden hatte.

Um sie zum Gehorsam zu zwingen, drückte er die Hände fest auf den Buchdeckel, als wollte er Ray den Puls fühlen, während sein Blick hinaufglitt zu dem Zitat, das Ray mit Klebeband über seinem Schreibtisch befestigt hatte – wohl als Ermahnung an sich selbst, in der Suche nach der Wahrheit nicht nachzulassen.

In einem Zeitalter der Massenmorde stellt der Kriminalroman die letzte Bastion des romantischen Individualismus dar. Hier hat das Leben eines einzigen Menschen, das ihm auf ungesetzliche Weise genommen wurde, noch immer eine solche Bedeutung im menschlichen Universum, daß das Versäumnis, aufzuklären, wie und von wem dieses Leben vernichtet wurde, ein Unheil für uns darstellt – oder das, was wir noch als numinose Angst vor dem Unbegreiflichen in uns zu erkennen vermögen.

Kinley sah wieder auf den Protokollband zurück, öffnete ihn endlich und las die Inschrift auf der Titelseite:

Der Staat von Georgia gegen Luther Lawrence Snow

Der Prozeß des Staates von Georgia gegen Luther Snow, der des illegalen Handels mit alkoholischen Getränken beschuldigt wurde, war am 3. Mai 1946 eröffnet worden. Der Staat von Georgia wurde in diesem Prozeß von Thomas Warfield vertreten, der erst im November des Vorjahres zum Bezirksstaatsanwalt gewählt worden war, und als Kinley die ersten Worte las, die Warfield an die Geschworenen gerichtet hatte, war er überrascht von deren Primitivität:

WARFIELD: Der Staat wird beweisen, daß Mr. Snow verbotenerweise Whisky in diesem Bezirk verkauft hat – es sogar in großen Mengen verkauft hat, wie ich Ihnen versichern kann –, auch wenn er diesen nicht selbst gebrannt hat, was wir ihm ja auch nicht vorwerfen. Nein, wir beschuldigen ihn nur des Handels mit Whisky, der in unserem Staat genauso verboten ist wie die Herstellung dieses Getränks.

Nach dieser reichlich plumpen Eröffnung hatte Warfield einen nicht minder uneleganten Fall aufgebaut und Zeugen in einer offenbar beliebigen Reihenfolge aufgerufen, die zweifellos die Geschworenen bis zum Ende des Prozesses ziemlich verwirrt haben mußte.

Als ersten Zeugen hatte er dem Gericht einen neunzehn Jahre alten Jungen namens Wendell Peeples präsentiert, der Whisky von Snow gekauft hatte. Unter Warfields reichlich ungeschickter Anleitung war Peeples in seiner Aussage immer wieder im Kreis herumgewandert, bis Peeples sich das nicht länger gefallen lassen wollte:

PEEPLES: Wie war das eben?

WARFIELD: Ich hatte Sie gefragt, um wieviel Uhr Sie die Wohnung Ihrer Mutter verlassen haben, Mr. Peeples.

PEEPLES: Sie meinen, ich sollte das dem Gericht jetzt zum drittenmal erzählen, Mr. Warfield?

WARFIELD: Nein. Entschuldigung. Sie haben recht. Wenden wir uns also einer anderen Frage zu ...

Warfield hatte dann als nächsten Zeugen Floyd Maddox aufgerufen, einen damals nicht minder jugendlichen und frisch gewählten Bezirkssheriff, und eine Zeitlang hatten die beiden sich dann über das Verfahren unterhalten, das Maddox sich ausgedacht hatte, um den Angeklagten in den Maschen des Gesetzes zu verstricken.

Das war nicht nur ein ziemlich einfallsloses, sondern auch ein rechtlich überaus bedenkliches Manöver gewesen – fast schon den Tatbestand einer Anstiftung zu einer kriminellen Handlung erfüllend, was Snows Anwalt natürlich sofort erkannt hätte, wenn es nicht im Jahr 1946 gewesen wäre, in dem man einem mittellosen Angeklagten noch keinen Pflichtverteidiger zur Seite stellte.

Eine Zeitlang, als Kinley den ersten und zweiten Band der Protokolle las, kam ihm das ganze wie eine Burleske vor: Warfield, seine Zeugen in Widersprüche verhaspelnd, und Maddox, der mit großartigen Gesten die bisher geheimen Einzelheiten einer Polizeiaktion vor dem Gericht ausbreitete, die so raffiniert war wie ein fauler Trick mit gezinkten Karten.

Erst im letzten Band gab es dann einen radikalen Szenenwechsel, als Luther Snow seinen Auftritt hatte.

Er betrat den Zeugenstand in der doppelten Rolle als Verteidiger und Zeuge in eigener Sache, und nachdem er erklärt hatte, das er keine Fragen an sich selbst habe, bot er sich auf eine Weise, die man nur als kühn und brillant bezeichnen konnte, dem Ankläger mit den Worten zum Kreuzverhör an: *Kommen Sie und holen Sie mich, Warfield. Ich warte.*

Als Kinley diese grimmigen und entschlossenen Worte las, sah er im Geiste den alten Mann wieder vor sich, den er am Abend zuvor aufgesucht hatte – jünger und bissiger zwar, aber mit dem gleichen verschlagenen, tückischen Blick in den kleinen Augen.

SNOW: Kommen Sie und holen Sie mich, Warfield. Ich warte.

WARFIELD: Wie geht es Ihnen, Mr. Snow?

Hierauf mußte der Angeklagte seinen Ankläger sekundenlang hämisch oder herausfordernd angestarrt haben, was der Gerichtsstenograph mit derselben lakonischen Bemerkung im

Protokoll festgehalten hatte wie 1954 das Schweigen von Martha Dinker: ZEUGE ANTWORTET NICHT.

WARFIELD: Sie haben sich im Sinne der Anklage für nicht schuldig erklärt, nicht wahr, Mr. Snow?

SNOW: Stimmt.

WARFIELD: Das heißt, Sie leugnen demnach, jemals Whisky an Sheriff Maddox verkauft zu haben, richtig?

SNOW: Nicht schuldig.

WARFIELD: Sie wollen also jetzt vor den Geschworenen und den im Gerichtssaal anwesenden Personen ... und für das Protokoll ... noch einmal Ihre Unschuld beteuern?

SNOW: Zu dem, was da alles drinsteht.

WARFIELD: Was wo drinsteht?

SNOW: Na, in diesem Wisch.

WARFIELD: Meinen Sie mit diesem Wisch etwa die Anklageschrift?

SNOW: Ja, in diesem Papier, das Sie am Anfang vorgelesen haben. Da bin ich nicht schuldig.

WARFIELD: Sie meinen, Sie haben gar keinen Whisky verkauft?

SNOW: Ich sehe nichts Unrechtes darin.

WARFIELD: Sie sehen nichts Unrechtes darin, wenn Sie Whisky verkaufen?

SNOW: Sie brauchen doch nur über die Staatsgrenze nach Tennessee zu fahren und können ihn dort in jedem Schnapsladen kaufen. So viel und so lange Sie wollen.

WARFIELD: Aber wir reden jetzt doch nicht von Chattanooga, oder?

SNOW: Nein.

WARFIELD: Wovon reden wir dann?

SNOW: Vom Geldverdienen.

WARFIELD: Sie wollen damit sagen, daß Sie sich mit dem Verkauf von Whisky Ihr Geld hier verdienen möchten?

SNOW: Es ist mir egal, womit ich mir mein Geld verdiene.

WARFIELD: Für Geld würden Sie wohl alles machen, wie?

SNOW: Sicher.
WARFIELD: Darauf könnte ich mich verlassen, wie?
SNOW: Darauf können Sie sogar Gift nehmen, Mister.

So ein grimmiger Wortwechsel zwischen Ankläger und Angeklagtem war Kinley schon häufig bei der Lektüre von Strafprozeßakten begegnet. Mildred Haskell und Colin Bright hatten in einem ähnlichen Ton mit ihren Anklägern vor Gericht geredet, und er hörte jetzt wieder ihre geisterhaften, körperlosen Stimmen – perfekte Sprachwerkzeuge ihrer kultivierten Bösartigkeit.

WARFIELD: Sind Sie verheiratet, Mr. Snow?
SNOW: Ja.
WARFIELD: Und wie heißt Ihre Frau?
SNOW: Bertha.
WARFIELD: Wo befindet sie sich im Augenblick?
SNOW: Im Krankenhaus.
WARFIELD: Wie ist sie denn dorthin gekommen?
SNOW: Durch Prügel.
WARFIELD: Wollen Sie damit sagen, daß Sie Ihre Frau verprügelt haben?
SNOW: Ich brauchte meine Ruhe.
WARFIELD: Und das ist die Methode, mit der Sie sich Ihre Ruhe verschaffen, wie?
SNOW: Was ein Mann tun muß, muß er eben tun.

Hier mußte Snow hämisch gegrinst oder zumindest spöttisch gelächelt haben; denn die Zuhörer hatten so laut gelacht, daß der Richter sie zur Ordnung rufen und die Verhandlung so lange unterbrechen mußte, bis wieder Stille im Gerichtssaal eingekehrt war, worauf Warfield sein Kreuzverhör fortsetzte:
WARFIELD: Haben Sie schon einmal im Gefängnis gesessen, Mr. Snow?
SNOW: Ja.
WARFIELD: Wo?

SNOW: An mehreren Orten.

WARFIELD: In Alabama wegen Diebstahls eines Wagens?

SNOW: Ja. Ein hübscher blauer Olds, den sich jeder gern unter den Nagel gerissen hätte.

WARFIELD: Und wegen Einbruchs, ebenfalls in Alabama?

SNOW: War eine Villa, die einem fetten Plantagenbesitzer gehörte.

WARFIELD: Und in Texas wegen schwerer Körperverletzung?

SNOW: Ja, der quasselte ununterbrochen, und ich wollte meine Ruhe haben.

WARFIELD: Aber noch nicht in Georgia?

SNOW: Nein. Offenbar kann mein Magen den Fraß im Knast nicht mehr recht vertragen.

Wieder hatte es einen Heiterkeitsausbruch der Zuhörer gegeben, so daß der Richter sich zum zweitenmal genötigt sah, sie zur Ordnung zu rufen, und ihnen androhte, sie aus dem Saal weisen zu lassen, falls sie die Verhandlung noch einmal störten.

Offenbar war Warfield in dieser Phase seines Kreuzverhörs bereits arg ins Schwitzen gekommen. Es war ihm bisher nicht gelungen, den Angeklagten in die Enge zu treiben – vielmehr tänzelte dieser um ihn herum wie ein Boxer auf flinken Beinen, ihn verspottend und verhöhnend, weil es seinem Gegner nicht gelang, auch nur einen einzigen Treffer zu landen. In dieser Gebirgsregion war es noch nie einfach gewesen, einen Angeklagten des Alkoholschmuggels zu überführen; aber Snow wich nicht nur geschickt Warfields Fragen aus, sondern verwendete sie sogar als Waffe gegen den Ankläger selbst, und Warfields offensichtliche Hilflosigkeit, sich dieser Attacken erwehren zu können, unterminierte schließlich seinen Fall genauso erfolgreich wie Snows Bekenntnis zu seinen kriminellen Taten.

Snow hingegen wußte in diesem Moment bereits, daß er den Prozeß nicht mehr verlieren konnte, und holte nun zum allerletzten Schlag aus:

SNOW: Wissen Sie, was ich denke?

WARFIELD: Es steht Ihnen nicht zu, irgendwelche Meinungen ...

SNOW: Ich denke, Sie haben gestern ein bißchen zuviel Whisky getrunken. Vielleicht nicht nur gestern, sondern auch schon vorgestern. Ich möchte wetten, Sie haben schon die ganze Woche über gebechert.

WARFIELD: Mr. Snow, ich verbitte mir solche ...

SNOW: Und er ist Ihnen angenehm warm durch die Kehle geronnen, wie er das bei jedem tut.

WARFIELD: Mr. Snow, Sie können nicht in dieser Weise ...

SNOW: Weil jeder mal gern einen Whisky trinkt, wenn das Leben es nicht besonders gut mit ihm meint.

WARFIELD: Mr. Snow, Sie können unter keinen Umständen so ...

SNOW: Und das ist es, was ich den Leuten verschaffe.

WARFIELD: Euer Ehren, ich möchte Sie bitten, den Angeklagten ...

SNOW: Nicht diesen billigen Fusel, den sie hier oben in den Bergen zusammenpantschen, sondern eine ordentliche, in Fässern gereifte Ware, wie man sie drüben in Tennessee mit staatlicher Genehmigung überall kaufen kann.

WARFIELD: ... zum Schweigen ...

SNOW: Und von der Sie, da möchte ich wetten, zu Hause in Ihrer kleinen Bar auch ein paar Flaschen stehen haben, Warfield.

WARFIELD: ... zu bringen ...

SNOW: Euer Ehren, ich habe diesem Herrn sowieso nichts mehr zu sagen.

WARFIELD: Ich ... ich ...

GERICHT: Haben Sie noch Fragen an den Angeklagten?

WARFIELD: Ich? ... Nein ... keine weiteren Fragen mehr.

Wenn Snow sein Kreuzverhör dazu hatte verwenden wollen, seinen Kontrahenten der Lächerlichkeit preiszugeben, war ihm das über alle Maßen gut gelungen, wie Kinley feststellte, als er sich nun die letzte Seite der Prozeßakten vornahm. Denn noch am gleichen Nachmittag hatte das Gericht, das sich aus armen, hart arbeitenden Kleinbauern zusammensetzte, die arrogante Scheinheiligkeit eines Thomas Warfield, Erbe des riesigen Warfield-Vermögens, dem offenbar die Schuhe noch gar nicht paßten, die er sich angezogen hatte, gegen das zornige, unbußfertige Verhalten des Angeklagten abgewogen, der ihnen jedoch insgeheim aus der Seele gesprochen hatte, und ihn in allen Punkten der Anklage für nicht schuldig befunden.

Es war schon nach sieben, als Kinley den letzten Protokollband zur Seite legte, und er bereitete sich rasch einen kleinen Imbiß in der Küche zu, ehe er sich den nächsten Fall vornahm.

Kurz vor acht saß er dann wieder in Rays Büro und blätterte die erste Seite der Prozeßakte Nr. 64139-Z auf, die Ray sich zwei Wochen später aus dem Gerichtsarchiv besorgt hatte.

Es war ein Zivilverfahren, wie Kinley ja bereits an dem Aktenzeichen ersehen konnte; doch die Namen des Klägers und des Beklagten waren für ihn eine Überraschung:

Bezirk von Sequoyah versus Thompson Construction Company

Der Fall war erst vor zwei Jahren verhandelt worden – im Herbst 1989 –, und als Kinley die Zeugenaussagen studierte, wunderte er sich, was Ray denn so Interessantes an diesem Prozeß gefunden hatte.

Es war nämlich eine ganz gewöhnliche Schadenersatzforderung, die die Kreisbehörde gegen die Baugesellschaft Thompson angemeldet hatte, weil diese, wie der Anwalt Wallace Wainwright für den Kläger vor Gericht vortrug, versäumt hatte, gewisse Baulichkeiten im Außenbereich des Gerichtsgebäudes fachgerecht auszuführen, besonders die Betontreppe, die zum Eingang des besagten Gebäudes hinaufführte, und das Fundament des Flaggenmastes in der

Rasenfläche davor. Das Fundament hatte sich nämlich in der Zwischenzeit so weit nach links gesenkt, daß der Mast in einem Winkel von achtzig Grad aus der Erde ragte, so daß, wie Wainwright in seiner Eröffnungsrede launig ausführte »ein normalsichtiger Mensch schon eine Schielbrille benötigte, wenn er die Flagge so sehen wollte, wie es sich normalerweise gehörte.«

Die Kreisbehörde hatte nun zwar lediglich von der Baufirma eine Neubetonierung der Treppe und des aus einem Granitstein bestehenden Mastfundamentes verlangt, das ausgegraben, entsprechend verstärkt und dann wieder an seiner alten Stelle eingebuddelt werden sollte.

Doch die Baufirma Thompson, die inzwischen von Leonard Thompson, dem Sohn des Firmengründers, geleitet wurde, hatte sich hartnäckig geweigert, die Verantwortung sowohl für die schadhafte Außentreppe wie auch für den schiefen Flaggenmast zu übernehmen, da sie, wie der Anwalt der Firma, John Billings, durch die Einvernahme des Beklagten dem Gericht klarzumachen versuchte, für diese beiden Schäden weder haftbar noch ersatzpflichtig sei:

BILLINGS: Sie sehen also nicht ein, daß Sie für die aufgetretenen Schäden aufkommen sollen, richtig?

THOMPSON: Richtig.

BILLINGS: Würden Sie bitte dem Gericht sagen, warum Sie die Verantwortung dafür ablehnen, Mr. Thompson?

THOMPSON: Weil mein Vater schon seinerzeit dem Bauträger gegenüber erklärt hatte, daß er für diese Baulichkeiten keine Garantie übernehmen könnte.

BILLINGS: Das war 1954, nicht wahr?

THOMPSON: Ja.

BILLINGS: Aber die Herren von der Kreisverwaltung wollten nicht auf ihn hören, richtig?

THOMPSON: Nein. Sie wollten unbedingt, daß alles für die Einweihungsfeier am 4. Juli fertig sein sollte. Und deshalb schickten wir im Auftrag des Bauherrn noch am Abend des 3. Juli 1954 drei Männer unserer Firma – einen Vormann, einen Kranführer und eine Hilfskraft – zur Baustelle, die dort fast die ganze Nacht hindurch arbeiteten. Ich habe mir die Namen dieser Leute aufgeschrieben: Lonnie Adcock, Charles Overton und Luther Snow. Snow führte die Aufsicht, Adcock bediente den Kran, und Overton half Snow bei den Betonierarbeiten.

BILLINGS: Und sind ihre Leute damals auch, wie der Bauherr es verlangt hatte, noch rechtzeitig bis zur Einweihungsfeier mit den Außenarbeiten fertig geworden?

THOMPSON: Ja, der Flaggenmast stand und die Vortreppe ebenfalls, obwohl sie fast die ganze Nacht hindurch daran werkeln mußten.

Kinley blickte von seiner Lektüre auf und ging in Gedanken noch einmal den Zeitablauf der Ereignisse durch, wie er sich ihm nun darstellte:

Am 2. Juli hatte man den Unterricht an der Sommerschule ausfallen lassen, weil die Schülerinnen und Schüler vormittags beim Schmücken der Stadt für die Festlichkeiten am Unabhängigkeitstag helfen und nachmittags an einer kleinen patriotischen Feier vor dem Gerichtsgebäude teilnehmen sollten. Ellie Dinker hatte sich dann gegen Mittag von ihrer Mutter verabschiedet und sich angeblich auf den Weg zu Helen Slaters Haus gemacht. Gegen zwölf Uhr dreißig hatte Charles Overton, der über Magenbeschwerden klagte, die Baustelle vor dem Gerichtsgebäude verlassen und war mit seinem Wagen die Bergstraße hinaufgefahren, wo er beim Meilenstein 27 eine Panne mit seinem Wagen erlitt und dort, wohl zum erstenmal in seinem Leben, mit Ellie Dinker zusammentraf. Am späten Nachmittag des darauffolgenden Tages hatte Luther Snow mit Wallace Thompson telefoniert und ihm mitgeteilt, daß der Bauherr – die Kreisverwaltung – verlangt habe, daß bis zum nächsten Morgen die Vortreppe fertiggestellt und der Flaggenmast einbetoniert sein müsse. Ein paar Stunden später hatten sich dann Snow, Overton und Adcock an der Baustelle versammelt und fast die ganze Nacht hindurch gearbeitet, um diese Auflagen zu erfüllen.

Kinley ging in Gedanken die Liste der Namen durch, die bisher in diesem Fall eine Rolle gespielt hatten. Die meisten davon hatte die Zeit inzwischen hinweggerafft. Wallace Thompson, Overton und Ellie Dinker waren tot, und Snow wollte nicht reden. Blieb also nur noch ein Name übrig: Lonnie Adcock.

35

WIEDER WAR ES dieses Verwurzeltsein mit dem kleinstädtischen Leben, das ihm zu Hilfe kam – die Beharrlichkeit, mit der ihre Bewohner festhielten an dem gleichen Lebensraum, den gleichen Wohnungen, den gleichen Jobs: Rays sich ständig selbst reproduzierender Organismus.

Der Raum, den Lonnie Adcock in Sequoyahs Organismus einnahm, war ein mäßig großes einstöckiges Ranchhaus am Nordende der Stadt. Hier befand sich das einzige, von einer Grundstücksgesellschaft erschlossene Neubaugebiet des Bezirks, und als Kinley langsam im Dunkeln an den abgesteckten Parzellen vorbeifuhr, bis die Straße dann an einem Wendehammer endete, mußte er an die uniformen Fertighaussiedlungen denken, mit denen das flache Land im Norden vollgepflastert wurde.

Lonnie Adcock war überraschend jung, wie Kinley feststellte, als dieser ihm die Haustür öffnete. Kinley paßte sogleich sein Bild von dem Kranführer, der sich am Abend des 3. Juli 1954 an der Baustelle vor dem Gerichtsgebäude einfand, dieser neuen Information an – er sah ihn nervös mit den Kontrollhebeln spielen, während er auf Luther Snows Befehle wartete, was jetzt zu tun sei.

»Verzeihen Sie, wenn ich Sie um diese Zeit noch störe«, sagte Kinley zu dem Mann in mittleren Jahren, der höflich lächelnd unter der Tür stand. »Mein Name ist Jack Kinley. Ich beschäftige mich mit dem Overton-Fall.«

Offensichtlich wußte Adcock mit dieser Information nichts anzufangen.

»Charles Overton.«

Nun schien der Groschen bei ihm zu fallen. »Oh, ja, Charlie Overton«, sagte Adcock. »Aber so gut kannte ich Charlie eigentlich gar nicht.«

»Ich habe nur ein paar Fragen an Sie«, beruhigte ihn Kinley.

»Kommen Sie erst mal herein«, sagte Adcock freundlich und öffnete die Tür etwas weiter. »Ich saß sowieso nur herum und langweilte mich.«

Kinley trat durch die Tür und fand sich in einem kleinen, mit einem grünen Teppich ausgelegten Wohnzimmer wieder, das dank eines riesigen Projektions-Fernsehers, der sein Bild auf einen Wandschirm warf und wie ein großer hölzerner Altar am anderen Ende des Raumes aufragte, noch kleiner wirkte.

»Mein Sohn hat ihn mir geschenkt«, sagte Adcock, womit er zweifellos den Fernseher meinte, »aber ich mag ihn nicht besonders. Das Bild ist mir zu verschwommen.«

Kinley nahm auf dem Sofa Platz, während sich Kinley in einem gelben Naugahyde-Sessel niederließ.

»Wie ich bereits sagte«, wiederholte Adcock, »kannte ich den Mann kaum. Ich habe gelegentlich mit ihm gearbeitet; aber das war auch schon alles.« Er nahm eine Schüssel mit Nüssen vom Tisch und bot sie Kinley an.

»Nein, danke.«

Adcock schob sich ein paar Nüsse in den Mund. »Ich war damals noch ein ganz junger Spund«, sagte er, »und die Älteren beachteten mich kaum.«

»Die Älteren?«

»Die bei Thompson arbeiteten.«

»Meinen Sie damit Luther Snow?«

»Snow, Peabody und Quinn«, erwiderte Adcock, die Namen

aufzählend. »Und Overton natürlich. Der mochte mit keinem etwas zu tun haben.«

»Ich dachte, Snow und Overton waren Freunde!«

Adcocks Unterlippe wölbte sich nach unten. »Snow war niemandes Freund.«

Kinley griff in die Jackentasche und holte sein Notizbuch heraus. »Erinnern Sie sich noch an die Nacht vom 3. zum 4. Juli 1954?« fragte er. »Da haben Sie mit zwei Ihrer Kollegen den Flaggenmast vor dem Gerichtsgebäude aufgestellt.«

»Oh, ja«, erwiderte Adcock. »Nur drei Leute – Snow, Overton und ich – für so eine Knochenarbeit abzustellen, grenzte fast schon an Schikane. Ich weiß noch, wie ich mich am nächsten Tag darüber beschwert habe, was man uns da zugemutet hatte.«

»Snow wollte also nur Sie und Overton für diese Arbeit haben?«

»Er hatte sie wohl unterschätzt«, erwiderte Adcock. »Sie war mit drei Leuten kaum zu bewältigen.« Er schüttelte den Kopf, als er daran zurückdachte. »Und es regnete noch dazu.«

»Es regnete?«

»Ja«, erwiderte Adcock, »es regnete nicht nur – es goß wie aus Kübeln.«

»Und trotzdem ist es Ihnen gelungen, den Fahnenmast aufzustellen?«

»Ja«, erwiderte Adcock sichtlich stolz.

Kinley sah sich im Geist nun in stockdunkler Nacht im Regen auf ein Loch zugehen, neben dem eine lange, graue, in einem Granitblock steckende Stange auf der nassen Erde lag.

»Es war eine elende Schinderei, kann ich Ihnen versichern«, setzte Adcock hinzu. Wieder verschwand eine Handvoll Nüsse in seinem Mund. »Die schlimmste Nachtschicht, die ich in meinem Leben mitgemacht habe.«

»Wann kamen Sie denn damals zur Baustelle?« fragte Kinley.

»So gegen neun«, erwiderte Adcock. »Snow sagte, daß ich mich zu dieser Zeit dort einfinden sollte.«

»Und war es da schon dunkel?«

»Dunkel ist gar kein Ausdruck«, erwiderte Adcock. »Es war pechschwarze Nacht, als ich dort eintraf. Snow befand sich bereits in der Grube.«

»Grube?«

»Das Loch, das wir für das Fundament des Flaggenmastes ausgehoben hatten«, erklärte Adcock. »Snow wußte ja, daß sie noch gar nicht richtig fertig war, und versuchte deshalb, die Wände noch zu versteifen, damit sie nicht einbrachen.« Er schob wieder ein paar Nüsse nach. »Wir deckten die Grube mit Planen ab, wenn wir nicht daran arbeiteten. Damit wollten wir sie trocken halten, und als ich dorthin kam, arbeitete Snow unter der Plane. Ich konnte hören, wie er mit der Schaufel die Erde an allen Seiten festklopfte.«

»Im Dunkeln?«

»Wie eine Ratte in einem Loch«, erwiderte Adcock. »Er hatte nicht mal eine Taschenlampe dort unten.«

»Was passierte dann?«

»Er stieg aus der Grube, als ich fragte, ob ich ihm helfen sollte, und dann warteten wir beide auf Overton. Der traf so zehn Minuten später an der Baustelle ein.«

Kinley konnte nun das gelbe Schweinwerferlicht von Overtons altem Pritschenwagen sehen, der in den Parkplatz vor dem Gerichtsgebäude einbog. Er sah, wie Overton aus dem Fahrerhaus kletterte und sich wie ein Schatten im Regen, der erbarmungslos auf ihn herunterprasselte, auf die beiden anderen Männer zubewegte – eine gebeugte, gesichtlose Gestalt.

»Nachdem Overton sich an der Baustelle eingefunden hatte, fingen wir mit der eigentlichen Arbeit an«, sagte Adcock, »nämlich die mit Planen abgedeckte Grube mit Beton auszugießen und diesen immer wieder festzustampfen. Wir brauchten fast die ganze Nacht dazu.«

»Und Sie blieben immer beisammen?«

»Die meiste Zeit.«

»Aber nicht immer?«

»Doch, immer, bis auf die wenigen Minuten, wo Snow uns etwas zu essen besorgte.«

»Wann war das?«

»So gegen ein oder zwei Uhr morgens«, erwiderte Adcock. »Wir waren alle hundemüde und brauchten dringend eine Pause, und deshalb sagte Snow, wir sollten uns eine Weile in den Bauwagen setzen und ausruhen. Er fuhr dann mit dem Pritschenwagen in die Stadt und besorgte uns Kaffee und ein paar belegte Brötchen.«

»Er nahm dafür Overtons Wagen?«

Adcock nickte. »Ja. Ich sah, wie Charlie ihm die Schlüssel dafür gab, und danach stieg Snow in seinen Wagen und fuhr weg.«

»Und das war das einzige Mal, daß er die Baustelle verließ?«

»Ja. Wir arbeiteten dann Seite an Seite bis gegen acht Uhr morgens. Wir waren so müde, daß wir uns kaum noch auf den Beinen halten konnten. Ich dachte, Overton würde jeden Moment zusammenbrechen.«

»Warum?«

»Weil er Magenkrämpfe hatte«, erwiderte Adcock. »Er mußte sich in der Nacht sogar ein paarmal übergeben.« Er schüttelte den Kopf. »Er hat mir leid getan. Er war käseweiß im Gesicht und sagte, er hätte sich zwar in der vergangenen Nacht etwas aus der Apotheke besorgen lassen; aber das hätte ihm nicht geholfen.« Er schüttelte abermals den Kopf. »Overton hätte eigentlich nicht für diesen Job eingeteilt werden dürfen. Ich weiß nicht, warum Snow ihn unbedingt dafür haben wollte.«

Kinley spürte, wie sein Stift plötzlich mitten im Satz stehenblieb, als sich die Gewißheit wie ein Schlußstein in das Gewölbe seiner Theorie einfügte – so exakt, als wäre die Inschrift darin eingemeißelt: *Aber ich weiß es.*

Sobald Kinley in das winzige Büro in der Beaumont Street zurückgekehrt war, nahm er sich die Fotos von Sequoyah vor, die Lois in dem mit ›S‹ beschrifteten Ordner entdeckt hatte. Bisher hatte er sie nur für Zeugnisse einer lebenslangen Marotte von Ray gehalten, der glaubte, sich auch als Lokalhistoriker profilieren zu müssen – ohne Belang für den Overton-Fall –; doch plötzlich nahmen sie darin eine Schlüsselrolle ein.

Noch einmal – und wie er meinte, auch zum letzten Male – spielte er in Gedanken die Anfangsszene des Verbrechens durch. Er sah, wie Overtons Pritschenwagen auf der Bergstraße zum Stehen kam, Ellie Dinkers schwarze Schuhe auf ihn zueilten, hörte ihr grünes Kleid durch das hohe Sommergras schleifen, sah sie sich kurz darauf wieder vom Pritschenwagen entfernen – die Bergstraße hinauf, bis sie den Meilenstein Nr. 27 passiert hatte und wo Overton sie nicht mehr sehen konnte, der in diesem Moment ja unter seinem Wagen lag, das Hemd schon schmutzig vom Öl, das aus dem Motor leckte, und von dem Lehm am Rand der Straße, wie Sarah Overton das später vor Gericht bezeugen sollte.

Und nur wenige Minuten später mußte Snow an dieser Stelle aufgetaucht sein und Ellie dort aufgelesen haben. Ellie hatte ja kein sonderlich auf ihren Ruf bedachtes Leben geführt, und Snow schien ihm nun der ideale Kandidat für ein junges Mädchen zu sein, das nicht sehr kritisch gewesen war in der Auswahl ihrer Männerbekanntschaften.

Sie war zu ihm in den Wagen gestiegen, der sich daraufhin mit Ellie zu einem unbekannten Ziel entfernte. Und dort – irgendwo im Wald, in einer Hütte oder am Rand des Canyon – hatte Snow sie dann auf eine dieser Kinley inzwischen vertrauten Weisen mit einem Strick, einem Stein, einem Bleirohr, einer Pistole oder der blanken Faust umgebracht.

Als Snow sie getötet hatte, hatte er verzweifelt nach einer Lösung gesucht. Er mußte die Leiche verschwinden lassen und brauchte jemanden, dem er diesen Mord anhängen konnte. Und da war ihm sogleich Overton als der ideale Kandidat dafür eingefallen; denn zweifellos hatten ihn auch noch andere, die die Bergstraße heraufkamen, dort zusammen mit Ellie Dinker gesehen. Und mit der ihm eigenen Arglist mußte er auch sogleich erkannt haben, daß er gleich zwei Fliegen mit einer Klappe schlug, wenn er Overton mit dem Mord belastete. Er konnte erst Ellies Leiche unter dem Flaggenmast vor dem Gerichtsgebäude vergraben und sich dann Overtons Wagen ausleihen, um dort die belastenden Beweise – Ellies Schuhe und ein blutiges Montiereisen – hinter seinem Fahrersitz zu verstecken.

Als wollte er vor seinen eigenen grimmigen Meditationen flüchten, wandte er nun seine Aufmerksamkeit wieder den von Ray im Ordner ›S‹ abgelegten Fotos zu.

Auf dem ersten Foto ragte das Gerichtsgebäude in seiner grauen Großartigkeit zum Himmel auf – komplett mit Vortreppe und Motto über dem breiten, reich beschnitzten Portal, und der frisch angelegte Rasen deutete sich bereits mit einem Schleier junger Triebe an. Alles schien, wie geplant, an Ort und Stelle – selbst die zu diesem Haus gehörigen Staatsdiener und die Politiker, die es seiner Bestimmung übergeben sollten, hatten sich vor dem Gebäude versammelt und lächelten in Harry Townsends Kamera hinein. Lediglich der Flaggenmast stand noch nicht an seinem richtigen Platz, sondern auf seinem grauen Granitfuß ein paar Meter neben der Grube, wo er eingebuddelt werden sollte und die mit einer sich leicht im Winde blähenden Plane abgedeckt war. Auf der Rückseite hatte Ray das Datum der Aufnahme in seiner winzigen Handschrift eingetragen: »2. Juli 1954«. Und an dem Schatten, den das Gebäude auf dem Foto warf, hatte er sogar die Uhrzeit erkennen können, zu der Townsend diese Aufnahme gemacht hatte, und sie dem Datum hinzugefügt: »Zwischen zwölf und zwei Uhr nachmittags.«

Auf der zweiten Aufnahme waren die Stufen der Vortreppe leer, das Portal geschlossen, die Staatsdiener in ihren Büros, die Politiker wahrscheinlich noch beim Frühstück. Aber der Flaggenmast stand jetzt dort, wo er hingehörte, und die Redaktion hatte dieses Ereignis mit einer erhebenden Bildunterschrift gewürdigt, die Ray von der Mühe entband, das Foto auf der Rückseite mit einem Vermerk versehen zu müssen: *Unsere Flagge hoch am Mast zur Feier des Unabhängigkeitstages in Sequoyah am 4. Juli 1954 um 8 Uhr morgens.*

Da irritierte ihn plötzlich etwas, und er ließ das Foto fallen, nahm wieder das erste zur Hand, drehte es um und starrte noch einmal auf das dort vermerkte Datum mit der Uhrzeit: *2. Juli 1954 zwischen zwölf und zwei Uhr nachmittags.* Da mußte Ellie Dinker bereits am Meilenstein 27 angekommen sein und Overtons Wagen mit einer Panne am Straßenrand gestanden haben. Da war sie auch schon auf ihn zugegangen, hatte ihn, während er von Magenkrämpfen geplagt wurde, mit ihren Fragen bombardiert und hatte sich dann wieder ›ein Stück weiter die Straße‹ hinauf entfernt, wie Overton später dem Sheriff erzählen sollte. Nach menschlichem Ermessen konnte Dinker nicht viel später als zwei Uhr nachmittags beim Meilenstein Nr. 27 eingesammelt, ermordet und ihre Leiche für ein späteres Begräbnis versteckt worden sein.

Rasch drehte Kinley nun das Foto wieder um und betrachtete die auf der Freitreppe vor dem Gerichtsgebäude versammelten Gestalten, die lächelnd in die Kamera schauten. Er konnte Wallace Thompson zwischen Sheriff Maddox und Chief James stehen sehen. Er konnte ihre Trabanten sehen, die sich neben ihnen aufgebaut hatten – Ben Wade und Riley Hendricks in militärisch strammer Haltung links von ihnen und Adcock und zwei weitere Männer, die Kinley für Quinn und Peabody hielt, rechts von ihnen. Overton fehlte natürlich, da er erst wenige Minuten zuvor mit Magenbeschwerden nach Hause gefahren war. Doch von den fünf Männern, die an dem Bau des Gerichtsgebäudes mitgewirkt hatten, fehlte nur er. Denn grimmig die Hände um den Stiel einer mit Lehm beschmierten Spitzhacke gelegt, stand dort noch einer in der zweiten Reihe, der eigentlich, wenn Kinleys Theorie stimmen sollte, dort nicht hätte stehen können – dort nicht hätte stehen dürfen, wenn er doch in diesem Augenblick an anderer Stelle, wie Kinley bisher angenommen hatte, mit Ellie Dinker verabredet war, sie in seinen Wagen lud und wenig später ermordete.

Kinley merkte, wie er die Lippen spitzte, rasch die Luft einsog und sein Geist dann wieder die Regie übernahm, sich auf die Männer konzentrierend, die da auf der Freitreppe vor dem Gerichtsgebäude versammelt waren; nach einem Schatten suchend, der die Stelle des unerwartet vertretenen

Luther Lawrence Snow einnehmen konnte – nach jemandem, der zwar nicht körperlich anwesend, aber dennoch auf eine spirituelle Weise gegenwärtig war. Und dann entdeckte Kinley ihn plötzlich, in Gestalt eines Wahlplakats, das dort in der Nähe stand, als sollte es den Blick abwenden von seiner katastrophalen Nichtanwesenheit mit der Aufforderung, Thomas Warfield doch die Stimme zu geben bei der bevorstehenden Wahl zum Richter an der Strafkammer des Bezirksgerichts.

36

Es war schon fast Mitternacht, als Kinley dort anlangte; doch hinter dem Fenster von Snows Wohnzimmer schimmerte noch ein schwaches, gelbes Licht. Als Kinley die Stufen der Veranda hinaufstieg, konnte er den alten Mann sogar dort sitzen sehen, im rechten Winkel zur Eingangstür, den Blick auf das Feuer gerichtet, das in seinem Kamin flakkerte.

Kinley klopfte leicht an die Tür, wartete einen Moment, und war schon im Begriff, so heftig und anhaltend gegen die Tür zu schlagen, wie es sein Bedürfnis war, als sich die Tür plötzlich knarrend öffnete und der alte Mann vor ihm stand. Er sah älter aus als tags zuvor; aber keineswegs gebrechlich.

»Sie schon wieder?« brummte Snow grob.

Kinley zögerte einen Moment, um seinen Worten eine dramatischere Wirkung zu geben, und warf ihm dann den raffiniertesten Köder zu, über den er verfügte – einen Köder, der den anderen in der Regel zu einer spontanen, unüberlegten Defensive zwang. »Bei Mord gibt es keine Verjährung«, sagte er hart.

Snow zuckte nicht mit der Wimper. »Was für ein Mord?« fragte er.

»Ellie Dinker.«

Snow schnaubte. »Ich habe Ellie Dinker nicht umgebracht«, antwortete er kalt.

»Sie wissen genau, was mit ihr passiert ist«, sagte Kinley in drohendem Ton.

Snow öffnete die Tür noch ein Stück weiter und trat hinaus auf die Veranda. Einen Moment standen sich die beiden Männer in frostigem Schweigen gegenüber, während das Mondlicht sacht über sie hinspielte. »Ich bin fast achtzig. Glauben Sie, es kümmerte mich noch, daß man mir was anhängen möchte?«

»Zuerst glaubte ich, Sie hätten sie umgebracht«, fuhr Kinley fort. »Aber Sie sind es nicht gewesen, nicht wahr? Sie hätten sie nicht umbringen können. Sie standen auf der Treppe vor dem Gericht, als der Mord geschah.«

Der alte Mann ging bis zum Rand der Veranda und spähte in die Nacht hinaus. Weit draußen, hinter einem Schleier von Bäumen, konnte man das diffuse Licht erkennen, das über der Stadt unten im Tal gebreitet lag. »Sie sollten sich jetzt wohl besser aus dem Staub machen«, knurrte er.

Kinley bewegte sich nicht von der Stelle. »Wer hat sie umgebracht?« fragte er. »Und warum?«

Snow antwortete nicht. Er hielt den Blick auf den Bergrand gerichtet und den grauen Widerschein der Lichter von Sequoyah am Himmel dahinter.

Kinley löste sich von der Wand neben der Tür und trat neben den Alten, so daß ihre Schultern sich fast berührten. »Warfield ist es gewesen, nicht wahr?«

Snow schwieg. Seine Arme krochen nach oben und legten sich um seine Brust, als wollte er sie vor der Kälte schützen. »Ich mag es nicht, wie der Wind immer so aus dem Canyon heraufpeitscht.«

Kinley drehte sich zu ihm hin, den Blick auf Snows unbewegtes Gesicht gerichtet. »War es Warfield, der Charles Overton den Mord anhängte?« fragte er.

Snows Augen glitten nun zu ihm hin. »Er ist tot. Was macht das jetzt noch für einen Unterschied?«

Kinley beschloß, die Sache anders anzupacken: »Wo ist es passiert?« fragte er. »Wo wurde sie umgebracht?«

Snow fischte sich eine Zigarette aus der Schachtel, die in seiner Brusttasche steckte, zündete sie an und inhalierte tief, als wollte er einen inneren Teil seines Selbst gegen die Kälte abschirmen, die von allen Seiten auf ihn eindrang. »Das hat der große Bulle damals auch von mir wissen wollen.«

»Ray Tindall?«

Snow lachte. »Chief James«, sagte er. »Der arme alte Vetter Felix.« Er grinste über die Ironie, die in seinen Worten steckte. »Als er nichts hatte, kam er zu mir. Er glaubte, das gemeinsame Blut würde mich dazu bewegen, ihm zu erzählen, was sich hier oben so alles tut.« Er zuckte mit den Achseln, als würde er diesen Zufälligkeiten des Lebens nachgeben, die plötzlich wie ein Ungeheuer um eine Ecke biegen und einem ins Gesicht fauchen. »Aber ich sagte ihm, das könnte er vergessen. Gemeinsames Blut bedeutete mir nichts. Ich hätte ein oder zwei Freunde; aber auf Blutsverwandtschaft würde ich pfeifen.«

»Und er beließ es dabei?« fragte Kinley.

Snow lächelte. »Blieb ihm gar nichts anderes übrig. Er steckte in der Klemme. Entweder ich oder gar nichts.« Er zuckte mit den Achseln. »Also hatte er nichts und mußte passen.«

Kinley beschloß nun, seine Trumpfkarte auszuspielen. »Sie haben sie beerdigt«, sagte er dem Alten auf den Kopf zu. »Sie müssen demnach auch wissen, wie der Mord passierte.«

Snow nahm wieder einen tiefen Zug aus seiner Zigarette. Kinleys Beschuldigung schien ihn überhaupt nicht zu beeindrucken. »Wo sollte ich sie denn begraben haben?«

»Unter dem Flaggenmast vor dem Gerichtsgebäude.«

Snow sog erneut an seiner Zigarette und stieß den Rauch dann heftig durch die Nase. »Nun – das ist ja ganz was Neues. Das höre ich heute zum erstenmal.« Sein Blick ging wieder hinaus zu dem fernen wolkigen Licht, das so hartnäckig aus dem Tal heraufdrang wie Rauch aus der noch glimmenden Asche einer niedergebrannten Stadt. »Etwas passierte, doch niemand weiß, was.« Ein Grinsen kroch langsam über sein Gesicht. »Das ist das Glorreiche daran«, sagte er leise, fast verwundert, als staunte er über die Heldenhaftigkeit krimineller Taten. »Daß Felix es versuchte und Warfield; und Sheriff Tindall – der versuchte es auch. Doch keiner von ihnen ist jemals dahintergekommen, was mit Ellie Dinker wirklich passiert ist.« Er warf seine Zigarette ins Dunkle hinein, während ihm ein kleines, hartes Lachen entschlüpfte. »Unter dem Flaggenmast?« höhnte er. »Sie glauben, Ellie Dinker wäre unter dem Flaggenmast versteckt?« Er schien einen Moment nachzudenken. »Nun, zum Teufel, warum schauen Sie denn dort dann nicht nach?« Sein Lachen erschütterte wieder die Luft, während seine Augen zu Kinley zurückwanderten und ihn unverwandt ansahen, sehr gelassen, aber zugleich mit dieser irritierenden dämonischen Häme, die Kinley bei ihrer letzten Begegnung aus Snows Stimme herauszuhören glaubte, als er sagte: *Sie sehen aus wie sie.*

Kinley gab Snows Blick durchbohrend zurück. »Sie bluffen«, sagte er entschlossen.

Snow zündete sich eine frische Zigarette an. »Wenn sie unter dem Flaggenmast begraben ist«, meinte er belustigt, »warum buddeln Sie sie dann nicht aus?«

»Das habe ich vor«, gab Kinley in entschiedenem Ton zurück.

Snow richtete sich zu seiner vollen Länge auf und ging zurück zur Haustür. »Sie haben das keineswegs vor«, sagte er verächtlich, als er die Tür hinter sich schloß und Kinley allein auf der dunklen Veranda stehen ließ. »Weil Sie genauso sind wie die anderen. Sie wollen es nicht wissen.«

Als Kinley in das Haus in der Beaumont Street zurückgekommen war, ließ er sich im Wohnzimmer auf das Sofa fallen. Es dauerte noch Stunden, bis das Gerichtsgebäude seine Pforten öffnete; aber er wußte, daß er keinen Schlaf finden konnte. Er sah auf seine Uhr und ließ den Blick dann über die verkohlten Überreste auf dem Kaminrost wandern.

Weil Sie genauso sind wie die anderen. Sie wollen es nicht wissen.

Im Geiste sah er Ray vor dem Kamin stehen und die gelben Blätter, auf denen er sich seine Notizen gemacht hatte, Stück für Stück ins Feuer werfen – sah, wie alles, was er in monatelanger Arbeit zusammengetragen hatte, in Flammen aufging und die schwarze Asche wie kleine Fragezeichen hinaufwirbelte in den wolkenverhangenen Himmel. Er fragte sich, ob Snow recht hatte mit seinem Urteil über sie alle – Warfield, Maddox, Ray und ihn selbst –, und nur Chief James eine Ausnahme gebildet hatte, der auf der falschen Seite der Gleise auf die Welt gekommen und deshalb aus dem inneren Kreis der Gerichtshaus-Clique ausgeschlossen war, aber dennoch beharrlich nachgebohrt und allen Widerständen zum Trotz versucht hatte, die Wahrheit über Ellie Dinkers Tod herauszufinden?

Kinley stand auf, ging hinüber in Rays Büro und setzte sich wieder vor seinen Schreibtisch. Ray war auch dort immer gegenwärtig, seinem Geist unauslöschlich eingeprägt, aber nicht mehr als der rothaarige Junge auf dem Korridor der Sequoyah High School; auch nicht als der junge Mann, der sich über den kleinen Marmortisch in Jeffersons Drugstore beugte und die schwarzgewandete Gestalt von Martha Dinker unverwandt anstarrte; selbst nicht mehr als der unbestechliche Gesetzeshüter dieses Bezirks und die einzig verläßliche Säule der Rechtschaffenheit, auf die sich Gerechtigkeit und Unschuld stützen konnten. Nein, sondern so, wie er ihn in den letzten Sekunden ihres letzten Beisammenseins gesehen hatte: als leicht übergewichtiger Mann in mittleren Jahren, der atemlos neben dem Zug herlief, während der Regen ihm erbarmungslos ins Gesicht peitschte, und dann mit letzter, schwindender Kraft die drei Worte hervorstieß: *Kinley, bist du ...?*

Kinley spürte, wie seine Augen nun hinübergingen zum Aktenschrank, wo noch die Verhandlungsprotokolle des dritten Prozesses, die sich Ray zuletzt ausgeborgt hatte, auf ihn warteten, und hörte im selben Moment Rays Stimme, als würde er ihm seine letzten Worte direkt ins Ohr flüstern: *Kinley, bist du ... sicher?*

Er nahm rasch den ersten Protokollband vom Stapel, schlug ihn auf und las die erste Zeile auf der Titelseite:

Staat von Georgia versus Edna Mae Trappman

Der Prozeß hatte im Frühjahr 1954 stattgefunden, und wie im Strafverfahren gegen Luther Snow hatte auch hier Thomas Warfield den Staat von Georgia als Ankläger vertreten. Doch die Angeklagte war keineswegs das, was er sich zunächst vorgestellt hatte. Sie war jung, erst neunzehn Jahre alt bei ihrer Festnahme, und eines Vergehens beschuldigt, das ihm bisher in seiner langen Praxis noch nie begegnet war, nämlich der unerlaubten Ausübung des ärztlichen Berufs, und die Klage gegen sie stützte sich auf eine Anzeige, die kein anderer als Dr. Joseph Stark erstattet hatte.

Als Kinley nun das erste Protokoll zu lesen begann, wurde ihm klar, daß Stark sich damals nicht nur als Idealfigur eines Landarztes betrachtet hatte – gütig, stets hilfsbereit und zweifellos allwissend –, sondern auch als der Gralshüter ärztlicher Ethik. Trappman, erzählte er dem Gericht, hatte gegen diese Ethik verstoßen, indem sie die Leiden der Leichtgläubigen, der Hoffnungslosen und Unwissenden behandelte.

WARFIELD: Nun, Mr. Stark, wann sind Sie auf Edna Mae Trappman aufmerksam geworden?

STARK: Sie meinen, wann ich zum erstenmal von ihr hörte?

WARFIELD: Ja, Sir.

STARK: Ich habe mir das alles hier aufgeschrieben. Ja, das muß im April 1953 gewesen sein.

WARFIELD: Also vor ungefähr einem Jahr?

STARK: Jawohl, Sir.

WARFIELD: Und könnten Sie dem Gericht die Umstände schildern, die Sie damals veranlaßten, sich diese Notizen zu machen, Doktor?

STARK: Das war ein Gespräch, das ich mit einer Patientin führte, die an einem inoperablen Tumor litt.

WARFIELD: Diese Patientin war bisher immer von Ihnen behandelt worden?

STARK: Soweit diese Patientin gegen ihr Leiden behandelt werden konnte, ja. Aber sie befand sich im Endstadium ihrer Krankheit. Es gab nur noch wenig, was man als Arzt für sie tun konnte.

WARFIELD: Waren Sie der einzige Arzt, der die Patientin betreute?

STARK: Das hatte ich damals zumindest angenommen, ja.

WARFIELD: Und tauchte nun in diesem Gespräch mit – nennen wir sie mal Patientin X ... also tauchte in Ihrem Gespräch mit Patientin X etwas auf, das Ihre Annahme widerlegte?

STARK: In der Tat. Denn sie – diese Patientin X – erzählte mir, daß sie noch jemand anderen konsultiert habe. Eine Frau.

WARFIELD: Und hat Patientin X Ihnen auch den Namen der Frau gesagt, die sie behandelt hatte?

STARK: Ja, das tat sie. Sie sagte, ihr Name sei Edna Mae Trappman.

WARFIELD: Nun, Dr. Stark, haben Sie daraufhin etwas eingeleitet, was wir als eine private Ermittlung gegen Miss Trappman bezeichnen könnten?

STARK: Ja. Zumindest, soweit ich das konnte. Ich erkundigte mich auch bei anderen Patienten nach ihr und fand heraus, daß einige von ihnen bereits von Miss Trappman gehört hatten. Ein paar waren sogar von ihr behandelt worden.

WARFIELD: Behandelt? Auf welche Weise?

STARK: Medizinisch behandelt. Sie gab ihnen Mittel.

WARFIELD: Medizinische Mittel?

STARK: Wenn man diese als solche bezeichnen will. Es handelte sich dabei zumeist um Pflanzen aus den Wäldern oben auf dem Berg. Um Extrakte, die sie aus den im Canyon wild wachsenden Blumen hergestellt hatte. Sie verwendete dafür auch Rindenstücke und Reben, die sie im Canyon fand.

WARFIELD: Und wem hatte Miss Trappman diese – nun, wir können das ja wohl wirklich nicht als Medizin bezeichnen, nicht wahr, Doktor?

STARK: Keinesfalls, Sir.

WARFIELD: Also diese Extrakte verabreicht?

STARK: Sie verabreichte sie nur den Sterbenden. Das war ihre spezielle Kundschaft sozusagen. Verzweifelte Menschen, die alles kaufen würden.

WARFIELD: Aber diese Menschen im letzten, tödlichen Stadium einer Krankheit waren doch nicht ihre einzigen Kunden, oder doch, Doktor?

STARK: Nein, keineswegs. Sie hatte auch noch andere Behandlungsmethoden, wenn man sie als solche bezeichnen kann. Jedenfalls behauptete sie, daß sie auch noch viele andere Dinge kurieren könnte.

WARFIELD: Andere Dinge? Was meinen Sie damit, Doktor?

STARK: Nun, daß sie zum Beispiel ein Kind wegmachen könnte. Solche Sachen.

WARFIELD: Ein Kind wegmachen?

STARK: Es abtreiben könne.

WARFIELD: Haben Sie auch Beweise beibringen können für diese anderen Sachen, die Sie eben anführten?

STARK: Das konnte ich nicht, Sir. Allein konnte ich das nicht.

WARFIELD: Und deshalb sind sie dann damit zu mir gekommen, nicht wahr, Dr. Stark?

STARK: Ja, Sir, Mr. Warfield. Da Sie der Bezirksstaatsanwalt waren, bin ich mit dieser Sache zu Ihnen gekommen.

Warfield hatte daraufhin seine eigenen Ermittlungen angestellt und Ben Wade damit beauftragt, sich als ein Mann auszugeben, der unter immer wiederkehrenden und nicht diagnostizierbaren »Magenwucherungen« litt.

WARFIELD: Und das war alles, was Sie ihr erzählt haben, Mr. Wade? Daß Sie unter Magenbeschwerden litten?

WADE: Das ist richtig, Sir. Ich sagte, ich hätte diese Beschwerden schon lange, und sie würden mich eines Tages noch umbringen. Ich erzählte ihr auch, daß ich schon bei allen Ärzten gewesen wäre; aber daß diese mir nicht hätten helfen können. Die Beschwerden wären nur schlimmer geworden.

WARFIELD: Und daraufhin erklärte sich Edna Trappman bereit, ihre Magenbeschwerden zu behandeln?

WADE: Jawohl, Sir.

WARFIELD: Und hat diese Behandlung tatsächlich stattgefunden?

WADE: Jawohl, Sir.

WARFIELD: Können Sie uns beschreiben, wie sie die Behandlung durchführte?

WADE: Wir trafen uns zunächst bei diesem Haus auf dem Berg. Als ich dort zum erstenmal mit ihr redete, erzählte sie mir, daß sie vorhabe, Sequoyah in ein paar Tagen zu verlassen, und wenn ich eine Behandlung von ihr haben wollte, müßte sie diese sofort durchführen. Ich erklärte mich damit einverstanden, und wir vereinbarten dann einen Termin dafür.

WARFIELD: Und Sie trafen sich zum verabredeten Termin wieder mit Miss Trappman?

WADE: Jawohl, Sir, und zwar an diesem Platz auf dem Berg. Sie wohnte dort nicht; schien ihn aber gelegentlich zu benützen.

WARFIELD: Gelegentlich zu benützen?

WADE: Als Basis oder Stützpunkt, würde ich sagen. Ich konnte es nicht genau herausfinden. Es war nicht größer als eine Hütte; aber recht gut ausgestattet.

WARFIELD: Wann trafen Sie sich mit Miss Trappman?

WADE: Das erstemal am späten Abend des 4. Februar. Sie wollte sich immer erst nach Eintritt der Dunkelheit mit mir treffen. Ich glaube, sie praktizierte lieber nachts. Egal – ich fuhr also den Berg hinauf zu der Stelle, wo ich sie, wie sie mir sagte, finden würde.

WARFIELD: Und Sie wurden dort bereits von ihr erwartet?

WADE: Ja, Sir. Sie stand am Rand des Canyon und war in einen langen Schal eingewickelt, der fast bis zum Boden reichte. Ein starker Wind blies vom Canyon herauf, und sie hatte lange schwarze Haare, die ihr um den Kopf flatterten. Sie sah unheimlich aus – ordentlich zum Fürchten.

WARFIELD: Aber Sie sind nicht vor Angst wieder davongefahren – oder doch, Ben?

WADE: Nein, Sir.

WARFIELD: Was passierte, nachdem Sie an dem verabredeten Ort eingetroffen waren?

WADE: Ich behielt die Scheinwerfer an; aber sie kam nicht zu mir zum Wagen. Sie blieb im Licht der Scheinwerfer am Rand der Schlucht stehen, als wollte sie jeden Moment dort hinunterspringen oder sich in die Luft erheben.

WARFIELD: Gut, gut – und was geschah dann?

WADE: Ich stieg aus, kam auf sie zu und gab mich ihr zu erkennen. Aber sie sagte nichts. Sie händigte mir nur ein kleines Fläschchen aus, und ich gab ihr Geld dafür.

WARFIELD: Wieviel haben Sie ihr für das Fläschchen gegeben?

WADE: Fünf Dollar.

Das war jedoch nicht das letzte Mal, daß Edna Trappman Geld aus der Staatskasse erhalten hatte. In den darauffolgenden zwei Monaten, anläßlich ihrer sporadischen Besuche, die sie der Stadt abstattete, kam Wade immer wieder zu ihr, um sie um eine Behandlung zu bitten, für die er dann auch regelmäßig bezahlte.

WARFIELD: Bis Sie ihr schließlich, alles in allem, fast zweihundert Dollar für ihre Mixturen bezahlt hatten, nicht wahr, Ben?

WADE: Jawohl, Sir.

WARFIELD: Und ist von dem vielen Geld, das Sie bezahlten, ihr Magen auch besser geworden, Ben?

Weil nach dieser scherzhaften Bemerkung des Anklägers die Zuhörer im Gerichtssaal in ein lautes Gelächter ausbrachen, hatte der Gerichtsstenograph Wades Antwort nicht hören können und dieses mit dem Wort UNVERSTÄNDLICH im Protokoll vermerkt.

Das Gelächter war jedoch sofort verstummt, als nun die Angeklagte selbst den Zeugenstand betrat, und selbst aus diesem dürftigen Gerippe schwarzer Zeilen auf weißem Papier, das ihm das Protokoll von den Vorgängen im Gerichtssaal lieferte, schlug ihm nun die Spannung entgegen, die sich der Anwesenden bemächtigte, als Warfield begann, die Angeklagte zu verhören. Denn da mußte etwas in ihrer Stimme gewesen sein, das die dürren, schmucklosen Worte, mit denen das Protokoll ihre Aussage referierte, elektrisch aufzuladen schien – eine unheimliche, kristallene Klarheit, die Kinley stets mit einer überlegenen Intelligenz in Verbindung brachte.

WARFIELD: Würden Sie für das Protokoll bitte Ihren Namen und Ihre Adresse angeben?

TRAPPMAN: Edna Mae Trappman.

WARFIELD: Und Ihre Adresse?

TRAPPMAN: Ich wohne dort, wo ich bin.

WARFIELD: Sie haben keine Adresse?

TRAPPMAN: Ich wohne an keinem besonderen Ort.

WARFIELD: Sie streunen also umher, Miss Trappman. Sind eine Landstreicherin, wie man Leute bezeichnet, die keinen festen Wohnsitz haben.

TRAPPMAN: Ich wohne an vielen Orten.

WARFIELD: Meistens im Auto, nicht wahr?

TRAPPMAN: Manchmal.

WARFIELD: Und ernähren sich vorwiegend von der Erdnußbutter, die Sie im Handschuhfach mitführen, nicht wahr?

Miss Trappman gab ihm darauf keine Antwort; aber Warfield hatte es an dieser Stelle für richtig gehalten, dieses Thema nicht weiterzuverfolgen.

WARFIELD: Also schön. Lassen wir es dabei bewenden, daß Sie

keinen festen Wohnsitz haben. Wir wissen ja, wo Sie sich zur Zeit aufhalten, und das ist das wichtigste. Aber lassen Sie mich Sie noch etwas zu Ihrer Person fragen, Miss Trappman. Haben Sie eine Anstellung oder eine Arbeit, der Sie nachgehen?

TRAPPMAN: Nein.

WARFIELD: Nun – wie bringen Sie denn dann die notwendigen Mittel für den Betrieb des Wagens auf, mit dem Sie durch die Lande fahren, Miss Trappman?

Statt sich nun nach dieser Frage von Warfield in ein verlegenes Schweigen zurückzuziehen, hatte Edna Trappman ihm vielmehr mit einer bemerkenswerten Antwort Paroli geboten:

TRAPPMAN: Ich tue Wunder.

Die Zuhörer hatten diese Antwort mit einem unbehaglichen Lachen quittiert; aber Miss Trappman hatte nicht gewartet, bis der Richter nun die Leute zur Ordnung rief, sondern ihrer bemerkenswerten Antwort noch eine viel bemerkenswertere Tat folgen lassen, indem sie nämlich selbst die Ruhe im Saal wiederherstellte.

TRAPPMAN: Ruhe!

Es war einer von diesen in seiner Praxis selten vorkommenden Fällen, wo ein Gerichtsstenograph in einem Protokoll ein Ausrufezeichen verwendet hatte, und er hatte damit entweder die Lautstärke wiedergeben wollen, mit der Miss Trappman dieses Wort sagte, oder den Ausdruck in ihren Augen, als sie es aussprach.

RUHE!

Und aus dem Protokoll konnte Kinley ersehen, daß es sofort still geworden war im Gerichtssaal; denn Warfield hatte sogleich, ohne vorausgehende Intervention des Richters, die Befragung der Angeklagten fortsetzen können, jedoch auf eine merkwürdig verunsicherte Weise, als habe ihm das selbstbewußte Auftreten der Angeklagten den Wind aus den Segeln genommen – ja, ihn sogar eingeschüchtert:

WARFIELD: Nun, ich habe ... ich habe da noch ...
TRAPPMAN: Fragen?
WARFIELD: Ja, noch ein paar Fragen an Sie, die ...
TRAPPMAN: Dann fragen Sie.

Sie beherrschte jetzt den Gerichtssaal, und die Macht, die von ihr ausging, schien nun wie Pulverrauch aus den Blättern des Protokolls aufzusteigen.

WARFIELD: ... die Art und Weise betrifft, wie Sie bisher Ihren Lebensunterhalt bestritten haben ...
TRAPPMAN: Es ist alles in Ihrem Kopf.
WARFIELD: Was?
TRAPPMAN: Was Sie sehen.
WARFIELD: Wie bitte?
TRAPPMAN: Wenn Sie mich anschauen.
WARFIELD: Ich weiß nicht, was Sie ...
TRAPPMAN: Sie suchen ein Heilmittel.
WARFIELD: ... meinen, wenn Sie ...
TRAPPMAN: Nach einem Ausweg.
WARFIELD: Wollen Sie damit sagen ...
TRAPPMAN: Ich gebe es Ihnen.
WARFIELD: ... daß sie schuldig ...
TRAPPMAN: Verschaffe Ihnen beides.
WARFIELD: ... sind?
TRAPPMAN: Ja.

Und in diesem Moment war der Prozeß zu Ende gewesen. Warfield hatte sofort das Gericht darum gebeten, das spontane Schuldgeständnis der Angeklagten ins Protokoll aufzunehmen, und das Gericht hatte dies auch prompt getan. Ein paar Minuten später hatte das Gericht dann Miss Trappman im Sinne der Anklage für schuldig befunden, ohne die dazu erforderliche Lizenz den Heilberuf eines Arztes ausgeübt zu haben. Dann vertagte es sich für zwei Stunden, und als es wieder zusammentrat, fragte es die Angeklagte, ob sie noch etwas zu sagen habe, ehe das Urteil verkündet wurde.

Sie hatte etwas zu sagen. Ihr Vortrag war keine rhetorische Glanzleistung, sondern zweifellos die Stimme eines Menschen, der kaum eine formale Bildung genossen hatte; und dennoch mußte Kinley die Intelligenz und moralische Kraft bewundern, die aus ihren einfachen Worten sprach, und die Geschicklichkeit, mit der sie das, was man ihr vorwarf, umzukehren und in das Gegenteil zu verwandeln verstand.

TRAPPMAN: Ich sage Ihnen nur das eine. Es gibt keinen Ausweg. Alle Straßen sind blockiert. Es gibt nur Stimmen. Alles befindet sich in Ihrem Kopf. Sie können sie zuweilen spüren – die Dinge, die durch Sie hindurchkriechen. Sie können ihre winzigen Füße spüren. Sie sind nicht wirklich, diese kleinen Tiere. Doch wir hören auf sie. Wir flehen sie an. Wir beten zu ihnen. Wir wollen das loswerden, was uns da zu Tode nagt. Es spielt dabei gar keine Rolle, was es ist. Ob es Krebs ist. Ob es die spinale Kinderlähmung ist. Die Leute sagen zu ihren Kindern: ›Trinkt kein Wasser, wenn euch heiß ist und ihr schwitzt. Denn wenn ihr das tut, bekommt ihr Kinderlähmung.‹ Ist das etwa eine unerlaubte Ausübung des ärztlichen Berufs? Oder ist sie es dann etwa, wenn man zu den Kindern sagt: ›Habt keine Angst. Ich weiß ein Mittel. Ihr braucht keine Angst zu haben, daß ihr Kinderlähmung bekommt und ein Leben lang verkrüppelt seid. Ihr dürft nur kein Wasser trinken, wenn ihr zu sehr schwitzt, und dann kann euch nichts passieren. Dann werdet ihr niemals Kinderlähmung bekommen.‹ Und die Kinder nehmen das auf; wenn sie spielen und dabei zu sehr schwitzen, trinken sie kein Wasser; und schon hat die Kinderlähmung ihren Schrecken für sie für immer verloren. Denn sie glauben, daß sie ein Mittel dagegen haben. Es ist nicht echt. Niemand weiß etwas darüber. Es ist nur der Wunsch, der uns von dem Leiden befreit. Ich praktiziere nicht

Medizin. Die Leute, die zu mir kommen, wollen gar keine Medizin von mir. Ich praktiziere Magie. Und manchmal, wenn es ein Problem ist, das in ihrem Kopf steckt, verschaffe ich ihnen auch dafür einen Zauber. Sie scheinen mit Gewichten behängt zu sein. Sie glauben, alles wäre fest und unverrückbar. Ihre Beschwerden sind wie Steine. Doch selbst ein Stein kann verschwinden. Man braucht ihn nur aufzuheben und in eine Fluß zu werfen. Und schon ist er, wie durch Zauberei, verschwunden. Da ist nichts Arges daran. Wenn Sie etwas Arges daran entdecken, dann lassen Sie mich dafür bezahlen. Das ist alles, was ich zu sagen habe.

Ein paar Minuten später, und zwar um 14 Uhr 37, wie der Gerichtsstenograph an dieser Stelle vermerkte, tat das Gericht genau das, wozu die Angeklagte es aufgefordert hatte: Es befand, daß sie etwas Arges getan habe, und ließ sie dafür bezahlen.

Gericht: Edna Mae Trappman, nachdem das Gericht Sie für schuldig befunden hat, auf unerlaubte Weise den Heilberuf eines Arztes ausgeübt und damit gegen die Ordnung des Staates von Georgia verstoßen und dessen Würde verletzt zu haben, ist es seine Pflicht, dieses Vergehen zu ahnden, und verurteilt Sie deshalb zu einer Haftstrafe von drei Monaten, die Sie im Bezirksgefängnis von Sequoyah verbüßen werden. Dieses Urteil tritt sofort in Kraft, und da Sie keinen festen Wohnsitz haben, werden Sie Ihre Strafe noch heute antreten.

Und zwar am 2. April 1954, wie der Stenograph anmerkte. Und damit war der Prozeß zu Ende, und Kinley klappte den Protokollband zu und legte ihn auf den Stapel neben dem Aktenschrank zurück. Im Geiste ging er noch einmal das Ergebnis seiner bisherigen Ermittlungen durch. Er schien zwar mit jedem Schritt, den er unternommen hatte, einen Teil des Rätsels gelöst zu haben; aber noch hatte er den Schlüssel zum Ganzen nicht gefunden. Denn wenn Warfield Ellie Dinker tatsächlich ermordet hatte, mußte er ja ein Motiv dafür gehabt haben. Und warum war die Leiche versteckt und Overton das Verbrechen angehängt worden? Drei wesentliche Fragen, auf die er noch keine Antwort wußte, und im selben Moment sah er wieder Snows Augen vor sich, die ihn regungslos anstarrten: *Das ist ja das Glorreiche daran. Keiner ist jemals dahintergekommen, was mit Ellie Dinker wirklich passiert ist.*

Vielleicht sollte Snow recht behalten, und es würde für immer ein ungelöstes Rätsel bleiben, überlegte Kinley. Doch nun galt es erst einmal, die Antwort auf Fragen zu finden, die er sich selbst stellen mußte. So wie Warfield damals richtig erkannt hatte, daß seine Klage gegen Overton auf wackligen Beinen stand, solange er ihm kein Tatmotiv nachweisen konnte, wußte Kinley jetzt, daß er nun ein Tatmotiv für Warfield finden mußte, wenn seine Theorie, daß Warfield Ellie Dinker ermordet hatte, Bestand haben sollte. Doch da war niemand mehr aus jener Zeit übrig, den er jetzt befragen konnte. Maddox, Thompson, Warfield, Martha Dinker, Sarah Overton, Chief James – sie waren inzwischen alle tot, und keiner von den noch lebenden Augenzeugen hatte zu dem Warfield nahestehenden Personenkreis gehört.

Bis auf einen, fiel es Kinley nun ein, während er sich seinen nächsten Zug überlegte, und fand es schon merkwürdig, wie oft dieser Mann in den Prozeßakten auftauchte. Er war immer zugegen, stets im Hintergrund irgendwo gegenwärtig, immer ein Zeuge, nie aktiv im Vordergrund wirkend, doch stets in der Nähe des Geschehens, als legte er Wert darauf, seine Fingerabdrücke am Tatort zu hinterlassen.

37

ES WAR SAMSTAG, und deshalb wartete Kinley erst den frühen Nachmittag ab, ehe er Dr. Stark in seiner großen, im Kolonialstil erbauten Villa einen Besuch abstattete, die, umgeben von stattlichen Magnolienbäumen, inmitten einer weitläufigen Rasenfläche lag und von einer grünen hohen Hecke zur Straße hin abgeschirmt war. Die Starks hatten schon immer hier gewohnt, soweit Kinley zurückdenken konnte, und der freundliche Landarzt Dr. Stark hatte mindestens der Hälfte seiner Mitschüler an der Sequoyah High School, zu der auch sein Freund Ray Tindall gehört hatte, dazu verholfen, das Licht der Welt zu erblikken.

Dr. Stark schien keinesfalls überrascht zu sein, ihn zu sehen, als er ihm die Tür öffnete. »Ah, Jack«, sagte er liebenswürdig, »nett, daß Sie mich noch einmal besuchen, ehe Sie wieder abreisen.« Er forderte Kinley mit einer Handbewegung auf, in die Vorhalle zu treten, deren hohe weiße Wände die Porträts seiner toten Ahnen zierten.

»Wie geht es Serena?« fragte Dr. Stark, als er die Haustüre hinter Kinley schloß.

»Gut, denke ich«, antwortete Kinley, den Blick auf ein Porträt heftend – einen Mann in einem großen roten Lehnsessel, die langen weißen Finger über einen großen schwarzen Federkiel gefaltet.

»Mein Urgroßvater«, erklärte Dr. Stark und lächelte still. »Er war Schriftsteller wie Sie.« Er ging durch die Vorhalle und öffnete eine zweite Tür. »Wir können uns hier unterhalten«, sagte er, in dem Raum dahinter verschwindend.

Kinley folgte ihm dorthin und nahm in einem der großen schwarzen Ledersessel, die im Zimmer verteilt waren, Platz. »Ich bin inzwischen sehr beschäftigt gewesen«, sagte er.

Dr. Stark nickte, während er sich Kinley gegenüber in einem anderen Ledersessel niederließ. »Billy hat es mir erzählt.«

»Billy?«

»Billy Warfield«, erklärte Stark. »Ich bin bei dem Namen geblieben, unter dem ich ihn schon als kleinen Jungen kannte.« Er lächelte still vor sich. »Egal – er gehört jetzt zu meinem Klub, und manchmal spielen wir eine Runde Golf miteinander. Natürlich bin ich für Bill kein ernstzunehmender Gegner, und ich denke, er will mich alten Mann damit nur bei Laune halten. Schließlich war ich ja ein Freund seines Vaters.« Er blickte Kinley vielsagend an. »Bei uns ehemaligen Südstaatlern werden Freundschaften über Generationen hinweg gepflegt«, sagte er, als wollte er Kinley darauf hinweisen, daß er sich nicht mehr zu seinen früheren Landsmannen zählen dürfte, seit er nach New York gezogen und dort die Lebensart eines Yankees angenommen hatte.

»Was hat Mr. Warfield Ihnen denn erzählt?« fragte Kinley.

»Daß Sie sich mit dem Fall Overton beschäftigen«, erwiderte Dr. Stark. »Und deshalb wußte ich, daß Sie hier irgendwann aufkreuzen würden.«

»Warum?«

»Weil ich in diesem Prozeß ein Zeuge gewesen bin.«

»Ich verstehe.«

»Und weil Sie ja bereits einmal bei mir gewesen waren, um sich nach der Todesursache von Ray Tindall zu erkundigen«, fügte er hinzu.

Kinley nickte.

»Und weil Ray mich ebenfalls in dieser Sache aufgesucht hat«, fuhr Stark vielsagend fort. »Und mir die gleichen Fragen stellte.«

»Was für Fragen?«

»Über Ellie Dinker.«

»Was wollte er denn über sie wissen?«

»Er hatte in den Prozeßakten gelesen, daß ich ihr Arzt gewesen bin«, antwortete Stark. »Er meinte, ich hätte damals nicht alles gesagt.« Er lächelte dünn. »Aus irgendeinem Grund glaubte er nämlich, daß Overton gar nicht den Mord begangen habe.«

»Und warum glaubte er das?«
Stark schüttelte den Kopf. »Ich weiß es nicht.«
»Und er hat Sie über Ellie Dinker ausgefragt?«
»Ja«, erwiderte Stark. »Ich denke, er wollte irgendeine Verbindung zwischen ihr und Overton herstellen. Entweder zu Overton oder zu einem anderen Mann.«
Kinley holte sein Notizbuch aus der Brusttasche. »Und was haben Sie ihm erzählt?«
Stark zögerte einen Moment, Kinleys Notizbuch mißtrauisch betrachtend. »Sequoyah ist eine schrecklich kleine Stadt, wie Sie wissen. Man kennt sich zu gut. Jeder muß auf jeden Rücksicht nehmen.«
Kinley sagte nichts.
»Und wir reden hier über ein Ereignis, daß schon über dreißig Jahre zurückliegt«, fuhr Stark fort. »Die meisten daran beteiligten Personen sind inzwischen verstorben.«
»Und deshalb besteht für Sie auch kein Grund dazu, irgendwelche Information zurückzuhalten, nicht wahr?« sagte Kinley.
Stark lächelte. »Genau das hat Ray damals auch gesagt.«
Kinley zeigte ihm nun sein wärmstes, um Vertrauen werbendes Grinsen. »Hat es funktioniert?«
Zu Kinleys Überraschung nickte Stark zustimmend. »Es hat.« Er zuckte mit den Achseln. »Ich mochte Ray. Er verstand es, den Leuten Mut zu machen, sich ihm zu offenbaren.«
»Was haben Sie ihm erzählt?«
»Alles, was ich wußte«, erwiderte Stark schlicht. »Was nicht viel war, wenn man es genau betrachtet. Nur, daß Ellie Dinker zur Zeit ihrer Ermordung schwanger gewesen ist.«
Kinleys Stift stockte mitten im Satz.
»Sie kam zu mir«, setzte Stark hinzu. »Schließlich bin ich ja schon immer ihr Arzt gewesen.«
»Zur Schwangerschaftsbetreuung?«
Stark lachte. »Nein, sondern zu einem Schwangerschaftsabbruch, Jack«, sagte er. »Sie müssen verstehen, daß Ellie Dinker nicht der damals üblichen Vorstellung von einem Teen-

ager entsprach. Sie war viel herumgekommen, wenn Sie wissen, was ich meine, und ein sehr – wie soll ich sagen – freizügiges Mädchen.«

»Offenherzig?«

»Das ist genau das richtige Wort«, erwiderte Stark. »Sagte es geradeheraus, nachdem ich sie untersucht und ihr mitgeteilt hatte, daß sie schwanger sei. ›Können Sie es wegmachen?‹ fragte sie mich, ehe ich noch ein weiteres Wort herausbringen konnte – einfach so, ohne erst lange nachzudenken.« Stark ging zu einem kleinen Barschrank an der Wand und öffnete ihn. »Es ist schon spät genug für einen Drink, meinen Sie nicht auch?« sagte er. »Was darf ich Ihnen anbieten?«

Kinley schüttelte den Kopf.

Stark goß sich einen Whisky ein, ohne seinen Bericht zu unterbrechen: »Natürlich kam so etwas damals überhaupt nicht in Frage. Wir befanden uns schließlich im Jahre 1954. Eine Abtreibung war ein unerlaubter Eingriff. Und wenn ich ihn heute nicht vornehme, dann damals schon gar nicht.«

»Aber Sie haben beim Prozeß das alles doch mit keiner Silbe erwähnt«, sagte Kinley.

»Nein; aber Tom Warfield wußte es. Ihm habe ich es erzählt«, erwiderte Stark, »und da meinte er, das habe für den Fall keine Bedeutung.«

»Keine Bedeutung?«

Starks Gesicht verdüsterte sich ein wenig. »Ich reagierte damals genauso wie Sie, Jack. Schließlich war das doch Overtons Tatmotiv. Zumindest war ich damals überzeugt davon, daß Ellies Schwangerschaft sein Mordmotiv gewesen ist.«

»Aber Warfield war nicht Ihrer Ansicht?«

Stark schüttelte den Kopf. »Absolut nicht«, sagte er. »Er kam bei meiner Zeugenbefragung vor Gericht nie darauf zu sprechen, und da ich an meine ärztliche Schweigepflicht gebunden war, habe ich damals auch niemand anderem davon erzählt.« Stark nahm einen kleinen Schluck aus seinem Glas, kehrte damit zu seinem Sessel zurück und rollte es dann langsam zwischen seinen Handflächen hin und her. »Doch insgeheim gab es mir das, was ich brauchte, um meine letzten Zweifel auszuräumen.«

»Welche Zweifel?«

»An der Schuld des Angeklagten«, erwiderte Stark. »Ich meine, damit kannte ich nun die ganze Geschichte. Overton hatte das Mädchen geschwängert. Das war der Schlüssel zum Ganzen. Sie war in anderen Umständen, und es war Overtons Kind, und sie muß ihm damit wohl die Hölle heiß gemacht haben.« Er zuckte mit den Achseln. »Es war nicht schwierig, sich vorzustellen, was dann passierte. Die beiden hatten eine heftige Auseinandersetzung, und Overton brachte sie um. Ich schätze, er glaubte, das wäre der einzige Ausweg, der ihm noch blieb.«

»Weil er der Vater ihres Kindes war?«

»Natürlich.«

»Sind Sie damals auch Overtons Arzt gewesen?«

»Nein«, erwiderte Stark. »Er ist nie mit irgendwelchen Beschwerden zu mir gekommen. Selbst nicht mit diesen angeblichen Magenkrämpfen, die ihn damals plötzlich bei der Arbeit überfielen.«

»Demnach hatten Sie keine medizinischen Kenntnisse von dem Gesundheitszustand des Angeklagten?«

»Nicht die geringsten.«

»Nun, dann darf ich Ihnen verraten, daß Overton unmöglich der Vater von Ellie Dinkers Kind sein konnte.«

Das Glas, das Stark sacht zwischen den Fingern hin- und herbewegte, kam plötzlich zum Stillstand. »Und warum nicht?«

»Er wurde im Krieg schwer verwundet«, erwiderte Kinley. »An den Lenden. Er hätte also Elle Dinker unmöglich schwängern können.«

Stark starrte ihn ungläubig an. »Woher wissen Sie das?«

»Aus einem medizinischen Gutachten der Armee der Vereinigten Staaten von Amerika«, erwiderte Kinley, »das Ray ebenfalls kannte.«

Stark nickte nachdenklich. »Ich schätze, deshalb hat er mir damals auch so seltsame Fragen gestellt.«

»Seltsame Fragen?«

»Nun – sobald ich ihm das von Ellie Dinkers Schwangerschaft erzählt hatte, fing er an, mich geradezu mit Fragen zu löchern«, erwiderte Stark. »Er wollte wissen, an wen Ellie sich sonst noch hätte wenden können.«

»Um das Kind abtreiben zu lassen?«

»Ja«, sagte Stark. »Und das brachte mich, offen gestanden, in einige Verlegenheit. Mir wollte da erst niemand einfallen. Doch Ray ließ nicht locker; bis ich mich doch noch an einen Namen erinnerte.«

»An Edna Trappman?«

Stark blickte ihn überrascht an. »Edna Trappman – richtig.«

»Sie haben ja 1954 als Zeuge gegen sie ausgesagt, als sie wegen unerlaubter ärztlicher Betätigung verklagt wurde.«

»Ja – und woher wissen Sie das nun wieder?«

»Weil Ray die Prozeßakten dieses Falls gelesen hat«, erwiderte Kinley, »und zwar nur wenige Wochen vor seinem Tod.«

Stark blickte ihn ein wenig verwirrt an. »Warum?«

»Ich weiß es nicht«, gestand Kinley. »Aber können Sie mir noch mehr von dieser Trappman erzählen? Ich meine, was nicht in den Gerichtsakten steht?«

Starks Antwort war unzweideutig. »Eine schreckliche Frau. Die kälteste Person, die mir in meinem Leben begegnet ist.«

»Ich wußte gar nicht, daß sie diese Person auch privat kannten«, sagte Kinley. »Von Angesicht zu Angesicht, meine ich.«

»Nun – eigentlich war es keine richtige Begegnung«, erwiderte Stark, »eher eine Beobachtung.«

»Was meinen Sie damit?«

»Ich hatte irgendwie das Bedürfnis, mir ein genaueres Bild von ihr zu machen«, erwiderte Stark. »Ich weiß nicht, warum. Vielleicht war es pure Neugierde.« Er schwieg einen Moment, während er die Augen schloß, als wollte er dieses Bild wieder in seiner Erinnerung heraufbeschwören. »Sie war sehr groß, sehr hager. Sie sah mir nicht ganz gesund aus, obwohl sie doch eine Wunderheilerin sein wollte.« Er hielt wieder inne, versuchte die verstreuten Elemente seiner Beobachtung zu einem Gesamteindruck zu verbinden. »Und die Art, wie sie sich bewegte ... als wäre sie ganz allein auf der Welt.«

»So von sich überzeugt?«

»So machtbewußt. Sie schien mir eine Frau zu sein, die die Menschen benützte, sich aber nie wirklich mit ihnen identifizierte.«

»Wo haben Sie Miss Trappman gesehen?«

»Beim Prozeß natürlich«, erwiderte Stark. »Aber vorher noch nie.«

»Aber nach dem Prozeß – haben Sie sie da noch einmal gesehen?«

»Das muß erst ein oder zwei Tage nach ihrer Entlassung aus dem Gefängnis gewesen sein«, erklärte Stark. »Und diesmal war es eine Begegnung, wenn auch nur eine sehr flüchtige«, fuhr er fort. »Doch sie reichte mir vollkommen. Ich hatte sie natürlich, wie ich schon sagte, bei der Verhandlung gesehen; aber sie nun in Freiheit zu erleben – nicht in einem Saal an einem Tisch sitzend, sondern draußen auf der Straße – das war irgendwie beängstigend. Das gab mir ein Gefühl der ... der Verletzlichkeit, als hätte man ein wildes Tier losgelassen, verstehen Sie?«

»Wo sind Sie ihr denn damals begegnet?«

»Es war Anfang Juli«, erwiderte Stark, »und es konnte nur wenige Tage nach ihrer Freilassung gewesen sein, wie ich bereits sagte. Ich befand mich gerade auf dem Heimweg von meiner Praxis. Das muß so gegen zehn Uhr abends gewesen sein, und ich fuhr sehr langsam, weil es regnete.«

Kinley versetzte sich im Geiste in Starks Wagen, der sich im Regen langsam durch die dunklen Straßen von Sequoyah bewegte.

»Da sah ich sie aus einem Auto steigen«, fuhr Stark fort, »und im Regen den Bürgersteig hinaufgehen. Sie schien vollkommen durchnäßt zu sein. Ihre langen schwarzen Haare hingen ihr über Schultern und Gesicht.« Starks Blick zuckte zu Kinley hin. »Wie Medusa. Ich mußte, als ich sie sah, sofort an dieses Gorgonenweib denken.«

Kinley konnte sie nun ebenfalls vor sich sehen, eine dunkle Gestalt, die sich langsam, ihm den Rücken zukehrend, durch den Regen bewegte. Und in seiner Vorstellung schien sie nicht zu gehen, sondern in einer lichtlosen und unbewohnten Welt dahinzuschweben – eine Gestalt ohne Landschaft, mit den Füßen über eine schwarze Leere schreitend.

»Wohin ist sie denn damals gegangen?« fragte er leise.

Stark schüttelte den Kopf. »Ich weiß es nicht«, sagte er. »Sie trug ein Bündel auf dem Arm, und sie konnte damit nicht weit gegangen sein. Sie hat nicht einmal die Scheinwerfer ihres Wagens ausgeschaltet. Ich konnte sehen, wie sie hinter mir verschwanden, als ich weiter die Straße hinauffuhr.«

»Und danach haben Sie sie nie mehr wiedergesehen?« fragte Kinley mit einer seltsamen Unruhe. »Nie mehr?«

»Nein«, erwiderte Stark. »Das war das letzte, was ich von dieser Frau sah – wie sie den Bürgersteig hinaufging.«

»Wohin?«

Stark zuckte wieder mit den Achseln. »Wenn Sie mich jetzt danach fragen, schien es mir so, als ginge sie nirgendwohin. Denn die Läden hatten längst geschlossen. Und außerdem waren sie mindestens etliche Häuserblocks von dieser Stelle entfernt. Da befand sich nichts in ihrer Nähe als dieser Hügel mit dem Gerichtsgebäude darauf – aber das war damals ja noch gar nicht fertig.«

Kinley blickte auf seine Notizen hinunter. »Anfang Juli?« fragte er. »Es wurde doch am vierten Juli eröffnet.«

»Dann muß es am Tag zuvor gewesen sein«, erwiderte Stark. »Weil sie immer noch daran arbeiteten. Ich weiß es, denn ich sah einen alten Lastwagen oben stehen, und der Kran bewegte sich.«

Kinley klappte sein Notizbuch zu, während er sich im Geist plötzlich auf die Baustelle vor dem Gerichtsgebäude versetzt sah, wo Overton, geplagt von Magenkrämpfen, sich mit Zementsäcken abmühte und Adcocks Kran den an einem Granitblock befestigten Flaggenmast in die noch unfertige Grube hinuntersenkte.

»Haben Sie Ray auch das erzählt?« fragte er.

»Ja«, antwortete Stark, »und dann wollte er nicht länger hierbleiben, sondern stand auf und sagte: ›Ich werde Sie wissen lassen, was ich herausfinde.‹ Das waren seine letzten Worte, als er sich von mir verabschiedete.« Stark blickte Kinley plötzlich an, als wäre ihm ein neuer Gedanke gekommen. »Und wie sich herausstellen sollte, waren das überhaupt seine letzten Worte gewesen«, fügte er hinzu. »Jedenfalls zu mir.«

Als Kinley wieder im Büro in der Beaumont Street saß, mußte er an die letzten Worte denken, die Ray an ihn gerichtet hatte: *Kinley, bist du sicher?*

Das letzte Wort hatte er allerdings von sich aus ergänzt, sie als Teil der Frage Ray in den Mund gelegt; aber in seiner Vorstellung schien sie ihm nun so, wie er sie komplettiert hatte, der Wirklichkeit zu entsprechen. Er erinnerte sich wieder daran, wie sie sich angeschaut hatten – er, Kinley, am Abteilfenster stehend, Ray, ganz außer Atem, neben dem Zug herlaufend. Um Rays Frage zu beantworten, hatte er nun auch die letzte Prozeßakte durchgelesen und nichts anderes darin gefunden als eine nicht übermäßig interessante junge Dame, die sich in einem noch weniger interessanten Fall hatte verteidigen müssen. Danach hatte er den letzten lebenden, noch zum engeren Bekanntenkreis von Thomas Warfield gehörenden Zeugen besucht und da auch nicht viel Neues erfahren. Nun schien es keine Adresse mehr zu geben, wo er noch hingehen konnte, und er dachte, daß er vielleicht bis zum Ende seiner Tage mit diesem einen gespenstischen Bild in seiner Erinnerung an den Fall leben müßte, wie Edna Trappman im Dunklen sich auf das Gericht zu bewegte, mit einem Bündel auf dem Arm, in dem sich – vielleicht – das blutige Montiereisen und Ellie Dinkers Schuhe befunden hatten.

Kinley, bist du sicher?

Er nahm noch einmal die Prozeßakte des Trappman-Falles zur Hand, schlug die Titelseite auf, las dann die erste Seite, die zweite und legte schließlich den Band erst wieder beiseite, nachdem er sie alle noch einmal gelesen hatte.

Neue Erkenntnisse hatte ihm das nicht gebracht; aber vielleicht hatte sich diese Edna Trappman, nachdem sie aus dem Gefängnis entlassen worden war, hier in der Gegend niedergelassen. Er holte das Telefonbuch von Sequoyah aus dem Regal und suchte darin ihren Namen; doch weder im regionalen noch überregionalen Telefonbuch fand er einen Eintrag unter dem Namen Trappman.

Kinley lehnte sich im Schreibtischsessel zurück und fragte sich, ob er nun wirklich mit seinem Latein am Ende war. Die Verhandlungsprotokolle des Trappman-Prozesses schienen ihn offenbar nicht weiterzubringen.

Kinley, bist du sicher?

Da las er sie zum dritten Mal durch, diesmal jedes Wort abklopfend, bis ihm vor Anstrengung und Müdigkeit die Augen zufallen wollten. Und nachdem er auch noch einmal das Schlußwort der Angeklagten gründlich studiert hatte, rieb er sich die Augen und lehnte sich enttäuscht im Sessel zurück.

Nichts.

Kinley, bist du sicher?

Die Stimme war jetzt schwach, kaum noch vernehmbar in seinem Geist; aber laut genug, daß sie seine Aufmerksamkeit noch einmal auf die letzte Seite des Protokolls lenkte, wo sein Blick am Urteilsspruch des Gerichtes hängenblieb:

GERICHT: Edna Mae Trappman, nachdem das Gericht Sie für schuldig befunden hat, auf unerlaubte Weise den Heilberuf eines Arztes ausgeübt und damit gegen die Ordnung des Staates von Georgia verstoßen und dessen Würde verletzt zu haben, ist es seine Pflicht, dieses Vergehen zu ahnden, und verurteilt Sie deshalb zu einer Haftstrafe von drei Monaten, die Sie im Bezirksgefängnis von Sequoyah verbüßen werden. Dieses Urteil tritt sofort in Kraft, und Sie werden noch heute, am 2. April 1954, Ihre Strafe antreten.

Kinley bist du sicher?

Nun gewann die Stimme wieder an Stärke, als habe sich Rays lebloser Körper in seinem Grab bewegt und die Lider über seinen grünen Augen gezuckt, während Kinleys Blick sich förmlich in diese Zeilen hineinbohrte, die seine letzte Hoffnung waren.

Im Geiste sah er, wie der Gerichtsdiener sie abführte – so wie er Overton abgeführt hatte: die Hand auf ihren Ellenbogen gelegt – und aus dem Saal brachte, wo Sheriff Maddox und sein Gefängnis sie bereits erwarteten. Er sah, wie die Saaltür sich hinter ihr schloß und spürte, wie ihm ein Schauer über den Rücken lief, als er der Stimme flüsternd Antwort gab:

Kinley, bist du sicher?

»Noch nicht.«

38

DAS BEZIRKSGEFÄNGNIS WAR ein einstöckiges Ziegelgebäude, dessen Keller in eine Art fensterloses Verlies für randalierende, unverbesserliche, aber mehr oder weniger harmlose Missetäter verwandelt worden war. Wie Kinley aus seiner langen Erfahrung mit dem Verbrechen wußte, wurden echte Kriminelle nur selten in solchen Gefängnissen untergebracht, ausgenommen in der relativ kurzen Zeit ihrer Untersuchungshaft, worauf sie nach ihrer Verurteilung sogleich in ein weitaus sichereres Gefängnis gebracht wurden. In der Regel waren Bezirksgefängnisse unansehnliche, zumeist auch unhygienische Verwahrungsorte für Leute mit kurzen Haftstrafen.

Aus der Prozeßakte wußte Kinley, daß Edna Trappman zu

drei Monaten Gefängnis verurteilt worden war. Auch war ihm bekannt, daß die meisten Gefängnisse Besucherlisten führten. Solche Listen wurden von dem Gefängnisaufseher verwahrt und selten weggeworfen, da es sich dabei in der Regel um dicke, unhandliche Folianten handelte und die meisten Gefängnisaufseher, wie Kinley erkannt hatte, sich einer sehr seßhaften Lebensweise befleißigten – also einem Typ angehörten, der es bequemer fand, so etwas in einem Schrank in einem Hinterzimmer zu vergraben, als sich der doch etwas komplizierteren Prozedur einer amtlichen Aktenvernichtung zu unterziehen.

Der Aufseher des Bezirksgefängnisses von Sequoyah schien jedoch nicht in diese Schablone zu passen, und einen Moment lang fürchtete Kinley, als er den kleinen, quirligen alten Mann hinter dem Tisch in der Aufnahme sitzen sah, daß man hier die Besucherlisten längst dem Reißwolf übergeben hatte und kein Verzeichnis mehr aus der Zeit existierte, als Edna Trappman hier ihre kurze Haftstrafe verbüßte.

»Mein Name ist Jack Kinley«, sagte er, als er nun an den Schalter des Gefängnisaufsehers trat.

Der alte Mann schüttelte nur kurz den Kopf. »Besuche sind hier nur nachmittags erlaubt.«

»Ich bin kein Besucher«, klärte Kinley ihn auf. »Ich möchte nur einer Sache nachgehen.«

Der alte Mann sah ihn an, als könne er sich nicht recht vorstellen, daß man bei ihm etwas nachprüfen müßte.

»Es handelt sich um einen Fall, der schon lange zurückliegt«, sagte Kinley rasch, als er sah, daß der alte Mann einen roten Kopf bekam. »Um eine Frau, die hier im April des Jahres 1954 eingesessen hat.«

»Ach so«, gab der Alte besänftigt zurück. »1954. Da war ich hier auch schon Gefängnisaufseher«, setzte er hinzu, als wollte er Kinley mit seiner Langlebigkeit beeindrucken.

»Ihr Name war Edna Trappman.«

Das Gesicht des alten Mannes verhärtete sich wieder. »Oh, ja«, sagte er leise. »Ich erinnere mich an sie.«

»Sie war zu einer Gefängnisstrafe von drei Monaten verurteilt.«

Der alte Mann nickte. »Wegen so einer medizinischen Sache, wenn ich mich recht entsinne«, sagte er. »Eine Lappalie.«

»Lappalie?«

»Im Vergleich zu dem, was sie vermutlich wirklich verbrochen hat.«

»Verbrochen? Was hat sie Ihrer Meinung nach denn verbrochen?«

»Das weiß ich nicht so genau«, erwiderte der Alte. »Aber ich bin nun schon fünfzig Jahre in diesem Beruf, und manchmal bekommt man jemanden herein, der nicht so ist wie die anderen. Bei dem man ein ungutes Gefühl hat, verstehen Sie? Der einem nicht geheuer ist.« Er erschauerte leicht. »Unheimlich.«

»Und diese Frau war Ihnen nicht geheuer?«

»Absolut nicht. Kein Mann und keine Frau, die vorher oder nachher hier eingesessen haben, war so unheimlich wie die.«

»Hatte sie Besucher?«

»Ja«, erwiderte der Alte. »Ein paar.«

»Hatten Sie damals auch schon eine Besucherliste?«

Der alte Mann nickte. »Selbstverständlich. Hier wurden schon immer Besucherlisten geführt«, erwiderte er und fügte hinzu, ehe Kinley ihn darum bitten konnte: »Wollen Sie sie sehen?«

Kinley lächelte leise. »Ja.«

Der Alte verließ den Schalterraum und kam ein paar Minuten später mit einer Art Kontobuch wieder, das er vor Kinley auf den Schalter legte. »Das ist die Besucherliste von 1954«, erklärte er, den Buchdeckel aufschlagend. »Hier«, sagte er, auf die erste Spalte deutend, »ist der Name des Insassen verzeichnet, und hier«, fuhr er fort, mit dem Finger auf die äußerste rechte Spalte weisend, »mußte sich der Besucher mit seinem Namen eintragen.«

»Okay, vielen Dank«, sagte Kinley.

»Keine Ursache«, erwiderte der Alte, verharrte jedoch am Schalter und sah zu, wie Kinley die erste Seite des Monats

April aufschlug und mit dem Finger an der langen Kolonne von Namen entlangfuhr, die in der ersten Spalte eingetragen waren. Zu jedem Namen, den er sah, wußte sein Geist ihm auch eine Geschichte zu erzählen, und vor seinem inneren Auge zog nun ein kleines Heer von Gaunern vorbei: Randalierer, Tagediebe, Schmuggler, Zechpreller, Raufbolde – »grifters«, wie die New Yorker Polizei die kleinen Ganoven nannte, denen entweder die schiere animalische Intelligenz oder die Courage fehlte zu einer kriminellen Meisterleistung oder zu einer heroisch bösen Tat.

Edna Trappman.

Ihr Name tauchte zum erstenmal am 2. April auf. Noch am gleichen Tage, als sie hier eingeliefert worden war, hatte sie abends eine Frau im Gefängnis besucht, die ihren Namen in einer winzigen Schrift in der letzten Spalte eingetragen hatte: *Ludie Rae.*

Kinley holte sein Notizbuch aus der Brusttasche, trug dort den Namen ein und fuhr dann wieder, wie es der Gefängnisaufseher vor ihm gemacht hatte, mit dem Zeigefinger an der langen Kolonne der Namen an der linken Spalte entlang.

Edna Trappman.

Drei Tage später, am 5. April, war diese Frau, die sich als Ludie Rae bezeichnete, wieder zu Besuch gekommen.

Abermals notierte sich Kinley den Namen und das Datum und fuhr dann wieder mit dem Finger an der linken Spalte der dort eingetragenen im Gefängnis Einsitzenden entlang, das Papier fast mit der Fingerkuppe berührend, aber dennoch, fast unwillkürlich darauf achtend, daß er ihnen nicht zu nahe kam.

Edna Trappman.

Das war nun schon drei Wochen später gewesen, und diesmal war Ludie Rae nicht allein gekommen, sondern hatte noch einen Mann mitgebracht, der sich ebenfalls in der letzten Spalte eingetragen hatte: J. K. Creedmore.

Nachdem Kinley sich auch diesen Namen notiert hatte, suchte er wieder die Kolonne der Namen in der linken Spalte ab, wendete eine Seite nach der anderen um, während die Wochen vergingen und niemand mehr gekommen war, um die einsame dunkelhaarige Frau in der Zelle Nummer Vier zu besuchen. Im Geiste sah er sie nun, während sein Finger sich an der Namensliste in der linken Spalte entlangbewegte, in der muffigen Zelle mit den nackten, feuchten Betonwänden sitzen, deren Stahltüre offenstand, die Drahtmaschenauflage der Koje nun von der dünnen Matratze befreit, die normalerweise darauf ruhte; das sitzbrillenlose, mit Rostflecken bedeckte Toilettenbecken nur ein paar Schritte vom Bett entfernt, als wollte es die schlaflose Zelleninsassin an ihren unwürdigen und gedemütigten Zustand erinnern.

Edna Trappman.

Es war nun Mitte Juni, und endlich war wieder ein Besucher für sie gekommen – abermals diese Frau Ludie Rae.

Kinley notierte sich wieder Namen und Datum und suchte dann die zweite Hälfte Juni ab, bis er schließlich die Spalte des zweiten Juli erreichte, wo Miss Trappman ihre dreimonatige Haftstrafe verbüßt und sie sich am Nachmittag, als man sie freiließ, mit ihrem Namen in der Spalte der aus dem Gefängnis Entlassenen eingetragen hatte.

Kinley schüttelte enttäuscht den Kopf. Nach dieser Besucherliste hatte Thomas Warfield Edna Trappman kein einziges Mal in den drei Monaten, wo sie hier einsaß, aufgesucht.

Der alte Mann schien zu spüren, wie niedergeschlagen Kinley war, als er das Buch wieder zuklappte. »Haben Sie nicht gefunden, wonach Sie suchten?«

Kinley schüttelte den Kopf.

»Was glaubten Sie denn in der Liste zu finden?«

»Einen ganz bestimmten Namen«, erwiderte Kinley, als er dem alten Mann das Buch mit den Listen wieder zuschob. »Thomas Warfield.«

Der alte Mann lachte.

Kinley sah ihn pikiert an. »Warum lachen Sie denn?«

»Du lieber Himmel – Mann, Tom Warfield brauchte sich doch

nicht in der Besucherliste einzutragen, wenn er einen Häftling aufsuchte«, sagte der Alte, verwundert über Kinleys politische Naivität. »Das können Sie doch von einem Bezirksstaatsanwalt nicht verlangen. Die stehen doch über solchen Dingen. Die waren schon immer von dieser Pflicht befreit.«

Kinley preßte beide Hände auf das Buch und lehnte sich ein wenig darauf. »Wollen Sie damit sagen, daß Thomas Warfield sie in der Zeit, als sie hier einsaß, besucht hat?«

Der alte Mann nickte.

»Wann?« fragte Kinley.

»Soweit ich mich entsinnen kann, muß das im letzten Monat ihrer Haftstrafe gewesen sein«, erwiderte der Alte. »Im Juni. Da hat er sie ein paarmal in ihrer Zelle aufgesucht.«

»Erinnern Sie sich noch an das genaue Datum?«

»Nur an das seines letzten Besuchs«, sagte der Alte.

»Wann war das?«

»An dem Tag, als sie entlassen wurde,« antwortete der Alte. »Warfield kam hierher, um sie mit seinem Wagen abzuholen, und sie verließen zusammen das Gefängnis.«

Kinley öffnete rasch wieder das Buch mit der Besucherliste und fand die entsprechende Spalte auf Anhieb: 2. Juli, 12 Uhr 31. Er notierte sich nun Datum und Uhrzeit und fragte dann den Gefängnisaufseher: »Wissen Sie, wo die beiden hingefahren sind?«

»Ich weiß nur, daß sie in Warfields Wagen stieg«, erwiderte der Alte. »Dann bogen sie dort unten in die Straße ein, die zum Berg hinaufführt.« Er schüttelte den Kopf, als würde er sich noch nach dreißig Jahren darüber wundern. »Das war seltsam; denn dort oben tat sich doch an diesem Tag nichts, wo alles in die Stadt strömte, um die Einweihung des neuen Gerichtsgebäudes zu feiern.«

Kinley lehnte sich in der Hängematte zurück und schaukelte dann sanft auf und nieder. Obwohl die Luft hier draußen auf der Veranda schon unangenehm kühl war, fühlte er sich wohlig und zufrieden.

Er hatte es jetzt. Alles. Die ganze Geschichte – welche die anderen nie hatten aufdecken können, angefangen bei Martha Dinker, die jahrelang in den Hinterhöfen und Brunnenschächten von Sequoyah nach ihrer Tochter gesucht hatte, bis zu Ray, der, von seiner Ruhelosigkeit zermürbt, in einem Moment der fast unerträglichen, für Kinley nachvollziehbaren Frustration all seine Notizen zum Fall Overton verbrannt hatte.

Er dachte noch immer über die Verwicklungen dieses Plots nach, als Dora fast eine Stunde später in die Beaumont Street kam. Ohne ein Wort zu sagen, führte er sie ins Haus, besorgte ihr einen Drink aus der Küche und machte ein kleines Feuer im Kamin, ehe er sich zu ihr auf das Sofa beim Fenster setzte.

»Ich denke, ich weiß jetzt alles«, sagte er.

Sie nickte. »Dann kannst du also bald wieder nach Hause fliegen?«

»Ja.«

»Gut«, sagte sie. »Du wirst New York vermutlich sehr vermissen.«

»Ja«, erwiderte er, ohne sich dafür zu entschuldigen. »Ich hoffe, du wirst mich dort bald besuchen und ...«

Sie machte eine schroffe Handbewegung. »Bitte, sag das nicht.«

»Verzeihung.«

Sie nahm einen Schluck aus ihrem Glas und setzte sich ein wenig gerader, als müsse sie sich innerlich für etwas wappnen. »Also – was hast du herausgefunden?«

»Elli Dinker wurde nicht ermordet«, sagte Kinley. »Zumindest nehme ich das nicht an.« Er wartete, ob Dora ihn etwas fragen wollte; aber als sie das nicht tat, fuhr er fort: »Sie war schwanger, und Thomas Warfield war der Vater ihres Kindes. Er vereinbarte mit einer Kurpfuscherin, daß diese sein Kind abtreiben sollte, und ich vermute, daß Ellie an den Folgen des Eingriffs gestorben ist.«

Dora sagte nichts. Ihr Blick wanderte zum Kaminfeuer.

»Sie hatten nun eine Leiche, die sie beseitigen mußten«, fuhr Kinley fort, »und da bei einer Autopsie herausgekommen wäre, daß Ellie nicht nur schwanger, sondern auch an den Folgen einer mißglückten Abtreibung gestorben war, heuerte Warfield Luther Snow an, die Leiche zu beseitigen.« Er schüttelte den Kopf, noch immer über eine so dreiste Tat staunend. »Ellie Dinker ist unter dem Flaggenmast auf dem Rasen vor dem Gerichtsgebäude begraben.«

Wieder sagte Dora nichts, nahm nur einen Schluck aus ihrem Glas und starrte unverwandt ins Feuer.

»Warfield hängte deinem ... hängte Overton dann die Tat an«, sagte Kinley, und sein seltsamer Moralcode hielt ihn im letzten Moment davon ab, »Vater« zu sagen. »Dann machte er ihm den Prozeß.«

»Er hat meinen Vater ermordet«, sagte Dora leise.

Kinley nickte und dachte an Talbott, der jetzt allein in seinem Haus saß, und an die Unmöglichkeit, ihr alles zu sagen. »Ja, ich denke schon«, sagte er.

»Und was wirst du jetzt tun?«

Einen Moment lang dachte er, sie meinte mit ihrer Frage das, was er sich gerade überlegt hatte, als sie hierhergekommen war; aber dann erkannte sie, daß ihre Frage etwas ganz anderes meinte, nämlich was er mit seinem Wissen nun anfangen wollte.

»Ich möchte Overtons Rehabilitierung anstreben«, erwiderte er. »Und die einzige Möglichkeit, seine Rehabilitierung zu erreichen, besteht darin, daß ich zu William Warfield gehe und ihm berichte, was ich jetzt weiß.«

Dora nickte bedächtig. »Wußte Ray auch, was du mir eben erzählt hast?«

»Ich weiß es nicht, Dora«, erwiderte Kinley. »Ich habe keine Ahnung, wieviel er tatsächlich herausgefunden hat.«

»Weil er mir niemals anvertrauen wollte, was er entdeckt hatte«, fuhr Dora nachdenklich fort. »Warum nicht?«

»Vielleicht, weil er mit seinen Ermittlungen nicht so weit gekommen war, daß er sich seiner Sache sicher sein konnte.«

»Aber du bist dir deiner Sache sicher?«

»Ja«, erwiderte Kinley und spürte, wie seine Hände unwillkürlich zuckten, als würden sie nach der endgültigen Wahrheit greifen. Er drückte sie fest gegen die Beine, um ihre zukkenden Bewegungen brutal zu unterbinden. »Ja«, wiederholte er, »absolut.«

»Gut«, sagte Dora.

In der langen Nacht, die nun folgte, hatte sie, wie er sich am Morgen erinnerte, kaum ein Wort gesprochen. Als er aufstand, um sich auf seine Konfrontation mit William Warfield vorzubereiten, fragte sich Kinley, ob sie vielleicht nicht doch recht hatte mit ihrer Behauptung vor wenigen Tagen, daß nämlich die Gewißheit nicht den höchsten Wert darstellte und das Geheimnis nicht diesen Schrecken für uns habe, wie Ray dies vermutete, sondern eine vorsichtige, schlaue Weise, mit der jedes Leben so lange wie möglich seine unvermeidliche Verhaftung hinauszuschieben versuchte.

39

WILLIAM WARFIELD BEGRÜSSTE Kinley am frühen Montagmorgen in seinem Büro, und den Bruchteil einer Sekunde lang war Kinley versucht, als er die Offenheit, ja Herzlichkeit spürte, mit der dieser Mann ihn behandelte, eine Kehrtwendung zu machen und den Korridor hinunterzugehen, wie Ray Tindall es getan hatte, und die Leiche dort ruhen zu lassen, wo sie sich seit mehr als dreißig Jahren befinden mußte.

Es ist besser zu wissen, meinst du nicht auch?

Wieder bejahte Kinley mit einem stummen Nicken die Frage seines alten Freundes, nahm vor Warfields Schreibtisch Platz und sah zu, wie Warfield sich nun ebenfalls langsam in seinen Sessel sinken ließ und die Sorge sich wie ein graues Netz über seine Züge legte.

»Sie machen ein sehr ernstes Gesicht«, sagte Warfield. »Ich hoffe, Sie haben keine zu schlimme Nachricht mitgebracht.«

»Mr. Warfield«, begann Kinley behutsam, »es gibt da ein paar Dinge, die ich Ihnen sagen muß.«

Am späten Nachmittag war der Schaufelbagger dann zur Stelle, und Kinley stand mit Warfield, Ben Wade und ein paar schaulustigen Leuten aus der Stadt auf dem Vorplatz des Gerichtsgebäudes, als die Maschine das Erdreich auszuheben begann.

Fast eine Stunde lang verharrte Warfield regungslos an einer Stelle, den grauen Wintermantel bis zum Hals zugeknöpft, die Hände vor der Brust gefaltet, als wollte er etwas Kleines, Kostbares festhalten, das man ihm wegzunehmen versuchte. Kinley stand neben ihm, den Blick auf die mit Zähnen bewehrte Stahlschaufel gerichtet, als sie sich immer tiefer in den Boden hineinfraß und dann immer langsamer wurde, je näher sie dem kritischen Bereich kam.

Schließlich hörte sie dann ganz zu graben auf, und zwei Männer traten nun an ihre Stelle und setzten deren Arbeit mit Spitzhacke und Schaufel fort. Kinley sah zu, wie sie sich immer tiefer in den Boden hineinwühlten, bis ihre Köpfe in der Grube verschwanden und man nichts mehr von den beiden sehen konnte als ihre Werkzeuge und die großen Klumpen rötlichen Lehms, die sie mit der Schaufel aus der Grube warfen und die in alle Richtungen davonrollten.

Plötzlich stellten die beiden Männer ihre Arbeit ein, und Kinley hörte, wie Warfield neben ihm heftig Luft holte und sie anhielt, bis eine Stimme aus der Tiefe rief: »Mr. Warfield, könnten Sie mal zu uns kommen?«

Kinley streifte Warfield mit einem wissenden Blick. »Sie haben sie gefunden«, sagte er leise.

Und nun gingen sie beide bis zum Rand der Grube und starrten auf die beiden Männer hinunter, deren Gesichter von dem Lehm ganz rot waren.

»Wir sind auf harten Fels gestoßen«, sagte einer der beiden Männer. »Und bisher haben wir außer Steinen nichts gefunden.«

Kinley starrte wie vom Donner gerührt hinunter in den roten Rachen der Grube, den Blick auf den grauen Granitfels geheftet, auf dem die beiden Arbeiter standen.

»Nun, Mr. Kinley«, sagte Warfield spitz, »sind Sie jetzt zufrieden?«

Kinley spürte, wie seine Schultern nach unten sackten.

Warfield blickte ihn böse an. »Und was jetzt?« fragte er gereizt.

Kinley schüttelte verwirrt den Kopf. »Ich weiß es nicht.«

Gegen Abend saß er dann mit Dora auf der Vortreppe ihres Hauses, während die ersten blauen Schatten sich um sie herum ausbreiteten.

»Ich kann nichts beweisen«, sagte er. »Ich weiß, daß Ellie Dinker schwanger war. Und ich weiß, daß Thomas Warfield eine Frau, die wegen Kurpfuscherei verurteilt worden war, vom Gefängnis abholte und mit ihr die Bergstraße hinauffuhr, wo Ellie Dinker am Meilenstein Nr. 27 auf die beiden wartete.« Er schüttelte den Kopf. »Aber dann verliert sich die Spur der drei im dunkeln.«

Dora dachte einen Moment nach. »Vielleicht solltest du die Sache vom anderen Ende her verfolgen«, sagte sie dann.

»Was meinst du damit?«

»Vielleicht solltest du bei Ellie Dinkers Tod anfangen und die Geschichte von dort aufrollen«, sie hielt einen Moment inne und blickte ihm fest in die Augen. »Oder von der Stelle ausgehen, wo Ray gestorben ist.«

»Im Canyon, meinst du?«

Sie nickte.

»Aber da ist doch nichts«, gab Kinley ihr zu bedenken. »Zumindest nicht an der Stelle, wo sie ihn gefunden haben. Ich kenne diesen Ort. Er ist von dichtem Wald umgeben, der bis zum Fluß hinunterreicht. Ich wüßte nicht, was ich dort finden ...«

»Aber er muß dort etwas gesucht haben«, meinte Dora beharrlich. »Ohne einen Grund wäre er doch nie in den Canyon hinuntergestiegen.«

Kinley dachte an seinen alten Freund zurück: wieviel Kraft es ihn gekostet haben müßte, die Schluchtwand hinunterzuklettern; wie sehr er damit sein krankes Herz belastet haben mußte, als er sich unten am Boden des Canyon durch das Unterholz kämpfte.

»Ja«, sagte er schließlich, »es muß einen Grund dafür gegeben haben.«

Ein paar Minuten später saß er wieder im Wagen und fuhr über den flachen breiten Scheitel des Berges auf die Stelle zu, wo sich die unwegsamste Stelle des Canyon befand. Er spürte, wie die Spannung in ihm wieder zunahm. Zum einen, weil er das Rätsel noch immer nicht endgültig gelöst hatte, und zum anderen, weil er das Gefühl hatte, von einer Fessel befreit zu werden – einem Zwang, den er nie recht verstanden, jedoch immer empfunden hatte, wenn er nach Sequoyah heimgekommen war. Er hatte ihn gespürt, als er in den Norden ging, um seine Ausbildung fortzusetzen, und jedesmal, wenn er danach auf einen kurzen Besuch zu seiner Großmutter heimgekommen war. Selbst beim letzten Mal, nachdem er seine Großmutter beerdigte, hatte er diesen Zwang gespürt, wie ihm nun bewußt wurde, als er im Zug gestanden und hinuntergeblickt hatte auf Rays Gesicht im Regen.

»Kinley, bist du ...?«

Er suchte Rays Frage aus seinem Bewußtsein zu verdrängen, indem er erst an New York dachte, dann an Boston und schließlich an Walpole CI, das Gefängnis, wo Fenton Norwood, sein letztes Musterexemplar, auf ihn wartete mit seinem feisten Gesicht und den Reptilienaugen. Er spürte, daß er es kaum erwarten konnte, in diesen kleinen grünen Raum zurückzukehren, wo sie sich zuletzt gegenübergesessen und sein Tonbandgerät leise gesummt hatte, während er Norwoods pausbäckiges Gesicht betrachtete. In gewisser Weise sah er in diesem kleinen vergitterten Raum so etwas wie einen Hafen, eine von diesen Zufluchtsstätten des Alten Testaments, von denen ihm seine Großmutter vorgelesen hatte. Er erinnerte sich nun wieder an ihre Augen bei solchen Gelegenheiten, an das schwache bläuliche Glimmern ihrer Regenbogenhaut, das in einem bestimmten Licht jegliche Farbe verloren hatte, so daß ihre Augäpfel nur noch leere milchige Gebilde mit einem schwarzen Loch in der Mitte gewesen waren.

Er dachte noch immer an sie, als er sich nun dem Rand der Schlucht näherte. Er passierte die Abzweigung, die ihn zu Rays Grab gebracht hätte, spürte aber, daß er die zweite nicht ignorieren konnte, die er ein paar Minuten später erreichte: ein kleiner, unbefestigter Seitenarm der Landstraße, der heutzutage kaum von jemandem benutzt wurde, den er aber besser kannte als jeden anderen Bereich am Rand der Schlucht.

Auf seine eigene distanzierte Weise hatte er bereits Abschied genommen von Ray und seiner Großmutter; aber da sie nun beide nicht mehr lebten, fühlte er sich dazu gezwungen, auch dem alten Haus, in dem er den größten Teil seiner Kindheit verbracht hatte, ein letztes Lebewohl zu sagen.

Er bog langsam von der Straße ab und lenkte den Wagen dann durch das Gestrüpp, das die Fahrspur säumte und mit langen, knochigen Fingern nach ihm zu greifen schien. Er konnte hören, wie sie gegen die Flanken des Wagens klopften und über das Blech schabten, bis sie sich dann allmählich wieder von ihm zurückzogen, als der Weg wieder breiter wurde und er am Gatter des Vorgartens, oder was davon noch übriggeblieben war, den Wagen anhielt.

Als er ausstieg und über das nun wild wuchernde, vergilbende Gras zur Veranda hinsah, wußte er nicht mehr recht, warum er sich nicht dazu entschlossen hatte, das Haus nach dem Tod seiner Großmutter selbst zu verkaufen. Statt dessen hatte er das alles Ray überlassen und ihm Vollmacht erteilt, nach eigenem Ermessen über den gesamten Nachlaß zu verfügen. »Willst du denn nichts von ihren Sachen haben?« hatte Ray ihn gefragt, und er hatte das lediglich mit einem lakonischen: »Nur, was auch immer du dafür bekommst« beantwortet. Ein Scheck über siebentausend Dollar war nicht lange danach bei ihm in New York eingetroffen, die zu einem Teil aus dem Verkauf ihres Grundstücks stammten, zum anderen Teil aus dem Bargeld, das Ray in einer Keksdose auf dem obersten Brett ihres Küchenregals gefunden hatte. Damit war der Nachlaß geregelt, und er hatte mit Freuden den Rest von Granny Dollars bescheidenen Besitztümern Ray überlassen – alle ihre Papiere und Habseligkeiten, selbst die muffelnden alten *Police-Gazette*-Ausgaben, die sie im Schuppen hinter ihrem Haus eingelagert hatte und die Ray vermutlich mit fast all ihren anderen Sachen in einem offenen Feuer im Garten verbrannt hatte.

Das alte Haus stand noch immer so rüstig und solide vor ihm, wie er es seit jeher in Erinnerung hatte, nur hatten die Wochen, die seit ihrem Tod vergangen waren, ihm ein etwas vernachlässigtes, unbewohntes Aussehen gegeben. Dürres Herbstlaub war auf der vormals so makellos sauberen Veranda verstreut, und ein abgerissener Zweig lag quer auf den Stufen der Vortreppe, als hätten nun Spinnen und Feldmäuse von dem Heim seiner Kindheit Besitz ergriffen. Doch er würde niemals die Jahre vergessen, die er hier mit seiner Großmutter verlebt hatte – die Nächte, wo er an seinen asthmatischen Erstickungsanfällen litt und Granny Dollar ihn auf ihren Armen gewiegt hatte, und später die Abende, als sie ihm mit dunkler, unheimlich klingender Stimme diese gräßlichen Geschichten aus der *Police Gazette* vorgelesen hatte. Und er vermeinte auch jetzt wieder ihre Stimme zu vernehmen, als er sich auf der Veranda umblickte:

Die Leiche war nur mit einer dünnen, lockeren Schicht dunkler Erde bedeckt, und Detektiv Fletcher konnte aus diesem flachen Grab eine bleiche Hand herausragen sehen, von Ameisen und Nagetieren halb zerfressen, an deren fast entfleischten Fingern jedoch noch immer die Jade-Ringe von Madame Poissant steckten.

Er gestattete sich ein kurzes Auflachen, als er an diese gespenstischen Szenen seiner Kindheit dachte, und ging dann durch den Garten bis zum Rand der Schlucht. Tief unten am Grund des Canyon und ein paar Meilen weiter nördlich hatte sich Ray Tindall ans Herz gegriffen, war dann nach vorn getaumelt und auf dem Boden der Schlucht gestorben. Er war mit dem Gesicht nach unten hingestürzt, und seine Finger hatten sich in die Erde gekrallt, wie sich jetzt auch seine, Kinleys, Finger zuerst in den Stoff seiner Hose krallten und dann, reflexartig, eine packende Bewegung ins Leere hinein machten, als wollten sie nach einer unsichtbaren Hand greifen.

Um diese unwillkürlichen, unkontrollierbaren Reflexe zu unterdrücken, hob er beide Hände vor das Gesicht und bog die Finger zu einer Faust zusammen, worauf er dann mitten in der Bewegung erstarrte und mit einem leichten Erschauern seine Fingernägel betrachtete.

Dunkle Erde

Sein Gedächtnis war sein bester Verbündeter, ihm immer treu, ihn nie im Stich lassend, wenn sich ihm einmal ein Gegenstand, ein Vorgang oder ein Wort eingeprägt hatten.

Dunkle Erde

Er erinnerte sich an den exakten Wortlaut in Dr. Starks Autopsiebericht. »Unter den Fingernägeln fanden sich Spuren von feuchtem roten Lehm.«

Doch als er nun hinunterstarrte in die Schlucht und sich sein Blick auf das reißende schäumende Wasser des Flusses heftete, der sich dort unten durch den Canyon schlängelte, wußte er, daß an seinen steinigen Ufern kein roter Lehm zu finden war. Diese Erdschicht traf man nur an einer höheren Stelle an, die ungefähr eine halbe Meile vom Rand des Flusses entfernt war. Und mit der schweren, tödlichen Herzattakke, die Ray damals in der Schlucht befiel, konnte er höchstens ein paar Schritte weit gekommen sein, ehe er auf den Boden stürzte.

Als Kinley nun regungslos am Rand der Schlucht verharrte, versuchte er sich wieder die Fotos ins Gedächtnis zu rufen, die Deputy Taylor von Rays Leiche gemacht hatte – auf dem Bauch liegend, den einen Arm ausgestreckt, als wollte er nach einem unsichtbaren Schatz greifen. Hemd und Hose waren nicht beschädigt gewesen, und man hatte keinerlei Hinweise auf eine Gewaltanwendung an der Leiche entdekken können. Selbst die Brille, die noch in der Hosentasche steckte, hatte bei dem Sturz keinen Schaden genommen.

Eine *Lesebrille*, dachte Kinley jetzt. In Rays Fall konnte es sich nur um eine Lesebrille gehandelt haben. Er besann sich nun auf die vielen Male, wo er mit Ray in den letzten zehn Jahren, seit dieser sich eine Brille zugelegt hatte, auf die Jagd gegangen und in den Wäldern gewandert war. Soweit Kinley sich erinnern konnte, hatte Ray bei diesen Gelegenheiten nie eine Brille getragen. Vielmehr hatte er sie immer auf dem kleinen Bord neben seiner Eingangstür in der Diele abgelegt. Doch an dem Tag seines Todes hatte Ray sie mitgenommen. Wofür, in aller Welt, hatte Ray Tindall mitten im Wald neben einem reißenden Fluß am Grunde einer Schlucht eine Lesebrille gebraucht?

Kinley sah zu seinem Wagen zurück, dann wieder auf das alte Haus, wobei er sich auf die Stelle konzentrierte, wo Ray auf der Veranda seine Großmutter gefunden haben mußte – kerzengerade in ihrem Schaukelstuhl sitzend, das graue Haar wie ein Fächer über die breiten, unbeugsamen Schultern geworfen. Plötzlich wurde sein Bewußtsein zu einem einzigen chaotischen, wild bewegten Bilderbogen, aus dem plötzlich Rays Brille herausfiel – und dazu noch der Sproß einer Waldrebe, den Ray zwischen Buchseiten gepreßt hatte. Und jetzt zog auch noch ein Schwarm von Gesichtern vor seinem inneren Auge vorbei: Granny Dollars totenblasses, versteinertes Antlitz im Schaukelstuhl; Ray, dem der Regen über Stirn und Wangen lief, als er neben dem Abteilfenster herrannte; die noch kindlichen, barschen Züge von Ellie Dinker, als sie von Dr. Stark verlangte, daß er ihr das Kind wegmachen sollte; Charlie Overtons wächsernes Profil, als er mit schlurfenden Schritten zum elektrischen Stuhl ging.

Er merkte, wie seine Hände wieder krampfartig zu zucken anfingen. Und als er sie in einer Art Reflexbewegung gegen die Schenkel preßte, um sie zum Stillhalten zu zwingen, spürte er plötzlich einen viel tieferen, mächtigeren Impuls, diese Bemühung aufzugeben.

Kinley, bist du ...?

Mit einemmal hatte er das Gefühl, als habe sein Geist diesen eigenartigen Zwang, den er auf ihn ausübte, solange er zurückdenken konnte, plötzlich aufgegeben – ihn aus dieser Gefangenschaft entlassen, die er zeitlebens gespürt hatte, als wäre ein Teil von ihm in einem Raum eingesperrt oder an einen Stuhl gefesselt worden. Einen Augenblick lang überkam ihn ein Entzücken über diese Freiheit, die für ihn eine gänzlich neue Erfahrung darstellte.

Er konnte sich nun mühelos über den Rand der Schlucht hinausbewegen, als würde er von einer mächtigen, unsichtbaren Hand über den dunklen, winterlichen Pfad getragen, der in den Canyon hinunterführte. Er wußte nicht, wohin er jetzt ging, nur daß er sich in eine Richtung bewegte, die ihn zu der Stelle bringen mußte, wo man damals Rays Leiche entdeckt hatte – zu dem neuen Ausgangspunkt seiner Ermittlungen. Er schritt so leichtfüßig daher, als würde er über dem Boden in der Luft schweben und der Erdball unter seinen Füßen dahinrollen, bis er seinen Bestimmungsort erreicht hatte.

Als er dort angelangt war, schien er wieder mit beiden Beinen auf dem Boden aufzusetzen und blickte sich um. Es war exakt die Stelle, wo man Rays Leiche gefunden hatte – der Ort, den er sofort wiedererkannt hatte, als er die Fotos, die Taylor von dem Fundort angefertigt hatte, zum erstenmal sah; und selbst in diesem Augenblick noch schien es ihm, als wäre er unzählige Male mit Ray an diesem Platz gewesen, obwohl er ihn tatsächlich nur einmal aufgesucht hatte – an einem Spätsommertag, knapp eine Woche vor seiner Abreise nach Norden, wo er sein Studium an der Universität fortsetzen wollte.

Als er nun neben dem Fluß stand, konnte er den großen Felsblock sehen, auf dem sie sich ausgeruht hatten, und das Gespräch hören, das sie damals führten:

Nun, Kinley – es könnte Jahre dauern, bis du den Canyon wiedersiehst.

Das könnte sein.

Vielleicht siehst du ihn nie mehr.

Vielleicht.

Das wünschst du dir doch auch, nicht wahr?

Was?

Ihn für immer zu verlassen. Dich endlich von ihm befreien zu können.

Möglich.

Kinley, bist du dir dessen so sicher?

Der Felsblock war jetzt leer, und als Kinley ihn vom Ufer aus betrachtete, schien der Fluß neben ihm zu brodeln und ihn mit weißem Schaum zu bespritzen, als bemühten sich Millionen wütender Geister, sich aus seinen Fluten zu befreien.

Er wandte den Blick von dem Felsblock ab und betrachtete die dunkle Erde zu seinen Füßen, die sich damals unter Rays Fingernägeln an Stelle des roten Lehms hätte befinden müssen, den Dr. Stark bei der Autopsie darunter entdeckte.

Einen Moment lang versuchte Kinley, sich neu zu orientieren – den unbekannten Ort zu finden, wo Rays Finger sich damals in den Boden gekrallt hatten. Dr. Stark hatte ihm erzählt, daß er nur Tannennadeln und Laubreste an Rays Kleidern habe entdecken können, die von der Stelle stammten, wo man seine Leiche auf dem Boden liegend fand. Der rote Lehm hatte nur an seinen Fingerkuppen gehaftet, aber nicht an seinen Kleidern. Die Schaufel, dachte Kinley, sich wieder an die Nacht erinnernd, als er in den Brunnen hinter

Doras Haus gestiegen war. Er hatte damals alle Werkzeuge zusammengesucht, die er für sein Unternehmen benötigte; aber Rays Schaufel nicht gefunden. Sein Verstand lieferte ihm sofort die sich daraus ergebende logische Folgerung: *Er hat damals eine Schaufel mitgenommen. Er wollte etwas vergraben. Nein, er hat etwas vergraben – vergraben in rotem Lehm.*

Kinley wandte nun dem Fluß den Rücken zu und ging tiefer in den Wald hinein – auf die Stelle zu, wo der dunkle Mergel am Grund der Schlucht in eine rote eisenhaltige Tonschicht überging, die für diese Gegend so typisch und ihm als Junge wie das Fleisch der Erde vorgekommen war. Im Tod hatte Ray mit dem Gesicht nach Süden auf dem Boden gelegen, und wenn er gerade von einer Mission zurückkehren wollte, die ihn in den Canyon geführt – ihn dazu gezwungen hatte, ihn aufzusuchen, selbst auf die Gefahr hin, daß er sie mit seinem kranken Herzen nicht lebend überstehen würde: dann mußte er sie nördlich von der Stelle vollbracht haben, wo er mit seinen Kräften zu Ende gewesen war.

Als Kinley nun in nördlicher Richtung weiterging, noch immer ein gehorsamer Diener der erbarmungslosen Logik seines Verstandes, wurden seine Schritte immer länger im verlöschenden Licht des Tages, während er den Blick auf den Boden gerichtet hielt, damit ihm auch nicht die geringste Veränderung in seiner Zusammensetzung entgehen sollte.

Allmählich gab die Erde nun ihre dunkle Färbung auf, wurde zu einem hellen Braun unter seinen Sohlen, das jedoch ins Orange hinüberspielte und das bald, wie er wußte, eine fettige Konsistenz annehmen und in ein sattes Rot übergehen würde.

Nach einer halben Meile waren auch die letzten orangefarbenen Tupfen einem einförmigen Rot gewichen, und als Kinley sich aufrichtete und um sich blickte, glaubte er sich an einen fernen, aber ihm beunruhigend vertrauten Strand versetzt, während sein Verstand unter der jähen Verwandlung der Szenerie zu taumeln schien und Bilder wie Echos in seinem Geist widerhallten. Die Schatten wurden nun dunkler mit der näherrückenden Schluchtwand, und die Bäume schienen wie graue, blattlose Fontänen aus der Tiefe des immer dichter werdenden Laubwerks in den Himmel hinaufzusteigen, als durchquerte er jetzt einen tropischen Urwald, der an seinem Unterholz erstickt war.

Er ging in nördlicher Richtung weiter, während sein Geist sich rückwärts bewegte, als befände er sich im Widerstreit mit seinem Körper. Er merkte, wie die Atmosphäre so stikkig wurde wie damals im Brunnen, und er blieb einen Moment stehen und richtete, während er keuchend nach Luft rang, die Augen nach oben, nach einem Licht, das er dort zu sehen hoffte; aber sein Blick vermochte das dichte Flechtwerk der ineinander verschachtelten Äste nicht mehr zu durchdringen.

Sich mit dieser atembeklemmenden Atmosphäre abfindend, die an dieser Stelle der Schlucht herrschte, richtete er den Blick wieder nach unten und setzte seinen Weg fort, langsamer und vorsichtiger jetzt, wie Ray sich damals durch diesen Dschungel bewegt haben mußte, während nun die alten Sagen des Canyon wieder in seinem Geist auflebten und die blutrünstigen Geschichten, die seine Großmutter sich ausgedacht hatte, als sie ihn nächtelang auf ihren Armen im Haus herumgetragen hatte, und die ihm noch gräßlicher vorgekommen waren als jene, die sie ihm später aus der *Police Gazette* vorlas.

Vor langer, langer Zeit stand einmal ein Haus am Grunde der Schlucht ...

Er hielt wieder an und neigte den Kopf etwas zur Seite, als lauschte er ihrer Stimme, die durch das dichte Geäst zu ihm herunterdrang, während sein Geist immer tiefer in die Vergangenheit eintauchte wie ein Wesen, das sich atemlos durch dickes schwarzes Wasser hinunterkämpfte zum Grunde eines Sees.

Vor langer, langer Zeit stand einmal ein Haus unten in der Schlucht, von Ranken umgeben ...

Er blickte um sich, suchte nach einem Ausweg aus dieser

erstickenden Atmosphäre. Er spürte, wie seine Lunge sich wieder auf diese schmerzliche, luftlose Weise in seiner Brust bewegte, die er noch aus seiner asthmatischen Kindheit kannte, und seine Rippen sie zusammendrückte wie einen durchlöcherten Blasebalg.

Diese Ranken waren so dicht und zäh wie eine grüne lebendige Mauer ...

Er erinnerte sich nun an die kleine Ranke, die Ray zwischen den Blättern des Buches gepreßt hatte – sein einziges Geschenk an seinen alten Freund Kinley, das ihm nun wie ein seltsames, skurriles Vermächtnis erschien.

Und wer versuchte, zu diesem Haus vorzudringen, mußte erst tagelang ein Loch durch diese Mauer hacken; denn einen anderen Zugang gab es nicht.

Er bewegte sich nun wieder vorwärts, immer geradeaus, immer nach Norden, in einer der Neigung des Planeten im All, der Strömung der Winde in ihren uferlosen Kanälen, der Wanderung der Gletscher und Berge, dem Weg der Zugvögel, den sie seit Millionen von Jahren auf der Erde verfolgten, entgegengesetzten Richtung – nach Norden, wohin er schon immer gegangen war, als habe er sich dem Kurs, den die belebte und unbelebte Natur auf diesem Planeten nahm, seit jeher widersetzen wollen.

Er beschleunigte nun seine Schritte wie ein verängstigtes Kind, das endlich sein Zuhause erreichen möchte. Seine Füße eilten über die flache rote Erde hin, während ihm die Zweige der Sträucher, durch die er sich Bahn brach, ins Gesicht und gegen die Brust peitschten, die immer üppigeren Schlinggewächse sich wie Tentakel um seine Beine und Arme ringelten.

Verschwinde! Verschwinde! Verschwinde!

Er prallte gegen einen Baum, atmete nun in kurzen rasselnden Stößen, während das Asthma seiner Kindheit ihm wieder mit zähen, schleimigen Klumpen die Lungen verstopfte und nun mit der gleichen Unbarmherzigkeit über ihn herfiel wie damals in den Nächten, als seine Großmutter ihn, als er zu ersticken drohte, auf den Armen gewiegt und ihm auf den Rücken geklopft hatte.

Er kam taumelnd um den Baum herum, sich mit beiden Händen an den Hals greifend, und blieb dann plötzlich wie angewurzelt stehen – den Blick auf die Stätte vor ihm gerichtet.

Da stand es vor ihm wie eine zur Wirklichkeit gewordene Fata Morgana – ein kleines Haus, nicht größer als eine Hütte, umgeben von einem dichten, kreisrunden Wall grüner, stachelbewehrter Ranken, deren perfekte Geometrie nun von einer Bresche, die jemand durch diese dicke lebende Mauer geschlagen hatte, zerstört worden war.

Die Schaufel, die er dafür benützt hatte, lag wie ein Pfeil auf Kinleys Pfad, die Spitze ihres mit gebackenem rotem Lehm überzogenen Schaufelblattes auf das Haus gerichtet, das nur wenige Meter von ihm entfernt schweigend im grauen Licht der Dämmerung stand. Im Boden vor der Treppe, die zu der Tür, die nur noch an einer Angel hing, hinaufführte, konnte er eine flache Grube entdecken, neben einem kleinen Hügel aus rotem Lehm; aber als er darauf zustolperte, sah er, daß die Grube leer war, als habe Ray noch in letzter Sekunde seine Absicht geändert.

Er sah zu dem Haus hoch, konnte dort in der Mitte des Raumes einen Tisch erkennen und darauf einen Gegenstand aus Blech – die Keksdose, die seine Großmutter immer, außerhalb seiner Reichweite, auf dem obersten Brett des Küchenregals verwahrt hatte und die Ray mitgenommen haben mußte, als er die Habseligkeiten seiner Großmutter aus ihrem inzwischen verkauften Haus entfernte.

Er stieg die drei Stufen der Vortreppe zum Haus hinauf, und als er dort durch die offenstehende Tür trat, spürte er, wie er auf wundersame Weise wieder Luft bekam, als wäre die Hütte mit reinem Sauerstoff gefüllt.

Er blieb einen Moment hart hinter der Schwelle stehen, sich im Raum umsehend. Er war nur mit ein paar verstaubten Stühlen und diesem Tisch möbliert, der in der Mitte stand.

Die Wände waren schmucklos bis auf zwei Laternen, die dort an rostigen Nägeln hingen wie die ausgetrockneten Häute zweier riesiger Insekten. Das Haus verfügte über keinen zweiten Eingang; doch rechts von ihm entdeckte er eine zweite, verschlossene Tür, die offenbar in eine Schlafkammer hineinführte.

Als Kinley nun auf den Tisch zuging, spürte er, wie sich alle Muskeln in seinem Körper anspannten, als würde sich plötzlich seine Haut, von einem Kälteschauer ergriffen, über seinen Knochen zusammenziehen. Er warf einen scheuen Blick auf die Tür zu seiner Rechten, ehe er die Augen wieder auf den Tisch heftete, als würden sie magisch von der kleinen Keksdose angezogen und der kleinen weißen Kerze, die daneben stand – halb niedergebrannt, aber immer noch aufrecht, der weiße wächserne Schaft in den vielen Jahren, seit sie zuletzt in Gebrauch gewesen war, vergilbt wie ein altes Stück Pergament. Er sah die Initialen, die dort vor jedem Stuhl in das Holz geschnitzt worden waren – WT, AJ, TW, FM, JS.

Er erinnerte sich nun wieder an das, was ihm Betty Gaines vor wenigen Tagen erzählt hatte – daß Thompson, Warfield und andere einflußreiche Leute von Sequoyah sich im Canyon eine Hütte eingerichtet hätten, wo sie sich in ihrer Freizeit trafen und zuweilen auch kampierten, und er begriff nun, daß dieses versteckte kleine Haus, das Ray und er vor vielen Jahren zufällig entdeckt hatten, dieser verschwiegene Ort war, von dem Betty Gaines gesprochen hatte. AJ stand für Andrew Jameson; FM für Floyd Maddox, JS für Joseph Stark, und sie und die anderen, die zur Clique gehörten, waren hierhergekommen, um den Whisky zu trinken, den Snow ihnen heimlich aus dem Nachbarstaat besorgte, sich ihre Abenteuer zu erzählen und Geschichten aus dem letzten Krieg. Er dachte an Ellie Dinker. Das war das Versteck, in das sie sich mit den Frauen zurückgezogen hatten.

Sein Blick bohrte sich nun förmlich in die Blechschachtel auf dem Tisch, und er entsann sich wieder, wie seine Großmutter sie von Zeit zu Zeit, doch stets verstohlen, vom Küchenregal heruntergeholt und dann, wenn er in den Raum hineingestürmt war, rasch den Deckel zugeschlagen und ihre Lippen grausam verzogen hatte, während sie ihn anschrie:

Verschwinde! Verschwinde! Verschwinde!

Doch all diese Tage lagen nun hinter ihm, und so schüttelte Kinley nur den Kopf, seine Ohren vor diesem barschen Kommando verschließend, legte die Hände seitlich gegen das Blechgehäuse und schob langsam den Deckel in die Höhe.

Er konnte darin ein kleines Bündel Papier erkennen, auf dem gleichsam wie eine höhnische Verzierung eine kleine, inzwischen vertrocknete Ranke lag – ein Sproß von der gleichen Pflanze, die Ray in einem Buch gepreßt und daraufhin Serena beauftragt hatte, ihm dieses mit der Ranke zu überreichen. Und er begriff mit einemmal, daß dies der einzige Hinweis gewesen war, den Ray ihm hinterlassen hatte, um seine Spur hierher an diesen Ort der Schlucht zu lenken.

Er zog die Kerze näher an die Schachtel heran, setzte rasch mit seinem Feuerzeug ihren Docht in Brand und hob dann das Bündel Papiere aus der Schachtel. Das erste Blatt hatte genau das gleiche Format wie der Zettel, den Ray über seinem Schreibtisch mit Klebeband an der Wand befestigt hatte. Doch diesmal war sie mit einer ganz anderen Botschaft versehen:

Lieber Kinley:

Ich fand diese Papiere, als ich Granny Dollars Haus ausräumte. Ich hatte mir zuerst vorgenommen, sie mit all ihren anderen Sachen zu verbrennen. Aber ich konnte das nicht. Dann wollte ich sie hier vor der Tür vergraben; aber das brachte ich ebenfalls nicht fertig. Also ließ ich sie hier ganz offen auf dem Tisch liegen, falls du die Wahrheit wissen möchtest. Und wenn du sie gefunden hast, weiß ich, daß du hartnäckig nach ihr gesucht hast.

Ray

Kinley legte den Zettel beiseite, während Rays Stimme noch immer leise in seinem Kopf flüsterte, und legte dann die anderen Papiere auf den Tisch. Er zögerte einen Moment, als wäre er ein Selbstmörder, mit dem Lauf einer Pistole an der Schläfe und dem Zeigefinger am Abzug, den er langsam durchkrümmte, bis er in diesem letzten Augenblick, wo er zwischen dem Abgrund und dem Nichts schwebte, wieder diese Stimme sagen hörte?

Es ist besser zu wissen, meinst du nicht auch? Egal, was es kostet?

Da beugte er sich vor und starrte auf die Papiere, die vor ihm auf dem Tisch lagen. Er wußte, daß Ray sie in der Reihenfolge angeordnet haben mußte, wie er sie seiner Meinung nach lösen sollte.

Das erste war ein Geburtszeugnis, ausgefertigt für einen gewissen George Kellogg und dessen Ehefrau Bertha Kellogg, das ihnen die Geburt einer ehelichen Tochter namens Ludie Rae Kellogg am 7. Mai 1900 in Wycross in Georgia bestätigte.

Und als Kinley dieses kleine, schon brüchige und vergilbte Dokument las, eilten seine Gedanken zurück zu der Liste im Bezirksgefängnis von Sequoyah, wo sich eine Ludie Rae mit einer winzigen, kaum leserlichen Handschrift – die Kinley, der sich auch mit Graphologie beschäftigt hatte, signalisierte, daß es sich dabei um eine Person von beträchtlicher Intelligenz handeln mußte – in die letzte Spalte als Besucherin einer dort einsitzenden Edna Trappman eingetragen hatte.

Er nahm nun das nächste Papier zur Hand. Diesmal war es ein Trauschein, ausgestellt am 7. September 1927, in Chattanooga in Tennessee, der anzeigte, daß an diesem Tag Samuel P. Dollar und Ludie Rae Kellogg den Bund der Ehe geschlossen hatten. Und daran war mit einem Gummiband ein zweites Dokument befestigt, eine Sterbeurkunde, die den Tod von Samuel Dollar am 10. Juni 1929, infolge eines »Darmverschlusses« amtlich bestätigte.

Kinley merkte, wie seine Finger sich über den beiden Papieren zusammenkrampften, und mußte sie förmlich dazu zwingen, sie wieder freizugeben. Also war es Granny Dollar gewesen, die vom Berg in das Bezirksgefängnis heruntergekommen war, um dort Edna Trappman in deren Zelle zu besuchen.

Aber warum?

Rasch drehte er die beiden Dokumente um und legte sie auf den Tisch zurück, während sich sein Blick auf das nächste, ebenfalls leicht vergilbte Papier heftete. Es war wieder eine Geburtsurkunde, ebenfalls in Chattanooga ausgestellt, datiert vom 9. August 1932. Es bestätigte, daß Ludie Rae Dollar an diesem Tag mit einem Mädchen niedergekommen war, das den Namen Edna Rae tragen sollte, und daß der Vater der unehelich geborenen Tochter ein gewisser Ernest Trappman war.

»Ihre Tochter«, flüsterte Kinley ungläubig. Er spürte, wie ein blauer, eisiger Polarwind über ihn hinstrich, als er im Geiste seine Großmutter sehr gerade in ihrem Schaukelstuhl sitzen sah, seinen eigenen kleinen Körper auf dem Arm haltend, während er sich in ihren Augen spiegelte, die den seinen so ähnlich waren – leidenschaftslos und überheblich ...

Sie sehen aus wie sie.

Er hörte wieder Luther Snows Stimme in seinem Kopf, die sagte:

Sie sehen aus wie sie.

Aber er sah doch gar nicht wie Granny Dollar aus, dachte Kinley, als müsse er sich gegen etwas wehren oder eine Sache verteidigen, deren Zusammenhänge er nicht verstand.

Sie sehen aus wie sie.

Er trat vom Tisch zurück, während seine Augen unstet hin- und hergingen. Plötzlich schien der Raum sich in alle Richtungen auszudehnen – die Decke in den Abendhimmel hinaufzuwachsen, die Wände von ihm zurückzuweichen und die Hütte sich in einen Saal zu verwandeln, während die Luft darin wieder stickig und schwül wurde von der Hitze des Sommers.

Er spürte, wie sein Körper in dem gleichen Maße, wie der

Raum um ihn herum sich ausdehnte, zusammenschrumpfte, und er wußte, daß sein Geist ihn nun zurückbrachte in die frühesten Jahre seiner Kindheit. Er spürte, wie seine kleinen Lungen wieder mühsam nach Luft rangen, während er mit seinen Augen in dem Gesicht forschte, das über ihm hing, so viel jünger als seine bisherigen Visionen davon – noch faltenlos, das Haar nur mit ein paar Silberfäden durchzogen: *Granny Dollar.*

Sie hielt ihn jetzt auf ihren Armen, und seine Augen suchten ängstlich die Konturen ihres Gesichts ab. Da waren leise Stimmen in seiner Nähe, und deshalb wußte er, daß sie nicht allein waren. Er konnte überall, wohin er sah, sich bewegende Schatten erkennen und spürte, wie sein kleiner Körper sich auf dem Arm seiner Großmutter hin- und herwand, immer ängstlich, immer auf der Hut; aber dabei auch stets bemüht, seine Umgebung zu beobachten, nach jedem Detail hungernd, sein gefräßiger Verstand schon damals fieberhaft daran arbeitend, etwas aufzunehmen und einzuordnen, während sein Blick die Schatten verfolgte, die um ihn herumtanzten.

Ein Gesicht trat aus diesem Schattenreigen heraus, ein weißer, auf einem hohen grünen Hügel balancierender Fleck, mit einer Stimme, die eher ein Bellen war – barsch, bitter, an ein Tier erinnernd: *Ist das Ihr kleiner Sohn?*

Er hörte nicht die Antwort, sondern sah nur, wie ihr Mund sich verzog, als fände sie seinen Anblick abstoßend, und dann kam ein zweites Gesicht auf ihn zu, als jenes sich wieder von ihm zurückzog – ein ganz anderes Gesicht, jung und braun und warm, das ihn unter einer Fülle schwarzer Haare zärtlich anblickte.

Sie sehen aus wie sie.

»Mutter«, hauchte Kinley. Er konnte sie nun wahrnehmen, wie er sie damals in diesem kleinen Haus, auf Granny Dollars Armen sitzend, wahrgenommen hatte – die Ärmchen verlangend nach ihr ausstreckend und mit seinen kleinen weißen Händen nach ihren Haaren greifend, während seine Augen sich an sie zu klammern versuchten, sich bemühten, sie deutlicher ins Blickfeld zu rücken.

Aber da entzog sie sich ihm wieder und löste sich langsam in dem Dunst dieses brütend heißen Sommertages auf, während er sich strampelnd bemühte, sie zurückzuholen, und seine Augen ängstlich hin- und herhuschten, um sie in diesen ständig ihren Ort wechselnden Schatten und Stimmen wiederzufinden – zwischen diesen Männern, Frauen und sich bewegenden Formen.

Diese Stimme bellte wieder: *Haben Sie das Ihrem kostbaren kleinen Jungen erzählt, Mr. Warfield? Haben Sie es Billy erzählt?*

Eine große weiße Säule bewegte sich nun auf diesen grünen Hügel zu, und dann eine männliche Stimme, tiefer und weicher: *Ich glaube nicht, daß das nötig ist, Ellie.*

Wäre das nicht ein guter Witz, wenn Sie ihm das unter die Nase reiben würden, wenn er sich auf das College vorbereitet? Wenn Sie zu ihm sagen würden: ›He, Billy, erinnerst du dich noch an diese kleine Schlampe, mit der du im Canyon gebumst hast? An dieses Dinker-Mädchen? Nun, wie ich inzwischen herausgefunden habe, hast du sie geschwängert. Aber keine Angst, Billy, ich bringe das schon in Ordnung für dich.‹

Billy wird nie etwas davon erfahren.

Ja, das ist die Art von euch Leuten. Ihr könnt das immer so deichseln, wie es euch paßt. Aber ich ...

Ruhe!

Das war die Stimme seiner Mutter, die sich nun aus dem Gewirr der anderen Stimmen heraushob – so scharf und befehlend, wie er sie auch zuweilen gehört hatte. Dann wurde es still, bis ihr Gesicht sich ihm wieder näherte, die Augen auf die alte Frau gerichtet, die ihn auf ihren Armen festhielt. »Bring ihn hinauf ins Haus, Mama. Wir kommen später nach, wenn das hier vorbei ist.«

Dann schwebte sie wieder davon, ihre Haare ein dunkles, flatterndes Segel. Aber er hatte noch immer den Geruch ihrer Haut in der Nase, der ihn an warmes Brot erinnerte, und seine Hände streckten sich wieder verlangend nach ihr aus, während sie in der Tiefe des rauchverhangenen Raumes zusammenschrumpfte und er nun merkte, daß er von ihr weggetragen wurde – durch die offene Tür, dann ein paar Stufen hinunter und in diesen dichten grünen Vorhang hinein, der dieses Haus einhüllte und ihm den Atem raubte. Und dann, als er ihn hinter sich gelassen hatte, spürte er, wie er sich langsam in die Höhe bewegte, sich diese Klammer um seine Lungen allmählich lockerte und er wieder Luft bekam, bis er sich schließlich auf ein hohes graues Gestell abgesetzt sah, die Wipfel der Bäume aus der Tiefe zu ihm hinauflangten, seine Großmutter beide Arme um ihn legte und mit sanfter Stimme zu ihm sagte:

Vor langer, langer Zeit stand einmal ein Haus unten in der Schlucht, von Ranken umgeben ...

Kinley packte mit beiden Händen den Rand des Tisches, der vor ihm stand, während sich seine Finger mit schnellen spastischen, unkontrollierbaren Bewegungen in das Holz krallten und sein Geist in dieser lichtlosen Kammer wieder dieses dünne, aus Nervengewebe bestehende Band zu fassen versuchte, in dem noch immer eine schattenhafte Erinnerung an das, was er vor so vielen Jahren gehört und gesehen hatte, vorhanden war. Es war ihm, als könnte er die Ströme, die sein Gehirn nun in seinem Schädel ausschickte, tatsächlich fühlen, seinen wilden elektrischen Puls spüren, der immer lauter und heftiger wurde, bis er sich dann, von einer Sekunde zur anderen, als würde eine dunkle Knospe sich auf wundersame Weise in ihm öffnen, plötzlich in den Armen seiner Mutter wiederfand, das Gesicht schläfrig in ihren Haaren bergend, trotz der harten, heftigen Stöße, mit denen der Schaukelstuhl sich auf- und abbewegte und den leisen, gemurmelten Gesang seiner Mutter mit einem rhythmischen, mißtönenden Knarren begleitete, deren Worte wie Regentropfen aus der schwülen Sommerluft auf ihn herunterfielen.

Ich brauche mehr Zeit. Viel mehr Zeit.

Wir haben keine Zeit mehr, Edna. Creedmore ist schon gegangen. Bleiben nur noch wir beide.

Dieser Feigling. Ich bereue schon, daß ich seinen Namen benützte.

Wir müssen jetzt rasch etwas unternehmen, Edna. Sie ist tot, und es ist nur eine Frage der Zeit, bis Warfield die Wahrheit entdeckt.

Das ist die Art, mit der er immer alles hatte regeln wollen. Es wegmachen. Mach es weg. Er wollte ja, daß ich es auch wegmachen sollte ...

Er spürte, wie ihre Arme sich fester um ihn spannten, hörte ihre Stimme an seinem Ohr: *Niemals.*

Das ist vorbei. Nun müssen wir ein anderes Problem lösen.

Ich brauche mehr Zeit, Mama, um einen Ausweg zu finden. Die Worte flogen vorbei wie eine Schar Vögel, und die Stunden krochen wie schwarze Schnecken durch das Gras im Vorgarten, bis er dann, aus der Tiefe seines Schlafs auftauchend, das Knattern eines Motors hörte und ein alter Pritschenwagen in den Hof rollte, dessen verstaubtes Fahrerhaus erschauerte, als die Maschine ächzend zum Stillstand kam.

Über die Schulter seiner Mutter hinweg konnte er sehen, wie Granny Dollar mit einer Gestalt redete, die so verstaubt und elend aussah wie der Wagen und mit erbärmlichem Stöhnen beide Hände gegen ihren Unterleib preßte. Nach einer Weile war er wieder fort, nachdem er seine Medizin bekommen und das geforderte Geld dafür bezahlt hatte, und sobald der alte Pritschenwagen aus dem Hof gerumpelt war, sah er seine Großmutter durch die heiße, stickige Luft auf sich zukommen, einem Gespenst gleichend, als er sie durch den Schleier schwarzer Haare betrachtete, den seine Mutter über sein Gesicht gebreitet hatte. Und dabei sagte sie mit lauter Stimme, die dieses knarrende, nicht enden wollende Klagelied des Schaukelstuhls übertönte:

Hast du ihn gehört, Edna? Er hat heute nachmittag mit diesem Mädchen auf der Bergstraße gesprochen, bevor du und Warfield sie dort aufgesammelt habt. Dann müssen auch noch andere Leute sie dort mit ihm zusammen gesehen haben.

Kennst du ihn?

Er arbeitet mit Luther zusammen auf der Baustelle. Ich könnte mich bei Luther über ihn erkundigen.

Die alte Frau bewegte sich noch immer auf ihn zu, während sie eine Hand unter ihre Kittelschürze schob und dann eine lange schwarze Schlange darunter hervorholte – eine mitten in der Bewegung erstarrte schwarze Schlange mit gebogenem Hals und spitzem Kopf, die sie in der schwülen Nachtluft hin- und herschwenkte. *Ich habe das hinten aus seinem Wagen genommen, als du ihm die Medizin verabreicht hast.*

Der schwarze Vorhang vor seinen Augen schwappte ein bißchen auf und nieder, als seine Mutter nickte und sagte:

Jetzt haben wir die Lösung!

Er spürte, wie sie sich aus dem Schaukelstuhl erhob, sein Körper nach vorn schwebte und sich dann die harten Finger seiner Großmutter darum schlossen, während an seiner Stelle nun diese Schlange am Busen seiner Mutter ruhte.

Dann bewegte er sich wieder in die Tiefe, suchte mit den Augen die Umrisse ihrer Gestalt vor sich wiederzufinden, immer wieder mit beiden Händen nach den dunklen Flechten ihrer Haare fassend, bis sie schließlich anhielt und dieser große Saal sich wieder um ihn herum ausdehnte. Ihr Gesicht war ihm zugedreht. Er langte danach, aber es wich vor ihm zurück.

Laß ihn hier.

Er hockte nun auf dem Boden, beide Hände gegen die nackten Dielen pressend, während er sah, wie die Tür zu dem anderen Zimmer geöffnet wurde und sich dann wieder schloß. Er beugte sich vor, faßte mit seinen winzigen Händen nach einem Tischbein und zog sich daran hoch, ging dann auf unsicheren Beinchen auf diese Tür zu und das Geräusch, das gedämpft dahinter zu vernehmen war: *Patsch, patsch, patsch.*

Plötzlich ging die Tür auf, an der er horchte, und er spürte, wie er hinaufgezogen wurde in die Arme seiner Großmutter, während er über ihre Schulter hinweg in das Zimmer hineinstarrte, wo der Schatten seiner Mutter an der Wand tanzte und dieser schlanke Eisenstab ein letztesmal auf diese formlose Masse, die auf dem Bett unter ihm lag, hinuntersauste: *Patsch.*

Und dann war es wieder Morgen, die lange Nacht nur noch eine vage, schattenhafte Erinnerung, als er abermals in den Armen seiner Mutter ruhte, die beiden zusammen auf der Veranda, die andere Frau sich in dem Grün der Bäume auflösend, das noch grünere Kleid über den Arm gelegt.

Danach war da nur noch Regen, der mit der heraufziehenden Abenddämmerung vom Himmel herunterrauschte und auf das Dach trommelte, während sie das alles in Dekken einhüllten, die schlanken weißen Arme mit einem weißen Streifen zusammenbanden, den sie von dem grünen Hügel abgetrennt hatten, ein Kopfkissen über das sich bereits schwarz verfärbende Gesicht zogen, bevor sie dieses Bündel dann über die Erde schleiften zu dem bereits wartenden Auto.

Mach es richtig, Edna. Versteck die Sachen in seinem Pritschenwagen, und dann bringst du ihre Leiche über die Staatsgrenze. Und komme nicht eher hierher zurück, bis ich es dir sage.

Der Motor sprang an, hämmerte so laut wie das harte Trommelgeräusch des Regens auf dem Wagendach und der Motorhaube.

Ich komme dann zurück und hole ihn mir, Mama.

Der Regen lief ihm über das Gesicht und biß ihm in die Augen. Er machte sie zu, um sich gegen diesen Schmerz zu wehren, und als er sie wieder öffnete, war sie fort. Aber seine Hände griffen noch stundenlang nach ihr, suchten verzweifelt dieses nun längst entschwundene Gesicht festzuhalten, diesen Schleier schwarzer Haare mit den Fingern einzufangen, während die lange schlaflose Nacht wieder in einen schwülen, brütend heißen Tag hinüberwechselte und die Luft, die von der Schlucht heraufkam, so voller Rauch und Staub war, so schwer von dem erlittenen Verlust, daß die alte Frau ihn erschrocken auf den Arm nahm und verwundert sagte: *Du lieber Himmel, Kinley, du wirst ja ganz blau im Gesicht!*

Kinley sog nun langsam und ungehindert die Luft in die Lungen und nahm das letzte Dokument vom Tisch, das Ray ihm hier hinterlassen hatte.

Es war ein Zeitungsausschnitt mit der Meldung von einem Autounfall, der sich in den frühen Morgenstunden des 4. Juli 1954 ereignet hatte. Am südlichen Ende des Canyon, wo er als enger, felsiger Schlauch in den Nachbarstaat Alabama hineinreichte, war ein Wagen von der regennassen Straße abgekommen, über die Böschung hinausgerast und am Boden der Schlucht explodiert. Später hatte man in dem Wrack dann die bis zur Unkenntlichkeit verbrannten Leichen zweier Frauen gefunden.

»Mutter«, sagte Kinley leise.

Unter diesem letzten Dokument fand sich noch ein großer gelber Umschlag, leicht aufgebläht von seinem geheimen Inhalt. Kinley öffnete ihn müde und zog einen Packen verstaubter Papiere heraus, den Ray dort hineingetan hatte, als letzte seiner für ihn bestimmten Enthüllungen.

Kinley las das erste Papier des Stapels, dann das zweite und schließlich all die anderen, die sich im Laufe der Zeit angehäuft hatten und nun die ganze Geschichte bis in die Gegenwart hinein aufrollten, bis sie schließlich, ihre totale Aufklärung findend, zur Ruhe kam. »Endlich«, flüsterte er erschöpft, als das letzte dieser Papiere seinen Händen entglitt und auf den Tisch zurückflatterte.

40

SIE WAR SCHÖN im Licht der frühen Morgensonne, die sich langsam am Ostrand des Berges heraufschob.

Ihre Augen weiteten sich. »Kinley«, sagte sie bestürzt, »du siehst aus, als ob ...«

Er hob die Hand, um sie zum Schweigen zu bringen. »Ich weiß es jetzt.«

»Alles?«

»Ja.« Er drehte sich um und ging bis zum Rand des Gartens über dem Steilhang. Unter ihm schlief Sequoyah noch unter einem wogenden grauen Nebelschleier. Es würde nur noch ein paar Stunden dauern, wie er wußte, bis die letzten Nebelbänke weggebrannt sein würden.

Sie trat leise neben ihn: »Wirst du es mir sagen?« fragte sie behutsam.

»Ja«, erwiderte er, die Augen noch immer auf das nebelverhangene Tal in der Tiefe gerichtet. Er zog den Umschlag, den er im Canyon gefunden hatte, aus der Tasche und gab ihn ihr. »Alles.«

Dora nahm den Umschlag, öffnete ihn und zog den dicken Packen entwerteter Schecks heraus, den Ray dort hineingelegt hatte. »Sie sind ja alle auf den Namen deiner Großmutter ausgestellt«, sagte sie verblüfft. »Und auch alle mit Thomas Warfields Namen unterschrieben?«

»Ja«, erwiderte Kinley.

»Warum?«

Wieder hörte Kinley im Geist die Stimme seiner Mutter sagen: *Niemals.*

»Weil er gar keine andere Wahl hatte«, erwiderte er. »Zumindest nicht, nachdem ich geboren war.«

Dora blickte ihn fragend an.

»Er war mein Vater«, klärte Kinley sie auf.

Dora wollte wieder etwas sagen, aber er hob abermals die Hand, um sie zum Schweigen zu bringen, während er im Geist die lange Liste der Personen durchging, von denen er ihr nun berichten mußte – ihr erzählen mußte, was er alles über sie herausgefunden hatte, nachdem er mit seinen Ermittlungen zum Ende gekommen war.

Über Lois, Serena, Talbott, Stark, Warfield ... und Dora.

»Meinst du nicht auch, daß es besser ist, wenn man die Wahrheit weiß?« fragte er, ihr in die Augen schauend.

Sie nickte entschlossen. »Ja.«

Er sah sie noch eine Weile länger an, froh, daß sie nicht dort unten in der Stadt wohnte, sondern weit darüber, auf dem Scheitel des Berges, und daß er sicher sein konnte, daß sie noch hier sein würde, wenn er von seiner Mission im Tal wieder hier auf den Berg zurückkehrte.